# Kim Edwards

# Gebroken licht

Vertaald door
*de Redactie,* boekverzorgers

Uitgeverij De Arbeiderspers
Amsterdam · Antwerpen

Eerste druk 2005
Zestiende druk 2011

Copyright © 2005 Kim Edwards
Copyright Nederlandse vertaling © 2005 *de Redactie*, Amsterdam
(Paul Krijnen, Catherine Smit, Martine Woudt)
Uitgeverij Archipel, Amsterdam
Oorspronkelijke titel: *The Memory Keeper's Daughter*
Uitgave: Viking, New York

Omslagontwerp: Bram van Baal
Omslagfoto: Liz Magic Laser

ISBN 978 90 295 7510 2 / NUR 302

www.arbeiderspers.nl

1964

# Maart 1964

# David

Het sneeuwde al een paar uur toen de weeën begonnen. Eerst dwarrelden slechts een paar vlokken uit de donkergrijze namiddaglucht omlaag, maar algauw wervelde een sneeuwstorm rond hun brede veranda. Hij stond naast haar voor het raam naar de sneeuwstorm te kijken. De sneeuwvlokken joegen in felle vlagen voorbij, draaiden rond en sloegen tegen de grond. Overal in de buurt gingen de lichten aan en op de kale takken van de bomen vormde zich een witte laag.

Na het avondeten stak hij de open haard aan. Hij waagde zich naar buiten om wat blokken te pakken van het hout dat hij de afgelopen herfst tegen de garage had opgestapeld. Hij voelde de frisse, koude wind tegen zijn gezicht. Tot halverwege zijn knieën zakte hij al weg in de sneeuw op de oprijlaan. Hij nam een paar houtblokken van de stapel, schudde het zachte witte laagje eraf en nam ze mee naar binnen. De aanmaakhoutjes op het ijzeren rooster vatten meteen vlam. Hij bleef nog even in kleermakerszit voor de haard zitten, legde een paar blokken op het vuur en keek hoe de blauwgerande, hypnotiserende vlammen aan het hout likten. Buiten bleef de sneeuw gestaag vallen, wit en rustig in de lichtkegels van de straatlantarens. Tegen de tijd dat hij was opgestaan en naar buiten keek, was hun auto veranderd in een donzige, witte heuvel aan de kant van de straat. Zijn voetindrukken op de oprijlaan waren al niet meer te zien.

Hij veegde de as van zijn handen en ging naast zijn vrouw op de bank zitten. Ze had haar voeten op een paar kussens gelegd, de gezwollen enkels over elkaar geslagen, terwijl *Dr. Spock* op haar buik balanceerde. Geconcentreerd lezend likte ze steeds even aan haar wijsvinger alvorens een bladzijde om te slaan. Ze had mooie handen met korte, stevige vingers en ze beet onder het lezen zachtjes op haar onderlip. Terwijl hij naar haar keek werd hij plotseling overspoeld door gevoelens van liefde en verwondering: dat zij zijn vrouw was, dat hun

7

baby over een paar weken geboren zou worden. Hun eerste kind. Ze waren net een jaar getrouwd.

Ze glimlachte naar hem toen hij een deken over haar benen legde.

'Ik zit me wel eens af te vragen hoe het is,' zei ze, 'voordat we geboren worden, bedoel ik. Eigenlijk jammer dat we ons daar niets van kunnen herinneren.' Ze sloeg haar kamerjas open en trok de trui die ze daaronder droeg iets omhoog. Haar buik was kogelrond en zo hard als een watermeloen. Haar hand gleed over de gladde huid, terwijl de gloed van het haardvuur over haar huid speelde en haar haar een rood-gouden glans gaf. 'Zou het zijn alsof je in een reusachtige lantaren zit? Volgens Spock laat de buikwand een beetje licht door en kan de baby dat al zien.'

'Ik zou het niet weten,' zei hij.

Ze schoot in de lach. 'Echt niet?' vroeg ze. 'Jij bent toch de dokter hier?'

'Ik ben maar gewoon een orthopedisch chirurg,' antwoordde hij. 'Ik kan je alles vertellen over de ontwikkeling die de botten van ons kindje doormaken, maar daar houdt het wel zo'n beetje mee op.' Hij pakte een van haar in lichtblauwe sokken gestoken opgezette voeten en begon deze zachtjes te masseren. Haar stevige hiel, de glooiende welving van haar wreef, de middenvoetsbeentjes onder de huid en een dichte, waaiervormige laag pezen en spieren, de teenkootjes. Ze ademde hoorbaar, haar voet verwarmde zijn handen en hij stelde zich de volmaakte, verborgen symmetrie van haar botten voor. Hij vond haar mooi nu ze zwanger was, maar ze had ook iets kwetsbaars – door haar lichte huid kon hij vaag fijne blauwe aderen zien lopen. De zwangerschap was prima verlopen, zonder complicaties. Desondanks was hij al een paar maanden niet in staat geweest om met haar te vrijen. Hij merkte dat hij haar in plaats daarvan wilde beschermen, haar de trap op dragen, haar toedekken, custardvla voor haar maken. 'Ik ben niet invalide, hoor,' had ze steeds grinnikend geprotesteerd. 'Ik ben geen zielig vogeltje dat je op het gazon hebt gevonden.' Toch genoot ze wel van zijn aandacht. Soms werd hij wakker en keek hij naar haar terwijl ze sliep: de onrustig bewegende oogleden, het kalme, gelijkmatige op-en-neer gaan van haar borst. Een hand op de deken, zo klein dat hij hem gemakkelijk met de zijne kon bedekken.

Ze was elf jaar jonger dan hij. Op een grijze novembermiddag, iets meer dan een jaar geleden, had hij haar voor het eerst gezien op een

8

krampte vingers. Hij bewonderde haar om haar vasthoudendheid, haar geloof in schoonheid en in de deskundigheid van de ex-non. Maar op die dag wist hij dat allemaal nog niet. Hij liep van de ene ziekenhuiskamer naar de andere met in de zak van zijn witte jas een stukje papier met daarop het vloeiende schrift dat de vorm van haar naam perfect weergaf. Hij belde haar die avond nog op en nam haar de dag daarna mee uit eten. Drie maanden later waren ze getrouwd.

Nu, in de laatste weken van haar zwangerschap, paste de zachte, koraalrode kamerjas haar uitstekend. Ze had hem achter in de kast gevonden en aan hem voorgehouden. 'Maar je zuster is al lang geleden overleden,' riep ze uit, plotseling in verwarring. Hij keek haar aan terwijl zijn leugen van een jaar geleden als een donker wolkje boven hen in de kamer hing. Met een schaapachtige blik in zijn ogen haalde hij zijn schouders op. 'Ik moest toch iets zeggen,' antwoordde hij. 'Ik wilde uitvinden hoe je heette.' Toen glimlachte ze, liep naar hem toe en omhelsde hem.

De sneeuw bleef maar vallen. Urenlang zaten ze te praten en te lezen. Soms, als de baby bewoog, pakte ze zijn hand en legde hem op haar buik. Af en toe kwam hij overeind om een blok op het vuur te gooien. Iedere keer dat hij naar buiten keek, was de laag sneeuw weer een paar centimeter dikker geworden. Het was rustig buiten; het geluid van de weinige auto's werd gedempt door de sneeuw.

Om elf uur stond ze op om naar bed te gaan. Hij bleef nog een paar uur beneden en las in *The journal of bone and joint surgery*. Hij stond bekend als een zeer goede arts, die de reputatie had goede diagnoses te stellen en trefzeker te opereren. Hij was destijds de beste student van zijn jaar, maar hij was nog jong en (hoewel hij zijn uiterste best deed dit te allen tijde te maskeren) dermate onzeker over zijn vaardigheden dat hij al zijn vrije tijd aan studie besteedde. Hij zag elk succes dat hij behaalde als ontlastend bewijs. Hij voelde zich een buitenstaander. Hij was, als kind dat van leren hield, opgegroeid in een familie die al generaties lang van dag tot dag leefde en maar net de eindjes aan elkaar kon knopen. Ze beschouwden onderwijs als een overbodige luxe, als een middel dat geen enkel doel diende. De weinige keren dat ze, arm als ze waren, een dokter raadpleegden, was in de kliniek van Morgantown, zo'n vijfenzeventig kilometer verderop. Hij herinnerde zich de ritjes daarheen nog levendig – het gehobbel in de laadbak van een geleende pick-up, met een grote stofwolk in zijn kielzog. Zijn zus, die voorin zat bij zijn ouders, noemde het de 'dansende weg'. In Morgantown waren de sombere kamers groen of turquoise, als het water van een vijver. De doktoren hadden haast en deden kortaf.

Zoveel jaar was het al geleden en nog had hij momenten waarop hij de blik van die dokters voelde en zichzelf een bedrieger vond, die elk moment een fout kon maken en door de mand vallen. Hij had zich niet voor niets in de osteologie gespecialiseerd. Voor hem geen inspannende huisartsenpraktijk of het moeilijke, riskante vak van cardioloog. Hij hield het liever bij gebroken botten en liep heen en weer tussen de gipskamer en de röntgenafdeling, zag hoe breuken langzaam, maar op miraculeuze wijze heelden. Hij hield ervan dat botten stevige dingen waren, die zelfs de witgloeiende hitte van een crematie konden doorstaan. Botten waren duurzaam; het was gemakkelijk voor hem om in zoiets degelijks en voorspelbaars te geloven.

Tot ver na middernacht zat hij te lezen, totdat de letters op het helderwitte papier begonnen te dansen. Hij gooide het tijdschrift op het koffietafeltje en stond op om zich met de haard bezig te houden. Hij prikte in de opgebrande houtblokken tot ze in gloeiende stukjes uiteenvielen, zette de klep helemaal open en sloot het koperen haardscherm. Toen hij het licht had uitgedaan, zag hij nog een paar roodgloeiende stukjes oplichten onder de laag as, die even zacht en wit was als het dikke pak sneeuw op de reling van de veranda en op de rododendrons.

De trap kraakte onder zijn gewicht. Bij de deur van de kinderkamer hield hij even in om in het halfduister de contouren van het wiegje, de commode en de speelgoedbeesten op de planken in zich op te nemen. Ze hadden de muren lichtgroen geschilderd – de kleur van de zee. Zijn vrouw had een wandkleed gemaakt waarop Moeder de Gans was afgebeeld. Ze deed dat heel netjes en als ze ergens een foutje ontdekte, haalde ze een heel stuk weer uit. Langs de muren tegen het plafond had ze een strook behang met beertjes aangebracht.

In een opwelling ging hij de kamer binnen en liep naar het raam. Hij schoof het gordijn opzij om naar buiten te kijken, waar op de lantarenpalen, tuinhekken en daken nu een pak sneeuw lag van zo'n twintig centimeter. Sneeuwbuien kwamen zelden voor in Lexington en de gestaag vallende sneeuw en de stilte vervulden hem met een mengeling van opwinding en vrede. Op dat moment leken alle stukjes van zijn leven in elkaar te passen – al het verdriet, alle teleurstellingen, ieder geheim en iedere onzekerheid werd bedekt onder een zachte, witte laag. Morgen zou het stil zijn, de wereld sereen en rustig, totdat de kinderen uit de buurt de stilte met hun gehol en hun vrolijke geschreeuw ruw zouden verstoren. Hij herinnerde zich dit soort dagen uit zijn jeugd in de bergen. Het waren van die zeldzame momenten waarop hij, eindelijk alleen, het bos in ging, wolkjes stoom uitblazend en zijn stemgeluid gedempt door de sneeuw, die de takken deed doorbuigen. Een paar heerlijke uren leefde hij dan in een totaal andere wereld.

Zo stond hij daar al geruime tijd toen hij haar hoorde bewegen. Ze zat met gebogen hoofd op de rand van het bed. Ze greep zich vast aan het matras.

'Volgens mij heb ik weeën,' zei ze, naar hem opkijkend. Haar haar hing los. Hij streek een pluk haar die voor haar gezicht hing, achter haar oor. Ze schudde haar hoofd toen hij naast haar ging zitten. 'Ik voel me heel vreemd. Het lijkt wel kramp. Het komt op en zakt dan weer weg.'

Hij legde haar op haar zij en ging achter haar liggen om haar rug te masseren. 'Het zijn vast voorweeën,' zei hij geruststellend. 'Je hebt nog drie weken te gaan en een eerste kind komt meestal wat te laat.'

Het was waar en hij geloofde ook echt in deze woorden – zo sterk zelfs dat hij algauw in slaap sukkelde. Toen hij wakker werd, stond ze over het bed gebogen aan zijn schouder te schudden. Haar kamerjas en haar haar leken bijna wit in het vreemde sneeuwlicht dat de kamer vulde.

'Ik heb het bijgehouden. De weeën komen nu om de vijf minuten. Ze zijn heel krachtig, ik ben echt bang.'

Er ging een golf van angstige opwinding door zijn lijf, maar hij had geleerd om zijn kalmte te bewaren in noodsituaties, zijn emoties in bedwang te houden. Hij kwam uit bed, deed zijn horloge om en liep rustig met haar op en neer in de hal. Tijdens iedere wee kneep ze zo hard in zijn hand dat het leek of de botjes werden samengedrukt. Ze had gelijk, de weeën kwamen om de vijf minuten. Toen om de vier. Hij pakte de koffer uit de kast. Plotseling voelde hij zich door het belang van deze gebeurtenis als verdoofd. Ze hadden er steeds op gewacht, maar nu kwam het toch als een verrassing. Zij bewogen, maar de buitenwereld leek totaal verstild. Hij was zich bewust van iedere beweging, van zijn adem die over zijn tong gleed, van de manier waarop ze haar voeten in de enige schoenen wurmde die haar nog pasten, haar vel dat iets opbolde langs het donkergrijze leer. Toen hij haar bij de arm nam, voelde het net of hij door de kamer zweefde, zo ongeveer ter hoogte van de plafonnière, en het tafereel van bovenaf gadesloeg. Hij nam ieder detail in zich op: hoe ze trilde tijdens een wee, hoe zijn vingers haar elleboog stevig omsloten, hoe het buiten nog altijd sneeuwde.

Hij hielp haar in haar groene wollen jas, die open stond rond haar buik. Hij vond ook de leren handschoenen die ze gedragen had toen hij haar voor het eerst ontmoette. Het leek hem belangrijk op zulke details te letten. Even stonden ze samen op de veranda, overweldigd door de zachte, witte wereld.

'Wacht hier even,' zei hij. Hij liep het trappetje af en baande zich een weg door de sneeuw. De portieren van de oude auto waren dichtgevroren. Het duurde een paar minuten voor hij er eindelijk een open kreeg. Toen een van de portieren eindelijk openzwaaide, vloog er een witte, glinsterende wolk van sneeuw omhoog. Hij tastte op de vloer onder de achterzitting naar een krabber en een borstel. Toen hij zich weer oprichtte, zag hij zijn vrouw tegen een pilaar van de veranda leunen, haar voorhoofd op een arm. Hij besefte op dat moment zowel hoeveel pijn ze moest lijden als dat de baby die nacht nog geboren zou worden. Hij moest zich beheersen om niet naar haar toe te rennen, maar al zijn aandacht op het sneeuwvrij maken van de auto te richten, waarbij hij nu eens de ene en dan weer de andere hand onder zijn oksels opwarmde als deze pijn ging doen van de kou. Zonder te pauzeren ontdeed hij de voorruit, de andere ruiten en de motorkap van sneeuw, die in het rond vloog en verdween in de zachte witte zee rondom.

'Je hebt me nooit gezegd dat het zoveel pijn zou doen,' zei ze, toen hij weer op de veranda stond. Hij sloeg een arm om haar heen en hielp haar het trapje af. 'Ik kan wel lopen, hoor,' zei ze geërgerd. 'Alleen niet tijdens een wee.'

'Weet ik,' antwoordde hij, zonder haar los te laten.

Toen ze naast de auto stonden, raakte ze zijn arm even aan en gebaarde naar het huis, dat schuilging onder een sluier van sneeuw en als een lantaarn licht verspreidde in de donkere straat.

'Als we hier terugkomen, hebben we ons kindje bij ons,' zei ze. 'Als we hier terugkomen, is de wereld nooit meer dezelfde.'

De ruitenwissers waren vastgevroren en toen hij de straat opreed, gleed er een pak sneeuw langs de achterruit omlaag. Hij reed langzaam en besefte hoe mooi Lexington was met al die besneeuwde bomen en struiken. Toen hij afsloeg naar de hoofdstraat, slipte de auto en gleed eigengereid het kruispunt over. Tegen een dijk van sneeuw kwamen ze tot stilstand.

'Niets aan de hand,' meldde hij, terwijl het kolkte in zijn hoofd. Gelukkig was er geen ander autoverkeer. Het stuur voelde ijskoud aan. Af en toe veegde hij met de rug van zijn hand een stukje van de beslagen voorruit schoon en boog zich voorover om iets te kunnen zien. 'Voor we vertrokken heb ik Bentley gebeld,' zei hij, doelend op een collega, die verloskundige was. 'Voor het geval dat. Ik heb gevraagd of hij naar kantoor kon komen. Daar gaan we naartoe, dat is dichterbij.'

Ze gaf niet gelijk antwoord, want ze pufte met haar handen tegen het dashboard een wee weg. 'Zolang ik mijn baby maar niet in deze oude brik hoef te krijgen,' zei ze, in een poging grappig te zijn. 'Je weet dat ik altijd een hekel aan dit ding heb gehad.'

Hij glimlachte, maar hij wist dat haar angst reëel was en hij voelde met haar mee.

Methodisch, plichtsgetrouw: zelfs in een noodsituatie als deze verloochende zijn ware aard zich niet. In de verlaten straten stopte hij voor alle rode lichten en gaf hij richting aan. Om de paar minuten duwde ze met één hand hard tegen het dashboard en concentreerde zich op haar ademhaling. Hij slikte dan en keek even opzij. Nog nooit in zijn leven was hij zenuwachtiger geweest dan op dit moment. Zenuwachtiger dan voor zijn eerste college in de snijzaal, waarbij het lichaam van een jonge jongen moest worden opengesneden en onderzocht. Zenuwachtiger dan voor zijn trouwdag, waarop haar familie de ene helft van de kerk vulde, terwijl aan de andere kant een paar van zijn collega's zaten. Zijn ouders leefden niet meer, zijn zusje evenmin.

Er stond maar één andere auto op de parkeerplaats van de kliniek, de lichtblauwe Fairline van de verpleegster, een bescheiden, praktische wagen, en een stuk nieuwer dan die van hem. Hij had haar ook gebeld. Hij stopte voor de hoofdingang en hielp zijn vrouw uitstappen. Nu ze veilig en wel bij het kantoor waren aangekomen, raakten ze in een vrolijke stemming en lachend liepen ze de helder verlichte wachtkamer in.

De verpleegster kwam ze tegemoet. Zodra hij haar zag, wist hij dat er iets aan de hand was. Ze had grote blauwe ogen in een bleek gezicht; ze kon veertig zijn, maar ook vijfentwintig, en als er iets was dat haar niet zinde, dan verscheen er een dunne verticale rimpel op haar voorhoofd, precies tussen haar ogen. Zo ook nu, en er was inderdaad slecht nieuws: Bentley's auto was geslipt op de onverharde weg waaraan hij woonde, was tweemaal om zijn as getold en in een greppel gegleden. 'Betekent dit dat dokter Bentley niet komt?' vroeg zijn vrouw.

De verpleegster knikte. Ze was lang, en zo mager en hoekig dat het leek of haar botten elk moment door haar vel heen konden prikken. Haar grote blauwe ogen stonden ernstig en intelligent. Er werd geroddeld en er werden grappen over gemaakt dat ze een beetje verliefd op hem was. Hij had maandenlang geprobeerd dit te negeren en af te doen als onvermijdelijke kantoorroddel, vervelend, maar begrijpelijk wanneer een man en een alleenstaande vrouw dag in dag uit nauw met elkaar samenwerken. Op een avond was hij aan zijn bureau in slaap gevallen. Hij droomde over het huis van zijn jeugd, waar zijn moeder een paar potten ingemaakt fruit, glimmend als edelstenen, op het tafelkleed van oliedoek zette. Zijn zusje, vijf jaar oud, zat onbeweeglijk met een pop in haar armen. Het was zomaar een beeld, misschien een herinnering, maar in ieder geval een beeld dat hem vervulde van verdriet en verlangen. Het huis was nu van hem, maar sinds zijn zusje was overleden en zijn ouders waren verhuisd, stond het leeg. In de verlaten kamers, door zijn moeder altijd zo keurig schoon gehouden, scharrelden nu eekhoorns en muizen.

Toen hij zijn ogen opende, merkte hij dat hij huilde. De verpleegster stond in de deuropening naar hem te kijken, met een blik die emoties verried. Ze was mooi op dat moment, met een flauwe glimlach, heel anders dan de efficiënte, rustige, competente vrouw die met hem samenwerkte. Ze keken elkaar aan en de dokter besefte dat hij haar kende – dat ze elkaar kenden – dat hij haar door en door kende. Eén ogenblik bestond er geen enkele barrière meer tussen hen en het gevoel van intimiteit was zo overweldigend dat hij even als verlamd was. Toen bloosde ze diep en wendde haar blik af. Ze kuchte even, rechtte haar rug en deelde hem mee dat ze twee uur had overgewerkt en dat ze naar huis ging. Na dit voorval meed ze zijn blik lange tijd.

Sindsdien maakte hij een einde aan de plagerijen. 'Ze is een uitstekende verpleegster,' zei hij dan met opgeheven hand, denkend aan dat bijzondere moment. 'Ze is een van de beste collega's die ik ooit heb gehad.' Het was waar en hij was maar al te blij dat zij er die nacht bij was.

'Halen we het nog naar de eerstehulpafdeling?' vroeg de verpleegster.

De dokter schudde zijn hoofd. De weeën kwamen nu om de minuut.

'Deze baby heeft haast,' zei hij, met een blik op zijn vrouw. De sneeuw in haar haar was gesmolten en glinsterde als een diamanten tiara. 'Hij komt eraan.'

'Het maakt me niet uit,' zei zijn vrouw stoïcijns. Ze sprak nu luider, vastberaden. 'Dit wordt een mooi verhaal om later aan hem of haar te vertellen.'

De verpleegster glimlachte. De rimpel tussen haar ogen was nog steeds zichtbaar, zij het minder diep. 'Laten we ons hier dan maar installeren,' zei ze. 'En we geven u eerst iets tegen de pijn.'

Hij zocht in zijn eigen kantoor een doktersjas en ging toen naar Bentley's spreekkamer, waar zijn vrouw op de onderzoekstafel lag, met haar benen in de beugels. De kamer was lichtblauw geschilderd, vol met chroom, wit email en mooie instrumenten van glanzend staal. Aan de wastafel waste de dokter zijn handen. Hij voelde zich extreem alert, hij merkte de kleinste dingen op. Tijdens het uitvoeren van die haast rituele wassing, voelde hij de paniek wegebben die hem had overspoeld toen hij hoorde dat Bentley niet zou komen. Hij sloot zijn ogen en dwong zichzelf om zich te concentreren op zijn taak.

'Het gaat prima,' zei de verpleegster toen hij zich omdraaide. 'Het ziet er goed uit. Volgens mij heeft ze al tien centimeter, wat denkt u?'

Hij nam plaats op het krukje en voelde in de warme schoot van zijn vrouw. De vliezen waren nog niet gebroken en hij voelde het hoofdje van zijn kind er doorheen, glad en hard als een basketbal. Zijn kind. Hij zou nu eigenlijk ergens in een wachtkamer moeten ijsberen. De luxaflex voor het enige raam in de kamer was neergelaten en terwijl hij zijn hand terugtrok, merkte hij dat hij zich afvroeg of het nog sneeuwde, of de sneeuw nog rust bracht in de stad en het omringende platteland.

'Ja,' zei hij, 'tien centimeter.'

'Phoebe,' zei zijn vrouw. Hij kon haar gezicht niet zien, maar haar stem klonk helder. Ze hadden maandenlang nagedacht over een naam en hadden de knoop nog steeds niet doorgehakt. 'Phoebe als het een meisje is en Paul als het een jongetje is. Naar mijn oudoom. Had ik dat al tegen je gezegd?' vroeg ze. 'Ik was het in ieder geval wel van plan.'

'Dat zijn leuke namen,' zei de verpleegster op geruststellende toon.

'Phoebe en Paul,' herhaalde de dokter, maar hij richtte zijn aandacht voornamelijk op de wee die door het lichaam van zijn vrouw trok. Hij gebaarde naar de verpleegster om de narcose voor te bereiden. Tijdens zijn studie was het gebruikelijk dat de vrouw gedurende de hele bevalling slapend werd gehouden, maar de tijden waren veranderd – het was 1964 – en hij wist dat Bentley iets minder scheutig was met narcose. Tijdens het persen kon ze maar beter bij zijn. Hij zou haar de ergste pijn van de weeën en de laatste fase van de bevalling proberen te besparen.

Zijn vrouw spande haar spieren, schreeuwde het uit en de baby schoof het geboortekanaal in. De vliezen braken.

'Nu,' zei de dokter, en de verpleegkundige plaatste het mondkapje. De handen van zijn vrouw verslapten, haar vuisten waren niet langer gebald. Het gas deed zijn werk: ze lag daar heel stil en onwetend, terwijl de ene wee razendsnel volgde op de andere.

'Het gaat wel snel, voor een eerste kind,' merkte de verpleegster op.

'Ja,' zei de dokter. 'Tot nu toe gaat het uitstekend.'

Er ging zo een half uur voorbij. Zijn vrouw kwam bij, kreunde en perste en steeds als de dokter vond dat het zo genoeg was geweest – of als ze riep dat de pijn ondraaglijk was – knikte hij naar de zuster, die haar dan een beetje gas toediende. Op rustige toon wisselden ze informatie uit, maar verder spraken ze niet met elkaar. Buiten bleef de sneeuw vallen, die waaide langs de huizen en over de straten. De dokter zat op zijn roestvrijstalen kruk en concentreerde zich op de bevalling. Hij had tijdens zijn opleiding vijf baby's gehaald, vijf gezonde baby's en hij dacht terug aan die momenten, zocht in zijn geheugen naar de details. Onderwijl werd zijn vrouw, wier buik zo dik was dat hij haar gezicht niet kon zien, langzaam één met die andere vrouwen. Haar gebogen knieën, haar gladde, smalle kuiten, haar enkels, hij zag al die vertrouwde en geliefde lichaamsdelen. En toch kwam het niet in hem op om haar te strelen of om ter geruststelling een hand op haar knie te leggen. Tijdens de persweeën hield de zuster haar hand vast. Voor de dokter, die slechts bezig was met datgene wat hij voor zich zag gebeuren, werd ze steeds meer 'een' vrouw; een lichaam als alle andere, een patiënt die zijn volle aandacht verdiende. Het was nu belangrijker dan ooit zijn emoties in toom te houden. Hij dacht even terug aan het vreemde voorval in de slaapkamer. Het kwam hem opnieuw voor alsof hij op de een of andere manier wegdreef van de geboorte: hij was er nog wel, maar ook weer niet. Hij zweefde weg en nam de gebeurtenissen vanaf een veilige afstand in ogenschouw. Hij zag hoe hij haar perfect inknipte. De incisie is goed gelukt, dacht hij, toen hij het streepje bloed zag opwellen. Gedachten aan al die keren dat hij datzelfde vlees in bed vol hartstocht had aangeraakt, verdrong hij naar de achtergrond.

Het hoofdje kwam in zicht. Na drie persweeën was het eruit, het draaide en toen gleed het lijfje zo zijn handen in. De baby huilde en zijn paarsige huid werd meteen roze.

Het was een jongetje met een rood gezichtje en donker haar. Zijn oogjes stonden alert, een beetje wantrouwig zelfs vanwege het licht en de koude lucht. De dokter bond de navelstreng af en knipte hem door. 'Mijn zoon,' veroorloofde hij zich te denken, 'mijn zoon.'

'Een prachtig kind,' zei de zuster. Ze wachtte terwijl hij het kind onderzocht. Hij nam alles in zich op: de regelmatige hartslag, de lange vingertjes en het donkere haar. Daarna nam zij de boreling mee naar een andere kamer om hem te wassen en om zilvernitraat in zijn ogen te druppelen. Zachte kreetjes kwamen hun kant op. Zijn vrouw bewoog zich. De dokter zat nog altijd bij haar bed met zijn hand op haar knie. Hij haalde een paar maal diep adem. De nageboorte moest nog komen. 'Mijn zoon,' dacht hij nogmaals.

'Waar is de baby?' vroeg zijn vrouw. Ze opende haar ogen en streek een pluk haar uit haar rood aangelopen gezicht. 'Is alles goed?'

'Het is een jongen,' zei de dokter, die haar lachend aankeek. 'We hebben een zoon. Je zult hem zo zien, als hij gewassen is. Hij is helemaal gezond.'

Het gezicht van zijn vrouw, slap van opluchting en uitputting, vertrok opeens door weer een contractie en de dokter, die op de placenta zat te wachten, ging vlug tussen haar benen op zijn kruk zitten en drukte lichtjes op haar onderbuik. Ze gilde het uit en op hetzelfde moment begreep hij wat er aan de hand was, gealarmeerd als bij het zien van een hallucinatie.

'Niks aan de hand,' zei hij. 'Het gaat prima. Zuster,' riep hij, toen zich weer een wee aandiende.

Ze kwam onmiddellijk, met de in witte doeken gewikkelde baby in haar armen.

'Hij heeft een apgarscore van negen,' deelde ze opgewekt mee. 'Dat is uitstekend.'

Zijn vrouw strekte haar handen naar de baby uit en wilde iets zeggen, maar ze werd overmand door pijn en zakte weer terug op de tafel.

'Zuster?' zei de dokter. 'U moet hier komen. Nu.'

Even wist ze niet wat ze moest doen, maar toen pakte ze twee kussens, legde ze op de grond en vleide het kindje erop neer. Ze kwam naast de dokter staan.

'Meer gas,' zei hij. Ze keek hem verbaasd aan, knikte vervolgens begrijpend en deed wat haar was gevraagd. Zijn hand lag op de knie van zijn vrouw en hij voelde haar spieren verslappen toen de narcose zijn werk deed.

'Tweeling?' vroeg de zuster.

De dokter, die zich na de geboorte van zijn zoon enigszins had ontspannen, voelde zich nu beverig en beperkte zich tot een hoofdknik. 'Gewoon doorgaan,' dacht hij toen hij het tweede hoofdje zag verschijnen. Jij bent een willekeurig iemand, dacht hij. En weer zag hij vanaf zijn veilige plekje onder het plafond hoe zijn handen trefzeker te werk gingen. 'Dit is een willekeurige geboorte.'

Deze baby was kleiner en kwam vlot ter wereld. Het kindje gleed met zo'n vaart zijn rubberen handschoenen in dat hij zich voorover moest buigen om het met zijn borst tegen te houden. 'Het is een meisje,' zei hij, en hij legde haar met het gezichtje omlaag over zijn arm. Hij tikte op het ruggetje tot ze begon te huilen. Toen draaide hij haar om.

Ze zat onder de huidsmeer en ging schuil onder een glibberig laagje vruchtwater en bloed. De blauwe ogen waren troebel, het haar pikzwart, maar dat zag hij allemaal niet. Hij had uitsluitend oog voor die onmiskenbare trekken, de scheefstaande ogen van iemand die lacht, de epicanthus, de platte neus. 'Een klassiek geval,' had zijn professor een jaar geleden gezegd toen ze samen een kind onderzochten. 'Een mongooltje. Weet je wat dat betekent?' En de dokter had trouw de symptomen opgezegd die hij tijdens zijn studie had geleerd: slechte spierspanning, achterblijvende groei, zowel geestelijk als lichamelijk, mogelijk hartproblemen, korte levensverwachting. De professor had geknikt en drukte de stethoscoop op de fluweelzachte borstkas van de baby. 'Het arme schaap. Je kunt niet veel meer doen dan voorkomen dat ze zichzelf bevuilen. Als ze verstandig zijn, sturen ze hem naar een tehuis.'

De dokter had het gevoel dat hij was teruggegaan in de tijd. Zijn zusje was geboren met een hartafwijking en groeide heel langzaam. Al na een paar passen rennen was ze buiten adem. De eerste paar jaar, tot hun eerste bezoek aan de kliniek in Morgantown, hadden ze niet geweten wat er aan de hand was. Toen ze het eenmaal wisten, was er niets meer aan te doen. Zijn moeder richtte haar aandacht volledig op haar, maar dat had niet kunnen voorkomen dat ze op twaalfjarige leeftijd stierf. Hij was toen zestien. Hij had al een studiebeurs en was naar de stad verhuisd. Niet veel later zou hij naar Pittsburgh vertrekken om medicijnen te gaan studeren en het leven te leiden dat hij nu leidde. Hij kon zich het immense verdriet van zijn moeder nog maar al te goed herinneren. Iedere ochtend liep ze de heuvel op naar het graf, haar armen gekruist voor haar borst, alsof ze zichzelf wilde beschermen tegen het onheil dat haar te wachten stond.

De verpleegster stond naast hem en keek naar de baby.

'Het spijt me voor u, dokter,' zei ze.

Hij stond daar met het kind, niet wetend wat te doen. Ze had prachtige handjes. Tussen haar grote teen en de andere tenen zat een grote ruimte, net als bij een incompleet gebit. En toen hij haar ogen eens goed bekeek, zag hij de vlekken van Brushfield: kleine stipjes die als sneeuwvlokjes leken te zijn neergedaald in de iris. Hij stelde zich haar hartje voor, niet veel groter dan een pruim, dat vrijwel zeker gebreken vertoonde en hij dacht aan de kinderkamer die ze met zoveel zorg hadden ingericht – de knuffeldieren en het ene bedje. Hij zag zijn vrouw nog staan, op de stoep voor het met sneeuw bedekte huis. 'De wereld zal nooit meer dezelfde zijn,' had ze gezegd.

De hand van het meisje beroerde de zijne en hij schrok op. Werktuiglijk begon hij het normale patroon af te werken. Hij knipte de navelstreng door en luisterde naar haar hart en longen. Onderwijl dacht hij aan de sneeuw, de zilverkleurige auto die in een greppel gleed, de diepe stilte in de kliniek. Later, als hij terugdacht aan deze nacht – en dat zou hij in de daaropvolgende maanden en jaren nog vaak doen, omdat dit alles een keerpunt in zijn leven betekende, omdat alles altijd weer terug te voeren was op deze nacht – herinnerde hij zich de stilte in de kamer en de sneeuw die buiten gestaag neerdwarrelde. De stilte was zo diep en zo alomtegenwoordig dat het leek alsof hij steeds hoger begon te zweven, tot hoog boven deze kamer en verder nog, waar hij één werd met de sneeuw en waar het tafereel in de kamer zich leek te ontrollen in een ander leven, een leven waarin hij niet meer was dan een willekeurige toeschouwer, zoals je wel eens ervaart als je 's avonds door een raam even een huis binnen kijkt. Hij zou zich dat gevoel van oneindige ruimte later haarscherp voor de geest kunnen halen. De dokter in een greppel en het schijnsel van zijn huis, ver weg.

'Goed. Was haar even, alstublieft,' vroeg hij, en reikte de verpleegster de zuigeling aan. 'Houd haar nog maar eventjes daar. Ik wil niet dat mijn vrouw het weet. Nog niet, in ieder geval.'

De verpleegster knikte. Ze verliet de kamer en kwam even later terug om zijn zoon in het reiswiegje te leggen dat ze hadden meegenomen. De dokter concentreerde zich op de komst van de placenta's, die er prachtig uitkwamen, donker en dik, beide zo groot als een ontbijtbord. Een tweeling, broer en zus, het ene kind zo op het oog kerngezond en het andere met in iedere cel van haar lichaam een extra chromosoom. Wat waren de kansen hierop nu helemaal? Zijn zoontje lag in de reiswieg en zwaaide nu en dan met zijn handjes, vlug en onwillekeurig, alsof hij nog omringd was door vruchtwater. Hij diende zijn vrouw een pijnstillend middel toe en boog zich voorover om de knip te hechten. De zon zou al gauw opkomen, hij zag al wat licht door het raam. Hij keek hoe zijn handen hun werk deden en vond dat hij het netjes deed, de steekjes waren even klein en regelmatig als die van haar handwerk. Ze had een heel stuk van haar quilt uitgehaald om een voor hem onzichtbaar foutje te herstellen.

Toen de dokter klaar was, trof hij de verpleegster in een schommelstoel aan in de wachtkamer, met de baby tegen zich aan. Ze keek hem zwijgend aan en hij moest denken aan die nacht waarop ze hem slapend had aangetroffen.

'Er is een tehuis,' zei hij, terwijl hij de naam en het adres ervan op de achterkant van een envelop krabbelde. 'Ik zou willen dat je haar daar naartoe brengt. Morgenochtend, bedoel ik. Ik zorg voor een geboortebewijs en zal ze van je komst op de hoogte stellen.'

'Maar uw vrouw,' zei de zuster, en hij hoorde vanaf zijn afgezonderde plaats ongeloof en afkeuring in haar stem.

Hij dacht aan zijn zusje, bleek en mager, altijd buiten adem, en zijn moeder die zich afwendde om haar tranen te verbergen.

'Snapt u het dan niet?' vroeg hij, met zachte stem. 'Dit arme kind heeft vrijwel zeker een ernstige hartafwijking die haar fataal zal worden. Op deze manier bespaar ik ons allemaal veel verdriet.'

Hij sprak vol overtuiging. Hij stond achter zijn woorden. De verpleegster keek hem strak aan, met een verbaasde, maar verder niet te ontcijferen gelaatsuitdrukking, terwijl hij wachtte tot ze zou toestemmen. Op dat moment kwam het niet in hem op dat ze zou kunnen weigeren. Hij kon zich toen niet voorstellen, zoals hij later die nacht en in talloze nachten in het verschiet wel zou doen, dat hij alles hiermee op het spel zette. Sterker nog, hij ergerde zich aan haar terughoudendheid en merkte opeens dat hij heel moe was. De kliniek, de vertrouwde kliniek, kwam opeens vreemd op hem over, alsof hij aan het slaapwandelen was. De verpleegster nam hem met haar blauwe, ondoorgrondelijke ogen op. Zonder blikken of blozen weerstond hij haar afkeuring en eindelijk knikte ze, een zo minieme hoofdbeweging dat deze nauwelijks waarneembaar was.

'De sneeuw,' mompelde ze, met neergeslagen ogen.

\* \* \*

Tegen het eind van de ochtend was de storm gaan liggen en hoorden ze in de verte de sneeuwploegen aankomen. Hij keek door een raam op de eerste verdieping toe terwijl de zuster de sneeuw van haar blauwe auto verwijderde en de zachte, witte wereld in reed. De baby lag in een dekentje gewikkeld in een kartonnen doos op de achterbank. Hij zag haar linksaf slaan en uit het zicht verdwijnen. Hij liep naar beneden om zich bij zijn gezin te voegen.

Zijn vrouw lag te slapen, haar gouden lokken uitgespreid over het kussen. Nu en dan dommelde de dokter even in. Als hij wakker was, dan keek hij naar de verlaten parkeerplaats, zag de rook opkringelen uit de schoorstenen aan de overkant van de straat, en nam in gedachten door wat hij zou gaan zeggen. Dat het niemands schuld was, dat hun dochter in goede handen zou zijn, met anderen die net zo waren als zij, onder voortdurende begeleiding. Dat het zo het beste was voor iedereen.

Tegen het eind van de ochtend, toen het eindelijk was opgehouden met sneeuwen, werd zijn vrouw gewekt door de hongerkreten van zijn zoon.

'Waar is de baby?' zei ze, op haar ellebogen steunend, en veegde een pluk haar uit haar gezicht. Hij had zijn zoon op de arm, warm en licht, en ging bij haar zitten om de baby aan haar over te dragen.

'Dag schat,' zei hij. 'Kijk eens naar onze mooie zoon. Je hebt je er dapper doorheen geslagen.'

Ze kuste het voorhoofd van de baby, sloeg haar badjas open en legde hem aan de borst. Zijn zoon begon meteen te drinken en zijn vrouw keek glimlachend op. Hij pakte haar vrije hand, dacht eraan hoe hard ze in de zijne geknepen had, zo hard dat hij haar vingers in zijn vlees had zien staan. Hij herinnerde zich hoe sterk de drang was geweest haar te beschermen.

23

'Is alles goed?' vroeg ze. 'Lieverd, vertel eens. Wat is er?'

'Het was een tweeling,' zei hij langzaam, denkend aan die beide glimmende, donkere bolletjes, de glibberige lijfjes die hij had gevoeld. In zijn ogen welden tranen op. 'Een jongen en een meisje.'

'O,' zei ze. 'Ook een meisje? Phoebe én Paul? Maar waar is ze dan?'

Haar vingers waren zo slank, dacht hij, net als de botten van een vogeltje.

'Lieverd,' begon hij. Zijn stem brak en de zinnen die hij had willen uitspreken waren uit zijn geheugen gewist. Hij sloot zijn ogen en toen hij het spreken weer machtig was, rolden er totaal andere woorden uit zijn mond.

'Ach, mijn liefje,' zei hij. 'Ik vind het zo erg. Ons dochtertje is tijdens de geboorte overleden.'

# Maart 1964

# Caroline

Caroline Gill schuifelde onhandig over de parkeerplaats. De sneeuw reikte tot halverwege haar kuiten, hier en daar zelfs tot aan haar knieën. Ze droeg de baby, gewikkeld in een dekentje, in een kartonnen doos waarin pakjes babyvoeding voor de kliniek hadden gezeten. Op de doos stonden rode letters en engelachtige kindergezichtjes en de flappen wipten bij iedere stap op en neer. De vrijwel verlaten parkeerplaats was onnatuurlijk stil, een stilte die voort leek te komen uit de kou zelf en die zich steeds verder uitbreidde, als de kringen rond de plaats waar een steen in het water is gegooid. Opwaaiende sneeuw prikte in haar gezicht toen ze het portier opende. Instinctief boog ze zich beschermend over de doos en zette deze op de achterbank. Het roze dekentje stak af tegen het witte vinyl van het interieur. De baby lag diep te slapen, met een fronsje op het voorhoofd, de ogen tot spleetjes samengeknepen, het neusje en de kin niet meer dan bultjes. Je zou het niet zeggen, dacht Caroline. Als je het niet wist, zag je het niet. Caroline had haar een apgarscore van acht gegeven.

De straten waren nauwelijks van sneeuw ontdaan en moeilijk berijdbaar. Caroline slipte twee keer en tot tweemaal toe stond ze op het punt om terug te rijden. Zodra ze echter op de snelweg was aangekomen, ging het een stuk beter en schoot ze behoorlijk op. Ze reed door de haveloze buitenwijken van Lexington en bereikte na verloop van tijd het golvende platteland met zijn vele paardenfokkerijen. Ze reed langs kilometerslange witte hekken, waarachter donkere paarden roerloos in besneeuwde weiden stonden. De hemel was zwaar van laaghangende, dikke grijze wolken. Caroline deed de radio aan, zocht tussen het geruis vergeefs naar een zender en deed hem weer uit. De buitenwereld gleed voorbij, doodgewoon en toch voor altijd veranderd.

Sinds het moment waarop ze dokter Henry's verbijsterende verzoek met een lichte hoofdknik had beantwoord, had Caroline het gevoel dat ze in een vele malen vertraagde beweging naar beneden viel, wachtend op het moment waarop ze zou neerkomen en zich zou kunnen oriënteren. Wat hij van haar had gevraagd – zijn dochtertje mee te nemen zonder zijn vrouw van haar leven op de hoogte te stellen – leek onbestaanbaar. Maar Caroline was geraakt door de pijn en verwarring die van zijn gezicht af te lezen was geweest toen hij zijn dochter onderzocht, door de trage, verdoofde manier waarop hij zich daarna had gedragen. Hij zou wel bijdraaien, had ze zich voorgehouden. Hij was in shock en dat kon je hem moeilijk kwalijk nemen. Hij had tijdens een sneeuwstorm zijn eigen tweeling ter wereld geholpen en toen kreeg hij dat er nog bij.

Ze drukte het gaspedaal verder in, terwijl de gebeurtenissen van die ochtend door haar hoofd spookten. Dokter Henry, die zo kalm en met vaste hand te werk ging, zo geconcentreerd en trefzeker. Het donkere haar tussen de witte dijen van Norah Henry met haar enorme buik, die tijdens de weeën golfde als een meer tijdens een storm. Het gelijkmatige gesis van het gas en het moment waarop dokter Henry haar teruggeroepen had, zonder zijn stem te verheffen, maar toch met een zeer gespannen ondertoon. Hij stond er zo verslagen bij dat ze dacht dat het tweede kindje dood geboren was. Het duurde zo lang voor hij zich verroerde, voor hij haar ademhaling stimuleerde. En toen hij maar niets deed, wilde ze naast hem gaan staan om zijn getuige te zijn, zodat ze later zou kunnen verklaren dat de baby blauw zag en dat dokter Henry en zij hadden gedaan wat ze konden, maar dat het al te laat was geweest.

Maar opeens begon de baby te huilen. Ze was bij de dokter gaan staan en had haar toen pas echt goed gezien. Ze begreep meteen wat er aan de hand was.

Ze reed door, drong de herinneringen weg. De weg doorsneed een kalksteenrots, zodat de hemel zich versmalde. Ze bedwong een flauwe heuvel en begon aan de lange afdaling naar de rivier, een heel eind verderop. Schuin achter haar, in haar kartonnen doosje, lag de baby nog altijd diep te slapen. Caroline keek af en toe even achterom, en was dan tegelijkertijd gerustgesteld en een beetje bezorgd omdat ze nog altijd geen vin verroerd had. Toch was het normaal dat een baby zo lang sliep na de geboorte. Ze vroeg zich af hoe haar eigen geboorte verlopen was, maar haar ouders waren al zolang dood; er was niemand meer die daar een herinnering aan had. Haar moeder was de veertig al

26

gepasseerd toen ze Caroline kreeg, haar vader was toen tweeënvijftig. Ze hadden de hoop op een kind toen al opgegeven. Zelfs het verdriet over hun kinderloosheid was al een gepasseerd station. Ze leidden een geordend, rustig, tevreden leven.

Totdat, tot hun stomme verbazing, Caroline zich aandiende, als een bloem in de winter.

Ze hadden van haar gehouden, dat zeker, maar het was een bezorgd soort liefde, vol ernst en aandacht, kompressen, warme sokken en wonderolie. In de warme, verstikkend hete zomers, toen er werd gevreesd voor polio, werd Caroline binnen gehouden. Met zweetdruppeltjes op haar slapen lag ze op een bed bij het raam op de overloop te lezen. Bromvliegen vlogen zoemend langs het raam en lagen aan het eind van de dag dood op de vensterbank. Buiten zinderde de lucht en de kinderen uit de buurt, die jonge en niet overmatig bezorgde ouders hadden, riepen elkaar uit de verte toe. Caroline drukte haar gezicht, haar handen tegen de hordeur. Luisterend. Verlangend. Het was windstil. De schouders van haar katoenen bloesje en de gestreken band van haar rok waren nat van het zweet. Beneden in de tuin zag ze haar moeder met handschoenen aan, een schort voor en met een zonnehoed op onkruid wieden. Later, tegen het vallen van de avond, kwam haar vader lopend terug van zijn verzekeringskantoor. Hij nam zijn hoed af als hij het stille huis met zijn gesloten luiken binnenging. Het overhemd onder zijn jasje was klam en zat vol zweetplekken.

Ze reed nu met zingende autobanden de brug over. Diep onder haar auto kronkelde de Kentucky River. Langzamerhand begonnen de spanningen van de afgelopen nacht uit haar lijf te vloeien. Ze wierp weer een blik op de baby. Norah Henry had dit kindje zeker even vast willen houden, ook al zou ze haar uiteindelijk hebben afgestaan.

Hiermee moest Caroline zich natuurlijk niet bemoeien.

Ze maakte geen rechtsomkeert. Ze zette de radio weer aan, vond ditmaal een zender met klassieke muziek en reed verder.

Twintig mijl buiten Louisville raadpleegde Caroline de aanwijzingen van dokter Henry, geschreven in zijn scherpe, gedrongen handschrift, en verliet de snelweg. Hier, zo dicht bij de Ohio River, glinsterden de bovenste takken van de meidoorns en zwepenbomen van het ijs, terwijl de wegen schoon en droog waren. Achter de witte hekken rond de besneeuwde weilanden bewogen zich donkere paarden, die witte wolkjes uitbliezen. Caroline draaide een nog smallere weg op, waarlangs zich glooiende heuvels uitstrekten tot zover het oog reikte.

Algauw ving ze een glimp op van het in rode baksteen opgetrokken gebouw, dat moest dateren uit het begin van de twintigste eeuw. Aan weerszijden waren er twee lage vleugels van later datum te zien. De weg slingerde nogal en nu en dan verdween het gebouw uit zicht, maar opeens reed ze er recht opaan.

Ze reed de ronde oprijlaan op. Nu ze het van dichtbij bekeek, zag ze dat het gebouw wel een opknapbeurt kon gebruiken. De kozijnen bladderden af, en op de tweede verdieping was een raam dichtgetimmerd. Caroline stapte uit. Ze droeg een paar afgetrapte, platte schoenen – midden in de nacht had ze haar laarzen zo gauw niet kunnen vinden. Binnen de kortste keren hadden zich kiezelsteentjes en sneeuw in haar schoenen gedrongen en haar voeten werden meteen ijskoud. Ze hing de tas, waarin ze wat luiers, een flesje en een thermoskan met babyvoeding had gedaan, om haar schouder, pakte de kartonnen doos met de baby uit de auto en ging het gebouw binnen. Naast de voordeur hingen glas-in-loodlampen die nodig eens moesten worden afgesopt. Er was een tussendeur met matglas, daarachter een foyer in donker eikenhout. Het was er warm en er werd ergens gekookt – hutspot zo te ruiken. Caroline liep aarzelend de hal in. De vloer kraakte bij iedere stap, maar er verscheen niemand. Een strook sleetse vloerbedekking voerde haar naar de achterzijde van het gebouw, waar zich een wachtkamer bevond met hoge ramen waarlangs zware gordijnen hingen. Ze nam plaats op een aftandse fluwelen bank, zette de kartonnen doos vlak naast zich neer, en wachtte.

Het was snikheet in de kamer. Ze deed haar jas open. Ze droeg nog altijd haar witte verpleegstersuniform en toen ze haar haar aanraakte, merkte ze dat ze zelfs het witte kapje nog op had. Ze was meteen opgestaan toen dokter Henry haar had gebeld, had zich vlug aangekleed. Ze was de besneeuwde nacht in gereden en was sindsdien onophoudelijk in touw geweest. Ze trok de spelden van het kapje, vouwde het ding zorgvuldig op en sloot haar ogen. In de verte hoorde ze het gerinkel van bestek en het gebrom van stemmen. Boven zich hoorde ze mensen lopen. Ze verviel in een soort dagdroom waarin haar moeder het avondeten bereidde terwijl haar vader aan het werk was in de houthandel. Als kind was ze vaak alleen geweest, soms erg eenzaam, maar ze bewaarde er toch bepaalde herinneringen aan – een fraaie quilt over zich heen, en een deken met rozen erop onder haar voeten, altijd die heel vertrouwde stemmen om zich heen.

Ze hoorde een bel tweemaal rinkelen. 'U moet hier komen. Nu,' had dokter Henry gezegd, met een gestreste en dwingende ondertoon in zijn stem. Caroline had zich gehaast, had een geïmproviseerd bedje gemaakt van twee kussens, en had het mondkapje op Mrs. Henry's gezicht gedrukt terwijl het tweede kindje, dit kleine meisje, de wereld binnen gleed, waarmee ze een hele reeks gebeurtenissen in gang zette. In gang zette. Nee, dit kon niet tegengehouden worden. Zelfs hier, zittend op deze bank, in dit stille gebouw, had Caroline het gevoel dat er iets in de lucht hing, dat er iets op til was. 'Dit?' dacht ze steeds. 'Was dit het dan, na al die jaren?'

Caroline Gill was eenendertig, en ze had altijd het gevoel gehad dat haar leven nog niet echt begonnen was. Niet dat ze het ooit zo had onderkend voor zichzelf, maar ze had al sinds haar jeugd het gevoel dat ze geen gewoon leven zou leiden. Op een bepaald moment – ze zou het herkennen als het zover was – zou alles veranderen. Ze had vroeger gedroomd van een carrière als grote pianiste, maar de lampen boven het podium op school waren zo totaal anders dan die ze thuis gewend was, dat ze totaal verstijfde in hun schijnsel. Later, rond haar twintigste, toen haar vriendinnen van de verpleegstersopleiding stuk voor stuk trouwden en kinderen kregen, had ook Caroline haar oog op jonge mannen laten vallen. Er was er één die ze heel bijzonder vond, met donker haar, een lichte huid en een warme lach, en een tijdlang stelde ze zich voor dat hij – en toen hij maar niet belde, dat iemand anders – haar leven zou veranderen. Met het verstrijken van de tijd richtte ze zich echter meer en meer op haar werk en had daar vrede mee. Ze had vertrouwen in zichzelf en in haar capaciteiten. Ze was er de persoon niet naar om halverwege te stoppen en zich af te vragen of ze de strijkbout niet had laten aanstaan, zodat haar huis aan het afbranden was. Ze werkte door. Ze wachtte af.

Ze las ook. Eerst de romans van Pearl Buck en daarna alles wat ze maar kon vinden over het leven in China, Birma en Laos. Soms liet ze haar boek op haar schoot zakken en staarde dromerig uit het raam van haar kleine, eenvoudige appartement aan de rand van de stad. Ze stelde zich voor dat ze een ander leven leidde, een exotisch, moeilijk, maar bevredigend leven. Haar kliniek was sober, gevestigd in een weelderig oerwoud, misschien bij de zee. De muren waren wit en alles glom als een spiegel. De wachtende patiënten hurkten in de schaduw van kokospalmen. Zij, Caroline, zou ze stuk voor stuk behandelen, genezen. Ze zou hun levens en tegelijkertijd dat van haarzelf een nieuwe wending geven.

In de ban van dit toekomstbeeld had ze zich, in een golf van opwinding en enthousiasme, aangemeld voor de medische zending. Tijdens een schitterend nazomerweekend had ze de bus genomen naar St. Louis voor een sollicitatiegesprek. Ze werd geplaatst op een wachtlijst voor Korea. Maar de maanden gingen voorbij; de missie werd steeds uitgesteld en uiteindelijk geheel afgelast. Caroline werd naar een andere wachtlijst overgeheveld, ditmaal voor Birma.

Maar, terwijl ze over de tropen droomde en op post wachtte, kwam dokter Henry in haar leven.

Het was een dag als alle andere. Het liep tegen het einde van de herfst en in de volle wachtkamer klonk genies en gehoest. Caroline voelde zelf ook een rauwe plek achter in haar keel toen ze de volgende patiënt binnenriep, een oudere heer wiens verkoudheid in de daaropvolgende weken verergerde en uitliep op een longontsteking die hem uiteindelijk fataal werd. Rupert Dean. Hij zat in de leren fauteuil en drukte een zakdoek tegen zijn bloedende neus. Hij kwam langzaam overeind en stak de zakdoek met de felrode bloedvlekken in zijn broekzak. Bij de balie reikte hij Caroline een foto in een donkerblauw kartonnen lijstje aan. Het was een zwartwitfoto, een beetje vergeeld. De vrouw droeg een lichtgekleurde trui. Ze had golvend haar en sprekende ogen. Rupert Deans vrouw, Emelda, was al twintig jaar dood. 'Ze was de vrouw van mijn dromen,' deelde hij Caroline mee. Hij sprak zo luid dat de andere patiënten opkeken.

Op dat moment deed iemand de voordeur open, waardoor het glas in de tochtdeur even rammelde.

'Ze is mooi,' zei Caroline. Haar handen beefden. Ze was geraakt door zijn woorden en zijn verdriet, en besefte dat niemand ooit zo zielsveel van haar gehouden had. Omdat ze al bijna dertig was en omdat, als ze morgen overleed, niemand om haar zou rouwen zoals Rupert Dean al twintig jaar deed om zijn vrouw. Natuurlijk, ook Caroline Lorraine Gill was een uniek persoon en ook zij verdiende het, net als de vrouw op de foto, om bemind te worden, en toch had ze nog steeds geen manier gevonden om dit gevoel te uiten, noch door middel van kunst of liefde, noch door middel van haar prachtige beroep.

Ze was nog niet bekomen van de schok toen de tochtdeur openzwaaide. Een man in een bruine overjas stond aarzelend op de drempel, met zijn hoed in de hand. Zijn blik gleed van het ruwe gele behang naar de varen in de hoek en vandaar naar het metalen rek met de stukgelezen tijdschriften. Hij had bruin haar met een rode gloed, een smal gezicht en een hoffelijke, oplettende blik. Hij was niet gedistingeerd, maar toch had hij een bepaalde uitstraling – een kalme alertheid over zich, een opmerkzaamheid – waarmee hij zich onderscheidde van anderen. Carolines hart maakte een sprongetje en haar huid tintelde, een gevoel dat tegelijkertijd prettig en vervelend aanvoelt, alsof er opeens een nachtvlinder langs je arm fladdert. Hun blikken kruisten elkaar – en toen wist ze het. Nog voordat hij naar de balie had kunnen lopen om haar de hand te schudden, nog voordat hij haar had aangesproken en zijn naam had genoemd, David Henry, in een neutraal accent dat verried dat hij niet uit de streek kwam, nog voordat dit alles was gebeurd, was Caroline er geheel van overtuigd dat dit de persoon was op wie ze had gewacht.

Hij was toen nog niet getrouwd. Niet getrouwd, niet verloofd. Voorzover zij kon nagaan was hij geheel ongebonden. Caroline had haar oren goed open gehouden, die dag tijdens de rondleiding door de kliniek en later ook op de welkomstfeestjes en de eerste vergaderingen. Ze hoorde wat anderen, opgaand in de gesprekken over koetjes en kalfjes, afgeleid door zijn accent en plotseling opkomende, bulderende lach, niet hoorden: dat hij behalve een enkele opmerking over zijn leven in Pittsburgh, waarnaar zijn cv en diploma ook al verwezen, nooit sprak over zijn verleden. Deze terughoudendheid verleende hem in Carolines ogen een mysterieus waas waardoor het gevoel dat ze hem op een andere manier kende dan alle anderen alleen nog maar werd versterkt. Zij beschouwde iedere minuut die ze in elkaars nabijheid doorbrachten als iets heel bijzonders, alsof ze over de balie, de onderzoekstafel, het verre van perfecte lichaam van een patiënt heen tegen hem zou zeggen: ik ken jou, ik begrijp je, ik zie wat anderen over het hoofd zien. Wanneer ze de grappen hoorde die mensen maakten over de gevoelens die ze koesterde voor de nieuwe dokter, bloosde ze verbaasd en verlegen. Tegelijkertijd was ze heimelijk blij om het geklets, want ze hoopte dat de roddels hem datgene zouden overbrengen waar zij te verlegen voor was.

Op een avond, toen hij een maand of twee in de kliniek werkte, had ze hem slapend aangetroffen aan zijn bureau. Zijn hoofd rustte op zijn handen en hij lag heel rustig en gelijkmatig te ademen, diep in slaap. Caroline leunde ontspannen met haar hoofd opzij tegen de deurpost en op dat moment kwamen al haar dromen van de voorbije jaren samen. Dokter Henry en zij zouden samen naar een afgelegen oord afreizen, waar ze de hele dag zouden werken, hun instrumenten

31

glad van hun zwetende handen. 's Avonds zou ze iets voor hem spelen op de piano, die ze hadden laten verschepen over zee, over een moeilijk bevaarbare rivier en dwars door het dichte oerwoud naar de plaats waar ze woonden. Caroline ging zo in deze dagdroom op dat ze, toen dokter Henry wakker werd, zo onbevangen en vrij naar hem lachte als ze nog nooit in haar leven had gedaan.

Zijn verraste blik zette haar met beide benen op de grond. Ze ging rechtop staan en haalde onzeker een hand door haar haar, mompelde een excuus en bloosde diep. Ze maakte zich uit de voeten, gegeneerd, maar ook lichtelijk opgewonden. Nu wist hij het, vanaf nu zou hij haar zien zoals zij hem zag. Een paar dagen had ze zulke hooggespannen verwachtingen, dat ze het moeilijk kon verdragen met hem in één ruimte te zijn. En toch was ze, toen de dagen voorbijgingen zonder dat er iets gebeurde, niet teleurgesteld. Ze ontspande zich, verzon redenen voor het uitstel en wachtte onverstoord af.

Drie weken later had Caroline in de krant hun trouwfoto zien staan. Norah Asher, nu Mrs. David Henry, keek achterom de camera in, haar hals elegant gedraaid, haar oogleden fraai gewelfd als schelpen.

Caroline schrok op, ze begon te transpireren in haar jas. Het was zo heet in de kamer dat ze bijna in slaap was gevallen. Naast haar lag de baby nog steeds diep te slapen. Ze stond op en liep naar het raam. Onder het versleten tapijt kraakte de vloer. De fluwelen gordijnen, herinneringen aan de tijd dat dit gebouw nog een sfeervol buitenhuis was, reikten tot aan de grond. Even raakte ze de vitrage aan die erachter hing; geel, half vergaan, stoffig. Buiten stonden een stuk of vijf koeien in de wei, met hun neuzen in de sneeuw op zoek naar gras. Een man met een rood gewatteerd jasje en donkere handschoenen aan waadde naar de schuur, met in iedere hand een emmer.

Het stof, de sneeuw. Het was niet eerlijk, gewoon niet eerlijk dat Norah Henry alles had, dat ze zo'n rimpelloos, gelukkig leven leidde. Deze gedachte schokte Caroline, omdat ze plotseling besefte hoe diep de bitterheid in haar wortelde. Ze liet de gordijnen los en verliet de kamer, in de richting van de stemmen.

Ze liep een gang in waar zoemende tl-buizen aan het hoge plafond waren bevestigd. Er hing een doordringende geur van schoonmaakmiddel, gestoomde groenten, en urine. Karretjes ratelden, overal stemmen. Ze ging een hoek om, en nog een, en ging een trap af naar een modernere vleugel met licht turquoise wanden. Hier en daar had het linoleum losgelaten van het triplex van de ondervloer. Ze ging enkele deuren langs, zag momenten uit het leven van mensen, alsof ze foto's zat te bekijken: een man van onbestemde leeftijd voor het raam met zijn gezicht in de schaduw. Twee verpleegsters die samen een bed opmaken, het witte laken opbollend tot aan het plafond. Twee lege kamers, stukken plastic uitgespreid over de vloer, potten verf in een hoek. Dan een dichte deur, de laatste deur open. Daarachter zag ze een jonge vrouw in een witte katoenen onderbroek op de rand van een bed zitten, haar handen gevouwen op haar schoot, het hoofd gebogen. Een andere vrouw, een verpleegster, stond achter haar met een blinkende schaar. Donkere plukken haar dwarrelden neer op het witte laken en onthulden de blote hals van de vrouw – smal, elegant, bleek. Caroline bleef in de deuropening staan.

'Ze heeft het koud,' hoorde ze zichzelf zeggen, waarna beide vrouwen opkeken. De vrouw op het bed had grote donkere ogen, die helder in haar gezicht stonden. Haar haar, dat vrij lang was geweest, hing nu in een rafelige rand ter hoogte van haar kin.

'Ja,' zei de zuster, en ze veegde een pluk haar van de schouder van de vrouw, die neerdwarrelde op het laken en het gespikkelde grijze linoleum. 'Maar het moest eraf.' Bij het zien van Carolines gekreukelde uniform en haar hoofd zonder kapje, vernauwden haar ogen zich tot spleetjes. 'Bent u soms nieuw hier?' vroeg ze.

Caroline knikte. 'Nieuw, ja,' zei ze. 'Inderdaad.'

Later, als ze terugdacht aan dit moment, die vrouw met een schaar in haar hand en die andere vrouw in een katoenen onderbroek tussen de plukken haar, zag ze het in zwart-wit. Het gaf haar een oneindig leeg gevoel en een hevig verlangen, maar waarnaar, dat wist ze niet. Het haar was neergedwarreld, voorgoed verloren gegaan, en door het raam drong koud licht de ruimte binnen. Er welden tranen op in haar ogen. Ze hoorde echoënde stemmen in een andere gang en opeens dacht Caroline aan de baby, die ze slapend in de doos had achtergelaten op de fluwelen bank in de wachtkamer. Ze draaide zich om en haastte zich terug.

Alles stond er nog precies zoals ze het had achtergelaten. De doos met de vrolijke rode engeltjes stond op de bank en de baby lag met gebalde vuistjes naast haar gezichtje diep te slapen. 'Phoebe,' had Norah Henry gezegd, vlak voor de verdoving begon te werken. 'Phoebe als het een meisje is.'

Phoebe. Caroline sloeg de dekentjes heel voorzichtig open en tilde het meisje op. Ze was zo teer, vijfenhalf pond maar, kleiner dan haar

33

broertje, maar met hetzelfde donkere haar. Caroline keek even in de luier – die was vochtig en bevatte een laag kleverig meconium – verschoonde haar en wikkelde haar weer in het dekentje. Ze was niet wakker geworden en Caroline drukte haar even tegen zich aan, voelde hoe licht ze was, hoe klein, hoe warm. Haar gezichtje was continu in beweging. Zelfs nu ze sliep gleden de uitdrukkingen over haar gezichtje als voortjagende wolken langs de hemel. Nu eens herkende Caroline Norah Henry's frons, dan weer David Henry's geconcentreerde blik.

Ze legde Phoebe terug in haar kartonnen doos en stopte haar in. Onderwijl moest ze denken aan David Henry, die met scherpe lijnen in zijn gezicht van de vermoeidheid, op dinsdagavond altijd snel een broodje kaas at en een kop lauwe koffie achteroversloeg alvorens de kliniek te openen voor patiënten die geen geld hadden voor een consult. De wachtkamer zat op die avonden helemaal vol en meestal, als zij tegen middernacht zo moe was dat ze nauwelijks nog kon nadenken en daarom afscheid nam, was hij nog volop aan het werk. Hij was een goed mens en daarom wilde ze graag voor hem werken. En toch had hij haar hierheen gestuurd met zijn dochtertje, een plek waar een vrouw op de rand van een bed gezeten haar haar in losse plukken op de koude vloer zag neerdalen.

'Dit zal haar leven kapotmaken,' had hij gezegd over Norah. 'En dat wil ik niet.'

Ze hoorde iemand aankomen. In de deur verscheen een vrouw met grijs haar en een uniform dat sterk leek op dat van Caroline. Ze was stevig gebouwd, ze bewoog zich soepel voor haar grootte, er viel niet met haar te spotten. Onder andere omstandigheden zou Caroline een gunstige indruk van haar hebben gehad.

'Kan ik u misschien helpen?' vroeg ze. 'Hebt u lang moeten wachten?'

'Ja,' zei Caroline langzaam. 'Ik wacht al heel lang.'

De vrouw schudde zuchtend haar hoofd. 'Ja, eh, dat spijt me zeer. Het komt door die sneeuw. Daardoor kon niet iedereen op het werk komen. Als er in Kentucky ook maar één centimeter sneeuw valt, ligt de hele staat plat. Ik ben opgegroeid in Iowa en ik snap niet waar ze hier zoveel drukte over maken, naar mijn bescheiden mening. Maar goed, wat kan ik voor u doen?'

'Bent u Sylvia?' vroeg Caroline, die haar hersens had gepijnigd om zich de naam te herinneren die onder aan de routebeschrijving had gestaan. Ze had de envelop in de auto laten liggen. 'Sylvia Patterson?'

De vrouw keek haar geërgerd aan.

'Nee. Dat ben ik niet. Ik ben Ruth Masters. Sylvia werkt hier niet meer.'

'O,' zei Caroline. Ze zweeg. Deze vrouw wist niet wie zij was en had duidelijk niet met dokter Henry gesproken. Caroline, die de vieze luier nog altijd vast had, liet haar handen zakken en draaide ze achter haar rug om het ding uit het zicht te krijgen.

Ruth Masters zette haar handen in haar zij en haar ogen vernauwden zich.

'Bent u van dat bedrijf dat babyvoeding verkoopt?' vroeg ze, met een hoofdknik naar de doos op de bank. 'Sylvia had iets met die handelsreiziger, dat wisten we allemaal. Als u ook voor dat bedrijf werkt, dan kunt u nu meteen uw spullen pakken en vertrekken.' Ze schudde streng haar hoofd.

'Ik weet niet waar u het over hebt,' zei Caroline. 'Ik ga al,' voegde ze eraan toe. 'Ik vertrek meteen. Ik zal u niet meer lastigvallen.'

Maar Ruth Masters was nog niet klaar met haar. 'Bedriegers zijn jullie. Gratis voedingen achterlaten en er een week later toch een rekening voor sturen. Dit mag dan een tehuis voor zwakbegaafden zijn, maar dat wil nog niet zeggen dat die hier de leiding hebben!'

'Ik weet het,' fluisterde Caroline. 'Het spijt me vreselijk.'

Ergens in het gebouw klonk een bel en de vrouw liet haar armen langs haar lichaam vallen.

'Ik reken erop dat u het gebouw binnen vijf minuten verlaten hebt,' zei ze. 'En ik wil u hier nooit meer zien.' Weg was ze.

Caroline staarde naar de lege deuropening. Ze voelde een tochtstroom langs haar benen gaan. Ze legde de vuile luier op een gammele chippendaletafel naast de bank. Ze zocht naar haar sleutels in haar zak en pakte toen de doos met Phoebe op. Snel, voordat tot haar door zou dringen waar ze mee bezig was, liep ze de Spartaanse hal in en ging door de dubbele voordeur naar buiten. In de koude buitenlucht kon ze zich goed indenken hoe de wereld moest overkomen op een pasgeborene.

Ze plaatste Phoebe weer net zo in de auto als op de heenweg en vertrok. Niemand die haar probeerde tegen te houden, niemand die ook maar op of om gekeken had. En toch gaf Caroline flink gas toen ze eenmaal op de snelweg was aangekomen. Ze voelde de vermoeidheid uit haar lijf vloeien. Het eerste halfuur vroeg ze zich, soms hardop, af wat ze nu moest doen. 'Waar ben je mee bezig?' vroeg ze streng. In gedachten ging ze ook met dokter Henry in discussie en stelde zich zijn voorhoofd voor, waarin diepe rimpels verschenen waren. Als hij zich ergens over opwond, begon er in zijn wang altijd een spiertje te trekken. 'Wat heeft dit te betekenen?' vroeg hij op barse toon en Caroline moest toegeven dat ze geen flauw idee had.

Na verloop van tijd werden deze gesprekken echter minder fel en na een tijdje merkte ze dat ze was overgeschakeld op de automatische piloot. Nu en dan schudde ze even haar hoofd om zichzelf wakker te houden. Het liep tegen het einde van de middag en Phoebe lag nu al bijna twaalf uur te slapen. Over niet al te lange tijd moest ze echt eens gevoed worden. Tegen beter weten in hoopte Caroline dat Phoebe pas van zich zou laten horen als ze al in Lexington was aangekomen.

Ze was net de afslag Frankfort gepasseerd, tweeëndertig mijl van huis, toen de remlichten van de auto voor haar aanfloepten. Ze minderde vaart, remde nog wat bij en moest uiteindelijk toch nog hard op de rem trappen. Het begon al te schemeren, de zon was niet veel meer dan een mat schijnsel achter het wolkendek. Terwijl ze langzaam een heuvel op reed, kwam het verkeer geheel tot stilstand. Een lange keten van achterlichten. Een kettingbotsing. Caroline kon haar tranen nauwelijks bedwingen. De benzinetank was nog maar voor een kwart gevuld. Dit was toereikend voor de afstand tot aan Lexington, maar niet veel verder, en het zou maar zo een paar uur kunnen duren voor deze file zich had opgelost. En met deze kou kon ze de motor niet afzetten, dat zou te koud zijn voor de baby.

Een paar minuten bleef ze roerloos zitten, als verlamd. De laatste afslag lag zeker een halve kilometer achter haar, van haar gescheiden door een lange rij glimmende auto's. Boven de warme, lichtblauwe motorkap van de Fairlane trilde de lucht en de sneeuwvlokjes die erop neerdwarrelden smolten. Phoebe zuchtte en vertrok haar gezichtje, dat gelukkig algauw weer ontspande. In een impuls, waar ze zich later over zou verbazen, rukte Caroline opeens aan het stuur, waardoor de Fairlane op de wegberm van grind terechtkwam. Ze zette de auto in zijn achteruit en reed langzaam langs de stilstaande auto's terug. Het was een vreemd gezicht, net alsof ze een trein passeerde. Ze zag een vrouw met een bontjas, drie kinderen die gekke bekken trokken, een man met een zomerjas aan die een sigaretje rookte. Terwijl om haar heen de avond viel, reed ze behoedzaam achteruit langs de bevroren rivier van auto's.

Zonder brokken te maken bereikte ze de afslag, die toegang gaf tot

Route 60, waar de takken doorbogen onder een pak sneeuw. Te midden van de weilanden stonden huizen, eerst nog weinig, maar allengs meer, achter de ramen brandde al licht. Even later reed Caroline over de hoofdweg van Versailles, waarlangs leuke winkeltjes gevestigd waren, en keek zoekend om zich heen in de hoop een bord te vinden dat haar de weg naar huis zou wijzen.

Verderop, boven aan de heuvel, zag ze een felblauw Kroger-bord. De vertrouwde aanblik van de winkel, de aanbiedingen aangeprezen achter de felverlichte ramen, stelde Caroline op haar gemak en opeens besefte ze hoeveel honger ze had. Hoe laat was het eigenlijk, en welke dag van de week? Zaterdagmiddag. De winkels waren morgen dicht en ze had bijna niets in huis. Ze was doodmoe, maar draaide toch de parkeerplaats op en zette de motor af.

Phoebe, warm en licht, pas twaalf uur oud, sliep maar door. Caroline stopte haar weg in haar jas, een klein, warm, ineengedoken figuurtje. Een windvlaag joeg de laatste sneeuwresten over de weg in een hoek. Ze stapte voorzichtig door de grijze brij, bang om te vallen en de baby pijn te doen, maar was zich er tegelijkertijd van bewust hoe eenvoudig het zou zijn om haar ergens in een container te dumpen of bij een kerkdeur neer te leggen. Ze had de totale macht over dit kleine wezentje en ze voelde zoveel verantwoordelijkheid voor haar dat ze er draaierig van werd.

De glazen deur zwaaide open. Ze werd opgenomen in een stroom warme lucht. Het was druk in de winkel. Mensen kwamen met meer dan volle winkelwagentjes naar buiten. Bij de deur stond een vakkenvuller.

'We zijn alleen nog open vanwege het slechte weer,' waarschuwde hij haar. 'De winkel sluit over een halfuur.'

'Maar de sneeuwstorm is toch voorbij?' vroeg Caroline en de jongen lachte opgewonden. Doordat hij bij de deur stond, waar de warmte uit de winkel naar buiten stroomde, bloosden zijn wangen. 'Hebt u het niet gehoord? We krijgen nog een sneeuwstorm, nog erger dan deze.'

Caroline legde Phoebe in een winkelwagentje en zocht haar weg tussen de voor haar niet vertrouwde schappen. Ze vroeg zich af welke voeding ze moest nemen, wat voor fles met wat voor speen en welk slabbetje. Ze ging op weg naar de kassa, maar bedacht zich dat ze ook melk voor zichzelf nodig had, en ook luiers en iets te eten. Mensen passeerden haar in de winkel en als ze Phoebes gezicht zagen, glimlachten ze allemaal. Sommigen bleven even staan en schoven voor-

37

zichtig het dekentje iets opzij om haar gezichtje te kunnen zien. Ze zeiden: 'O, wat lief,' en vroegen hoe oud ze was. Zonder een spier te vertrekken zei Caroline dat de baby twee weken oud was. 'O, maar dan kunt u haar met dit weer echt beter thuislaten, hoor!' zei een vrouw met grijs haar streng. 'Goh, u moet maar gauw naar huis gaan.'

In gangpad 6, waar Caroline tomatensoep stond uit te kiezen, werd Phoebe ineens wakker, maaide wild met haar armpjes en zette een keel op. Caroline aarzelde even, maar nam toen vlug de baby uit het wagentje en begaf zich naar de wc achter in de winkel. Ze nam plaats op een oranje plastic stoel, installeerde de baby op haar schoot en schonk voorzichtig de babyvoeding in een flesje. Er druppelde een kraan. De baby was zo tekeergegaan dat het een paar minuten duurde voor ze tot rust kwam. Haar zuigreflex was niet zo sterk, maar gelukkig kreeg Phoebe de speen na een tijdje goed beet en dronk ze zoals ze geslapen had: vol overgave, geconcentreerd en met beide vuistjes naast haar kin. Tegen de tijd dat ze voldaan de speen losliet, werd er omgeroepen dat de winkel zou gaan sluiten. Caroline haastte zich naar de kassa, waar nog één caissière zat te wachten, verveeld en ongeduldig. Met een zware boodschappentas onder de ene en Phoebe in de andere arm geklemd rekende ze af. Ze was nog niet buiten of achter haar werd de winkel afgesloten.

De parkeerplaats was vrijwel verlaten, de laatste auto's wachtten nog op iemand of stonden op het punt langzaam de weg op te rijden. Caroline zette de papieren zak met boodschappen op de motorkap en installeerde Phoebe weer in haar doosje op de achterbank. In de verte hoorde ze het winkelpersoneel over de parkeerplaats naar elkaar roepen. In het schijnsel van de lantarenpalen zag ze dwarrelende sneeuwvlokken, net zoveel als daarvoor. De lui van het weerbericht zaten er zo vaak naast met hun voorspellingen. De sneeuwbui van de nacht van Phoebes geboorte – gisternacht pas, hoewel het veel langer geleden leek – was niet eens voorspeld. Ze reikte naar de papieren zak, scheurde de broodzak open en nam er een boterham uit. Ze had de hele dag nog niets gegeten en was uitgehongerd. Kauwend sloeg ze het portier dicht en verlangde naar haar spaarzaam ingerichte appartement, naar haar tweepersoonsbed met de chenille sprei, alles netjes opgeruimd. Opeens viel het haar op dat haar achterlichten flauwtjes brandden.

Ze verstijfde. Terwijl ze had rondgedwaald tussen de stellingen, op haar gemak Phoebe had zitten voeden in die ongezellige wc, hadden haar lichten gebrand.

Toen ze de sleutel omdraaide, klonk er niet meer dan een zacht geklik. De accu was zo leeg dat de motor niet eens meer gromde.

Ze stapte uit en bleef bij het geopende portier staan. De parkeerplaats was geheel verlaten – de allerlaatste auto was net weggereden.
Ze lachte. Het was geen gewone lach, dat hoorde Caroline zelf ook
maar al te goed. Het geluid klonk te hard, ging half over in een snik.
'Ik heb een baby,' riep ze hardop, verbaasd haast. 'Ik heb een baby in
deze auto.' De parkeerplaats lag er stil en verlaten bij, het licht van de
supermarkt scheen in brede banen over de sneeuwsmurrie. 'Ik heb
hier een baby,' herhaalde Caroline, met een steeds benauwder stemmetje. 'Een baby!' riep ze in de stilte.

# Maart 1964

# Norah

Norah opende haar ogen. Buiten begon het al aarzelend licht te worden, maar de maan scheen nog door de takken en zette de kamer in een bleek licht. Ze had gedroomd dat ze de bevroren grond afspeurde naar iets dat ze verloren had. Scherpe grassprieten, die afbrokkelden onder haar aanraking hadden kleine sneetjes in haar vlees gemaakt. Ze schrok wakker, haar handen opgeheven. Even keek ze geschrokken, maar toen zag ze dat haar handen niet bebloed waren en haar nagels netjes gevijld.

In het wiegje naast haar bed lag haar zoontje te huilen. In een vloeiende beweging, eerder instinct dan beredeneerd, nam Norah hem bij zich in bed. Het laken voelde koud aan en was helderwit. David was er niet, hij was midden in de nacht naar de kliniek weggeroepen. Norah trok haar zoon tegen haar warme lijf en schoof haar nachtpon omhoog. Zijn handjes tikten tegen haar borst als de vleugels van een nachtvlinder. Hij begon te drinken. De scherpe pijn ebde weg zodra de melk toeschoot. Ze streelde zijn donshaar, zijn tere schedeltje. Wat een prestatie toch van het menselijk lichaam. Zijn handjes staken als sterretjes af tegen de tepelhof.

Ze sloot haar ogen en dommelde in. Diep in haar werd een geheime bron aangeboord. Haar melk vloeide rijkelijk en, op een of andere mysterieuze wijze had Norah het gevoel dat ze een rivier of een windvlaag geworden was, die alles in zich opnam: de bloemen op de ladekast, het gras dat buiten groeide, de verse blaadjes die de knoppen deden barsten. Larfjes, die als witte pareltjes in de grond staken en zouden veranderen in rupsen of bijen, vogels roepend in de vlucht – ze maakte er deel van uit. Paul balde zijn vuistjes ter hoogte van zijn kin. Zijn wangen bewogen ritmisch terwijl hij dronk. Om hen heen zoemde het universum, zo prachtig en zo dwingend.

Norah werd overweldigd door gevoelens van liefde, van een ongebreideld geluk en verdriet.

Zij had niet meteen gehuild om hun dochtertje, David wel. 'Een blauwe baby,' had hij gezegd, terwijl de tranen vastliepen in zijn stoppels. Een klein meisje dat geen adem wilde halen. Paul lag bij haar op schoot en Norah had hem zitten bestuderen, dat fijne gezichtje, zo sereen en gerimpeld, dat gebreide mutsje met strepen, die babyvingertjes, zo mooi roze, zo teer. Piepkleine nageltjes, nog helemaal zacht en zo doorschijnend als de maan bij daglicht. Norah kon niet bevatten wat David haar vertelde. Ze herinnerde zich het begin van die avond nog goed: de sneeuw, de eindeloze rit langs verlaten straten naar de kliniek en David die maar voor ieder stoplicht bleef wachten terwijl zij uit alle macht probeerde de oerkrachten te negeren die haar zeiden dat ze moest persen. Daarna werd het vaag, herinnerde ze zich de ongewone stilte in de kliniek, het zachte blauwe laken dat over haar benen werd gelegd. Het gevoel van de kille behandeltafel tegen haar blote rug. Het gouden horloge van Caroline Gill, dat telkens in haar ooghoek glinsterde als ze Norah de narcose toediende. Toen werd ze wakker en kreeg ze Paul in haar armen gedrukt. David zat naast haar bed, huilend. Ze keek op, met een bezorgde, maar tegelijkertijd afwezige blik. Het kwam door de verdoving, de vermoeidheid na de bevalling, de gierende hormonen. Nog een kindje, een blauwe baby – hoe was het mogelijk? Ze herinnerde zich de tweede reeks persweeën en de spanning in Davids stem, als scherpe rotsen onder schuimend, kolkend water. De baby in haar armen was perfect, prachtig, meer dan genoeg. 'Stil maar,' had ze tegen David gezegd. Ze streelde zijn arm, stil maar, het is goed zo.

Pas toen ze het kantoor verlieten en de kille, vochtige middag in liepen, begon het verlies pas echt tot haar door te dringen. De schemering begon al in te vallen, het rook naar smeltende sneeuw en vochtige aarde. Het was bewolkt, de lucht stak wit en korrelig af tegen de kale takken van de platanen. Ze had Paul in haar armen – hij woog niet meer dan een kat – en dacht erover na hoe vreemd het was om een nieuw mens mee naar huis te nemen. Ze had het kamertje met zoveel zorg ingericht, had een mooi, houten wiegje uitgezocht, een strook behang met schattige beertjes op de muur aangebracht, gordijnen genaaid, met de hand een quilt genaaid. Aan alles was gedacht, alles was geregeld, ze had haar zoontje in haar armen. En toch bleef ze bij de twee betonnen pilaren bij de uitgang opeens stokstijf staan. Ze kon geen stap meer verzetten.

'David,' zei ze. Hij draaide zich naar haar om. Hij zag bleek.

'Wat?' vroeg hij. 'Wat is er?'

'Ik wil haar zien.' Ze fluisterde, maar niettemin klonk haar stem dwingend. 'Al is het maar één keer. Ik moet haar zien voordat we gaan.'

David stak zijn handen in zijn zakken en keek strak naar de grond. De hele dag waren er ijspegels van de dakrand naar beneden gekomen en de hele stoep lag bezaaid met ijssplinters.

'O, Norah,' zei hij zachtjes. 'Alsjeblieft, ga mee naar huis. We hebben toch een mooie zoon?'

'Dat weet ik,' zei ze. Het was 1964 en hij was haar echtgenoot en zij had zich altijd kritiekloos naar zijn wensen gevoegd. En toch kon ze zich niet verroeren. Ze had het gevoel dat ze een deel van zichzelf achterliet. 'Toe, heel eventjes maar, David. Waarom niet?'

Ze keken elkaar aan en bij het zien van zijn gekwelde blik, prikten de tranen in haar ogen.

'Omdat ze niet hier is.' Davids stem klonk hees. 'Daarom niet. Op het familielandgoed van Bentley is een begraafplaatsje. In Woodford Country. Ik heb hem gevraagd of ze daar mocht liggen. We kunnen er over een tijdje samen naartoe. O Norah, alsjeblieft. Ik vind het zo erg om je zo te zien.'

Norah sloot haar ogen. Bij de gedachte aan een baby, haar dochter, die in de koude maartse grond werd neergelaten, brak er iets in haar. Haar armen, waarmee ze Paul omhelsde, voelden gewoon aan, maar de rest van haar lichaam leek uit water te bestaan. Ieder moment zou ze kunnen wegvloeien in een greppel en tegelijk met de sneeuw verdwijnen. David had gelijk, dacht ze, ze wilde zich ervoor afsluiten. Toen hij de trap opliep en zijn arm om haar heen sloeg, knikte ze, en samen liepen ze naar de verlaten parkeerplaats, de avondschemering in. Hij zette de autostoel vast en bracht zijn gezin veilig thuis. Ze droegen Paul de veranda op en door de voordeur naar binnen, waar ze hem slapend in zijn wiegje legden. Ze vond het fijn dat David het heft zo ferm in handen had genomen, dat hij voor haar had gezorgd en dat zij geen woorden meer met hem had gehad over haar wens haar dochter te zien.

Maar iedere nacht droomde ze over dingen die ze kwijt was.

Paul was in slaap gevallen. De takken van de kornoeljestruiken voor het raam zaten vol knoppen en de lucht was prachtig lichtblauw. Norah draaide zich om en legde Paul aan de andere borst. Haar ogen vielen weer dicht en ze dommelde nogmaals in. Plotseling werd ze wakker.

Natte plekken, gehuil, fel zonlicht in de kamer. Haar borsten voelden gespannen aan – het was alweer drie uur geleden. Ze ging rechtop zitten, voelde zich loom, zwaar, de huid van haar buik nog heel slap en vol plooien, haar borsten vol met melk, overal spierpijn van de bevalling. De houten vloer in de hal kraakte onder haar gewicht.

Op het aankleedkussen ging Paul nog veel harder tekeer. Hij was zo boos dat hij rode vlekjes kreeg. Ze trok hem zijn vochtige kleertjes en de natte katoenen luier uit. Zijn huidje voelde zo zacht, zijn armpjes en beentjes waren rood als een pas geplukte kip. Ergens in haar achterhoofd zweefde haar gestorven dochter, oplettend, zwijgend. Ze veegde Pauls navel schoon met een in alcohol gedrenkt watje, gooide de luier in een emmer water om te weken en kleedde haar zoon weer aan.

'Mijn lieve baby,' kirde ze en tilde hem op. 'Mijn schatje,' zei ze en droeg hem de trap af.

In de zitkamer waren de luiken en de gordijnen nog gesloten. Norah ging in de schommelstoel in de hoek zitten en schoof haar kamerjas opzij. De melk begon direct overvloedig te stromen en het leek wel of alles wat ze vroeger was geweest ermee werd weggespoeld. Ik ontwaak om te slapen, dacht ze, ontspannen achterover leunend met gefronste wenkbrauwen omdat ze zich niet meer kon herinneren wie die regel had geschreven.

Het was stil in huis. Het fornuis sloeg af, buiten ritselden de bladeren aan de bomen. Boven hoorde ze de badkamerdeur opengaan. Een lopende kraan. Bree, haar zusje, kwam lichtvoetig de trap af. Ze droeg een oud slaapshirt met mouwen zo lang dat haar handen nauwelijks te zien waren. Haar benen waren wit, haar blote voeten op het hout van de trap.

'Laat het licht maar uit,' zei Norah.

'Oké.' Bree kwam erbij staan en streelde Pauls bolletje.

'Hoe is het met mijn neefje?' vroeg ze. 'Hoe gaat het met mijn lieve Paultje?'

Norah keek naar het gezichtje van haar zoon, die altijd verbaasd keek als zijn naam werd genoemd. Hij moest nog een beetje in zijn naam groeien; hij droeg hem als een polsbandje dat zomaar van zijn hand kon glijden. Ze had wel eens iets gelezen – waar? Ook dat wist ze niet meer – over mensen die hun kinderen pas na een paar weken een naam geven, omdat ze hun pasgeboren baby nog niet aards genoeg vinden, omdat ze vinden dat hij of zij nog tussen twee werelden zweeft.

'Paul.' Ze zei het hardop, zonder aarzeling, een robuuste naam, warm als een steen in de zon. Een anker.

In gedachten zei ze erachteraan: Phoebe.

'Hij heeft honger,' voegde Norah eraan toe. 'Hij drinkt altijd zo gulzig.'

'Nou, dat heeft hij dan van zijn tante. Ik ga ontbijten. Wil jij ook iets?'

'Een glas water of zo,' zei ze, Bree nakijkend die met haar lange, sierlijke benen de kamer uit liep. Wat was het toch vreemd dat ze uitgerekend haar zusje, haar tegenpool, er deze dagen bij wilde hebben, maar het was gewoon zo.

Bree was pas twintig, maar zo eigenzinnig en zelfverzekerd dat Norah vaak het gevoel had dat zij eigenlijk de oudste van hun beiden was. Drie jaar geleden, ze zat nog op de middelbare school, was Bree ervandoor gegaan met de apotheker die tegenover haar woonde. Een vrijgezel, twee keer zo oud als zij. Iedereen keek vooral hém erop aan, omdat hij als de oudere beter had moeten weten. Ze weten Brees onbezonnenheid aan het feit dat ze als prille tiener haar vader zo plotseling had moeten missen. Een kwetsbare leeftijd, vond iedereen. Niemand gaf hun huwelijk een kans van slagen, en ze kregen gelijk.

Maar als mensen hadden gedacht dat Bree zich door deze episode uit het veld zou laten slaan, dan hadden ze het mis. De wereld was veranderd sinds Norah een klein meisje was, en Bree was niet weer thuis komen wonen, zoals iedereen had verwacht. In plaats daarvan had ze zich ingeschreven aan de universiteit. Ze veranderde haar naam van Brigitte in Bree omdat ze hield van die klank, die haar deed denken aan een vrije, frisse zomerbries.

Hun moeder, die zich doodschaamde voor dat schandelijke huwelijk en de nog schandelijker scheiding, was hertrouwd met een TWA-piloot en was naar St. Louis verhuisd. Haar dochters keerde ze de rug toe. 'Ik ben blij dat ten minste een van mijn dochters zich weet te gedragen,' zei ze, haar servies in een verhuisdoos stoppend. Het was herfst, de lucht fris en koud, vol met gouden dwarrelbladeren. Haar asblonde haar hing als een luchtige wolk om haar hoofd en haar fijne trekken verrieden een golf van emoties. 'O, Norah, ik ben zo dankbaar dat ik ten minste één fatsoenlijke dochter heb, dat kun je je niet voorstellen. Zelfs als je nooit trouwt, schat, zul je altijd een dame zijn.' Norah legde een ingelijste foto van haar vader in een doos en voelde boosheid en frustratie in zich opborrelen. Ook zij had zich verbaasd

44

over Brees lef, haar onverschrokkenheid, en ze was boos omdat voor Bree bepaalde regels blijkbaar niet golden, dat ze ermee kon wegkomen – het huwelijk, de scheiding, het schandaal.

Ze was kwaad om wat Bree hun allemaal had aangedaan.

Zij had als eerste uit de band willen springen.

Maar het zou nooit in haar zijn opgekomen. Zij was altijd de braafste, dat was nu eenmaal haar rol. Ze trok sterk naar haar vader toe, een vriendelijke, nogal chaotisch ingestelde man die alles wist over schapen. Hij sloot zich op in het kamertje boven aan de trap om vaktijdschriften te lezen en bracht de rest van de tijd door op het fokstation waar hij zich omringde met schapen met hun vreemde, scheefstaande, gele ogen. Ze hield van hem en haar hele leven voelde ze zich geroepen om op een of andere manier zijn afstandelijke houding ten opzichte van zijn gezin goed te maken, voor haar moeder, die getrouwd was met een man die zo anders was dan zijzelf. Toen hij overleed, werd de drang om het goed te maken, om de wereld te verbeteren, alleen maar sterker. Ze ploeterde door, studeerde rustig verder en deed wat er van haar werd verwacht. Na haar afstuderen werkte ze zes maanden voor het telefoonbedrijf, maar had het daar totaal niet naar haar zin. Na haar huwelijk met David gaf ze dit baantje dan ook met alle liefde op. Hun ontmoeting op de lingerieafdeling van warenhuis Wolf Wile en het besloten huwelijk dat daar zo snel op volgde, behoorden wel zo'n beetje tot de wildste dingen die ze in haar leven had meegemaakt.

Bree zei altijd dat Norah's leventje net een suffe soap was. 'Het past bij jou,' zei ze dan en wierp haar haar naar achteren, waarbij zilveren armbandjes tot halverwege haar elleboog rinkelden. 'Maar ík zou er niet tegen kunnen. Ik zou binnen een week helemaal gek worden. Binnen een dag!'

Norah had er de pest over in, was verontwaardigd en jaloers op Bree, maar ze zei niets. Bree volgde colleges over Virginia Woolf, trok in bij de manager van een reformwinkel in Louisville en kwam nooit meer langs. Toen Norah zwanger raakte, sloeg haar houding echter van de ene op de andere dag om. Bree kwam weer regelmatig langs, bracht gehaakte slofjes en fijne zilveren enkelbandjes mee die ze had ontdekt in een Indiaas winkeltje in San Francisco. Toen Norah zich had laten ontvallen dat ze haar baby niet met de fles wilde grootbrengen, kwam ze zelfs aan met stencils vol tips over borstvoeding. Norah was toen blij om haar te zien. Ze was blij met al die lieve, onpraktische cadeautjes, blij met de steun die ze haar gaf, want in 1965 was het ge-

45

ven van borstvoeding iets heel progressiefs, het was moeilijk om er informatie over te vinden. Hun moeder wilde er niet eens over praten en de vrouwen van haar naaikransje hadden gezegd dat ze wel een stoel in het toilet zouden zetten om haar privacy te gunnen. Tot haar grote opluchting had Bree geërgerd uitgeroepen: 'Wat een stelletje preutse trutten, zeg. Niet naar luisteren!'

En toch, hoe dankbaar Norah ook was voor Brees steun, nu en dan voelde ze zich er heimelijk ook wat ongemakkelijk bij. In Brees wereld, die hoofdzakelijk leek te bestaan uit Californië, Parijs en New York, liepen jonge vrouwen ongegeneerd half aangekleed door hun huis, lieten foto's nemen terwijl hun baby's aan hun reusachtige borsten lurkten en schreven columns over de voordelen van moedermelk. 'Het is iets heel natuurlijks, we zijn toch zoogdieren?' legde Bree uit, maar de gedachte dat ze een zoogdier was, gedreven door instinct, omschreven in termen als 'zuigeling' (die haar deden denken aan woorden als 'bronstijd', waardoor iets moois verviel tot het niveau van een boerenerf), dreef een blos naar Norah's wangen.

Bree kwam de kamer in met een dienblad vol koppen koffie, vers brood en boter. Haar lange haar viel over haar schouder toen ze zich vooroverboog om een glas ijswater op het bijzettafeltje naast Norah te zetten. Ze plaatste het dienblad op de koffietafel en plofte neer op de bank, haar lange witte benen onder zich gevouwen.

'Is David al weg?'

Norah knikte. 'Ik heb niet eens gemerkt dat hij opstond.'

'Denk je dat het goed voor hem is om zo hard te werken?'

'Ja,' zei Norah beslist. 'Dat denk ik wel.' Dokter Bentley had met de andere artsen in de praktijk overlegd en ze hadden aangeboden om een deel van Davids werk over te nemen, maar hij had geweigerd. 'Ik denk dat het juist goed voor hem is om zich op zijn werk te storten.'

'Echt? En geldt dat ook voor jou?' vroeg Bree, een hap van haar boterham nemend.

'Ik? Ik red me hier wel alleen, hoor.'

Bree wuifde met haar vrije hand. 'Vind je niet –' begon ze, maar Norah onderbrak haar voor ze nog meer kritiek op David kon uiten.

'Ik ben zo blij dat jij er bent,' zei ze. 'Jij bent de enige die nog met me praat.'

'Doe niet zo gek. Iedereen is bij je op bezoek geweest.'

'Ik heb een tweeling gebaard, Bree,' zei Norah rustig, denkend aan haar droom, het verlaten, bevroren landschap, haar paniekerige gezoek. 'Jij bent de enige die over haar durft te praten. Zij vinden allemaal dat ik niet moet zeuren omdat ik Paul heb. Alsof je het ene leven zomaar voor het andere kunt inruilen. Maar ik heb een tweeling gekregen. Ik had ook een dochter –'

Ze moest haar zin afbreken omdat haar keel dichtgeknepen werd.

'Iedereen vindt het zo vreselijk,' zei Bree zachtjes. 'Zoveel geluk en zoveel verdriet tegelijk. Ze weten gewoon niet wat ze moeten zeggen.'

Norah trok Paul, die in slaap gevallen was, iets omhoog. Ze voelde zijn warme adem in haar hals, wreef over zijn rug, die maar net groter was dan haar hand.

'Dat weet ik wel,' zei ze. 'Maar toch.'

'David had nooit zo snel weer aan het werk moeten gaan,' zei Bree. 'Paul is pas drie dagen oud.'

'Hij vindt troost in zijn werk,' zei Norah. 'Als ik een baan had, zou ik dat ook doen.'

'Nee,' zei Bree hoofdschuddend. 'Nee, dat zou je nooit doen, Norah. Weet je, ik vind het rot om te zeggen, maar hij probeert de boel te ontvluchten, kropt zijn gevoelens op. En jij probeert wanhopig om de leegte op te vullen. De boel recht te breien. En dat kun je niet.'

Norah nam haar zuster op en vroeg zich af welke gevoelens de apotheker had opgekropt; Bree mocht dan een open boek lijken, over haar mislukte huwelijk sprak ze nooit. Hoewel Norah eigenlijk vond dat Bree wel een goed punt had, voelde ze zich toch verplicht om voor David op te komen. Hij had, ondanks zijn eigen verdriet, alles zo goed geregeld: de besloten, stille begrafenis, de uitleg aan vrienden en kennissen, en nu probeerde hij het rouwproces zo snel mogelijk achter zich te laten.

'Hij moet er zelf uit zien te komen,' zei ze, haar hand uitstrekkend om het gordijn opzij te trekken. De hemel was blauw en het leek net of ze de knoppen aan de takken dikker zag worden. 'Ik wou alleen dat ik haar even gezien had, Bree. Sommige mensen vinden dat macaber, maar ik had het zo graag gewild. Ik wou dat ik haar één keer had kunnen aanraken.'

'Daar is helemaal niets macabers aan,' zei Bree op zachte toon. 'Het lijkt me een heel normale wens.'

Er viel een stilte, die Bree onhandig probeerde te doorbreken door Norah de laatste geroosterde boterham aan te bieden.

'Ik heb geen honger,' loog Norah.

'Je moet iets eten,' zei Bree. 'Die extra kilo's ben je zo weer kwijt. Dat is nou een van de grote, onuitgesproken voordelen van het geven van borstvoeding.'

'Niet onuitgesproken,' antwoordde zei Norah, 'jij spreekt je altijd uit.'

Bree lachte. 'Dat is wel zo, ja.'

'Ik meen het echt, hoor,' zei Norah, reikend naar het glas water. 'Ik ben heel blij dat je bij me bent.'

'Ja joh,' zei Bree, een beetje verlegen. 'Wat zou ik anders moeten doen?'

Pauls hoofdje rustte warm en zwaar tegen haar schouder en zijn dikke haar lag pluizig in haar hals. Zou hij zijn zusje missen, vroeg Norah zich af, dat wezentje dat opeens van hem is weggerukt, zijn metgezel die al die tijd in zijn buurt was geweest? Zou hij gemerkt hebben dat ze er niet meer was? Ze tuurde uit het raam en streelde werktuiglijk zijn haar. Achter de bomen zag ze, heel in de verte, een waterig maantje aan de hemel staan.

* * *

Even later, terwijl Paul een dutje deed, nam Norah een douche. Ze worstelde met haar kleren, paste allerhande kledingstukken aan en wierp ze met een wanhopig gebaar terug op het bed. Haar rokken knelden om haar middel, haar broeken spanden om haar heupen. Ze was altijd een frêle vrouw geweest, slank en goed in proportie, en ze had het moeilijk met haar lompe en onaantrekkelijke verschijning nu. Uiteindelijk trok ze toch haar oude blauwe zwangerschapstrui aan, ook al had ze zichzelf bezworen dat ding nooit meer aan te trekken. Op blote voeten dwaalde ze door het huis, ging van kamer naar kamer. Het was overal een grote bende. Er moest nodig gestoft worden, overal slingerden kledingstukken rond en de bedden waren onopgemaakt. In het laagje stof op de ladekast was een spoor ontstaan toen David er een vaasje narcissen op had gezet. De bloemen begonnen al bruine randjes te vertonen en de ramen waren vies. Morgen zou Bree vertrekken en zou haar moeder het van haar overnemen. Bij die gedachte zeeg Norah moedeloos neer op de rand van het bed, met een stropdas van David losjes in haar hand. De rommel in huis drukte op haar, het leek alsof het zonlicht plotseling vaste vorm had aangenomen en onderworpen was geraakt aan de zwaartekracht. Ze kon zich er niet toe

48

zetten om zichzelf op te peppen. En wat eigenlijk veel erger was, het kon haar allemaal niets schelen.

Er werd aangebeld. Met ferme tred ging Bree naar de deur.

Norah herkende de stemmen, maar ze stond niet meteen op. Ze voelde zich lusteloos en vroeg zich af of ze Bree kon overhalen die mensen weg te sturen. Maar de stemmen klonken nu dichterbij, onder aan de trap, en werden zachter toen het gezelschap de zitkamer binnenging. Het waren kennissen van de bijbelkring, die cadeautjes en lekkere hapjes kwamen brengen in de hoop een glimp van de baby te kunnen opvangen. Er waren al twee bevriende stellen langsgeweest, van haar naaikransje en van het groepje waarmee ze servies beschilderde. De meegebrachte etenswaren lagen nog onaangeroerd in de ijskast. Paul ging van hand tot hand als een trofee. Norah had dergelijke kraambezoeken ook wel afgelegd, en merkte nu tot haar schrik dat ze er zelf totaal geen prijs op stelde: ze vond het storend, had een hekel aan het schrijven van bedankjes en ze zat helemaal niet te wachten op allerlei etenswaren.

Ze hoorde Bree roepen. Norah ging naar beneden. Ze had niet de moeite genomen lippenstift op te doen of haar haar even te kammen. Ze liep op blote voeten.

'Ik zie er niet uit,' verkondigde ze botweg bij het binnengaan van de kamer.

'O nee,' zei Ruth Starling, kloppend op de lege plek naast haar op de bank. Gehoorzaam nam Norah plaats. Het viel haar op dat er vreemde blikken werden uitgewisseld. Ze sloeg haar benen over elkaar en vouwde haar handen in haar schoot, zoals ze vroeger als schoolmeisje wel gedaan had.

'Paul is net in slaap gevallen,' zei ze. 'En ik ga hem niet wakker maken.'

Haar stem klonk boos, agressief.

'Geeft niks, liefje,' zei Ruth. Ze was bijna zeventig en had fijn, wit haar, dat zorgvuldig in model was gebracht. Haar man met wie ze vijftig jaar getrouwd was geweest, was een jaar geleden gestorven. Hoeveel moeite had het haar gekost, dacht Norah, hoeveel moeite moest ze nu doen, om er zo bij te zitten met een vriendelijke glimlach op haar gezicht? 'Je hebt zoveel meegemaakt,' zei Ruth.

Norah voelde de nabijheid van haar dochter weer, net buiten het zicht, en moest zich beheersen om niet naar boven te hollen om even bij Paul te kijken. Ik word gek, dacht ze, starend naar de vloer.

49

'Heeft er iemand zin in thee?' vroeg Bree, gemaakt opgewekt. Nog voor iemand had kunnen antwoorden, was ze al in de keuken verdwenen.

Norah deed haar best om haar aandacht bij de conversatie te houden. Moest men in het ziekenhuis nu batisten of katoenen beddengoed nemen? Wat vond men van de nieuwe pastor? Moesten er wel of geen dekens geschonken worden aan het Leger des Heils? Plotseling flapte Sally er een nieuwtje uit. Kay Marshall was de avond daarvoor bevallen van een dochter.

'Op de kop af zeven pond,' zei Sally. 'Kay ziet er geweldig uit. De baby is prachtig. Een dotje gewoon. Ze heet Elizabeth, naar haar oma. De bevalling is vlot verlopen, hoorde ik.'

Toen iedereen besefte wat er was gebeurd, viel er een stilte. Norah had het gevoel dat de stilte uit haar binnenste opwelde en zich door de hele kamer verspreidde. Sally keek blozend rond, opgelaten.

'O,' zei ze. 'O, Norah, sorry.'

Norah wilde de stilte doorbreken. In gedachten formuleerde ze een geschikte reactie, maar ze was niet in staat iets uit te brengen. Ze zat roerloos op de bank terwijl de stilte een meer werd, een zee ten slotte, waar ze allemaal in dreigden te verdrinken.

'Nou,' zei Ruth uiteindelijk. 'Ik wens je veel sterkte, Norah. Je zult wel doodmoe zijn.'

Ze haalde een omvangrijk cadeau tevoorschijn, verpakt in kleurig papier en met gekrulde lintjes erop. 'We hebben onze bijdragen bij elkaar gelegd en we dachten dat je vast al wel genoeg luierspelden had!'

De vrouwen lachten opgelucht. Norah lachte ook en maakte de doos open. Het was een kinderstoel met een metalen frame en een beklede zitting, precies zo een als ze wel eens bij een andere vrouw had gezien.

'Hij kan er natuurlijk pas over een paar maanden in,' zei Sally. 'Maar dan zal hij er vast heel veel plezier aan beleven!'

'En hier is nog iets,' zei Flora Simpson, die opstond met twee zachte pakjes in haar hand.

Flora was de oudste van de groep, ouder nog dan Ruth, maar ze was een pezige vrouw en ze bruiste van energie. Voor iedere baby die er in de parochie werd geboren, breide ze een dekentje. Ze was er zo zeker van dat Norah een tweeling verwachtte, dat ze twee dekentjes voor haar had gebreid. Op de avonden dat ze bijeenkwamen en tijdens het koffieuurtje in de kerk had ze driftig zitten tikken, de wollen draden uit haar tas trekkend. Zachte tinten geel en groen, lichtblauw en roze door elkaar – ze had zich niet vastgelegd op het geslacht, grinnikte ze, maar dat het een tweeling was, dat wist ze zeker. Niemand had acht geslagen op haar voorgevoel.

Norah nam de pakjes van haar aan en moest haar tranen bedwingen. Toen ze het eerste pakje opende, ontvouwde zich de zachte, bekende wol op haar schoot, en haar dochter leek nu vlakbij te zijn. Norah was Flora, die wijze oude vrouw, heel dankbaar dat ze zo goed had aangevoeld wat ze moest doen. Ze scheurde het tweede cadeautje open, benieuwd hoe de tweede deken geworden was.

'Het is nog een beetje groot,' zei Flora, toen Norah het kruippakje ophield. 'Maar ze groeien zo snel op deze leeftijd.'

'Waar is die tweede deken?' vroeg Norah streng. Haar stem klonk als het schrille gekrijs van een vogel en ze verbaasde zich over haar gedrag. Haar hele leven was ze trots geweest op haar rustige karakter, de weloverwogen keuzes die ze maakte. 'Waar is de deken die je hebt gebreid voor mijn dochtertje?'

Flora keek opgelaten de kring rond. Ruth pakte Norah's hand. Norah voelde de gladde huid, de verrassend stevige greep. David had haar ooit verteld hoe alle botjes heetten, maar ze herinnerde zich er niet één. Ze begon te huilen.

'Rustig maar. Je hebt een prachtige zoon, weet je nog?' zei Ruth.

'Hij had een zusje,' fluisterde Norah en keek haar bezoek vastberaden aan. Ze waren gekomen met de beste bedoelingen. Ze hadden met haar te doen en zij maakte het met de minuut minder gemakkelijk voor ze. Wat was er met haar aan de hand? Haar hele leven had ze zo haar best gedaan om de juiste dingen te doen, om de juiste dingen te zeggen. 'Ze heette Phoebe. Ik wil dat iemand haar naam hardop uitspreekt. Horen jullie dat?' Ze stond op. 'Ik wil dat iemand zich haar naam herinnert.'

Toen werd er een vochtige doek op haar voorhoofd gelegd en hielp iemand haar om op de bank te gaan liggen. Er werd gezegd dat ze haar ogen moest sluiten en ze gehoorzaamde. De tranen glipten tussen haar oogleden door. Het leek net of er een bron was aangeboord; ze kon ze niet tegenhouden. Ze hoorde iedereen praten, hun stemmen stoven rond als sneeuwvlokken in de wind. Er werd overlegd. Dit kwam vaker voor, zei iemand. Zelfs na een bevalling uit het boekje kon een kraamvrouw een paar dagen in een dip raken. Moeten we David niet bellen, vroeg een andere stem, en toen kwam Bree binnen. Rustig verzocht ze iedereen de zitkamer te verlaten. Toen iedereen weg was en Norah haar ogen weer opende, zag ze Bree staan. Ze droeg een van haar schorten, de band met de kartelranden losjes om haar slanke taille geknoopt.

Op de vloer zag ze Flora Simpsons deken liggen, te midden van het gescheurde cadeaupapier. Ze raapte het ding op, voelde hoe zacht de wol was. Norah veegde haar tranen af.

'David zei dat ze donker haar had. Net als dat van hem.'

Bree keek haar indringend aan. 'Je zei toch dat jullie van plan waren om een rouwdienst te houden, Norah? Waarom wachten jullie daar eigenlijk zo lang mee? Is het niet beter om het meteen te doen? Misschien geeft dat je wat meer rust.'

Norah schudde haar hoofd. 'Ik denk dat David gelijk heeft, dat iedereen gelijk heeft. Ik moet me richten op het kindje dat ik wél heb.'

Bree haalde haar schouders op. 'Maar dat lukt je zo niet. Hoe meer je je best doet om de gedachte aan haar te verdringen, hoe meer je juist aan haar zult denken. David is ook maar een arts,' voegde ze eraan toe. 'Hij weet ook niet alles. Hij is God niet.'

'Natuurlijk is hij dat niet,' zei Norah. 'Dat weet ik ook wel.'

'Soms twijfel ik daar wel eens aan.'

Norah antwoordde niet. Op het gelakte parket was een grillig patroon te zien, de schaduwen van de bladeren dansten in het licht. De klok op de schoorsteenmantel tikte zachtjes. Ze vond dat ze boos moest worden, maar ze was het niet. De gedachte aan een rouwdienst had een einde gemaakt aan het voortdurende weglekken van energie, dat begonnen was op de trap voor de kliniek.

'Misschien heb je wel gelijk,' zei ze. 'Ik weet het niet. Wie weet. Iets kleins. In besloten kring.'

Bree reikte haar de telefoon aan. 'Hier. Regel het maar.'

Norah haalde diep adem en toog aan het werk. Eerst belde ze de nieuwe pastor. Ze hoorde zichzelf uitleggen dat ze een afscheidsdienst wilde, ja, buiten, op het plein voor de kerk. Ja, ongeacht het weer. 'Voor Phoebe, mijn dochter, die tijdens de geboorte is overleden.' De hele middag zou ze die woorden blijven herhalen, tegen de bloemist, tegen de vrouw die de advertenties verzorgde in *The Leader*, tegen de vrouwen van het naaikransje, die aanboden de bloemen te verzorgen. Iedere keer voelde Norah dat er meer rust over haar kwam. Het deed haar denken aan het gevoel van opluchting op het moment dat Paul begon te drinken, haar dwingend contact te houden met de werkelijkheid.

Bree moest naar college en Norah zwierf door het stille huis, zag wat een bende het was. De middagzon scheen in de slaapkamer door de vuile ramen en onthulde iedere ongerechtigheid. Ze had dagenlang wel gemerkt hoe vies het overal was, maar nu, voor het eerst sinds de bevalling, maakte lethargie plaats voor dadendrang. Ze trok de lakens recht, zette de ramen open en nam overal stof af. De lompe zwangerschapstrui ging uit. Ze zocht net zolang in haar kast tot ze een rok gevonden had die haar paste en een bloes die voldoende ruimte bood voor haar boezem. Ze keek fronsend naar haar spiegelbeeld, ze was nog zo dik, zo onherkenbaar, maar toch voelde ze zich al een stuk beter. Ook voor haar haar nam ze nu de tijd. Honderd slagen. De borstel zat vol haar, een dicht nest van zacht, gouden haar. De weelderige haardos die ze tijdens de zwangerschap had gehad, viel gedeeltelijk uit nu haar hormoonspiegel veranderde. Ze had geweten dat ze last zou krijgen van haaruitval, maar toch moest ze haar tranen bedwingen.

'Zo kan-ie wel weer,' sprak ze zichzelf op strenge toon toe, met haar lippenstift in de aanslag. Ze slikte de tranen weg. 'Zo kan-ie wel weer, Norah Asher Henry.'

Ze trok een trui aan en liep de trap af. Beneden vond ze haar platte, beige schoenen. In ieder geval pasten al haar schoenen weer.

Ze keek even in Pauls wiegje – hij sliep nog, zijn adem gleed zacht maar duidelijk voelbaar langs haar vingertoppen – zette een schaal met een diepvriesmaaltijd in de oven, dekte de tafel en trok een fles wijn open. Ze was net bezig de verwelkte bloemen op te ruimen, de stelen nat en slijmerig in haar hand, toen de voordeur openging. Haar hart maakte een sprongetje toen ze Davids voetstappen hoorde. Daar stond hij in de deuropening, zijn grijze pak losjes om zijn magere lijf hangend, een blos op zijn wangen na de wandeling. Hij was moe en ze zag hoe hij opgelucht vaststelde dat het huis was opgeruimd, dat ze weer gewone kleren droeg, dat ze eten aan het klaarmaken was. Hij had een bosje verse narcissen geplukt in de tuin. Toen ze hem kuste, voelde ze dat zijn lippen koud waren.

'Hallo,' zei hij. 'Volgens mij heb je wel een fijne dag gehad, of niet?'

'Ja, inderdaad. Het was leuk vandaag.' Ze had hem bijna verteld wat ze gedaan had, maar schonk in plaats daarvan iets voor hem in. Een glas whisky, puur, precies zoals hij hem graag had. Tegen het aanrecht geleund keek hij toe hoe ze de sla stond te wassen. 'En jij?' vroeg ze, de kraan dichtdraaiend.

53

'Gaat wel,' zei hij. 'Druk geweest. Sorry voor vannacht. Iemand met een hartaanval. Heeft het gelukkig gehaald.'

'Waren er botten gebroken?' vroeg ze.

'O. Eh, ja. Hij is van de trap gevallen. Scheenbeen gebroken. Slaapt de baby?'

Norah wierp een blik op de klok en zuchtte. 'Misschien kan ik hem beter wakker maken,' zei ze. 'Als ik hem tenminste ooit in een ritme wil krijgen.'

'Ik ga wel,' zei David en nam de bloemen mee naar boven. Ze hoorde hem boven rondstommelen en ze stelde zich voor hoe hij zich vooroverboog om zachtjes over Pauls voorhoofd te aaien, zijn handje vast te pakken. Een paar minuten later kwam David weer beneden in een spijkerbroek en een trui.

'Hij lag zo vredig te slapen,' zei David. 'Ik heb hem maar niet wakker gemaakt.'

Ze gingen in de woonkamer op de bank zitten. Eventjes leek alles net als vroeger, toen ze nog met zijn tweetjes waren en de wereld om hen heen nog een begrijpelijk geheel vormde en vol beloften was. Norah was van plan geweest om David pas tijdens het eten van haar plannen op de hoogte te stellen, maar opeens flapte ze het eruit. Ze vertelde over de bescheiden afscheidsdienst die ze had georganiseerd, de advertentie die in de krant zou komen. Naarmate ze langer aan het woord was, zag ze Davids blik verder verstrakken, kwetsbaar worden. Het maakte haar onzeker. Het leek net of hij ontmaskerd was en ze eigenlijk praatte tegen een vreemde wiens reactie ze niet kon peilen. Zijn ogen werden donkerder dan ze ze ooit gezien had en ze vroeg zich af wat er in hem omging.

'Je wilt geen rouwdienst?' vroeg ze.

'Nee, dat is het niet.'

Ze zag het verdriet in zijn ogen, hoorde het in zijn stem. Het verlangen zijn leed te verzachten was zo sterk dat ze bijna op het punt stond om alles terug te draaien, maar ze voelde dat de lethargie, die ze met zoveel moeite had weten af te schudden, nog altijd op de loer lag.

'Het heeft me goed gedaan dit allemaal te regelen,' zei ze. 'Dat is toch niet verkeerd?'

'Nee,' zei hij. 'Daar is niets verkeerds aan.'

Even leek het of hij nog meer wilde zeggen, maar hij bedacht zich en kwam overeind. Hij liep naar het raam en tuurde door het duister naar het parkje aan de overkant van de straat. 'Maar verdorie, Norah,' zei hij, zijn stem laag en streng, op een toon die ze niet van hem kende. De woede die ze erin hoorde beangstigde haar. 'Waarom ben je toch zo vasthoudend? Had je niet met me kunnen overleggen voordat je de krant belde?'

'Ze is dood,' zei Norah, die nu ook boos begon te worden. 'Daar hoeven we ons toch niet voor te schamen? Het hoeft geen geheim te blijven.'

David bleef met gespannen schouders voor het raam staan. Een man met een koraalrode badjas over zijn arm in Wolf Wile's warenhuis. Hij was haar vaag bekend voorgekomen, alsof ze hem vroeger goed gekend had, maar uit het oog verloren was. En nu, na een jaar met hem getrouwd te zijn geweest, leek het of ze hem nauwelijks kende.

'David,' zei ze. 'Wat is er met ons aan de hand?'

Nog altijd draaide hij zich niet om. De geur van vlees en aardappels drong de kamer binnen. Ze dacht aan de schaal die ze in de oven had gezet en haar maag knorde van de honger die ze de hele dag had genegeerd. Boven begon Paul te huilen, maar ze bleef zitten waar ze zat, wachtend op zijn antwoord.

'Er is helemaal niets met ons aan de hand,' bracht hij uiteindelijk uit. Toen hij zich omdraaide stond het verdriet nog in zijn ogen, maar ook iets anders, een bepaald soort vastberadenheid die ze niet kon plaatsen. 'Je maakt van een mug een olifant, Norah,' zei hij. 'En dat begrijp ik op zich wel.'

Koud. Afwijzend. Bevoogdend. Paul deed er boven nog een schepje bovenop. Woedend wendde Norah zich van hem af en stormde de trap op, waar ze de baby optilde en hem rustig, rustig verschoonde, al die tijd trillend van boosheid. Dan in de schommelstoel, de knoopjes los en dan dat moment van bevrijding. Ze sloot haar ogen. Beneden hoorde ze David lopen. Hij had hun dochter tenminste wél aangeraakt, haar gezichtje gezien.

Die dienst zou er komen, wat er ook gebeurde. Ze zou het doen voor zichzelf.

Langzaam, heel langzaam, terwijl Paul zich tegoed deed en de schemering inviel, werd ze rustiger, veranderde weer in die brede, traag stromende rivier, die alles nam zoals het was. Buiten groeide langzaam en onhoorbaar het gras, knapten de cocons met de spinneneieren open, vlogen vogels klapwiekend voorbij. Dit is heilig, dacht ze, ik ben via het kind in mijn armen en het kind dat aan de aarde is toevertrouwd verbonden met alles wat leeft en ooit geleefd heeft. Het duurde een hele poos voor ze haar ogen weer opende. Toen ze het deed, was ze verrast door de duisternis die haar omringde en door de schoonheid van de dingen: een smalle rechthoek van licht, afkomstig van de glazen deurklink, trillend op de muur. Pauls nieuwe deken, met zoveel liefde gebreid, hing golvend over de rand van het wiegje. En op de ladekast de narcissen van David, zacht als mensenhuid en bijna lichtgevend in het licht van de lamp in de hal.

# Maart 1964

# Caroline

Haar stem droeg niet ver op de verlaten parkeerplaats. Caroline sloeg het portier dicht. Ze liep door de natte sneeuw terug naar de winkel. Na een paar passen keerde ze om en ging terug om de baby te halen. Phoebes ijle kreetjes zwelden aan in het donker terwijl Caroline door de felle banen van licht die door de ramen op het asfalt schenen naar de automatische schuifdeuren van de supermarkt liep. Dicht. Caroline riep en bonsde, haar stem versmolt met het gehuil van Phoebe. Binnen waren de felverlichte gangpaden leeg. Ze zag een vergeten emmer sop, rijen glimmende blikken, keurig in het gelid. Gedurende enkele minuten stond Caroline daar, buiten adem, en luisterde naar het gehuil van Phoebe en het geruis van de wind in de takken. Toen vermande ze zich en liep om de winkel heen. Achter het laadplatform was het metalen rolluik van het magazijn gesloten, maar ze liep er toch naartoe. Er hing een geur van rottende etenswaren die op het koude, vettige beton terecht waren gekomen, waar de sneeuw was gesmolten. Ze schopte uit alle macht tegen het rolluik en was zo tevreden over de denderende echo dat ze er nog een paar flinke trappen tegen gaf. Ze raakte er buiten adem van.

'Als er nog mensen binnen zijn, wat ik betwijfel, dan denk ik niet dat ze open zullen doen, schatje.'

Een mannenstem. Caroline draaide zich om en zag hem staan, een eindje lager op de helling waarlangs de vrachtwagens achteruit omhoog reden om uitgeladen te worden. Zelfs van een afstand kon ze zien dat het een boom van een vent was. Hij droeg een dikke, wollen jas en een gebreide muts. Zijn handen zaten diep in zijn zakken.

'Mijn baby huilt,' zei ze, ten overvloede. 'De accu van mijn auto is leeg. Er hangt een telefoon binnen, maar ik kan er niet bij.'

'Hoe oud is uw baby?' vroeg de man.

'Pasgeboren,' zei Caroline zonder na te denken, met een snik en ook wat paniek in haar stem. Belachelijk, een gedachte waarvan ze altijd had gewalgd, en nu was ze het zelf – een meisje in nood.

'Het is zaterdagavond,' zei de man, wiens stem het besneeuwde stukje asfalt tussen hen in overbrugde. Over de parkeerplaats naar de straat kijkend, zag ze dat er geen verkeer te bekennen was. 'Alle garages in de stad zijn waarschijnlijk gesloten.'

Caroline zweeg.

'Luister, mevrouw,' begon hij. Hij sprak langzaam en zijn stem klonk vriendelijk. Caroline dacht dat hij misschien wel expres zo duidelijk articuleerde, zo'n kalmerende toon aansloeg, omdat hij dacht dat ze niet helemaal lekker was. 'Ik heb geen startkabels bij me, dus ik kan u niet helpen met die auto. Maar het is koud, zoals u zegt. Misschien wilt u even bij mij in de cabine komen zitten? Het is warm daar. Ik heb hier een tijdje geleden een partij melk afgeleverd en wilde even afwachten wat het weer gaat doen. Ik wil alleen maar zeggen dat u bij mij in de cabine mag komen zitten. Dan kunt u even rustig nadenken.' Toen Caroline niet direct antwoordde, vervolgde hij: 'Het gaat mij om de baby.'

Ze keek de parkeerplaats rond en zag, helemaal aan het andere eind, een vrachtwagen staan, met een zwarte cabine en stationair draaiende motor. Ze had hem eerder gezien, maar er verder geen aandacht aan geschonken. In haar armen hapte Phoebe naar adem en zette het weer op een huilen.

'Goed dan,' besloot Caroline. 'Eventjes kan geen kwaad.' Ze stapte voorzichtig tussen de geplette uien door en toen ze bij de hellingbaan was aangekomen, stak hij een hand naar haar uit. Ze pakte hem dankbaar aan, want de groenteresten en de sneeuw hadden het beton spekglad gemaakt. Ze keek naar hem op. Hij droeg een volle baard en een lange gebreide muts, die hij tot aan zijn wenkbrauwen over zijn hoofd getrokken had. Daaronder fonkelden donkere, vriendelijke ogen. Een belachelijke situatie, dacht ze, terwijl ze samen over de parkeerplaats schuifelden. Gek. En stom bovendien. Hij kon wel een moordenaar zijn. Maar ze was te moe om zich hier verder druk om te maken.

Hij hielp haar om wat spullen uit haar auto te pakken en zodra Caroline zich had geïnstalleerd in de cabine reikte hij haar Phoebe aan. Ze schonk nog een beetje babyvoeding uit de thermoskan in het flesje. Phoebe was zo overstuur dat het even duurde voor ze in de gaten had dat er eten werd aangeboden, en het kostte haar wat moeite om te zuigen. Caroline streek rustig over haar wangetje en na enige tijd nam ze de speen in haar mond en begon te drinken.

'Eigenlijk best vreemd, vind je niet?' zei de man toen de baby was gekalmeerd. Hij was achter het stuur komen zitten. De motor bromde in het duister, een vertrouwenwekkend geluid, als het gesnor van een grote poes. De wereld trok zich terug, en werd een klein stipje aan de horizon. 'Dit soort winterweer in Kentucky, bedoel ik.'

'Het gebeurt om de paar jaar wel een keer,' zei ze. 'Kom je niet hier vandaan?'

'Akron, Ohio,' zei hij. 'Oorspronkelijk. Maar ik zit nu al vijf jaar op de weg. Ik zie mezelf tegenwoordig liever als wereldburger.'

'Is het geen eenzaam beroep?' vroeg Caroline, die dacht aan alle avonden waarop ze alleen in haar appartement zat. Ze kon haast niet geloven dat ze hier echt zo'n vertrouwelijk gesprek voerde met deze vreemde man. Het was vreemd, maar ook best spannend, alsof je je hart uitstort bij iemand die je ontmoet in een trein of bus.

'O ja, soms wel,' gaf hij toe. 'Het is een eenzaam bestaan, dat is zo. Maar ik ontmoet vaak ook onverwachts mensen. Zoals vanavond.'

Het was warm in de cabine. Caroline ontspande zich en zakte lekker weg in de zachte, hoge leuning van de gemakkelijke stoel. In het licht van de straatlantarens zag ze nog steeds sneeuwvlokken dwarrelen. Haar auto stond midden op de parkeerplaats, helemaal alleen, bedekt onder een laagje sneeuw.

'Waar moet je eigenlijk naartoe?' vroeg hij.

'Naar Lexington. Er was een stukje terug op de snelweg een ongeluk gebeurd. Ik dacht dat ik mezelf met deze route heel wat tijd en ellende zou besparen.'

Zijn gezicht werd zacht beschenen door de straatlantarens en hij glimlachte. Tot haar eigen verbazing deed Caroline hetzelfde en ze lachten beiden.

'Ja, goed plan!' zei hij, en Caroline knikte.

'Luister,' zei hij na een moment stilte. 'Als je alleen maar naar Lexington hoeft, dan kan ik je wel een lift geven. Of ik nu hier of daar de nacht doorbreng, het maakt mij niet uit. En morgen – o nee, morgen is het zondag. Maandag laat je je auto gewoon ophalen door een sleepdienst. Tot die tijd staat hij hier veilig, dat is een ding dat zeker is.'

Phoebes gezichtje werd ook beschenen door de straatlantarens. Hij streelde met zijn grote hand heel zachtjes over haar voorhoofd. Caroline was aangenaam getroffen door zijn onhandigheid en de rust die hij uitstraalde en besloot op zijn voorstel in te gaan.

'Goed,' zei ze. 'Als het niet te veel moeite is.'

'O nee,' zei hij. 'Shit nee. Sorry voor mijn taalgebruik. Lexington ligt op mijn route.'

Hij haalde de laatste spullen uit haar auto – de zak met boodschappen en Phoebes dekentje. Hij heette Al. Albert Simpson. Hij tastte de vloer af op zoek naar een extra mok. Met een zakdoek veegde hij hem zorgvuldig schoon en schonk hem vervolgens vol koffie uit een thermoskan. Ze dronk een slok koffie en was blij dat het donker was, blij dat ze lekker warm binnen zat en dat ze bij iemand was die niets over haar wist. Ze voelde zich veilig en op een vreemde manier heel gelukkig, ook al rook het naar zweetsokken en had ze een kindje op schoot dat niet eens van haar was. Onderweg vertelde Al haar verhalen over zijn leven op de snelweg – de rustplaatsen waar hij kon douchen en de ontelbare mijlen die onder zijn wielen doorgleden terwijl hij nacht aan nacht stug doorreed.

Bij het zachte gebrom van de wielen, de warmte en de sneeuw die in het licht van de koplampen te zien was, viel Caroline algauw half in slaap. Op de parkeerplaats voor het gebouw waar ze woonde nam de vrachtwagen vijf plekken in. Al stapte uit en hielp haar naar beneden. Terwijl hij haar spullen naar boven droeg – de babyvoeding, de luiers – liet hij de motor draaien. Caroline liep met Phoebe in haar armen achter hem aan. Ergens beneden werd een gordijn opzijgeschoven. Dat was Lucy Martin natuurlijk, overmatig nieuwsgierig als altijd, en Caroline bleef even staan. Het duizelde haar. Ze vond het zo vreemd dat de wereld nog precies hetzelfde was, maar dat zij een totaal andere vrouw geworden was sinds ze bijna een etmaal geleden midden in de nacht van huis vertrok en door de sneeuw naar haar auto waadde. Voor haar gevoel was ze zelfs zo sterk veranderd dat ze eigenlijk een ander huis binnen zou moeten gaan. En toch gleed haar sleutel soepel in het slot. Toen de deur openging, droeg ze Phoebe een kamer binnen die ze kende als haar broekzak: het donkerbruine tapijt, de geruite bank en stoel die ze in de uitverkoop had gekocht, de glazen koffietafel, de roman waarin ze bezig was, *Misdaad en straf*, met de boekenlegger er nog in. Raskolnikov had net alles opgebiecht aan Sonya op hun koude zolderkamertje, ze had over ze gedroomd toen de telefoon was gaan rinkelen, terwijl buiten de sneeuw de straten bedekte.

Al bleef onbeholpen in de deuropening staan, die hij geheel opvulde. Misschien was hij wel een moordenaar, een verkrachter, een bedrieger. Alles was mogelijk.

'Ik heb een bedbank,' zei ze. 'Je kunt hier wel overnachten als je wilt.'

Na een korte aarzeling stapte hij naar binnen.

'Vindt je man dat wel goed?' vroeg hij, de ruimte in zich opnemend.

'Ik heb geen man,' zei ze. 'Niet meer,' voegde ze er haastig aan toe.

Met zijn wollen muts in zijn hand keek hij haar onderzoekend aan. Ze verbaasde zich over zijn inktzwarte krullen. Ze voelde zich moe, maar was tegelijkertijd hyperactief door de koffie en ze vroeg zich plotseling af wat hij van haar zou vinden – nog altijd in haar verpleegstersuniform, met ongekamde haren, een openhangende jas, een baby in haar vermoeide, loodzware armen.

'Ik wil je niet tot last zijn,' zei hij.

'Tot last?' antwoordde ze. 'Zonder jou stond ik daar nog op die parkeerplaats.'

Hij grinnikte, ging terug naar zijn vrachtwagen en kwam een paar minuten later terug met een kleine groene weekendtas.

'Ik zag dat er beneden iemand stond te gluren. Weet je zeker dat ik je niet in de problemen breng?'

'Dat was Lucy Martin,' zei Caroline. Phoebe was weer onrustig geworden. Ze had de fles uit haar tas gepakt en schudde wat druppeltjes op de binnenkant van haar pols. Ze ging zitten. 'Dat is een onverbeterlijke roddeltante. Je had haar geen groter plezier kunnen doen.'

Phoebe wilde niet drinken, maar begon klaaglijk te huilen. Caroline stond weer op en liep met haar door de zitkamer. Al zat intussen niet stil. Binnen de kortste keren had hij de bedbank uitgeklapt en opgemaakt. De lakens waren met militaire precisie om het matras gevouwen. Toen Phoebe eindelijk kalmeerde, knikte Caroline hem toe en wenste hem welterusten. Ze sloot de slaapkamerdeur zorgvuldig achter zich. Ze bedacht dat Al het type was dat zou hebben opgemerkt dat er geen wieg in het huis stond.

Tijdens de rit had Caroline alles gepland. Ze trok een van de lades uit de kast en legde de keurig opgevouwen kleren op de grond. Toen legde ze twee handdoeken op de bodem en vouwde daar een laken omheen. Ten slotte werd Phoebe lekker warm ingestopt. Toen ze zich eindelijk in haar eigen bed neervlijde, werd ze overspoeld door vermoeidheid. Ze viel als een blok in slaap. Het was een droomloze slaap, zo diep dat ze het gesnurk van Al in de zitkamer niet hoorde, noch het lawaai van de vuilniswagens op de parkeerplaats. Maar toen Phoebe midden in de nacht onrustig werd, schoot Caroline meteen overeind. Ze bewoog zich door het donker alsof ze door water waadde, doodop maar toch trefzeker. Ze gaf Phoebe een schone luier, maakte een flesje voor haar klaar, was een en al aandacht voor de zuigeling in haar armen en de taak die op haar schouders rustte – zo dwingend, zo tijdrovend – een taak die alleen zij kon uitvoeren, die geen uitstel duldde.

* * *

Toen Caroline wakker werd was het al licht. Het rook naar gebakken eieren met spek. Ze stond op, deed haar kamerjas aan en streelde voorovergebogen even over Phoebes wangetje. In de keuken zat Al geroosterde boterhammen te smeren.

'Hallo,' zei hij, naar haar opkijkend. Hij had zijn haar gekamd, maar dat liet zich zo te zien moeilijk temmen. Op zijn achterhoofd zag ze een kale plek en hij droeg een gouden medaillon aan een ketting om zijn hals. 'Ik ga m'n gang maar, ik hoop dat je het niet erg vindt. Ik heb gisteravond niks gegeten.'

'Het ruikt heerlijk,' zei Caroline. 'Ik heb ook honger.'

'Nou,' zei hij, haar een kop koffie aanreikend. 'Maar goed dan dat ik wat meer heb gemaakt. Leuk, klein appartement heb je. Gezellig.'

'Vind je het leuk?' vroeg ze. De koffie was sterker dan zij hem meestal zette. 'Ik denk erover om te verhuizen.'

Ze verbaasde zich over deze opmerking, maar nu ze deze woorden had uitgesproken leek het idee haar helemaal zo slecht nog niet. Het licht viel op het donkerbruine tapijt en de armleuning van haar bank. Er droop water van de dakrand. Al jaren zette ze geld opzij voor een huis of een avontuur, en daar zat ze dan: een baby in haar slaapkamer, een vreemde man aan de ontbijttafel, haar auto dertig mijl verderop. 'Ik zou wel naar Pittsburgh willen,' zei ze, zichzelf nogmaals verbazend.

Al schepte roerei met een spatel uit de pan op de borden. 'Pittsburgh? Leuke stad. Wat trekt je aan in Pittsburgh?'

'O, mijn moeder had er familie wonen,' zei Caroline, terwijl hij de borden op tafel zette en tegenover haar plaatsnam. Het leek wel of er geen eind kwam aan de leugens als een mens er eenmaal mee begonnen was.

'Zeg, eh, ik wil nog even zeggen dat ik het naar voor je vind,' zei Al. Zijn donkere ogen stonden vriendelijk. 'Dat de vader van de baby er niet meer is.'

Caroline was al half vergeten dat ze een echtgenoot uit haar duim had gezogen, en stelde verrast vast dat Al nooit had geloofd dat ze getrouwd was geweest. Hij dacht natuurlijk dat ze een ongehuwde moeder was. Ze zeiden niet veel, maakten alleen wat opmerkingen over het weer, het verkeer, en Al's volgende bestemming: Nashville, Tennessee.

'Ik ben nog nooit in Nashville geweest,' zei Caroline.

'Nee? Nou, je mag gerust mee, en je dochter ook,' zei Al. Het was een grapje, maar zijn opmerking bevatte toch ook een soort uitnodiging. Niet direct aan haar adres gericht, maar aan dat van een alleenstaande moeder die een moeilijke periode doormaakte. En toch zag Caroline zichzelf heel even met haar tas en haar beddengoed de deur achter zich dichtslaan om nooit meer terug te komen.

'Misschien een ander keertje,' zei ze, reikend naar haar koffiekop. 'Ik moet hier nog wat dingen regelen.'

Al knikte. 'Natuurlijk,' zei hij. 'Ik weet hoe dat gaat.'

'Maar bedankt,' zei ze. 'Ik vind het een aardig aanbod.'

'Heel graag gedaan,' zei hij op serieuze toon en stond op.

Caroline stond bij het raam te kijken hoe hij naar zijn vrachtwagen liep, het trapje beklom en zich bij het open portier omdraaide om naar haar te wuiven. Ze zwaaide terug, was blij om te zien dat hij lachte en was verrast dat haar hart daarbij een sprongetje maakte. Ze wilde achter hem aan rennen, dacht aan het kamertje achter in de cabine waar hij wel eens sliep, aan de manier waarop hij Phoebes voorhoofdje had gestreeld. Een man die zo'n eenzaam bestaan leidt kon haar geheimen zeker bewaren, haar dromen en angsten bij zich dragen. Maar de motor sloeg aan en de uitlaat stiet een rookpluim uit. Behoedzaam reed hij de parkeerplaats af, de straat op, en weg was hij.

\*\*\*

De rest van de dag en nacht sliep Caroline als Phoebe dat deed en was alleen even wakker om iets te eten. Het was vreemd, ze at normaal gesproken altijd op gezette tijden en beschouwde ongedisciplineerd gesnack als een teken van excentriciteit en egocentrisme, maar nu at ze wanneer ze maar wilde. Staand bij het aanrecht at ze de cornflakes rechtstreeks uit het pak en lepelde ijs uit de verpakking. Het was alsof ze een duistere kant van zichzelf ontdekte, alsof ze zich in een schemergebied tussen waken en slapen bevond, waar ze niet al te veel hoefde na te denken over de gevolgen van haar daden, over het lot van de baby die in een lade lag te slapen, over haar eigen lot.

Op maandagochtend kwam ze op tijd uit bed om zich ziek te melden. Ruby Centers, de receptioniste nam op.

'Gaat het wel, lieverd?' vroeg ze. 'Je klinkt behoorlijk slecht.'

'Ik denk dat ik griep heb,' zei Caroline. 'Ik zal wel een paar dagen uit de running zijn. Hoe is het daar?' vroeg ze, in een poging neutraal over te komen. 'Hoe is het met mevrouw Henry?'

'Eh, dat weet ik niet,' zei Ruby. Caroline zag haar voor zich, zittend aan haar opgeruimde bureau, klaar voor de nieuwe dag, een vaasje plastic bloemen op de balie. 'Er is nog niemand binnen, behalve honderd patiënten. Volgens mij ben je niet de enige met griep, Caroline.'

Caroline had nog niet opgehangen of er werd aan de deur geklopt. Lucy Martin, dat kon niet anders. Het verbaasde Caroline dat ze het zo lang had uitgehouden.

Lucy droeg een jurk met grote, knalroze bloemen, een schort met roesjes langs de randen en zachte pantoffels. Zodra Caroline de deur had opengedaan, liep ze meteen door naar binnen, met een in folie verpakt stuk bananencake in haar handen.

Iedereen zei altijd dat Lucy een hart van goud had, maar Caroline kon haar aanwezigheid niet goed verdragen. De cakes, taarten en ovenschotels van Lucy vormden slechts een excuus om binnen te komen en eens flink rond te neuzen in andermans ellende. Ze wilde alles weten over sterfgevallen, ongelukken, geboortes en huwelijken. Haar belangstelling had iets akeligs, ze was veel te gretig in haar speurtocht naar slecht nieuws, en daarom bewaarde Caroline doorgaans de nodige afstand.

'Ik zag dat je bezoek had,' zei Lucy, met een klopje op Carolines arm. 'Mijn hemel! Best een knappe vent, vind je ook niet? Ik móést gewoon even komen vragen hoe het zit.'

Lucy nam plaats op de bedbank, die weer was ingeklapt en Caroline koos voor de leunstoel. De deur naar de slaapkamer, waar Phoebe lag te slapen, stond open.

'Je bent toch niet ziek?' zei Lucy. 'Meestal ben je tegen deze tijd allang vertrokken.'

Caroline keek Lucy bedachtzaam aan en was zich ervan bewust dat haar antwoord binnen de kortste keren in de stad zou circuleren – hetgeen betekende dat ze binnen een dag of twee, drie in de winkel of in de kerk vragen kon verwachten over de man die bij haar had overnacht.

'Dat was een neef van me,' zei Caroline ontspannen. Ook ditmaal verbaasde ze zich over het gemak waarmee de leugens haar over de lippen kwamen. Het ging haar zo gemakkelijk af dat ze niet eens met haar ogen knipperde.

'Ah, ik dácht al,' zei Lucy met een vleugje teleurstelling in haar stem.

'Ik weet het,' antwoordde Caroline. Om Lucy meteen maar alle wind uit de zeilen te nemen vervolgde ze, zonder blikken of blozen: 'Arme Al. Zijn vrouw ligt in het ziekenhuis.' Ze boog zich iets voorover en sprak op zachte toon. 'Het is zo'n treurig verhaal, Lucy. Ze is pas vijfentwintig, maar ze denken dat ze een hersentumor heeft. Ze viel steeds, dus Al heeft haar uit Somerset hierheen gebracht, naar een specialist. En ze hebben net een kindje gekregen. Ik heb gezegd dat hij bij zijn vrouw moest blijven in het ziekenhuis en dat ik me wel over de baby zou ontfermen. Aangezien ik verpleegster ben hebben ze mij het kind meteen toevertrouwd. Ik hoop dat je geen last hebt van het gehuil.'

Heel even was Lucy te verbaasd om een woord te kunnen uitbrengen en Caroline genoot van het gevoel dat het vertellen van zo'n immense leugen teweegbracht.

'Wat naar voor je neef en zijn vrouw! Hoe oud is hun kindje?'

'Pas drie weken,' zei Caroline en ze veerde opeens energiek uit haar stoel. 'Wacht maar even.'

Ze ging de slaapkamer in en tilde Phoebe uit haar la. Ze wikkelde haar zorgvuldig in de deken.

'Is het geen schatje?' vroeg ze, naast Lucy op de bank neerdalend.

'Ach ja, wat een lieverd!' zei Lucy, een van Phoebes handjes aanrakend.

Caroline lachte en werd overspoeld door een golf van trots en geluk. De trekken die ze in de kliniek had waargenomen – de stand van de ogen, het ietwat platte gezicht – waren al zo vertrouwd geworden dat ze ze nauwelijks nog opmerkte. En Lucy met haar ongetrainde blik zag het al helemaal niet. Phoebe leek een doodnormale baby, vertederend, schattig, veeleisend.

'Ik vind het heerlijk om naar haar te kijken,' bekende Caroline.

'Die arme moeder,' fluisterde Lucy. 'Heeft ze eigenlijk wel overlevingskansen?'

'Dat weet niemand,' zei Caroline. 'De tijd zal het leren.'

'Ze zullen er wel kapot van zijn,' zei Lucy.

'Ja. Ja, inderdaad. Ze kunnen geen hap meer door hun keel krijgen,' vertrouwde Caroline haar toe, mede om alvast door te laten schemeren dat ze geen prijs stelden op een van Lucy's ovenschotels.

\* \* \*

De eerste paar dagen ging Caroline de deur niet uit. De wereld kwam haar appartement binnen in de vorm van kranten, boodschappenjongens, melkboeren, het gebrom van verkeer. Het weer sloeg om en de sneeuw verdween even onverwacht als hij zich had aangediend, gleed van de daken en sijpelde weg door de regenpijpen. De verbrokkelde dagen smolten samen tot een onafgebroken stroom beelden en indrukken: de aanblik van haar oude Fairline, die met opgeladen accu de parkeerplaats werd opgereden, het zonlicht dat door de ramen naar binnen scheen, de doordringende geur van vochtige aarde, een roodborstje op de voederplank. Af en toe maakte ze zich wel zorgen, maar was tegelijkertijd verbaasd over de rust die over haar kwam in Phoebes nabijheid. Het was waar wat ze tegen Lucy Martin had gezegd. Ze vond het heerlijk om voor deze baby te zorgen. Ze genoot ervan in de zon te zitten met het kind op schoot. Ze deed haar best niet helemaal verliefd op haar te worden, want het was maar tijdelijk natuurlijk. Caroline had dokter Henry vaak genoeg in de kliniek aan het werk gezien om te weten dat hij een meevoelend mens was. Toen hij die avond zijn hoofd had opgericht en haar aankeek, had ze zoveel vriendelijkheid in zijn blik waargenomen. Ze twijfelde er niet aan dat hij op zijn besluit zou terugkomen als hij eenmaal was bekomen van de schrik.

Iedere keer dat de telefoon ging, schrok ze op, maar hij belde niet.

Op donderdagochtend werd er op de deur geklopt. Caroline haastte zich ernaartoe, schikte de ceintuur van haar jurk, voelde aan haar haar. Het was maar een bezorger met een bos bloemen in zijn hand. Het was een boeket van donkerrode en zachtroze bloemen, in een wolk van gipskruid. Van Al. Met veel dank voor de gastvrijheid, had hij op het kaartje geschreven. Misschien kom ik je op mijn volgende rit weer tegen.

Caroline nam de bloemen aan en zette ze in een vaas op de koffieta-

66

fel. Nerveus pakte ze *The Leader*, die ze al dagen niet had ingekeken, verwijderde het elastiekje en grasduinde door de artikelen. Ze kon zich niet concentreren. Toenemende spanning in Vietnam, verhalen over wie welk publiek in de afgelopen week had vermaakt, een pagina gewijd aan dameshoeden voor de komende lente. Caroline wilde de krant net terzijde leggen, toen een rouwadvertentie haar aandacht trok.

AFSCHEIDSDIENST
VOOR ONZE LIEVE DOCHTER

Phoebe Grace Henry
Geboren en overleden op 7 maart 1964
Lexington Presbyterian Church
Vrijdag 13 maart 1964, 9.00 uur

Caroline ging langzaam weer zitten. Ze herlas de tekst en toen nog eens. Ze raakte de advertentie zelfs even aan, alsof ze daardoor beter zou begrijpen wat er stond. Met de krant in haar hand ging ze de slaapkamer binnen. Phoebe lag te slapen in haar la, een bleek armpje op de deken. Geboren en overleden. Caroline ging de zitkamer weer in en belde naar kantoor. Ruby nam meteen op.

'Je kunt zeker niet komen?' vroeg ze. 'Het is hier een gekkenhuis. Werkelijk iedereen heeft griep.' Op zachtere toon vervolgde ze: 'Heb je het gehoord, Caroline? Over dokter Henry? Ze hebben een tweeling gekregen. Het jongetje is kerngezond, maar het meisje is bij de geboorte overleden. Zielig hè?'

'Ik las het net in de krant, ja.' Carolines kaken zaten op slot, haar tong voelde stijf. 'Wil je aan dokter Henry vragen of hij me even belt? Zeg alsjeblieft dat het belangrijk is. Ik heb hun rouwadvertentie zien staan,' herhaalde ze. 'Wil je het alsjeblieft aan hem vragen, Ruby?' Ze hing op en keek lange tijd naar de plataan en de parkeerplaats daarachter.

Een uur later stond hij bij haar voor de deur.

'Zo,' zei ze, hem met een gebaar binnen nodend.

David Henry kwam binnen en nam plaats op de bank. Hij zat met kromme rug, friemelend aan zijn hoed. Ze ging tegenover hem zitten en monsterde hem alsof ze hem voor het eerst zag.

'Norah heeft die advertentie geplaatst,' zei hij. Toen hij opkeek,

67

voelde ze ondanks alles medelijden met hem, want hij zag er zo bezorgd uit en zijn ogen waren bloeddoorlopen. Hij had waarschijnlijk al dagen niet behoorlijk geslapen. 'Zonder met mij te overleggen.'

'Maar ze denkt blijkbaar dat haar dochter dood is,' zei Caroline. 'Hebt u haar dat verteld?'

Hij knikte bedachtzaam. 'Ik wilde haar de waarheid vertellen, maar toen het erop aan kwam kreeg ik de woorden niet uit mijn mond. Op dat moment dacht ik nog dat ik haar de pijn kon besparen.'

Caroline dacht aan alle leugens die er uit haar mond waren gerold. 'Ik heb haar niet naar Louisville gebracht,' zei ze zachtjes. Ze knikte naar de slaapkamerdeur. 'Ze is daar. Ze ligt te slapen.'

David Henry keek op. Caroline was van haar stuk gebracht, want hij werd lijkbleek. Ze had hem nog nooit zo gezien.

'Waarom niet?' vroeg hij met een vleugje woede in zijn stem. 'Waarom in 's hemelsnaam niet?'

'Bent u er wel eens geweest?' vroeg ze, denkend aan die bleke vrouw, wier haar op het koude linoleum neerdwarrelde. 'Hebt u er wel eens goed rondgekeken?'

'Nee.' Hij fronste zijn wenkbrauwen. 'Het staat goed aangeschreven. Dat weet ik wel. Ik heb er in het verleden al eens meer mensen heen gestuurd. Ik heb er nooit slechte dingen over gehoord.'

'Het was vreselijk,' zei ze, opgelucht. Dus hij had niet geweten wat hij deed. Dat scheelde, maar ze vond nog steeds dat ze hem moest haten. En toch, als ze dacht aan al die avonden dat hij in de kliniek patiënten behandelde die geen geld hadden voor een consult... Patiënten van het platteland, uit de bergen, die de hele reis naar Lexington ondernamen, zonder geld, maar hoopvol. De andere artsen in de praktijk waren het er niet mee eens, maar dokter Henry ging er toch mee door. Het was geen slecht mens, dat wist ze. Hij was geen monster. Maar dit – een rouwdienst voor een kind dat niet gestorven was – dat was monsterlijk.

'U moet het haar vertellen,' zei ze.

Bleek, maar vastberaden antwoordde hij: 'Nee. Daar is het nu te laat voor. Doe wat je goeddunkt, Caroline, maar ik kan het haar niet vertellen. Ik doe het niet.'

Vreemd – ze verachtte hem om deze woorden en tegelijkertijd ervoer ze de diepste intimiteit die ze ooit met iemand had gedeeld. Ze waren samen verwikkeld in iets overweldigends en wat er verder ook gebeurde, dat zou altijd zo blijven. Toen hij haar hand in de zijne nam, kwam dat gebaar op haar heel natuurlijk over. Hij kuste haar hand. Ze voelde zijn lippen op haar knokkels en zijn adem, die warm over haar huid streek.

Als er ook maar een zweempje berekening in zijn blik te zien was geweest op het moment dat hij opkeek, ook maar iets anders dan verwarring en pijn toen hij haar hand losliet, dan zou ze hebben gehandeld zoals ze had moeten doen. Dan had ze onmiddellijk de telefoon gepakt, dokter Bentley of de politie gebeld, en het hele verhaal verteld. Maar hij had tranen in zijn ogen.

'Het is aan jou,' zei hij, haar hand loslatend. 'Ik laat het aan jou over. Ik ben ervan overtuigd dat het tehuis in Louisville de beste plek voor haar is. Ik denk daar niet lichtvaardig over. Ze kan daar alle medische hulp krijgen die ze nodig heeft. Maar wat je ook doet, ik respecteer je beslissing. Als je besluit me aan te geven dan zal ik alle verantwoordelijkheid op me nemen. Jou zal geen enkele blaam treffen, daar kun je van opaan.'

Zijn gezicht was grijs, hij oogde terneergeslagen. Voor het eerst zag Caroline alles in breder perspectief. Voor het eerst dacht ze niet alleen aan de baby, maar besefte ze dat ze hun carrières op het spel zette.

'Ik weet het nog niet,' sprak ze langzaam. 'Ik moet er eens rustig over nadenken.'

Hij haalde zijn portefeuille tevoorschijn en nam er driehonderd dollar uit – vol verbazing stelde ze vast dat hij zoveel geld bij zich droeg.

'Ik hoef uw geld niet,' zei ze.

'Het is niet voor jou,' antwoordde hij. 'Het is voor het kind.'

'Phoebe. Ze heet Phoebe,' zei Caroline, het geld van zich afschuivend.

'Phoebe,' zei hij en stond op. Het geld liet hij op tafel liggen. 'Alsjeblieft, Caroline, beloof me dat je nooit iets zult doen zonder me er eerst van op de hoogte te stellen. Dat is het enige dat ik van je vraag. Licht me vooraf in, wat je ook besluit.'

Toen hij vertrok was alles nog precies zoals het voorafgaand aan zijn bezoek was geweest. De klok op de schoorsteenmantel, de baan zonlicht op de vloer, de scherpomlijnde schaduwen van de kale takken op het vloerkleed. Ze had het allemaal al zo vaak gezien en toch leek het een vreemde kamer, was het alsof ze er nooit gewoond had. De afgelopen jaren had ze niet zoveel spullen gekocht. Ze was van nature nogal zuinig en ze was er altijd van uitgegaan dat ze ergens anders een nieuw leven zou opbouwen. De geruite bank, de bijpassende stoel – ze vond het best leuke meubels en ze had ze natuurlijk zelf uitgezocht, maar ze zag nu in dat ze er gemakkelijk afstand van kon doen. Ik zou hier zo weg kunnen gaan, dacht ze, rondkijkend langs de ingelijste landschappen, de rieten tijdschriftenmand naast de bank, de lage koffietafel. De sfeer in haar eigen appartement leek haar opeens net zo onpersoonlijk als die in een willekeurige wachtkamer in Lexington. En wat had ze hier eigenlijk zitten doen al die jaren? Precies, wachten.

Ze probeerde haar gedachten te ordenen. Er moest toch een andere, minder dramatische oplossing te vinden zijn? Dat zou haar moeder hebben gezegd. Ze zou hoofdschuddend hebben gezegd dat ze Sarah Bernhardt niet was. Jarenlang had Caroline geen idee gehad wie Sarah Bernhardt was, maar ze snapte wel wat haar moeder bedoelde: dat je je niet moest laten overmannen door emoties, omdat de rust van alledag daar maar door werd verstoord. Zo had Caroline al haar emoties afgegeven, zoals je een jas afgeeft in de garderobe. Ze had al haar emoties afgegeven, met de gedachte dat ze ze later wel weer eens zou ophalen. Maar dat was natuurlijk nooit gebeurd, tot het moment dat ze de baby overnam van dokter Henry. Dat was het begin geweest en nu kon ze niet meer terug. Ze werd beheerst door twee emoties: angst en opwinding. Als het moest, kon ze hier vandaag nog weg, ergens anders een nieuw leven opbouwen. Wat ze ook zou besluiten met betrekking tot de baby, hier kon ze sowieso niet blijven. Het was maar een kleine stad en je kwam hier altijd wel een bekende tegen. Ze zag Lucy Martins ogen al voor zich, die zich opensperden zodra ze begreep dat Caroline gelogen had. Arme oude vrijster, zouden de mensen zeggen, ze had zelf zo graag een kind gewild. Ja, inderdaad. En wat dan nog? Waarom mocht iedereen dromen over een avontuurlijke toekomst behalve zij?

Het is aan jou, Caroline. Zijn vermoeide gezicht, gesloten als een oester.

* * *

De volgende ochtend stond Caroline vroeg op. Het was prachtig weer en ze zette de ramen open. Frisse lucht en lentegeuren dreven het huis binnen. Phoebe was die nacht twee keer wakker geworden, maar in de tijd dat ze sliep had Caroline haar spullen ingepakt en alles naar

70

de auto gebracht. Ze bezat inderdaad vrijwel niets, de koffers pasten met gemak in de achterbak en op de achterbank van de Fairline. Ze had inderdaad op stel en sprong naar China, Birma of Korea kunnen vertrekken als het nodig was geweest, en dat stemde haar tevreden. Ze was eveneens tevreden over haar eigen efficiënte handelwijze. Nog voor het middaguur had ze alles geregeld. Er zouden mensen van Goodwill komen voor de meubels en het appartement zou worden opgeruimd door een schoonmaakbedrijf. Gas, licht en water had ze laten afsluiten, de krant was opgezegd en haar bankrekeningen waren gesloten.

Caroline zat aan tafel met een kop koffie en wachtte tot ze beneden een deur hoorde dichtklappen, Lucy's auto hoorde aanslaan. Vlug pakte ze Phoebe op en bleef op de drempel nog even staan voor een laatste blik op het appartement waar ze al die jaren had zitten hopen. Terugkijkend waren de jaren voorbijgevlogen, was het net of ze er maar heel kort gewoond had. Ze trok de deur achter zich dicht en liep de trap af.

Phoebe zette ze weer in haar doos op de achterbank. Ze reed de stad in, langs de kliniek met zijn turquoise muren en oranje dak, langs de bank, de stomerij en langs de benzinepomp waar ze zo vaak kwam. Ze parkeerde bij de kerk en liet de slapende Phoebe achter in de auto. De groep mensen op de binnenplaats was groter dan ze had verwacht en ze zocht een plekje helemaal achteraan. Ze zag de achterkant van David Henry's nek, roze van de kou, en het blonde haar van Norah Henry, dat netjes was opgestoken. Niemand merkte op dat Caroline erbij was komen staan. Haar hakken zakten weg in de modder langs de rand van het pad. Ze verlegde haar gewicht naar haar tenen en moest ineens denken aan de muffe lucht die er in het gesticht gehangen had. Aan die vrouw in onderbroek, omringd door donkere haarlokken.

In de verstilde, heldere morgenlucht dreven de woorden haar kant op.

*De nacht is helder als de dag; de duisternis en het licht zijn in Uw ogen hetzelfde.*

Caroline had een paar slapeloze nachten achter de rug. Ze had midden in de nacht bij het keukenraam crackers staan eten. Het verschil tussen dag en nacht was langzaam vervaagd, het vertrouwde ritme van haar leven was haar voorgoed afgenomen.

Norah Henry drukte een zakdoekje tegen haar ogen. Caroline voelde nog hoe ze in haar hand had geknepen toen ze de baby uitdreef, en toen de tweede. Ook toen hadden er tranen in haar ogen gestaan. Dit zou haar leven kapotmaken, had David Henry stellig beweerd. En waarom zou Caroline nu naar voren treden met de verloren gewaande baby in haar armen? Waarom zou ze dit rouwbeklag onderbreken, alleen maar meer verdriet veroorzaken?

*Gij stelt onze ongerechtigheden vóór U,*
*onze heimelijke zonden in het licht van uw aanschijn.*

Bij deze woorden verplaatste David Henry zijn gewicht naar zijn andere voet. Voor het eerst begreep Caroline wat ze op het punt stond te doen. Haar keel werd dichtgeknepen en ze hapte naar adem. De kiezels drukten hard in haar voetzolen, het groepje bij de kerk begon te zweven en ze was bang dat ze zou vallen. Wat treurig, dacht Caroline, terwijl Norah haar lange benen boog om te knielen in de modder. Zo elegant. De wind speelde met Norah's korte, gouden lokken, rukte aan haar hoedje.

*...want het zichtbare is tijdelijk, maar het onzichtbare is eeuwig.*

Caroline keek naar de hand van de pastor en toen hij verder ging, leek het net of zijn woorden, hoe zacht ze ook klonken, niet tot Phoebe waren gericht, maar tot haarzelf. Het was alsof de beslissing niet kon worden teruggedraaid.

*Dat we haar lichaam in de schoot der aarde hebben gelegd, aarde tot aarde, stof tot stof. Moge de Heer haar zegenen en haar beschermen, haar vrede schenken.*

De stem zweeg even, de wind beroerde de takken en Caroline vermande zich. Ze veegde haar tranen af met een zakdoekje en hief het hoofd. Ze draaide zich om en liep terug naar haar auto, waar Phoebe nog steeds lag te slapen met het zonlicht op haar gezichtje.

Ieder einde behelst een nieuw begin. Algauw sloeg ze de hoek om bij de steenhouwerij met zijn rijen grafstenen, en zette koers naar de snelweg. Wat vreemd eigenlijk – is het geen slecht voorteken als er grafzerken worden vervaardigd aan de doorgaande weg naar een stad? Maar voor ze het wist had ze het allemaal achter zich gelaten. Toen ze bij de kruising aankwam, besloot ze in noordelijke richting te rijden, naar Cincinnati en daarna door naar Pittsburgh, langs de Ohio River naar de stad waar dokter Henry een deel van zijn in nevelen gehulde verleden had doorgebracht. De andere weg, die naar Louisville en het zwakzinnigengesticht, verdween algauw uit haar achteruitkijkspiegel.

Caroline reed flink door, roekeloos haast. Haar hart bonkte van opwinding, want wat had zij nou te vrezen van slechte voortekenen? Het kind op de achterbank werd immers al doodgewaand, en zij, Caroline Gill, was hard op weg eveneens van de aardbodem te verdwijnen. Het was een proces dat haar een licht gevoel verschafte, zo licht dat het net leek of haar auto boven de akkers van Zuid-Ohio zweefde. Gedurende die zonnige middag reed Caroline in oostelijke richting met een rotsvast vertrouwen in de toekomst. En waarom ook niet? Phoebe en haar was het ergst denkbare al overkomen en betekende dat soms niet dat ze het allerergste al achter de rug hadden?

*1965*

# Februari 1965

# Norah

Norah stond blootsvoets en gevaarlijk wankel op een krukje in de eetkamer roze serpentines aan de kroonluchter te bevestigen. Een lange sliert van roze en rode papieren hartjes lag gedrapeerd op de eettafel, over het trouwservies met de rode rozen en de vergulde randjes, het geborduurde tafelkleed en de linnen servetten. Onderwijl bromde het fornuis en woei er nu en dan een strook crêpepapier op, ritselend langs haar rok, om vervolgens zachtjes weer op de vloer neer te dalen.

Paul was elf maanden. Hij zat in een hoek naast een oud druivenmandje met houten blokken te spelen. Hij deed zijn eerste pasjes en had zich de hele middag kostelijk geamuseerd door op zijn nieuwe schoenen door het huis te stampen. Iedere kamer behelsde een nieuw avontuur. Hij had spijkers in de ventilatiekokers zitten gooien en straalde bij het horen van de echo's die hij daarmee teweegbracht. Hij had, een smal wit spoor achterlatend, een zak muurvuller door de keuken gesleept. Nu zat hij zeer geïnteresseerd naar de serpentines te kijken, die als fladderende, ongrijpbare vlinders in de lucht hingen. Hij trok zich op aan een stoel en strekte zijn handje ernaar uit. Hij kreeg een lint te pakken en rukte eraan. De kroonluchter zwaaide heen en weer. Toen verloor hij zijn evenwicht en belandde op zijn billen. Geschrokken begon hij te huilen.

'Ach, liefje toch,' zei Norah, die van de kruk af kwam om hem op te tillen. 'Al goed, al goed,' fluisterde ze, over zijn zachte, donkere haartjes strijkend.

Buiten flitste het licht van koplampen langs en verdween weer. Een autoportier werd dichtgeslagen en tegelijk begon de telefoon te rinkelen. Norah nam Paul mee naar de keuken en nam op, precies op het moment dat er op de deur werd geklopt.

'Hallo?' Ze drukte haar lippen tegen Pauls voorhoofd, zacht en vochtig, en tuurde naar de oprijlaan om te zien wiens auto dat was.

Bree verwachtte ze pas over een uur. 'Schatje,' fluisterde ze. 'Hallo,' herhaalde ze in de hoorn van de telefoon.

'Mevrouw Henry?'

Het was de assistente van Davids nieuwe praktijk. Norah had haar nog niet ontmoet. Ze had een warme, volle stem. Norah stelde zich een vrouw voor van middelbare leeftijd, zwaarlijvig en met een kapsel in de vorm van een bijenkorf. Caroline Gill, die tijdens de ergste weeën haar hand had vastgehouden, wier blauwe ogen en kalme oogopslag voor Norah onlosmakelijk verbonden waren met die vreemde en besneeuwde nacht, was van de ene op de andere dag verdwenen – een mysterie en een schandaal bovendien.

'Mevrouw Henry, met Sharon Smith. Dokter Henry is zojuist weggeroepen wegens een spoedgeval, net op het moment dat hij naar huis wilde gaan. Er is een ernstig verkeersongeluk gebeurd op Leestown Road. Tieners, zoals zo vaak, en ze zijn er niet best aan toe. Dokter Henry vroeg of ik u even wilde bellen. Hij komt zo snel mogelijk naar huis.'

'Heeft hij gezegd hoe laat ongeveer?' vroeg Norah. Het rook in huis naar gebraden varkensvlees, zuurkool en aardappels – Davids lievelingskostje.

'Nee, dat niet. Maar echt, mevrouw, het was een enorme ravage zeiden ze. Het kan wel een paar uur duren.'

Norah knikte. De voordeur ging open en sloeg dicht. Voetstappen, licht en vertrouwd in de hal, de zitkamer, de eetkamer. Het was Bree die, iets eerder dan afgesproken, langskwam om Paul op te halen, zodat Norah en David Valentijnsdag, hun trouwdag, samen konden doorbrengen.

Norah had hem willen verrassen met een dineetje.

'Bedankt voor uw telefoontje,' zei ze tegen de assistente.

Bree liep de keuken in. Ze bracht de geur van regen met zich mee. Onder haar lange regenjas droeg ze kniehoge zwarte laarzen en haar lange, witte dijen verdwenen onder het kortste rokje dat Norah ooit had gezien. Haar zilveren, met turkooizen bezette oorbellen blikkerden in het licht van de lamp. Ze kwam rechtstreeks uit haar werk – ze runde het kantoor van een lokale radiozender – en haar tas zat vol boeken en aantekeningen van de opleiding die ze volgde.

'Wow,' zei Bree en liet haar tassen op het aanrecht glijden. Ze strekte haar armen naar Paul uit. 'Het ziet er fantastisch uit, Norah. Niet te geloven wat je in zo'n korte tijd met het huis hebt gedaan.'

'Ja, daar ben ik wel een tijd mee bezig geweest,' zei Norah instemmend. Ze dacht aan al die weken die het had gekost om het oude behang af te stomen en de muren te schilderen. David en zij hadden besloten te verhuizen in een poging het verleden achter zich te laten. Norah had zich vol vuur op de verhuizing gestort, maar het effect was niet zoals ze gehoopt had. Nog altijd welde heel vaak het gemis in haar op, als vlammen uit de as. Alleen al de afgelopen maand had ze twee keer een oppas gebeld voor Paul en had ze het huis met de kamers vol rollen behang en half beschilderde muren verlaten. Veel te hard reed ze over de smalle landweggetjes naar de met een smeedijzeren hek omgeven begraafplaats waar haar dochter begraven was. De zerken waren laag, sommige al zo oud dat de tekst nauwelijks meer leesbaar was. Die van Phoebe was eenvoudig, gemaakt van roze graniet, de geboorte- en sterfdatum uitgehouwen onder haar naam. Met de ijzige wind in haar haar, omringd door een guur, winters landschap, had Norah geknield in het broze, bevroren gras uit haar droom. Het verdriet was zo hevig dat ze erdoor verlamd raakte, niet eens in staat was te huilen. Na een paar uur kwam ze eindelijk overeind, veegde haar kleren af en ging naar huis.

Paul zat te spelen met Bree, hij probeerde steeds een pluk haar te pakken te krijgen.

'Jouw mama is geweldig,' zei Bree tegen hem. 'Ze is een volmaakte huisvrouw de laatste tijd, vind je ook niet? Nee, niet mijn oorbellen, liefje,' voegde ze eraan toe, Paul nog net op tijd bij de pols pakkend.

'Volmaakte huisvrouw?' herhaalde Norah, die een golf van boosheid voelde opkomen. 'Wat bedoel je daar nu weer mee?'

'Ik bedoel er helemaal niets mee,' zei Bree. Ze had gekke gezichten zitten trekken tegen Paul en keek nu verbaasd op. 'Ah, toe nou, Norah. Doe niet zo moeilijk.'

'Huisvrouw?' zei ze nog eens. 'Ik wilde gewoon dat het er mooi uit zou zien voor onze trouwdag. Wat is daar nu erg aan?'

'Niks,' zuchtte Bree. 'Het ziet er geweldig uit. Had ik toch net al gezegd? En ik kom Paultje halen, weet je nog? Waarom ben je zo boos?'

Norah maakte een wegwerpgebaar met haar hand.

'Laat ook maar. Alsjeblieft, laat maar. David moet opereren.'

Bree zweeg even en zei: 'Aha, nu begrijp ik het.'

Norah wilde voor hem op de bres springen, maar zag ervan af. Ze bracht haar handen naar haar wangen.

'O, Bree. Waarom nou precies vanavond?'

'Ja, da's rot,' zei Bree begrijpend. Norah keek zo gespannen dat Bree in de lach schoot. 'Kom op zeg! David kan er misschien niets aan doen, maar toch denk je dat volgens mij wel een beetje, of zit ik er helemaal naast?'

'Hij kan er niks aan doen,' zei Norah. 'Er is een ongeluk gebeurd. Maar toch, je hebt gelijk – het is rot. Het is ongelooflijk rot!'

'Ik weet het,' zei Bree, haar stem verrassend zacht. 'Wat een pech, zusje.' Ze lachte. 'Kijk eens, ik heb een cadeautje voor jou en David. Misschien helpt dat een beetje.'

Bree hevelde Paul over naar haar andere arm en begon in haar overmaatse, doorgestikte tas te rommelen. Boeken, een reep, een stapel oproepen voor een demonstratie, een zonnebril in een verfomfaaide brillenkoker. Eindelijk diepte ze een fles op en schonk voor ieder een glas granaatrode wijn in.

'Op de liefde,' zei ze, Norah haar het ene glas aanreikend en het andere heffend. 'Op eeuwige vreugde en geluk.'

Ze lachten en namen een eerste slok. De wijn was zwaar van het fruit, bessen, met een vleugje eikenhout. De regen druppelde van de dakgoot. Jaren later zou Norah zich deze avond nog herinneren, de teleurstelling en Bree, die de symbolen van een andere wereld droeg: de glanzende, hoge laarzen, de oorbellen, haar bruisende, stralende voorkomen. Norah vond het allemaal even mooi, maar wist dat het voor haar onbereikbaar was. Ze was depressief – jaren later zou ze inzien dat ze daarom zo somber was – maar daar had niemand het over in 1965. Het werd niet eens voor mogelijk gehouden. Niet in Norah's geval, die had toch een mooi huis, een baby, een arts als echtgenoot? Als iemand als zij al niet gelukkig was...

'Hee, hebben jullie het vorige huis al verkocht?' vroeg Bree, haar glas op het aanrecht zettend. 'Hebben jullie dat bod geaccepteerd?'

'Ik zou het niet weten,' zei Norah. 'Ze boden minder dan de vraagprijs. David voelt er wel voor om het aan te nemen, om ervan af te zijn. Maar ik twijfel. Het was wel ons huis, ik kan er maar moeilijk afstand van doen.'

Ze dacht aan hun oude huis, dat er donker en leeg bij stond met een bordje Te Koop in de tuin en ze had het gevoel dat de wereld breekbaar was. Ze plaatste een hand stevig op het aanrecht om in balans te blijven en nam nog een slokje wijn.

'Zeg, maar hoe gaat het met je liefdesleven?' vroeg Norah om het gesprek een andere wending te geven. 'Hoe gaat het met die jongen met wie je omgaat? Hoe heette hij ook alweer, Jeff?'

'O, die.' Brees gezicht betrok en ze schudde haar hoofd alsof ze een herinnering probeerde te verjagen. 'Had ik dat nog niet verteld? Een week of twee geleden kwam ik thuis en betrapte hem in bed – in mijn eigen bed nota bene – met een of ander grietje dat bij ons heeft meegewerkt aan de verkiezingscampagne voor de burgemeester.'

'Dat meen je niet, wat afschuwelijk voor je!'

Bree schudde haar hoofd. 'Het gaat wel, hoor. Het was tussen ons toch geen echte liefde. We konden het gewoon goed met elkaar vinden. Dat dacht ik althans.'

'Hiëld je niet van hem?' vroeg Norah verbaasd. Ontevreden stelde ze vast dat de afkeurende stem van haar moeder doorklonk in haar eigen woorden. Ze wilde niet lijken op die vrouw, die kopjes thee dronk in het opgeruimde, stille huis uit hun jeugd. Tegelijkertijd zag ze ook niets in de persoon die ze aan het worden was, een vrouw verteerd door verdriet in een wereld die in haar ogen zinloos was.

'Nee,' antwoordde Bree. 'Nee, ik hield niet van hem, hoewel ik daar een tijdlang wel op heb gehoopt. Maar goed, dat doet er nu niet meer toe. Hij heeft onze relatie tot een cliché gemaakt. En als ik ergens een hekel aan heb, dan is het wel om deel uit te maken van een cliché.'

Bree zette haar lege wijnglas op het aanrecht en nam Paul weer op de andere arm. Haar onopgemaakte gezicht met de prachtige botstructuur was een plaatje. Haar wangen en lippen warm, bleekroze.

'Ik zou niet kunnen leven zoals jij,' zei Norah langzaam. Sinds de geboorte van Paul en het overlijden van Phoebe had ze zich nog geen moment durven ontspannen, zo bang was ze dat zich in één seconde van onoplettendheid een nieuwe ramp zou voltrekken. 'Ik zou het gewoon niet kunnen – alle regels overtreden. Alles omvergooien.'

'Het is niet het einde van de wereld,' zei Bree kalm. 'Het is ongelooflijk, maar dat is het echt niet.'

Norah schudde haar hoofd. 'Misschien wel. Op een gegeven moment kan alles.'

'Ik weet het,' zei Bree zachtjes. 'Ik weet het, zusje.' Norah's irritatie werd door een gevoel van dankbaarheid naar de achtergrond gedrukt. Bree luisterde altijd goed en reageerde op wat ze zei. Stond met beide benen op de grond. 'Je hebt gelijk, er kan van alles gebeuren, op ieder moment kan alles veranderen. Maar het hoeft niet altijd jouw schuld te zijn. Je kunt niet op je tenen door je leven sluipen omdat je bang bent voor wat er kan gebeuren. Dat gaat gewoon niet. Zo kun je je leven nooit echt beleven.'

Norah wist niet wat ze hierop moest antwoorden en strekte daarom haar armen uit naar Paul, die honger begon te krijgen en onrustig heen en weer bewoog in Brees armen. Zijn lange haar – het was veel te lang geworden maar Norah kon zich er niet toe zetten het af te knippen – bewoog zich daarbij alsof hij onder water gehouden werd.

Bree schonk hun wijnglazen nog eens vol en pakte een appel uit de fruitschaal op het aanrecht. Norah sneed wat stukjes kaas, brood en banaan en spreidde het eten uit op het eetblad van Pauls kinderstoel. Onderwijl nam ze nu en dan een slokje wijn. Geleidelijk won de wereld om haar heen aan helderheid, levendigheid. Ze keek naar Pauls handjes, die de vorm van zeesterren hadden, als worteltjes door zijn haar woelden. Het licht uit de keuken bescheen de reling van de veranda en wierp zo een fraai spel van licht en schaduw op het gras.

'Ik heb ter ere van onze trouwdag een fototoestel voor David gekocht,' zei Norah, die wenste dat je dit soort vluchtige momenten voor eeuwig bij je kon houden. 'Hij heeft zo hard gewerkt sinds hij die nieuwe baan heeft. Hij heeft echt eens wat afleiding nodig. Ik vind het ongelooflijk dat hij zelfs vanavond moet werken.'

'Weet je wat?' zei Bree. 'Zal ik Paul niet gewoon toch meenemen? Wie weet komt David nog op tijd voor het eten. En trouwens, al komt hij pas om twaalf uur, wat maakt het uit? Dan slaan jullie de maaltijd gewoon over, schuiven de borden van tafel en bedrijven de liefde op de eettafel.'

'Bree!'

Bree schaterde. 'Zullen we het doen? Ik zou het enig vinden om op te passen.'

'Hij moet in bad,' zei Norah.

'Geen probleem,' zei Bree. 'Ik beloof je dat ik hem niet zal laten verdrinken.'

'Ha-ha,' zei Norah. 'Dat vind ik dus helemaal niet grappig.'

Uiteindelijk stemde ze er toch mee in en pakte Pauls spulletjes in. Zijn zachte haar tegen haar wang, de grote, donkere ogen op haar gericht. Nog een laatste blik en weg was hij. Vanaf haar plek bij het raam zag ze Brees achterlichten de straat uit gaan, haar zoontje van haar wegrijden. Ze moest zich beheersen om niet achter ze aan te hollen. Hoe kon je een kind ooit laten opgroeien, eropuit laten trekken in die gevaarlijke en onvoorspelbare wereld? Ze bleef een paar minuten in het duister staren. Toen ging ze naar de keuken om het vlees met aluminiumfolie te bedekken en de oven uit te zetten. Het was zeven uur. De eerste fles wijn was al bijna leeg. In de lege keuken, waar het zo stil was dat ze de klok kon horen tikken, opende Norah nog een fles, een dure Franse wijn die ze voor bij het feestmaal had gekocht.

Wat was het stil in huis. Was ze sinds de geboorte van Paul eigenlijk al eens alleen thuis geweest? Ze dacht van niet. Dat soort momenten had ze vermeden, momenten van eenzaamheid, momenten van stilte waarin de gedachte aan haar dochtertje zich aan haar opdrong. De afscheidsdienst, gehouden in de tuin van de kerk in het koude maartse licht, had wel iets geholpen. Toch had Norah soms nog het onverklaarbare gevoel dat haar dochter in haar buurt was, dat ze haar op de trap zou zien staan als ze zich omdraaide, of buiten in de tuin.

Ze zette haar hand plat tegen de muur en schudde haar hoofd om weer helder te kunnen denken. Met het glas in haar hand liep ze door het huis, haar voetstappen hol op de pasgelakte vloer, om haar werk in ogenschouw te nemen. Buiten regende het nog steeds en de druppels op de ruit vertroebelden het zicht op de straatlantaarns. Norah dacht aan een andere avond, toen het zo gesneeuwd had. David had haar bij de elleboog gepakt, haar in haar oude groene jas geholpen, een oud ding nu waar ze maar geen afstand van kon doen. De jas hing open langs haar dikke buik omlaag en ze hadden elkaar aangekeken. Zijn blik was zo serieus, zo vol zorg en nervositeit dat Norah op dat moment het gevoel had dat ze hem net zo goed kende als zichzelf.

En toch was alles nu anders. David was veranderd. 's Avonds, als hij naast haar op de bank zat met zijn medische tijdschriften, was hij afwezig. Vroeger, toen ze op de telefooncentrale werkte en internationale gesprekken doorschakelde, had Norah de koele palletjes en metalen knoppen bediend, geluisterd naar het zwakke gepiep, de klik als de verbinding totstandkwam. 'Blijft u aan de lijn,' zei ze dan, en haar woorden echoden. Mensen begonnen tegelijk te praten en hielden er meteen weer mee op, zodat de tussenliggende, ruisende afstand tussen hen hoorbaar werd. Soms bleef ze nog een tijdje luisteren naar de stemmen van mensen die ze nooit zou ontmoeten, die spraken over geboortes, huwelijken, ziekte en dood. Ze was zich bewust van de duistere afstand tussen hen en van de macht die ze had over de verbinding.

Nu was ze machteloos. Juist nu ze zoveel kracht nodig had. Soms, als ze midden in de nacht hadden gevreeën en ze dicht tegen elkaar aan lagen, hun harten bonzend tegen elkaar, keek ze naar David en merkte dat haar oren zich vulden met het verre, duistere gebrom van het heelal.

Het was al acht uur geweest. De wereld leek zachter. Ze ging terug naar de keuken en plukte wat aan het vlees. Ze nam een aardappel uit de pan en prakte hem in het vet van het vlees. Het broccoli-kaasmengsel was helemaal verpieterd en begon al uit te drogen. Norah nam ook daar een hapje van. Ze brandde haar mond en reikte naar haar wijnglas. Leeg. Staand bij het aanrecht dronk ze een glas water, en toen nog een, zich vastklemmend aan het aanrechtblad omdat de wereld zo golfde. Ik ben dronken, dacht ze, verbaasd en in haar nopjes met zichzelf. Zij was nog nooit dronken geweest, maar Bree had eens na thuiskomst van een dansfeest het linoleum ondergekotst. Tegen haar moeder had ze gezegd dat iemand iets in haar drankje moest hebben gedaan, maar Norah had ze alles opgebiecht. Een fles in een bruine papieren zak en haar vrienden, gehurkt in de bosjes, hun adem als scherp omlijnde wolkjes in de nacht.

De telefoon leek heel ver weg. Het lopen voelde anders dan anders, het was net of ze zweefde. Met een hand hield ze de deurpost vast en draaide met de andere het nummer, de hoorn tussen oor en schouder geklemd. Bree nam al na de eerste wachttoon op.

'Ik weet dat jij het bent,' zei ze. 'Het ging prima. We hebben boekjes zitten lezen, hij is in bad geweest en ligt nu lekker te slapen.'

'O, mooi. Geweldig,' zei Norah. Ze had Bree willen vertellen over de schemerige wereld, maar het leek haar opeens te persoonlijk, een geheim haast.

'En hoe is het met jou?' vroeg Bree. 'Gaat het wel?'

'Ja hoor,' zei Norah. 'David is er nog steeds niet, maar het gaat prima.'

Algauw hingen ze op. Norah schonk zichzelf nog een glas wijn in en liep de veranda op, waar ze naar de hemel keek. Het was een beetje mistig. De wijn leek door haar lijf te glijden als warmte of licht, en via haar ledematen naar haar vingers en tenen te snellen. Toen ze zich omdraaide, beleefde ze weer even een zweefmoment, alsof ze uit haar lichaam glipte. Ze herinnerde zich de tocht over de spiegelgladde wegen, waarbij hun auto geen contact meer met de grond had en het soms even duurde voor David het ding weer onder controle kreeg. Het was waar; de intense pijn van de bevalling kon ze zich niet meer herinneren, maar het gevoel dat de wereld onder haar vandaan glipte en haar handen op het koude dashboard zou ze nooit vergeten. David die methodisch voor ieder rood verkeerslicht stilhield.

Waar was hij, vroeg ze zich af, terwijl er plotseling tranen in haar ogen opwelden. En waarom was ze eigenlijk met hem getrouwd? Waarom had hij haar zo vurig het hof gemaakt? In de weken na de allereerste ontmoeting was hij iedere dag naar haar appartement gekomen, had haar rozen gebracht, haar mee uit eten genomen, tochtjes gemaakt in de omgeving. Op kerstavond was er aangebeld. In haar versleten badjas was ze naar de deur gegaan, in de veronderstelling dat het Bree was. In plaats daarvan stond David voor haar neus, een kleur op zijn wangen van de kou, fraai ingepakte cadeautjes in zijn armen. Het was al laat, zei hij, dat wist hij wel, maar had ze misschien zin in een autoritje?

'Nee,' zei ze, 'je bent niet goed bij je hoofd!' maar intussen genoot ze van zijn onbezonnenheid. Ze had een stapje achteruit gedaan en had hem binnengelaten, die man die met bloemen en cadeautjes voor haar deur was komen staan. Ze was verbaasd en genoot met volle teugen. Er waren momenten geweest, bijvoorbeeld als ze anderen naar studentenfeestjes zag gaan, of als ze aan het werk was op de telefooncentrale en haar collega's hun huwelijk tot aan de laatste corsage aan het regelen waren, dat Norah, kalme, gereserveerde Norah, dacht dat ze altijd alleen zou blijven. En daar was opeens David, de knappe dokter, die bij de voordeur van haar appartement stond en zei 'ach toe, kom nou even mee, ik wil je iets moois laten zien'.

Het was een heldere, koude decemberavond met een prachtige sterrenhemel. Norah zat op de brede passagiersstoel van Davids oude auto. Ze droeg een rood wollen jurkje waar ze zich mooi in voelde, het was zo fris buiten en Davids handen omklemden het stuur en de auto reed door de duisternis, door de kou, over wegen die smaller en smaller werden, totdat ze de omgeving niet meer herkende. Bij een oude molen stopte hij. Toen ze uitstapten, hoorde ze water ruisen. Het zwarte water glinsterde in het maanlicht, spoelde over de rotsen en dreef het zware rad van de molen aan. Het gebouw stak donker af tegen de nog donkerder hemel, onttrok sterren aan het gezicht en de lucht was zwaar van het ruisende, klokkende water.

'Heb je het koud?' riep David, zijn stem verheffend om boven het geluid van het stromende water uit te komen, en Norah lachte, rilde even en antwoordde dat ze het niet koud had.

'En je handen?' riep hij, met heldere stem, die ruiste als het water.

'Je hebt geen handschoenen bij je.'

'Het gaat wel,' riep ze terug, maar hij had haar handen al vastgepakt en drukte ze tegen zijn borst, warmde ze tussen zijn handschoenen en de donkere wol van zijn jas.

'Het is mooi hier, zeg!' schreeuwde ze hem toe, en hij lachte. Toen boog hij zich voorover en kuste haar. Hij liet haar handen los en liet die van hem in haar jas glijden, langs haar rug omhoog. Het water stroomde maar en het geruis weerklonk tegen de rotsen.

'Norah,' riep hij, met een stem die verbonden was met de nacht, die vloeide als het snelle water, de woorden goed te verstaan en toch zo nietig te midden van de andere geluiden. 'Norah! Wil je met me trouwen?'

Ze lachte, liet haar hoofd naar achteren vallen, liet zich overweldigen door de nacht.

'Ja!' riep ze, haar handen weer tegen zijn jas drukkend. 'Ja, dat wil ik!'

Hij schoof een koude ring om haar vinger, een smalle witgouden ring, precies haar maat, met daarin een marquise, geflankeerd door twee kleine smaragden. Dat past mooi bij je ogen, had hij later gezegd, en bij de jas die je droeg toen we elkaar ontmoetten.

Ze was nu binnen, ze stond bij de deur naar de eetkamer deze ring rond haar vinger te draaien. De serpentines wiegden in een luchtstroom. Een ervan raakte haar gezicht, een andere was in een wijnglas terechtgekomen. Norah keek gefascineerd toe hoe de vlek zich langzaam naar boven toe bewoog. Deze had, viel haar op, bijna dezelfde kleur als de servetten. Volmaakte huisvrouw, ja, inderdaad. Die kleuren hadden niet beter bij elkaar kunnen passen. Ze had wijn geknoeid en er zaten spetters op het tafelkleed en op het cadeau voor David. Ze pakte het op en scheurde het in een impuls open. Ik ben echt erg dronken, dacht ze.

Het was een compact cameraatje, niet al te zwaar ook. Norah had wekenlang nagedacht over een geschikt cadeau, totdat ze dit ding bij Sears in de etalage had zien liggen. Zwart met glimmend chroom, met imposante draaischijven met cijfers erlangs en allerhande hendeltjes en knopjes. De camera's hadden haar doen denken aan Davids medische instrumenten. De verkoper, een jong en enthousiast ventje, had haar overspoeld met informatie over sluitertijden, diafragma's en groothoeklenzen. De termen zeiden haar niets, maar ze vond de camera fijn in de hand liggen en ze vond het leuk om een stukje van de wereld zo keurig omkaderd te zien als ze hem voor haar oog hield.

Behoedzaam drukte ze het zilveren knopje in. Klik en daarna ták, klonk het luid, toen de foto genomen werd. Ze draaide aan het hendeltje om de film te transporteren – ze herinnerde zich nog dat de verkoper dat zo genoemd had, met een stem die even boven alle andere geluiden in de winkel uitkwam. Ze keek door de zoeker, zag de verpeste feestdis, en draaide aan twee schijfjes om het beeld scherp te stellen. Ditmaal weerkaatste er een lichtflits tegen de muur toen ze afdrukte. Knipperend draaide ze de camera om en bestudeerde het flitslampje, dat eerst lichtblauw was en nu donker en vol bobbeltjes. Ze verving het ding, daarbij haar vingers verbrandend, maar de pijn leek haar niet echt te deren.

Ze stond op en wierp een blik op de klok. Het was kwart voor tien.

De regen viel nog steeds gestaag. David was te voet naar zijn werk gegaan, en ze zag voor zich hoe hij vermoeid over de donkere straten naar huis liep. Impulsief trok ze haar jas aan, pakte de autosleutels. Ze zou naar het ziekenhuis rijden om hem te verrassen.

Het was koud in de auto. Ze reed achteruit het tuinpad af, onderwijl zoekend naar de verwarming, en stuurde uit gewoonte de verkeerde kant op. Ze merkte haar fout wel op, maar reed door langs de vertrouwde, smalle, regenachtige straatjes naar hun oude huis, waar ze de kinderkamer met zoveel naïeve verwachtingen had ingericht, waar ze in het donker Paul zo vaak had zitten voeden. David en zij waren het erover eens geweest dat het verstandiger was om te verhuizen, maar in haar hart stond ze helemaal niet achter de verkoop van het huis. Ze ging er nog bijna iedere dag heen. Wat haar dochter ook van het leven had meegekregen, wat Norah van haar dochter had gemerkt, het was verbonden met dat huis.

Het huis zag er, afgezien van het feit dat het onbewoond was, nog hetzelfde uit. Een brede veranda aan de voorkant met vier witte zuilen, de ruwe kalksteen en een enkel brandend lampje. De buurvrouw, Mrs. Michaels, was bezig in de keuken. Ze stond, turend in het duister, af te wassen. Mr. Bennett zat in zijn luie stoel tv te kijken met de gordijnen open. Terwijl ze het trapje opliep kon Norah zichzelf bijna wijsmaken dat ze er nog altijd woonde. Maar de voordeur gaf toegang tot kille, lege kamers, die opeens schrikbarend klein leken.

Dwalend door de koude kamers deed Norah haar uiterste best haar hoofd weer helder te krijgen. Het effect van de wijn leek alleen maar sterker te worden en het kostte haar moeite het ene moment met het volgende te verbinden. In haar ene hand had ze Davids camera vast. Ze had hem onbewust meegenomen uit de auto. Er zaten nog vijftien foto's op het rolletje en ze had wat extra flitsblokjes in haar zak. Ze nam een foto van de kroonluchter en stelde tevreden vast dat de flits had gewerkt, want nu kon ze dit beeld voor altijd bij zich dragen. Als ze over twintig jaar midden in de nacht wakker schrok zou ze zich dit detail, die sierlijke gouden sikkeltjes nog weten te herinneren.

Ze liep van kamer naar kamer, nog steeds dronken maar toch doelbewust, en nam foto's van ramen, lichtschakelaars, de structuur van de vloer. Het leek haar van het grootste belang alle details vast te leggen. In de zitkamer liet ze op een gegeven moment een gebruikt flitsblokje uit haar hand glippen. Het spatte uiteen op de vloer en toen ze een stapje achteruit zette, drongen zich glassplinters in haar hiel. Even stond ze verbaasd naar haar in een sok gestoken voet te kijken, geamuseerd en onder de indruk van haar dronkenschap – ze had haar natte schoenen waarschijnlijk bij de voordeur uitgetrokken, zoals ze altijd deed. Nog tweemaal maakte ze een rondgang door het huis en legde alles vast: lichtschakelaars, ramen, de buis die het gas naar de eerste verdieping voerde. Pas toen ze weer naar beneden ging, merkte ze dat haar voet bloedde en dat ze een spoor van rode hartjes achterliet, sombere hartjes, bloederige kleine valentijntjes. Norah schrok en was tegelijkertijd op een vreemde manier opgetogen over de schade die ze had veroorzaakt.

Ze vond haar schoenen en ging weer naar buiten. Haar voet klopte toen ze weer achter het stuur plaatsnam. De camera hing nog altijd aan haar pols.

Later zou ze zich niet zo veel herinneren van de rit, alleen de smalle, donkere straten, de wind in het loof, lichtflitsen in plassen en het spatwater langs de auto. Ze herinnerde zich niet de harde knal waarmee metaal tegen metaal botste, maar alleen het onverwachte beeld van een vuilnisbak die glimmend opsprong voor de motorkap. Het leek net of het natte ding een ogenblik in de lucht hing voor het neerkwam. Ze herinnerde zich dat de vuilnisbak tegen de motorkap knalde en omhoog rolde, waardoor de voorruit aan diggelen ging. De auto schoot een stoeprand op en kwam op de middenberm tot stilstand onder een eik. Ze herinnerde zich niet dat ze de voorruit had geraakt, maar hij zag eruit als een spinnenweb, met fijne, uitwaaierende lijntjes, een prachtig patroon. Toen ze haar voorhoofd aanraakte, zat er bloed op haar hand.

Ze stapte niet uit. De vuilnisbak rolde de straat op. Donkere figuurtjes – katten – onderzochten het vuilnis, dat in een brede waaier was
uitgestrooid. In het huis aan haar rechterhand gingen lichten aan en
een man kwam in zijn badjas en op pantoffels naar buiten. Hij haastte
zich over de stoep naar haar auto.

Ze draaide het raampje langzaam open. 'Hebt u zich bezeerd?'
vroeg hij, zich vooroverbuigend om naar binnen te kunnen kijken. Ze
voelde de nachtelijke kou op haar gezicht. 'Wat is er gebeurd? Gaat
het wel? U hebt een wond op uw voorhoofd,' vervolgde hij en haalde
een zakdoek uit zijn zak.

'Het stelt niet zo veel voor,' zei Norah. Zijn zakdoek zag er niet al
te fris uit en ze wuifde hem met een handgebaar weg. Weer betastte ze
voorzichtig haar voorhoofd en veegde het bloed af. De camera hing
nog aan het koordje om haar pols en tikte tegen het stuur. Ze haalde
hem eraf en legde hem voorzichtig op de passagiersstoel. 'Het is mijn
trouwdag,' deelde ze mee. 'Mijn voet bloedt ook.'

'Zal ik een dokter bellen?' vroeg de man.

'Mijn echtgenoot is arts,' zei Norah. Het viel haar op dat de man
haar wat bevreemd zat aan te kijken en was zich ervan bewust dat ze
niet echt helder moest overkomen. 'Hij is arts,' herhaalde ze beslist.
'Ik ga wel naar hem toe.'

'Ik weet niet of het verstandig is als u verder rijdt,' zei de man.
'Waarom laat u uw auto hier niet staan? Dan bel ik een ambulance.'

Zijn vriendelijkheid ontroerde haar, maar toen ze het zich voorstelde, de zwaailichten, de sirenes en de behoedzame handen, David die
zich naar de eerstehulpafdeling haastte en haar daar aantrof, onder het
bloed en behoorlijk aangeschoten – een schandaal zou het zijn.

'Nee,' zei ze, haar woorden nu zorgvuldig kiezend. 'Het gaat wel,
heus. Er schoot een kat de weg op, maar echt, het gaat wel weer. Ik
ga nu meteen naar huis en zal mijn man naar deze schaafwond laten
kijken. Het valt allemaal wel mee.'

De man aarzelde zichtbaar. Het licht van de straatlantaren weer-
scheen op zijn zilveren haar. Toen haalde hij zijn schouders op, knikte
haar toe en stapte achteruit. Norah reed heel voorzichtig, langzaam,
en gaf netjes richting aan. In de achteruitkijkspiegel zag ze dat hij haar
stond na te kijken, met de armen over elkaar, totdat ze de hoek om
ging en verdween.

Langs de zo vertrouwde, smalle straten reed ze door de stille wereld
terug naar huis. Het effect van de alcohol begon weg te ebben. Achter

ieder raam van haar nieuwe huis brandde licht, zowel boven als bene-den. Het licht stroomde naar buiten als iets vloeibaars, alsof er iets uit moest dat niet langer binnen gehouden kon worden. Ze zette de auto op de oprit en stapte uit. Eventjes bleef ze op het vochtige gras staan, regendruppels zachtjes tikkend op haar haar, haar jas. Ze zag David op de bank zitten. Paul lag in zijn armen te slapen, met zijn hoofdje licht-jes tegen Davids schouder. Ze dacht eraan hoe ze alles zomaar had achtergelaten, de gemorste wijn en de serpentines, het verpieterde eten. Ze deed haar jas dicht en draafde het trapje op.

'Norah!' Met Paul op de arm kwam David naar de deur. 'Norah, wat is er gebeurd? Je bloedt!'

'Het valt wel mee. Het gaat wel,' zei ze. David stak haar een hel-pende hand toe, maar ze negeerde het gebaar. Haar voet deed pijn, maar ze was daar dankbaar voor; de steken vormden met de bonkende hoofdpijn die ze had een rechte lijn door haar lijf, wat haar overeind leek te houden. Paul lag diep te slapen, rustig en gelijkmatig ademend. Ze legde haar hand even op zijn rugje.

'Waar is Bree?' vroeg ze.

'Die is op zoek naar jou,' zei David. Hij keek even achterom naar de eetkamer en ze volgde zijn blik, zag de troosteloze tafel, de serpentines op de vloer. 'Ik schrok enorm toen ik merkte dat je niet thuis was en heb ik haar gebeld. Ze heeft Paul bij me gebracht en is jou gaan zoe-ken.'

'Ik was bij het oude huis,' zei Norah. 'Ik ben tegen een vuilnisbak aangereden.' Ze raakte haar voorhoofd aan en sloot haar ogen.

'Je hebt te veel gedronken.' Zijn stem klonk rustig.

'Een wijntje bij het eten. Jij was te laat.'

'Er staan twee lege flessen, Norah.'

'Bree was er ook. Het duurde zo lang.'

Hij knikte. 'Die jongelui van dat ongeluk, eerder vanavond. De hele auto stonk naar bier. Ik heb doodsangsten uitgestaan, Norah.'

'Ik was niet dronken.'

De telefoon ging en ze nam op, de hoorn lag zwaar in haar hand. Het was Bree, haar stem kabbelend als water, die wilde weten wat er was gebeurd. 'Ik heb niets,' zei Norah, die haar best deed rustig en duidelijk te articuleren. 'Niks aan de hand.' David keek naar haar, bestudeerde de donkere strepen op haar hand, gevormd door opge-droogd bloed. Ze sloot haar hand en draaide zich om.

'Hier,' zei hij rustig toen ze had opgehangen en raakte even haar arm aan. 'Kom even mee.'

Ze gingen de trap op. Terwijl David Paul in bed legde, ging Norah op de badrand zitten om haar gehavende kousen uit te trekken. De mist in haar hoofd begon op te trekken en haar blik werd steeds zekerder. Het felle licht deed haar ogen knipperen en ze probeerde de gebeurtenissen van die avond op een rijtje te zetten. Toen David terugkwam, schoof hij haar haar naar achter en begon met voorzichtige, trefzekere bewegingen haar wond schoon te maken.

'Ik hoop dat die andere kerel er slechter aan toe is dan jij,' zei hij, en ze stelde zich voor dat hij dit soort dingen wel vaker zei tegen patiënten – prietpraat, holle frases die hem bezighielden terwijl hij aan het werk was.

'Er was niemand anders,' zei ze, denkend aan de zilverharige man bij het raampje. 'Ik schrok van een kat en rukte daarbij aan het stuur. Maar de voorruit – au,' zei ze, toen hij jodium in de wond druppelde. 'Au David, dat doet pijn!'

'Het gaat zo weer over,' zei hij en legde even zijn hand op haar schouder. Vervolgens knielde hij naast het bad en pakte haar voet.

Ze keek toe hoe hij de splinters eruit trok. Hij ging zorgvuldig en behoedzaam te werk en ging er volledig in op. Zo ging hij waarschijnlijk bij al zijn patiënten te werk.

'Je bent zo lief voor me,' fluisterde ze. Ze wilde niets liever dan de kloof dichten die er tussen hen was ontstaan, de afstand die ze had gecreëerd tenietdoen.

Hij schudde zijn hoofd, hield even op met zijn werk en keek op.

'Lief voor je,' herhaalde hij langzaam. 'Wat had je daar te zoeken, Norah? In ons oude huis? Waarom kun je er geen afstand van nemen?'

'Omdat het iets definitiefs is,' flapte ze uit, verbaasd over de vastberadenheid en het verdriet in haar stem. 'We laten haar daar definitief achter ons.'

In de seconde die het duurde voor hij zijn blik afwendde joeg er een gespannen, boze blik over Davids gezicht, die hij snel onderdrukte.

'Wat wil je nu verder eigenlijk? Ik dacht dat dit nieuwe huis ons goed zou doen. Voor de meeste mensen zou het voldoende zijn geweest, Norah.'

De ondertoon in zijn stem joeg haar angst aan; ze kon hem ook nog verliezen. Haar voet klopte en haar hoofd ook. Bij de gedachte aan de puinhoop die ze aan het maken was, sloot ze haar ogen. Ze wilde niet eeuwig blijven hangen in deze donkere, statische nacht, waarin David dichtbij maar onbereikbaar was.

'Goed,' zei ze langzaam. 'Ik zal morgen de makelaar bellen om te zeggen dat we dat bod accepteren.'

Met deze woorden gleed er een waas over het verleden, een barrière zo broos en fragiel als een vliesje van ijs. Het vliesje zou aangroeien en steeds sterker worden. Het zou ondoordringbaar worden, ondoorzichtig ook. Norah voelde dat het gebeurde en het joeg haar angst aan, maar de angst voor wat er stond te gebeuren als het brak, was nog sterker. Ze moesten verder. Ze beschouwde het als een cadeau aan Paul en David.

De herinnering aan Phoebe zou ze in haar hart levend houden.

David wikkelde een handdoek om haar voet en ging op zijn hurken zitten.

'Luister, ik zou liever niet teruggaan,' zei hij. Zijn stem klonk milder nu ze een concessie had gedaan. 'Maar het zou kunnen. Als je het echt wilt, kunnen we dit huis verkopen en daar weer naartoe verhuizen.'

'Nee,' zei ze. 'We wonen nu hier.'

'Maar je zit zo in de put,' zei hij, overeindkomend. 'Ik wou dat je niet zo verdrietig was. Ik ben het niet vergeten, Norah. Onze trouwdag niet. Onze dochter niet. Niets.'

'O, David,' zei ze. 'Ik heb je cadeautje in de auto laten liggen.' Ze dacht aan de camera met zijn nauwkeurige metertjes en draaischijfjes. Op het doosje stond in witte, cursieve letters: Voor uw mooiste herinneringen. Dat was ook de reden waarom ze het ding voor David had gekocht, opdat hij ieder moment kon vastleggen en het nooit zou vergeten.

'Geeft niet,' zei hij. 'Wacht. Wacht hier even.'

Hij holde de trap af. Ze bleef nog even op de rand van het bad zitten, maar stond toen op en hinkte naar Pauls kamer. Het donkerblauwe vloerkleed voelde zacht aan onder haar voet. Ze had wolkjes geschilderd op de lichtblauwe muren en boven het bedje hing een mobile. Met uitgestrekte armpjes lag Paul te slapen onder de beweeglijke sterren, het dekentje aan het voeteneind. Voorzichtig kuste ze hem en stopte hem in. Ze aaide hem even over zijn zachte haar en drukte haar wijsvinger in zijn handpalm. Hij was al zo groot; hij liep al en begon wat te brabbelen. Al die nachten een jaar geleden nog maar, toen Paul nog zo geconcentreerd lag te drinken en David narcissen had meegebracht, waar waren ze gebleven? Ze dacht aan het fototoestel en haar dwaaltocht door het verlaten huis, vastbesloten om geen detail te missen, een dam op te werpen tegen de tijd.

'Norah?' David kwam de kamer in en ging achter haar staan. 'Doe je ogen eens dicht.'

Een koele streep op haar huid. Ze keek omlaag en zag smaragden, een lange rij donkere edelstenen, gevat in een gouden ketting op haar huid. 'Voor bij de ring,' zei hij. Voor bij haar ogen.

'Wat mooi,' fluisterde ze, het warme goud betastend. 'O, David.'

Hij legde zijn handen op haar schouders en even stond ze weer te midden van het donderend geraas van het water bij de molen, evenzeer omringd door geluk als door de nacht. Niet ademen, dacht ze, niet bewegen. Maar alles ging gewoon door. Buiten regende het zachtjes, zaadjes groeiden in de donkere, natte aarde. Paul zuchtte en draaide zich om. Morgen zou hij weer wakker worden, groter groeien, zich verder ontwikkelen. Ze zouden verder leven en iedere dag iets meer afstand nemen van hun overleden dochtertje.

# Maart 1965

# Caroline

De douche was helemaal opengedraaid en de stoom zorgde voor een laag condens op de spiegel en het raam en onttrok de bleke maan aan het gezicht. Caroline liep met Phoebe in haar armen heen en weer in de kleine, paarse badkamer. Haar ademhaling was oppervlakkig en snel, haar hartje ging tekeer. 'Word gauw weer beter, schatje,' mompelde Caroline, onderwijl haar zachte, zwarte haar strelend. 'Word weer beter, meisje, toe maar.' Ze was moe en nam even rust om naar de maan te kijken, die niet meer was dan een veegje licht achter de takken van de platanen, maar meteen kwam er diep uit Phoebes borst weer gehoest. Het geluid kwam van heel diep. Haar lijfje verstijfde onder Carolines handen terwijl ze de lucht blaffend uit haar nauwe luchtpijp stiet. Ze had valse kroep, alles wees erop. Caroline streek over Phoebes rug, die nauwelijks groter was dan haar hand. Toen het gehoest minder werd, begon ze weer te lopen, omdat ze bang was dat ze anders staand in slaap zou vallen. Het was haar het afgelopen jaar al een paar keer overkomen dat ze staand wakker werd met Phoebe, gelukkig ongedeerd, in haar armen.

De trap kraakte en daarna, dichterbij, de houten vloer. De paarse deur zwaaide open en er kwam een vlaag koude lucht binnen. Doro droeg een lichtblauwe, flanellen nachtpon, haar grijze haar hing los op haar schouders.

'Hoe gaat het met haar?' vroeg ze. 'Het klinkt vreselijk. Zal ik de auto halen?'

'Nee, dat is denk ik niet nodig. Maar wil je de deur weer dichtdoen? De stoom helpt wel wat.'

Doro duwde de deur dicht en ging op de badrand zitten.

'We hebben je wakker gemaakt,' zei Caroline, die Phoebes adem in haar hals voelde. 'Sorry.'

Doro haalde haar schouders op. 'Je weet hoe slecht ik slaap. Ik was toch al wakker. Lag te lezen.'

'Iets interessants?' vroeg Caroline. Met haar mouw veegde ze het raam schoon. De maan bescheen de tuin, drie verdiepingen lager. Het gras lichtte op als water.

'Wetenschappelijke tijdschriften. Gortdroog, zelfs voor mij, maar wel slaapverwekkend dus.'

Caroline lachte. Doro had medicijnen gestudeerd en ze werkte op de faculteit waar haar vader ooit een leerstoel had bekleed. Leo March, briljant en zeer bekend, was nu de tachtig gepasseerd. Lichamelijk was hij sterk, maar zijn geheugen en zintuigen lieten hem in de steek. Elf maanden geleden had Doro Caroline aangenomen om hem gezelschap te houden.

Dit baantje was een geschenk uit de hemel, dat wist ze. Toen ze de Fort Pitt-tunnel was uitgekomen en de hoge brug over de Monogahela River op reed, de smaragdgroene heuvels zag oprijzen langs het vlakke rivierdal, en de stad Pittsburgh voor zich zag opdoemen, was het beeld zo intens, zo levendig, zo mooi en indrukwekkend dat ze naar adem had gehapt en vaart had geminderd uit angst de macht over het stuur te verliezen.

Een maand lang had ze gebivakkeerd in een goedkoop motelletje aan de rand van de stad, waar ze advertenties omcirkelde en haar spaargeld zag verdampen. Tegen de tijd dat ze werd uitgenodigd voor dit sollicitatiegesprek was haar euforie overgegaan in blinde paniek. Ze drukte op de bel en wachtte. Felgele narcissen rezen op uit het lange lentegras en de buurvrouw veegde in een lichtblauwe kamerjas haar stoepje schoon. De bewoners hier hadden daar blijkbaar geen zin in gehad; op de veranda, waar ze Phoebes autostoeltje had neergezet, was zo te zien in geen tijden geveegd. In het stof, dat deed denken aan zwarte sneeuw, waren scherp omlijnde voetafdrukken te zien.

Toen Dorothy March, een lange en slanke verschijning in een getailleerd grijs pak, eindelijk aan de deur verscheen, wierp ze even een vermoeide blik op Phoebe. Caroline schonk er geen aandacht aan, maar tilde het autostoeltje op en volgde haar naar binnen. Ze ging zitten op het randje van een gammele stoel. De bordeauxrode kussens waren, afgezien van een paar donkere plekken rond de knoopjes, met de tijd roze geworden. Dorothy March ging tegenover haar zitten op een oude leren bank, die aan één kant werd ondersteund door een baksteen. Ze stak een sigaret op. Ze nam Caroline met haar beweeglijke, blauwe ogen rustig op. Het duurde enkele minuten voor ze iets zei. Ze schraapte haar keel en blies daarbij de rook uit.

'Eerlijk gezegd had ik geen baby verwacht,' zei ze.

Caroline haalde haar cv tevoorschijn. 'Ik heb vijftien jaar expertise als verpleegkundige. Ik heb heel wat ervaring in te brengen en ben een zeer toegewijd verpleegster.'

Met haar vrije hand nam Dorothy March de papieren van haar aan en keek ze door.

'U hebt inderdaad heel veel ervaring. Maar er staat nergens wáár u hebt gewerkt. U bent niet bepaald precies.'

Caroline aarzelde. In de afgelopen weken was haar dit bij sollicitatiegesprekken al talloze malen voor de voeten geworpen en al haar antwoorden hadden tot niets geleid.

'Dat is omdat ik ben weggelopen,' zei ze, bijna draaierig. 'Ik ben weggegaan bij Phoebes vader. Ik kan u daarom ook niet vertellen waar ik vandaan kom en ik heb ook geen getuigschriften. Dat is de enige reden waarom ik nog geen baan gevonden heb. Ik ben een uitmuntend verpleegkundige en u boft met iemand als ik, vooral gezien de uurprijs die u bereid bent te betalen.'

Dorothy March stiet een verbaasd lachje uit.

'U hebt wel lef, zeg! Luister, ik zoek een inwonend personeelslid. Waarom zou ik een volslagen onbekend persoon in huis nemen?'

'Ik ben bereid te werken voor kost en inwoning,' drong Caroline aan, denkend aan de motelkamer met zijn afbladderende behang en de vochtplekken in het plafond, de kamer die ze na vanavond niet meer kon betalen. 'Twee weken op proef, en daarna kunt u beslissen.'

De sigaret hing opgebrand tussen Dorothy's vingers. Ze zag het en deponeerde de peuk in een overvolle asbak.

'Maar hoe wilt u dat allemaal doen?' vroeg ze zich hardop af. 'Met die baby erbij? Mijn vader is ongeduldig. Het is een veeleisend persoon, dat kan ik u verzekeren.'

'Een week dan,' drong Caroline zachtjes aan. 'Als ik u binnen een week nog niet heb weten te overtuigen, dan vertrek ik.'

Er was sindsdien bijna een jaar verstreken. Doro kwam overeind in de met stoom gevulde badkamer. De mouwen van haar zwarte zijden nachtpon, die een dessin van felgekleurde tropische vogels had, gleden omlaag tot aan haar ellebogen. 'Geef haar maar aan mij. Je ziet er doodmoe uit, Caroline.'

Phoebe haalde minder piepend adem en ze had weer wat kleur op haar wangen. Caroline reikte Doro Phoebe aan, die een koele plek achterliet op haar borst.

'Hoe ging het met Leo vandaag?' vroeg Doro. 'Is hij lastig geweest?'

Caroline antwoordde niet meteen. Ze was zo moe en ze had het afgelopen jaar van zo ver moeten komen, had van dag tot dag geleefd. Haar veilige, eenzame leventje was totaal veranderd. Op de een of andere manier was ze hier in deze paarse badkamer terechtgekomen, was ze Phoebes moeder geworden, de metgezel van een hyperintelligente man met afnemende verstandelijke vermogens, en de trouwe vriendin van deze vrouw, Doro March. Een jaar geleden kenden ze elkaar nog niet, hadden ze elkaar op straat kunnen tegenkomen zonder de ander ook maar een seconde extra aandacht te geven, maar nu waren hun levens nauw met elkaar verbonden door de dagelijkse beslommeringen en een voorzichtig, maar onwankelbaar respect.

'Hij wilde niets eten. Hij beweerde dat ik schuurmiddel in de puree had gedaan. Niets bijzonders dus.'

'Het is niet persoonlijk bedoeld,' zei Doro zachtjes. 'Vroeger deed hij zulke dingen niet.'

Caroline draaide de kraan dicht en ging op de rand van het paarse bad zitten.

Doro maakte een hoofdbeweging richting het beslagen raam. Phoebes handjes staken bleek af tegen haar kamerjas. 'Vroeger was er een speeltuin, daar boven op de heuvel. Voordat de snelweg werd aangelegd. Er nestelden altijd reigers in die bomen, wist je dat? Mijn moeder heeft er ooit narcissen gepoot, honderden bollen. Iedere dag, als mijn vader met de trein van zes uur terugkwam van zijn werk, liep hij altijd eerst daarheen om een bosje bloemen voor haar te plukken. Je zou hem niet herkennen,' zei ze. 'Echt niet.'

'Ik weet het,' zei Caroline op vriendelijke toon. 'Ik kan me er iets bij voorstellen.'

Ze zwegen. De kraan drupte en de stoom hing in flarden in de badkamer.

'Volgens mij slaapt ze,' zei Doro. 'Wordt ze wel weer beter?'

'Ja, dat denk ik wel.'

'Wat is er toch met haar, Caroline?' Doro's stem klonk nu serieus, een beetje gespannen. 'Lieve help, ik weet helemaal niets over baby's, maar zelfs ik voel dat er iets niet klopt. Phoebe is een prachtig kind, lief ook, maar er is iets met haar aan de hand, of niet? Ze is al bijna een jaar en ze kan nog maar net zitten.'

Caroline keek door het beslagen raam naar de maan en sloeg haar ogen neer. In de tijd dat Phoebe kleiner was, leek haar rustige gedrag nog een teken van innerlijke rust of oplettendheid en daardoor had Caroline zichzelf kunnen aanpraten dat er niets aan de hand was. Maar na een maand of zes, toen Phoebe wel gegroeid was, maar nog altijd klein voor haar leeftijd was en slap in Carolines armen hing, een rinkelende sleutelbos voor haar neus wel aandachtig bekeek maar er nooit haar handjes naar uitstrekte, en niet van plan leek te zijn uit eigen beweging te gaan zitten, nam Caroline haar op haar vrije dagen mee naar de bibliotheek. Gezeten aan de brede, eikenhouten tafels van de Carnegie-bibliotheek, een ruim, licht gebouw met hoge plafonds, werkte ze stapels boeken en artikelen door. Het was een sombere ontdekkingstocht langs naargeestige berichten. Korte levensverwachting, geen hoop op verbetering. Het was een vreemde gewaarwording – met ieder woord werd de steen in haar maag zwaarder. En toch, daar zat Phoebe, wippend in haar autostoeltje, lachend en wuivend met haar handjes. Het was een baby, geen medisch dossier.

'Phoebe heeft het syndroom van Down,' dwong ze zichzelf te zeggen. 'Zo noem je dat.'

'O, Caroline,' zei Doro. 'Ik vind het zo erg voor je. Is dat de reden waarom je bij je man bent weggegaan? Je zei dat hij haar niet wilde. O, lieverd, ik heb zo met je te doen.'

'Dat is niet nodig,' zei Caroline, die haar handen naar Phoebe uitstrekte. 'Ik vind haar prachtig.'

'O, dat is ze zeker. Ja. Dat is ze ook. Maar Caroline. Hoe moet het nu verder met haar?'

Phoebe lag warm en zwaar in haar armen, haar zachte, donkere haar stak af tegen haar bleke huid. Caroline maakte een felle, beschermende indruk. Ze streek lichtjes langs Phoebes wang.

'Geldt die vraag niet voor ons allemaal? Zeg nu eens eerlijk, Doro. Had jij ooit gedacht dat jouw leven zo zou uitpakken?'

Doro keek opzij. De pijn was van haar gezicht af te lezen. Jaren geleden was haar verloofde omgekomen. Vol bravoure was hij van een brug in de rivier gesprongen. Doro was er kapot van en was nooit getrouwd, had nooit de kinderen gekregen die ze zo graag had gewild.

'Nee,' zei ze na een tijdje. 'Maar dit is iets anders.'

'Hoezo? Wat is hier anders aan?'

'Caroline,' zei Doro, die even haar arm aanraakte. 'Niet doen. Je bent moe. En ik ook.'

Caroline legde Phoebe in haar ledikantje en ze hoorde Doro zachtjes de trap af lopen. In het vage schijnsel van de straatlantarens zag ze er net zo uit als alle andere kinderen, haar toekomst net zomin in kaart gebracht als de bodem van de oceaan, maar even vol met beloftes. Auto's raasden over de groene heuvels van Doro's jeugd. Hun koplampen wierpen schaduwen op de muur, en Caroline zag voor zich hoe reigers opvlogen uit het drassige veld, hun vleugels breed uitgespreid in het vaalgouden licht van de vroege ochtend. Hoe moet het nu verder met haar? Caroline kon er soms niet van slapen, zo worstelde ze met die vraag.

De gordijnen in haar eigen kamer, die tientallen jaren geleden door Doro's moeder waren gemaakt en opgehangen, zetten de kamer in een schemerduister. De maan scheen zo fel dat je erbij zou kunnen lezen. Op haar bureau lag een envelop met drie foto's van Phoebe erin. Ernaast lag een velletje papier, dat tweemaal was dubbelgevouwen. Caroline opende de brief en herlas wat ze had geschreven.

*'Beste dokter Henry,*

*Ik schrijf deze brief om je te laten weten dat Phoebe en ik het goed maken. We zijn in veiligheid en voelen ons gelukkig. Ik heb een goede baan gevonden. Phoebe is over het algemeen een gezonde baby, maar ze heeft wel regelmatig ademhalingsproblemen. Ik stuur een paar foto's mee. Tot nu toe lijkt er met haar hart gelukkig niets aan de hand.'*

Die brief had allang weg moeten zijn. Ze had hem al weken geleden geschreven, maar iedere keer dat ze hem wilde posten, dacht ze aan Phoebe, de zachte aanraking van haar handjes en het gekir dat te horen viel als ze het naar haar zin had, en dan kon ze het niet over haar hart verkrijgen. Ze stopte de brief weer weg en kroop in bed, waar ze al gauw indommelde. Half slapend droomde ze over de wachtkamer van de kliniek, met zijn troosteloze planten, de blaadjes trillend boven de kokende verwarming. Toen ze wakker schrok, was ze gedesoriënteerd en voelde ze zich ongemakkelijk.

Hier, dacht ze, de koele lakens aanrakend. Ik ben gewoon hier.

\* \* \*

Toen Caroline de volgende ochtend wakker werd, baadde haar kamer in het zonlicht. Er klonk luide trompetmuziek. Phoebe lag in haar ledikantje en strekte haar handjes uit, alsof de noten gevleugelde wezentjes waren, vlinders of vuurvliegjes, die ze kon vangen. Caroline kleedde zich aan en daarna ook Phoebe. Ze nam haar mee naar beneden. Op de tweede verdieping bleef ze even staan. Leo had zich verschanst in zijn zonnige, gele studeerkamer, en zat op de bank, omringd door wanordelijke stapels boeken. Hij zat onderuit, met zijn handen gevouwen achter zijn hoofd naar het plafond te staren. Caroline bleef in de deuropening staan – ze mocht zijn kamer alleen op uitnodiging betreden – maar hij gaf geen sjoege. Een oude, kalende man met alleen nog een randje grijs pluishaar. Hij droeg dezelfde kleren als gisteren en lag geconcentreerd te luisteren naar de muziek, die zo hard stond dat de boxen en het hele huis trilden.

'Zal ik ontbijt voor u maken?' schreeuwde ze.

Hij wuifde met zijn hand, ten teken dat hij zelf wel iets zou pakken. Ook goed.

Caroline daalde nog een verdieping af naar de keuken en zette water op voor koffie. Zelfs hier was de trompetmuziek nog hoorbaar. Ze zette Phoebe in de kinderstoel en voerde haar appelmoes, een gekookt eitje en een beetje kwark. Drie keer drukte ze de lepel in Phoebes hand en drie keer kletterde het ding op het metalen plateautje.

'Geeft niets,' zei Caroline hardop, maar haar hart verstijfde. Ze hoorde het Doro nog zeggen: hoe moet het nu verder met haar? Wie zal het zeggen? Phoebe was elf maanden en zou nu toch echt kleine voorwerpen moeten kunnen vasthouden.

Ze ruimde de keuken op en ging naar de eetkamer om de was op te vouwen. Het wasgoed rook naar de wind. Phoebe lag kirrend op haar rug in de box te maaien naar de ringen en speeltjes die Caroline daar had opgehangen. Af en toe ging Caroline even naar haar toe om de felgekleurde voorwerpen te verhangen, in de hoop dat Phoebe zich daardoor zou laten verleiden zich om te rollen.

Na een halfuur hield de muziek plotseling op en verschenen Leo's voeten op de trap in keurig gestrikte en gepoetste leren schoenen. Ze ontwaarde een stukje bleke huid boven de enkels; zijn broek stond op hoogwater. Stukje bij beetje kwam hij in beeld – een lange man die vroeger stevig gebouwd en gespierd moest zijn geweest, maar wiens huid nu losjes over zijn botten hing.

'Ah, prima,' zei hij, met een knik richting het wasgoed. 'Een dienstmeisje kunnen we goed gebruiken hier.'

'Ontbijt?' vroeg ze.

'Ik pak zelf wel iets.'

'Goed hoor.'

'Nog voor de lunch ben jij ontslagen!' riep hij uit de keuken.

'Ik merk het wel,' antwoordde ze.

Ze hoorde de pannen met donderend geraas naar beneden vallen. De oude man vloekte. Caroline zag voor zich hoe hij voorovergebogen voor het keukenkastje stond en de potten en pannen terug aan het plaatsen was. Ze moest hem eigenlijk even gaan helpen. Maar nee – hij moest het zelf maar oplossen. De eerste paar weken had ze hem niet tegen durven spreken en sprong ze op zodra Leonard March een kik gaf, totdat Doro haar even apart had genomen. 'Je bent zijn dienstmeisje niet. Je bent bij mij in dienst en je hoeft niet alles te doen wat hij zegt. Je functioneert prima en je woont hier ook,' had ze gezegd, en Caroline had daaruit de conclusie getrokken dat haar proeftijd erop zat.

Leo kwam binnen met een glas sinaasappelsap en een bord met een gebakken ei erop.

'Wees maar niet bang,' zei hij, voordat ze iets kon zeggen. 'Ik heb het gas heus wel uitgezet. En nu neem ik mijn ontbijt mee naar boven, waar het tenminste een beetje rustig is.'

'Dat kan wel wat vriendelijker,' zei Caroline.

Hij gromde nog wat en stampte de trap op. Ze stond daar, voelde de tranen branden. Ze zag een rode kardinaal neerstrijken op de sering en even later weer opvliegen. Wat deed ze hier eigenlijk? Welk gevoel, welk verlangen had haar tot deze radicale beslissing gedreven? Ze bevond zich in een doodlopende steeg. Wat zou er eigenlijk van háár terechtkomen?

Na een paar minuten hoorde ze, boven het trompetgeschal dat van boven kwam uit, dat de bel tweemaal werd ingedrukt. Caroline tilde Phoebe uit de box.

'Daar zul je ze hebben,' zei ze en veegde met haar pols haar ogen af. 'Tijd voor wat oefeningen.'

Sandra stond op de veranda met Tim aan haar ene en een zware weekendtas in haar andere hand. Caroline had de deur nog niet geopend of ze stormde al naar binnen. Het was een lange, blonde vrouw, die stevig gebouwd was. Zonder verdere plichtplegingen ging ze midden op het kleed zitten en kieperde de tas met blokken om.

'Sorry dat ik zo laat ben,' zei ze. 'Het is hier altijd zo druk. Word jij er nooit gek van om zo dicht bij de stad te wonen? Ik zou er niet tegen kunnen, hoor. Maar goed, kijk eens wat ik op de kop heb getikt. Wat een geweldige blokken, hè – plastic en in al die verschillende kleurtjes. Tim is er helemaal weg van.'

Caroline ging ook op de grond zitten. Sandra was, net als Doro, een onwaarschijnlijke vriendin, iemand die Caroline in haar oude leven nooit gekend zou hebben. Op een kille dag in januari hadden ze elkaar leren kennen in de bibliotheek. Caroline had een medisch handboek met allerlei grimmige toekomstscenario's doorgenomen en had het boek ten slotte met een luide klap dichtgesmeten. Sandra, die twee tafeltjes verder een stapel boeken zat door te werken waarvan de omslagen haar maar al te bekend voorkwamen, had opgekeken. Ze dacht: ik weet precies wat er door je heen gaat. Ik zou het liefst een ruit ingooien, zo kwaad ben ik.

Ze waren met elkaar aan de praat geraakt. Eerst voorzichtig, later steeds geanimeerder. Tim, het zoontje van Sandra, was nu bijna vier. Hij had ook het syndroom van Down, maar dat wist ze aanvankelijk niet. Ze had wel gemerkt dat hij minder snel vooruit ging dan haar drie oudere kinderen, maar ze had er verder niets achter gezocht. Zoals iedere moeder had ze het druk, en ze was ervan uitgegaan dat Tim zich op dezelfde manier zou ontwikkelen als haar andere kroost. Dat hij pas na zijn tweede verjaardag kon lopen en na zijn derde pas zindelijk was, had ze geaccepteerd. Ze was behoorlijk geschrokken van de diagnose. Toen de arts voorstelde dat Tim maar beter af zou zijn in een tehuis, was ze in woede ontstoken.

Caroline had aan haar lippen gehangen en had bij ieder woord meer hoop gekregen.

Ze liepen de bibliotheek uit en streken ergens neer voor een kop koffie. Caroline zou die middag nooit meer vergeten; het was net of ze langzaam wakker werd na een beklemmende droom. Wat zou er gebeuren, dachten de vrouwen, als ze ervan uitgingen dat hun kinderen alles konden leren? Misschien niet snel en misschien via wat omwegen. Maar wat als ze al die groeicurves en ontwikkelingsschema's met hun precieze en benauwende ijkpunten nu eens buiten beschouwing lieten? Wat als ze hun kinderen nu eens tot alles in staat achtten, maar ze er meer tijd voor gunden? Daar is toch niets mis mee? Zullen we het proberen?

Ja, we doen het! Ze spraken regelmatig met elkaar af, hier of in

Sandra's huis met al die oudere en rumoerige jongens erbij. Ze namen boeken en speelgoed mee, medische lectuur en verhalen en natuurlijk hun eigen ervaringen – Caroline was verpleegster, Sandra lerares en moeder van vier kinderen. Met een portie boerenverstand kwam je al een heel eind, dachten ze. Wil je dat Phoebe omrolt? Dan zet je toch gewoon een felgekleurde beker nét even buiten haar bereik? En kan Tims oog-handcoördinatie wat beter? Dan zet je hem aan de keukentafel met een kinderschaar en een stapel kleurig papier. De vorderingen van de kinderen waren minimaal, soms zelfs nauwelijks waarneembaar, maar Caroline was zielsdankbaar voor deze middagen.

'Je ziet er een beetje moe uit,' zei Sandra.

Caroline knikte. 'Phoebe heeft de hele nacht gehoest. Ik weet niet hoe lang ze het volhoudt vandaag. Nog nieuws over Tims gehoor?'

'De nieuwe dokter is heel aardig,' zei Sandra en leunde achterover. Ze had lange, stevige vingers. Ze glimlachte naar Tim en reikte hem een felgele beker aan. 'Hij kwam heel professioneel over. Stuurde ons niet met een kluitje in het riet. Maar hij had niet zulk goed nieuws. Tims gehoor is niet honderd procent, dus waarschijnlijk heeft hij daarom een spraakachterstand. 'Hier liefje,' vervolgde ze, tikkend op de vloer met de beker. 'Laat Caroline en Phoebe maar eens zien wat je daar allemaal mee kunt doen.'

Het boeide Tim niet zo; hij was veel meer geïnteresseerd in de structuur van het kleed. Steeds weer gleed zijn handje eroverheen, maar Sandra hield voet bij stuk. Uiteindelijk nam hij de gele beker van haar aan, drukte hem even tegen zijn wang, legde hem neer en begon een toren te bouwen van andere bekers.

Twee uur lang speelden ze zo met hun kinderen en kletsten wat af. Sandra had een uitgesproken mening over veel zaken en was niet bang om ervoor uit te komen. Caroline vond het heerlijk om in de huiskamer te zitten praten met deze intelligente, openhartige vrouw. Caroline moest de laatste tijd veel aan haar moeder denken, die nu al bijna tien jaar dood was. Ze had haar graag willen opbellen om advies te vragen en zou het fijn gevonden hebben om te zien hoe ze Phoebe in haar armen had genomen. Had haar moeder dezelfde gevoelens gehad – liefde, maar ook frustratie – toen Caroline nog klein was? Dat kon haast niet anders, en opeens bezag Caroline haar eigen jeugd in een ander perspectief. De niet-aflatende angst voor polio, die vreemd genoeg als liefde kon worden uitgelegd. En al dat gezwoeg van haar vader, de toewijding waarmee hij zich 's avonds over de administratie boog, dat moet ook liefde zijn geweest.

Haar moeder was er niet meer, maar Sandra was er wel en de uren in haar gezelschap vormden voor haar het hoogtepunt van de week. Ze vertelden elkaar anekdotes over hun leven, toetsten hun opvattingen over het ouderschap aan elkaar, schaterden het uit als Tim de bekers op hun hoofden probeerde te zetten of als Phoebe haar arm zo ver uitstak om bij een bal met glittertjes te komen dat ze vanzelf omrolde. Caroline was echter nog niet tevreden en rinkelde met haar sleutelbos voor Phoebes neus. Het zonlicht weerkaatste in de sleutels en Phoebe opende haar handjes, de vingers uitgespreid als de armen van een zeester. Muziek, blikkerend licht: ze deed zo haar best de sleutels te bemachtigen, maar wat ze ook probeerde, ze kreeg ze niet te pakken.

'Volgende keer beter,' zei Sandra. 'Je zult het zien, ooit lukt het haar.'

Tegen het middaguur droeg Caroline de tas naar Sandra's stationcar en stond op de veranda haar vriendin met een vermoeide, maar tevreden Phoebe op de arm uit te zwaaien. Toen ze naar binnen ging, hoorde ze dat Leo's plaat was blijven hangen en alsmaar drie dezelfde maten herhaalde.

Chagrijnige ouwe knar, dacht ze, de trap oplopend. Mafkees.

Ze duwde de deur open. 'Kan het niet wat zachter?' begon ze, met een geërgerde toon in haar stem. De plaat sloeg over in een lege kamer. Leo was nergens te bekennen.

Phoebe begon te huilen, alsof ze een aangeboren barometer had waarmee ze spanning en tegenslag kon aanvoelen. Hij was waarschijnlijk door de achterdeur weggeglipt toen zij Sandra even hielp met die tas. Wat een sluwe vos was het ook. Laatst had hij zijn schoenen nog in de ijskast gezet; hij beleefde er veel plezier aan om haar op het verkeerde been te zetten. Leo was al drie keer eerder weggelopen, waarvan één keer poedelnaakt.

Caroline schoot de trap af en trok Doro's instappers aan, een maat te klein, koud. Een jas voor Phoebe, die in de kinderwagen mocht zitten – zij kon wel zonder jas.

Er was laaghangende bewolking ontstaan. Phoebe begon te mopperen en zwaaide zwakjes met haar handen terwijl Caroline langs de garage naar het steegje liep. 'Ik weet het,' fluisterde Caroline, haar even over haar hoofd strijkend. 'Ik weet het, schatje.' Ze ontwaarde Leo's voetafdruk in een smeltend hoopje sneeuw. Een afdruk van de profielzool van zijn laars. Wat een opluchting. Hij was deze kant op gelopen en hij was tenminste aangekleed.

Nou ja, in ieder geval had hij zijn laarzen aan.

Aan het einde van het volgende blok bereikte ze de 105 treden die uitkwamen op Koening Field. Leo had haar dat zelf eens in een opwelling van beleefdheid verteld tijdens het eten. Hij zat op de onderste trede van deze betonnen waterval en maakte zo'n verwarde en ongelukkige indruk, dat haar woede direct wegebde. Caroline mocht Leo March niet – hij was geen aimabel persoon – maar haar afkeer van hem werd verzacht door medelijden. Op dit soort momenten zag ze hem zoals de rest van de wereld hem zag: een oude man, seniel en vergeetachtig, nog maar een schim van zijn vroegere zelf, de briljante Leo March.

Hij draaide zich om en zag haar staan. Na enige ogenblikken gleed de verwarring van zijn gelaat.

'Moet je eens zien!' schreeuwde hij. 'Kijk, vrouw, en huiver.'

Razendsnel en zonder acht te slaan op het ijs dat zich op het midden van iedere tree had afgezet, holde Leo met maaiende benen omhoog, gedreven door een vergeten adrenalinebron.

'Ik durf te wedden dat je nog nooit zoiets hebt gezien,' zei hij, toen hij uitgelaten boven was aangekomen.

'Klopt,' zei Caroline, 'ik heb nog nooit zoiets gezien. En ik hoop het ook nooit meer mee te maken.'

Leo lachte en zijn lippen staken felroze af tegen zijn bleke huid.

'Ik ben ontsnapt,' zei hij.

'Je bent niet ver gekomen.'

'Het had gekund. Als ik had gewild. Volgende keer.'

'Trek de volgende keer alsjeblieft een jas aan,' zei Caroline.

'De volgende keer,' zei hij, terwijl ze zich in beweging zetten, 'ga ik naar Timboektoe.'

'Moet je vooral doen,' zei Caroline, die moedeloos werd van deze opmerking. In het felgroene gras kwamen al witte en paarse krokusjes op. Phoebe huilde nu uit volle borst. Caroline was opgelucht dat ze Leo gevonden had en dat hij ongedeerd was. Ze was dankbaar dat het noodlot was afgewend. Als hij verdwenen was, of gewond was geraakt, zou het haar schuld zijn geweest omdat ze alleen maar oog had gehad voor Phoebe, die nog steeds die sleutelbos niet wist te grijpen.

Ze liepen zwijgend door.

'Je bent een verstandige vrouw,' zei Leo.

Ze bleef staan, verbijsterd.

'Wat? Wat zei je?'

Hij keek haar met heldere blik aan, zijn ogen net zo fel blauw als die van Doro.

'Ik zei dat je verstandig bent. Mijn dochter had al acht andere verpleegsters aangenomen voordat jij kwam. Ze hielden het geen van allen langer dan een week vol. Dat wist je zeker niet.'

'Nee,' zei Caroline. 'Dat wist ik inderdaad niet.'

\* \* \*

Later, terwijl Caroline de keuken opruimde en de vuilniszak aan de straat zette, dacht ze na over Leo's woorden. Ik ben verstandig, zei ze tegen zichzelf. Ze stond in het kille steegje bij de vuilniscontainer. Het rook er muf. Er kwamen wolkjes uit haar mond. Verstandig, maar nog steeds ongetrouwd, vulde haar moeder aan, maar deze vinnige opmerking kon het plezier over deze eerste vriendelijke woorden uit Leo's mond niet bederven.

Caroline bleef nog even staan in de kille steeg, was dankbaar voor de stilte. Een lange rij garages reeg zich aaneen tot onder aan de heuvel. Langzaam drong tot haar door dat er aan het eind van de steeg iemand stond. De lange man droeg een donkere spijkerbroek en een jack in gedekte kleuren, waardoor hij bijna wegviel tegen het winterse landschap. Er was iets – zijn houding en de manier waarop hij haar stond op te nemen – dat Caroline onrustig maakte. Ze plaatste de metalen deksel op het vuilnisvat en sloeg haar armen over elkaar. De man kwam met vlugge tred op haar toe gelopen. Het was een boom van een vent met brede schouders. Bij nadere beschouwing was zijn jack geruit met rode strepen. Uit een van de zakken haalde hij een rode muts te voorschijn en zette hem op. Gek genoeg werd Caroline door dit gebaar enigszins gerustgesteld.

'Hallo,' riep hij. 'Doet die Fairline van jou het nog steeds?'

Zodra ze zich herinnerde wie hij was, bekroop haar een ongemakkelijk gevoel. Ze draaide zich om naar het huis, dat donker oprees tegen de witte lucht. Ja, daar was de badkamer waar ze de afgelopen nacht had staan kijken hoe de maan het gazon bescheen. Daar bevond zich haar raam, dat op een kier stond om frisse lentelucht binnen te laten. De lichte gordijnen bewogen. Toen ze zich weer omdraaide was de man haar heel dicht genaderd. Ze kende hem, ze voelde het nog voor ze het beredeneerd had. Het was zo iets vreemds dat ze het nauwelijks kon bevatten.

'Hoe heb je me in vredesnaam –,' begon ze.

'Nou, het viel ook niet mee, hoor!' zei Al, lachend. Hij droeg een baardje en zijn witte tanden schitterden. Zijn donkere ogen stonden vriendelijk, geamuseerd en heel tevreden. Ze herinnerde zich hoe hij gebakken spek op haar bord had laten glijden en naar haar had gezwaaid vanuit de cabine van zijn zilveren vrachtwagen toen hij de parkeerplaats af reed. 'Je bent moeilijk te vinden, jij. Maar je had het over Pittsburgh en toevallig moet ik hier eens in de zoveel weken overnachten. Het zoeken naar jou is een soort hobby van me geworden.' Hij glimlachte. 'Ik weet me nu alleen geen houding te geven.'

Caroline stond met haar mond vol tanden. Ze was blij om hem te zien, maar ze vond het ook verwarrend. Ze had zichzelf het afgelopen jaar niet toegestaan al te diep na te denken over het leven dat ze achter zich gelaten had, maar nu kwam alles weer naar de oppervlakte. De geur van schoonmaakmiddel en de zonnige wachtkamer en hoe fijn het was om na een dag hard werken thuis te komen in haar rustige, opgeruimde appartement, waar ze een bescheiden maaltijd bereidde en de avond doorbracht met een goed boek. Dat alles had ze uit eigen vrije wil opgegeven; ze had deze verandering verwelkomd omdat die een diep verlangen bevredigde. Nu stond ze daar met bonzend hart en keek schichtig om zich heen in de steeg, alsof David Henry er elk moment ook bij kon komen staan. Opeens begreep ze waarom ze die brief nooit had gestuurd. Wat moest ze doen als hij of Norah Phoebe terugwilde? Deze gedachte joeg haar angst aan.

'Hoe heb je het klaargespeeld?' vroeg Caroline streng. 'Hoe heb je me weten te vinden? En waarom?'

Al haalde zijn schouders op, verbaasd door haar vragen.

'Ik ging bij je langs in Lexington, maar het appartement was leeg. Er waren schilders bezig. Die buurvrouw van je vertelde dat je al drie weken weg was. Ik houd niet van open eindes en ik moest steeds aan je denken.' Hij zweeg even, alsof hij zich afvroeg of hij verder zou gaan. 'Ja, eh – verdorie Caroline, ik vind je leuk en ik dacht dat je misschien in de problemen was geraakt. Een mens gaat er toch niet zomaar vandoor? Ik dacht dat je hulp nodig had.'

'Ik red me prima,' zei ze. 'Zo. En wat ben je nu verder van plan?'

Het was niet haar bedoeling om zo bits over te komen. Het duurde even voor Al de stilte verbrak.

'Ik heb me waarschijnlijk vergist,' zei Al. Hij schudde zijn hoofd. 'Ik dacht dat jij mij ook wel zag zitten.'

'Dat is ook zo,' zei Caroline. 'Je overvalt me alleen een beetje, dat is alles. Ik dacht al mijn schepen achter me verbrand te hebben.'

Hij keek haar met zijn bruine ogen indringend aan.

'Het heeft me een vol jaar gekost,' zei hij. 'Denk daar maar aan als je bang bent dat anderen je ook kunnen vinden. En ik wist waar ik moest zoeken en daarbij heb ik veel geluk gehad. Bij hotels vroeg ik of ze een vrouw met een baby hadden gezien. Ik overnachtte iedere keer in een ander hotel en vorige week was het raak. Een medewerkster van het motel waar jij gelogeerd hebt, herinnerde zich jou nog. Ze gaat trouwens volgende week met pensioen.' Hij maakte een gebaar met zijn duim en wijsvinger. 'Het had maar zoveel gescheeld of ik had je nooit gevonden.'

Caroline knikte en dacht aan de vrouw achter de balie met haar witte, zorgvuldig gekapte haar en glimmende pareltjes in haar oren. Het motel was al vijftig jaar in bezit van haar familie. De verwarming tikte er de hele nacht en de muren waren zo vochtig dat het behang losliet. 'Tegenwoordig moet je maar afwachten wie je binnen krijgt,' had de vrouw gezegd toen ze de sleutel over de balie schoof.

Al maakte een hoofdbeweging richting de lichtblauwe Fairline.

'Toen ik die zag staan, wist ik dat ik je gevonden had,' zei hij. 'Hoe is het met je baby?'

Ze dacht aan de verlaten parkeerplaats, haar koplampen die zinloos de sneeuw beschenen en langzaam uitdoofden, en het tedere gebaar waarmee hij Phoebes voorhoofd had gestreeld.

'Wil je even binnenkomen?' hoorde ze zichzelf vragen. 'Ik was net van plan haar wakker te maken. Ik zal een kop thee voor je zetten.'

Caroline liep voor hem uit over de smalle stoep en leidde hem naar de veranda achter het huis. Ze liet hem achter in de zitkamer en ging de trap op. Ze was draaierig. Het leek net of de grond onder haar voeten opeens was veranderd in lucht, waardoor haar wereld op zijn kop stond, hoezeer ze ook haar best deed alles gewoon te laten zijn. Ze verschoonde Phoebe en schepte met haar handen wat water in haar gezicht in een poging zichzelf bijeen te rapen.

Al zat aan de eettafel naar buiten te kijken. Toen hij haar de trap zag afkomen, begon hij breed te grijnzen. Hij strekte zijn armen naar Phoebe uit en uitte zijn verbazing over hoe groot ze geworden was en hoe mooi. Caroline werd vervuld van trots en Phoebe schaterde uitgelaten, haar gezicht omlijst door dansende, donkere krullen. Al stak zijn hand in zijn overhemd en haalde een medaillon tevoorschijn. Het was een kitscherig geval met turkooizen letters. *Grand Ole Opry* stond erop. Hij had hem in Nashville gekocht. 'Ga je met me mee?' had hij gezegd, zoveel maanden geleden, voor de grap, maar toch ook weer niet.

En daar was hij dan – wat had hij zijn best gedaan om haar te vinden.

Phoebe maakte zachte geluidjes en strekte haar armpjes uit. Ze raakte Al's nek aan, zijn sleutelbeen, zijn donkere overhemd. Aanvankelijk had Caroline niet door wat er gebeurde, maar opeens drong het tot haar door. Al's stem verdween naar de achtergrond, versmolt met Leo's voetstappen boven en het gedruis van het verkeer op straat, geluiden waaraan Caroline voor altijd fijne herinneringen aan zou houden.

Phoebe probeerde het medaillon te pakken te krijgen. Ze maaide niet door de lucht, zoals ze die ochtend had gedaan, maar ze zette zich af tegen Al's borst en bewoog net zolang met haar vingers tot ze het ding helemaal omklemde. Met een triomfantelijke blik rukte ze hard aan de ketting en Al bracht zijn hand naar zijn nek.

Caroline deed onwillekeurig hetzelfde. Ze was opgetogen.

'Ja, schatje,' dacht ze. 'Toe maar. Pak maar wat je pakken kunt.'

# Mei 1965

# David

Norah liep voor hem uit, als een watervlugge schim in wit en licht-blauw. Nu en dan verdween ze tussen de bomen uit het zicht. David volgde haar, af en toe bukkend om een steen op te rapen. Ruwe geodes, fossielen gevangen in schalie. En een enkele pijlpunt. Hij bekeek de stenen goed, nam tevreden de vorm en het gewicht in zich op, ervoer de koelheid van de steen op zijn handpalm en liet ze in zijn zak glijden. Als kind al verzamelde hij stenen – de planken in zijn kamer lagen er vol mee – en tot op de dag van vandaag kon hij de stenen met hun rijke, mysterieuze verleden niet laten liggen, ook al ging het bukken maar lastig met Paul in de draagzak op zijn buik en het fototoestel bungelend aan zijn riem.

In de verte bleef Norah even staan om te zwaaien en leek vervolgens te verdwijnen in een gladde, grijze rotswand. Op hetzelfde moment zag hij uit diezelfde grijze wand wandelaars een voor een tevoorschijn komen. Ze droegen allemaal eenzelfde blauwe honkbalpet. Toen David dichterbij kwam ontwaarde hij een trap die leidde naar de natuurlijk gevormde stenen brug. Een vrouw die de trap afkwam, waarschuwde hem. 'Kijk maar goed uit hier,' zei ze. 'Het is onvoorstelbaar steil. En glad ook.' Buiten adem bleef ze staan en drukte haar hand tegen haar hart.

David zag hoe bleek ze was. 'Mevrouw? Ik ben arts. Voelt u zich wel goed?'

'Hartkloppingen,' zei ze, wuivend met haar vrije hand. 'Heb ik al mijn hele leven.'

Hij pakte haar vlezige pols en voelde haar hartslag, aanvankelijk snel maar regelmatig, maar onder het tellen steeds rustiger. Hartklop-pingen – het was een veelgebruikte term om versnellingen in het hart-ritme aan te duiden. Hij voelde meteen dat de vrouw prima in orde was. Zijn zusje was al buiten adem en duizelig als ze door de zitkamer had gerend. Hartproblemen, hadden de artsen in Morgantown hoofd-schuddend geconcludeerd. Ze waren nooit in verder detail getreden en het had ook niet uitgemaakt, want ze konden toch niets voor haar doen. Jaren later, toen hij medicijnen studeerde, had David op grond van de symptomen zijn eigen diagnose gesteld: een vernauwde aorta, of anders een slecht functionerende hartklep. Hoe dan ook, zijn zusje June bewoog zich traag en haalde moeizaam adem. Haar toestand ver-slechterde met de jaren. De laatste maanden van haar leven was ze zo bleek geweest, op het laatst zag haar huid zelfs een beetje blauwig. Ze was altijd dol op vlinders en stond graag met haar gezicht naar de zon gewend, met haar ogen dicht. Ze smulde van zelfgemaakte jam op de dunne crackertjes die haar moeder uit de stad meebracht. Ze was altijd aan het zingen, neuriede zelfbedachte melodietjes, en haar haar was zo blond dat het bijna wit leek, de kleur van verse melk. De eerste maanden na haar dood was hij 's nachts vaak wakker geschrok-ken omdat hij meende haar stem te horen in de ruisende takken van de naaldbomen.

'Hebt u hier uw hele leven al last van?' vroeg hij op ernstige toon aan de vrouw en liet haar hand los.

'Ja, mijn hele leven,' zei ze. 'Mijn huisarts zegt dat het niet ernstig is. Alleen wat lastig.'

'Ik denk ook dat het wel meevalt,' zei hij. 'Maar doet u wel een beetje rustig aan.'

Ze bedankte hem, streek Paul even over zijn bolletje en zei: 'Let u maar goed op dat kleintje daar.' David knikte en vervolgde zijn weg, Pauls hoofdje beschermend met zijn vrije hand terwijl hij tussen de vochtige rotswanden omhoogklom. Hij voelde zich tevreden – het was fijn om iemand te helpen, gerust te stellen – iets wat hem bij diegenen die hem het meest dierbaar waren niet lukte. Paul tikte tegen zijn borst en probeerde de envelop te voorschijn te trekken die hij in zijn borst-zak had gestoken. Het was een brief van Caroline Gill, die die ochtend op kantoor was bezorgd. Hij had hem slechts vluchtig kunnen lezen. Toen Norah binnenkwam had hij hem vlug weggestopt en geprobeerd zijn opwinding te verhullen. Phoebe en ik maken het goed, stond er. En gelukkig lijkt er met Phoebes hart niets aan de hand.

Voorzichtig pakte hij Pauls vingertjes. Zijn zoon keek hem met zijn grote, nieuwsgierige ogen aan en hij werd overspoeld door gevoelens van vertedering.

'Hé,' zei David met een grijns. 'Ik ben gek op jou, klein mannetje.

Wil je daar niet aan sabbelen, alsjeblieft?'

Paul keek hem met zijn grote, donkere ogen nog een tijdje aan en draaide toen zijn hoofd weg. David voelde de warmte van zijn wang tegen zijn borst. Paul droeg een wit mutsje met gele eendjes dat Norah had zitten borduren op die stille, vreemde dagen na het ongeluk. Bij ieder eendje dat was voltooid had David opluchting gevoeld. Toen hij het volgeschoten fotorolletje had laten ontwikkelen, besefte hij pas hoe diep ze in rouw gedompeld was, hoe leeg de plek in haar hart was. Al die lege kamers in hun oude huis, close-ups van raamkozijnen, de scherpe schaduw van de trapleuning, de ongelijke, afgesleten tegelvloer. En dan Norah's voetafdrukken, dat bloedspoor, kriskras door het huis. Hij had de foto's weggegooid en de negatieven ook, maar ze achtervolgden hem nog steeds en hij was bang dat dat altijd zo zou blijven. Hij had tenslotte gelogen, had hun dochter weggegeven. Dat deze daad niet onbestraft zou blijven wist hij zeker. Deze gedachte joeg hem angst aan, maar hij vond het tegelijkertijd niet meer dan terecht. Maar de dagen waren voorbijgegaan, het was al bijna drie maanden geleden, en Norah leek weer de oude. Ze werkte in de tuin, hing lachend aan de telefoon of tilde Paul met haar lange, slanke armen uit de box.

David sloeg haar gade en hield zichzelf voor dat hij gelukkig was.

Bij iedere stap wipten de eendjes vrolijk op en neer en lichtten op in de zon toen David van de smalle trap op de natuurlijke brug stapte die de kloof overspande. Norah stond in het midden van de overspanning. Ze droeg een korte spijkerbroek en een mouwloos wit bloesje. De tenen van haar lichtblauwe gympen staken iets uit over de rand. Heel beheerst, met de gratie van een ballerina, spreidde Norah haar armen en strekte haar rug, met gesloten ogen, alsof ze zich aanbood aan de hemel.

'Norah!' riep hij geschrokken uit. 'Dat is gevaarlijk!'

Paul drukte zijn handjes tegen Davids borst. 'Aeijk,' bauwde hij na, toen hij David het woord 'gevaarlijk' had horen uitspreken, een babywoord dat van toepassing was op stopcontacten, trappen, open haarden, stoelen en nu op de gapende kloof onder de voeten van zijn moeder.

'Het is schitterend!' riep Norah terug. Ze liet haar armen weer zakken. Toen ze zich omdraaide, vielen er wat brokjes steen over de rand de diepte in. 'Kom maar eens kijken!'

Voorzichtig schuifelde David de brug op en ging naast haar staan bij de rand. In de bedding van wat eens een ruisende rivier moest zijn geweest, diep onder hen, zagen ze piepkleine figuurtjes lopen. De vegetatie op de heuvels was weelderig en stak in honderden tinten groen af tegen de blauwe lucht. Hij haalde diep adem in een poging zijn hoogtevrees de baas te worden. Hij durfde niet eens opzij te kijken naar Norah. Hij had haar willen beschermen, haar de pijn en het verdriet willen besparen, maar hij had niet ingezien dat het gevoel van verlies haar meedogenloos zou achtervolgen, als een snelstromende rivier. Ook zijn eigen verdriet had hij onderschat, het verdriet dat verweefd was geraakt met de donkere schaduwen uit het verleden. Als hij dacht aan de dochter die hij had afgestaan, zag hij de lach van zijn zusje voor zich, haar blonde haar, haar ernstige glimlach.

'Ik wil even een foto maken,' zei hij, een stap achteruit zettend, en nog een. 'Kun je in het midden van de brug gaan staan? Daar is het licht beter.'

'Heel even nog,' zei ze, haar handen op de heupen. 'Het is hier zo mooi.'

'Norah,' zei hij. 'Ik word heel zenuwachtig van je.'

'O, David,' zei ze, schuddend met haar haar en zonder hem aan te kijken. 'Waarom ben je toch de hele tijd zo bezorgd? Er kan niets gebeuren.'

Hij antwoordde niet, was zich bewust van zijn ademhaling, die heel onregelmatig was. Hij had zich precies zo gevoeld bij het openen van Carolines brief, met haar puntige handschrift erop, die was gericht aan zijn oude kantoor en die netjes was doorgezonden. Hij was afgestempeld in Toledo, Ohio. Ze had drie foto's van Phoebe bijgesloten. Een dreumes in een roze jurk. Op de achterzijde van de envelop stond een postbusnummer vermeld, niet in Toledo, maar in Cleveland. Cleveland, daar was hij nog nooit geweest, maar Caroline woonde er blijkbaar met zijn dochter.

'Ik wil hier graag weer weg,' herhaalde hij. 'Even snel een foto nemen.'

Ze knikte, maar toen hij in het veiliger midden van de brug was aanbeland en zich omdraaide, stond Norah nog altijd aan de rand. Met haar armen over elkaar stond ze hem lachend aan te kijken.

'Neem hem hier maar,' zei ze. 'Doe het zo dat het net lijkt of ik in de lucht zweef.'

David hurkte en terwijl hij frunnikte aan de draaischijfjes voelde hij de warmte die de kale, gouden rotsen uitstraalden. Paul werd onrustig en begon te protesteren. David zou zich dit alles – ook het onzichtbare en ongrijpbare – later haarfijn herinneren op het moment dat hij het beeld vorm zag krijgen in de ontwikkelaar. Door de zoeker zag hij Norah staan, de wind in haar haren, haar gebruinde, gezonde huid en hij vroeg zich af hoeveel ze voor hem verborgen hield.

Het was een warme, geurende lentedag. Ze liepen omlaag, langs grotten, rododendrons met paarse bloemen en lepelbomen. Norah verliet het pad en liep voor hem uit tussen de bomen door en langs een beekje totdat ze op een open plek belandde waar ze ooit wilde aardbeitjes gevonden had. Het hoge gras wuifde in de wind en de donkergroene bladeren van de aardbeienplanten glommen in de zon. Het rook er heerlijk zoet en overal klonk het gezoem van insecten.

Ze pakten hun etenswaren uit – ze hadden kaas en crackers en trossen druiven. David ging op het kleed zitten en drukte Pauls hoofd tegen zijn borst terwijl hij de buikdrager opende. Hij dacht aan zijn vader, sterk en gedrongen, die zijn vaardige, maar dikke vingers om Davids handen vouwde als hij hem voordeed hoe je een bijl vasthoudt, een koe melkt of een spijker in een plank slaat. Zijn vader, die naar zweet en dennenhout rook en de donkere, onzichtbare aarde van de mijn waar hij in de winter werkte. Hij had een rode baard en gaf zich zelden bloot, was altijd kalm en geduldig. Zelfs toen David een tiener was en in de stad was gaan wonen om naar school te kunnen gaan, had hij het altijd fijn gevonden om in het weekend naar huis te lopen en zijn vader met zijn pijp in de mond op de veranda te zien zitten.

'Dooooe,' zei Paul. Eenmaal op het kleed trok hij meteen een schoen uit. Hij bestudeerde hem aandachtig, liet hem vervolgens achteloos vallen en kroop naar de groene wereld aan de rand van het kleed. David keek toe terwijl hij een handvol onkruid uit de grond trok en in zijn mond stak. Paul trok een verbaasd gezicht toen hij zich gewaar werd van het vreemde spul in zijn mond. Opeens wenste David vurig dat zijn ouders zijn zoontje nog hadden kunnen meemaken.

'Vies hè?' zei hij zachtjes en veegde wat groenig kwijl van Pauls kin. Naast hem pakte Norah rustig en efficiënt het bestek en de servetten uit. Hij wendde zijn gezicht af, want hij wilde niet laten merken hoe geëmotioneerd hij was. Hij haalde een steen uit zijn zak en Paul pakte hem met beide handjes aan.

'Moet hij daar wel zo op sabbelen?' vroeg Norah, die zo dicht naast hem kwam zitten dat hij haar lichaamswarmte voelde en een lichte mengeling van zweet en zeep gewaar werd.

'Nee, beter van niet,' zei hij. Hij pakte de steen af en drukte Paul een crackertje in de hand. De geode was warm en vochtig. Hij tikte hem tegen een rotsblok en het ding brak in tweeën, zodat het paarse kristallen hart zichtbaar werd.

'Wat prachtig,' mompelde Norah, de geode in haar hand ronddraaiend.

'Oeroude zeeën,' zei David. 'Het water werd ingesloten en is in een eeuwen durend kristalliseringsproces veranderd in deze prachtige steen.'

Lui genoten ze van de lunch en plukten daarna rijpe aardbeien, zoet en opgewarmd door de zon. Paul schrokte ze met handenvol tegelijk naar binnen en het sap droop langs zijn polsen. Twee roofvogels cirkelden loom tegen de lichtblauwe lucht. 'Didi,' zei Paul, omhoogwijzend. Toen hij in slaap gevallen was, legde Norah hem op een kleedje in de schaduw.

'Wat fijn zo,' zei Norah, met haar rug leunend tegen een rotsblok. 'Gewoon wij met z'n drieën, ons koesterend in de zon.'

Ze had haar schoenen uitgedaan en hij pakte haar voeten in zijn handen, masseerde ze, de fijne botjes verborgen onder de huid.

'O,' zei ze. 'Dat is goddelijk, zeg. Straks val ik nog in slaap.'

'Blijf maar wakker,' zei hij. 'En zeg me eens wat je denkt.'

'O, ik weet niet. Ik dacht aan een veldje vlak bij de schapenfarm. Toen Bree en ik klein waren wachtten we daar altijd onze vader op. We plukten armenvol rudbeckia's en kantbloemen. De zon voelde toen net zo aan als nu – als een omhelzing. Onze moeder zette de bloemen in vazen en verspreidde die door het hele huis, ook al was ze er allergisch voor.'

'Fijn,' zei David, die de ene voet neerlegde en de andere begon te masseren. Met zijn duim gleed hij voorzichtig langs het dunne witte litteken dat de gebroken flitslamp had veroorzaakt. 'Ik vind het fijn om je zo voor me te zien.' Norah's huid voelde zacht aan en hij dacht aan zonnige dagen uit zijn eigen jeugd voordat June zo slecht geworden was, als ze er met het hele gezin opuit trokken om ginseng te zoeken, die tere planten die groeiden in het halfduister tussen de bomen. Tijdens zo'n zoektocht hadden zijn ouders elkaar leren kennen. Op hun trouwdag had hij van Norah een fraai eikenhouten lijstje gekregen met daarin de trouwfoto van zijn ouders. Zijn moeder met haar mooie huid, golvend haar, een smalle taille en een zelfverzekerd glimlachje.

Zijn vader, met baard, stond achter haar, zijn pet in de hand. Na de bruiloft hadden ze het stadhuis verlaten en waren verhuisd naar het huisje dat zijn vader had gebouwd op de berghelling die uitzicht bood op hun grond. 'Mijn ouders vonden het heerlijk om buiten te zijn,' voegde hij eraan toe. 'Mijn moeder plantte overal bloemen. Langs de beek bij ons huis groeiden aronskelken.'

'Ik vind het jammer dat ik ze nooit heb ontmoet. Ze waren vast heel trots op je.'

'Ik zou het niet weten. Misschien wel. Ze waren blij dat ik niet zo hoefde te ploeteren als zij.'

'Blij,' zei ze instemmend. Ze opende haar ogen en keek naar Paul, die vredig lag te slapen in de halfschaduw onder een boom. 'Maar vonden ze het niet ook een beetje jammer? Als Paul volwassen is en uit huis gaat, zou ik dat ook jammer vinden.'

'Ja,' zei hij, knikkend. 'Dat is waar. Ze waren trots en verdrietig tegelijk. Ze hielden niet van de stad. Ze zijn me in Pittsburgh maar één keer komen opzoeken.' Hij zag ze nog zitten, slecht op hun gemak in zijn studentenkamer, zijn moeder opschrikkend bij iedere passerende trein. June was toen al dood, en terwijl ze slappe koffie zaten te drinken aan zijn aftandse studententafel, besefte hij dat ze niet wisten hoe ze hun leven vorm moesten geven nu ze niet meer voor June hoefden te zorgen. 'Ze zijn maar één nachtje gebleven. Na de dood van mijn vader is mijn moeder ingetrokken bij haar zuster in Michigan. Ze durfde niet te vliegen en autorijden kon ze niet. Ik heb haar daarna nog maar één keer gezien.'

'Wat erg,' zei Norah, een veeg aarde van haar kuit wrijvend.

'Ja,' zei David. 'Heel erg.' Hij dacht aan June, aan haar haar dat in de zomer altijd zo blond werd, de geur van haar huid – zeep en warmte en iets metaligs, munten ofzo – die zijn neus binnendrong als ze naast elkaar gehurkt met stokken in de grond zaten te prikken. Hij had zo veel van haar gehouden, van haar vrolijke gelach. En hij vond het zo erg als hij haar op zonnige dagen bij thuiskomst op een stretcher op de veranda zag liggen, zijn moeder met een zorgelijke blik terwijl ze naast haar bewegingsloze dochter bonen zat te doppen.

David keek naar Paul, die met zijn hoofd opzij zo diep lag te slapen op zijn kleedje, het lange haar in vochtige krullen in zijn nek. Zijn zoon had hij wél veel verdriet weten te besparen. Paul zou, anders dan David, opgroeien zonder zijn zusje te hoeven missen. Hij zou niet voor zijn zusje hoeven op te komen omdat zij dat zelf niet kon.

David schrok van deze gedachte en van de bitterheid ervan. Hij wilde zo graag geloven dat hij er goed aan had gedaan zijn dochter aan Caroline Gill mee te geven. Of in ieder geval dat hij had gehandeld met de beste bedoelingen. Maar misschien was dat helemaal niet zo. Misschien had hij tijdens die sneeuwstorm niet zozeer Paul in bescherming genomen, alswel een vroege versie van zichzelf.

'Waar ben jij helemaal met je gedachten,' vroeg Norah.

Hij schoof iets op, zodat hij ook tegen het rotsblok kon leunen.

'Mijn ouders hadden een grootse toekomst voor me in gedachten,' zei hij. 'Maar ik dacht daar anders over.'

'Met mijn moeder was het precies zo,' zei Norah, met haar armen om haar knieën. 'Ze wil volgende maand op bezoek komen. Had ik dat al verteld? Ze heeft een gratis vlucht.'

'Leuk. Paul zal haar wel bezighouden.'

Norah lachte. 'Dat kun je hem wel toevertrouwen. Als hij er niet was, zou ze trouwens sowieso niet komen.'

'Norah, wat zijn jouw dromen?' vroeg hij. 'Wat voor toekomst zou je Paul toewensen?'

'O, ik weet het niet,' zei Norah. 'Ik wil graag dat hij gelukkig wordt. Ik wens hem alles toe wat hem gelukkig maakt. Het maakt me niet uit wat het is, als hij maar opgroeit met een goede inborst en zichzelf niet verloochent. En ik hoop dat hij net zo gul en sterk wordt als zijn vader.'

'Nee,' zei David. Zijn gezicht betrok. 'Je moet niet willen dat hij op mij lijkt.'

Ze keek hem indringend aan. Verbaasd. 'Hoezo niet?'

Hij antwoordde niet. Na een hele poos verbrak Norah de stilte.

'Wat is er?' vroeg ze, niet agressief, maar bedachtzaam alsof ze het antwoord al probeerde te raden. 'Wat is er toch mis met ons, David?'

Hij zweeg, moest zijn best doen een golf van woede te onderdrukken. Waarom moest ze daar nu weer over beginnen? Waarom kon ze het verleden niet laten rusten en verder gaan met haar leven? Maar ze ging door.

'Er is iets veranderd sinds Pauls geboorte en Phoebes dood. En toch wil je nooit over haar praten. Het lijkt wel of je haar bestaan niet erkent.'

'Norah, wat wil je nu van me? Natuurlijk is ons leven voorgoed veranderd.'

'Niet boos worden, David. Dat is gewoon een handige manier om me het zwijgen op te leggen. Maar ik houd er niet over op. Wat ik zeg is waar.'

Hij slaakte een zucht.

'Verpest deze mooie dag nu niet, Norah,' bracht hij uiteindelijk uit.

'Dat doe ik niet,' zei ze. Ze ging op het kleed liggen en sloot haar ogen. 'Ik vind het een heerlijke dag.'

Hij keek even opzij, naar het zonlicht op haar korte, blonde haar, de borstkas die op het ritme van haar ademhaling op en neer bewoog. Hij wilde haar fijne ribben aanraken, haar kussen op de plek waar ze samenkwamen en zich als vleugels uitspreidden.

'Norah,' zei hij. 'Ik weet niet wat ik moet doen. Ik weet niet wat je wilt.'

'Nee,' zei ze. 'Dat weet je inderdaad niet.'

'Je zou het me kunnen vertellen.'

'Inderdaad. Misschien doe ik het wel. Hielden ze veel van elkaar?' vroeg ze onverwacht, zonder haar ogen open te doen. Haar stem klonk zacht en rustig, maar hij voelde een nieuwe soort spanning in de lucht. 'Je vader en moeder?'

'Ik weet het niet,' zei hij langzaam, terwijl hij probeerde de achterliggende gedachte bij deze vraag te achterhalen. 'Ze hielden van elkaar, maar hij was vaak van huis. Zoals ik al zei, ze leidden een zwaar leven.'

'Mijn vader hield meer van mijn moeder dan zij van hem,' zei Norah, en David voelde een steekje in zijn hart. 'Hij hield van haar, maar hij slaagde er niet in om haar dat duidelijk te maken. Ze vond hem maar een vreemde man, een beetje gek. In het huis waarin ik ben opgegroeid werd er veel gezwegen. En het is bij ons ook best stil,' voegde ze eraan toe en hij dacht aan de rustige avonden, zij met gebogen hoofd werkend aan de eendjes op de muts.

'Het is een fijne stilte,' zei hij.

'Soms.'

'Soms ook niet?'

'Ik denk nog steeds aan haar, David,' zei ze, zich op haar zij rollend om hem aan te kunnen kijken. 'Onze dochter. Aan hoe ze zou zijn geweest.'

Hij antwoordde niet en zag hoe ze stil begon te huilen en haar gezicht met haar handen bedekte. Hij raakte haar arm aan. Ze veegde haar tranen af.

'En jij?' vroeg ze streng. 'Mis jij haar dan niet?'

'Ja,' zei hij naar waarheid. 'Ik denk de hele tijd aan haar.'

Norah legde haar hand op zijn borst en haar lippen vonden de zijne. Ze smaakte naar aardbeien. Een zoete smaak die een brandend verlangen in hem opriep. Het leek alsof hij viel, met de zon op zijn huid en haar zachte borsten onder zijn handen. Ze zocht de knoopjes van zijn overhemd en haar hand gleed langs de brief die hij in zijn borstzak had verborgen.

Hij trok zijn overhemd uit en toen hij haar weer omhelsde dacht hij: ik hou van je, ik hou zo veel van je en ik heb tegen je gelogen. En de afstand tussen hen, die slechts millimeters bedroeg, niet meer dan een ademtocht, werd breder en dieper, veranderde in een kloof en hij stond aan de rand. Hij liet haar los en leunde weer met zijn rug tegen het door de zon verwarmde rotsblok.

'Wat is er toch?' vroeg ze, zijn borst strelend. 'O, David, vertel het me toch.'

'Niks.'

'David,' zei ze. 'O, David, alsjeblieft.'

Hij aarzelde, stond op het punt om alles op te biechten, maar hij kon het niet.

'Iets met mijn werk. Een patiënt. Ik kan het maar niet van me af zetten.'

'Laat het toch gaan,' zei ze rustig. 'Ik heb mijn buik vol van je werk.'

Haviken lieten zich op een warme luchtstroom omhoog voeren en de zon scheen onbarmhartig. Alles draaide in kringetjes rond, kwam steeds op exact hetzelfde punt terug. Hij moest het haar vertellen, de woorden stroomden al naar zijn mond. Ik hou van je, ik hou zo veel van je en ik heb tegen je gelogen.

'Ik wil nog een kindje, David,' zei Norah, zich oprichtend. 'Paul is nu oud genoeg en ik ben er klaar voor.'

David werd hierdoor zo overvallen dat hij eventjes sprakeloos was.

'Paul is nog niet eens één jaar,' bracht hij uiteindelijk uit.

'Nou en? Anderen zeggen dat het beter is om zo gauw mogelijk uit de luiers te raken.'

'Welke anderen?'

Ze zuchtte. 'Ik wist wel dat je nee zou zeggen.'

'Ik zeg helemaal geen nee,' antwoordde David bedaard.

Ze antwoordde niet.

'De timing lijkt me niet zo best,' zei hij. 'Dat is het enige.'

'Je zegt nee. Je zegt nee, maar dat wil je niet toegeven.'

Hij zweeg en dacht aan hoe dicht Norah bij de rand van de brug had gestaan. Hij dacht aan al die foto's van niets en aan de brief in zijn zak. Hij wilde niets liever dan het fragiele bouwwerk van hun leven overeind houden. Hij wilde dat de wereld niet veranderde, wilde het wankele evenwicht tussen hen in stand houden.

'We hebben het toch goed?' zei hij zachtjes. 'Veranderingen brengen onzekerheden met zich mee.'

'Denk eens aan Paul.' Ze knikte naar haar zoon, die vredig lag te slapen op zijn kleedje. 'Hij mist haar.'

'Hij kan zich niets van haar herinneren,' antwoordde David op scherpe toon.

'Negen maanden,' zei Norah. 'Groeiden ze zij aan zij. Op de een of andere manier moet hij haar toch missen?'

'We kunnen het nog niet aan,' zei David. 'Ik in ieder geval niet.'

'Het gaat niet alleen om jou,' zei Norah. 'Jij bent haast nooit thuis. Misschien mis ik haar wel, David. Soms heb ik het gevoel dat ze heel dichtbij is, in de kamer ernaast, en dat ik haar vergeten ben. Ik weet dat het nu net lijkt of ik gek ben, maar zo is het.'

Hij antwoordde niet, maar hij wist precies wat ze bedoelde. De aardbeien verspreidden een zware lucht. Zijn moeder maakte altijd jam op een kookplaat in de openlucht. Ze roerde net zolang in de schuimende massa tot de brej was ingekookt tot siroop. Ze kookte de jampotten uit, vulde ze en stelde ze als kroonjuwelen tentoon op de planken in de keuken. June en hij hadden in de winter van de jam gesnoept. Als hun moeder even niet keek, staken ze een lepel in de pot en verstopten zich onder de tafel met het geplastificeerde tafelkleed om hem helemaal schoon te likken. Het overlijden van June had zijn moeders geest gebroken en David kon zich niet langer immuun wanen voor tegenslag. Statistisch gezien was de kans heel klein dat ze nog een kind met Down kregen, maar het was mogelijk. Alles was mogelijk en hij kon het risico gewoon niet nemen.

'Een baby kan de boel niet rechttrekken tussen ons, Norah. Het is niet de juiste beweegreden.'

Ze zweeg even en stond op, veegde haar handen af aan haar broek en beende kwaad van hem weg.

Zijn overhemd lag op een hoopje naast hem, een hoekje van de envelop stak uit de borstzak naar buiten. David liet hem zitten, herlezen was niet nodig. Het was een kort briefje en hoewel hij de foto's maar heel even had kunnen bekijken, herinnerde hij ze zich alsof hij ze zelf genomen had. Phoebes haar was zacht en donker, net als dat van Paul. Haar ogen waren bruin en ze maaide met haar handjes in de lucht, alsof ze iets probeerde te grijpen dat buiten beeld gebleven was. Misschien Caroline wel, die de camera bediende. Uit een ooghoek had hij haar tijdens de rouwdienst zien staan, lang en eenzaam in haar rode jas. Na de dienst was hij naar haar appartement gegaan, ook al wist hij niet precies wat hij daar ging doen. Hij wist alleen dat hij haar even moest zien. Caroline was al vertrokken. Haar appartement had er precies hetzelfde uitgezien als anders. Eenvoudige meubeltjes en kale wanden, een druppelende kraan in de badkamer. En toch was de lucht er te stil, de planken leeg. De laatjes in haar bureau en de kasten waren ook leeg. In de keuken, waar het licht flets weerkaatste tegen het zwart-witte linoleum, had David staan luisteren naar het onrustige kloppen van zijn hart.

Nu leunde hij achterover en keek naar de overdrijvende wolken, die licht en dan weer schaduw brachten. Hij had nooit geprobeerd om Caroline op te sporen en aangezien er geen afzender op haar brief stond, had hij ook geen idee waar hij zou moeten beginnen. Het is aan jou, had hij gezegd. Maar op onverwachte momenten – alleen in zijn nieuwe kantoor, in de doka als hij de afdrukken zag verschijnen op de witte vellen, of nu, leunend tegen die warme steen terwijl Norah kwaad bij hem wegliep – werd hij er plotseling door overvallen.

Hij was moe en merkte dat hij aan het indommelen was. Insecten zoemden om hem heen en hij vroeg zich enigszins bezorgd af of er soms bijen bij waren. De stenen in zijn zak rustten zwaar op zijn been. Als klein jongetje had hij zijn vader soms 's avonds laat op de veranda in de schommelstoel zien zitten, terwijl er honderden vuurvliegjes ronddwarrelden in de populieren. Op een van die avonden had zijn vader hem een gladde steen gegeven, een bijltje dat hij gevonden had bij het graven van een greppel. 'Meer dan 2000 jaar oud,' had hij gezegd. 'Stel je eens voor, David. Deze steen is honderden jaren geleden al door mensen vastgehouden, zoveel eeuwen geleden, maar die mensen werden beschenen door dezelfde maan.'

Zulke dingen vielen voor, maar ze gingen ook wel samen op ratelslangenjacht. Van 's ochtends vroeg tot 's avonds laat struinden ze het bos af met gevorkte takken in de hand, een jutezak over de schouder en David met een metalen kistje in zijn hand.

Op dat soort dagen had David altijd het gevoel dat de tijd vertraagd was, dat de zon maar hoog aan de hemel bleef staan, de bladeren ritselend onder zijn schoenen. De wereld bestond uit niet meer dan hemzelf en zijn vader en de slangen, maar leek tegelijkertijd heel weids. De hemel hing oneindig groot boven zijn hoofd en werd met iedere stap hoger en blauwer. Op het moment dat hij in het stof, tussen de bladeren iets zag bewegen, het ruitvormige patroon alleen zichtbaar als de slang zich verroerde, leek de tijd tot stilstand te komen. Zijn vader had hem geleerd hoe hij roerloos moest staan, kijkend naar de gele ogen, het vlugge tongetje. Iedere keer dat een slang vervelt, wordt de ratel iets langer. Hoe harder het geratel in het stille bos klinkt, hoe ouder de slang dus is en hoe meer zijn huid zal opbrengen. Voor de grootste exemplaren, zeer in trek bij dierentuinen, wetenschappers en soms ook bij slangenhandelaren, vingen ze wel vijf dollar.

Het zonlicht viel door de takken en veroorzaakte een fraai patroon op de aarde. De wind ruiste door de boomtoppen. En dan opeens geratel en de slang stak snel zijn kop omhoog. Zijn vaders sterke, trefzekere arm drukte de slang razendsnel met gevorkte tak tegen de aarde. Met ontblote tanden beet de slang furieus in de grond, onderwijl luid ratelend. Zijn vader pakte de slang tussen twee vingers stevig vast vlak achter de kop en tilde hem in de lucht. Een koel, droog beest, kronkelend als een zweep. Hij wierp de slang in een jutezak en knoopte deze stevig dicht. De zak leek wel tot leven te zijn gekomen en lag kolkend op de grond. Zijn vader stopte de zak in het kistje en sloot dit met een deksel af. Zonder iets te zeggen vervolgden ze hun weg, onderwijl rekensommetjes makend. In zomer en najaar verdienden ze op deze manier soms wel vijfentwintig dollar. Ze kochten er eten voor en als het nodig was, betaalden ze er de dokter in Morgantown mee.

'David!'

Hij werd Norah's stem gewaar, niet luid, maar gespannen. Hij werd uit het grijze verleden naar het heden teruggeroepen. Hij leunde op zijn ellebogen en zag haar aan de rand van het veld staan, bij de aardbeienplanten. Haar blik was strak naar de grond gericht. De adrenaline spoot door zijn aderen: ratelslangen hielden van warme boomstronken als die waar zij nu naast stond. Ze legden hun eieren in het vruchtbare, rottende hout. Hij wierp een blik op Paul, die nog rustig lag te slapen in de schaduw, en hij sprong op. Distels maakten krassen op zijn enkels en onder zijn voeten spatten de aardbeien uiteen. Hij stak zijn hand in de zak van zijn spijkerbroek en pakte de grootste steen eruit. Zodra hij de donkere gedaante gewaar werd gooide hij zo hard hij kon. De steen vloog draaiend door de lucht en raakte vlak bij de slang de grond en barstte open. Het purperen hart glinsterde in de zon.

'Wat doe je in godsnaam?' vroeg Norah.

Hij was naast haar komen staan en keek hijgend omlaag. Het was helemaal geen slang, maar een donkere tak, die tegen de droge bast van de boomstronk stond geleund.

'Ik dacht dat ik je had horen roepen,' zei hij, verward.

'Dat was ook zo.' Ze wees naar wat fraaie bloemen in de schaduw vlak achter de tak. 'Aronskelken. Die je moeder altijd zo mooi vond. David, wat is er toch? Je doet zo vreemd.'

'Ik dacht dat het een slang was,' zei hij, wijzend op de tak. Met een hoofdbeweging probeerde hij het verleden van zich af te schudden. 'Een ratelslang. Ik lag te dromen, denk ik. Ik dacht dat die slang je ging aanvallen.'

Ze keek hem niet-begrijpend aan en hij schudde zijn hoofd om de droom naar de achtergrond te dringen. Hij keek schaapachtig. Het was gewoon een tak, meer niet. Het was een dag als alle andere. De vogels floten en de blaadjes bewogen in de wind.

'Droomde je over slangen?' vroeg ze.

'Vroeger ging ik vaak op slangenjacht,' zei hij. 'Voor het geld.'

'Voor het geld?' herhaalde ze, verbaasd. 'Waarvoor had je dat nodig dan?'

Meteen gaapte er weer een onoverbrugbare kloof tussen hen, veroorzaakt door het verleden. Geld om eten van te kopen, voor die ritten naar de stad. Zij kwam uit een andere wereld en zou er nooit iets van kunnen begrijpen.

'Die slangen hebben deels mijn opleiding gefinancierd,' zei hij.

Ze knikte, maakte aanstalten nog een vraag te stellen, maar zag ervan af.

'Kom,' zei ze, over haar schouder wrijvend. 'We maken Paul wakker en gaan naar huis.'

Ze liepen terug naar waar ze gezeten hadden en pakten hun spullen in. Norah droeg Paul en hij de picknickmand. Zijn vader had in de spreekkamer van de dokter gestaan, de groene rekeningen als dorre bladeren neerdwarrelend. Bij iedere rekening dacht David aan de slangen met hun luide ratels en hun vergeefs opengesperde bekken, hun koele huid tegen de zijne en hun gewicht. Slangengeld. Hij was nog klein, acht of negen jaar oud, en probeerde zijn steentje bij te dragen.

Dat, en dan June, die hij altijd in de gaten moest houden. 'Let goed op je zusje,' zei zijn moeder streng, opkijkend van het fornuis. 'Geef de kippen te eten en maak de ren schoon. Wied onkruid in de tuin. En let goed op je zusje.'

Dat deed David dan wel, maar niet zo goed. Hij verloor haar niet uit het oog, maar weerhield er haar niet van om in de aarde te wroeten en modder in haar haar te smeren. Hij troostte haar niet als ze over een steen struikelde en bij de val haar elleboog bezeerde. De liefde die hij voor haar voelde was zo sterk verweven met haat dat hij die twee emoties niet uit elkaar kon houden. Vanwege haar zwakke hart was ze altijd ziek en welk jaargetijde het ook was, ze was altijd verkouden, zodat ze vaak draaierig werd en naar adem snakte. Maar als hij met zijn schooltas op zijn rug thuis kwam uit school, dan stond June hem altijd trouw op te wachten. Na een enkele blik wist ze al of hij een leuke dag had gehad of niet en hij moest altijd precies vertellen wat hij allemaal had beleefd. Ze had slanke vingers, waarmee ze hem altijd aanraakte, waarbij de wind speelde in haar lange, sluike haar.

Op een zaterdag trof hij bij thuiskomst een leeg huis aan. Er hing een nat washandje over de rand van het bad en het was er koud. Hongerig en verkleumd ging hij op de veranda zitten wachten. Pas tegen het vallen van de avond zag hij zijn moeder aankomen. Met haar armen over elkaar liep ze de heuvel af. Pas toen ze bij het trappetje was aangekomen, richtte ze het woord tot hem. 'David,' zei ze, 'je zusje is overleden. June is dood.' Zijn moeders haar zat strak naar achteren in een paardenstaart. In haar nek klopte een ader en haar ogen waren roodomrand van het huilen. Ze droeg een dunne grijze trui die nauw om haar lichaam sloot. 'David, ze is er niet meer.' Toen hij zijn armen om haar heen sloeg barstte ze in tranen uit. 'Wanneer,' vroeg hij. 'Drie dagen geleden, op dinsdag. Het was nog vroeg en ik ging naar buiten om water te halen en toen ik terugkwam was het zo stil in huis. Ik wist het meteen. Ze was dood. Opgehouden met ademen.' Hij hield zijn moeder vast en wist niet wat hij moest zeggen. De pijn zat diep in zijn lichaam, afgedekt door een ondoordringbare laag, die de tranen tegenhield. Hij sloeg een deken om zijn moeder heen. Hij zette thee voor haar en liep naar de kippenren om eieren te rapen. Dat deed June altijd. Hij voerde de kippen en molk de koe. Hij deed al die vertrouwde dingen, maar toen hij het huis weer binnenging was het er nog altijd schemerig en stil en was June nog altijd dood.

'Davey,' zei zijn moeder na een hele poos. 'Jij moet verder leren. Kies een vak waar de wereld iets aan heeft.' Hij vond het vervelend dat ze dat zei, hij wilde zijn eigen leven leiden en niet voortdurend zuchten onder deze donkere wolk, dit verlies. Hij voelde zich schuldig omdat June begraven was onder een hoopje aarde en hij nog spring-levend was, lucht in zijn longen zoog en zijn hart voelde kloppen. 'Ik word later dokter,' zei hij en zijn moeder gaf geen antwoord, maar na een tijdje knikte ze en stond op en trok haar trui recht. 'Davey, wil jij de bijbel even pakken en met me daar heen gaan om de juiste woorden uit te spreken? Ik wil dat de juiste woorden bij het graf worden uitge-sproken.' Zij aan zij beklommen ze de heuvel. Tegen de tijd dat ze de top bereikten, was de zon al onder gegaan. Hij stond onder de den-nenbomen die ruisten in de wind en las bij het flikkerende licht van een petroleumlampje. *De Heer is mijn herder, mij ontbreekt niets.* Maar mij ontbreekt van alles, dacht hij bij het uitspreken van deze woorden. Heel veel. Zijn moeder weende en zwijgend liepen ze terug naar huis, waar hij een brief aan zijn vader schreef om hem van het nieuws op de hoogte te stellen. Hij postte de brief op maandag toen hij terug-ging naar de drukke stad vol lichtjes. De sobere witte envelop schoof hij over de eikenhouten balie, die glom van het jarenlange intensieve gebruik.

Toen ze eindelijk terug waren bij de auto, keek Norah naar haar schouder, die behoorlijk verbrand was door de zon. Ze droeg een zon-nebril en toen ze naar hem opkeek kon hij haar blik niet peilen.

'Je hoeft voor mij niet de held uit te hangen, hoor,' zei ze. Haar stem klonk mat en kalm, en hij wist dat ze hierop had zitten broeden, haar woorden had geoefend tijdens de wandeling.

'Dat doe ik helemaal niet.'

'O nee?' Ze wendde haar blik af. 'Ik vind anders van wel,' zei ze. 'Maar het is ook mijn eigen schuld. Vroeger wilde ik altijd gered wor-den. Daar ben ik me van bewust. Maar nu wil ik dat niet meer. Je hoeft me niet altijd zo te beschermen. Ik vind het vreselijk.'

Ze nam plaats op de passagiersstoel en keek naar buiten. In het ge-filterde zonlicht strekte Paul zijn handje naar haar haar uit en David voelde paniek in zich opwellen bij de gedachte aan alles wat hij niet wist, aan alles wat hij nooit zou kunnen rechtzetten. Ook woede voelde hij heel plotseling in zich opkomen. Hij was kwaad op zichzelf, maar ook op Caroline, die niet had gedaan wat hij haar had gevraagd, die de situatie, die toch al hopeloos was, nóg ingewikkelder had gemaakt. Norah stapte in en trok het portier met een klap dicht. Hij zocht in zijn zakken naar de autosleutel, maar haalde in plaats daarvan de laatste geode tevoorschijn, grijs en glad. Hij omklemde de steen met zijn warme hand en dacht aan alle ongrijpbare dingen in de wereld: steenlagen die schuilgaan onder de aarde en het gras, aan grijze stenen met een glimmend, schitterend hart.

*1970*

# Mei 1970

# Norah

'Hij is allergisch voor bijensteken,' zei Norah tegen de lerares, terwijl ze Paul nakeek die over het verse gras van het speelplein holde. Hij klom op de glijbaan, zat bovenaan even stil terwijl de wind met zijn witte, korte mouwen speelde en gleed omlaag. Opgetogen sprong hij onderaan weer op. De azalea's stonden in bloei en de lucht, warm als een mensenhuid, zoemde van de insecten, de vogels. 'Zijn vader heeft het ook. Het is heel gevaarlijk.'

'Maakt u zich geen zorgen,' zei Miss Throckmorton. 'We zullen goed op hem passen.'

Miss Throckmorton was nog jong, net van school. Ze had donker haar en was een sterke, enthousiaste vrouw. Ze had een lange rok aan en droeg daaronder stevige sandalen. Haar ogen gleden voortdurend over de kinderen die op het schoolplein aan het spelen waren. Ze kwam evenwichtig over, competent, oplettend en vriendelijk. En toch bekroop Norah een gevoel van twijfel aan haar vakbekwaamheid.

'Hij pakte eens een bij op,' ging ze door. 'Een dóde bij die op de vensterbank lag. Binnen een paar seconden begon hij op te zwellen als een ballon.'

'Maakt u zich nu maar geen zorgen, Mrs. Henry,' herhaalde Miss Throckmorton, een tikkeltje ongeduldig nu. Ze was al met andere dingen bezig, liep met zalvende stem op een meisje toe dat zand in haar ogen gekregen had.

Norah stond te dralen in de frisse lentezon en sloeg Paul gade. Hij was tikkertje aan het doen, rende met rode wangen en met zijn armen strak langs zijn lijf over het plein. Als kind lag hij altijd zo in de wieg, dacht ze. Hij had donker haar, maar verder leek hij sprekend op Norah, zei men. Dezelfde bouw en bleke huidskleur. Het was waar, ze herkende veel van zichzelf in hem. David deed zich eveneens gelden, in de vorm van Pauls kaaklijn, de vorm van zijn oren, de manier waarop hij met zijn armen over elkaar naar de juffrouw kon zitten luisteren. Toch was Paul overwegend zichzelf. Hij was dol op muziek en neuriede voortdurend zelfbedachte melodietjes. Hoewel hij pas zes was, had hij al een paar maal solo's gezongen op school. Norah stond er telkens weer van te kijken met hoeveel onbevangenheid en zelfvertrouwen hij naar voren stapte. Zijn lieve stemmetje stroomde als helder water over het publiek.

Nu hurkte hij naast een ander jongetje dat met een stok bladeren uit een plas aan het vegen was. Hij had een schaafwond op zijn knie, de pleister hing los. Zijn korte, donkere haar glansde in de zon. Norah observeerde hem, hij ging zo op in zijn taak, en was plotseling overweldigd door het simpele feit dat hij er was. Paul, haar zoon. Hier, in de wereld.

'Norah Henry! Jou moest ik net even hebben!'

Ze draaide zich om en zag Kay Marshall staan. Ze droeg een roze broek en een roze met roomwitte trui, goudkleurige leren instappers en glimmende gouden ringen in haar oren. Haar pasgeboren baby lag in een rieten kinderwagen en Elizabeth, haar oudste, liep aan de hand mee. Elizabeth, die een week na Paul geboren was, tijdens de plotselinge lente die gevolgd was op die vreemde, onverwachte sneeuwjacht, droeg vanochtend een jurkje met roze stippen en witte, lakleren schoentjes. Ongeduldig rukte ze zich los van haar moeder en rende naar de schommels.

'Mooi weer, hè,' zei Kay, haar dochter nakijkend. 'Hoe gaat het, Norah?'

'Goed hoor,' zei Norah, die de neiging moest onderdrukken om haar haar aan te raken en die zich pijnlijk bewust was van het feit dat ze een simpele witte bloes en een blauwe rok droeg en geen enkel sieraad. Het maakte niet uit wanneer of waar Norah haar tegenkwam, Kay Marshall was altijd kalm en uitgebalanceerd, zag er altijd even verzorgd uit, evenals haar perfect opgevoede kinderen. Ze had altijd verwacht precies zo'n soort moeder te zullen worden als Kay was, een moeder die ontspannen en instinctief het hoofd wist te bieden aan welke situatie dan ook. Norah keek tegen haar op en was ook een beetje jaloers op Kay. Soms betrapte ze zich zelfs op de gedachte dat het haar huwelijk goed zou doen als ze wat meer op Kay zou lijken, meer rust vond en zelfvertrouwen kweekte. David en zij zouden dan veel gelukkiger zijn, dacht ze.

'Goed hoor,' herhaalde ze, met een blik op de baby, die met wijdopen ogen onderzoekend naar haar opkeek. 'Wat is die Angela toch groot aan het worden!'

Impulsief boog Norah zich voorover en tilde de baby op, Kays tweede dochter. Net als haar zusje droeg ze een roze jurkje met roesjes. Ze voelde licht en warm aan in Norah's armen en tikte lachend met haar handjes tegen Norah's wangen. Norah genoot en moest denken aan hoe het met Paul was geweest toen hij nog zo klein was. Hij rook altijd zo lekker naar zeep en melk en had zo'n heerlijk zachte huid. Ze keek zoekend rond; hij rende rond, was weer tikkertje aan het doen. Nu hij naar school ging, leidde hij een eigen leven. Hij kwam niet meer bij haar voor een knuffel, behalve als hij ziek was of als hij wilde dat ze voor het slapengaan een verhaaltje voorlas. Het leek zo onvoorstelbaar dat hij ooit ook zo klein was geweest, nu hij rondscheurde op een rode driewieler, stokken in plassen gooide en zo prachtig kon zingen.

'Ze is vandaag precies tien maanden oud,' zei Kay. 'Ongelooflijk hè?'

'Ja,' zei Norah. 'Wat gaat het toch snel.'

'Ben je bij de campus geweest?' vroeg Kay. 'Heb je gehoord wat er is gebeurd?'

Norah knikte. 'Bree belde me gisteren.' Met in haar ene hand de telefoon en met de andere op haar hart had ze voor de televisie naar het nieuws staan kijken: vier studenten doodgeschoten op Kent State University. Zelfs in Lexington was de spanning de afgelopen weken hoog opgelopen. De kranten stonden vol berichten over oorlog, protestbijeenkomsten en onrust. De wereld kwam dreigend en onvoorspelbaar over.

'Ik vind het doodeng,' zei Kay, maar haar stem klonk rustig, eerder afkeurend dan vol afschuw. Het had net zo goed over iemands scheiding kunnen gaan. Ze nam Angela over, kuste haar op haar voorhoofd en zette haar voorzichtig terug in de kinderwagen.

'Ja, erg hè,' zei Norah instemmend. Ze bediende zich van dezelfde toon, maar de onrust had voor haar iets heel persoonlijks, vormde een weerspiegeling van hetgeen er de afgelopen jaren in haar was omgegaan. Ze voelde een steek van jaloezie. Kay leidde een onbekommerd leven, had geen verdriet gekend, dacht dat haar nooit iets kon overkomen. Norah's wereld was veranderd door de dood van Phoebe. Alle vreugdevolle dingen stonden in scherp contrast met dat verlies en de mogelijkheid van nieuw verlies dat op de loer lag. David zei steeds dat ze zich niet zo druk moest maken, dat ze hulp moest zoeken, dat ze niet zo streng voor zichzelf moest zijn. Hij ergerde zich aan haar, met haar eeuwige projecten, commissies en plannenmakerij, maar Norah kon niet stilzitten, daar was ze te onrustig voor. En dus organiseerde ze bijeenkomsten en boekte haar agenda altijd overvol, en dat alles vanuit de wanhopige gedachte dat als ze verzuimde waakzaam te zijn, hoe kort ook, een ramp zich zou voltrekken. Dit gevoel drong zich doorgaans tegen het einde van de ochtend het sterkst aan haar op en ze schonk dan altijd gauw een borrel voor zichzelf in – gin, soms wodka – om de middag wat soepeler te beginnen. Ze vond het heerlijk om te voelen hoe de kalmte zich als licht door haar ledematen verspreidde. De flessen hield ze angstvallig verborgen voor David.

'O ja,' zei Kay. 'Ik moest nog antwoorden op de uitnodiging voor jullie feestje. We zouden het enig vinden, maar komen wel ietsjes later. Kan ik iets voor je meenemen?'

'Alleen jezelf,' zei Norah. 'Alles is al zo'n beetje klaar. Behalve een groot wespennest dat ik nog moet zien te verwijderen.'

Kays ogen verwijdden zich iets. Ze stamde uit een respectabele Lexingtonse familie en had overal 'mannetjes' voor, zoals ze zelf altijd zei. David zei dat de bevolking van Lexington wel iets weg had van de kalksteen waarop de stad was gebouwd: er bestonden verschillende lagen waarin de hiërarchie vooraf was vastgelegd, ieders positie lag al eeuwenlang verankerd in steen. Kay had zeker ook 'een mannetje' voor hinderlijke insecten.

'Een wespennest? Arme jij!'

'Ja, zeg dat wel,' zei Norah. 'Het nest hangt aan de garage.'

Ze genoot ervan om Kay een beetje te shockeren en ze zag uit naar de overzichtelijke taak die haar te wachten stond. Wespen. Gereedschap. Het verwijderen van een nest. Norah hoopte dat het haar de hele ochtend bezig zou houden. Anders zou ze weer in de auto moeten stappen, zoals ze de afgelopen weken zo vaak had gedaan. Ze reed hard en roekeloos, een zilveren heupflacon in haar tasje. Binnen twee uur was ze bij de Ohio River. Ze reed naar Louisville of Maysville en één keertje zelfs naar Cincinatti. Ze parkeerde aan de rivieroever en stapte uit om naar de watermassa te kijken die in de verte voorbijgleed.

De schoolbel rinkelde en de kinderen stroomden naar binnen. Norah zocht Pauls donkere hoofdje en zag hem de school in gaan. 'Ik vond het zo leuk om die twee van ons samen te horen zingen,' zei Kay, handkusjes gevend aan Elizabeth. 'Paul heeft zo'n prachtige stem. Hij heeft talent.'

'Hij is dol op muziek,' antwoordde Norah. 'Al van jongs af aan.'

Het was waar. Op een dag, hij was nog maar drie maanden oud, was zij met vriendinnen aan het praten, toen hij opeens begon te brabbelen. Het klonk als een waterval van klanken die de kamer vulde. Het gesprek was stilgevallen.

'O ja, Norah, ik wilde je nog iets vragen. Het gaat over een benefietbijeenkomst die ik volgende maand organiseer. Het thema is Assepoester en ik moet zo veel mogelijk lakeien zien te regelen. Ik dacht ook aan Paul.'

Norah werd vervuld van een warm gevoel. Na Brees rampzalige huwelijk en scheiding had haar familie veel terrein verloren in de hogere sociale kringen. Norah had alle hoop op een dergelijke uitnodiging al jaren geleden opgegeven.

'Een lakei?' herhaalde ze.

'Ja, en nu komt het leukste,' vervolgde Kay enthousiast. 'Niet zomaar een lakei. Paul mag ook zingen. Een duet. Met Elizabeth.'

'Ik zie het helemaal voor me,' zei Norah naar waarheid. Elizabeth had een mooie stem, maar nog een beetje dun. Ze zong een beetje gemaakt opgewekt, als krokusjes in januari, haar nerveuze blik dwalend over het publiek. Zonder Paul kwam haar stem niet sterk genoeg over.

'Iedereen zou het geweldig vinden als hij meedeed.'

Norah knikte bedachtzaam, eigenlijk teleurgesteld dat ze dit soort dingen zo belangrijk vond. Maar Pauls stem klonk zo zuiver, droeg zo ver; hij zou dolgraag lakei willen zijn. En dit feest zou een baken vormen in de tijd, net als het wespennest.

'Fantastisch!' zei Kay. 'O, geweldig nieuws. Ik hoop dat je het me niet kwalijk neemt, maar ik heb al een kleine smoking voor hem gereserveerd. Ik wist gewoon dat je ja zou zeggen!' Efficiënt als ze was, wierp ze een blik op haar horloge, stond alweer in de startblokken. 'Leuk om je weer eens gesproken te hebben,' voegde ze eraan toe en liep zwaaiend weg.

Het speelplein was nu verlaten. Een snoeppapiertje werd over het gras in de roze azalea's geblazen. Norah liep langs de felgekleurde schommels en de glijbaan naar haar auto. Het kalme water van de rivier lokte. Over twee uur kon ze er zijn. De snelle rit erheen, de bulderende wind, het water, ze moest er haast wel aan toegeven. Op de laatste dag van de schoolvakantie had ze tot haar eigen schrik vastgesteld dat ze naar Louisville was gescheurd, Paul bang en stil op de achterbank, haar haar verwaaid en de gin al bijna uit haar bloed. 'Daar ligt de rivier,' had ze gezegd, staand met Pauls handje in de hare, kijkend naar het modderige, kolkende water. 'En nu gaan we samen naar de dierentuin,' had ze verkondigd, alsof dat van meet af aan het plan was geweest.

Ze liet de school voor wat hij was en reed de stad in, haar verlangen zo omvangrijk als de blauwe lucht. Door de met bomen omzoomde straten, langs de bank en de juwelier. Bij World Travel minderde ze vaart. Gisteren had ze daar gesolliciteerd. Ze had de advertentie in de krant gezien en de flitsende advertenties achter de ramen – schitterende stranden, mooie gebouwen, felle kleuren – hadden haar het lage, bakstenen gebouw binnengelokt. Ze was maar matig geïnteresseerd geweest in die baan, totdat ze daar kwam. Met haar keurig gestreken lange, linnen rok aan en met haar witte tasje op schoot, had ze heel sterk verlangd naar de baan. Het reisbureau werd geleid door Pete Warren, vijftig jaar oud en kalend, die met een potlood op zijn bureau zat te tikken en geintjes maakte over de Wildcats. Ze merkte wel dat hij haar aardig vond, ook al had ze Engels gestudeerd en had ze geen werkervaring. Vandaag zou hij haar laten horen of ze was aangenomen.

Achter haar toeterde iemand. Norah drukte het gaspedaal in. Als ze deze weg bleef volgen, reed ze door de stad naar de snelweg toe. Naarmate ze de universiteit naderde, werd het echter steeds drukker op de weg. Er liepen zoveel mensen op straat dat ze nog maar stapvoets reed en uiteindelijk helemaal tot stilstand kwam. Ze stapte uit en liet de auto achter. Vanuit de verte, een heel eind het campusterrein op, klonk rumoer, ritmisch en steeds harder, zo vol energie dat het haar deed denken aan opzwellende knoppen in de lente. Haar rusteloosheid en verlangen leken hier aansluiting te vinden en ze liet zich opnemen in de stroom van mensen.

Ze snoof de geur van zweet en patchoeli op en de zon scheen op haar armen. Ze dacht aan de lagere school, hier maar twee kilometer vandaan, aan de rust die daar heerste, aan Kay Marshall, haar afkeurende toon, en toch liep ze maar door. In het gedrang voelde ze schouders, armen, haar. De stroom vertraagde en kwam uiteindelijk tot stilstand; er ontstond een mensenmassa bij het ROTC-gebouw, waar twee mannen op de trap stonden. Een van hen had een megafoon. Norah bleef ook staan en strekte zich uit om te kunnen zien wat er gebeurde. Een van de jonge mannen, hij droeg een net jasje en een stropdas, hield een

Amerikaanse vlag omhoog. De andere jonge man, die er al even keurig bij liep, pakte de vlag ook vast. Aanvankelijk zag ze geen vlammen en nam ze alleen de hitte waar, maar opeens vatte de stof vlam. Het vuur verspreidde zich in de takken, stak fel af tegen de blauwe lucht.

Norah zag het aan en het kwam haar voor of alles in slowmotion gebeurde. Door de luchttrillingen van het vuur heen ontwaarde ze Bree, die vlak bij het gebouw in de menigte pamfletten stond uit te delen. Haar lange haar was samengebonden in een paardenstaart, die op haar witte topje rustte. Wat is het toch een mooie vrouw, dacht Norah, die de vastberadenheid en de opwinding op haar gezicht kon zien, vlak voor ze uit zicht verdween. Een golf van jaloezie. Ze was jaloers op Bree, op haar standvastigheid en haar vrijheid. Norah wurmde zich tussen de mensen door.

Nog tweemaal zag ze haar zus – een flits van het blonde haar, haar gezicht van opzij – voordat ze haar eindelijk had bereikt. Tegen die tijd stond Bree op de stoep te praten met een man met rossig haar. Ze gingen zo op in hun gesprek dat Bree zich verbaasd naar haar omdraaide toen Norah haar arm aanraakte. Het duurde even voor ze haar zus herkende.

'Norah?' zei ze. 'Het is mijn zus,' legde Bree uit. 'Norah, dit is Mark.'

Met een strak gezicht knikte hij haar toe en schudde Norah de hand. Hij nam haar op.

'Ze hebben de vlag verbrand,' zei Norah, die zich weer bewust was van de kleren die ze droeg en die, zij het om totaal andere redenen, hier net zozeer uit de toon vielen als op het speelplein.

Marks bruine ogen vernauwden zich iets en hij haalde zijn schouders op.

'Ze hebben in Vietnam gevochten,' zei hij. 'Dus ze zullen er wel hun redenen voor hebben.'

'Mark is de helft van zijn voet kwijtgeraakt in Vietnam.'

Onwillekeurig gleed Norah's blik omlaag naar Marks laarzen, die tot halverwege de kuit reikten.

'De voorste helft,' zei hij, tikkend met zijn rechtervoet. 'Alle tenen en dan nog een stukje.'

'Aha,' zei Norah, die zich zeer opgelaten voelde.

'Eh, Mark, kun je ons eventjes alleen laten?' vroeg Bree.

Zijn blik richtte zich op de mensenmassa. 'Eigenlijk niet. Ik ben de volgende spreker.'

'Het kan wel even. Ik ben zo terug,' zei ze. Ze pakte Norah's hand en trok haar een eindje mee tot bij een paar trompetbomen.

'Wat doe je hier eigenlijk?' vroeg ze.

'Dat weet ik ook niet precies,' zei Norah. 'Ik moest gewoon stoppen toen ik die mensenmassa zag.'

Bree knikte en haar zilveren oorbellen glinsterden. 'Geweldig hè? Er zijn wel vijfduizend mensen hier. We hoopten op een paar honderd. Het is vanwege Kent State. Dit is het einde.'

Het einde van wat? vroeg Norah zich af onder de ritselende bladeren. Een eind verderop riep Miss Throckmorton de kinderen bijeen en zat Mr. Atkins onder de fraaie posters tickets uit te schrijven. Bij haar garage zoemden de wespen door de zonnige tuin. Kon de wereld vergaan op zo'n zonnige dag?

'Is dat je vriendje?' vroeg ze. 'Is dat de jongen waar je over verteld hebt?'

Bree knikte en lachte breeduit.

'Kijk eens aan! Je bent verliefd.'

'Ik denk van wel,' zei Bree zachtjes, met een blik op Mark.

'Nou, ik hoop dat hij lief voor je is,' zei Norah, die tot haar schrik bemerkte dat ze haar moeders stem had opgezet, met intonatie en al. Maar Bree was zo in de wolken dat ze alleen maar kon lachen.

'Hij is heel lief voor me,' zei ze. 'Hé, weet je? Mag ik hem komend weekend meenemen naar je feestje?'

'Tuurlijk,' zei Norah, hoewel ze het eigenlijk niet zo zeker wist.

'Geweldig! Zeg Norah, heb je die baan gekregen die je zo leuk vond? Heb je al iets gehoord?'

De bladeren van de trompetboom wiegden als zachte groene harten in de wind en daarachter deinde de mensenmenigte.

'Nee, nog niet,' antwoordde Norah, denkend aan dat nette kantoor, smaakvol ingericht, met al die kleurige vakantieposters. Opeens leken haar aspiraties zo nietig.

'Maar hoe is het sollicitatiegesprek verlopen?' drong Bree aan.

'Goed. Het ging heel goed. Ik weet alleen niet zeker of ik deze baan wel wil, dat is het meer.'

Bree schoof een pluk haar achter haar oor en fronste haar wenkbrauwen.

'Hoezo niet? Norah, gisteren wilde je die baan nog zo graag. Je was zo enthousiast. Wil David het soms niet? Heeft hij gezegd dat je niet mag gaan werken?'

Norah schudde geërgerd haar hoofd. 'David weet het nog niet eens. Bree, het was gewoon een piepklein kantoortje. Saai. Een burgerlijk zooitje. Jij zou er nog niet dood gevonden willen worden.'

'Ik ben jou niet,' zei Bree ongeduldig. 'En jij bent mij niet. Jij wilde deze baan, Norah. Voor een beetje glamour in je leven. Om onafhankelijk te worden, verdorie.'

Bree had gelijk, ze had die baan dolgraag willen hebben, maar ze was kwaad op Bree, die zelf op de barricades gesprongen was, maar haar zus een saaie kantoorbaan probeerde aan te praten.

'Het gaat om typewerk, niet om het reizen. Het zou jaren en jaren duren voor ik mocht gaan reizen. Het is niet bepaald het soort daginvulling dat ik ambieer, Bree.'

'Loop je dan liever de hele dag achter de stofzuiger aan?'

Norah dacht aan de onstuimige wind, aan de Ohio River, hier niet ver vandaan. Ze klemde haar lippen opeen en zweeg.

'Ik snap helemaal niets van jou, Norah. Waarom ben je zo huiverig voor veranderingen? Waarom kun je niet gewoon léven en de wereld nemen zoals hij is?'

'Dat doe ik ook,' zei ze. 'Ik lééf. Je moest eens weten!'

'Ik zie een vrouw die haar kop in het zand steekt.'

'Jij kijkt niet verder dan de eerste de beste beschikbare man.'

'Oké. Zo is het genoeg.' Bree zette een pas achteruit en werd onmiddellijk verzwolgen door de menigte.

Norah bleef alleen achter onder de trompetboom. Ze trilde van woede, onberekenbare woede. Wat was er toch met haar? Hoe was het mogelijk dat ze het ene moment opkeek tegen Kay Marshall en even later tegen Bree, en dan ook nog om totaal verschillende redenen?

Ze wrong zich tussen de betogers door naar haar auto. Na de drukte en de emoties van de protestbijeenkomst kwamen de straten van de stad grauw en bedrieglijk gewoon op haar over. Er was gek genoeg niet zoveel tijd voorbijgegaan; ze hoefde Paul pas over twee uur op te halen, maar naar de rivier haalde ze het niet meer. Thuis, in de stille, zonnige keuken, schonk ze zichzelf een gin-tonic in. Het glas voelde stevig en koel aan in haar hand en de ijsblokjes verspreidden een geruststellend en vrolijk getinkel. In de zitkamer bleef ze even staan voor de foto waarop ze poseerde op de stenen boog. Denkend aan die dag, waarop ze gewandeld en gepicknickt hadden, herinnerde ze zich nooit dit moment. In plaats daarvan dacht ze aan de wereld die zich onder haar ontvouwde, aan de zon en de wind op haar huid. 'Ik wil even een foto maken,' had David haar toegeroepen. Ze had zich naar hem omgedraaid. Geknield had hij het fototoestel scherpgesteld om een moment vast te leggen dat nooit werkelijk bestaan had. Jammer genoeg had ze gelijk gehad wat dat fototoestel betreft. Fotograferen was voor David zo ongeveer een obsessie geworden en hij had een doka ingericht boven de garage.

David. Hoe kon het toch dat hij met de jaren ongrijpbaarder voor haar werd, en tegelijkertijd steeds vertrouwder? Hij had een paar barnstenen manchetknopen laten slingeren op het tafeltje waarop de foto's stonden. Norah pakte ze op en luisterde naar het zachte getik van de klok in de zitkamer. De steen werd verwarmd door haar hand en ze putte troost uit hun gladheid. Ze vond overal stenen, in Davids broekzakken, uitgespreid op de ladekast, weggestopt in enveloppen in bureaulades. Soms zag ze Paul en David in de achtertuin staan, voorovergebogen op zoek naar mooie exemplaren. Dergelijke tafereeltjes stemden haar weemoedig en blij omdat dit soort momenten schaars waren. David had het zo druk de laatste tijd. Goed zo, wilde Norah dan zeggen. Neem eens rustig de tijd. Breng eens wat tijd met hem door. Je zoon is groot voor je het weet.

Norah liet de manchetknopen in haar zak glijden en ging met haar drankje de tuin in. Ze stond onder het papierige nest en zag de wespen er omheen cirkelen en er vervolgens in verdwijnen. Af en toe kwam er een wesp op haar af, aangetrokken door de geur van de gin. Ze nipte en keek. Haar spieren, al haar cellen reageerden op de vloeibare kettingreactie en ontspanden zich, alsof ze de warmte van de dag indronk. Ze dronk haar glas leeg, zette het op de oprit en ging haar tuinhandschoenen en hoed halen. Ze liep om Pauls driewieler heen. Over niet al te lange tijd zou hij er te groot voor zijn en zou ze hem wegzetten bij de andere spullen – de babykleertjes, het speelgoed dat hij was ontgroeid. David wilde geen kinderen meer en nu Paul al naar school ging had ze de strijd opgegeven. Zij kon zich ook moeilijk voorstellen hoe het zou zijn om terug te gaan naar de luiers en nachtelijke voedingen, maar het verlangen om weer een baby in haar armen te hebben stak nog vaak de kop op. Angela die ochtend, de warmte van dat kleine lijfje – die Kay wist niet hoezeer ze bofte.

Norah trok haar handschoenen aan en liep de zon weer in. Ze had totaal geen ervaring met wespen of bijen. Ze was alleen een keer in haar teen gestoken toen ze acht was. De plek had een uur pijn gedaan en was toen verdwenen. Toen Paul de dode bij opraapte en het uitgilde

van de pijn was ze niet geschrokken. Een ijsblokje om de zwelling tegen te gaan, een tijdje knuffelen op de veranda en dan zou alles weer
goed zijn. Zijn hand was rood geworden en flink opgezwollen en al
snel volgde de rest van zijn lijf. Zijn gezicht werd pafferig en met angst
in haar stem had ze David erbij geroepen. Hij zag meteen de ernst van
de situatie in en wist wat voor injectie hij nodig had. Al na een paar
seconden kon Paul weer beter ademhalen. 'Eind goed, al goed,' had
David gezegd. Dat was zo, maar toch werd ze af en toe misselijk van
angst – wat als David niet thuis was geweest?

Een paar minuten stond ze naar de wespen te kijken. Ze dacht aan
de demonstranten op de heuvel, de onrustige, ongrijpbare wereld. Ze
had altijd gedaan wat er van haar werd verwacht. Ze had gestudeerd
en was gaan werken. Was keurig getrouwd. En toch, sinds de geboorte van haar kinderen – Paul, die met zijn armen wijd van de glijbaan
gleed, en Phoebe, die toch op de een of andere manier aanwezig was,
in dromen opdook, altijd net buiten het zicht bij haar was – was Norah
haar grip op de wereld kwijtgeraakt. Het verdriet had haar een hulpeloos gevoel bezorgd dat ze de baas probeerde te worden door haar
dagen zo vol te plannen als maar mogelijk leek. Ze bestudeerde haar
gereedschap. Ze zou dat wespennest hoogstpersoonlijk uit de weg ruimen.

De schoffel was zwaar. Ze tilde het lange ding voorzichtig omhoog
en zwaaide ermee richting het nest. Het blad doorsneed het papierige omhulsel met gemak. De kracht die van deze eerste klap uitging,
vervulde haar van opwinding. Maar toen ze de schoffel terugtrok,
stroomde er een zwerm woeste wespen door het gat, recht op haar af.
Ze werd gestoken in haar arm, op haar wang. Ze liet de schoffel vallen
en rende naar binnen. Ze sloeg de deur achter zich dicht en bleef er
hijgend met haar rug tegenaan staan.

Kwaad zoemde de zwerm buiten rond het vernielde nest. Sommige
wespen streken met licht trillende vleugels neer op de vensterbank.
Ze deden haar denken aan de studenten die ze die ochtend had gezien, maar ook aan haarzelf. In de keuken schonk ze zichzelf nog een
drankje in en depte wat gin op haar arm en wang, waar de pijnlijke,
opgezwollen steken zaten. De gin smaakte fris en lekker en vervulde
haar van een gevoel van welbehagen en macht. Ze had nog een uur
voor ze Paul moest halen.

'Oké, stomme wespen,' zei ze hardop. 'Jullie laatste uurtje heeft geslagen.'

Er stond een bus insectenspray in de kast, boven de jassen en schoenen en de stofzuiger – een gloednieuwe blauwe Electrolux. Norah dacht aan Bree, die een blonde pluk uit haar gezicht gestreken had. 'Loop je dan liever de hele dag achter de stofzuiger aan?'

Norah was al op weg naar buiten toen ze opeens een idee kreeg.

De wespen waren druk in de weer het nest te herstellen en ze hadden ogenschijnlijk niet in de gaten dat Norah weer naar buiten kwam met de Electrolux in de hand. Norah had haar handschoenen weer aangedaan en droeg verder een hoed en een jas. Ze had een sjaaltje voor haar gezicht gehangen. Ze stak de stekker in het stopcontact en zette de stofzuiger aan. Het apparaat zoemde, een vreemd geluid in de openlucht, en nam toen de stang ter hand. Zonder aarzeling hield ze de stofzuigermond bij het beschadigde nest. De wespen reageerden agressief en haar wang en arm prikten bij hun aanblik, maar met een tikkend geluid verdwenen ze in de stang, met een geluid als van eikels die op een dak vallen. Ze zwaaide met de stofzuigermond alsof het een toverstaf was en zoog alle boze insecten op, inclusief de resten van het nest. Al gauw was er geen wesp meer te zien. Ze liet de stofzuiger aanstaan terwijl ze zoekend rondkeek naar iets waarmee ze de mond kon afsluiten. Deze wespen, die drukke beesten die het op haar voorzien hadden, mochten natuurlijk niet ontkomen. Ze stak de stang in de grond, maar toen begon de stofzuiger vreemde geluiden te maken. Plotseling viel haar oog op de uitlaat van haar auto. Ja, de stang paste er precies in. Intens tevreden met haar prestatie zette Norah de stofzuiger uit en ging naar binnen.

Bij de wastafel in de badkamer, waar de zon door de matglazen ruiten naar binnen scheen, deed ze het sjaaltje af en zette haar hoed af. Ze bestudeerde haar verschijning in de spiegel. Donkergroene ogen, kort, blond haar en een mager gezicht met zorgelijke trekken. Haar kapsel was ingezakt en er parelden zweetdruppeltjes op haar hele gezicht. Er zat een vuurrode bult op haar wang. Lichtjes beet ze op haar onderlip en vroeg zich af wat David zag als hij naar haar keek. Vroeg hij zich af wie ze werkelijk was, die vrouw die het ene moment haar best deed bevriend te raken met Kay Marshall en even later aansluiting zocht bij Brees vrienden? Die als een bezetene naar de rivier scheurde en zich nergens echt thuis voelde? Welke van deze vrouwen zag David? Of was het een compleet andere vrouw die iedere avond bij hem in bed stapte? Zij was het, natuurlijk, maar nooit zoals ze zichzelf ooit zou zien. En ook niet zoals hij haar ooit had gezien. Als hij 's avonds thuiskwam, zijn jasje zorgvuldig over de leuning van een stoel hing en de krant opensloeg, zag zij evenmin de man met wie ze getrouwd was.

Ze droogde haar handen af en ging naar beneden om ijs op haar opgezwollen wang te doen. Aan de dakgoot van de garage zag ze de resten van het wespennest hangen. De Electrolux stond midden op de oprit, via zijn lange chromen stang verbonden met de uitlaat van de auto. Een zilveren navelstreng, blikkerend in de zon. Ze stelde zich voor dat David thuiskwam en zag dat de wespen waren verjaagd, de tuin versierd, hun feestje tot in de puntjes geregeld. Ze hoopte dat hij verrast zou reageren en blij met haar zou zijn.

Ze keek op haar horloge. Ze moest Paul gaan halen. Op het trapje bij de achterdeur bleef ze staan, rommelend in haar tas op zoek naar de huissleutel. Ze keek op toen ze een vreemd geluid hoorde. Het was een soort gezoem, en aanvankelijk dacht ze dat de wespen probeerden te ontsnappen. Er was echter niets te zien. Het zoemen veranderde in gesis en toen rook ze opeens een elektrisch geurtje, ozon, verschroeide bedrading. Vol verwondering stelde Norah vast dat het de Electrolux was. Ze haastte zich het trapje af. Haar hakken tikten op het asfalt en ze stak net haar hand uit toen de Electrolux plotseling ontplofte en over het gazon schoot. Hij kwam zo hard tegen het tuinhek aan dat een van de planken doormidden brak. De blauwe machine stond tussen de rododendrons. Er kwam rook uit alle openingen en hij huilde als een gewond dier.

Norah stond roerloos, haar hand nog uitgestrekt, net zo verstild als op Davids foto's, en probeerde te vatten wat er zojuist gebeurd was. Toen ze zag dat er een stukje van de uitlaat was afgebroken, snapte ze het. De benzinedampen waren terechtgekomen in de hete motor van de stofzuiger en hadden een ontploffing veroorzaakt. Norah dacht aan Paul, die allergisch was voor insectensteken. Haar zoontje met een engelenstem, die gewond had kunnen raken als hij thuis was geweest.

Een wesp vloog de rokende uitlaat uit en verdween uit zicht.

Norah kon het niet hebben. Al die tijd die ze erin gestoken had, haar slimme vondst, en nu zouden de wespen alsnog ontkomen. Ze beende het grasveld over. Met een snelle, trefzekere beweging trok ze de Electrolux open en reikte door de rook heen naar de zak vol stof en insecten. Ze wierp hem op de grond en begon als een bezetene te stampen. De papieren zak scheurde aan een kant en er vloog een wesp uit. Ze plette hem met haar schoen. Ze vocht voor Paul en voor wat meer begrip van haarzelf. Je bent bang voor het leven, had Bree gezegd. Waarom kun je niet gewoon léven en de wereld nemen zoals hij is? Maar hoe moest ze dan leven, had Norah zich de hele dag al afgevraagd. Hoe dan? Vroeger had ze hier geen moeite mee: ze had zonder enige moeite de rol van dochter gespeeld, van student, van telefoniste bij de telefooncentrale. Daarna was ze verloofde geworden, getrouwde vrouw, moeder, en ze was erachter gekomen dat achter deze bedrieglijk simpele benamingen complexe ervaringen schuilgingen.

Hoewel het zonneklaar was dat alle wespen in de zak morsdood waren, bleef Norah maar dansen op de vieze brij. Ze ging als een wildeman tekeer. Er was iets in gang gezet, er was iets veranderd in de wereld, in haar hart. Die nacht, terwijl het ROTC-gebouw op de campus volledig door het vuur werd verzwolgen, droomde Norah over wespen en bijen, dikke zoemende hommels die boven het hoge gras zweefden. De volgende dag zou ze stiekem een nieuwe stofzuiger kopen, zonder er ooit iets tegen David over te zeggen. Ze zou de smoking van Kays benefietvoorstelling afzeggen en die baan aannemen. Een beetje glamour, avontuur, een eigen leven.

Ze zou het allemaal doen, maar op dat moment dacht ze nergens aan, behalve aan het stampen van haar voeten, waardoor de stofzuigerzak langzaam veranderde in een smerig prutje van angels en vleugels. In de verte brulden de demonstranten en het geluid werd door de frisse lentelucht meegedragen tot in haar tuin. Haar hart klopte in haar slapen. Wat daar in het groot gebeurde, overkwam haar ook, in haar eigen, besloten achtertuin, in de geheime ruimten van haar hart. Een explosie, waarna het leven nooit meer hetzelfde zou zijn.

Een enkele wesp hing even bij de uitbundig bloeiende azalea's en vloog boos zoemend weg. Norah hield op met stampen. Verdwaasd en ontnuchterd liep ze de tuin door, spelend met haar sleutels. Ze stapte in de auto en reed weg alsof het een dag was als alle andere, om haar zoon op te halen.

# *Mei 1970*

# David

'Pap? Papa?'

Bij het horen van Pauls stem, zijn lichte voetstappen op de trap, keek David op van het vel papier dat hij net in de ontwikkelaar had laten glijden.

'Wacht even!' riep hij. 'Heel even, Paul.' Maar daar zwaaide de deur al open.

'Verdomme!' David zag het papier zwart worden. Door de plotselinge lichtval ging het beeld verloren. 'Verdomme Paul, ik heb je toch al een miljoen, nee, een miljard keer uitgelegd dat je niet binnen mag komen als het rode lampje brandt?'

'Sorry. Het spijt me, pap.'

David haalde diep adem en riep zichzelf tot de orde. Paul was pas zes en hij zag er zo klein uit, daar in de deuropening. 'Het is al goed, Paul. Kom maar binnen. Sorry dat ik zo tegen je uitviel.'

Hij hurkte en strekte zijn armen uit. Paul holde op hem af en legde zijn hoofd even op Davids schouder, zodat David zijn pasgeknipte haar in zijn nek voelde prikken. Het was een dun, pezig ventje en sterk. Een watervlugge jongen, rustig, oplettend en meegaand. David drukte een kus op zijn voorhoofd en had spijt van dat moment van woede. Hij voelde de schouderbladen van zijn zoon, zo sierlijk, zo perfect, die zich als vleugels uitstrekten onder een laag van huid en spieren.

'Zeg het eens, wat was er zo belangrijk?' vroeg hij, nog altijd gehurkt. 'Waarom was het nodig om zomaar naar binnen te stormen en al mijn foto's te verpesten?'

'Kijk eens,' zei Paul. 'Kijk eens wat ik gevonden heb!'

Hij vouwde zijn hand open. Op zijn handpalm lagen platte stenen zo groot als knopen, dunne schijfjes met een gaatje in het midden.

'Wat zijn ze mooi,' zei David, er een oppakkend. 'Waar heb je ze gevonden?'

'Gisteren ben ik met Jason naar de boerderij van zijn opa gegaan. Er is daar een beek. Je moet er wel uitkijken, want Jason heeft er vorige zomer een koperkop gezien, maar het is nu te koud, dus we gingen het water in en toen vond ik deze, vlak bij de kant.'

'Mooi zeg.' David bekeek de fossielen eens goed. Ze waren licht en broos, duizenden jaren oud en vormden een veel rijker beeld dan welke foto dan ook. 'Deze fossielen maakten deel uit van een zeelelie, Paul. Heel, heel lang geleden bestond een groot deel van Kentucky uit zee.'

'Echt waar? Gaaf. Staat er een foto van zeelelies in het stenenboek?'

'Misschien wel. We kunnen wel even kijken zodra ik hier klaar ben. Hoe laat is het?' vroeg hij zich hardop af, terwijl hij de deur van de doka opende om naar buiten te kijken. Het was een prachtige, warme lentedag en de kornoelje die hun tuin omzoomde stond vol in bloei. Norah had tafels neergezet en er kleurige tafelkleden over uitgespreid. Ze had stoelen, borden, punch en servetten geregeld en vazen vol bloemen neergezet. Aan de populier in het midden van de tuin had ze een meiboom bevestigd en er linten in vrolijke kleuren aan gehangen. Ook dit had ze alleen gedaan. David had aangeboden haar te helpen, maar ze had zijn hulp afgeslagen. Laat mij het maar doen, had ze gezegd. Dat is echt het beste. En hij had naar haar geluisterd.

Hij ging de doka weer binnen, die koele en besloten plek, met zijn rode licht en de scherpe geur van chemicaliën.

'Mama is zich aan het omkleden,' zei Paul. 'En ik mag me niet vuilmaken.'

'Dat zal niet meevallen!' zei David droogjes, terwijl hij de flessen op een hoge plank plaatste, waar Paul er niet bij zou kunnen. 'Ga jij vast naar binnen? Ik kom zo. Dan zoeken we die zeelelie even op.'

Paul holde de trap af. David zag hem door de tuin sprinten en de hordeur achter hem dichtvallen. Hij spoelde de ontwikkelbakken uit, legde ze omgekeerd te drogen en haalde de film uit de ontwikkelaar en borg hem op. De doka had iets vredigs, het was er zo rustig en koel, en hij bleef een paar seconden langer staan dan nodig was voor hij eveneens het huis binnenging. Buiten wapperden de tafelkleden. Op ieder bord stond een papieren meimandje vol lentebloemen. Eerder die week, precies op 1 mei, had Paul dergelijke mandjes bij de buren langsgebracht. Hij hing ze aan de deurknop, klopte aan en verstopte zich dan gauw om te zien hoe de buren keken. Het was Norah's idee geweest. Artistieke, energieke en vindingrijke Norah.

Ze stond in de keuken en had een schort voor om haar zijden, perzikkleurige mantelpak niet te bevlekken terwijl ze peterselie en kerstomaatjes op een grote schaal rangschikte.

'Alles klaar?' vroeg hij. 'Het ziet er prachtig uit allemaal. Kan ik nog ergens mee helpen?'

'Je kunt je omkleden,' stelde ze voor, na een vlugge blik op de klok. Ze droogde haar handen af. 'Maar wil je eerst even deze schaal in de ijskast beneden zetten? Die hier zit al helemaal vol. Dank je.'

David nam de schaal aan. Het glas voelde koud aan. 'Wat een werk,' merkte hij op. 'Waarom huur je toch nooit een cateraar in?'

Hij bedoelde het goed, maar Norah fronste haar wenkbrauwen terwijl ze koers zette richting tuindeur.

'Omdat ik dit leuk vind,' zei ze. 'Het plannen, het koken, alles gewoon. Omdat het me veel voldoening schenkt om uit het niets iets moois voor te bereiden. Ik beschik over tal van talenten,' voegde ze er koeltjes aan toe. 'Of jij er nu oog voor hebt of niet.'

'Zo bedoelde ik het niet.' David slaakte een zucht. De laatste tijd cirkelden ze als twee afzonderlijke planeten rond dezelfde zon. Zonder te botsen, maar ook zonder elkaar ooit te naderen. 'Ik vroeg me alleen af waarom je geen hulp aanvaardt. Je kunt toch keukenpersoneel inhuren? Om het geld hoef je het niet te laten.'

'Het is geen kwestie van geld,' zei ze hoofdschuddend en liep de tuin in.

Hij zette de schaal weg en ging naar boven om zich te scheren. Paul kwam achter hem aan en ging op de badrand zitten. Hij zat al kletsend met zijn hielen tegen het porselein te bonzen. Hij had zo genoten op de boerderij van Jasons opa, hij had een koe gemolken en mocht van Jasons opa de warme melk opdrinken, die naar gras smaakte. David drukte de zachte scheerkwast in de zeep en luisterde tevreden. Met het scheermes, dat trillende glinsteringen naar het plafond zond, trok hij gladde banen in de zeep op zijn huid. De wereld leek even stil te staan: de zachte lentelucht, de geur van zeep en het opgewekte gepraat van zijn zoon.

'Vroeger molk ik ook vaak koeien,' zei David. Hij droogde zijn gezicht af en strekte zijn hand uit naar zijn overhemd. 'Ik kon zelfs een straaltje melk recht in de bek van de kat spuiten.'

'Dat deed Jasons opa ook! Ik vind Jason aardig. Ik wou dat hij mijn broer was.'

Terwijl hij zijn das strikte, peilde David via de spiegel Pauls blik. In de stilte die niet echt een stilte was – de kraan drupte nog na, de klok tikte zachtjes, er klonk het geruis van kleding – dacht hij aan zijn dochter. Om de paar maanden trof hij in de post op kantoor het krullerige handschrift van Caroline aan. De eerste paar brieven waren afgestempeld in Cleveland, maar nu stond er op iedere envelop een ander stempel. Soms voegde Caroline een nieuw postbusnummer toe, ook altijd weer ergens anders, in grote, onpersoonlijke steden – en altijd als ze dit had gedaan stuurde David haar geld. Ze hadden elkaar goed gekend, maar haar brieven waren met de jaren steeds intiemer geworden. De meest recente hadden niet misstaan in haar dagboek. De aanhef luidde Lieve David, of anders gewoon David, en daaronder stortte ze een vloed aan gedachten over hem uit. Hij probeerde wel eens de brieven ongeopend weg te gooien, maar uiteindelijk viste hij ze iedere keer uit de prullenbak om ze vluchtig door te lezen. Hij bewaarde ze in het archief in zijn doka, zodat hij altijd wist waar ze waren. Zodat Norah ze nooit zou vinden.

Ooit, jaren geleden, na de eerste brieven van Caroline, had hij de acht uur durende autorit naar Cleveland gemaakt in een poging Caroline en Phoebe te vinden. Drie dagen lang had hij door de stad gedwaald, had telefoonboeken doorgesnuffeld en had informatie ingewonnen bij alle ziekenhuizen. Op het hoofdpostkantoor had hij het koperen deurtje nummer 621 even aangeraakt, maar de beambte had geweigerd naam en adres van de eigenaar te noemen. 'Dan blijf ik hier gewoon wachten,' zei David, en de man had zijn schouders opgehaald. 'Prima,' zei hij. 'Maar u kunt beter wel wat te eten gaan halen, want sommige postbussen worden wekenlang niet geleegd.'

Uiteindelijk had hij het natuurlijk opgegeven en was naar huis gegaan. Een voor een waren de dagen voorbij gegaan en Phoebe groeide op zonder hem. Iedere keer dat hij geld stuurde, sloot hij een briefje bij waarin hij Caroline vroeg hem te laten weten waar ze woonde. Verder drong hij niet aan en hij huurde ook geen privé-detective in, ook al speelde hij wel eens met die gedachte. Het initiatief zou van haar uit moeten gaan, vond hij. Hij geloofde werkelijk dat hij haar wilde vinden. Hij was ervan overtuigd dat hij, als hij haar gevonden had, de zaak recht kon breien, dat hij dan in staat zou zijn Norah de waarheid te vertellen.

Hij geloofde dit allemaal en hij stond iedere ochtend op en wandelde naar het ziekenhuis. Hij voerde operaties uit, bestudeerde röntgenfoto's, ging naar huis, maaide het gras en speelde met Paul; hij leidde een rijk leven. En toch schrok hij, zonder aanwijsbare reden, om de zoveel maanden 's nachts op uit een droom waarin Caroline Gill vanuit de deuropening of vanaf de andere kant van het grasveld voor de kerk naar hem stond te kijken. Trillend stond hij dan op, kleedde zich aan en ging de trap af naar zijn werkkamer of naar de doka, waar hij dan werkte aan een of ander artikel of foto's in de ontwikkelaar liet glijden, waarin hij beelden zag ontstaan die er eerst niet waren.

'Papa, je bent vergeten die fossielen op te zoeken,' zei Paul. 'Je had het beloofd.'

'Da's waar ook,' zei David, die zijn best moest doen om terug te keren naar het hier en nu. Hij trok zijn das recht en zei: 'Dat is waar. Ik had het beloofd.'

Samen liepen ze de trap af naar de studeerkamer en spreidden de vertrouwde boeken uit op het bureau. Het fossiel was een lid van de klasse der Crinoidea, een klein zeediertje dat op een bloem leek. De 'knopen' waren de schijfjes waaruit de steel was opgebouwd. Zijn hand steunde lichtjes op Pauls rug en hij voelde zijn huid, zo warm en zo vol leven, en de fijne ruggenwervels vlak daaronder.

'Ik ga ze even aan mama laten zien,' zei Paul. Hij griste de fossielen bijeen en holde door het huis naar de tuindeur. David schonk zich een drankje in en ging voor het raam staan. Er hadden zich al een paar gasten in de tuin verspreid: de mannen in donkerblauwe pakken en de vrouwen als frisse lentebloemen in roze, felgeel en lichtblauw. Norah zweefde tussen hen door, drukte de vrouwen aan haar hart, schudde handen, stelde mensen aan elkaar voor. Ze was zo'n stille vrouw geweest toen hij haar had leren kennen, rustig, op zichzelf en op haar hoede. Hij had nooit kunnen vermoeden dat ze dit ook in zich had, zo op haar gemak in een groep dat ze het aandurfde om een feestje te geven en het ook nog tot op het allerkleinste detail zelf te willen organiseren. Hij volgde haar met zijn blik en werd vervuld van een vaag verlangen. Maar waarnaar? Naar het leven dat ze hadden kunnen leiden misschien. Norah oogde heel gelukkig daar, lachend op het gazon. En toch wist David dat een succesvol feestje als dit niet voldoende zou zijn. Het zou haar nog geen dag tevreden stellen. Die avond al zou ze zich op het volgende richten, en als hij vannacht wakker werd en zijn hand langs haar ruggengraat liet glijden in de hoop haar verlangen te wekken, zou ze mompelend zijn hand pakken en zich zonder wakker te worden van hem af draaien.

147

Paul zat op de schommel en zoefde door de blauwe lucht. De fossielen hingen aan een lang koord om zijn nek. Ze vlogen op en daalden neer op zijn jongensborst en tikten soms tegen de touwen.

'Paul,' riep Norah. Haar stem drong gemakkelijk door de hordeur het huis binnen. 'Doe die ketting eens af. Het is gevaarlijk.'

David pakte zijn glas en liep naar buiten. Op het gazon voegde hij zich bij Norah.

'Laat hem toch,' zei hij zachtjes en legde zijn hand op haar arm. 'Hij heeft hem zelf gemaakt.'

'Ik weet het. Ik heb hem het koord gegeven. Hij mag hem straks om. Als hij tijdens het spelen valt en die ketting blijft haken, dan kan hij wel stikken.'

Ze was zo gespannen; hij liet zijn hand omlaag zakken.

'Dat lijkt me niet waarschijnlijk,' zei hij. Kon hij hun verlies maar ongedaan maken en tegelijkertijd het effect ervan op hun relatie. 'Er zal met hem niets ergs gebeuren, Norah.'

'Dat kun je toch nooit weten.'

'En toch heeft David gelijk, Norah.'

De stem kwam van achter hen. Hij draaide zich om en zag Bree staan, wier onbevangenheid, passie en schoonheid een wervelwind door het huis leek te zenden. Ze droeg een jurk van doorkijkstof die om haar lijf leek te zweven en stond hand in hand met een jonge man die iets kleiner was dan zij. Hij was frisgeschoren, had kort, rossig haar, droeg sandalen en had de bovenste knoopjes van zijn overhemd losgemaakt.

'Bree, als hij vast komt te zitten, dan stikt hij,' hield Norah vol, terwijl ook zij zich omdraaide.

'Hij is aan het schommelen,' zei Bree op luchtige toon. Paul schoot hoog de lucht in, met zijn hoofd naar achteren, de zon op zijn gezicht. 'Kijk nou eens, hij heeft het zo naar zijn zin. Zadel hem nu niet met jouw zorgen op. David heeft gelijk. Het kan geen kwaad.'

Norah lachte geforceerd. 'O nee? De wereld kan wel vergaan, dat heb je gisteren zelf nog gezegd.'

'Maar dat was gisteren,' zei Bree. Ze raakte even Norah's arm aan en ze keken elkaar daarbij indringend aan, in een blik van verstandhouding die ieder ander buitensloot. David zag het aan en voelde weer dat verlangen. Hij dacht aan zijn zusje. Hij had zich met June onder de keukentafel verstopt en ze gluurden onder het tafelkleed door, bijna stikkend van de lach. Hij herinnerde zich haar ogen en de warmte van haar arm, het fijne gevoel dat haar aanwezigheid in hem opriep.

'Wat was er gisteren?' vroeg David, de herinnering verdringend, maar Bree was met Norah in gesprek en antwoordde niet.

'Sorry zusje,' zei ze. 'Het was gisteren een beetje een gekke dag. Ik ben te ver gegaan.'

'Het spijt mij ook,' zei Norah. 'Ik ben blij dat je vanavond gekomen bent.'

'Wat was er gisteren? Heb jij die brand gezien?' vroeg David weer. Norah en hij waren 's nachts wakker geworden van de sirenes, de geur van rook en hadden een vreemde gloed waargenomen. Met hun buren hadden ze op het donkere, bedauwde gras gestaan in de tuin, terwijl op de campus het ROTC-gebouw afbrandde. Gedurende een paar dagen waren de protesten steeds heviger geworden, de stemming steeds grimmiger, terwijl langs de rivier de Mekong bommen neervielen en mensen op de vlucht sloegen met hun stervende kinderen in de armen. Aan de andere kant van de rivier in Ohio waren vier studenten overleden, maar niemand had verwacht dat er in Lexington, Kentucky, een gebouw in de as zou worden gelegd door een molotovcocktail of dat er zoveel politie op de been zou zijn.

Bree wendde zich tot hem, waarbij haar lange haar even opwaaide, en schudde haar hoofd. 'Nee. Ik ben er niet bij geweest, maar Mark wel.' Ze glimlachte naar de jonge man naast haar en stak haar slanke arm door die van hem.

'Mark heeft in Vietnam gevochten,' voegde Norah eraan toe. 'Hij is hier om te protesteren tegen de oorlog.'

'Ah,' zei David. 'Een oproerkraaier.'

'Een betoger, zou ik eerder zeggen,' verbeterde Norah hem, met een armgebaar richting haar gasten. 'Daar zie ik Kay Marshall,' zei ze. 'Willen jullie me even excuseren?'

'Goed dan, een betoger,' herhaalde David. Hij keek Norah na en zag hoe de mouwen van haar dunne zijden pak lichtjes door een briesje werden beroerd.

'Inderdaad ja,' zei Mark. Hij sprak met lichte zelfspot en had een licht accent dat David bekend voorkwam. Het deed hem denken aan de lage, zangerige stem van zijn vader. 'Altijd op de bres voor gerechtigheid en rechtvaardigheid.'

'Ik heb jou op het nieuws gezien,' riep David opeens uit. 'Gisteravond. Je hield een toespraak. Dus je zult wel blij zijn met die brand.'

Mark haalde zijn schouders op. 'Niet blij. Maar ik voel me er ook

149

niet schuldig over. Het is gewoon gebeurd. We gaan door.'

'Waarom stel je je zo vijandig op, David?' vroeg Bree, hem met haar groene ogen fixerend.

'Dat doe ik helemaal niet,' zei David, maar terwijl hij dit zei, besefte hij dat ze gelijk had. Hij merkte ook dat bij het spreken zijn klinkers langer en vlakker waren geworden en dat hij teruggleed in oude, vertrouwde zinsconstructies waartegen hij geen weerstand kon bieden. 'Ik probeer gewoon wat dingen te weten te komen. Waar kom je vandaan?' vroeg hij aan Mark.

'West Virginia. Bij Elkins. Hoezo?'

'Zomaar. Ik had daar vroeger familie.'

'Dat wist ik helemaal niet, David,' zei Bree. 'Ik dacht dat jij uit Pittsburgh kwam.'

'Er woonde vroeger familie van mij bij Elkins,' herhaalde David. 'Heel lang geleden.'

'Is dat zo?' Mark Furman keek hem nu iets minder argwanend aan. 'Werkten ze in de kolenmijn?'

'Soms. In de winter. Ze hadden een boerderij. Sappelen. Maar niet zo erg als in de mijn.'

'Hebben ze hun grond verkocht?'

'Nee.' David dacht aan het huis waar hij nu al bijna vijftien jaar niet meer was geweest.

'Goeie zet. Mijn vader heeft het ouderlijk huis verkocht. Toen hij vijf jaar later omkwam in de mijn, konden we nergens heen.' Mark lachte bitter en was even stil. 'Ga je er nog wel eens heen?' vroeg hij.

'Ik ben er al eeuwen niet meer geweest. Jij?'

'Nee. Na Vietnam ben ik gaan studeren. Morgantown, op een legerbeurs. Het was vreemd om terug te zijn. Ik voelde me hier thuis en toch ook niet. Toen ik vertrok, was ik me er niet van bewust dat ik een keuze maakte. Maar dat bleek toch zo te zijn.'

David knikte. 'Ik weet precies wat je bedoelt.'

'Nou,' zei Bree en brak daarmee een langdurige stilte. 'Jullie zijn nu allebei hier en ik krijg met de seconde meer dorst,' zei ze. 'Mark? David? Iets drinken?'

'Ik loop wel even mee,' zei Mark, zijn hand naar David uitstrekkend. 'Wat is de wereld toch klein, hè? Leuk je ontmoet te hebben.'

'David is een man met veel geheimen,' zei Bree en trok hem het gazon op. 'Vraag maar eens aan Norah.'

David keek toe terwijl ze in de bonte menigte verdwenen. Het was maar een toevallige ontmoeting, en toch voelde hij zich nu onrustig, bloot en kwetsbaar. Zijn verleden leek als een golf omhoog te komen. Iedere ochtend stond hij even stil op de drempel van zijn kantoor en liet zijn blik over zijn netjes geordende instrumenten glijden, langs de apparatuur en de witte strook papier op de onderzoekstafel. Ogenschijnlijk was hij in alle opzichten een succesvol man, en toch voelde hij altijd een leemte, was hij nooit geheel vervuld van trots en zelfverzekerdheid. 'Nou, dat was het dan,' had zijn vader gezegd toen hij het portier van de pick-up had dichtgeslagen en naar de bushalte liep om David uit te zwaaien op de dag dat hij naar Pittsburgh vertrok. 'We zullen niet veel meer van je horen, nu je je eigen weg in de wereld gaat zoeken. Je zult straks geen tijd meer hebben voor eenvoudige mensen als wij.' David, die vol vertwijfeling op de stoep stond en de herfstbladeren zag neerdwarrelen, wist instinctief dat zijn vader gelijk had. Hoeveel hij ook van zijn ouders hield, hoe goed zijn bedoelingen ook waren, ze zouden onherroepelijk uit elkaar groeien.

'Gaat het wel, David?' vroeg Kay Marshall. Ze passeerde hem met een vaas lichtroze tulpen, met blaadjes zo fijn en teer als de uiteinden van een long. 'Je staat zo glazig te kijken.'

'Ah, Kay,' zei hij. Ze leek wel wat op Norah, vond hij. Onder die zorgvuldig opgepoetste façade nam hij eenzelfde soort eenzaamheid waar. Een tijd geleden had ze op een feestje te veel gedronken en was hem achterna gelopen een donkere gang in. Ze had haar armen om hem heen geslagen en had hem gekust. Compleet verrast had hij haar kus beantwoord. Hoewel hij nog vaak terugdacht aan het gevoel van haar lippen op de zijne vroeg hij zich regelmatig af of het wel echt gebeurd was. 'Je ziet er weer geweldig uit, Kay.' Hij hief zijn glas. Ze lachte naar hem en vervolgde haar weg.

Hij ging de koele garage binnen en liep de trap op, waar hij zijn fototoestel uit de kast nam en er een nieuw rolletje in deed. Hij hoorde Norah's stem boven het geroezemoes uit en hij dacht aan het gevoel van haar zachte huid toen hij die ochtend haar rug gestreeld had. Hij dacht aan haar gesprek met Bree. Wat hadden die twee toch een sterke band, veel sterker dan hij ooit weer met haar zou kunnen krijgen. 'Ik ben niet compleet,' dacht hij, de camera om zijn nek hangend. 'Ik ben niet compleet.'

Hij hield zich een beetje afzijdig, glimlachte, groette hier en daar een gast, schudde wat handen, liep weg bij gesprekken om momenten van het feestje vast te leggen. Bij Kays tulpen bleef hij even staan en zoemde erop in. Hij vond het frappant hoe sterk ze leken op het fijne weefsel van de longen en vroeg zich af hoe het zou zijn als hij foto's naast elkaar zou kunnen leggen. Op de een of andere mysterieuze manier, dacht hij, was het menselijk lichaam een perfecte afspiegeling van de wereld. Hij ging helemaal op in deze gedachte en de geluiden van het feest verdwenen naar de achtergrond terwijl hij zijn volledige aandacht op de bloemen richtte. Hij schrok op toen Norah haar hand op zijn arm legde.

'Doe die camera eens weg,' zei ze. 'Toe nou, David, het is een feestje!'

'Die tulpen zijn zo prachtig,' begon hij, maar hij kon niet verwoorden waarom ze hem zo mateloos boeiden.

'Het is een feestje,' herhaalde ze zachtjes. 'Je kunt je afzijdig houden en er foto's van maken, of je kunt jezelf een drankje inschenken en ervan genieten.'

'Ik heb mezelf iets ingeschonken,' legde hij uit. 'Niemand heeft er bezwaar tegen als ik wat foto's neem, Norah.'

'Nou, ik wel. Het is onbeleefd.'

Ze spraken zachtjes, en al die tijd was Norah blijven lachen. Haar gezicht verried niets. Ze knikte en wuifde naar iemand. En toch voelde David dat er spanning van haar uitging, dat ze zich inhield.

'Ik heb zo mijn best gedaan,' zei ze. 'Ik heb alles geregeld. Ik heb al het eten zelf gemaakt, heb zelfs dat wespennest verwijderd. Waarom kun je er nu niet gewoon van genieten?'

'Wanneer heb je dat nest opgeruimd?' vroeg hij, het veilige gespreksonderwerp omarmend. Hij keek naar de daklijst van de garage.

'Gisteren.' Ze liet hem de lichte zwelling op haar pols zien. 'Paul en jij zijn allergisch en ik wilde daar geen risico's mee nemen.'

'Het is een prachtig feest,' zei hij. Impulsief pakte hij haar pols en drukte een kus op de plek waar ze gestoken was. Haar wenkbrauwen gingen van verbazing iets omhoog en haar ogen verrieden haar plezier. Toen trok ze haar hand terug.

'David,' fluisterde ze. 'In godsnaam niet hier. Niet nu.'

'Papa!' riep Paul. David keek zoekend rond. 'Pap, mam, kijk eens. Hier!'

'Hij zit in die boom daar,' zei Norah, met haar hand boven haar ogen en wijzend naar de andere kant van de tuin. 'Kijk daarboven, ongeveer halverwege. Hoe heeft-ie dat nu weer gedaan?'

'Hij zal er wel via de schommel ingeklommen zijn. Hé!' riep David en wuifde naar hem.

'Kom onmiddellijk naar beneden!' riep Norah. 'Ik word hier bloed-nerveus van,' zei ze tegen David.

'Het is nog maar een kind,' zei David. 'En kinderen klimmen in bomen. Maak je geen zorgen.'

'Hé, mam! Pap! Help!' riep Paul, maar toen ze naar hem opkeken, zagen ze dat hij lachte.

'Weet je nog dat hij dat altijd deed in de supermarkt?' vroeg Norah. 'Toen hij net begon te praten? Hij schreeuwde altijd "help" door de winkel. Iedereen dacht dan dat ik hem ontvoerd had!'

'Hij heeft het ook wel eens op de kliniek gedaan,' zei David. 'Kun je je dat nog herinneren?'

Ze schoten in de lach en David voelde zich opgelucht.

'Doe je die camera nu weg?' vroeg ze, met haar hand op zijn arm.

'Ja,' zei hij. 'Nu meteen.'

Bree was naar de meiboom gewandeld en had een paars lint gepakt. Enkele nieuwsgierige gasten hadden haar voorbeeld gevolgd. David keek naar de bontgekleurde linten terwijl hij naar de garage liep. Plotseling hoorde hij bladeren ritselen en het geluid van een afbrekende tak. Hij zag Brees handen omhoog schieten. Het lint gleed daarbij uit haar handen. De stilte die viel werd verbroken door een kreet van Norah. David draaide zich om en zag nog net hoe Paul op de grond terechtkwam, nog eenmaal stuiterde en op zijn rug terechtkwam. De ketting met de zeelelies was afgebroken en de gekoesterde fossielen la-gen verspreid op de aarde. David baande zich gehaast een weg tussen de gasten door en knielde naast zijn zoon. Pauls ogen, donkergroen, net als die van Norah, keken hem angstig aan. Hij pakte Davids hand en hij hapte naar adem.

'Stil maar,' zei David en aaide hem over zijn voorhoofd. 'Doordat je uit de boom gevallen bent, kost het nu even moeite om adem te schep-pen. Gewoon rustig blijven. Nog eens inademen. Er is niets aan de hand.'

'Is alles goed met hem?' vroeg Norah, die naast hem neerknielde in haar perzikkleurige zijden pak. 'Paul, schatje, is alles goed met je?'

Paul kuchte en ademde moeizaam. De tranen brandden in zijn ogen. 'Mijn arm doet pijn,' zei hij, zodra hij iets uit kon brengen. Hij zag bleek en er was een dun blauw adertje op zijn voorhoofd te zien. David kon zien dat hij vreselijk zijn best deed om niet te huilen. 'Mijn arm doet echt heel erg pijn.'

'Welke?' vroeg David op een zo rustig mogelijke toon. 'Kun je de plek eens aanwijzen?'

Het was zijn linkerarm en toen David hem voorzichtig bij de elleboog en de pols optilde, kermde Paul van de pijn.

'David!' zei Norah. 'Is het gebroken?'

'Moeilijk te zeggen,' zei hij, hoewel hij vrijwel zeker wist van wel. Voorzichtig drukte hij Pauls arm tegen zijn borst en legde zijn hand even op Norah's rug. 'Paul, ik ga je nu optillen. Ik draag je naar de auto en dan gaan we even naar mijn kantoor. Oké? Ik zal je alles vertellen over röntgenstralen.'

Heel behoedzaam tilde hij Paul op. Zijn zoon voelde zo licht aan. Hun gasten weken uiteen om ze door te laten. Hij zette Paul op de achterbank en pakte een deken uit de achterbak om die over hem heen te leggen.

'Ik ga ook mee,' zei Norah, die plaatsnam op de passagiersstoel.

'En onze gasten dan?'

'Er is meer dan voldoende wijn en eten,' zei ze. 'Ze vinden alles heus zelf wel.'

Door de zwoele lenteavond reden ze naar het ziekenhuis. Nu en dan plaagde Norah hem nog wel eens met zijn rijgedrag op de avond van de geboorte, maar ook vandaag hield hij zich keurig aan de verkeersregels. Ze reden langs het smeulende ROTC-gebouw. Rookpluimpjes kringelden op als strookjes zwart kant. De kornoeljestruiken langs het gebouw stonden in bloei en de bloesems staken licht en kwetsbaar af tegen de geblakerde muren.

'Soms lijkt het wel of de wereld uiteenvalt,' zei Norah zachtjes.

'Nu niet, Norah.' David keek via de achteruitkijkspiegel naar Paul. Hij klaagde nergens over en huilde niet, maar er biggelden tranen over zijn bleke wangen.

Bij de eerstehulpafdeling wendde David zijn invloed aan om Paul zo snel mogelijk door de procedures te loodsen. Er werd een röntgenfoto gemaakt. Hij installeerde Paul op een ziekenhuisbed en drukte Norah een paar boekjes in de hand die hij uit de wachtkamer had weggegrist. Daarna haastte hij zich om de röntgenfoto's op te halen. Toen hij ze aannam, merkte hij dat zijn handen beefden. Hij besloot daarom door de lange gangen, waar het op deze zonnige zaterdagmiddag heel stil was, naar zijn kantoor te lopen. De deur viel achter hem dicht en David bleef een poosje in het donker staan in een poging zijn kalmte te herwinnen. Hij wist dat de muren zeegroen geschilderd waren en dat op zijn bureau paperassen uitgespreid lagen. Hij wist dat in de latjes onder die glazen kast zijn glimmende instrumenten in hun bakjes lagen. Maar hij zag het niet. Hij hief zijn hand op en raakte zijn neus aan, maar zelfs toen kon hij zijn eigen vlees niet zien. Hij voelde het alleen.

Hij zocht het lichtknopje en deed het licht aan. De lichtbak die aan de muur bevestigd was, knipperde en verspreidde weldra een constant licht, waarin alles van zijn kleur werd ontdaan. Op de lichttafel zag hij de negatieven liggen die hij de week daarvoor had ontwikkeld. Het waren foto's van een menselijke ader, die hij keurig naast elkaar had geplaatst, daarbij speciaal lettend op de hoeveelheid licht, die per foto verschilde. David was opgetogen over het resultaat, over de mate van precisie die hij had weten te bereiken. De beelden leken helemaal niet op een onderdeel van het menselijk lichaam; het zouden net zo goed opnames kunnen zijn van een wijdvertakte bliksemstraal op weg naar de aarde, duistere rivieren, een close-up van de zee.

Zijn handen trilden. Hij nam de tijd om een paar maal diep in te ademen, haalde de negatieven weg en schoof Pauls röntgenfoto's in de klemmetjes. De sterke, maar fragiele botten van Paul waren uitstekend te zien. David liet zijn vinger langs het oplichtende beeld glijden. Wat prachtig. De botten van zijn zoontje, doorschijnend en toch zichtbaar, alsof ze waren vervuld van licht. In het donkere kantoor leken het net de sterke, maar delicate takken van een oude boom.

Het was geen gecompliceerde breuk. David zag dat het spaakbeen en de ellepijp gebroken waren. Doordat deze botten parallel lopen bestaat het gevaar dat ze in het helingsproces aan elkaar groeien.

Hij deed de tl-verlichting aan en liep terug de gang in, nog nadenkend over de prachtige wereld die het lichaam herbergde. Jaren geleden had hij in een schoenenwinkel in Morgantown, terwijl zijn vader werkschoenen stond te passen en zich fronsend over de prijskaartjes boog, op een apparaat gestaan dat röntgenbeelden van zijn voeten maakte. De vertrouwde tenen waren veranderd in mysterieuze, spookachtige dingen. In vervoering had hij zitten kijken naar de oplichtende stokjes en blokjes die samen zijn tenen, zijn hielen vormden.

Jaren later zou hij beseffen dat het een bepalend moment was geweest. Het was toen tot hem doorgedrongen dat er andere, onzichtbare en onbekende werelden waren. Onvoorstelbaar haast. In de daaropvolgende weken had David met andere ogen staan kijken als er herten wegschoten, vogels opvlogen of konijntjes de struiken in schoten. Wat voor een structuur ging er schuil onder hun huid? Ook zijn zusje June bestudeerde hij, terwijl ze op de verandatrap in alle rust en in opperste concentratie boontjes zat te doppen of maïskolven zat schoon te maken. Zij was net als hij en toch was er op onverklaarbare wijze een wezenlijk verschil.

Zijn zusje, dat meisje dat zo dol was op de wind, dat lachte als de zon op haar gezicht scheen en dat niet bang was voor slangen. Op twaalfjarige leeftijd was ze overleden en nu was er niets meer van haar over dan de herinnering aan liefde – niets meer dan een hoopje botten.

En zijn dochter, zes jaar oud nu, liep ergens rond, maar hij kende haar niet.

Toen hij terugkwam zat Paul bij Norah op schoot. Hij was daar eigenlijk al te groot voor en zijn hoofd hing ongemakkelijk op haar schouder. Zijn arm trilde lichtjes.

'Is het gebroken?' vroeg ze meteen.

'Ja, ik ben bang van wel,' zei David. 'Kijk maar even.'

Hij legde de foto's op de lichtbak en wees de donkere lijntjes van de fractuur aan. Op zijn laatste benen lopen, zeiden mensen, en vel over been en botvieren. Maar botten leefden; ze heelden meestal prachtig na een breuk.

'Ik was juist zo voorzichtig met die bijen,' zei Norah, die hem hielp om Paul weer op de behandeltafel te manoeuvreren. 'Wespen, bedoel ik. Ik heb dat wespennest opgeruimd, en nu krijgen we dit!'

'Het was een ongeluk,' zei David.

'Weet ik,' zei ze, tegen de tranen vechtend. 'Dat is het hem nu juist.'

David gaf geen antwoord. Hij had alle benodigdheden voor het gips klaargelegd en wijdde al zijn aandacht aan zijn taak. Het was lang geleden dat hij het had moeten doen – meestal zette hij de breuk en liet hij de rest over aan de verpleegster – en hij vond er troost in. Pauls arm was dun en het gips werd ras dikker. Het was helderwit, net zo wit en verleidelijk als een maagdelijk vel papier, en binnen een paar dagen zou het grijs geworden zijn en overdekt met kinder-graffiti.

'Drie maanden,' zei David. 'Over drie maanden is je arm zo goed als nieuw.'

'Tegen die tijd is de zomer alweer voorbij,' zei Norah.

'En hoe moet het met honkbal?' vroeg Paul. 'En met zwemmen?'

'Geen honkbal,' zei David. 'En geen gezwem. Sorry.'

'Maar Jason en ik zouden samen op honkbal.'

'Het spijt me vreselijk,' zei David terwijl Paul in snikken uitbarstte.

'Jij zei dat er niets zou gebeuren,' zei Norah. 'En nu heeft hij een gebroken arm. Hij had zijn nek wel kunnen breken, of zijn rug.'

David was opeens heel moe. Hij voelde zich schuldig over het ongeluk en vond dat Norah zat te zeuren.

'Dat had gekund ja. Maar het is niet gebeurd. Dus houd er alsjeblieft over op. Oké? Lukt dat, Norah?'

Paul hoorde het allemaal stilletjes aan, de plotselinge verandering van toon en cadans. David vroeg zich af wat Paul zich later zou herinneren van deze dag. Hij dacht na over die toekomst vol onzekerheden, over een wereld waarin je naar een protestbijeenkomst ging en een kogel in je nek kon krijgen, en hij deelde Norah's angst. Ze had gelijk. Alles was mogelijk. Hij legde zijn hand op Pauls hoofd en voelde het kortgeknipte haar prikken.

'Sorry, papa,' zei Paul met een klein stemmetje. 'Dat ik binnenkwam en je foto's heb verpest.'

Het duurde een seconde voor David doorhad waar hij over sprak, maar toen herinnerde hij zich zijn uitval toen de deur openzwaaide en Paul geschrokken met zijn hand op de lichtknop was blijven staan, te bang om zich nog te verroeren.

'Ach, nee. Nee hoor kleintje, ik ben daar niet meer boos over. Echt niet.' Hij raakte Pauls wang even aan. 'Die foto's zijn niet belangrijk. Ik was gewoon een beetje moe. Goed?'

Paul liet zijn vinger langs het gips glijden.

'Het was niet mijn bedoeling om je zo te laten schrikken,' zei David. 'Ik ben niet boos meer.'

'Mag ik even met de stethoscoop?'

'Natuurlijk.' David stak de uiteinden in Pauls oren en hurkte neer. Hij plaatste het koude metalen schijfje op zijn eigen borst.

Hij zag vanuit een ooghoek dat Norah hen gadesloeg. Weggerukt uit de drukte van haar feestje droeg ze haar verdriet met zich mee als een donkere steen in haar handpalm. Hij zou haar willen troosten, maar hij wist niet wat hij moest zeggen. Had hij maar een röntgenapparaat voor het hart, voor dat van Norah en dat van hemzelf.

'Ik wou dat je gelukkiger was,' zei hij zachtjes. 'Ik wou dat ik iets kon doen.'

'Maak je maar geen zorgen,' zei ze. 'Niet over mij.'

'Is dat niet nodig?' David haalde zo diep adem dat Paul de lucht hoorde ruisen.

'Nee. Ik heb sinds gisteren een baan.'

'Een baan?'

'Ja. Een goede baan.' Ze vertelde hem dat ze in de ochtenduren op een reisbureau ging werken en dat ze op tijd klaar zou zijn om Paul van school te halen. Terwijl ze aan het woord was had David het gevoel dat ze van hem wegvloog. 'Ik werd gek de laatste tijd,' voegde Norah eraan toe met een felheid die hem verbaasde. 'Ik had gewoon veel te veel vrije tijd. Het werken zal me goed doen.'

'Oké,' zei hij. 'Prima. Als je zo graag wilt werken, doe dat dan maar.' Hij kietelde Paul en pakte zijn otoscoop. 'Hier,' zei hij. 'Kijk maar eens in mijn oor. Misschien zitten er wel kleine vogeltjes in.'

Paul schaterde en het koele metaal gleed in Davids oor.

'Ik wist wel dat je het niks zou vinden,' zei Norah.

'Hoe bedoel je? Ik zei toch net dat je die baan moest aannemen?'

'Ik heb het over de toon. Je zou jezelf eens moeten horen.'

'Tja, wat had je dan verwacht?' zei hij. Omdat Paul erbij was, probeerde hij zijn stem niet te verheffen. 'Het lijkt toch verdacht veel op kritiek.'

'Het zou kritiek zijn als het iets met jou te maken had,' zei ze langzaam. 'Maar dat snap jij niet. Het gaat niet om jou. Het gaat om vrijheid. Het gaat om het hebben van een eigen leven. Ik wil een eigen leven leiden. Ik wou dat dat eens tot je doordrong.'

'Vrijheid?' zei hij. Hij durfde er iets om te verwedden dat ze weer met haar zus had gepraat. 'Denk jij dat er ook maar iemand vrij is, Norah? Denk je dat ik vrij ben?'

Er viel een stilte en hij was dankbaar toen Paul hem eindelijk verbrak.

'Geen vogeltjes, pap. Alleen giraffen.'

'Echt? Hoeveel?'

'Zes.'

'Zes! Tjongejonge. Dan kun je maar beter ook even in het andere oor kijken.'

'Misschien vind ik het er vreselijk,' zei Norah. 'Maar dan weet ik het tenminste.'

'Geen vogeltjes,' zei Paul. 'En geen giraffen. Alleen olifanten.'

'Olifanten in de gehoorbuis,' zei David, de otoscoop van hem overnemend. 'Laten we maar meteen naar huis gaan.' Hij lachte geforceerd en hurkte neer om Paul op te tillen. Hij voelde het gewicht van zijn zoon, de warmte van zijn goede arm tegen zijn nek en vroeg zich af hoe het met ze zou zijn gegaan als hij al die jaren geleden een andere beslissing genomen had. De sneeuw bleef maar vallen en hij had in die stille wereld gestaan, moederziel alleen, en in luttele, cruciale seconden had hij hun levens voorgoed veranderd. 'David,' had Caroline Gill geschreven, 'ik heb tegenwoordig een vriend. Hij is heel aardig en met Phoebe gaat het prima. Ze zingt graag en probeert vlinders te vangen.'

'Ik ben zo blij dat je die baan hebt,' zei hij tegen Norah terwijl ze op de lift wachtten. 'Niet om moeilijk te doen hoor, maar ik geloof alleen niet dat het niets met mij te maken heeft.

Ze slaakte een zucht. 'Nee,' zei ze. 'Dat geloof je niet, hè.'

'Wat is dat nu weer voor een opmerking?'

'Jij beschouwt jezelf als het middelpunt van het universum,' zei ze. 'De as waar alles omheen draait.'

Ze raapten hun boeltje bijeen en stapten de lift in. Het was buiten nog altijd helder en zonnig, een prachtige namiddag. Tegen de tijd dat ze thuis aankwamen, waren de gasten al vertrokken. Alleen Bree en Mark waren er nog, die droegen schalen vol voedsel naar binnen. De linten van de meiboom dansten in de wind. Davids fototoestel lag op tafel met daarnaast Pauls fossielen, die keurig op een stapeltje waren gelegd. David bleef even staan en keek naar de tuin, waarin de stoelen door elkaar stonden. Ooit ging de hele aardkorst schuil onder een ondiepe zee. Hij droeg Paul naar binnen en ging de trap op. Hij gaf hem een glas water en een oranje kauwtablet aspirine dat Paul altijd zo lekker vond. Hij ging op Pauls bed zitten en pakte zijn hand. Zo'n fijn, warm en levend handje. Onder de lichte huid lagen de ligamenten, dat fijne netwerk boven de vingerkootjes, die wijdvertakte verbinding tussen bot en spier en huid. David dacht terug aan de foto's van Pauls botten en werd wederom overweldigd door de schoonheid ervan. Dat was precies wat hij op film wilde vastleggen: dergelijke zeldzame momenten waarop de wereld een eenheid leek, een coherent geheel dat kon worden vervat in een enkel beeld. Een soberheid die schoonheid, hoop en beweging in zich droeg – een zilverachtige poëzie, net als het lichaam poëzie was, maar dan van vlees en bloed.

'Wil je een verhaaltje voorlezen, pap?' vroeg Paul en David installeerde zich op het bed, met zijn arm om Paul heen. Hij koos een boekje over *Nieuwsgierige George*, die in het ziekenhuis belandt met een gebroken been. Beneden was Norah bezig met opruimen. De hordeur ging open en weer dicht, open en weer dicht. Hij zag haar door die deur gaan, netjes gekleed, op weg naar haar nieuwe baan en een leven waarvan hij geen deel uitmaakte. Het was laat in de middag en de kamer was gevuld met gouden licht. Hij sloeg de bladzijde om en voelde Paul, voelde zijn warmte, zijn rustige ademhaling. De gordijnen bolden even op. De kornoelje in de tuin stak als een vrolijke wolk af tegen de donkere planken van het hek. David viel even stil en zag de witte blaadjes omlaag dwarrelen. Hun schoonheid gaf hem troost, maar vervulde hem eveneens van onrust, omdat ze hem van deze afstand aan sneeuw deden denken.

# Juni 1970

# Caroline

'Phoebe heeft jouw haar,' merkte Doro op.

Caroline voelde even aan haar nek en dacht na. Ze waren aan de oostkant van Pittsburgh in een voormalige fabriek, waar een progressieve kleuterschool was gevestigd. Het licht dat door de hoge ramen naar binnenkwam, viel in rechthoeken op de houten vloer en deed de koperglans in Phoebes vlechtjes oplichten. Ze stond bij een grote houten ton linzen in potjes te scheppen. Ze was zes, een beetje mollig, had putjes in haar knieën en een innemende lach. Ze had licht amandelvormige, donkerbruine ogen, die aan de uiteinden iets omhoog wezen, en kleine handjes. Die ochtend droeg ze een roze-wit gestreept jurkje dat ze zelf had uitgekozen en – achterstevoren – had aangetrokken. Ze had er een roze trui overheen aangedaan, iets wat thuis heel wat trammelant had veroorzaakt. 'Dat driftige heeft ze van jou,' mompelde Leo, die meer dan een jaar geleden was overleden, maar al te vaak, en Caroline had zich hier altijd over verbaasd. Niet alleen omdat er een genetische band werd verondersteld die er niet was, maar ook omdat ze werd omschreven als een opvliegend persoon.

'Vind je?' vroeg ze Doro, een pluk haar naar achteren schuivend. 'Vind je echt dat haar haar op dat van mij lijkt?'

'O ja, zeker.'

Phoebe duwde haar handen nu heel diep in de fluweelzachte linzen en lachte naar het jongetje naast haar. Ze schepte haar handen vol en liet de linzen door haar vingers glijden, terwijl het jongetje ze opving in een geel plastic bakje.

De kinderen op deze school beschouwden Phoebe als een doodgewoon meisje, een vriendinnetje dat hield van blauw, van ijs en van rondjes draaien. Dat ze anders was viel hier niemand op. De eerste paar weken had Caroline de kat uit de boom gekeken en was beducht geweest voor de opmerkingen die ze al zo vaak te horen had gekregen, in de speeltuin, bij de supermarkt, in de wachtkamer bij de huisarts. Wat vreselijk voor je. Dit is altijd mijn grootste angst geweest. Ooit had iemand iets gezegd als: in ieder geval leeft ze niet lang, wat een opluchting zal dat voor je zijn. Onnadenkend, onwetend of wreed, noem het hoe je wilt, in de loop der jaren had men Caroline vaak op het hart getrapt. De leraren hier waren jong, enthousiast en de ouders respecteerden hun beslissing. Phoebe zou overal meer moeite mee hebben, zich langzamer ontwikkelen, maar net als ieder ander kind zou ze vooruitgaan.

Tikkend vielen de linzen op de grond toen het jongetje het bakje liet vallen en de gang in holde. Met wapperende vlechtjes rende Phoebe achter hem aan naar het groene lokaal met zijn schildersezels en potten verf.

'Het doet haar goed om naar school te gaan,' zei Doro.

Caroline knikte. 'Ik wou dat de inspecteur haar eens kon zien.'

'Je hebt een goed verhaal, Caroline. En een uitstekende advocaat. Het komt wel goed.'

Ze keek op haar horloge. Haar vriendschap met Sandra was uitgegroeid tot een politieke beweging en vandaag zou de Upside Down Society, die meer dan 500 leden telde, de Onderwijsraad vragen om hun kinderen toe te laten op de basisschool. Ze maakten een goede kans, maar toch was Caroline bloednerveus. Er hing zo veel van vandaag af.

Een jongetje schoot rakelings langs Doro, die hem behoedzaam bij de schouders pakte. Doro's haar was helemaal wit nu en stak af tegen haar donkere ogen en haar olijfkleurige huid. Iedere ochtend ging ze zwemmen en ze was begonnen met golf. Caroline had gemerkt dat er de laatste tijd regelmatig een geheimzinnig lachje rond haar lippen speelde.

'Wat lief van je om er vandaag bij te zijn, Doro,' zei Caroline terwijl ze haar jas aantrok.

Doro wuifde met haar hand. 'Natuurlijk ben ik erbij. Ik ben trouwens veel liever hier dan dat ik met het ministerie in de clinch moet over mijn vaders archief.'

Haar stem klonk vermoeid, maar er verscheen ook iets van een lachje op haar gezicht.

'Doro, het is dat ik beter weet, maar anders zou ik denken dat je verliefd was.'

Doro lachte. 'Wat een absurde gedachte,' zei ze. 'En over de liefde gesproken, komt Al nog vanmiddag? Het is tenslotte vrijdag.'

Het spel van licht en schaduw in de platanen had iets rustgevends, net als stromend water. Het was vrijdag ja, maar Caroline had de hele week nog niets van Al gehoord. Meestal belde hij haar wel een paar keer, uit Columbus, Atlanta of zelfs Chicago. Hij had haar dit jaar tweemaal ten huwelijk gevraagd. Beide keren had haar hart verwachtingsvol gebonsd, maar ze had hem afgewezen. Tijdens zijn laatste bezoek hadden ze ruzie gehad. 'Je houdt me aan het lijntje,' had hij gezegd en was kwaad weggelopen zonder gedag te zeggen.

'Al en ik zijn gewoon goede vrienden. Zo simpel ligt het allemaal niet.'

'Doe niet zo gek,' zei Doro. 'Wat is er nu simpeler dan dat?'

Dus ze was toch verliefd, dacht Caroline. Ze kuste Phoebes zachte wang en reed weg in Leo's oude Buick: zwart, groot en deinend als een schip. Gedurende het laatste jaar van zijn leven was Leo steeds brozer geworden. Het grootste deel van de dag bracht hij door in een leunstoel bij het raam met een boek op schoot, zijn blik op de straat gericht. Op een dag had Caroline hem voorovergebogen aangetroffen, het grijze haar op een vreemde manier naar voren gevallen, en zijn huid, zelfs zijn lippen helemaal bleek. Dood. Ze hoefde hem niet aan te raken om het zeker te weten. Ze nam zijn bril af en sloot voorzichtig zijn oogleden. Toen hij was weggehaald, nam ze plaats in zijn stoel en probeerde ze zich voor te stellen hoe zijn leven moest zijn geweest, de drie takken die buiten geluidloos heen en weer wiegden, haar voetstappen en die van Phoebe die figuren beschreven op zijn plafond. 'O, Leo,' had ze hardop verzucht in die stoel. 'Het spijt me dat je zo eenzaam bent geweest.'

Na de begrafenis, een rustig geheel met gardenia's en een stoet hoogleraren, had Caroline voorgesteld om te vertrekken, maar Doro had er niets van willen weten. 'Ik ben zo aan je gewend geraakt. Ik zou je gezelschap missen. Nee, jij blijft. We zien gaandeweg wel hoe het gaat,' had ze gezegd.

Caroline reed door de stad waaraan ze zo verknocht was geraakt, deze harde, smoezelige, maar verbluffend mooie stad met zijn hoog oprijzende gebouwen, rijk gedecoreerde bruggen en uitgestrekte parken, op iedere smaragden heuvel een andere wijk. In de smalle straat vond ze een parkeerplaats en ze ging het gebouw binnen, waarvan de gevel was bedekt met een dikke laag roet. De hal was hoog en bezat een fraaie mozaïekvloer. Ze ging twee trappen op. De oude houten deur, waarop in koperen cijfers stond vermeld dat dit kamer 304 B was, bevatte een matglazen ruit. Ze haalde diep adem – sinds de tijd dat ze mondelinge examens moest doen was ze niet meer zo zenuwachtig geweest – en duwde de deur open. Verbaasd stelde ze vast hoe slecht het gebouw onderhouden was. Er stond een bekrast eiken bureau en de ramen waren zo vies dat het leek of het een donkere, sombere dag was. Sandra had al plaatsgenomen met een stuk of zes andere ouders van het bestuur van Upside Down. Caroline voelde een golf van genegenheid opwellen. Een voor een waren ze binnengedruppeld bij de vergaderingen, aanvankelijk mensen die Sandra en zij waren tegengekomen in supermarkten en in de bus. Later, toen ze meer en meer bekendheid vergaarden, kwamen de leden ook van verder weg. Hun advocaat, Ron Stone, zat naast een gespannen Sandra, die haar blonde haar strak naar achteren droeg. Ze zag bleek. Caroline ging zitten op de lege stoel naast haar.

'Je ziet er moe uit,' fluisterde ze.

Sandra knikte. 'Tim heeft griep. Uitgerekend nu. Mijn moeder moest helemaal uit McKeesport komen om voor hem te zorgen.'

Voordat Caroline iets kon zeggen, zwaaide de deur open en kwamen de heren van de Onderwijsraad naar binnen, elkaar begroetend en ontspannen converserend. Toen iedereen was gaan zitten en de vergadering geopend was, stond Ron Stone op en schraapte zijn keel.

'Ieder kind heeft recht op onderwijs,' begon hij. Deze woorden klonken haar zo vertrouwd in de oren. Zijn uiteenzetting was helder en nauwgezet: de gestage groei van de vereniging, de doelen die al waren bereikt. Maar Caroline zag de onbewogen gezichten aan de andere kant van de tafel verder verstrakken. Ze dacht aan de avond tevoren, toen Phoebe aan tafel met een potlood in haar hand haar naam had geschreven. In spiegelbeeld en verspreid over het papier, in een beverig handschrift, maar toch. De mannen van de Onderwijsraad herschikten hun papieren en kuchten wat. Toen Ron Stone even stil viel, nam een jonge man met donker, golvend haar het woord.

'Wij bewonderen uw moed, Mr. Stone. Wij van de Onderwijsraad hebben goed naar u geluisterd en we hebben veel bewondering voor de toewijding en de gedrevenheid van deze ouders. Maar hoe je het ook wendt of keert, deze kinderen zijn geestelijk gehandicapt. Zij hebben vaardigheden opgedaan maar, hoe knap dat ook is, dat gebeurde in een beschermde omgeving, met leerkrachten die hun extra, misschien wel onverdeelde aandacht konden schenken. Dat weegt voor ons heel zwaar.'

164

Caroline en Sandra keken elkaar even aan. Deze woorden klonken hen ook vertrouwd in de oren.

'Geestelijk gehandicapt is een gekleurde term,' antwoordde Ron Stone op vlakke toon. 'Deze kinderen lopen achter, dat is waar. Maar ze zijn níet achterlijk. Niemand hier weet precies waar hun grenzen liggen. Net als bij andere kinderen zijn hun kansen op ontwikkeling optimaal in een leeromgeving waar geen vooraf opgelegde beperkingen gelden. Het enige waar wij vandaag om vragen is om gelijke behandeling.'

'Ah, gelijke behandeling. Maar daar hebben we geen budget voor,' zei een andere, magere man met dun, grijzend haar. 'Gelijke behandeling houdt in dat we ze allemáál moeten toelaten, en een hele stoet geestelijk gehandicapten zou een onaanvaardbare druk op het systeem geven. Kijkt u even mee.'

Hij deelde kopieën van een rapport rond en liet een kosten-batenanalyse op ze los. Caroline zuchtte. Het zou de zaak schaden als ze haar geduld verloor. Een vlieg, die tussen de dubbele beglazing terecht was gekomen, zoemde gestrest. Caroline dacht weer aan Phoebe, dat innemende, levendige meisje. Verloren voorwerpen vond ze zó terug, ze kon tot vijftig tellen, zichzelf aankleden en het alfabet opzeggen. Ze had misschien moeite zich uit te drukken, maar peilde in een halve seconde Carolines stemming.

Beperkingen, zei een stem. Scholen overspoeld. Een zware wissel op de budgetten, en op intelligentere kinderen.

Caroline zag het somber in. Ze zouden het nooit snappen, deze mannen, ze zouden in Phoebe nooit iets anders zien dan een kind dat langzaam sprak en moeite had met het leren van nieuwe dingen. Hoe kon ze hun haar prachtige dochter laten zien: Phoebe die in opperste concentratie op het vloerkleed in de zitkamer een blokkentoren bouwt, terwijl haar zachte haar over haar oren valt, Phoebe die een single op de platenspeler legt die Caroline voor haar had gekocht en in vervoering over de gladde eikenhouten vloer zwiert. Of Phoebes handje dat opeens op Carolines knie ligt, als ze in gedachten verzonken is of zit te piekeren. Gaat het mam? zei ze dan, of: ik hou van je. Phoebe op Al's schouders in de avondschemering, Phoebe die haar armen om iedereen heen slaat. Phoebe met haar driftbuien en koppigheid, Phoebe die die ochtend zo trots was geweest dat ze zichzelf had aangekleed.

Het gesprek draaide nu om cijfers en statistieken, de onmogelijkheid van verandering. Trillend stond Caroline op. Van emotie sloeg ze haar hand voor haar mond, zoals haar moeder gedaan zou hebben. Caroline kon het zelf nauwelijks geloven, zozeer had het leven haar veranderd, zo ver was ze al gekomen. Maar ze kon nu niet meer terug. Ja, inderdaad, een grote toestroom van geestelijk gehandicapten zou het gevolg zijn. Ze steunde met haar handen op tafel en wachtte af. Een voor een hielden de mannen op met praten en uiteindelijk was het stil in de ruimte.

'Het gaat niet om aantallen,' zei Caroline, 'het gaat om kinderen. Ik heb een dochter van zes. Het is waar, het kost haar meer tijd om dingen te leren. Maar ze heeft alles geleerd wat andere kinderen ook kunnen: kruipen, lopen, praten, ze is zindelijk, ze kan zichzelf aankleden. Vanochtend deed ze dat ook. Ik zie in haar een meisje dat wil leren en dat van alle mensen houdt. En hier zie ik een ruimte vol mannen die vergeten zijn dat we in dit land de belofte hebben gedaan om ieder kind onderwijs te geven. Ongeacht zijn of haar mogelijkheden.'

Iedereen zweeg. Het hoge raam klapperde lichtjes in de sponning. De verf op de lichtblauwe muur bladderde af.

De donkerharige man sprak op vriendelijke toon.

'Ik heb veel begrip voor uw situatie, wij allemaal trouwens. Maar hoe groot is de kans dat uw dochter, of welk van deze kinderen dan ook, ooit een academisch niveau kan bereiken? En wat zou dat betekenen voor haar zelfbeeld? Als het mijn kind was, dan zou ik haar liever een nuttig vak leren.'

'Ze is zes jaar oud,' zei Caroline. 'Ze kan nog geen vak leren.'

Ron Stone had geconcentreerd zitten luisteren en nam nu het woord.

'Eigenlijk,' begon hij. 'Is deze hele discussie overbodig.' Hij opende zijn koffertje en nam er een dik pak papier uit. 'Dit is niet alleen een morele of logistieke kwestie. Het betreft de wet. Dit is een petitie, ondertekend door deze en door nog vijfhonderd andere ouders. Namens deze mensen span ik een rechtszaak aan met als inzet de toelating van hun kinderen op de basisscholen van Pittsburgh.'

'Maar dan hebben we het over de grondwet,' zei de man met het grijze haar, opkijkend uit het document. 'Daar kunt u zich in dit geval niet op beroepen. Dat is niet in overeenkomst met de letter en de geest van de wet.'

'Neemt u de documenten eens rustig door,' zei Ron Stone, zijn koffertje sluitend. 'U hoort nog van ons.'

Buiten, op de oude stenen trap, praatte iedereen door elkaar heen.

Ron was tevreden, gematigd optimistisch zelfs, maar de anderen waren uitgelaten en omhelsden Caroline vanwege de woorden die ze gesproken had. Glimlachend beantwoordde ze de omhelzingen en voelde naast moeheid een diepe genegenheid voor deze mensen. Sandra natuurlijk, die nog altijd iedere week koffie bij haar kwam drinken, Colleen, die met haar dochter alle handtekeningen op de petitie bijeen had gesprokkeld, Carl, een lange, opgewekte kerel wiens enige zoon al jong gestorven was aan een hartkwaal ten gevolge van het syndroom van Down, en die een deel van het kantoor in zijn tapijtwinkel ter beschikking had gesteld voor de voorbereiding van de rechtszaak. Twee jaar geleden kende ze geen van deze mensen nog, en nu was ze met hen verbonden via zoveel doorwaakte nachten, zoveel strijd en kleine overwinningen, zoveel hoop.

Nog altijd trillend vanwege haar toespraak reed ze terug naar de kleuterschool. Phoebe sprong op uit de kring, holde naar Caroline toe en sloeg haar armpjes om haar benen. Ze rook naar melk en chocola en er zat een vieze veeg op haar jurk. Haar haar lag als een zacht wolkje onder Carolines hand. Caroline vertelde in het kort aan Doro hoe het was gegaan, terwijl de harde woorden – scholen overspoeld, begrotingstekorten – nog altijd door haar hoofd spookten. Doro, die vlug naar haar werk moest, raakte even haar arm aan. 'We praten er vanavond verder over,' zei ze.

Het was een prachtige rit naar huis. Ze reed langs ruisende bomen en seringenstruiken, die de weg omzoomden als wallen van schuim en vuur. Het had de avond ervoor geregend en de hemel was helder en blauw.

Caroline parkeerde haar auto in het steegje en merkte teleurgesteld op dat Al nog niet was aangekomen. Met Phoebe aan de hand wandelde ze in de schaduw van de platanen naar huis, met op de achtergrond het gezoem van bijen. Caroline ging op de verandatrap zitten en zette de radio aan. Phoebe draaide met uitgestrekte armen en met haar gezicht naar de zon gewend rondjes in het zachte gras.

Caroline sloeg haar gade en was nog altijd de spanning van die ochtend niet kwijt. Ze zag geen reden tot overmatig optimisme; na al die jaren waarin ze zich had ingespannen om de heersende opinie te wijzigen, wist Caroline dat ze tot het laatst toe waakzaam moest zijn.

Phoebe holde naar haar toe, vouwde haar handen om haar oor en fluisterde haar een geheimpje in. Caroline hoorde alleen het opgewonden geadem en verstond er verder niets van, maar Phoebe was alweer weg; ze holde in haar roze jurk de zon weer in. Er lag een koperglans op haar donkere haar en Caroline dacht aan Norah Henry in het felle licht van de kliniek. Ze voelde een steek van verdriet en twijfel.

Phoebe hield op met draaien en strekte haar armen wijd uit om haar evenwicht niet te verliezen. Toen slaakte ze een kreet en holde de tuin door en de trap op, waar Al met een in vrolijk papier verpakt cadeau voor Phoebe en een bosje seringen, waarvan Caroline wist dat ze voor haar waren, in de hand naar hen stond te kijken.

Haar hart maakte een sprongetje. Hij had haar geduldig en uiterst kalm het hof gemaakt. Iedere week kwam hij bij haar langs met een bosje bloemen of een ander cadeautje en zijn gezicht straalde daarbij zo'n oprecht genoegen uit dat ze niet het hart had hem de deur te wijzen. Toch had ze zijn toenaderingspogingen niet beantwoord. De liefde kwam zo onverwacht en uit zo'n onverwachte hoek dat ze er niet in durfde geloven. Nu ze merkte hoe blij ze was om hem te zien, wist ze hoe bang ze was geweest dat hij niet meer terug zou komen.

'Lekker weer,' zei hij, hurkend om Phoebe een knuffel te geven. Het pakje bevatte een vlindernetje met een fraai bewerkt, houten handvat, waarmee ze meteen wegholde naar een donkerblauwe hortensia. 'Hoe was de vergadering vanochtend?'

Ze vertelde hem het verhaal en hij luisterde hoofdschuddend.

'Tja, school is niet altijd even leuk,' zei hij. 'Ikzelf had er niet veel mee op, moet ik zeggen. Maar Phoebe is een lief kind en ze mogen haar niet buitensluiten.'

'Ik wil dat er ook voor haar een plekje in de wereld is,' zei Caroline, die plotseling begreep dat ze niet twijfelde aan Al's gevoelens voor haar, maar aan die van hem voor Phoebe.

'Schatje, dat heeft ze toch al. Hier! Maar ik vind toch dat je gelijk hebt. Ik vind het goed dat je zo voor haar in de bres springt.'

'Ik hoop dat jij een leukere week hebt gehad dan ik,' zei ze, met een blik op de donkere kringen onder zijn ogen.

'Ach ja, alles zijn gangetje,' zei hij en kwam naast haar zitten op de trap. Hij raapte een takje op en begon het van zijn bast te ontdoen. In de verte klonk het gezoem van grasmaaiers en op Phoebes radiootje werd *Love, love me do* gedraaid. 'Ik heb deze week 2398 mijl gereden, een record.'

Hij gaat het weer vragen, dacht Caroline, dit was een geschikt moment; hij kreeg genoeg van het leven op de snelweg en wilde zich settelen. Ze keek hoe zijn vingers snel en trefzeker het takje pelden en haar hart klopte vol verwachting. Ditmaal zou ze ja zeggen. Maar Al zweeg. De stilte hield zo lang aan dat ze vond dat ze hem moest doorbreken.

'Dat was een leuk cadeautje,' zei ze, met een hoofdknik naar de tuin, waar Phoebe met het vlindernet in het rond zwaaide.

'Gemaakt door een kerel in Georgia,' zei Al. 'Zo'n aardige man. Hij had er een heel stel gemaakt voor zijn kleinkinderen. We raakten aan de praat in een winkel. Hij verzamelt kortegolfradio's en vroeg of ik ze wilde komen bekijken. We hebben de hele avond zitten praten. Dat is nou een leuke bijkomstigheid van mijn werk. O ja,' vervolgde hij en voelde in zijn broekzak. Hij haalde een witte envelop tevoorschijn. 'Post uit Atlanta.'

Zonder commentaar nam Caroline de envelop van hem aan. Hij bevatte enkele briefjes van twintig dollar, gevouwen in een blanco papiertje. Al nam de enveloppen voor haar mee uit Cleveland, Memphis, Atlanta, Akron, steden die hij aandeed voor zijn werk. Ze had hem verteld dat het geld van Phoebes vader kwam. Al stelde geen vragen, maar Caroline had er best veel moeite mee. Soms droomde ze dat ze door Norah Henry's huis liep en spullen uit de kasten en van de planken in een jutezak stopte, totdat ze Norah Henry ergens bij het raam zag staan met een afwezige en intens verdrietige blik in haar ogen. Ze schoot dan trillend overeind en zette een kop thee, die ze in het donker opdronk. Het geld zette ze op de bank en ze dacht er niet meer aan totdat de volgende envelop kwam. Ze deed dit nu al vijf jaar en ze had bijna zevenduizend dollar gespaard.

Phoebe rende nog altijd achter vlinders, vogels en lichtvlekjes aan en de radio speelde zacht. Al draaide aan de knop.

'Het leuke aan deze stad is dat er tenminste echte muziek te vinden is. In sommige van die gehuchten waar ik wel eens overnacht, kun je alleen de top-veertig krijgen. Dat gaat wat vervelen zo langzamerhand.' Hij neuriede mee met *Begin the beguine*.

'Mijn ouders dansten altijd op dit liedje,' zei Caroline, en eventjes zat ze weer op de trap in haar ouderlijk huis, onzichtbaar, en zag haar moeder in een jurk met wijde rok gasten verwelkomen bij de voordeur. 'Ik heb hier jaren niet aan gedacht. Maar eens in de zoveel tijd rolden ze op zaterdag het vloerkleed in de zitkamer op en nodigden wat andere echtparen uit om te komen dansen.'

'Wij zouden ook eens moeten gaan dansen,' zei Al. 'Houd je van dansen, Caroline?'

Caroline voelde vlinders in haar buik. Ze snapte niet waar het gevoel vandaan kwam: het had te maken met haar woede van die ochtend, het prachtige weer en de warmte van Al's arm naast die van haar. De blaadjes van de populieren ritselden in de wind en toonden hun witte achterzijde.

'Waar wachten we nog op?' vroeg ze. Ze stond op en stak haar hand uit.

Hij keek haar vragend, maar geamuseerd aan en even later stonden ze op het gras, zijn hand lichtjes steunend op haar schouder. Ze dansten op het ijle geluid van de radio, dat boven het geruis van het verkeer uitkwam. De zon bescheen haar haar, het gras veerde onder haar kousenvoeten en ze bewogen zo soepel samen, draaiend en zwierend, dat de spanning van die ochtend met iedere stap verder uit haar lichaam vloeide. Al lachte en drukte haar tegen zich aan. Ze voelde de zon op haar nek.

'O,' dacht ze, terwijl hij haar deed ronddraaien. 'Ik ga ja zeggen.'

Ze genoot van de zon, van het klaterende gelach van Phoebe en van Al's warme hand op haar rug. Ze dansten op het gras, lieten zich leiden door de muziek en werden erdoor verbonden. Het verkeer dat vlakbij voorbij trok, ruiste net zo geruststellend als de oceaan. De muziek vermengde zich met andere geluiden. Aanvankelijk had Caroline het niet in de gaten, maar toen Al haar ronddraaide, bleef ze plotseling stilstaan. Phoebe zat op haar knieën in het zachte, warme gras bij de hortensia's en huilde vreselijk. Ze hield haar hand omhoog. Caroline holde naar haar toe en knielde naast haar neer om de rode bult op Phoebe's hand te bekijken.

'Een bijensteek,' zei ze. 'Ach lieverd, dat doet pijn, hè?'

Ze drukte haar gezicht tegen Phoebes warme haar, voelde zachte huid, en haar borstkas die op en neer ging. Daaronder het gestage geklop van haar hart. Er waren dingen die niet te meten waren, die niet konden worden uitgelegd of uitgedrukt in telbare eenheden: Phoebe was een uniek persoon. Uiteindelijk kon je niemand in een hokje plaatsen. Je kon nooit pretenderen te weten wat het leven inhield, of wat het voor je in petto had.

'Lieverd, het is al goed,' zei ze sussend.

Maar Phoebe's gejammer ging over in een gierend inademen, net als toen ze als baby zo ziek was geweest. Haar handpalm zwol op, toen de rug van haar hand en vervolgens ook haar vingers. De schrik sloeg Caroline om het hart. Ze sprong op.

'Snel!' riep ze naar Al. Haar stem klonk schel. 'Al, vlug. Ze is allergisch.'

Ze tilde Phoebe op, maar bleef staan. Haar sleutels zaten in haar tasje op het aanrecht en ze wist niet hoe ze de deur moest openen met Phoebe in haar armen, die steeds moeilijker begon te ademen. Al nam Phoebe van haar over en holde met haar naar de auto, terwijl Caroline vlug haar sleutels en haar tasje haalde. Zo snel als ze durfde scheurde ze door de stad. Tegen de tijd dat ze bij het ziekenhuis waren aanbeland, was Phoebes ademhaling niet veel meer dan een wanhopig gehijg.

Ze parkeerden de auto bij de ingang en Caroline hield de eerste de beste verpleegkundige aan.

'Ze is allergisch. Er moet nú een dokter komen.'

De verpleegster was al iets ouder, een beetje mollig, met keurig gekapt grijs haar, dat aan de uiteinden opkrulde. Ze voerde ze mee door een aantal stalen deuren tot in een ruimte waar Al Phoebe heel, heel behoedzaam op een behandeltafel neerlegde. Ze kreeg nu haast geen lucht meer en haar lippen waren al wat blauwig. Caroline was zo bezorgd dat ook zij moeite had met ademen. De verpleegkundige schoof Phoebes haar opzij om in haar nek haar hartslag te kunnen voelen. Op dat moment zag Caroline dat ze naar Phoebe keek zoals ook dr. Henry gedaan had op die besneeuwde nacht, al die tijd geleden. Ze zag dat ze de amandelvormige ogen in zich opnam en de kleine handen, die het vlindernet zo stevig vast hadden gehouden. Caroline zag dat haar ogen zich iets vernauwden. En toch kwam de vraag als een schok.

'Weet u het zeker?' vroeg de verpleegkundige, naar haar opkijkend. 'Weet u zeker dat ik de dokter erbij moet halen?'

Caroline stond als aan de grond genageld. Ze herinnerde zich de geur van gekookte groente en de dag waarop ze met Phoebe was weggereden, en de ondoorgrondelijke gezichten van de leden van de Onderwijsraad. Een wilde alchemie deed haar angst omslaan in woede, onmetelijke woede. Ze hief haar hand en wilde uithalen naar het uitgestreken gezicht van de verpleegkundige, maar Al pakte haar bij de pols.

'Roep de dokter,' zei hij tegen de verpleegkundige. 'Nu.'

Hij sloeg zijn arm om Caroline heen en hield haar vast, ook toen de verpleegkundige de kamer uit liep en de dokter binnenkwam, en zelfs toen Phoebe gemakkelijker begon te ademen en er weer wat kleur op haar gezicht verschenen was. Ze liepen samen naar de wachtkamer en zegen neer in de oranje plastic stoelen, hand in hand, terwijl verpleegkundigen voorbijsuisden, stemmen door de intercom klonken en baby's huilden.

'Ze had wel dood kunnen gaan,' zei Caroline en begon te trillen als een rietje.

'Maar dat is niet gebeurd,' zei Al op ferme toon.

Al's hand was warm, groot en troostrijk. Hij was al die jaren zo geduldig geweest, hij bleef maar langskomen en zeggen dat hij haar geweldig vond. Maar ditmaal was hij twee weken weggebleven in plaats van een. Hij had in de tussentijd ook niet gebeld en, hoewel hij net als altijd bloemen voor haar had meegenomen, waren er al zes maanden voorbij gegaan sinds zijn laatste huwelijksaanzoek. Misschien zou hij wel voorgoed bij haar wegrijden in zijn vrachtwagen en zou ze nooit meer de kans krijgen om zijn aanzoek te aanvaarden.

Ze drukte een kus op de rug van zijn hand, die sterke, eeltige hand, gerimpeld ook. Hij schrok op uit zijn gedachten, alsof hij zelf door een bij gestoken was.

'Caroline.' Zijn stem klonk serieus. 'Ik wil je iets zeggen.'

'Ik weet het.' Ze legde zijn hand op haar hart en drukte deze tegen zich aan. 'O, Al. Ik ben zo dom geweest. Natuurlijk wil ik met je trouwen,' zei ze.

*1977*

# Juli 1977

# Norah

'Zo?' vroeg Norah.

Ze lag op het strand, en voelde het zand onder haar heup bewegen. Iedere keer als ze diep inademde en de lucht weer liet ontsnappen, gleed er meer zand onder haar vandaan. De zon scheen fel die dag en leek als een hete metalen plaat op haar huid te liggen. Ze lag al meer dan een uur te poseren en, hoe graag ze het ook deed, het begon haar nu wat te vervelen. Ze was tenslotte op vakantie – ze had een reis gewonnen omdat ze het afgelopen jaar meer cruisevakanties had verkocht dan wie ook in heel Kentucky – en daar lag ze maar, bedekt met zand dat op haar bezwete armen bleef plakken, beklemd tussen de zon en het strand.

Bij wijze van afleiding hield ze haar blik op Paul gericht, die langs de branding rende tot hij niet meer was dan een stipje aan de horizon. Hij was dertien en was het afgelopen jaar een flink eind de lucht in geschoten. Iedere ochtend ging hij hardlopen met dat lange, slungelige lijf van hem, alsof hij daarmee aan zijn eigen leven kon ontsnappen.

Loom braken de golven op het strand. Het tij keerde, het werd vloed, en algauw zou de zon minder fel gaan schijnen, waardoor ze het vervolg van de fotosessie tot de volgende dag moesten uitstellen. Een pluk haar kleefde aan Norah's lip en het kietelde, maar ze dwong zichzelf stil te blijven liggen.

'Mooi,' zei David, gebogen over zijn camera en in rap tempo verschillende foto's nemend. 'Ja, prachtig, heel goed zo.'

'Ik heb het warm,' zei ze.

'Nog een paar minuutjes. We zijn bijna klaar.' Hij zat nu op zijn knieën, zijn dijen staken wit af tegen het zand. Hij werkte altijd hard en bracht daarnaast nog eens de nodige uren door in de doka, waar hij zijn foto's met knijpertjes aan een waslijn te drogen hing. 'Denk maar aan de zee. Golven, golven die uiteenspatten op het strand. Ik maak

175

iets heel poëtisch van je lichaam, Norah.'

Ze lag stil in het zonlicht en zag hem bezig, denkend aan de tijd dat ze pasgetrouwd waren, toen ze op lenteavonden gingen wandelen, hand in hand, en de geur van hyacinten en kamperfoelie opsnoven. Wat had die jongere versie van haarzelf zich toen van haar leven voorgesteld, terwijl ze in het zachte licht van de schemering voortstapte, waar had ze van gedroomd? Niet van dit leven in ieder geval. De afgelopen vijf jaar had Norah zich de reisbranche eigen gemaakt. Ze zwaaide de scepter op kantoor en was gaandeweg steeds meer reizen gaan organiseren. Met de tijd had ze een trouwe klantenkring opgebouwd en het verkopen in de vingers gekregen. Ze schoof glossy brochures over de balie en sprak tot in de kleinste details enthousiast over bestemmingen waar ze zelf alleen maar van kon dromen. Als geen ander wist ze het hoofd te bieden aan uiteenlopende rampen: zoekgeraakte bagage, vergeten paspoorten en darminfecties. Vorig jaar, toen Pete Warren met pensioen ging, had ze de sprong gewaagd en de zaak van hem overgenomen. Het was nu allemaal van haar, van het lage gebouw tot de blanco vliegtickets in de kast. Haar dagen waren hectisch, druk en schonken haar veel voldoening, maar 's avonds kwam ze thuis in een stil huis.

'Ik snap het nog steeds niet,' zei ze toen David eindelijk klaar was en ze het zand van haar benen en armen stond af te vegen en uit haar haar schudde. 'Waarom doe je zo je best een foto van me te nemen als je hoopt dat ik er niet eens op te zien zal zijn?'

'Het gaat om het perspectief,' zei David, opkijkend van zijn fototas. Zijn haar zat slordig en zijn gezicht en onderarmen waren een beetje verbrand. Heel in de verte was Paul omgekeerd en kwam nu weer langzaam dichterbij. 'Het heeft te maken met verwachtingspatronen. Mensen zien een strand, glooiende duinen. En dan merken ze opeens iets vreemds op, iets herkenbaars in je lichaamsvormen. Het kan ook zijn dat ze de titel zien staan en dan nog eens goed kijken, zoekend naar de vrouw die ze eerst over het hoofd hadden gezien. En dan ontdekken ze je.'

Er klonk enthousiasme in zijn stem en een zeebriesje speelde met zijn donkere haar. Het stemde haar verdrietig dat hij nu zo geestdriftig sprak over fotografie, zoals hij vroeger over de medische wetenschap gesproken had en over hun huwelijk. Zijn taalgebruik en toon voerden haar terug naar vroeger en vervulden haar met weemoed. 'Hebben David en jij nog wel eens een goed gesprek?' had Bree haar ooit gevraagd en Norah had zich met een schok gerealiseerd dat ze meestal niet boven het alledaagse gebabbel uitstegen.

De zon brandde op haar huid en scherpe zandkorreltjes schuurden langs de tere huid tussen haar benen. Zorgvuldig borg David zijn fototoestel op. Norah had gehoopt dat ze tijdens deze droomvakantie weer nader tot elkaar zouden komen. Dat was de reden waarom ze erin had toegestemd om zo lang in de brandende zon te liggen zonder een vin te verroeren, terwijl David het ene na het andere rolletje volschoot. Maar ze waren hier nu al twee dagen en afgezien van de omgeving was het precies zoals thuis. Iedere ochtend dronken ze zwijgend een kop koffie. David hield zich voornamelijk bezig met vissen en fotograferen. 's Avonds lag hij te lezen in een hangmat. Norah wandelde wat, deed nu en dan een dutje en ging shoppen bij de schreeuwerige, dure en toeristische winkels in het stadje. Paul speelde gitaar en liep hard.

Norah hield haar hand boven haar ogen en tuurde de gouden kustlijn af. Nu de hardloper dichterbij gekomen was, zag ze dat het Paul helemaal niet was. Het was een lange, slanke man van een jaar of vijfendertig, veertig. Hij droeg een blauwe nylon short met witte biezen en liep met ontbloot bovenlijf. Zijn schouders waren donkerbruin, maar zagen er toch pijnlijk verbrand uit. Toen hij ze dicht genaderd was, vertraagde hij zijn pas en bleef uiteindelijk hijgend staan met zijn handen op zijn heupen.

'Mooi fototoestel,' zei hij. Zijn blik tot Norah wendend vervolgde hij: 'En een leuke pose.' Hij begon kaal te worden. Hij keek haar met zijn donkerbruine ogen geïnteresseerd aan. Ze merkte het en wendde haar blik af, terwijl David begon te praten. Golven, duinen, zand en vlees, twee contrasterende beelden in één foto.

Ze speurde het strand af. Ja, daar, nauwelijks zichtbaar, rende nog iemand, haar zoon. De zon scheen zo fel. Eventjes duizelde het haar, flitsten er zilvervisjes van licht achter haar oogleden terwijl haar blik langs de vloedlijn gleed. Waar zou die Howard vandaan komen, vroeg ze zich af, en hoe kwam hij aan die naam. David en hij waren geanimeerd in gesprek over sluitertijden en lenzen.

'Dus jij inspireert hem tot het nemen van al die foto's,' zei hij, in een poging Norah bij het gesprek te betrekken.

'Ik geloof het wel, ja,' zei ze, een beetje zand van haar pols vegend. 'Het is niet bepaald goed voor je huid,' vervolgde ze, zich er plotseling van bewust dat haar nieuwe badpak wel erg bloot was. Een briesje gleed over haar lijf, speelde met haar haar.

177

'Integendeel – je huid is prachtig,' zei Howard. Davids ogen verwijdden zich – hij bekeek haar alsof hij haar voor het eerst zag – en Norah voelde zich opgetogen. Zie je wel, wilde ze zeggen. Ik heb een prachtige huid. Maar de intense blik van Howard weerhield haar hiervan.

'Je zou Davids andere werk eens moeten zien,' zei Norah. Ze wuifde in de richting van hun huisje, dat weggedoken tussen de palmen stond en deels schuilging onder een weelderige bougainville. 'Hij heeft zijn portfolio meegenomen.' Haar woorden vormden een muur, maar tegelijkertijd een uitnodiging.

'Dat zou ik heel leuk vinden,' zei Howard, zich weer tot David wendend. 'Die studie van je fascineert me.'

'Prima,' zei David. 'Je kunt wel komen lunchen.'

Howard kon niet, hij had om een uur een afspraak in de stad.

'Daar komt Paul,' zei Norah. Hij stoof langs de vloedlijn, haalde alles uit de kast voor de laatste paar honderd meter, met de zon op zijn gespierde armen en benen. Mijn zoon, dacht Norah, en de wereld opende zich eventjes, zoals wel vaker gebeurde als ze zich bewust was van zijn aanwezigheid. 'Onze zoon,' zei ze tegen Howard. 'Hij doet ook aan hardlopen.'

'Hij is goed in vorm,' merkte Howard op. Paul kwam naderbij en minderde vaart. Toen hij bij hen was aangekomen, zette hij hijgend zijn handen op zijn knieën.

'Hij loopt een goede tijd,' zei David, met een blik op zijn horloge. Nee, niet doen, dacht Norah, maar David deed het toch. 'Ik zou het vreselijk vinden als hij zijn roeping misliep. Moet je eens zien hoe lang hij is. Stel je eens voor wat hij met een bal zou kunnen. Maar hij interesseert zich niet voor basketbal.'

Met een vertrokken gezicht richtte Paul zich op en Norah was kwaad. Waarom snapte David nou niet dat de kans dat Paul ging basketballen kleiner werd naarmate hij meer gepusht werd? Als hij wilde dat Paul ging basketballen, kon hij het hem beter verbieden.

'Ik vind het heerlijk om hard te lopen,' zei Paul.

'Dat kan ik me voorstellen,' zei Howard met uitgestoken hand, 'als je zo soepel loopt als jij.'

Paul schudde hem de hand en glunderde van trots. 'Je huid is prachtig,' had hij zo-even nog gezegd. Norah vroeg zich af of haar gevoelens net zo gemakkelijk van haar gezicht af te lezen waren geweest.

'Kom anders vanavond eten,' stelde ze voor, gedreven door Howards vriendelijkheid jegens Paul. Ze had honger en dorst en ze was licht in haar hoofd door de zon. 'Als je met de lunch niet kunt, dan kom je toch gewoon vanavond? En je vrouw is ook van harte welkom,' voegde ze eraan toe. 'Neem je hele gezin mee. We maken een vuurtje en koken op het strand.'

Howard keek fronsend uit over het glinsterende water. Hij vouwde zijn handen, plaatste ze achter zijn kalende hoofd en rekte zich uit. 'Helaas,' zei hij, 'ben ik hier in mijn eentje. Even pas op de plaats maken. Ik sta op het punt te gaan scheiden.'

'Dat vind ik heel erg voor je,' zei Norah, niet geheel naar waarheid.

'Je komt toch wel?' zei David. 'Norah is een ster in het geven van leuke etentjes. En ik kan je dan mijn andere werk laten zien – het gaat over perceptie. Transformatie.'

'Ah, transformatie,' zei Howard. 'Echt iets voor mij. Ik zou het leuk vinden om te komen eten.'

David en Howard praatten nog een tijdje door, terwijl Paul langs de branding liep om af te koelen. Op een gegeven moment ging Howard ervandoor. Een paar minuten later, toen Norah in de keuken komkommer stond te snijden voor de lunch, zag ze hem een eind verderop langs het strand lopen. Steeds als het gordijn opbolde door de wind, verdween hij even uit zicht. Ze dacht aan zijn verbrande schouders, zijn priemende blik en zijn stem. Paul stond te douchen, waardoor het water in de leidingen ruiste. Ze hoorde David in de zitkamer met zijn foto's schuiven. De laatste paar jaar was hij een beetje obsessief geworden. Hij zag de wereld – en haar – alleen nog maar als door de lens van een fototoestel. Hun gestorven dochter hing nog altijd als een spook tussen hen in; rond haar afwezigheid hadden hun levens opnieuw vorm gekregen. Ze schoof de plakjes komkommer in een grote schaal en schilde een wortel. Howard was nog maar zo groot als een speldenknopje en verdween ten slotte geheel. Hij had grote handen, herinnerde ze zich, de handpalmen en nagelriemen staken wit af tegen zijn gebruinde huid. 'Je huid is prachtig,' had hij gezegd, haar strak aankijkend.

Na de lunch lag David lui in de hangmat en Norah ging op het bed bij het raam liggen. Een zeebriesje kwam de kamer in en ze voelde zich opeens springlevend, op de een of andere manier door de wind sterk verbonden met het zand en de zee. Howard was maar een gewone man, iets te mager en licht kalend, en toch vond ze hem heel aantrekkelijk, misschien wel omdat ze zo eenzaam was en vervuld was van onbevredigd verlangen. Bree zou ingenomen zijn met dit soort gedachten.

'Wat let je?' zou ze zeggen. 'Kom op, Norah, wat let je?'

'Ik ben getrouwd,' antwoordde Norah in gedachten, zich omdraaiend om door het raam naar het witte, stuivende zand te kunnen kijken, in de hoop dat haar zusje haar verder zou aanmoedigen.

'Norah, alsjeblieft, je leeft maar een keer. Waarom zou je niet eens uit de band springen?'

Norah stond op en liep zachtjes over de oude, houten vloer naar de keuken om zichzelf een tonic met limoensap in te schenken. Ze nam plaats op de veranda en keek naar de slapende David, die deze vakantie zo ver weg leek. Ze hoorde Pauls gitaarspel en stelde zich voor hoe hij in kleermakerszit op het smalle bed zat, zijn hoofd geconcentreerd voorovergebogen over de nieuwe Almansa-gitaar waar hij zo blij mee was. Hij had hem van David voor zijn verjaardag gekregen. Het was een prachtig instrument, met een ebbenhouten hals, een klankkast van rozenhout en koperen stemschroeven. David deed zijn best met Paul. Hij overdreef schromelijk wat sport betreft, maar hij nam Paul mee uit vissen en bracht uren met hem door in de heuvels, waar ze samen naar stenen zochten. Hij had veel tijd besteed aan het kiezen van de juiste gitaar. Uiteindelijk had hij dit exemplaar besteld bij een winkel in New York en zijn gezicht verried zoveel plezier toen Paul hem vol eerbied uit de doos tevoorschijn haalde. Ze keek naar David, die lag te slapen aan het andere einde van de veranda. Er trok een spiertje in zijn wang. 'David,' fluisterde ze, maar hij hoorde het niet. 'David,' zei ze, iets harder nu, maar hij gaf geen krimp.

Om vier uur stond ze op, nog altijd slaperig. Ze koos een zomerjurkje met een wild bloemenpatroon, samengebonden in de taille en met smalle schouderbandjes. Ze deed een schort voor en begon aan de voorbereidingen voor het avondeten. Het was eenvoudige, maar luxueuze kost. Een oesterstoofpotje met verse toast, maïskolven, een frisse, groene salade, de kreeftjes die ze die ochtend op de markt had gekocht en die nog in hun emmertjes zout water zaten. Terwijl ze aan het werk was in het kleine keukentje, improviserend met cakeblikken die dienstdeden als pan en oregano vervangend door marjolein in de dressing, bewoog haar katoenen rok langs haar dijen en heupen. De lucht hing als een warme adem om haar blote armen. Ze stak haar handen in het koude water in de gootsteen en spoelde de tere slablaadjes een voor een af. Buiten waren Paul en David bezig een vuurtje te stoken in het verroeste halve olievat, dat vol gaten zat die met proppen aluminiumfolie waren dichtgestopt. Op het verweerde tafeltje had ze papieren borden geplaatst en plastic bekertjes met rode wijn. De kreeftjes zouden ze met hun handen eten, de boter druipend langs hun vingers.

Ze hoorde zijn stem nog voor ze hem zag, een andere toon, iets lager dan die van David en iets nasaler, met een neutraal accent uit het noorden van de Verenigde Staten. Met iedere lettergreep dreef er frisse lucht met een vleugje vorst de keuken in. Norah droogde haar handen aan een theedoek af en ging bij de deur staan.

De drie mannen – ze schrok ervan dat ze Paul ook onder de mannen schaarde, maar hij stond schouder aan schouder met David, was bijna volgroeid en bijna volledig zelfstandig, alsof zijn lichaam nooit iets met het hare van doen had gehad – stonden op het strand vlak voor de veranda. De barbecue rookte en de gloeiende kooltjes deden de lucht erboven trillen. Pauls bovenlijf was ontbloot. Hij had zijn handen diep in de zakken van zijn afgeknipte spijkerbroek gestoken en beantwoordde kort de vragen die hem werden gesteld. Ze merkten haar niet op, haar echtgenoot en haar zoon. Hun ogen waren gericht op het vuur en op de zee, die op dit uur glad en ondoorzichtig was. Howard, die wel haar kant op keek, lachte naar haar en groette haar met een hoofdknikje.

Heel even, voordat de anderen zich omdraaiden, voordat Howard de wijnfles pakte en hem haar aanreikte, wisselden ze een intense blik uit. Het was iets tussen hun twee, iets dat later nooit bewezen zou kunnen worden, een moment van verbondenheid waarvan alleen achteraf de betekenis kon worden vastgesteld. Maar het was daarom niet minder reëel, zijn donkere ogen, zijn gezicht en het hare, vol genot en belofte, de wereld om hen heen ruisend als de branding.

Toen David zich lachend omdraaide was het alsof er een deur dichtsloeg.

'Het is witte wijn,' zei Howard, haar de fles aanreikend. Het viel Norah op hoe gewoon hij eruitzag en hoe lang en vreemd zijn bakkebaarden eigenlijk waren. Het mysterie, de spanning van zojuist – had ze het zich maar ingebeeld? – was verdwenen. 'Ik hoop dat dat goed is.'

'Perfect,' zei ze. 'We eten kreeft.' Ja, een doorsnee gesprek. Het mooie moment lag nu achter ze en zij was de elegante gastvrouw, die zich in die rol net zo gemakkelijk bewoog als in haar ruisende zomerjurkje. Howard was haar gast; ze bood hem een rieten stoel en een drankje aan. Toen ze terugkwam met een dienblad met daarop de gin, de tonic en een gevulde ijsemmer, was de zon al bijna in zee gezakt. Hoog in de lucht hingen vlammend roze en paarse wolkensslierten.

Ze aten op de veranda. Het werd vlug donker en David stak kaarsen aan, die hij op de reling zette. Daarachter werd het vloed. Onzichtbaar spoelden de golven ruisend aan op het strand. In het flikkerende licht ging Howards stem omhoog en weer omlaag. Hij vertelde over een camera obscura die hij had gemaakt. Het was een mahoniehouten doos die alle licht buitensloot, met uitzondering van een enkel gaatje. Via dit gaatje kwam er een beeld op een spiegel. Het instrument was een voorloper van het moderne fototoestel en schilders als Vermeer gebruikten ze om een exceptioneel hoog niveau van detail in hun werk te brengen. Howard onderzocht de precieze werking van de camera obscura.

Norah luisterde in het donker en was onder de indruk van zijn verhaal: de wereld geprojecteerd op een donkere wand van het kastje, kleine figuurtjes, maar volop in beweging. Het leek zo iets anders dan haar sessies met David, waarbij ze door de camera in tijd en ruimte leek te worden vastgepind. Ze realiseerde zich, in het duister nippend van haar wijn, dat dat precies de kern van hun probleem was. David en zij zaten muurvast. Ze zweefden om elkaar heen, ieder in een eigen baan. Het gespreksonderwerp veranderde en nu vertelde Howard verhalen over de tijd die hij als legerfotograaf in Vietnam had doorgebracht. Hij was aangesteld om de oorlog op film vast te leggen. 'Het stelde eigenlijk niet zo veel voor,' zei hij, toen Paul zijn bewondering daarvoor had uitgesproken. 'Het grootste deel van de tijd voeren we over de Mekong in een bootje. Een prachtige rivier trouwens, en een schitterend land.'

Na het eten ging Paul naar zijn kamer en even later vermengde het geruis van de zee zich met de klanken van zijn gitaar. Hij had eigenlijk niet meegewild op vakantie – hij moest er een week muziekkamp voor opgeven, en een paar dagen na terugkomst had hij een belangrijk concert. David nam Pauls muzikale ambities niet zo serieus en had erop aangedrongen dat hij meeging. Muziek zag hij als een leuke hobby, maar meer ook niet. Paul was echter helemaal weg van gitaarspelen en was vastbesloten om naar het Juilliard-conservatorium te gaan. David, die zo hard had gewerkt om zijn gezin in luxe te laten leven, reageerde gespannen als het onderwerp ter sprake kwam. Nu tuimelden Pauls noten door de lucht. Ze fladderden sierlijk om hen heen, maar ieder nootje had ook een scherp randje, als mespunten die lichtjes in een arm werden gedrukt.

Ze spraken niet langer over fotografie, maar over het opmerkelijke licht in de Hudson River Valley, waar Howard woonde, en over Zuid-Frankrijk, waar hij graag kwam. Hij beschreef een smalle weg met daarboven een stofwolk en daarnaast een veld vol knalgele zonnebloemen. Hij was een en al stem geworden, nauwelijks meer dan een schaduw naast haar, en zijn woorden gingen net als Pauls muziek door haar heen, waren zowel in haar als buiten haar. David schonk de glazen nog eens vol en veranderde van onderwerp en plotseling stonden ze op en gingen de felverlichte zitkamer binnen, waar David zijn zwart-witfoto's uit de portfolio haalde. Howard en hij spraken geanimeerd over de intensiteit van licht.

Norah verveelde zich een beetje. De foto's waar ze over spraken waren allemaal van haar: het waren haar heupen, haar huid, haar haar, en toch werd ze niet bij het gesprek betrokken. Ze was object, geen subject. Soms zag Norah in een kantoor in Lexington een foto, anoniem, maar tegelijkertijd op een vreemde manier heel vertrouwd, van een deel van haar lichaam, of van een plaats waar ze met David was geweest. Objecten, ontdaan van hun oorspronkelijke betekenis en getransformeerd: zo'n afbeelding van haar lijf was abstract geworden, een idee. Ze had gehoopt de afstand tussen hen te verkleinen door voor David te poseren. Wie van hen de afstand veroorzaakt had, deed daarbij niet terzake. Nu ze David bezig zag, helemaal opgaand in zijn uitleg, begreep ze dat hij haar niet werkelijk zag, en dat al jaren niet meer deed.

Ze voelde de woede opkomen en stond trillend op. Ze draaide zich om en liep de kamer uit. Sinds de dag met het wespennest had ze bijna nooit meer naar de fles gegrepen, maar nu ging ze de keuken in en schonk zichzelf een plastic beker wijn in. Overal stonden vuile pannen met gestolde boter en de vuurrode restanten van de kreeften. Wat een boel werk voor zo'n kort moment van genot! Meestal ruimde David de keuken op, maar vanavond deed Norah het schort weer voor, liet de gootsteen vollopen en zette de overgebleven etenswaren in de ijskast. In de zitkamer kletsten ze maar door, hun stemmen rijzend en dalend als golven. Wat had ze zich nu allemaal ingebeeld, die jurk, het gedweep met Howards stem. Ze was Norah Henry, Davids vrouw, de moeder van Paul, haar zoon, die bijna volwassen was. Ze had al een paar grijze haren, hoewel ze ervan overtuigd was dat niemand anders die ooit had zien zitten behalve zijzelf, in het felle licht in de badkamer. Maar ze waren er wel. Howard was langsgekomen om met David over fotografie te praten en dat was dat.

Ze ging naar buiten en gooide de vuilniszak in een container. Het zand voelde koel aan onder haar blote voeten, maar de lucht was even warm als haar huid. Norah liep naar de zee en tuurde omhoog naar de schitterende sterrenhemel. Achter haar zwaaide de hordeur open en klapte weer dicht. David en Howard kwamen ook naar buiten en liepen door het donker over het strand.

'Lief dat je hebt afgewassen,' zei David. Hij streek even langs haar rug en ze verstijfde, moest zich beheersen niet opzij te stappen. 'Sorry dat ik niets gedaan heb. We waren zo druk in gesprek. Howard heeft een paar goede ideeën.'

'Ik ben behoorlijk van de kaart door die prachtige armen van jou,' merkte Howard op, verwijzend naar de honderden foto's die David genomen had. Hij raapte een tak op en wierp hem hard weg. Met een plons viel hij in zee en werd door de golven naar open zee getrokken.

Het huisje achter hen leek wel een grote lantaarn die een grote cirkel van licht verspreidde, maar zij waren gehuld in een zo diepe duisternis dat Norah nauwelijks Davids gezicht kon onderscheiden, of dat van Howard, of haar eigen handen. Alleen schimmige vormen en stemmen zonder lichaam. Het gesprek kwam alweer op techniek en fotografie en Norah moest zich beheersen om het niet uit te schreeuwen. Ze zette een stap achteruit, met de bedoeling zich om te draaien en weg te lopen, toen er opeens een hand langs haar dij gleed. Verbaasd bleef ze staan. Even later bewogen Howards vingers zich langs de rok van haar jurk en voelde ze zijn hand in haar zak, een plotselinge, geheime warmte op haar huid.

Norah hield haar adem in. David praatte maar door over zijn foto's. Ze had het schort nog altijd voor en het was pikdonker. Ze draaide zich iets en Howards hand spreidde zich uit tegen de dunne stof, lag op haar platte buik.

'Ja, daar heb je gelijk in,' zei Howard met zijn lage, warme stem. 'Je verliest iets aan helderheid als je dat filter gebruikt, maar het effect is dat offer zeker waard.'

Norah ademde uit, langzaam, langzaam, en vroeg zich af of Howard het wilde bonzen van haar hart kon voelen. Zijn vingers verspreidden warmte en ze werd vervuld van zo'n sterk verlangen dat het pijn deed.

De golven rezen op, braken en werden weer weggezogen. Norah stond doodstil en luisterde naar het geruis van haar eigen ademhaling.

'En met de camera obscura ben je weer een stap dichter bij dat hele proces,' zei Howard. 'Het is ongelofelijk hoe je de wereld kunt omkaderen. Ik zou het je graag eens laten zien. Lijkt je dat leuk?' vroeg hij.

'Morgen gaan Paul en ik diepzeevissen,' zei David. 'Misschien overmorgen.'

'Ik denk dat ik maar naar binnen ga,' zei Norah zachtjes.

'Norah verveelt zich denk ik,' zei David.

'Tja, dat kan ik me voorstellen,' zei Howard, en drukte zijn hand stevig tegen haar onderbuik. Toen trok hij zijn hand terug uit haar zak. 'Kom anders morgenochtend even langs, ik gebruik de camera obscura bij het tekenen.'

Norah knikte en stelde zich een smalle lichtstraal voor die wonderbaarlijke afbeeldingen op de muur projecteerde.

Toen hij een paar minuten later vertrok, werd hij vrijwel direct door de duisternis verzwolgen.

'Ik mag hem graag,' zei David later, toen ze weer binnen waren. De keuken was keurig opgeruimd en vertoonde geen enkel spoor meer van die dromerige middag.

Norah stond voor het raam naar het donkere strand te kijken en luisterde naar het geruis van de branding, beide handen diep in de zakken van haar jurk gestoken.

'Ja, ik ook.'

De volgende ochtend stonden David en Paul nog voor zonsopgang op om naar de haven te rijden, die een eindje verder naar het noorden lag. Norah bleef in bed terwijl zij hun vertrek voorbereidden, het schone katoenen laken zacht tegen haar huid. Ze hoorde hun gestommel in de zitkamer, ook al deden ze nog zo hun best om geen lawaai te maken. Toen klonken er voetstappen en het geluid van de motor die aansloeg en langzaam buiten gehoorsafstand raakte, daarna weer het geluid van de golven. Loom lag ze in bed terwijl er licht gloorde aan de horizon. Ze nam een douche, kleedde zich aan en zette een kop koffie. Ze at een halve grapefruit, waste de ontbijtborden af en zette ze netjes terug in de kast. Daarna ging ze de deur uit. Ze droeg een korte broek en een turquoise bloes met een druk flamingopatroon. Haar witte gympen, die ze aan elkaar had geknoopt, hingen bungelend aan haar hand. Ze had haar haar gewassen en liet het drogen in de zeewind. Plukjes haar kleefden aan haar lippen; ze veegde ze weg.

Howards huisje, zo'n twee kilometer verderop, was vrijwel identiek aan het hunne. Hij zat op de veranda, gebogen over een donkere, houten doos. Hij droeg een witte, korte broek en een oranje zijden hemd, dat niet was dichtgeknoopt. Ook hij liep op blote voeten. Toen ze hem dicht genaderd was, stond hij op.

'Heb je zin in koffie?' riep hij. 'Ik zag je al aankomen over het strand.'

'Nee, dank je,' zei ze.

'Zeker weten? Het is Irish coffee. Met een tic, als je begrijpt wat ik bedoel.'

'Straks misschien.' Ze liep het trapje op en liet haar hand over het mahoniehouten doosje glijden. 'Is dit de camera obscura?'

'Ja,' zei hij. 'Kom zitten. Kijk maar eens.'

Ze nam plaats op zijn stoel, die nog warm was van zijn lijf, en keek door de opening. Ze zag de wereld, het uitgestrekte strand, de rotsen in zee, een zeilboot die langzaam voorbijvoer. De wind speelde met de blaadjes aan de bomen, alles was zo klein, maar zo gedetailleerd te zien, omkaderd en omsloten door de doos, maar toch in beweging. Niet statisch. Norah keek knipperend op en bemerkte dat de wereld niet meer dezelfde was. De bloemen, de stoel met zijn bonte strepen, het stel dat langs de vloedlijn wandelde, alles stak zo scherp af tegen het zand. Alles was vol van leven, zat vol verrassingen, er was zo veel meer dan ze had verwacht.

'O,' zei ze, nogmaals in de doos turend. 'Het is heel bijzonder. De wereld is zo scherp omlijnd, zo rijk geschakeerd. Ik kan zelfs de wind zien doordat de blaadjes bewegen.'

Howard lachte. 'Geweldig, hè. Ik wist wel dat je het mooi zou vinden.'

Ze herinnerde zich hoe Paul toen hij nog een baby was met getuite lippen in zijn bedje gefascineerd naar iets doodgewoons kon liggen kijken. Ze boog nogmaals haar hoofd om de wereld te bekijken en keek even later op om te zien wat er veranderd was. Zonder de donkere omlijsting was zelfs het licht bruisend en vol leven. 'Het is zo schitterend,' fluisterde ze. 'Ik kan het bijna niet bevatten, zo mooi vind ik het.'

'Ik weet het,' zei Howard. 'Toe maar. Word één met de wereld. Laat je door mij tekenen.'

Ze stond op en liep het hete zand op en het witte licht in. Ze draaide zich om en ging voor Howard staan, die met gebogen hoofd over de camera obscura hing en zijn hand over het schetsboek bewoog. Haar haar voelde warm aan – de zon was als een warme hand – en ze herinnerde zich hoe ze de dag tevoren had geposeerd, net als de dag daarvoor. Hoe vaak had ze niet precies zo gestaan, subject en object tegelijk, poserend om te tonen en te bewaren wat niet werkelijk bestond, omdat haar diepste gedachten verborgen bleven?

Daar stond ze nu, een vrouw gereduceerd tot een perfecte miniatuur van zichzelf, in al haar facetten via het licht getransporteerd naar een spiegel. De warme, vochtige zeewind deed Howards haar bewegen, en zijn handen, met de lange vingers en de kortgeknipte nagels, bewogen vlug over het papier, waarop haar afbeelding verscheen. Ze herinnerde zich hoe het zand bewoog onder haar heupen terwijl ze poseerde voor David en hoe ze later over haar gesproken hadden, David en Howard, niet als over een vrouw van vlees en bloed die bij hen in de kamer zat, maar eerder als over een vorm, een beeld. Opeens voelde haar lichaam heel kwetsbaar, alsof zij niet een geslaagde, zelfverzekerde vrouw was die een groep vakantiegangers veilig naar China had begeleid en weer terug, maar als iemand die door de eerste de beste windvlaag kon worden weggeblazen. Toen dacht ze aan Howards hand, die warm tegen haar buik gelegen had. Dezelfde hand die ze nu zag bewegen, die haar aan het tekenen was.

Ze bracht haar hand omlaag en pakte de zoom van haar bloes vast. Langzaam, maar zonder aarzeling, trok ze hem over haar hoofd en liet hem in het zand vallen. De spiertjes in zijn arm en schouders bewogen niet langer. Howard hield op met tekenen, maar richtte zijn hoofd niet op. Norah deed de gulp van haar korte broek open, duwde het kledingstuk over haar heupen omlaag en stapte eruit. Tot nu toe was er niets vreemds aan de hand, ze had al zo vaak in deze bikini geposeerd. Maar nu bracht ze haar handen achter haar rug en maakte het bovenstukje los. Ze schoof het broekje omlaag en schopte het weg. Ze voelde de zon en de wind op haar hele lijf.

Langzaam richtte Howard zijn hoofd op en keek naar haar.

Heel even had ze het gevoel dat ze kende uit nachtmerries, waarin ze overspoeld werd door paniek en schaamte wanneer ze bemerkte dat ze was vergeten zich aan te kleden alvorens te gaan winkelen of wandelen in een drukbezocht park. Ze strekte haar hand uit naar haar bikini.

'Nee, niet doen,' fluisterde Howard en ze bleef staan. 'Je bent zo mooi.'

Behoedzaam ging hij staan, alsof zij een schuwe vogel was die hij niet wilde verjagen. Maar Norah stond roerloos, zich intens bewust van haar lichaam. Het leek net of ze uit zand bestond, zand dat elk moment door vuur kon worden verhit, getransformeerd, glad en glinsterend kon worden. Howard liep over het strand op haar toe. Het was maar een paar meter, maar het leek eeuwen te duren, zijn voeten diep wegzinkend in het warme zand. Toen hij haar eindelijk had bereikt, hield hij stil en bekeek haar, zonder haar aan te raken. De wind speelde met haar haar. Hij veegde een plukje weg van haar lip en schoof het met een teder gebaar achter haar oor.

'Dit kan ik nooit vastleggen,' zei hij. 'Wat jij nu, op dit moment bent kan ik nooit vastleggen.'

Norah glimlachte en legde haar vlakke hand op zijn dunne hemd. Ze voelde de warmte van zijn lichaam, de spierlagen, de botten daaronder. Het borstbeen, dacht ze, denkend aan de tijd dat ze het menselijk skelet had bestudeerd om beter te begrijpen waar David mee bezig was. Het manubrium en de gladiolus, de ribben, de zwevende ribben en de aanhechting daartussen.

Met beide handen omvatte hij lichtjes haar gezicht. Ze liet haar hand omlaagzakken. Zonder iets te zeggen liepen ze samen naar het huisje. Haar kleren liet ze op het strand liggen. Het kon haar niet schelen of iemand ze daar misschien zou zien liggen. De planken op de veranda bogen iets door onder haar gewicht. De doek van de camera obscura was teruggeslagen en tevreden stelde ze vast dat Howard het strand, de horizon, de grillige rotsen en de bomen had getekend; een perfecte weergave van de werkelijkheid. Hij had haar haar geschetst. Het zag eruit als een amorfe, zachte wolk, meer was er van haar niet te zien. Haar kleren waren als herfstblaadjes neergedwarreld en hij had opgekeken om haar te kunnen zien staan.

Ditmaal had zíj de tijd stilgezet.

In vergelijking met het felle licht buiten leek het schemerig in huis en de wereld werd gevangen in het raamkozijn, net als in de camera obscura, zo fel en vol leven dat er tranen in haar ogen opwelden. Ze ging op de rand van het bed zitten. 'Ga liggen,' zei hij, zijn hemd uittrekkend. 'Ik wil nog even naar je kijken.' Ze deed wat hij vroeg en hij liet zijn blik over haar lichaam glijden. 'Blijf bij me,' zei hij, en tot haar verbazing merkte ze dat hij bij haar knielde en zijn hoofd op haar buik legde, zijn stoppels prikkend in haar platte buik. Met iedere inademing voelde ze het gewicht van zijn hoofd en zijn adem op haar huid. Ze bracht haar handen omlaag en ging met haar vingers door zijn dunne haar, trok hem omhoog om haar te kussen.

Later zou ze bevreemding voelen, niet omdat ze dit of al dat andere dat nog zou volgen had gedaan, maar dat ze het op Howards bed had laten gebeuren, onder het open raam waar geen gordijn voor hing, omgeven door een kader als van een fototoestel. David was mijlenver weg op zee aan het vissen met Paul, maar toch. Er had iemand voorbij kunnen komen.

Toch ging ze ermee door, die dag en vele dagen daarna. Het was als een koortsaanval, ze had geen keus, hij was een open deur waarachter de vrijheid lag, nieuwe mogelijkheden lonkten. Vreemd genoeg merkte ze dat haar geheim de afstand tussen haar en David draaglijker maakte. Steeds weer ging ze naar Howard terug, ook al had David laten merken dat hij vond dat ze wel erg vaak en erg lang wandelde. Op een dag bleef ze loom in bed liggen terwijl Howard een drankje voor hen inschonk. Ze graaide zijn korte broek van de vloer en vond in de zak een foto van zijn lachende vrouw en drie kinderen, gevouwen in een brief waarin te lezen stond dat haar moeder beter was en dat ze hem allemaal misten en dat ze hem volgende week weer zouden zien. Ook dit schrok haar niet af.

Dit gebeurde in de middag, terwijl het zonlicht op het water schitterde en de hitte trillend opsteeg van het strand. De ventilator draaide rond in de schemerige kamer en ze had de foto in haar hand, keek naar buiten, naar dat landschap van de verbeelding, het felle zonlicht. In haar echte leven zou deze foto een snelle, trefzekere breuk hebben veroorzaakt, maar nu voelde ze niets. Norah stopte de foto terug en liet zijn broek weer op de grond vallen. Hier maakte het niets uit. Alleen de droom deed ertoe en het gloeiende licht. De komende tien dagen bezocht ze hem iedere dag.

# *Augustus 1977*

# David

David holde de trap op en betrad de verlaten hal van de school, waar hij even stilstond om op adem te komen en zich te oriënteren. Hij was te laat voor Pauls concert, veel te laat. Hij had zich voorgenomen om het ziekenhuis bijtijds te verlaten, maar precies op het moment waarop hij naar buiten ging, bracht een ambulance twee slachtoffers binnen. Het was een ouder stel, waarvan de man van een ladder gevallen was, boven op zijn vrouw. Hij had een gebroken been, zij een gebroken arm, en het been moest met platen en schroeven worden vastgezet. David belde Norah en hoorde de nauwelijks verholen woede in haar stem en was zelf ook zo boos dat het hem niet kon schelen, integendeel, hij was blij dat ze kwaad op hem was. Toen ze met hem trouwde wist ze toch zeker wel wat voor werk hij deed? Na een lange stilte had hij opgehangen.

De tegels hadden een roze gloed over zich en langs de wanden stonden rijen donkerblauwe kluisjes opgesteld. David stond stil om te luisteren. Aanvankelijk hoorde hij alleen zijn eigen ademhaling, maar toen klonk er achter de houten klapdeuren van de aula een daverend applaus op. Hij trok een deur open en gaf zijn ogen even de tijd om te wennen aan het donker. De zaal zat stampvol; de zee van donkere achterhoofden reikte tot aan het felverlichte podium. Hij speurde de zaal af naar Norah. Een jonge vrouw reikte hem een programma aan, en terwijl een jongen met een wijde spijkerbroek aan het podium betrad en er met zijn saxofoon plaatsnam, wees ze de vijfde naam van boven aan. David haalde opgelucht adem en voelde de spanning wegvloeien. Paul was als zevende aan de beurt en hij was dus net op tijd.

De saxofonist begon te spelen, vol vuur en in opperste concentratie. Hij blies een noot die zo vals was dat David een rilling langs zijn ruggengraat voelde gaan. Weer keek hij zoekend rond in het publiek. Hij ontdekte Norah in het midden, vrij ver vooraan, met naast haar een lege stoel. Ze had dus toch aan hem gedacht en een plekje voor hem vrijgehouden. Hij had daar niet op durven rekenen. Hij was nergens meer zeker van de laatste tijd. Hoewel, hij wist wel zeker dat hij kwaad op haar was, en dat hij zich schuldig voelde over zijn stilzwijgen over wat hij op Aruba had gezien en deze dingen stonden nu tussen hen in. Maar hij had geen idee van wat er in Norah's hart omging, wat haar verlangens of beweegredenen waren. De saxofoonspeler beëindigde zijn spel en stond op om te buigen. Tijdens het applaus liep David door het schaars verlichte gangpad naar voren en wurmde zich langs de andere toeschouwers naar zijn plaats naast Norah.

'David,' zei ze, haar jas wegnemend. 'Goed. Dus je hebt het toch nog gehaald.'

'Het was een noodgeval, Norah. Ik moest opereren.'

'Weet ik. Ik ben niet anders gewend. Het gaat me nu om Paul.'

'Mij ook,' zei David. 'Daarom ben ik hier.'

'Ja, inderdaad.' Ze klonk kortaf. 'Je bent er.'

Hij voelde haar woede, die in golven zijn kant op kwam. Haar kortgeknipte, blonde haar zat perfect in model en ze was gehuld in allerlei tinten roomwit en goud. Ze droeg een zijden pak dat ze had gekocht tijdens haar eerste reis naar Singapore. Naarmate het bedrijf groter werd, was ze meer en meer gaan reizen, had groepen naar mondaine en exotische bestemmingen begeleid. De eerste paar keren, op kortere en minder groots opgezette trips naar de Mammoth-grotten of boottochten op de Mississippi, had David haar vergezeld. En iedere keer had hij zich verbaasd over de vrouw die ze geworden was. De gasten kwamen bij haar met opmerkingen en vragen over ongaar vlees, te kleine hutten, uitgevallen airconditioning, te harde bedden. Vol aandacht hoorde ze de mensen aan en wist bij iedere crisis haar kalmte te bewaren, knikkend, een hand op een schouder plaatsend, een hand uitstrekkend naar de telefoon. Ze was nog altijd mooi, maar haar schoonheid was iets minder stralend. Ze was goed in haar werk en meer dan eens was hij door dametjes met blauwgrijs haar terzijde genomen en had te horen gekregen hoezeer hij bofte met zo'n vrouw.

Hij vroeg zich af wat die vrouwtjes ervan gevonden zouden hebben als zij haar kleren op een hoopje op het strand hadden zien liggen.

'Ik vind het niet terecht dat je boos op me bent, Norah,' fluisterde hij. Ze rook heel vaag naar sinaasappels en haar kaak stond strak gespannen. Op het podium nam een jongen in een blauw pak plaats voor de piano en strekte zijn vingers uit. Even later begon hij vloeiend te spelen. 'Totaal niet terecht,' zei David.

'Ik ben niet boos. Het gaat om Paul, ik ben bloednerveus. Jij bent degene die kwaad is.'

'Nee, jij bent het,' zei hij. 'Je bent al zo sinds Aruba.'

'Kijk eens in de spiegel,' fluisterde ze terug. 'Je ziet eruit alsof je een van die hagedissen hebt ingeslikt die daar altijd op het plafond zaten.'

Er werd een hand op zijn schouder gelegd. 'Jij bent toch de vader van Paul Henry? Eh, mijn zoon Duke zit nu te spelen en als het even kan, zouden we graag naar hem willen luisteren.'

David en Norah keken elkaar aan, hadden even echt contact; Norah schaamde zich nog dieper dan hij.

Hij leunde achterover en luisterde. Deze jongen, Duke, een vriend van Paul, was wat onzeker, maar hij speelde heel goed, vol vuur en technisch zeer goed. David zag hoe zijn handen over de toetsen schoten en vroeg zich af waar Duke en Paul het over hadden als ze op hun fietsen door de stille straten van de stad reden. Waar droomden ze van? Over wat voor zaken sprak Paul wel met zijn vrienden en niet met zijn vader?

In ieder geval zou hij zwijgen over Norah's kleren, die fel afstaken tegen het witte zand, de bontgekleurde bloes flapperend in de wind. David vermoedde dat het Paul ook was opgevallen. Die ochtend waren ze in alle vroegte opgestaan om te gaan vissen en waren in het halfduister vlak voor zonsopgang langs de kust gereden, onderweg enkele dorpjes passerend. Paul en hij waren niet zulke praters, maar hun samenzijn in de vroege uurtjes van de dag, het uitwerpen en inhalen van de lijnen had altijd iets verbroederends, en David had zich verheugd op die paar uur samenzijn met zijn zoon, die zo vlug groot geworden was en nu zoveel geheimen herbergde. Maar het tochtje kon niet doorgaan – de motor van de boot was kapot en de eigenaar moest op nieuwe onderdelen wachten. Teleurgesteld bleven ze nog enige tijd rondhangen in het haventje, bestelden een flesje frisdrank en zagen de zon opkomen boven de glinsterende zee. Daarna waren ze teruggereden naar hun huisje.

Er was prachtig licht die ochtend en David had, ondanks de teleurstelling, zin gehad om terug te gaan. Midden in de nacht was hij op een goed idee gekomen. Howard had een plek genoemd waar hij één laatste foto kon nemen die in een klap de hele serie zou vervolmaken. Een aardige kerel, die Howard, opmerkzaam ook. David had de hele nacht nagedacht over hun gesprek en een aangename opwinding had zich van hem meester gemaakt. Hij had nauwelijks een oog dichtgedaan en had zin om snel naar huis te gaan en met Norah op het strand nog een rolletje vol te schieten. Maar het huisje was verlaten, koel en leeg, stond blikkerend in de zon. Hij hoorde alleen het geluid van de branding. Norah had op de tafel een schaal sinaasappels neergezet. Haar koffiekop was netjes afgewassen en stond omgekeerd in de spoelbak. 'Norah?' riep hij, en nog eens, maar er kwam geen antwoord. Paul, een schim in de felverlichte deuropening, zei dat hij ging hardlopen en David knikte. 'Kijk je uit naar je moeder?' had hij gevraagd.

Alleen achtergebleven in het huisje zette David de fruitschaal op het aanrecht en spreidde zijn foto's uit op tafel. Vanwege de tocht moest hij ze op hun plaats houden met borrelglaasjes. Norah klaagde vaak dat het fotograferen een obsessie voor hem aan het worden was – waarom neemt iemand zijn hele portfolio mee op vakantie? – en misschien had ze wel gelijk. Maar op andere punten zat Norah ernaast: hij gebruikte de camera niet om de wereld te ontvluchten. Soms, als hij beelden zag opdoemen in de ontwikkelvloeistof, haar arm, de welving van haar heup, werd hij vervuld van liefde voor haar. Toen Paul terugkwam en de deur hard achter zich liet dichtvallen, was hij nog altijd met zijn foto's bezig.

'Dat was snel,' zei David, opkijkend.

'Moe,' zei Paul. 'Ik ben moe.' Hij liep meteen door naar de zitkamer en verdween in zijn kamer.

'Paul?' vroeg David. Hij volgde hem en probeerde de deurknop. Op slot.

'Ik ben gewoon moe,' zei Paul. 'Er is niks aan de hand.'

David wachtte nog een paar minuten. Paul was de laatste tijd zo humeurig. Het leek wel of David het nooit eens goed kon doen. Het ergst waren de gesprekken over Pauls toekomst. Hij had zoveel mogelijkheden – Paul was muzikaal, goed in sport, de wereld lag voor hem open. David dacht vaak dat zijn eigen leven – de moeilijke beslissingen die hij had moeten nemen – achteraf zin zouden krijgen als Paul zijn talenten maar ten volle zou ontplooien, en ergens in zijn achterhoofd werd hij altijd gekweld door de gedachte dat hij zijn zoon tekort had gedaan, dat Paul al zijn talenten zou verkwanselen. Hij klopte nogmaals zachtjes aan, maar Paul antwoordde niet. David zuchtte en ging terug naar de keuken. Hij zag de schaal met sinaasappels op het aanrecht staan, de ronde vruchten afstekend tegen het donkere hout. In een impuls ging hij naar buiten en liep het strand op. Hij was al een tijdje op weg toen hij in de verte Norah's felgekleurde kledingstukken meende te zien liggen. Toen hij dichterbij kwam, zag hij dat het inderdaad haar kleren waren, die ze had uitgetrokken voor wat Howards huisje moest zijn. David bleef staan in de felle zon. Hij begreep het niet. Waren ze soms gaan zwemmen? Hij tuurde het water af, maar zag ze niet. Hij liep verder, totdat Norah's vertrouwde gelach, laag en zangerig, door de ramen van het huisje zijn kant op kwam en hij bleef stokstijf staan. Toen hij ook Howard hoorde lachen, wist hij het. De pijn was net zo scherp als het kokende zand onder zijn voeten.

Howard, met zijn sandalen en zijn kalende hoofd, die de avond tevoren nog in zijn zitkamer adviezen had staan geven over fotografie.

Met die Howard – hoe kon ze?

En toch hing een moment als dit al jaren in de lucht.

Het zand voelde heet aan onder Davids voeten en de zon scheen fel in zijn ogen. Hij was er, als altijd, van overtuigd dat die sneeuwnacht, de nacht waarop hij zijn dochter aan Caroline Gill had overgedragen, hem altijd zou blijven achtervolgen. Ze hadden de draad van hun leven weer opgepakt. Ze leidden een rijk en druk leven en hij was in alle zichtbare opzichten een geslaagd man. En toch kon hem op de meest onverwachte momenten – tijdens een operatie, terwijl hij de stad in reed, vlak voordat hij in slaap viel – een diepgeworteld schuldgevoel overvallen. Hij had hun dochter weggegeven. Het gezin moest leven met dit geheim, was ermee vergroeid. Hij wist het, hij zag het, het was een stenen muur die tussen hen in stond. En hij bemerkte hoe Norah en Paul hun best deden over de muur te klimmen, dat ze niet begrepen wat de afstand veroorzaakte. Ze zagen alleen dat er iets onzichtbaars tussen hen in stond dat niet wilde wijken.

Duke Madison beëindigde zijn muziekstuk, stond op en boog. Norah applaudisseerde enthousiast en draaide zich om naar de mensen achter haar.

'Wat heeft hij het goed gedaan!' zei ze. 'Duke speelt echt prachtig.'

Het podium was nu leeg en het applaus stierf weg. Er gebeurde niets. Het podium bleef leeg. Het publiek begon te fluisteren.

'Waar is hij?' vroeg David met een blik op het programma. 'Waar is Paul?'

'Maak je niet druk, hij komt wel,' zei Norah. Tot Davids verbazing pakte ze zijn hand. Hij voelde haar koele hand in de zijne en werd overspoeld door opluchting. Heel even geloofde hij dat alles weer bij het oude was, dat de kloof tussen hen gedicht was. 'Hij komt zo.'

Ze had dit nog niet gezegd, of er klonk weer gemurmel in de zaal en Paul betrad het podium. David nam hem op: een lange, slungelige jongen met een laaghangende spijkerbroek en een helderwit overhemd met opgerolde mouwen. Paul schonk het publiek een gespannen lachje. David stond ervan te kijken – daar stond zijn bijna volwassen zoon, vol zelfvertrouwen voor een halfduistere zaal vol toeschouwers, alsof hij nooit anders deed. David zelf zou zoiets nooit kunnen en hij merkte opeens dat hij heel zenuwachtig was. Stel je voor dat Paul volstrekt de mist in zou gaan. Hij was zich bewust van Norah's hand in de zijne terwijl Paul zich over zijn gitaar boog, een paar akkoorden speelde en vervolgens aan het stuk begon.

Volgens het programma zou hij twee korte stukken spelen van Segovia: *Estudio* en *Estudio sin luz*. De verfijnde en precieze klanken van deze liederen kwamen hem zeer bekend voor. David had ze Paul op zijn minst honderd keer, misschien wel duizend keer horen spelen. Tijdens de hele vakantie op Aruba was deze muziek uit zijn kamer gevloeid, nu eens snel, dan weer langzaam. Paul had de stukken steeds opnieuw geoefend. Hij kende de muziek door en door, maar toen hij Pauls lange, behendige vingers de gitaar zo trefzeker hoorde bespelen en de lucht zich vulde met muziek, had David het gevoel dat hij de stukken voor het eerst hoorde. Het leek ook wel of hij David voor het eerst zag. Waar was de dreumes gebleven die zijn schoentjes had uitgetrokken om eraan te sabbelen, het jongetje dat in bomen klom en zonder zich vast te houden achter op zijn fiets stond? Op de een of andere manier was dat lieve, onverschrokken kereltje uitgegroeid tot deze jongeman. Davids hart zwol en klopte zo snel dat hij zich even afvroeg of hij een hartaanval zou krijgen – hij was pas zesenveertig, maar het zou kunnen.

David deed in de donkere zaal zijn uiterste best om zich te ontspannen. Hij sloot zijn ogen en liet de muziek, Pauls muziek, in golven door hem heen trekken. Er welden tranen op in zijn ogen en zijn keel deed pijn. David dacht aan zijn zusje June, die op de veranda had staan zingen met haar heldere, lieve stemmetje. Het was muziek als een zilveren taal die haar bij de geboorte was meegegeven, net als het talent van Paul. Het verdriet welde uit zijn diepste wezen op en hij werd overspoeld door talloze herinneringen: Junes stem, Paul slaand met zijn kamerdeur, Norah's kleren op een hoopje op het strand. Caroline Gill die haar handen uitstrekt naar zijn pasgeboren dochtertje.

Te veel. Te veel. Het scheelde weinig of David zat te huilen. Hij opende zijn ogen en in de hoop een huilbui af te wenden dwong hij zichzelf om zich te concentreren op het periodiek systeem: waterstof, helium, lithium. Net als zo vaak in de operatiekamer lukte het hem ook nu om zichzelf in de hand te krijgen. Hij drong alle gedachten naar de achtergrond – June, de muziek, de ontembare liefde voor zijn zoon. Paul speelde de laatste noten. David trok zijn hand uit die van Norah om te kunnen applaudisseren. Hij klapte als een bezetene.

'Gaat het?' vroeg ze, met een blik opzij. 'Gaat het wel, David?'

Hij knikte zwijgend omdat hij zijn stem nog niet vertrouwde.

'Hij is goed,' bracht hij uiteindelijk, haast blaffend uit. 'Hij is goed.'

'Ja.' Ze knikte. 'En daarom wil hij naar Juilliard.' Ze bleef klappen en toen Paul hun kant op keek, blies ze een kusje zijn kant op. 'Zou dat niet geweldig zijn: hij heeft nog een paar jaar om aan zijn spel te werken, en als hij alles op alles zet – wie weet?'

Paul boog en liep met zijn gitaar het podium af. Het applaus klonk als een onstuimige branding.

'Alles op alles?' herhaalde David. 'En als het niet lukt?'

'Is dat het eind van de wereld?'

'Ik weet het niet,' zei David bedachtzaam. 'Ik vind dat hij nog te jong is om al zo'n ingrijpende keuze te maken, zoveel andere deuren te sluiten.'

'Hij heeft zoveel talent, David. Je hebt het zelf gehoord. Als dit nu eens een open deur is?'

'Hij is pas dertien.'

'Ja, en hij houdt van muziek. Hij zegt altijd dat zijn bloed sneller stroomt als hij speelt.'

'Maar – hij gaat dan zo'n ongewisse toekomst tegemoet. Zal hij er de kost mee kunnen verdienen?'

Norah schudde met een ernstige blik haar hoofd. 'Ik weet het niet. Maar hoe is dat gezegde ook alweer? Doe wat je het liefste doet, dan komt het met het geld ook wel goed. Laat hem alsjeblieft zijn droom najagen.'

'Hij mag zelf beslissen,' zei David. 'Maar ik vind het wel eng. Ik wil dat hij een zekere toekomst tegemoet gaat. En Juilliard is hoog gegrepen, hoe goed hij ook is. Ik wil niet dat hij gekwetst wordt.'

Norah wilde hierop nog reageren, maar het geroezemoes verstomde toen een meisje in een donkerrode jurk het podium op liep met een viool in haar hand. Ze zwegen en richtten hun aandacht op de voor-stelling.

David luisterde naar het meisje en alle leerlingen die na haar kwa-men, maar hij was nog steeds vervuld van Pauls muziek. Toen de voorstelling was afgelopen begaven Norah en hij zich naar de hal, om de zoveel passen even stilstaand om bekenden de hand te schudden en complimenten over het spel van hun zoon in ontvangst te nemen. Toen ze eindelijk Paul gewaar werden, drong Norah zich door de me-nigte en sloeg haar armen om hem heen. Paul, ietwat opgelaten, klopte haar zachtjes op de rug. Zijn blik kruiste die van David, die hem toe-grijnsde. Tot zijn verbazing werd zijn grijns beantwoord. Dit waren schaarse momenten en weer dacht David even dat alles misschien toch nog goed kon komen. Een paar seconden later sloot Paul zich echter voor hem af.

'Je hebt het fantastisch gedaan,' zei David. Even sloeg hij zijn arm om Pauls gespannen schouders en merkte op hoe stijf hij zijn rug hield. 'Echt prachtig gespeeld.'

'Dank je. Ik was behoorlijk zenuwachtig.'

'Dat was niet te merken.'

'Nee, je kwam heel rustig over,' zei Norah. 'Het was een genot om je te zien zitten.'

Paul wapperde even met zijn handen, alsof hij de laatste restjes spanning eruit wilde laten vloeien.

'Mark Miller heeft gevraagd of ik met hem wil optreden op het muziekfestival. Leuk, hè?'

Mark Miller was Pauls gitaarleraar, die zich kon verheugen in een steeds groter wordende bekendheid. David zwol van trots.

'Ja, geweldig leuk,' zei Norah lachend. 'Hartstikke goed, joh.'

Ze keek op en zag Pauls vertrokken gezicht.

'Wat?' vroeg ze. 'Wat is er nou?'

Paul wiebelde heen en weer, stak zijn handen in zijn zakken en liet zijn blik over de menigte glijden.

'Ja, eh, mam, je zegt soms van die stomme dingen. Je moet niet net doen alsof je een tiener bent.'

Norah bloosde. David zag dat ze gekwetst was en had met haar te doen. Ze wist niet waar Pauls irritatie vandaan kwam, laat staan die van hem. Ze wist niet dat haar hoopje kleren fladderden in een wind die hij zelf jaren en jaren geleden had ontketend.

'Zo praat je niet tegen je moeder,' zei hij, minstens zo boos als Paul.

'Ik wil dat je nu je excuses aanbiedt.'

Paul haalde zijn schouders op. 'Oké. Tuurlijk. Sorry.'

'Zeg het alsof je het meent.'

'David.' Norah legde haar hand op zijn arm. 'Laat maar. Laten we er alsjeblieft geen halszaak van maken. Iedereen is een beetje opgewonden. Laten we naar huis gaan; we hebben iets te vieren. Is het misschien een goed idee om wat mensen uit te nodigen? Bree heeft gezegd dat ze langs wil komen, en de Marshalls – was Lizzie niet goed op de fluit? En Dukes ouders misschien. Wat zeg je ervan, Paul? Ik ken ze niet zo goed, maar denk je dat ze het leuk zouden vinden?'

'Nee,' zei Paul. Hij was onbereikbaar nu en keek over Norah's schouder de drukke hal in.

'Meen je dat? Dukes ouders dan maar niet vragen?'

'Ik heb geen zin in bezoek,' zei Paul. 'Ik wil gewoon naar huis.'

Eventjes stonden ze als een eilandje van stilte in de gonzende hal.

'Wat je wilt,' bracht David uiteindelijk uit. 'We gaan.'

Het huis stond er donker bij toen ze aankwamen en Paul ging meteen door naar boven. Ze hoorden hem naar de badkamer lopen en weer terug. Daarna ging zijn kamerdeur zachtjes dicht. Hij draaide hem op slot.

'Ik snap er niets van,' zei Norah. Ze had haar schoenen uitgetrokken en leek heel klein nu, kwetsbaar, zoals ze daar op kousenvoeten in de keuken stond. 'Hij heeft zo'n geweldig optreden gegeven. Hij leek me juist zo gelukkig – en dan opeens... Ik snap er niets van.' Ze zuchtte. 'Tieners. Ik moet even met hem praten.'

'Nee,' zei hij. 'Laat mij maar.'

Zonder het licht aan te knippen liep hij de trap op. Toen hij voor Pauls deur stond, bleef hij een hele tijd in het donker staan, denkend aan de handen van zijn zoon, die de gitaar zo prachtig hadden bespeeld en de zaal hadden vervuld van muziek. Hij had een kolossale fout gemaakt, al die jaren geleden, door zijn dochter aan Caroline Gill over te dragen. Hij had een keuze gemaakt, en daarom stond hij hier nu, in de donkere gang voor Pauls kamer. Hij klopte, maar er kwam geen reactie. Hij klopte nog eens. Stilte. David ging naar de boekenkast om de lange spijker te pakken die hij daar bewaarde en stak hem in het gaatje in de deurknop. Er klonk een zacht geklik en toen hij de knop omdraaide zwaaide de deur open. Het verbaasde hem niet dat hij een lege kamer aantrof. Toen hij het licht aandeed, blies een briesje het gordijn ver de kamer in.

'Hij is er vandoor,' zei hij tegen Norah. Ze stond met haar armen over elkaar bij het fornuis te wachten tot het water kookte.

'Er vandoor?'

'Via het raam. Langs de boom naar beneden geklommen, denk ik.'

Ze sloeg haar handen voor haar gezicht.

'Enig idee waar hij naartoe is?'

Ze schudde haar hoofd. Toen de ketel begon te fluiten reageerde ze niet meteen. Het ijle, indringende gefluit hield enige tijd aan.

'Ik weet het niet. Naar Duke misschien.'

David ging naar het fornuis en haalde de ketel van het vuur.

'Ik weet zeker dat er niets aan de hand is.'

Norah knikte, en schudde vervolgens haar hoofd.

'Nee,' zei ze. 'Dat denk ik dus helemaal niet.'

Ze nam de telefoon van de haak. Dukes moeder gaf Norah het adres waar het eindfeest gegeven werd en Norah strekte haar hand uit naar haar sleutelbos.

'Nee,' zei David. 'Ik ga wel. Ik denk niet dat hij nu met jou wil praten,' zei hij.

'En met jou wel dan?' vroeg ze kattig.

Hij zag dat ze het toch met hem eens was, de façade viel even weg. Alles wat er tussen hen in stond, was zichtbaar nu: al die uren dat ze niet in het huisje was, de leugens, de smoesjes en haar kleren op het strand. En ook zijn leugens. Ze knikte eenmaal. Langzaam. Hij was bang voor wat ze zou doen of zeggen, was bang dat de wereld voorgoed veranderd was. Hij wilde niets liever dan dit ogenblik voorgoed bevriezen, de wereld stilzetten.

'Het is mijn schuld,' zei hij. 'Het is allemaal mijn schuld.'

Hij pakte de sleutels aan en liep de zachte lenteavond in. De maan, die vol en rond laag aan de hemel stond, had de kleur van vette room. David keek er steeds even naar terwijl hij door de rustige buurt met zijn keurige straten reed. Hij had vroeger nooit durven dromen van een huis in zo'n mooie wijk. Hij wist iets wat Paul niet wist: het leven was onbestendig en kon heel wreed zijn. Hij had veel bereikt door keihard te werken en Paul was in alle luxe opgegroeid en wist niet beter.

Niet ver van het adres van het feestje zag hij Paul lopen. Met zijn handen in zijn zakken liep hij op de stoep, iets voorovergebogen. Er waren veel auto's in de straat geparkeerd, dus hij kon nergens even stoppen. Hij minderde vaart en claxonneerde. Paul keek op en even was David bang dat hij het op een lopen zou zetten.

'Stap in,' zei David. Paul deed het.

David trok op. Ze zwegen. De maan zette de wereld in een prachtig licht en David was zich bewust van de aanwezigheid van Paul, die rustig ademend naast hem zat en met zijn handen op zijn schoot uit het raam naar de verlaten gazons zat te kijken.

'Je hebt prachtig gespeeld vanavond. Ik was onder de indruk.'

'Dank je.'

In stilte reden ze verder.

'Je moeder vertelde me dat je naar Juilliard wilt.'

'Misschien.'

'Je hebt talent,' zei David. 'Je kunt zoveel dingen goed, Paul. Je kunt alle kanten op. Je kunt worden wat je maar wilt.'

'Ik houd van muziek,' zei Paul. 'Van muziek gaat mijn bloed sneller stromen. Maar ik denk niet dat jij je daar iets bij kunt voorstellen.'

'O, ik begrijp je best,' zei David. 'Maar er is een verschil tussen passie en de kost verdienen.'

'Juist, ja.'

'Jij kunt dit soort dingen zeggen omdat het je nooit aan iets ontbroken heeft,' zei David. 'Dat is een luxe, maar dat besef jij niet.'

Ze waren vlak bij huis, maar David sloeg een andere straat in. Hij wilde nog langer bij Paul in de auto zitten, langs door de maan verlichte straten rijden waar dit gesprek, hoe krampachtig en moeilijk het ook was, plaats kon vinden.

'Wat is er eigenlijk mis tussen jou en mama,' zei Paul opeens. Zijn stem klonk geagiteerd, alsof hij dit onderwerp al een hele poos geleden had willen aansnijden. 'Het lijkt wel alsof alles jullie koud laat. Jullie genieten niet van het leven. Jullie zitten je tijd uit. En jij hebt je niet eens druk gemaakt om die stomme Howard.'

Hij wist het dus.

'Dat is niet waar,' zei David. 'Maar het is nogal een ingewikkeld verhaal, Paul. En ik wil er verder niets over kwijt. Nu niet en nooit niet. Er zijn veel zaken waar jij geen weet van hebt.'

Paul reageerde niet. David stopte voor een rood verkeerslicht. Er was nergens een andere auto te bekennen en ze wachtten zwijgend tot het licht na enkele minuten eindelijk op groen sprong.

'Laten we ons tot één onderwerp beperken,' zei David uiteindelijk. 'Maak je nou maar geen zorgen over je moeder en mij. Dat is jouw taak niet. Denk jij nu maar na over je toekomst. Over het ontplooien van al je talenten. Maar weet dat je niet alles voor jezelf kunt houden.

Daarom werk ik bijvoorbeeld in de kliniek.'

'Ik houd van muziek,' zei Paul zachtjes. 'Als ik speel, dan heb ik het gevoel dat ik iets teruggeef.'

'Dat is ook zo. Dat is zo. Maar Paul, misschien ben je wel voorbestemd om een nieuw element in het universum te ontdekken. Wie weet ontdek je een medicijn tegen een vreselijke, zeldzame ziekte.'

'Dat zijn jouw dromen,' zei Paul op rustige toon. 'Niet die van mij.'

David zweeg en realiseerde zich dat dat inderdaad zijn jongensdromen waren geweest. Hij had de wereld willen veranderen, maar in plaats daarvan reed hij nu in het licht van de volle maan met zijn bijna volwassen zoon en leek hij de greep op zijn leven volledig verloren te hebben.

'Inderdaad,' zei hij. 'Dat waren een paar van mijn dagdromen.'

'Wie weet ben ik een tweede Segovia,' zei Paul. 'Stel je voor, pap. Stel dat ik het in me heb, en ik doe er niets mee?'

David antwoordde niet. Ze waren weer bijna bij huis aanbeland en ditmaal reed hij hun straat in. Via de stoeprand stuurde hij de auto de oprit op. Voor de garagedeur kwam de auto tot stilstand. David zette de motor af en ze bleven nog een tijdje zwijgend zitten.

'Het is niet waar dat alles me koud laat,' zei David. 'Kom eens mee, ik wil je iets laten zien.'

In het maanlicht liep hij voor Paul de trap op die buiten de garage langs naar zijn doka voerde. Met zijn armen over elkaar stond Paul voor de gesloten deur, een en al ongeduld, terwijl David zijn ontwikkelspullen klaarzette en een negatief in het vergrotingsapparaat stak. Toen alles klaar was, riep hij Paul erbij.

'Kijk eens goed,' zei hij. 'Wat zie je?'

Paul aarzelde even en kwam toen naderbij.

'Een boom?' vroeg Paul. 'Het lijkt wel het silhouet van een boom.'

'Oké,' zei David. 'Kijk nu nog eens goed. Ik heb deze foto genomen tijdens een operatie, Paul. Ik ben op het balkon van de o.k. gaan staan en heb hem met een telelens genomen. Zie je nu wat het nog meer is?'

'Ik weet niet. Is het een hart?'

'Een hart. Ja, dat is het. Ongelooflijk, hè. Ik ben bezig aan een hele reeks van dit soort foto's, beelden van het menselijk lichaam die eruit zien als iets heel anders. Het lijkt wel of de hele wereld is vervat in het menselijk lichaam. Dat mysterie – en dat van de perceptie – intrigeert me. Daarom begrijp ik wat je bedoelt met je passie voor muziek.'

David stuurde een lichtbundel door het vergrotingsapparaat en liet het papier vervolgens in de ontwikkelvloeistof glijden. Hij was zich sterk bewust van Pauls aanwezigheid.

'Fotografie heeft alles te maken met geheimen,' zei David na enkele minuten. Met een tang nam hij de foto op om het beeld te fixeren. 'De geheimen die we allemaal met ons meedragen en waar we nooit over spreken.'

'Muziek is iets heel anders,' zei Paul, zijn vader afwijzend. David keek op, maar in het flauwe rode licht kon hij zijn gezicht niet goed zien. 'Muziek stelt je in staat door te dringen tot de kern van het bestaan. Muziek is van alle tijden en soms mag je daar even van proeven en als je dat doet, dan weet je dat alles met alles samenhangt.'

Na deze woorden draaide hij zich om en verliet de doka.

'Paul!' riep David nog, maar zijn zoon stampte al kwaad de trap af. David ging naar het raam en zag hem in het maanlicht door de tuin hollen, de trap achter het huis op lopen en het huis binnengaan. Even later ging het licht in zijn kamer aan en hoorde hij de klanken van Segovia helder opklinken.

David ging hun gesprek nog eens na en overwoog achter hem aan te gaan. Het was een toenaderingspoging geweest, hij had een moment willen creëren waarop ze elkaar begrepen, maar ondanks zijn goede bedoelingen was het gesprek uitgelopen op ruzie. De kloof was alleen maar dieper geworden. Na enige ogenblikken ging hij de doka weer binnen, waar het rode licht hem geruststellend tegemoet scheen. Hij dacht na over wat hij tegen Paul had gezegd, dat de wereld veel geheimen herbergde, botten die nooit het licht zagen. Het was waar dat hij ooit naar overzichtelijkheid had gestreefd, alsof de overeenkomsten tussen tulpen en longen, aderen en bomen, vlees en aarde een patroon zouden prijsgeven dat hij zou kunnen bevatten, maar dat was niet gebeurd. Over enkele minuten zou hij naar binnen gaan en een glas water drinken. Hij zou naar boven gaan en bemerken dat Norah al was gaan slapen. Hij zou een tijdje naar die slapende figuur staan kijken – een mysterie, een vrouw die hij nooit werkelijk zou kennen, opgekruld rond haar geheimen.

David hurkte voor het ijskastje waar hij zijn chemicaliën en ander filmmateriaal bewaarde. De envelop zat helemaal achterin, verstopt achter een paar flessen. Hij zat vol briefjes van twintig, nieuw, knisperend en koud. Hij nam tien biljetten van de stapel en toen nog eens tien en daarna stopte hij de envelop weer terug op zijn vaste plek achter de flessen. De briefjes lagen op een keurig stapeltje op het werkblad.

Meestal vouwde hij alleen een blanco vel papier om de biljetten heen, maar ditmaal, met Pauls woede nog bijna tastbaar aanwezig en zijn spel in zijn oren, ging David zitten om een brief te schrijven. De pen vloog over het papier, de woordenstroom leek niet te stuiten. Hij schreef hoeveel spijt hij had van het verleden en uitte de hoop dat het Phoebe goed ging. Wie was zij, zijn eigen vlees en bloed, het meisje van wie hij afstand had gedaan? Hij had niet verwacht dat ze zo lang zou leven, noch dat ze het leven zou leiden waarover Caroline hem berichtte. Hij dacht aan zijn zoon, die alleen op het podium had gezeten, en aan de eenzaamheid die Paul met zich meedroeg. Voelde Phoebe zich ook zo? Hoe zouden ze het hebben gevonden om samen op te groeien, twee heel verschillende personen, net als Bree en No-rah, maar tegelijkertijd sterk met elkaar verbonden? Zou David een ander mens zijn als June niet was gestorven? 'Ik zou Phoebe heel graag willen ontmoeten,' schreef hij. 'Ik hoop dat zij haar broer kan leren kennen, en hij haar.' Zonder de brief te herlezen vouwde hij het papier om het geld, stak het pakketje in een envelop en scheef het adres erop. Hij plakte de envelop dicht en deed er een postzegel op. Morgen zou hij hem posten.

Door de ramen in de tentoonstellingsruimte scheen het maanlicht naar binnen. Paul was gestopt met spelen. David keek naar de maan, die nu veel hoger stond, maar die nog even scherp afstak tegen de zwarte hemel. Hij had daar op het strand een keuze gemaakt. Hij had Norah's kleren op het zand laten liggen, haar gelach niet doen ver-stommen. Hij was teruggekeerd naar hun eigen huisje en had aan zijn foto's gewerkt. Toen ze een uurtje later binnen was gekomen, had hij met geen woord gerept over Howard. Hij had gezwegen omdat zijn eigen geheimen duisterder waren en dieper zaten dan die van haar en omdat hij ervan overtuigd was dat zijn geheimen die van haar in de hand hadden gewerkt.

Hij ging de doka weer binnen en zocht zijn meest recente foto-rolletje op. Tijdens het etentje had hij onopgemerkt een paar foto's gemaakt: Norah met een dienblad vol glazen, Paul met geheven glas bij de barbecue, verschillende foto's van hun allemaal in ontspannen poses op de veranda. Het was hem te doen om de laatste foto. Toen hij hem gevonden had, bescheen hij het negatief, zodat de afbeelding op het papier verscheen. In de ontwikkelbak zag hij het beeld langzaam verschijnen, korrel voor korrel. Er ontstond iets dat er daarvoor nog niet was geweest. David ervoer dit moment altijd als iets heel mysterieus. Hij zag het beeld verschijnen – Norah en Howard met een wijnglas in de hand op de veranda, proostend en lachend. Een onschuldig, maar toch geladen moment. Een moment waarop een beslissing werd genomen. David nam de foto uit de ontwikkelaar, maar fixeerde hem niet. In plaats daarvan nam hij de foto mee naar de tentoonstellingsruimte en stond in het maanlicht met de druipende foto in zijn hand. Hij keek naar zijn huis, dat nu donker was. Het huis waarin Norah en Paul zich bevonden, waar ze opgingen in hun eigen dromen, in hun eigen baan rondzweefden, hun levens in alle opzichten bepaald door de keuze die hij al die jaren geleden voor hen had gemaakt.

In de doka hing hij de foto te drogen. De ongefixeerde afbeelding zou het niet lang maken. Binnen een paar uur zou het licht het beeld doen vervagen. De foto van Norah en Howard zou steeds donkerder worden, totdat hij – hij schatte binnen een dag of twee – helemaal zwart geworden zou zijn.

# September 1977

# Paul

Ze liepen tussen de rails, Duke Madison met zijn handen in de zakken van zijn leren jack dat hij bij Goodwill gekocht had, Paul steentjes schoppend tegen de rails, die afketsten op het metaal. In de verte klonk het gefluit van een trein. Zonder iets te zeggen deden de jongens een stap opzij naar de rand van het spoor, waar ze balancerend op de bielzen verder liepen. De trein kondigde zijn komst al lang van tevoren aan, het spoor trilde, de locomotief verscheen als een speldenknopje aan de horizon en werd steeds groter en donkerder, terwijl de machinist nogmaals floot. Paul keek naar Duke, wiens ogen verrieden hoezeer hij zich bewust was van het gevaar, en hij voelde de adrenaline door zijn aderen suizen, een overweldigend gevoel. De trein kwam steeds dichterbij en het ongeruste gefluit moest in de hele wijk te horen zijn. In het licht van de locomotief zagen ze de machinist zitten, die nogmaals waarschuwend gefluit liet horen. De trein was dichtbij nu, het onkruid werd platgeblazen en hij wachtte, zijn ogen strak op Duke gericht, die naast hem op het spoor stond. De trein had hun nu bijna bereikt en nog steeds wachtten ze en wachtten ze en Paul dacht dat hij nooit zou springen. Toen deed hij het. Hij dook in het hoge gras en de trein raasde maar een halve meter van zijn hoofd voorbij. In een flits zag Paul het gezicht van de machinist, bleek van schrik, en daarna de trein, donker en snel, terwijl de wagons langsraasden en toen was hij weg, verdween in de verte. Ook de zuigende wind was nu weg.

Duke, een meter van hem vandaan, richtte zijn blik op het dichte wolkendek.

'Shit,' zei hij. 'Wat een kick.'

De twee jongens klopten hun kleren af en zetten koers naar Dukes huis, een eenvoudige woning vlak bij het spoor. Paul was maar een paar straten verder geboren, en ook al reed zijn moeder soms met de auto even langs het park met het koepeltje om hem het huis waar hij vroeger had gewoond te laten zien, toch had ze liever niet dat hij er kwam, laat staan bij Duke thuis. Maar ja, ze was er nooit, en zolang hij zijn huiswerk maakte, wat zo was, en zolang hij het gras maaide en een uur oefende op de piano, wat hij altijd deed, was hij vrij om te gaan en te staan waar hij wilde.

Wat niet weet wat niet deert.

'Hij had het helemaal met ons gehad,' zei Duke. 'Die gozer in de trein.'

'Ja,' zei Paul. 'Waanzinnig!'

Tevreden dacht hij terug aan de warme wind op zijn gezicht, die heel eventjes zijn stille woede had gesust. Die bewuste ochtend was hij gaan hardlopen. Hij voelde zich lekker en genoot van het lopen op het natte zand vlak langs de vloedlijn, dat onder zijn voeten veerde en zijn benen steeds sterker maakte. Hij was blij dat de boottocht niet door was gegaan. Zijn vader was dol op vissen, hij kon urenlang zwijgend in een boot of aan de kade zitten, zijn hengel steeds opnieuw uitwerpend en af en toe een spartelende vis verschalkend. Als kind had Paul het ook prachtig gevonden, misschien niet zozeer vanwege het vissen, alswel omdat hij genoot van de tijd die hij met zijn vader doorbracht. Maar met de jaren was het vissen steeds meer een verplicht nummer geworden, alsof zijn vader het alleen maar deed omdat hij niets anders kon verzinnen. Het zou ook kunnen dat zijn vader in een opvoedkundig boek had gelezen dat dergelijke uitstapjes een band scheppen tussen ouder en kind. Tijdens een vakantie had hij, gevangen in een boot op een meer in Minnesota, zijn vader moeten aanhoren, die, blozend onder zijn verbrande huid, hem alles had verteld over de bloemetjes en de bijtjes. In die tijd raakte zijn vader maar niet uitgepraat over Pauls toekomst, iets wat Paul ongeveer net zo boeide als het uitzicht op een spiegelglad meer.

Hij genoot van het hardlopen die dag op Aruba en aanvankelijk had hij geen acht geslagen op het hoopje kleren dat was achtergelaten voor een van de huisjes die op geruime afstand van elkaar langs de kust tussen de casuarina's waren neergezet. Met ritmische passen was hij erlangs gerend. Zijn lijf was in een soort trance geraakt, waardoor hij het volhield tot aan de rotspunt. Daar was hij gestopt, had een tijdje in kringetjes rondgelopen en was in een trager tempo teruggerend. De wind had met de kleren gespeeld en een mouw van de bloes tikte flapperend in het zand. Dansende knalroze flamingo's tegen een turquoise achtergrond. Hij vertraagde zijn pas. Die bloes kon van iedereen zijn, maar zijn moeder had er precies zo een. Ze hadden erom gelachen in het toeristische winkeltje in de stad toen ze hem breed grijnzend had opgehouden. Ze had hem voor de grap gekocht.

Er waren misschien wel honderd of duizend van die dingen verkocht, maar toch boog hij zich voorover om de bloes op te rapen. Uit de mouw viel een huidkleurige bikini, onmiskenbaar die van zijn moeder. Paul stond als aan de grond genageld, als een betrapte dief. Hij liet de bloes uit zijn hand glijden, maar kon zich nog altijd niet verroeren. Na een hele poos begon hij te lopen en holde uiteindelijk terug naar huis alsof hij pas daar veilig zou zijn. In de deuropening bleef hij staan in een poging zijn emoties te beteugelen. Zijn vader had de schaal met sinaasappels op het aanrecht gezet. Aan de grote houten tafel gezeten was hij zijn foto's aan het rangschikken. 'Wat is er?' had hij gevraagd, maar Paul kreeg het niet over zijn lippen. Hij ging naar zijn kamer, sloeg de deur met een klap achter zich dicht en negeerde het herhaaldelijke geklop van zijn vader.

Twee uur later kwam zijn moeder terug. Ze neuriede en de bloes met de flamingo's was netjes ingestopt in de band van haar short. 'Ik heb wel zin om voor de lunch nog even een duik te nemen,' zei ze, alsof er niets gebeurd was. 'Heb je zin om mee te gaan?' Hij schudde zijn hoofd en dat was dat. Het geheim, zijn geheim, eerst het hare en nu ook dat van hem, hing als een sluier tussen hen in.

Zijn vader had ook geheimen. Een eigen leven dat zich afspeelde op zijn werk, in de doka, en Paul had altijd gedacht dat dat normaal was, dat het in ieder gezin zo was, totdat hij begon om te gaan met Duke, een muzikaal talent dat hij ooit in het muzieklokaal had leren kennen. De Madisons hadden het niet breed en de treinen raasden zo dicht voorbij dat hun huis ervan trilde en de ruiten in de sponningen ratelden. Dukes moeder had nog nooit gevlogen. Paul wist dat hij met haar te doen moest hebben, dat deden zijn ouders in ieder geval wel; ze had vijf kinderen en haar man werkte in de GE-fabriek en zou nooit veel gaan verdienen. Maar Dukes vader voetbalde vaak met zijn zoons en hij kwam iedere dag om zes uur thuis als zijn dienst erop zat. Hij was niet zoveel spraakzamer dan Pauls vader, maar hij was wel in de buurt, en als hij er niet was, dan wisten ze hem altijd wel te vinden.

'Wat zullen we doen?' vroeg Duke.

'Kweenie,' zei Paul. 'Waar heb jij zin in?' De rails bromden nog na. Paul vroeg zich af of de trein uiteindelijk zou zijn gestopt. Zou iemand hem ooit langs het spoor hebben zien staan, zo dichtbij dat hij de voortrazende wagon had kunnen aanraken, met wapperend haar en prikkende ogen van de wind? En als ze hem hadden gezien, wat zouden ze er dan van gevonden hebben? Beelden trokken langs de ruiten van de trein als foto's, een akker, een boom, een rots, een wolk, steeds iets anders. En dan opeens een jongen, hijzelf, met zijn hoofd achterover, lachend. En dan is hij weg. Een struik, hoogspanningskabels, een stukje van een straat.

'Basketballen?'

'Neuh.'

Ze liepen langs het spoor. Toen ze Rosemont Garden hadden doorkruist en werden omringd door hoog gras, hield Duke opeens stil en haalde iets uit de zak van zijn leren jack. Hij had groene ogen met blauwe vlekjes. Net wereldbollen, dacht Paul. Zo moest de aarde er vanaf de maan uitzien.

'Moet je kijken,' zei hij. 'Dit kreeg ik vorige week van mijn neef Danny.'

Het was een plastic zakje vol gedroogde groene takjes.

'Wat is dat?' vroeg Paul. 'Gedroogd gras ofzo?' Terwijl hij het zei, drong tot hem door wat er in het zakje zat en hij bloosde van schaamte. Wat was hij toch ook een sukkel.

Duke schaterde en met luide stem verbrak hij de stilte, daar tussen het ruisende gras.

'Wiet, sukkel. Ben je wel eens high geweest?'

Paul schudde een beetje geschrokken zijn hoofd.

'Het is niet verslavend, als je daar soms bang voor bent. Ik heb het al twee keer gedaan. Het is echt heel gaaf.'

De lucht was grijs en de blaadjes ruisten in de wind en heel in de verte klonk het gefluit van een trein.

'Ik durf het best,' zei Paul.

'Goed. Het kan geen kwaad,' zei Duke. 'Wil je het ook eens proberen?'

'Oké.' Hij keek om zich heen. 'Maar niet hier.'

Duke lachte. 'Wie kan ons hier nou betrappen?'

'Luister,' zei Paul. Ze spitsten hun oren en de trein kwam in zicht. Hij kwam uit de andere richting, eerst een stipje, maar later steeds groter. Het gefluit reet de lucht aan flarden. Ze sprongen van het spoor af en stonden tegenover elkaar, ieder aan een kant van de rails.

'Laten we naar mijn huis gaan,' schreeuwde Paul, terwijl de trein naderde. 'Daar is toch niemand.' Hij zag het al voor zich, zij samen wiet rokend op de nieuwe, met chintz beklede bank van zijn moeder, en hij schoot in de lach. Toen raasde de trein tussen hen door. Op iedere wagon die brullend voorbijraasde, volgde een korte stilte. Duke was steeds even in een flits te zien, net als de foto's aan de knijpers in de doka van zijn vader, al die momenten uit het leven van zijn vader, als korte beelden die je vanuit een trein ziet. Voor altijd vastgelegd. Geraas, stilte, en dan weer geraas. Net als dit.

Ze gingen terug naar Dukes huis, pakten hun fietsen, raceten over Nicholasville Road en zigzagden door Pauls wijk naar zijn huis.

De deur was op slot, maar de sleutel lag onder een losse stapsteen bij de rododendron. In huis was het warm, muf haast. Terwijl Duke naar huis belde om te zeggen dat hij wat later thuis zou komen, zette Paul een raam open. De gordijnen, eigenhandig door zijn moeder gemaakt, bolden op in de wind. Toen ze nog geen baan had, richtte ze ieder jaar het huis opnieuw in. Hij herinnerde zich nog hoe ze dan voorovergebogen over de naaimachine zat en vloekte als er iets mis ging. Op de roomwitte gordijnen waren tafereeltjes afgebeeld, in een tint donkerblauw die terugkwam in de strepen van het behang. Paul had erbij gezeten aan de tafel en had naar de stof zitten kijken, alsof de afbeeldingen plotseling tot leven konden komen, alsof er opeens kleine mensjes uit de huisjes konden komen om de was op te hangen en ten afscheid nog even te zwaaien.

Duke hing op en keek om zich heen. Hij floot tussen zijn tanden. 'Wow,' zei hij. 'Je bent rijk.' Hij nam plaats aan de keukentafel en legde een langwerpig stukje papier voor zich op het tafelblad. Gefascineerd keek Paul toe terwijl Duke de droge takjes erop legde en er een witte sigaret van draaide.

'Niet hier,' zei Paul, die het opeens toch niet aandurfde. Ze gingen naar buiten en namen plaats op het trapje dat naar de achtertuin voerde. De kegel van de joint, die tussen hen heen en weer ging, lichtte bij iedere hijs fel op. Aanvankelijk merkte Paul er niet zo veel van. Het begon te miezeren, het werd weer droog en na een tijdje – hij wist niet na hoe lang – merkte hij dat hij geconcentreerd had zitten kijken naar een regendruppel op de stoep. De druppel gleed langzaam weg, versmolt met een andere en rolde over de rand het gras in. Duke had het niet meer.

'Je zou jezelf eens moeten zien!' zei hij. 'Je bent knetterstoned!'

'Laat me met rust, eikel,' zei Paul en proestte het eveneens uit.

Op een gegeven moment gingen ze naar binnen, maar pas enige tijd nadat het opnieuw was gaan regenen. Ze waren doorweekt en kregen het plotseling steenkoud. Zijn moeder had een stoofschotel op het fornuis achtergelaten, maar Paul keek er niet naar om. In plaats daarvan maakte hij een pot augurken open en ook een pot pindakaas. Duke bestelde pizza's. Paul haalde zijn gitaar en gezeten bij de piano in de zitkamer improviseerden ze wat. Paul zat op de rand van de open haard en speelde een paar akkoorden, maar algauw ging zijn spel als vanzelf over op de stukken van Segovia die hij de avond tevoren ten gehore had gebracht: *Estudio* en *Estudio sin luz*. Deze titels deden hem denken aan zijn vader, lang en zwijgzaam, gebogen over zijn apparatuur in de doka. De liederen voelden aan als licht en schaduw, elkaars tegenpolen, en ditmaal waren de klanken verweven met zijn eigen leven, met de stilte in huis en de strandvakantie en de hoge ramen in de klaslokalen op school. Paul speelde maar door en hij kreeg het gevoel dat hij gewichtloos werd, dat hij op golven reed. Hij speelde de muziek, hij werd één met de muziek en werd erdoor omhooggestuwd.

Toen hij ophield met spelen was het een tijdje stil, totdat Duke zei: 'Jezus, dat was goed.' Hij pingelde een toonladder en speelde daarna *Trollenmars* van Grieg, het stuk vol energie en duister genoegen dat hij op de ouderavond ook had gespeeld. Na Duke was Paul weer aan de beurt en ze gingen zo op in hun spel dat ze niet hoorden dat er werd aangebeld. Opeens stond de pizzabezorger in de deuropening. Het was al schemerig en er kwam een windvlaag het huis binnen. Ze rukten de dozen open en aten als bezetenen, snel en zonder iets te proeven, hun tong verbrandend. Het eten lag als een zware steen in zijn maag en leek hem aan de grond te houden. Hij keek door de openslaande deuren naar buiten, naar de grijze lucht en daarna naar Dukes gezicht, dat zo bleek was dat zijn pukkels er dieprood tegen afstaken. Zijn donkere lokken vielen over zijn voorhoofd en er zat een veegje tomatensaus op zijn lip.

'Verdomme,' zei Paul. Hij plaatste zijn vlakke handen op de eikenhouten vloer, blij om te merken dat hij steun vond en dat de zitkamer er nog altijd was.

'Niet gek, hè,' zei Duke instemmend. 'Geweldig spul. Hoe laat is het?'

Paul kwam overeind en begaf zich naar de staande klok in de hal. Minuten of uren geleden hadden ze daar staan gieren van de lach, terwijl de seconden, waartussen een eeuwigheid leek te liggen, wegtikten. Nu moest Paul sterk aan zijn vader denken, die iedere ochtend even stilhield voor de klok om zijn horloge gelijk te zetten. Hij keek langs de tafel, bezaaid met foto's, en werd vervuld van droefheid. Hij dacht terug aan die middag en wist dat hij voorgoed voorbij was, samengeperst in een herinnering niet groter dan een regendruppel. Het was al bijna donker.

De telefoon ging. Duke lag nog steeds op zijn rug op het vloerkleed in de zitkamer en het leek uren te duren voordat Paul opnam. Het was zijn moeder.

'Liefje,' zei ze. Op de achtergrond hoorde hij geroezemoes en getik van bestek. Hij zag haar voor zich in een net pak, misschien wel het donkerblauwe, haar ringen flonkerend terwijl ze een hand door haar korte haar haalde. 'Ik moet met een paar klanten uit eten. Je weet wel, die mensen van IBM. Het is belangrijk. Is je vader al thuis? Is alles goed?'

'Ik heb mijn huiswerk gemaakt,' zei hij, de staande klok bestuderend waar ze net nog zo om gelachen hadden. 'Ik heb geoefend op de piano en papa is er niet.'

Er viel een stilte. 'Hij had beloofd op tijd thuis te zijn,' zei ze.

'Ik red me wel,' zei hij, denkend aan de avond van het concert. Hij had op de vensterbank gezeten, moed verzamelend voor de sprong, en opeens hing hij in de lucht. Met een doffe klap kwam hij op het gras terecht. Niemand had iets gemerkt. 'Ik blijf thuis vanavond,' zei hij.

'Ik weet het niet, Paul. Ik maak me een beetje zorgen om je.'

Nou, kom dan thuis, dacht hij, maar op de achtergrond hoorde hij gelach opkomen en breken als een golf. 'Ik red me wel,' herhaalde hij.

'Zeker weten?'

'Ja.'

'Tja, ik weet niet.' Ze zuchtte, bedekte het mondstuk met haar hand en zei iets tegen iemand, kwam vervolgens terug aan de lijn. 'Oké, Paul. Fijn dat je je huiswerk af hebt. Hoor eens, ik zal je vader even bellen, maar hoe dan ook ben ik over niet langer dan twee uur zelf thuis. Beloofd. Is dat goed? Weet je zeker dat het goed is? Ik kom direct naar huis als je me nodig hebt.'

'Ik red me wel,' zei hij. 'Je hoeft papa niet te bellen.'

Haar stem klonk kil, kwaad.

'Hij zei dat hij op tijd thuis zou zijn,' zei ze. 'Hij heeft het beloofd.'

'Die mensen van IBM, hè,' vroeg hij, 'houden die van flamingo's?'

Er viel een stilte, op de achtergrond klonk opnieuw een lachsalvo en gerinkel van glaswerk.

'Paul,' vroeg ze na enige tijd. 'Gaat het wel?'

'Jaha,' zei hij. 'Het was maar een grapje. Laat maar.'

Toen ze had opgehangen luisterde Paul nog een tijdje naar de kiestoon. Het was stil in huis. Het was een ander soort stilte dan die in de aula, geladen en vol verwachting. Hier werd de stilte veroorzaakt door leegte. Hij pakte zijn gitaar en dacht aan zijn zusje. Zou ze op hem geleken hebben als ze niet gestorven was? Zou ze ook van hardlopen hebben gehouden? Van zingen?

Duke lag met een arm over zijn gezicht nog altijd in de zitkamer. Paul pakte de lege pizzadozen en het dunne, wasachtige papier en gooide alles buiten in de vuilnisbak. De lucht was fris en de wereld leek fonkelnieuw. Hij had dorst als een dolende in de woestijn, alsof hij een halve marathon had gelopen, en nam een pak melk mee naar de zitkamer. Hij zette zijn mond aan de tuit om te drinken en gaf het pak daarna door aan Duke. Hij nam weer plaats en begon te spelen, rustiger dit keer. De noten vloeiden uit zijn instrument en vulden op een rustige en sierlijke manier de ruimte.

'Heb je nog meer van dat spul?' vroeg hij.

'Ja, maar dan moet je wel dokken.'

Paul knikte en speelde verder, terwijl Duke opstond om een telefoontje te plegen.

Ooit, toen hij een jaar of vijf was, had hij een tekening gemaakt van zijn zusje. Zijn moeder had hem verteld dat hij een tweelingzusje had gehad en daarom had hij haar erbij getekend toen hij op school eens een tekening van zijn familie maakte. Een bruinomrande vader en een moeder met okergeel haar. Zichzelf had hij afgebeeld hand in hand met een precies eendere figuur. De met een strikje samengebonden tekening had hij mee naar huis genomen. Toen hij hem bij het ontbijt aan zijn ouders overhandigde, zag hij zijn vaders gezicht betrekken en merkte dat het emoties verried die hij als vijfjarige niet kon verklaren of benoemen, maar waarvan hij wist dat ze met verdriet te maken hadden. Zijn moeder nam de tekening van zijn vader over en had eveneens moeilijk gekeken, maar zij verborg haar verdriet achter een vrolijk masker, hetzelfde masker dat ze nu bij die klanten droeg. Hij herinnerde zich dat ze haar hand tegen zijn wang had gelegd. Zelfs nu deed ze dat nog wel eens, hem indringend aankijkend, alsof ze bang was dat hij in rook op kon gaan. 'Ach, wat prachtig,' had ze gezegd.

'Wat een prachtige tekening, Paul.'

Later, toen hij al wat ouder was, zo'n jaar of negen, tien, had ze hem meegenomen naar die doodstille begraafplaats buiten de stad waar zijn zusje begraven lag. Het was een frisse lentedag en zijn moeder had zaadjes van de blauwe winde gepoot langs het gietijzeren hek. Paul had de naam op de zerk gelezen – Phoebe Grace Henry – en zijn eigen geboortedatum zien staan. Hij wist niet waarom, maar hij voelde zich slecht op zijn gemak, terneergeslagen. 'Waaraan is ze gestorven?' vroeg hij, toen zijn moeder zich eindelijk bij hem voegde en haar tuinhandschoenen uittrok. 'Dat weet niemand,' zei ze. Na een blik op zijn gezicht sloeg ze een arm om hem heen. 'Het had niets met jou te maken,' zei ze vastberaden. 'Het is niet jouw schuld.'

Hij had haar toen niet echt geloofd en deed dat nu nog steeds niet. Zijn vader trok zich avond aan avond terug in de doka, zijn moeder kwam meestal pas na het avondeten thuis van haar werk en tijdens hun vakanties liet ze haar kleren vallen en bezocht vreemde mannen in hun huisjes. Wiens schuld kon dat nu allemaal zijn? Niet die van zijn zusje, die bij de geboorte overleden was en deze stilte had veroorzaakt. Hij kreeg er een knoop van in zijn maag. 's Ochtends viel het nog mee, maar gedurende de dag werd het steeds erger, werd hij steeds misselijker. Hij leefde nog. Hij was er. En hij beschouwde het als zijn taak om zijn ouders te beschermen.

De muziek stierf weg en Duke kwam in de deuropening staan.

'Joe komt zo hiernaartoe,' zei hij. 'Als je geld hebt, tenminste.'

'Geen probleem,' zei Paul. 'Kom maar eens mee.'

Ze verlieten het huis via de achterdeur, liepen de natte stenen trap af en bereikten via een andere trap de grote open ruimte boven de garage. Aan alle zijden waren hoge ramen aangebracht, zodat je er de hele dag goed licht had. Vlak naast de ingang bevond zich de doka, een soort grote kast die zijn vader had gebouwd toen zijn foto's een paar jaar geleden de aandacht begonnen te trekken. Nu bracht hij er het grootste deel van zijn vrije tijd door. Hij ontwikkelde er foto's en experimenteerde met de belichting. Er kwamen haast nooit andere mensen, en zijn moeder al helemaal nooit. Een enkele keer vroeg hij Paul mee, die zo uitkeek naar deze momenten dat hij zich er voor schaamde.

'Deze zijn mooi zeg,' zei Duke, langs de ingelijste foto's lopend.

'We mogen hier eigenlijk niet komen,' zei Paul. 'We kunnen maar heel even blijven.'

'Hé, deze ken ik,' zei Duke, staand voor de foto van de smeulende resten van het ROTC-gebouw, de bleke blaadjes van de kornoelje bleek afstekend tegen de zwartgeblakerde muren. Deze foto had een doorbraak betekend voor zijn vader. Hij was, jaren geleden, overgenomen door de nieuwsdiensten en was het hele land over gegaan. 'Met deze foto is alles begonnen,' zei zijn vader altijd, 'deze foto heeft me op de kaart gezet.'

'Ja,' zei Paul. 'Die heeft mijn vader genomen. Niks aanraken, oké?'

Duke lachte. 'Relax, man. Relax.'

Paul ging de doka binnen, waar het warmer en een beetje muf was. Er hingen afdrukken te drogen. Hij opende het kleine ijskastje waar zijn vader zijn filmrolletjes bewaarde en pakte er een koele envelop uit, die helemaal achterin verborgen zat. Deze bevatte nog een envelop, vol met briefjes van twintig. Hij pakte er eentje uit, en nog een, en stopte de rest van het geld terug.

Hij kwam hier af en toe met zijn vader, maar soms ook wel alleen. Stiekem. Op een middag had hij het geld gevonden, toen hij hierboven gitaar had zitten spelen. Hij was kwaad omdat zijn vader had beloofd hem te leren hoe het vergrotingsapparaat werkte, maar op het laatste moment had afgezegd. Hij was boos, teleurgesteld en uiteindelijk ook hongerig, en was in het ijskastje gaan rommelen. Daar had hij toen deze envelop met koele, nieuwe biljetten gevonden. Heel vreemd. Die eerste keer had hij maar tien dollar gepakt, later meer. Zijn vader leek het nooit te merken en daarom kwam hij nu af en toe terug om nog meer geld te halen.

Paul voelde zich bezwaard over zijn vondst en over het stelen, misschien ook wel omdat hij nooit betrapt werd. Eenzelfde gevoel had hij als hij hier met zijn vader in het halfduister stond, terwijl de foto's voor hun ogen zichtbaar werden. Op een negatief is veel meer te zien dan slechts één foto, zei zijn vader altijd, het waren er veel meer. Een moment bestond niet uit slechts een moment, maar eigenlijk uit een oneindig aantal verschillende momenten, afhankelijk van wie er keek en met wat voor blik. Paul hoorde zijn vader aan en kreeg een onbestemd gevoel in zijn buik. Als dat allemaal waar was, dan zou hij zijn vader nooit echt leren kennen en dat beangstigde hem. En toch hield hij van het zachte licht, de geur van chemicaliën. Hij hield van het procédé, dat stap voor stap doorlopen moest worden, het belichte vel fotopapier en de beelden die uit het niets verschenen, de zoemer die afging. De drogende foto's, glanzend en vol mysterie. Gefixeerd in de ruimte, de tijd voorgoed stilgezet.

Hij bekeek ze eens goed. Vreemde, grillige vormen. Het leken wel versteende bloemen. Koraal, dacht hij, zeker van hun reis naar Aruba, hersenkoraal ontdaan van de zachte delen, zodat het fijnvertakte skelet zichtbaar werd. De andere foto's leken er sterk op: poreuze stukken wit koraal, net een kraterlandschap op de maan. 'Hersenkoraal/botten', had zijn vader op een kladblok geschreven dat naast het vergrotingsapparaat lag.

Die dag in het huisje, in de seconde voordat hij Pauls aanwezigheid voelde en opkeek, had Paul zijn vaders gezicht kunnen doorgronden. Oude liefde en verdriet – Paul had het gezien en hij had zo graag iets willen zeggen, iets willen doen, had alles goed willen maken. En tegelijkertijd voelde hij de drang om te vluchten, alle problemen te vergeten, om vrij te zijn. Hij wendde zijn blik af en toen hij seconden later weer keek, was het masker terug voor zijn vaders gezicht, alsof hij dacht aan een of ander technisch probleempje met zijn film, aan botziekten, of aan de lunch.

Een moment is opgebouwd uit een oneindig aantal verschillende lagen.

'Hé,' zei Duke, die de deur opendeed. 'Kom je nog, of hoe zit dat?'

Paul stak de koele bankbiljetten in zijn zak en verliet de doka. Er waren twee jongens bij gekomen. Ze waren iets ouder en hingen tijdens de middagpauze altijd paffend rond op het braakliggende terreintje tegenover de school. Een van hen had een sixpack bij zich en reikte hem een biertje aan. Paul overwoog nog om te zeggen dat ze naar buiten moesten gaan, maar het was harder gaan regenen en de jongens waren ouder dan hij en breder ook, en daarom ging hij ook maar gewoon zitten. Hij gaf het geld aan Duke en de gloeiende joint ging de kring rond. Paul keek gefascineerd naar Dukes vingertoppen, die de joint zo lichtjes vasthielden. Hij dacht eraan hoe ze met ongeremde precisie over de toetsen gevlogen waren. Zijn vader ging ook zo precies te werk. Hij maakte botten heel, maakte lichamen beter.

'Voel je het?' vroeg Duke na een tijdje.

Zijn stem leek van heel ver te komen, alsof Paul onder water was. Dit keer lagen ze niet dubbel van de lach, was hij niet vrolijk maar leek hij in de diepste krochten van zijn onderbewustzijn te vallen. Zijn wezen versmolt met het donker buiten en hij kon Duke niet zien. Hij werd bang.

'Wat heeft die nou?' vroeg iemand. Duke antwoordde: 'Het lijkt wel of hij paranoïde is,' en deze woorden beangstigden hem zo dat ze de hele kamer leken te vullen en hem tegen de muur drukten.

Er werd lang en hard gelachen en de gezichten van de jongens verwrongen zich van de pret. Paul kon niet lachen, hij was gefixeerd in de ruimte. Zijn keel was droog en het voelde alsof zijn handen veel te groot waren voor zijn lichaam en hij keek steeds naar de deur, alsof ieder moment zijn vader binnen kon komen om zijn woede in golven over hem uit te storten. De anderen hielden op met lachen en kwamen overeind. Ze zochten in de laatjes naar eten, maar ze vonden niets anders dan zijn vaders archief. Niet doen, probeerde hij te zeggen toen de oudste, die met het sikje, archiefmappen tevoorschijn haalde en erin begon te bladeren. Niet doen. Het was een kreet in zijn hoofd, maar uit zijn mond kwam geen geluid. De anderen gingen meedoen, haalden steeds meer mapjes tevoorschijn en lieten de zorgvuldig gearchiveerde foto's en negatieven op de vloer vallen.

'Hé,' zei Duke, die zich tot hem wendde met een glanzende afdruk in zijn hand. 'Ben jij dit, Paul?'

Paul zat roerloos met zijn armen om zijn knieën en zijn adem wild ruisend in zijn longen. Hij verroerde zich niet, hij kon het niet. Duke legde de foto op de grond en voegde zich bij de anderen, die steeds onbezonnener te werk gingen en de foto's en negatieven verstrooiden over de glanzend gelakte vloer.

Hij zat stil, doodstil. Een hele poos was hij te bang om zich te bewegen, maar opeens bevond hij zich in de doka, gehurkt in een veilig hoekje, luisterend naar wat er in de andere kamer gebeurde: lawaai, gelach, brekend glas. Na een hele poos werd het stiller. De deur ging open en Duke vroeg of hij soms daar was en of het wel goed met hem ging. Toen Paul geen antwoord gaf, overlegden ze haastig en klosten met zijn allen de trap af. Paul kwam langzaam overeind en schuifelde door het donker de tentoonstellingsruimte in, die bezaaid lag met vernielde foto's. Staand voor het raam keek hij Duke na, die met zijn fiets aan de hand de oprit af liep, zijn rechterbeen over het zadel zwaaide en de straat in reed.

Paul was doodmoe. Helemaal leeg. Hij draaide zich om en keek om zich heen. Overal foto's, bewegend in een tochtstroom, de negatieven als verdwaalde slingers neerhangend van het werkblad en de lampen. Er was een fles gebroken en overal lagen groene glassplinters. Het werkblad zat vol met ontwikkelvloeistof en fixeermiddel. De muren waren beklad met vieze tekeningetjes en schuttingtaal. Hij leunde tegen de deur en gleed omlaag totdat hij in de drek zat. Hij zou snel moeten beginnen met opruimen, sorteren: alles moest terug in het juiste mapje.

Onder zijn hand lag een foto. Hij was genomen op een plek die hij niet kende. Een gammel huis aan de voet van een heuvel, met vier mensen ervoor. Een vrouw met een jurk tot halverwege haar kuiten en een schort voor, haar handen gevouwen. De wind had een haarlok in haar gezicht geblazen. Naast haar stond een stevige man, iets voorovergebogen, die een hoed voor zijn borst hield. De vrouw was iets naar de man toe gedraaid en ze keken alsof er vlak voordat de foto genomen werd iets grappigs was gezegd, waardoor ze elk moment in lachen konden uitbarsten. De hand van de moeder rustte op het blonde haar van een meisje en tussen hen in stond een jongen, ongeveer even oud als hij nu, die met een serieuze blik in de lens keek. Het tafereel kwam hem vagelijk bekend voor. Hij sloot zijn ogen, moe van het blowen, zo moe dat hij de tranen nabij was.

\* \* \*

Toen de zon opkwam achter de ramen aan de oostzijde werd hij wakker. Tegen het licht in kijkend zag hij niet meer dan het silhouet van zijn vader.

'Verdomme, Paul,' zei hij. 'Wat is hier gebeurd?'

Paul ging rechtop zitten en pijnigde zijn hersens af. Waar was hij en wat was er gebeurd? De vloer lag bezaaid met foto's en negatieven die onder de modderige voetafdrukken zaten. De glasscherven hadden diepe krassen in de vloer gemaakt. Paul werd vervuld van angst en hij was bang dat hij zou gaan overgeven. Hij plaatste zijn hand boven zijn ogen om het verblindende ochtendlicht af te weren.

'Mijn god, Paul,' zei zijn vader. 'Wat is hier gebeurd?' Eindelijk ging hij voor het raam weg en hurkte neer naast Paul. Uit de rommel op de vloer pakte hij de foto van het onbekende gezin en keek er even naar. Daarna ging hij met de foto in zijn hand tegen de muur aan zitten en keek om zich heen.

'Wat is er gebeurd?' vroeg hij nogmaals, maar rustiger dit keer.

'Er kwamen een paar vrienden langs en het is wat uit de hand gelopen.'

'Het lijkt er wel op, ja,' zei zijn vader. Hij raakte zijn voorhoofd aan. 'Was Duke er ook bij?'

Paul aarzelde even en knikte toen. Hij vocht tegen de tranen en telkens als hij de vernielde foto's zag, voelde hij een beklemmend gevoel in zijn borst.

'Heb jij dit gedaan, Paul?' vroeg zijn vader met een stem die op een vreemde manier heel vriendelijk klonk.

Paul schudde zijn hoofd. 'Nee. Maar ik heb ze ook niet tegengehouden.'

Zijn vader knikte.

'Het gaat wel een paar weken duren om dit allemaal op te ruimen,' bracht hij uiteindelijk uit. 'Ik wil dat jij het doet. Je kunt me helpen het archief weer op orde te brengen. Het zal veel tijd kosten en je zult minder tijd hebben om te oefenen op de gitaar.'

Paul knikte, maar het gevoel in zijn borst werd steeds sterker en opeens flapte hij het eruit.

'Je zoekt gewoon een excuus om me bij mijn gitaar weg te houden.'

'Dat is niet waar. Verdomme, Paul, het is niet waar en dat weet je zelf ook wel.'

Zijn vader schudde zijn hoofd en Paul was bang dat hij op zou staan en weg zou gaan, maar in plaats daarvan keek hij weer naar de foto in zijn hand. Rond de zwart-witfoto van het gezin voor hun kleine huisje liep een witte kartelrand.

'Weet je wie dit zijn?' vroeg hij.

'Nee,' zei Paul, maar terwijl hij het zei, wist hij het opeens. 'O,' zei hij, wijzend naar het jongetje op de trap. 'Dat ben jij zeker.'

'Ja. Ik was hier even oud als jij. En achter mij staat mijn vader. En zie je dat meisje naast me? Dat is mijn zusje June. Dit is de laatste foto die er van haar genomen is. Ze had een hartkwaal en ze is in de herfst van dat jaar gestorven. Mijn moeder heeft haar dood nooit kunnen verwerken.'

Paul bezag de foto nu met andere ogen. Deze mensen waren helemaal geen vreemden, maar zijn eigen vlees en bloed. Dukes oma woonde op een kamertje boven en bakte appeltaarten en keek de rest van de dag naar soaps. Paul keek aandachtig naar de vrouw, die haar lachen nauwelijks kon inhouden – de vrouw die hij nooit gekend had, zijn grootmoeder.

'Is ze dood?' vroeg hij.

'Mijn moeder? Ja. Jaren later. Je opa ook. Ze zijn niet zo oud geworden. Ze hebben hun hele leven lang gesappeld, Paul. Ze hadden geen geld. En daarmee bedoel ik niet dat ze niet rijk waren. Het was zo erg dat ze soms niet wisten of ze eten konden kopen. Mijn vader, een harde werker, vond het heel erg. En mijn moeder ook, omdat het betekende dat ze June niet alle zorg konden geven die ze nodig had. Toen ik ongeveer zo oud was als jij nu, kreeg ik een beurs voor een opleiding in de stad. Toen June overleed heb ik mezelf een belofte gedaan. Ik zou de wereld gaan verbeteren.' Hij schudde zijn hoofd. 'Tja, natuurlijk is daar niets van terechtgekomen. Maar toch, Paul. Het ontbreekt ons aan niets. We hoeven nooit bang te zijn of we voldoende te eten zullen hebben. Je kunt gaan studeren waar je maar wilt. En wat doe jij? Jij blowt je suf met je vrienden en vergooit je toekomst.'

De knoop in zijn maag had zich omhooggewerkt naar zijn keel en verhinderde Paul te spreken. De wereld was nog steeds veel te licht en veel te zweverig. Hij wilde zo graag het verdriet uit zijn vaders stem horen verdwijnen, de stilte uit hun huis verjagen. Maar bovenal wilde hij dat dit moment, waarop zijn vader naast hem zat en hem verhalen vertelde, nooit voorbij zou gaan. Hij was bang iets verkeerds te zeggen en daardoor alles te verpesten, net zoals je een foto kon verprutsen door er te veel licht bij te laten. Zoiets was onherroepelijk.

'Sorry, pap,' zei hij.

Zijn vader knikte en keek omlaag. Zijn hand streek eventjes over Pauls haar.

'Ik weet het,' zei hij.

'Ik zal alles opruimen.'

'Ja,' zei hij. 'Ik weet het.'

'Maar ik houd van muziek,' zei Paul, die wist dat het geen slimme zet was, een felle lichtstraal die het papier zwart maakte, maar hij moest het zeggen. 'Muziek is mijn lust en mijn leven. Ik ga er hoe dan ook mee door.'

Zijn vader zat met gebogen hoofd. Roerloos. Toen zuchtte hij en kwam overeind.

'Neem nog geen definitieve beslissing,' zei hij. 'Meer vraag ik niet van je.'

Paul zag zijn vader in de doka verdwijnen. Op handen en knieën begon hij de scherven op te ruimen. In de verte raasden treinen voorbij en achter de ramen zag hij een helderblauwe lucht. In het felle ochtendlicht zat Paul even stil en luisterde naar zijn vader die in de doka aan het werk was en stelde zich voor hoe zijn handen behoedzaam aan het werk waren in iemands lichaam, in een poging te herstellen wat er niet goed was.

# September 1977

# Caroline

Zodra de polaroid uit het apparaat tevoorschijn kwam, pakte ze hem bij een hoekje vast. De afbeelding werd al zichtbaar. De tafel met het witte tafelkleed leek te zweven boven een zee van donkergroen gras. De heuvel was begroeid met margrieten, zo wit dat ze haast licht leken te geven. Phoebe was een lichte vlek in haar witte confirmatiejurk. Caroline wapperde met de foto om hem snel droog te krijgen. In de verte klonk een rommelende donder, een briesje speelde met de papieren servetten – er hing een zomerse onweersbui in de lucht.

'Nog ééntje,' zei ze.

'Hè, mam,' protesteerde Phoebe, maar ze bleef staan.

De camera had nog niet geklikt of ze schoot het grasveld op in de richting van hun achtjarige buurmeisje Avery, dat een piepjong katje knuffelde met een vachtje in precies dezelfde kleur als haar eigen peenhaar. Phoebe was nu dertien. Ze was niet al te lang, een beetje mollig, zeer impulsief en enthousiast. Ze was niet vlug van begrip, maar schoot met een duizelingwekkende vaart van vreugde naar weemoedigheid naar verdriet en weer terug. 'Ik heb mijn confirmatie gedaan!' riep ze uit en deed met wijd uitgestrekte armen een vreugdedansje in het gras, zodat alle gasten, die met een drankje in de hand in de tuin stonden, zich glimlachend naar haar omdraaiden. Met een wapperende rok holde ze naar Sandra's zoon Tim toe, die nu ook een tiener was. Ze sloeg haar armen om hem heen en kuste hem vol vuur op zijn wangen.

Toen bedaarde ze enigszins en draaide zich met schichtige blik om naar Caroline. Eerder dit jaar had al dat geknuffel van haar wat problemen gegeven op school. 'Ik vind je zó lief,' verklaarde Phoebe, met haar armen stevig om een kleiner kind heen geslagen. Zij snapte niet wat daar verkeerd aan kon zijn. Caroline had het haar keer op keer uitgelegd: knuffelen doe je met je familieleden, dat doe je niet met iedereen. Uiteindelijk had het zich in Phoebes hoofd vastgezet, maar nu Caroline zag dat Phoebe erdoor werd geremd in haar enthousiasme, betwijfelde ze of ze er goed aan had gedaan.

''t Is goed, schat,' riep ze. 'Vrienden die op je feestje komen mag je best een knuffel geven.'

Phoebe ontspande zichtbaar en liep met Tim terug naar het katje. Caroline keek naar de polaroid van de zonnige tuin en de lachende Phoebe. Een momentopname; het was al verleden tijd. In de verte klonk weer gerommel, maar het was nog altijd heerlijk zwoel in de bloemrijke tuin. De gasten stonden ontspannen te praten en te lachen en schonken hun plastic bekertjes nog eens vol. Op tafel stond een prachtige witte taart met drie lagen, versierd met donkerrode rozen uit de tuin. De drie lagen verwezen naar de drie aanleidingen voor dit feestje: Phoebes confirmatie, Carolines vijfjarige bruiloft en Doro's pensionering en aanstaande reis.

'Het is míjn taart!' Phoebe's uitroep overstemde het gekeuvel van de natuurkundeleraren, buren, koorleden, vriendjes en vriendinnetjes van school en enkele gezinnen van de Upside Down Society. Nu Phoebe naar school ging, was Caroline parttime gaan werken in een ziekenhuis en ook haar nieuwe collega's waren er die avond bij. Zij had al deze mensen bijeen weten te krijgen, zij had dit gezellige feestje, dat ontluikte als een bloem na zonsopgang, tot in de kleinste details georganiseerd. 'Het is mijn taart,' riep Phoebe weer met schrille stem. 'Ik heb vandaag confirmatie gedaan.'

Caroline nipte van haar wijn en voelde de warme avond op haar huid. Ze had Al niet zien aankomen, maar opeens voelde ze dat hij zijn arm om haar middel sloeg en haar op de wang kuste. Ze was zich sterk bewust van zijn aanwezigheid, zijn geur. Vijf jaar geleden, op hun trouwdag, hadden ze ook een tuinfeest gegeven, met champagne met bosaardbeitjes erin, overal geurende rozen en vuurvliegjes. Vijf jaar geleden alweer en het nieuwe was er nog altijd niet vanaf. Carolines kamer op de derde verdieping van Doro's huis was op mysterieuze wijze veranderd in een plek die net zo sensueel was als deze tuin. Ze vond het heerlijk om wakker te worden naast een slapende Al die loom zijn hand op haar platte buik legde, en ze genoot van zijn geur – hij rook naar zeep en Old Spice – die in de kamer bleef hangen en in de lakens en handdoeken trok. Hij was er en ze voelde zijn aanwezigheid tot in haar diepste wezen. Het gevoel verdween echter zo gauw als het was opgekomen.

'Gefeliciteerd met onze trouwdag,' zei hij nu, en drukte haar even tegen zich aan.

Caroline glimlachte en voelde zich zo gelukkig. De avond was gevallen en de gasten stonden verspreid in de warme tuin vol witte bloemen, terwijl zich op het donkere gras en de bloemen al dauw begon te vormen. Ze pakte Al's grote, sterke hand en ze verkneukelde zich bij de gedachte dat zíj hem het nieuwtje zou vertellen. Doro zou met haar vriend Trace een jaar lang op een cruiseschip de wereld over reizen. Al wist het allang, want ze liep al maanden met dit plan rond, maar wat hij nog niet wist, was dat Doro het huis op Carolines naam had laten overschrijven. Ze noemde het een vreugdevol afscheid van het verleden.

Doro kwam net aangelopen. In een zijdeachtige jurk daalde ze de trap af die vanuit de steeg toegang gaf tot de tuin. Vlak achter haar liep Trace met een zak ijs in zijn hand. Hij was vijfenzestig, een jaar jonger dan zij, had kortgeknipt grijs haar en een lang, smal gezicht met een bleke huid en volle lippen. Omdat hij bang was om te dik te worden, was hij behoorlijk pietluttig met eten, en verder hield hij van opera en sportauto's. Trace had in zijn jeugd deel uitgemaakt van het olympisch zwemteam (hij had net naast een bronzen medaille gegrepen) en zou nu nog zó in de Monogahela springen en naar de overkant zwemmen. Trace en Doro hadden elkaar ontmoet tijdens de jaarlijkse picknick van de natuurkundefaculteit; na een zwempartij in de rivier was hij opeens de rivieroever op geklommen en stond bleek en druipend tussen Doro's collega's in. Trace was een vriendelijke man en hij was lief voor Doro, die hem op handen droeg. Caroline vond hem een tikkeltje afstandelijk, een beetje gereserveerd, maar ze had daar tegen Doro nooit iets over gezegd.

Een windvlaag blies een stapeltje servetten van de tafel en Caroline bukte zich om ze op te rapen.

'Je hebt de wind meegenomen,' zei Al tegen Doro.

'Het is zo spannend allemaal,' zei ze met geheven handen. Nu ze meer rimpels kreeg en haar witte haar zo kort had laten knippen, leek ze nog meer op Leo dan anders.

'Al lijkt wel een ouwe zeebonk,' zei Trace, het ijs op tafel deponerend. Caroline raapte een steentje op en legde dat op de servetten. 'Die hebben ook gevoel voor atmosferische schommelingen. O, Doro, je mag nooit veranderen,' riep hij opeens uit. 'God, wat ben je mooi. Eerlijk waar. Je lijkt wel de godin van de wind.'

'Als jij de godin van de wind bent,' zei Al, een stel papieren bordjes tegenhoudend die dreigden te worden weggeblazen, 'dan zou ik die wind maar eens rustig houden, zodat dit feestje gewoon door kan gaan.'

'Wat ziet het er gezellig uit,' zei Doro. 'Wat een prachtig feest zo, echt een afscheid om nooit te vergeten.'

Phoebe kwam aangehold met het katje als een bolletje oranje wol in haar armen. Caroline stak haar hand uit en streelde glimlachend haar haar.

'Mag ik hem houden?' vroeg ze.

'Nee,' zei Caroline vastberaden. 'Tante Doro is allergisch voor katten.'

'Maham,' klaagde Phoebe, maar vrijwel direct daarna werd ze volledig in beslag genomen door de wind en de mooie tafel. Ze trok aan Doro's zijden mouw. 'Tante Doro, het is toch mijn taart?'

'Ja, maar ook een beetje van mij,' zei Doro, een arm om Phoebes schouders slaand. 'Ik ga op reis, weet je nog, dus het is ook mijn taart. En die van je moeder en Al omdat ze vijf jaar getrouwd zijn.'

'Ik ga met je mee op reis,' verklaarde Phoebe.

'Nee, schatje,' zei Doro. 'Een ander keertje misschien. Dit is een reis voor grote mensen, snap je? Alleen voor Trace en mij.'

Zo vlug als Phoebes enthousiasme voor het plan was opgekomen, zo gauw gleed er nu een teleurgestelde blik over haar gezicht. Ze werd altijd volledig overmand door haar gevoelens.

'Zeg luister eens,' zei Al, die op zijn hurken ging zitten. 'Denk je dat dat poesje wel een schoteltje room lust?'

Onwillekeurig moest ze lachen en ze knikte. Ze was afgeleid.

'Kom maar mee,' zei Al. Terwijl hij haar bij de hand nam, knipoogde hij even naar Caroline.

'Neem die kat niet mee naar binnen, hè,' waarschuwde Caroline.

Terwijl ze met een dienblad vol glazen wijn tussen haar gasten door liep, kon ze het nog altijd nauwelijks bevatten. Ze was Caroline Simpson, Phoebes moeder, Al's vrouw, drijvende kracht achter protestbijeenkomsten – zo'n totaal ander mens dan de bedeesde vrouw die dertien jaar geleden in een ingesneeuwde kliniek met een pasgeboren baby in haar armen stond. Ze draaide zich om en keek naar het huis. De lichte bakstenen staken scherp af tegen de lucht, die begon te betrekken. 'Mijn huis,' dacht ze, denkend aan Phoebes herhaalde opmerkingen over de taart. Ze glimlachte om de ietwat irrelevante toevoeging: 'Ik heb confirmatie gedaan.'

Sandra en Doro stonden lachend bij de kamperfoelie en Mrs. Soulard kwam door de steeg aangelopen met een vaas vol lelies. Trace deed verwoede pogingen met een lucifer de kaarsen aan te steken, maar de wind, die steeds een pluk grijs haar in zijn gezicht blies, maakte het hem niet gemakkelijk. De vlammetjes flikkerden, sputterden, maar hielden stand en verlichtten de tafel met daarop het witte tafelkleed, de votiefglaasjes, de vaas met de witte lelies, de taart met de toefjes slagroom. Het gedruis van het verkeer werd naar de achtergrond gedrongen door het geroezemoes en het ruisen van het loof. Caroline stond eventjes stil en dacht aan Al, die haar straks in het donker weer zou strelen. 'Dit is dus geluk,' zei ze tegen zichzelf. 'Dit is geluk in zijn puurste vorm.'

Het feestje duurde tot na elven. Toen de laatste gasten vertrokken waren bleven Doro en Trace nog even om de kopjes, glazen, de taartresten en de bloemenvazen op te ruimen en de tafels en stoelen terug te zetten in de garage. Phoebe lag al in bed; Al had haar naar binnen gedragen toen ze zo moe en overprikkeld was dat ze in snikken uitbarstte vanwege Doro's vertrek.

'Nu niets meer doen,' zei Caroline en hield Doro boven aan de trap staande. Ze moest daarbij een tak van de sering, die ze drie jaar geleden geplant had, opzij drukken. Het had lang geduurd, maar de struik was toch aangeslagen en zou volgend jaar voor het eerst in bloei raken. 'Ik doe de rest morgen wel, Doro, jullie vliegen al vroeg. Je hebt vast wel heel veel zin om te gaan, of niet?'

'Ja,' zei Doro, zo zacht dat Caroline haar best moest doen om haar te kunnen verstaan. 'Maar ik heb er ook gemengde gevoelens bij, Caroline. Eerder vanavond ben ik het huis nog eens doorgelopen, om afscheid te nemen. Ik heb hier mijn hele leven gewoond. Het is zo vreemd om hier nu weg te gaan. En tegelijkertijd heb ik er zo'n zin in.'

'Je kunt altijd terugkomen,' zei Caroline, die een brok in haar keel kreeg.

'Ik hoop dat ik daar geen behoefte toe zal voelen,' zei Doro. 'Wel voor een bezoek aan jou, natuurlijk!' Ze legde haar hand op Carolines elleboog. 'Kom, laten we even op de veranda gaan zitten.'

Ze liepen onder de blauweregen door langs het huis en namen plaats op de schommelbank, terwijl het verkeer als een ruisende rivier van geluid voorbijstroomde. De hoogste bladeren van de platanen, zo groot als dinerborden, vingen het licht van de straatlantarens.

'Het verkeer zul je in ieder geval niet missen,' zei Caroline.

'Nee, totaal niet. Vroeger was het hier juist zo rustig. Vroeger werd in de winter de hele straat afgesloten. We gleden met onze sleetjes de hele straat door.'

Al schommelend dacht Caroline aan die nacht, zo lang geleden, toen het heldere licht van de maan de tuin verlichtte en door het raam naar binnen scheen in de badkamer, waar zij met de hoestende Phoebe in haar armen stond en de reigers uit Doro's jeugd klapwiekend opstegen uit het hoge gras.

De hordeur zwaaide open en Trace kwam naar buiten.

'Wat zeg je ervan, Doro?' vroeg hij. 'Ben je zover?'

'Bijna,' zei ze.

'Ik ga de auto wel vast halen. Ik rijd zo dadelijk voor.'

Hij verdween weer naar binnen. Zwijgend telde Caroline de voorbijrazende auto's, ze kwam tot twintig. Zo'n twaalf jaar geleden was ze hier met de kleine Phoebe in haar armen voor het eerst binnengestapt, benieuwd wat haar te wachten stond.

'Hoe laat vertrekt jullie vliegtuig?' vroeg ze.

'Al vroeg. Om acht uur. O, Caroline,' zei Doro. Ze leunde in de kussens en strekte haar armen uit. 'Na al die jaren voel ik me opeens zo vrij. Vrij om te gaan en te staan waar ik maar wil.'

'Ik zal je missen.' zei Caroline. 'En Phoebe ook.'

Doro knikte. 'Ik weet het. Maar we zien elkaar zeker terug. En ik zal jullie vaak een kaartje sturen.'

Een huurauto kwam de heuvel af gereden en minderde vaart. Traces lange arm wenkte door het open raam.

'Het vrije leven roept,' riep hij.

'Het ga je goed,' zei Caroline. Ze trok Doro tegen zich aan en voelde hoe zacht haar wang was. 'Je hebt die dag mijn leven gered, weet je dat?'

'Hé, en jij het mijne.' Doro maakte zich los uit de omhelzing. In haar donkere ogen glinsterden tranen. 'Het huis is nu van jou. Geniet ervan.'

En toen liep Doro de trap af, haar witte trui opbollend in de wind. Ze stapte in, wuifde nog even en weg was ze.

Caroline zag dat de auto de hoofdweg insloeg en werd opgenomen in de rivier van glimmende achterlichten. De onweersbui hing nog altijd onheilspellend in de heuvels; af en toe lichtte de hemel op en klonk er in de verte een donderslag. Al, die met twee drankjes naar buiten kwam, duwde de hordeur met zijn voet open. Nu zaten zij samen op de schommelbank.

'Zo,' zei Al. 'Dat was een gezellig feestje.'

'Ja, zeg dat wel,' zei Caroline. 'Heel gezellig. Ik ben kapot.'

'Heb je nog puf om dit open te maken?' vroeg Al.

Caroline nam het pakje aan, dat nogal onhandig was ingepakt. Ze scheurde het cadeaupapier open. Er viel een houten hart uit, gemaakt van kersenhout, glad als een steen uit de rivier. Ze vouwde haar vingers eromheen en dacht aan Al's medaillon dat ze toen in het kille licht in de cabine had zien glinsteren en waar Phoebes handje zich al die maanden later naar had uitgestrekt.

'Wat mooi,' zei ze, het gladde hout tegen haar wang drukkend. 'Zo warm. En het past precies in mijn handpalm.'

'Ik heb het zelf gemaakt,' zei Al met plezier in zijn stem. 'In de avonduren, als ik op de weg zat. Ik twijfelde of je het niet te zoetelijk zou vinden, maar een serveerster die ik ken in Cleveland verzekerde me dat het bij je in de smaak zou vallen. Dat hoop ik dan maar.'

'Ik vind het prachtig,' zei Caroline en stak haar arm door de zijne. 'Ik heb ook iets voor jou.' Ze reikte hem een doosje aan. 'Ik had geen tijd om het in te pakken.'

Hij maakte het open en nam er een glimmende koperen sleutel uit.

'Wat is dit nou? De sleutel van je hart?'

Ze lachte. 'Nee. De sleutel van dit huis.'

'Hoezo? Heb je het slot laten vervangen?'

'Nee.' Caroline gaf de schommelbank nog een zetje. 'Doro heeft me het huis gegeven, Al. Is het niet fantastisch? Ik heb de eigendomspapieren binnen liggen. Ze zei dat ze me een compleet nieuwe start wilde bezorgen.'

Eén hartslag. Twee, drie. De schommelbank piepte.

'Ongelooflijk,' zei Al. 'En als ze ooit terug wil komen?'

'Dat heb ik haar ook gevraagd. Ze zei dat Leo haar veel geld heeft nagelaten. Patenten, spaargeld, ik weet niet wat allemaal. En Doro heeft ook haar hele leven gespaard. Zij heeft het geld niet nodig. Als Trace en zij terugkomen, willen ze ergens een appartementje kopen.'

'Wat een genereus gebaar,' zei Al.

'Ja, inderdaad.'

Al zei niets. Caroline luisterde naar het gepiep van de schommelbank, de wind, het verkeer.

'We kunnen het verkopen,' zei hij. 'En zelf ook wegtrekken. Maakt niet uit waarheen.'

'Het is niet zoveel waard,' zei Caroline langzaam. Het was nooit in haar opgekomen om het huis te verkopen. 'En trouwens, waar zouden we naartoe moeten?'

'O, dat weet ik ook niet, Caroline. Je weet hoe ik ben. Ik zwerf al mijn hele leven rond. Ik zei maar gewoon wat. Ik laat het nieuws even op me inwerken.'

Het veilige gevoel dat de duisternis en het schommelen haar bezorgd hadden, maakte plaats voor onrust. Wie was die man hier naast haar eigenlijk, dacht Caroline, die man die ieder weekend langskwam en zo vertrouwd bij haar in bed stapte, die zijn hoofd 's ochtends iets schuin hield om Old Spice op zijn hals en kin aan te brengen? Wist ze eigenlijk wel iets van zijn dromen, zijn diepste verlangens? Nee, bijna niets, bedacht ze, en hetzelfde gold voor hem.

'Dus je wilt het huis eigenlijk liever niet?' drong ze aan.

'Nee, dat is het niet. Ik vind het heel lief van Doro.'

'Maar het is benauwend.'

'Ik vind het heerlijk om hier bij jou te zijn, Caroline. De laatste uren op de snelweg rijd ik met zoveel plezier deze kant op, omdat ik weet dat Phoebe en jij hier zijn, aan het werk in de keuken, of bezig in de tuin, of wat jullie dan ook aan het doen zijn. Maar wat zij doen spreekt me ook zo aan. Gewoon, je spullen pakken en de wijde wereld intrekken. Het lijkt me heerlijk. Al die vrijheid.'

'Ik heb dat soort verlangens niet meer,' zei Caroline bedachtzaam. Ze tuurde de donkere tuin in en zag tussen het dichte zomergebladerte door de lichtjes van de stad en de donkerrode letters van de Foodland-winkel. 'Ik ben hier meer dan gelukkig mee. Je zult je nog gaan vervelen met mij.'

'Nee, joh. We vullen elkaar juist mooi aan,' zei Al.

Ze zwegen een tijdje en luisterden naar de wind, de voorbijrijdende auto's.

'Phoebe houdt niet van veranderingen,' zei Caroline. 'Ze kan er niet goed mee omgaan.'

'Ja, dat speelt ook mee,' zei Al.

Hij wachtte even en wendde zich tot haar.

'Weet je, Caroline. Phoebe wordt zo langzamerhand een grote meid.'

'Ze is nog maar net dertien,' zei Caroline.

'Ja, ze is dertien, Caroline. Ze – nou ja, eh, ze wordt al groot. Ik voel me een beetje opgelaten als ik haar optil, zoals ik vanavond deed.'

'Nou, doe het dan niet,' zei Caroline kattig, maar ze dacht aan een voorvalletje eerder die week in het zwembad. Phoebe had haar onder water vastgepakt en ze had de ontluikende borstjes tegen haar arm voelen drukken.

'Je hoeft niet boos te worden, Caroline. We hebben het er gewoon nog nooit over gehad. Hoe zal het verder met haar gaan? Hoe zal het zijn als wij wat ouder zijn, net als Doro en Trace?' Hij zweeg even en ze vermoedde dat hij probeerde zijn woorden met zorg te kiezen. 'Ik zou het leuk vinden als wij dan ook op reis konden gaan. Ik krijg het een beetje benauwd bij de gedachte dat we de rest van ons leven in dit huis zullen slijten, dat is alles. En hoe zit het met Phoebe? Blijft ze altijd bij ons wonen?'

'Ik weet het niet,' zei Caroline, een en al moedeloosheid. Ze had altijd zo vurig gestreden om Phoebe een waardig leven te gunnen in deze onverschillige wereld. De meeste problemen waren opgelost en daardoor had ze het afgelopen jaar eindelijk een beetje kunnen ontspannen. Maar waar Phoebe zou gaan werken en bij wie ze zou gaan wonen als ze groter was, bleef in nevelen gehuld. 'O, Al, ik kan daar vanavond niet over nadenken. Alsjeblieft.'

Ze wiegden heen en weer op de schommelbank.

'We zullen het er toch ééns over moeten hebben.'

'Ze is nog zo jong. Waar denk je aan?'

'Caroline, ik denk helemaal nergens aan. Je weet hoe dol ik op haar ben. Maar jij en ik kunnen morgen dood neervallen. We kunnen gewoon niet altijd voor haar blijven zorgen. En misschien wil ze dat over een tijdje helemaal niet meer. Ik vraag alleen of je daar wel eens over hebt nagedacht. En waar je eigenlijk al die tijd al voor aan het sparen bent. Ik leg het onderwerp op tafel, meer niet. Denk er eens over na alsjeblieft. Zou het niet leuk zijn als je af en toe met me mee de weg op ging? Gewoon, een weekendje weg?'

'Ja,' zei ze zachtjes. 'Dat zou leuk zijn.'

Hij vroeg zich af of ze het meende. Caroline probeerde zich een voorstelling te maken van Al's leven, iedere nacht in een ander bed in een andere stad en de snelweg die altijd maar als een oneindig grijs lint onder de wielen door schoot. Hij was rusteloos, dacht na over de verkoop van het huis, over reizen.

Al knikte, dronk zijn glas leeg en maakte aanstalten op te staan.

'Blijf nog even zitten,' zei ze, met haar hand op zijn arm. 'Ik moet je nog iets vertellen.'

'Oeh, dat klinkt serieus,' zei hij, achteroverleunend in de rugkussens. Hij lachte nerveus. 'Je stuurt me toch niet weg, hè? Nu dit prachtige huis van jou is?'

'Natuurlijk niet! Hoe kom je erbij.' Ze haalde diep adem. 'Ik heb een paar dagen geleden een brief gekregen,' zei ze. 'Een vreemde brief en ik wil er graag met je over praten.'

'Van wie is die brief?'

'Van Phoebes vader.'

Al knikte en sloeg zijn armen over elkaar. Hij zweeg. Dat er regelmatig brieven kwamen, wist hij al jaren. Ze bevatten altijd geld en altijd hetzelfde verzoek: 'Zeg me alsjeblieft waar jullie wonen.' Haar adres had ze hem nooit geschreven, maar die eerste jaren had ze David Henry heel openhartige brieven gestuurd, recht uit het hart. Brieven als aan een boezemvriend. Met de tijd waren ze korter, efficiënter geworden, op het laatst niet meer dan een paar foto's met een of twee zinnetjes. Ze had zo'n druk en rijk bestaan dat ze niet alles meer op papier kon zetten en na verloop van tijd probeerde ze het maar niet eens meer. Wat een schrik was het geweest, toen ze die dikke brief van David Henry bij de post gevonden had. Drie velletjes, helemaal volgepend met zijn fijne handschrift. Het was een brief vol emoties. David Henry begon over Paul, over zijn talent en zijn woede. 'Ik weet dat ik een grote fout begaan heb,' schreef David. 'Wat ik heb gedaan, dat ik mijn dochter aan jou gegeven heb, was iets verschrikkelijks, en ik weet dat ik dat niet ongedaan kan maken. Maar ik zou haar graag willen ontmoeten, Caroline, ik wil het op de een of andere manier goedmaken. Ik wil zo graag meer weten over Phoebe en over het leven dat jullie leiden.' Het beeld dat hij schetste van zijn leven bezorgde haar een vreemd gevoel – Paul, nu bijna volwassen, die zo goed gitaar speelde dat hij hoopte te worden toegelaten tot Juilliard, Norah met haar eigen zaak, en David, die ze zich na al die jaren nog haarscherp als een foto in een boek voor de geest kon halen, gebogen over dit velletje papier, met een gemoed vol spijt en verlangen. Ze had de brief in een laatje weggestopt, maar de inhoud liet zich niet zomaar uitbannen en spookte tijdens deze drukke en zeer emotionele week onophoudelijk door haar hoofd.

'Hij wil haar ontmoeten,' zei Caroline, friemelend aan de franje van Doro's sjaal die ze op de leuning van de schommelbank had laten hangen. 'Hij wil op de een of andere manier deel gaan uitmaken van haar leven.'

'Goh, aardig van hem,' zei Al op cynische toon. 'Blijkt hij na al die jaren toch een echte vent te zijn.'

Caroline knikte instemmend. 'Het blijft haar vader.'

'En wat ben ik dan eigenlijk?'

'Toe nou,' zei Caroline. 'Jij bent de vader die Phoebe kent en ze houdt van jou. Maar ik heb je nooit het hele verhaal verteld, Al. Het is hoog tijd dat je eens hoort hoe Phoebe bij mij gekomen is.'

Hij pakte haar hand.

'Caroline. Na jouw vertrek ben ik een tijdje in Lexington blijven hangen. Ik heb met die buurvrouw van je gepraat en ik heb tal van verhalen gehoord. Ik heb dan niet veel onderwijs genoten, maar ik ben niet van gisteren en ik weet dat dr. Henry een dochtertje verloren heeft in de periode dat jij de stad verliet. Wat er tussen jullie tweeën is voorgevallen, is niet meer van belang. Dat is tussen jullie. Niet tussen ons. Ik hoef de details niet te weten.'

Ze zei niets en keek naar het voorbijrazende verkeer op de snelweg.

'Hij wilde haar niet,' zei ze, en dacht aan de schaarsverlichte gangen in het gesticht, de vrouw die op de rand van het bed zat en haar haar in plukken zag neerdwarrelen. Het was koud en het rook er naar gekookte groente en schoonmaakmiddel. 'Hij wilde haar naar een tehuis sturen, een gesticht. Hij vroeg of ik haar daar naartoe wilde brengen, en dat heb ik gedaan, maar ik kon haar daar gewoon niet achterlaten. Het was er zo vreselijk, Al.'

Al zweeg een hele poos. 'Ik heb er vaak dingen over gehoord,' zei hij. 'Ik heb tijdens mijn werk heel wat verhalen gehoord. Je bent heel moedig geweest, Caroline. En je hebt er goed aan gedaan. Ik moet er niet aan denken dat Phoebe in zo'n tehuis had moeten opgroeien.'

Caroline knikte. Er stonden tranen in haar ogen. 'Het spijt me zo, Al. Ik had het je al jaren geleden moeten vertellen.'

'Caroline,' zei hij. 'Het is al goed. Het is verleden tijd.'

'Wat moet ik nu doen? Wat vind je?' vroeg ze. 'Moet ik een brief terugsturen? Een ontmoeting organiseren? Ik weet het werkelijk niet en ik zit er al de hele week mee in mijn maag. Stel dat hij haar mee wil nemen?'

'Ik weet het ook niet,' zei hij bedachtzaam. 'Het is niet aan mij om daarover te beslissen.'

Ze knikte. Hij had gelijk. Had ze het hem maar eerder moeten vertellen.

'Maar ik sta achter je,' zei Al, haar hand weer opnemend. 'Wat je ook besluit, ik sta voor de volle honderd procent achter jou en Phoebe.'

'Dank je. Ik heb zo lopen piekeren.'

'Je piekert te veel over de verkeerde dingen, Caroline.'

'Heeft dit geen effect op onze relatie dan?' vroeg ze. 'Het feit dat ik het je nooit heb verteld – blijft dat niet tussen ons in staan?'

'Niet echt,' zei hij.

'Goed dan.'

'Goed.' Hij stond op en rekte zich uit. 'Een lange dag. Ga je mee naar boven?'

'Ik kom zo.'

De hordeur ging piepend open en viel weer dicht. Er streek een windvlaag langs de plek waar hij gezeten had.

Het begon te regenen. Aanvankelijk klonk het als een zacht getik op het dak, maar al gauw ging het over in een luid geroffel. Caroline sloot het huis af – haar huis. Boven keek ze even naar de slapende Phoebe. Haar huid voelde warm en klam. Ze bewoog zich even, mompelde iets onverstaanbaars en kwam weer tot rust. 'Lief meisje,' fluisterde Caroline en trok haar deken recht. Ze bleef nog even staan en luisterde naar het gedruis van de regen. Phoebe was zo kwetsbaar, maar ze zou haar dochter niet eeuwig kunnen blijven beschermen. Die gedachte raakte haar diep. In haar eigen kamer gleed ze naast Al tussen de koele lakens. Ze moest denken aan hoe zijn handen over haar lijf gleden, hoe zijn baard in haar hals prikte en aan haar kreten in het donker. Hij was een liefhebbende echtgenoot, een lieve papa voor Phoebe, een man die zich de komende maandagochtend zou wassen, aankleden en dan een week lang de weg op zou gaan met zijn vrachtwagen, in het volste vertrouwen dat ze een juiste beslissing zou nemen over David Henry. Caroline lag nog een hele poos wakker, luisterend naar de regen, zijn hand op haar borst.

* * *

Toen Al tegen zonsopgang de trap af kloste, schoot ze wakker. Hij was eerder opgestaan om het oliepeil van zijn truck nog even te laten controleren. Gorgelend stroomde de regen de regenpijpen in, vormde diepe plassen in de tuin en liep in snelle stromen van de heuvel af. Caroline ging naar beneden om koffie te zetten en was zo in gedachten verzonken dat ze Phoebe pas hoorde toen ze achter haar in de deuropening was komen staan.

'Regen,' zei Phoebe. Haar badjas hing losjes om haar heen. 'Pijpenstelen.'

'Inderdaad,' zei Caroline. Het had haar heel wat moeite gekost om Phoebe deze zegswijze te leren. Om het haar duidelijk te maken had Caroline een tekening gemaakt met dreigende wolken waaruit langgerekte regendruppels vielen.

'Heb je al zin in ontbijt?'

'Wil een poes,' zei Phoebe.

'Wat wil je?' vroeg Caroline. 'Ik hoorde geen hele zin.'

'Ik wil een poes, alsjeblieft.'

'We kunnen geen poes nemen.'

'Tante Doro is weg,' zei Phoebe. 'En nu mag ik een poes.'

Caroline voelde een steek in haar hoofd. 'Hoe moet het nu verder met haar?' dacht ze.

'Kijk eens, Phoebe. Hier is een boterham voor je. We hebben het later nog wel eens over die poes, oké?'

'Ik wil een poes,' drong Phoebe aan.

'Later.'

'Een poes,' zei Phoebe.

'Verdomme.' Caroline sloeg met haar vlakke hand zo hard op het aanrecht dat ze er allebei van schrokken. 'Houd nu eens op over die poes, oké?'

'Op de veranda zitten,' zei Phoebe zacht. 'Regen kijken.'

'Wat ga je doen? Maak eens een hele zin.'

'Ik wil naar de veranda om naar de regen te kijken.'

'Het is veel te koud.'

'Ik wil –'

Caroline onderbrak haar. 'O, ga dan maar,' zei ze, met een wuivend gebaar. 'Prima. Ga maar op de veranda naar de regen zitten kijken. Waar je zin in hebt.'

De deur ging open en klapte weer dicht. Caroline keek door het raam en zag Phoebe onder een paraplu op de schommelbank zitten met haar bordje op schoot. Ze was kwaad op zichzelf omdat ze haar geduld verloren had. Het lag niet aan Phoebe. Het kwam gewoon doordat Caroline niet wist wat ze terug moest schrijven aan David Henry. Ze was bang.

Ze haalde een paar fotoalbums tevoorschijn en nog wat rondslingerende foto's die ze nodig eens uit moest zoeken. Ze nam plaats op de bank, vanwaar ze Phoebe in het oog kon houden, die verscholen onder de paraplu op de veranda heen en weer schommelde. De meest recente foto's spreidde ze uit op de salontafel en begon aan haar brief aan David.

*'Phoebe heeft gisteren haar confirmatie gedaan. Ze droeg een witte jurk met roze strikken en zag er snoezig uit. Ze heeft gezongen in de kerk. Ik stuur een foto mee van het tuinfeest dat we na afloop gehouden hebben. Ik kan haast niet geloven dat ze al zo groot is en meer dan eens maak ik me zorgen om de toekomst. Jij dacht daar al aan toen je haar die nacht aan mij overdroeg. Ik heb al die jaren zo voor haar gestreden en bij tijd en wijle ben ik als de dood voor wat er nog komen gaat. En toch –'*

De pen zweefde boven het papier. Ze vroeg zich af waarom ze eigenlijk terugschreef. Het ging haar niet om het geld, dat was tot op de laatste cent naar de bank gegaan. Op Phoebes rekening stond nu al bijna vijftienduizend dollar. Was het een gewoonte geworden, of wilde ze zo het contact instandhouden? Misschien wilde Caroline hem wel gewoon laten merken wat hij miste. 'Hier,' wilde ze zeggen, David Henry bij de kraag grijpend, 'hier is je dochter. Phoebe, dertien jaar nu, een meisje met een zonnige lach op haar gezicht.'

Ze legde de pen neer en dacht aan Phoebe in haar witte jurkje, zingend met het koor, knuffelend met het katje. Hoe kon ze hem dit allemaal schrijven en tegelijkertijd zijn verzoek om zijn dochter te mogen zien naast zich neerleggen? Wat kon er niet allemaal gebeuren als hij hier na al die jaren kwam? Ze dacht niet dat ze nog van hem hield, maar je kon nooit weten. Misschien was ze ook nog wel kwaad op hem omdat hij bepaalde keuzes had gemaakt, omdat hij nooit werkelijk oog voor haar had gehad. Ze schrok van de kilte in haar hart. Misschien was hij wel een ander mens geworden. Maar misschien ook niet – hij zou Phoebe kunnen kwetsen, zoals hij, zonder het te weten, ook haar had gekwetst.

Ze legde de brief opzij. Ze betaalde een paar rekeningen en ging naar buiten om de overschrijvingen op de bus te doen. Phoebe zat nog steeds buiten en beschermde zich met haar paraplu tegen de regen. Caroline bleef even naar haar staan kijken voor ze de deur liet dichtvallen en zette nog een kop koffie. Ze stond een hele poos bij de achterdeur en keek naar de druipende bladeren, het natte gras, het stroompje dat over de stoep naar beneden gleed. Onder een struik lag een papieren bordje en bij de garage een tot pulp verregend servet. Over een paar uur zou Al op pad gaan. Heel even leek het alsof die gedachte haar een gevoel van vrijheid bezorgde.

Ineens ging het harder regenen. Diep in haar wezen roerde zich een krachtig instinct en Caroline haastte zich de zitkamer in. Al voor ze de veranda op ging, wist ze dat die verlaten zou zijn.

Phoebe was weg.

Maar waarheen? Caroline liep naar de reling van de veranda en speurde door de regen de straat af. In de verte hoorde ze een trein voorbijrijden; de zijstraat links voerde omhoog naar het spoor. Als je rechts ging, kwam je op de snelweg. Denk na, denk goed na. Waar is ze naartoe gegaan?

Verderop sprongen de kinderen van Swan op blote voeten door de plassen. Caroline dacht aan wat Phoebe die ochtend had gezegd over een poes, en aan Avery, die tijdens het tuinfeest met een donzig katje had rondgelopen. Phoebe was helemaal weg van dat beestje, dat van die lieve geluidjes maakte. Toen ze de kinderen vroeg of ze Phoebe hadden gezien, wezen ze naar het bosje aan de overkant: het poesje was weggelopen en Phoebe en Avery waren het gaan zoeken.

Zodra het verkeer het toeliet, schoot Caroline de straat over. De grond was verzadigd en haar voetafdrukken stroomden direct vol water. Ze baande zich een weg door het dichte struikgewas en bereikte de open plek. Avery zat op haar knieën naast een buis die water uit de heuvels via een betonnen goot afvoerde. Phoebes gele paraplu lag naast haar in de modder.

'Avery!' Ze hurkte naast het meisje en raakte even haar natte schouder aan. 'Waar is Phoebe?'

'Ze is achter de poes aan gegaan,' zei Avery, met een gebaar naar de buis. 'Die ging daar in.'

Caroline vloekte binnensmonds en knielde bij de ingang van de buis. Koud water stroomde langs haar handen en knieën. 'Phoebe!' riep ze, en haar stem ebde weg in het donker. 'Ik ben het, mama. Liefje, ben je daar?'

Stilte. Caroline ging een eindje de buis in. Het water was zo koud dat haar handen al meteen stijf werden. 'Phoebe!' riep ze, iets harder ditmaal. 'Phoebe!' Ze spitste haar oren. Ze hoorde iets, heel zachtjes. Caroline kroop een stukje verder de buis in, op de tast door het koude, onzichtbare water. Toen voelde ze stof, een koud armpje, en drukte ze een rillende Phoebe tegen zich aan. Caroline hield haar stevig vast en dacht aan die nacht, waarin ze met de benauwde Phoebe in haar armen in de vochtige, paarse badkamer had gestaan.

'Kom, we moeten terug, liever. We moeten naar buiten.'

Phoebe verroerde geen vin.

'Mijn poes,' zei ze, met een hoge stem die vastberadenheid verried. Caroline voelde iets bewegen onder Phoebes T-shirt. Het poesje miauwde zachtjes. 'Het is mijn poes.'

'Houd nu eens op over die poes,' riep Caroline uit. Ze trok voorzichtig aan Phoebes kleren. 'Kom mee, Phoebe. Nu.'

'Mijn poes.'

'Oké,' zei Caroline. Het water reikte inmiddels tot aan haar knieën. 'Oké, oké, het is jouw poes. Kom nu direct mee!'

Voorzichtig kroop Phoebe in de richting van de cirkel van licht. Eindelijk waren ze weer buiten, op de plek waar het koude water de betonnen goot in stroomde. Phoebe was doorweekt. Haar haar hing in natte slierten langs haar gezicht. Tussen de bomen zag Caroline haar huis staan, solide en warm, als een baken in een onstuimige zee. Ze dacht aan Al, die ergens over de snelweg reed, en het geruststellende idee dat al die kamers van haar waren.

'Stil maar.' Caroline sloeg een arm om Phoebe heen. Het poesje probeerde zich los te wurmen en maakte krassen op haar handen. De regendruppels rolden van de donkere bladeren.

'Daar is de postbode,' zei Phoebe.

'Ja,' zei Caroline, die zag hoe hij de rekeningen die ze had gepost in zijn leren tas stak. Haar brief aan David Henry lag nog onvoltooid op de salontafel. Ze had bij de achterdeur naar de regen staan kijken en aan David Henry gedacht, terwijl Phoebe in gevaar was. Opeens kwam dit haar voor als een slecht voorteken, en ze voelde de angst om Phoebes verdwijning overgaan in woede. Ze zou David geen brieven meer sturen. Hij wilde te veel en hij was te laat met zijn verzoek. De postbode liep verder. 'Ja, schatje,' zei ze, het katje over zijn benige bolletje strijkend. 'Ja, daar is de postbode.'

*1982*

# Maart 1982

# Caroline

Caroline stond vlak bij de hoek van Forbes en Braddock en keek naar de kinderen op het speelplein, wier enthousiaste kreten met gemak boven het verkeersgedruis uit kwamen. Daarachter, op het basketbalveld, schoten figuren heen en weer in blauwe en rode sporttenues, gesponsord door cafés uit de buurt. Het was lente en het begon al donker te worden. Over niet al te lange tijd zouden de ouders die op de bankjes zaten of met hun handen in de zakken stonden te wachten hun kinderen mee naar huis nemen. Na zonsondergang zou de wedstrijd nog even doorgaan en na afloop zouden de spelers elkaar op de schouder kloppen en ook verkassen, naar de kroeg, waar ze luid lachend aan de bar plaatsnamen. Wanneer Al en zij samen eens een avondje uit waren, zagen zij ze daar altijd zitten. De vroege voorstelling bij de Regent, uit eten en – als Al niet de weg op moest – na afloop nog een paar biertjes.

Vanavond was hij er niet. Hij reed op dat moment met hoge snelheid door de schemering van Cleveland naar Toledo en zou daarna doorrijden naar Columbus. Caroline had zijn werkschema op de deur van de ijskast geplakt. Jaren geleden, in die vreemde dagen na Doro's vertrek, had Caroline iemand gevonden die voor Phoebe kon zorgen als zij met Al op pad ging, in de hoop de afstand tussen hen te verkleinen. Haast ongemerkt gingen de uren voorbij terwijl zij af en toe een hazenslaapje deed en uiteindelijk alle besef van tijd kwijtraakte. De weg gleed onder hen door als een donker lint dat in tweeën werd gedeeld door de onderbroken witte streep, die in een betoverende cadans steeds even oplichtte. Zodra Al zelf ook moe begon te worden, koos hij een geschikte pleisterplaats en voerde haar mee naar een restaurant dat in bijna niets verschilde van de plek waar ze de avond daarvoor gegeten hadden. Tijdens die dagen op de snelweg kwam het haar soms voor dat er vreemde gaten in de wereld zaten die het mogelijk maakten dat je je via een enkele deur naar een andere stad kon begeven: ze zag overal dezelfde winkelcentra, benzinepompen en fastfoodrestaurants, altijd zoemden de wielen met hetzelfde geluid over de weg. Alleen de namen waren anders, evenals het licht, de gezichten. Ze was twee keer met Al meegegaan, daarna nooit meer.

De bus kwam de hoek om en remde piepend. De deuren klapten open en Caroline zocht een plekje bij het raam en zag de bomen voorbijflitsen. De bus ging de brug over, schoot langs de begraafplaats, slingerde door Squirrel Hill en kroop door de oude stadswijken naar Oakland, waar Caroline uitstapte. Voor het Carnegie Museum bleef ze even staan om moed te verzamelen. Ze keek omhoog langs de gevel van het imposante gebouw met zijn brede trap en Ionische zuilen. Het spandoek klapperde in de wind. *Gelijkenissen: de foto's van David Henry.*

Vanavond was de opening en David zou persoonlijk een praatje houden. Met trillende handen haalde Caroline het krantenknipsel uit haar zak. Ze droeg het al twee weken bij zich en iedere keer als ze het aanraakte, begon haar hart sneller te slaan. Ze was zeker al tien keer van plan veranderd. Wat had ze eraan om erheen te gaan?

Tja, maar wat was er eigenlijk op tegen?

Als Al thuis was geweest, zou ze niet gegaan zijn. Dan had ze deze kans onbenut gelaten, had ze op de klok zitten turen tot de opening voorbij was en David Henry weer terug was gegaan naar wat voor leven het dan ook was dat hij eropna hield.

Maar Al had gebeld om te zeggen dat hij vanavond nog niet thuis zou komen, Mrs. O'Neill kon op Phoebe passen en de bus was op tijd geweest.

Carolines hart ging nu als een razende tekeer. Ze stond daar maar en haalde diep adem, terwijl de wereld om haar heen volop in beweging was: piepende remmen, de geur van uitlaatgassen, het geruis van de frisse lenteblaadjes aan de bomen. Stemmen die luider werden terwijl de mensen naderbij kwamen en weer afzwakten, flarden van gesprekken flitsten voorbij als stukjes papier die door een windvlaag worden voortgedreven. Gehuld in zijden jurken en dure pakken liep het publiek de stenen trap op die toegang gaf tot het museum. De lucht kleurde donkerblauw en de straatlantarens waren aangegaan. In de Grieks-orthodoxe kerk even verderop was een feestelijke bijeenkomst en het rook licht naar citroen en munt. Caroline sloot haar ogen en dacht aan zwarte olijven, die ze voor ze in deze stad was komen wonen nog nooit gegeten had. Ze dacht aan de drukte op de Strip op zaterdagochtend, als er markt gehouden werd. Vers brood, bloemen, fruit en groente vormden een bont mozaïek, dat zich blok na blok uitstrekte langs de rivieroever en dat ze nooit had leren kennen als David Henry tijdens die sneeuwstorm een andere beslissing had genomen. Ze deed een stap naar voren, en nog een, en werd ten slotte opgenomen in de menigte.

De glimmende houten vloeren van het museum waren honingkleurig en de hoge plafonds helderwit. Caroline kreeg een programma in de hand gedrukt op dik, roomwit papier, waarop in grote letters David Henry's naam te lezen viel. Eronder stonden de titels van zijn foto's vermeld. 'Duinen in de schemering' las ze. En 'Een boom in het hart'. Ze ging de tentoonstellingsruimte binnen en zag zijn bekendste werk hangen. Wie goed keek, zag in het zand een vrouwenheup en een glad been, nauwelijks te onderscheiden van zijn omgeving. Het beeld trilde even, leek op het punt te staan in iets anders over te gaan, en toen opeens wás het ook iets anders. De eerste keer had Caroline, in de wetenschap dat dat been toebehoorde aan Norah Henry, wel een kwartier naar die foto staan kijken, denkend aan die dikke witte buik die tijdens een wee helemaal strak kwam te staan, aan de krachtige greep van haar hand. Jarenlang had ze zich een hooghartige houding ten opzichte van Norah Henry aangemeten en had zich getroost met de gedachte dat het maar een verwende vrouw was op wie ze neer kon kijken. Een vrouw die een lui en geordend leventje leidde en die bereid was haar dochter naar een tehuis te sturen. Maar na het zien van deze foto's kon ze dit beeld niet instandhouden: hier was een vrouw te zien die zij nooit gekend had.

De ruimte stroomde vol en steeds meer mensen namen plaats. Caroline ging ook zitten en nam alles in zich op. Het licht werd gedimd en floepte weer aan. Opeens klonk er applaus en daar kwam David Henry de zaal binnen. Een lange, vertrouwde gestalte. Hij was iets zwaarder geworden. Glimlachend nam hij zijn publiek in ogenschouw. Tot haar verbazing stelde ze vast dat hij geen jonge man meer was. Zijn haar was bijna helemaal grijs geworden en hij liep iets voorovergebogen. Hij betrad het podium en liet zijn blik nogmaals over het publiek gaan. Caroline hield haar adem in, wist zeker dat hij haar had zien zitten, haar direct herkend had, zoals zij hem. Hij schraapte zijn keel en maakte een grapje over het weer. Het gelach van het publiek klonk op en viel weer stil, terwijl hij in zijn aantekeningen keek. Toen hij begon te praten, besefte Caroline dat ze niet meer was dan een gezicht in de menigte.

Zijn stem klonk melodieus en vol zelfvertrouwen, maar Caroline luisterde nauwelijks naar wat hij te vertellen had. In plaats daarvan keek ze naar zijn vertrouwde handgebaren, de rimpels die in zijn gezicht verschenen waren. Hij droeg zijn haar langer dan vroeger. Het was dan wel grijs, maar nog altijd even dik, en hij kwam op haar over als een tevreden man. Ze dacht aan die nacht, bijna twintig jaar geleden, waarop hij wakker geworden was en haar in de deuropening had zien staan, zo overduidelijk overlopend van liefdevolle gedachten, dat ze op dat moment allebei heel kwetsbaar geweest waren. Ze had toen iets herkend, iets wat hij verborgen probeerde te houden, een ervaring, een verlangen, een droombeeld, iets wat zo persoonlijk was dat hij er nooit over zou spreken. En het was waar, ze zag het ook nu nog – David Henry verborg iets. Twintig jaar geleden had ze gedacht dat zijn geheim eruit bestond dat hij van haar hield, maar ze had het mis gehad.

Toen zijn praatje erop zat en het publiek luid applaudisseerde, nam hij een grote slok water en verliet het podium om vragen te beantwoorden. Er waren heel wat vragenstellers: een man met een notitieblokje, een dikke dame met grijs haar en een jonge vrouw in het zwart vroeg hem op nogal kwade toon van alles over vorm. Caroline was zo gespannen en haar hart klopte zo snel, dat ze nauwelijks adem kon halen. Toen er geen vragen meer waren en er een stilte viel, schraapte David Henry nogmaals zijn keel en bedankte zijn publiek glimlachend voor de aandacht. Dat was het moment waarop Caroline had gewacht. Met haar tasje voor zich als een soort schild, baande ze zich een weg door de menigte en voegde zich bij het groepje mensen dat om hem heen was komen staan. Hij keek haar aan en glimlachte beleefd, zonder haar te herkennen. Er werden nog wat vragen gesteld en ze kalmeerde iets. De curator stond, half verscholen achter wat mensen, nerveus te gebaren dat hij meer moest rondlopen, maar bij de eerste de beste gelegenheid stapte Caroline naar voren en legde haar hand op Davids arm.

'David,' zei ze. 'Herken je me niet?'

Hij keek haar aan.

'Ben ik dan zo veranderd?' fluisterde ze.

Toen zag ze dat hij haar herkende. Zijn blik veranderde, zijn gezicht leek zelfs van vorm te veranderen, alsof de zwaartekracht er plotseling meer vat op had. Vanuit zijn hals kroop een blos omhoog en er trok een spiertje in zijn wang. Er leek iets vreemds te gebeuren met de tijd en het kwam Caroline voor dat ze na al die tijd weer samen in de kliniek waren, terwijl het buiten hevig sneeuwde. Zonder iets te zeggen stonden ze elkaar aan te kijken. Het was net of alle andere aanwezigen in rook waren opgegaan.

'Caroline,' bracht hij uiteindelijk uit. 'Caroline Gill. Een vriendin van vroeger,' voegde hij eraan toe, met een blik op de omstanders. Hij trok zijn das recht. Zijn mond lachte daarbij, maar zijn ogen niet. 'Dank u zeer,' zei hij met een hoofdknikje. 'Hartelijk bedankt voor uw komst vanavond. Wilt u ons excuseren?'

Ze doorkruisten de zaal. Davids hand drukte lichtjes, maar duidelijk voelbaar tegen haar onderrug, alsof ze ieder moment kon verdwijnen als hij dat achterwege liet.

'Kom even mee,' zei hij en ging haar voor achter een informatiepaneel, waarachter zich in de witte muur een onopvallende deur bevond. Vlug noodde hij haar binnen en sloot de deur achter hen. Het was een kleine voorraadkast, waar een kaal peertje de potten verf en het gereedschap op de planken bescheen. Daar stonden ze dan, oog in oog. Ze herkende zijn geur, een zoetige aftershave en daarnaast iets anders, iets licht medicinaals. Het was warm in het hok en opeens werd ze een beetje duizelig, zag ze lichtflitsen.

'Caroline,' zei hij. 'Mijn god. Woon je hier? In Pittsburgh? Waarom heb je me nooit willen vertellen waar je woont?'

'Het was niet zo moeilijk om me te vinden. Het is andere mensen wel gelukt,' zei ze langzaam, denkend aan die keer waarop ze Al de steeg in had zien komen. Voor het eerst besefte ze hoezeer Al zijn best had gedaan om haar op te sporen. Het was waar dat David Henry zich niet overmatig had ingespannen om haar te vinden, maar zij had het hem bewust heel moeilijk gemaakt.

Ze hoorden voetstappen naderen. De persoon bleef even staan. Toen klonk er gefluister. Ze bestudeerde zijn gezicht. Al die jaren had ze iedere dag aan hem gedacht, en nu stond ze met haar mond vol tanden.

'Hoor jij niet daar te zijn?' vroeg ze met een blik op de deur.

'Ze wachten wel.'

Ze keken elkaar zwijgend aan. Caroline had hem al die tijd in haar hoofd gehad als een foto, als honderden of duizenden foto's. Op al die foto's was David Henry een jonge man, gedreven door een rusteloze vastberadenheid. Maar nu ze zijn donkere ogen en zijn vlezige wangen zag en het zorgvuldig gekapte haar, drong het tot haar door dat ze hem op straat misschien niet eens herkend zou hebben.

Toen hij zijn stilzwijgen doorbrak, klonk zijn stem vriendelijker, hoewel het spiertje in zijn wang nog altijd trok. 'Ik ben langsgegaan bij je appartement, Caroline. De dag na de afscheidsdienst. Je was toen al weg. En al die tijd,' begon hij, maar zijn stem stierf weg.

Er werd zachtjes op de deur geklopt en op gedempte toon werd er een vraag gesteld.

'Ik kom zo,' riep David terug.

'Ik was verliefd op je.' Caroline flapte het eruit en stond versteld van deze bekentenis, want ze had haar gevoelens nog nooit verwoord, ook al had haar verliefdheid jarenlang standgehouden. Ze putte moed uit haar woorden en ze vervolgde: 'Urenlang kon ik dagdromen over een leven aan jouw zijde. En die dag, bij de kerk, besefte ik opeens dat jij er nooit serieus over had nagedacht.'

Hij richtte zijn hoofd op.

'Ik wist het wel,' zei hij. 'Ik wist dat je verliefd op me was. Anders had ik jou toch nooit zoiets kunnen vragen? Het spijt me, Caroline. Ik heb al jarenlang zo'n verschrikkelijke spijt.'

Ze knikte met betraande ogen. De jongere versie van haarzelf, springlevend nog, stond nog altijd achteraan bij de afscheidsdienst, miskend, onzichtbaar. Zelfs na al die jaren was ze boos dat hij haar toen niet had zien staan. En dat hij haar, die hij nauwelijks kende, zonder blikken of blozen had gevraagd zijn dochter weg te brengen.

'Ben je gelukkig?' vroeg hij. 'Ben je al die tijd gelukkig geweest? En Phoebe?'

Zijn stem klonk zo vriendelijk, zo ontwapenend. Ze dacht aan Phoebe, die zo haar best deed om te leren schrijven, om haar veters te leren strikken. Phoebe, spelend in de achtertuin terwijl Caroline het ene na het andere telefoontje pleegde om haar op school toegelaten te krijgen. Phoebe, die haar zachte armpjes om Carolines nek sloeg en lieve dingen tegen haar zei. Ze dacht aan Al, die veel te vaak van huis was, maar aan het einde van een lange week opeens voor haar stond met een bosje bloemen, een zak vol verse broodjes of een cadeautje voor haar, en altijd ook iets voor Phoebe. Toen ze voor David Henry werkte was ze nog zo jong, zo eenzaam en zo naïef. Ze dacht toen dat ze een leeg vat was dat op een dag vol liefde zou worden gestort. Maar nu wist ze wel beter. De liefde had altijd in haar gezeten en kon pas gevoeld worden op het moment dat ze hem aan iemand schonk.

'Wil je het echt weten?' vroeg ze uiteindelijk, hem strak aankijkend.

'Je hebt namelijk al die jaren nooit teruggeschreven, David. Met uitzondering van die ene keer heb je nooit iets gevraagd over ons leven. Niet één keer.' Opeens besefte Caroline waarom ze gekomen was. Niet uit liefde of omwille van het verleden, of zelfs gedreven door schuldgevoel. Ze was gekomen omdat ze kwaad was en een rekening te vereffenen had. 'Al die jaren heb je nooit gevraagd hoe het met me ging. Of met Phoebe. Het kon je verdomme niks schelen, of wel soms? En toen kwam die laatste brief, de brief die ik nooit beantwoord heb. Opeens wilde je haar terug.'

David stiet een kort, verbaasd lachje uit.

'Dacht je dat ik dat wilde? Heb je daarom nooit teruggeschreven?'

'Is het zo vreemd dat ik dat dacht?'

Langzaam schudde hij zijn hoofd. 'Caroline, ik heb steeds om je adres gevraagd. Iedere keer weer – iedere keer als ik geld stuurde. En in die laatste brief vroeg ik alleen maar of je me weer in je leven wilde toelaten. Wat moest ik anders? Ik begrijp dat je dat niet kunt weten, maar ik heb al je brieven bewaard. En toen er geen brieven meer kwamen, voelde het alsof je de deur voor mijn neus dichtsmeet.'

Caroline dacht aan al haar brieven, al die bekentenissen die ze aan het papier had toevertrouwd. Ze herinnerde zich niet meer precies wat ze geschreven had, maar het waren details uit Phoebes leven, haar dromen, haar angsten.

'Waar zijn ze?' vroeg ze. 'Waar bewaar je mijn brieven?'

Hij keek verbaasd. 'Op kantoor. In de onderste la aan de linkerkant van mijn bureau. Hoezo?'

'Ik heb altijd gedacht dat je ze niet eens las,' zei Caroline. 'Ik had altijd het idee dat ik tegen een muur praatte. Misschien nam ik daarom nooit een blad voor de mond.'

David wreef over zijn wang, een gebaar dat ze herkende. Hij deed het als hij moe of uit het veld geslagen was. 'Ik heb ze allemaal gelezen. In het begin moest ik me ertoe zetten, dat geef ik toe, maar later wilde ik weten hoe het ging. Hoe pijnlijk het ook was. Je bood me een blik in Phoebes leven. Je gaf kleine beetjes informatie weg, als kiekjes van jullie dagelijks leven. Ik verheugde me altijd op je volgende brief, Caroline.'

Ze antwoordde niet en dacht aan het intense gevoel van tevredenheid toen ze Phoebe op die regenachtige dag naar boven had gestuurd om haar natte kleren uit te doen en ze in de zitkamer zijn brief in vier stukken scheurde, toen acht, toen zestien, en de snippers in de prullenbak gooide. Tevreden glimlachend stelde ze vast dat de zaak hiermee was afgedaan. Ze had die dag niet stilgestaan bij Davids gevoelens.

'Ik kon geen afstand meer van haar doen,' zei ze. 'Ik ben heel lang heel boos op je geweest, maar op dat moment was ik alleen maar bang dat je haar van me af zou nemen als je haar had ontmoet. En daarom heb ik je brief nooit beantwoord.'

'Dat is nooit mijn bedoeling geweest.'

'Niets van dit alles is jouw bedoeling geweest,' antwoordde Caroline. 'David, de meeste dingen gebeuren gewoon.'

David Henry zuchtte en ze zag hem door haar lege appartement lopen, van kamer naar kamer gaand terwijl langzaam tot hem doordrong dat ze voorgoed weg was. 'Laat me weten wat je plannen zijn,' had hij gezegd. 'Meer vraag ik niet van je.'

'Als ik haar toen niet had meegenomen,' voegde ze er zachtjes aan toe, 'was je misschien wel op je beslissing teruggekomen.'

'Ik heb je niet tegengehouden,' zei hij, haar aankijkend. Zijn stem klonk hees. 'Het had gekund. Je droeg een rode jas op de dag van de afscheidsdienst. Ik heb je zien staan en zag je later wegrijden.'

Plotseling voelde Caroline zich leeg en draaierig. Ze had zich geen voorstelling kunnen maken van die avond, maar ze had zich hun ontmoeting in ieder geval niet zo voorgesteld. Hij boos en verbitterd en zij niet minder.

'Heb je me toen gezien?' vroeg ze.

'Zo snel als mogelijk was ben ik naar je huis gegaan, in de verwachting je daar aan te treffen.'

Caroline sloot haar ogen, voelde zich weer duizelig. Op dat moment had ze de snelweg al bereikt en was ze op weg hierheen, naar dit leven. Het had waarschijnlijk maar minuten, hooguit een uur gescheeld of ze was David tegen het lijf gelopen. Wat was het een beslissend moment geweest – haar leven had een totaal andere wending kunnen nemen.

'Je hebt mijn vraag niet beantwoord,' zei David, zijn keel schrapend. 'Ben je gelukkig geweest, Caroline? En Phoebe? Is ze gezond? Is haar hart in orde?'

'Met haar hart is niets mis,' zei Caroline, denkend aan die eerste jaren van Phoebes leven, waarin ze zich zoveel zorgen had gemaakt om haar gezondheid, aan al die doktoren, tandartsen, cardiologen en

KNO-artsen die ze had afgelopen. Maar ze was groot geworden, was gezond, ze speelde basketbal op de oprit en hield van dansen. 'De boeken die ik erop nageslagen heb toen ze nog klein was, voorspelden stuk voor stuk dat ze inmiddels dood zou zijn, maar dat is ze niet. Ze heeft geluk gehad dat haar hart nooit voor problemen heeft gezorgd. Ze zingt graag. Ze heeft een poes die Rain heet. Ze leert weven. Dat is ze nu aan het doen. Thuis. Ze zit te weven.' Caroline schudde haar hoofd. 'Ze gaat naar school. Naar een openbare school, net als alle andere kinderen. Ik heb moeten praten als Brugman, maar het is me gelukt. En nu ze bijna volwassen is, weet ik niet hoe het verder moet. Ik heb een goede baan. Ik werk parttime op de afdeling interne geneeskunde van een ziekenhuis. Mijn man reist veel voor zijn werk. Phoebe gaat iedere dag naar een sociale werkplaats. Ze heeft daar veel vrienden gemaakt. Ze leert er eenvoudige kantoorwerkzaamheden. Wat kan ik nog meer vertellen? Je hebt veel ellende gemist. Maar David, er waren ook zoveel mooie momenten.'

'Dat weet ik,' zei hij. 'Dat besef ik beter dan jij denkt.'

'En jij?' vroeg ze, nog altijd verbaasd over hoe oud hij geworden was. Ze moest nog steeds wennen aan het idee dat hij na al die jaren hier voor haar stond in die kleine ruimte. 'Is het jou goed gegaan? En Norah? En Paul?'

'Ik weet niet,' begon hij. 'We zijn wel redelijk gelukkig, denk ik. Paul is heel intelligent. De wereld ligt voor hem open. Hij wil naar Juilliard en de rest van zijn leven gitaarspelen. Volgens mij begaat hij een fout, maar Norah is het niet met me eens. Het heeft voor veel spanning gezorgd.'

Caroline dacht aan Phoebe, die het heerlijk vond om schoon te maken, om op te ruimen, die altijd zong terwijl ze de afwas deed of de vloer dweilde, die met haar hele hart genoot van muziek en nooit de kans zou krijgen om goed gitaar te leren spelen.

'En Norah?' vroeg ze.

'Die heeft haar eigen reisbureau,' zei David. 'Dus ook zij is vaak van huis. Net als je man.'

'Een reisbureau?' herhaalde Caroline. 'Norah?'

'Ik weet het. Het verbaasde mij aanvankelijk ook. Maar ze is al een paar jaar eigen baas en ze doet goede zaken.'

De klink ging omlaag en voorzichtig werd de deur een stukje geopend. De curator stak zijn hoofd om de hoek. Zijn blauwe ogen verrieden nieuwsgierigheid en stress. Nerveus haalde hij een hand door zijn donkere haar. 'Dokter Henry?' zei hij. 'Er zijn veel mensen daarbinnen. Het is eigenlijk de bedoeling dat u... wat rond gaat lopen. Is alles goed?'

David keek naar Caroline. Hij aarzelde, maar zat ook op hete kolen en Caroline wist dat hij zich ieder moment kon omdraaien, zijn das rechttrekken en weglopen. Iets wat hij jarenlang had weten stand te houden, stond op het punt beëindigd te worden. 'Nee, niet doen,' dacht ze, maar de curator kuchte even en keek zo ongemakkelijk dat David zei: 'Goed, goed. Ik loop met je mee. Je blijft toch nog even?' Hij pakte Caroline bij haar elleboog.

'Ik moet eigenlijk weer eens gaan,' zei ze. 'Phoebe wacht op me.'

'Alsjeblieft?' Bij de deur bleef hij even staan. Haar blik kruiste de zijne en ze zag hetzelfde verdriet en hetzelfde mededogen dat ze zich herinnerde van die tijd, toen ze allebei zoveel jonger waren. 'Het is zo'n tijd geleden en we hebben zoveel te bespreken. Wil je alsjeblieft op me wachten? Het duurt niet zo lang meer.' Ze had een wee gevoel in haar maag dat ze niet kon plaatsen, maar ze knikte en David Henry glimlachte naar haar. 'Mooi. We gaan samen ergens eten, oké? Ik moet hier nog even mijn gezicht laten zien. Maar ik heb op die dag een grote fout begaan. Ik wil nu graag het hele verhaal van je horen.'

Met zijn hand op haar arm liep hij zijn publiek tegemoet. Caroline kon niets meer uitbrengen. De menigte stond op hem te wachten. Ze ontmoetten nieuwsgierige blikken en er werd gefluisterd. Uit haar tasje haalde ze de envelop waarin ze voor David een stel recente foto's van Phoebe had gestopt. David nam hem van haar aan, keek haar in de ogen en knikte kort. Toen pakte een tengere vrouw met een zwarte linnen jurk aan hem bij de arm. Het was dezelfde vrouw, mooi en een tikkeltje vijandig, die hem eerder al een paar vragen over vorm had gesteld.

Caroline bleef een tijdje staan en zag hem gebaren naar een foto waarop zo te zien de donkere takken van een boom waren afgebeeld. Hij praatte met de vrouw in de zwarte jurk. Hij was nog even knap als vroeger. Tweemaal keek hij even Carolines kant op om zich dan weer volledig op zijn uitleg te concentreren. 'Wacht op me,' had hij gezegd. 'Wil je alsjeblieft op me wachten?' En hij ging ervan uit dat ze dat deed. Haar maag trok zich weer samen. Ze had helemaal geen zin om te wachten, besefte ze ineens. Ze had in haar jonge jaren al zoveel tijd verspild met wachten – op erkenning, op avontuur, op ware liefde. Pas toen ze met Phoebe in haar armen het tehuis in Louisville verlaten had, pas toen ze haar spullen had gepakt en met de noorderzon vertrokken was, pas tóén was ze echt begonnen met leven. Wachten had haar nog nooit iets opgeleverd. David stond met gebogen hoofd en af en toe knikkend te luisteren naar de vrouw, die donker, krullend haar had. Hij hield de envelop achter zijn rug in zijn hand. Even later zag ze dat hij de envelop achteloos in de zak van zijn jasje stak, alsof hij iets onbenulligs bevatte, iets vervelends zelfs, zoals een elektriciteitsrekening of een bekeuring.

In een wip was ze buiten en haastte zich de stenen trap af.

Het was een frisse, vochtige lenteavond. Caroline was te onrustig om op de bus te wachten. In plaats daarvan liep ze vlug naar huis, blok na blok, zonder acht te slaan op het verkeer, de andere voetgangers of het idee dat het misschien niet verstandig was om op dit tijdstip alleen over straat te gaan. Er flitsten voortdurend flarden van het gesprek door haar hoofd en vreemde, onsamenhangende details als de vreemde pluk haar die zijn rechteroor bedekte, en zijn nagels, die veel te kort waren afgeknipt. Ze herinnerde zich die vingers met hun haast vierkante vingertoppen nog goed, maar zijn stem was veranderd, was donkerder geworden. Ietwat bevreemd stelde ze vast dat de herinneringen die ze al die tijd met zich had meegedragen een stempel hadden gedrukt op het moment waarop ze elkaar ontmoetten.

Wat voor indruk had zij die avond op hém gemaakt? Wat had hij gezien, wat had hij eigenlijk ooit gezien van Caroline Lorraine Gill? Wat wist hij van wat haar bewoog? Niets. Helemaal niets. En ze wist het, ze had het al die jaren al geweten, sinds die dag toen het kringetje van intimi zich voor haar gesloten had en ze zich resoluut had omgedraaid en vertrokken was. En toch, diep in haar hart, had Caroline nooit afstand gedaan van het maffe, romantische idee dat David Henry ooit dwars door haar heen had gekeken, zoals niemand ooit nog zou doen. Maar het was een waanbeeld. Hij kende haar totaal niet.

Ze was al een heel eind op weg toen het begon te regenen. Haar gezicht was nat, evenals haar jas en schoenen. De kilte van de avond leek onder haar huid gekropen te zijn, dus toen ze de 61B zag stoppen, holde ze naar de halte. Ze nam plaats op een van de gebarsten plastic bankjes en fatsoeneerde haar kapsel. Door de bedruppelde ruit zag ze de straatlantarens, neonreclames en wazige rode achterlichten. Haar wangen voelden fris en vochtig aan. De bus maakte pas goed vaart toen ze het park waren gepasseerd en de heuvel afreden.

Op Regent Square stapte ze uit. Toen ze het café voorbijliep, klonk er een luid gejuich en gelach, en door de ruit zag ze de silhouetten van de basketbalspelers die ze eerder die avond in actie had gezien. Met een glas in de hand stonden ze rond de tv en hieven hun gebalde vuisten. Het licht van de jukebox wierp een streepje blauw licht op de arm van de serveerster, die voor het raam bij een tafeltje stond. Caroline bleef even staan. De adrenalinestoot die de ontmoeting met David Henry had veroorzaakt, vloeide uit haar lichaam en verspreidde zich als nevel in het donker. Opeens voelde ze zich heel eenzaam; de mannen in het café voelden zich met elkaar verbonden door een gemeenschappelijk doel, de andere voetgangers waren op onzichtbare wijze verbonden met mensen en plaatsen waar zij alleen maar van kon dromen.

Er welden tranen in haar ogen op. De tv flikkerde even en de basketballers juichten weer. Caroline zette haar tocht voort, ontweek een vrouw met een papieren zak vol boodschappen en stapte over de resten van een fastfoodmaaltijd die iemand op de stoep had laten liggen. Ze liep de heuvel af en ging de steeg in die naar haar huis voerde. De lichten van de stad maakten plaats voor het vertrouwde buurtje waar ze woonde. Bij de O'Neills zette de verlichting in de zitkamer de kornoelje in een gouden licht, bij de Soulards was de tuin helemaal donker, en ten slotte passeerde ze het gazon van de Margoli's, dat in de zomer werd omzoomd door een wal van prachtige margrieten. Eindelijk bereikte ze haar eigen huis.

In de steeg bleef ze even staan en keek naar haar hoge, smalle woning. Ze wist zeker dat ze de gordijnen had dichtgedaan, maar nu waren ze open; ze keek zo de eetkamer in. Op tafel brandde een kaarsje. Phoebe had haar bolletjes wol uitgespreid en zat voorovergebogen over het weefgetouw en bewoog de spoel in opperste concentratie van links naar rechts. Rain lag als een oranje bolletje op haar schoot. Dit vredige tafereel vervulde Caroline van angst dat haar dochter te kwetsbaar was, nooit afdoende kon worden voorbereid op het leven in de grotemensenwereld, die in het duister achter haar lag te schitteren. Ze fronste haar wenkbrauwen en probeerde het moment terug te halen waarop ze de gordijnen gesloten had. Toen zag ze verderop in het huis iets bewegen, een schim begaf zich door de openslaande deuren naar de zitkamer.

Caroline schrok een beetje, maar toen ze zag wie het was, haalde ze opgelucht adem. Het was geen vreemde, maar gewoon Al, die eerder thuisgekomen was dan verwacht. Ze was verbaasd en op een onverwachte manier ook opgelucht. Al had hard gewerkt de laatste tijd en hij was vaak twee weken achtereen van huis. Maar daar was hij dan: hij was thuisgekomen. Hij had de gordijnen opengedaan en haar dit moment gegund, deze blik in haar eigen leven, dat zich afspeelde tussen deze muren, in de kamer waar de buffetkast stond die ze zelf had opgeknapt, de oude ficus waar ze maar geen afstand van kon doen, de ruiten die ze al die jaren zo liefdevol had gelapt. Phoebe keek op van haar werkje, keek met nietsziende ogen de donkere, natte tuin in en streelde de zachte rug van de kat. Al liep met een koffiemok in de hand door de kamer. Hij ging naast haar staan en gebaarde met zijn mok naar het kleedje dat ze aan het weven was.

De regen kwam inmiddels met bakken uit de lucht en Carolines haar was doornat, maar ze bleef staan waar ze stond. De leegte die ze ervaren had bij het passeren van het café en die haar zoveel angst had ingeboezemd, smolt bij de aanblik van haar gezin weg als sneeuw voor de zon. De regen stroomde langs haar wangen, droop langs de ruiten en drong door in haar mooie wollen jas. Ze trok haar handschoenen uit en zocht in haar tasje naar haar sleutels, maar bedacht zich toen dat de deur niet op slot zou zitten. In de donkere tuin bleef Caroline nog even staan. Zoals altijd raasde het verkeer vlak achter haar tuin voorbij en de koplampen beschenen de seringen die ze daar een aantal jaren geleden bij wijze van scherm had geplant. Dit was haar leven. Niet het leven waarover haar jongere zelf ooit had gedroomd, maar het leven dat ze leidde. Dit was haar leven, in al zijn facetten. Ze had het met zorg opgebouwd en ze was er tevreden mee. Ze sloot haar tasje. Ze ging de trap op, duwde de achterdeur open en was thuis.

# Maart 1982

# David

Ze was kunstgeschiedenisdocente op Carnegie Mellon, de universiteit van Pittsburgh, en stelde hem vragen over vorm. Wat was schoonheid? wilde ze weten, met haar hand op zijn arm, en ze voerde hem mee over de glanzende eiken vloer, tussen de witte muren waaraan zijn foto's hingen. Was schoonheid in vorm te vinden? En betekenis? Ze draaide zich om en schudde haar haar naar achteren. Met één hand streek ze het achter haar oor.

Hij keek naar haar, naar het grijs in haar haren, haar gelijkmatige, bleke gezicht.

'Kruispunten,' zei hij vriendelijk, en keek achterom naar de plek waar Caroline draalde bij een foto van Norah op het strand, opgelucht haar daar nog steeds te zien. Met moeite keerde hij zich weer tot de docente. 'Het samenkomen, daar zoek ik naar. Ik benader het niet theoretisch. Ik fotografeer wat me raakt.'

'Niemand kan zonder theorie,' riep ze uit. Maar daarna bleef ze even stil, kneep haar ogen toe en beet zachtjes op haar lip. Hij kon haar tanden niet zien, maar stelde ze zich voor, recht, wit en gelijkmatig. De zaal draaide om hem heen, stemmen zwollen aan en namen af en in een moment van stilte werd hij zich ervan bewust dat zijn hart bonsde en dat hij de enveloppe die Caroline hem had gegeven nog steeds in zijn hand hield. Hij keek opnieuw naar de andere kant van de zaal – ja, mooi zo, ze was er nog – en stopte de enveloppe zorgvuldig in de borstzak van zijn overhemd. Zijn handen trilden licht.

Ze heette Lee, zei de donkerharige vrouw nu. Ze was hier officieel aanwezig als criticus. David, die maar met een half oor luisterde, knikte. Woonde Caroline in Pittsburgh of had ze een aankondiging van de tentoonstelling gezien en was ze ergens anders vandaan gekomen, uit Morgantown, Columbus of Philadelphia? Uit al die plaatsen had ze hem brieven gestuurd en nu was ze naar voren gestapt uit dat anonieme publiek, uiterlijk nog zo hetzelfde, alleen wat ouder, gespannener en harder, de zachtheid van haar jeugd ver achter zich. 'David, ken je me niet?' En hij had haar herkend, ook toen hij het nog niet tot zich had laten doordringen.

Hij speurde de zaal opnieuw naar haar af en zag haar niet, en de eerste paniekscheuten, nog klein, schoten door hem heen, als de schimmeldraden van een paddestoel, verstopt in een boomstronk. Ze was helemaal hierheen gekomen. Ze had beloofd dat ze zou blijven. Natuurlijk zou ze niet weggaan. Iemand liep langs met een dienblad met glazen champagne en hij nam er een. Daar was de curator weer, om hem voor te stellen aan de sponsors van de tentoonstelling. David vermande zich voldoende om geen wartaal uit te slaan, maar dacht nog steeds aan Caroline en hoopte achter in de zaal een glimp van haar op te vangen. Hij was weggelopen in de overtuiging dat ze zou wachten, maar nu herinnerde hij zich met onbehagen die ochtend, lang geleden, van de herdenkingsdienst, toen Caroline in haar rode jas achteraf stond. Hij herinnerde zich de koelte van de nieuwe lentelucht, en de blauwe hemel, en Paul die onder de dekens in zijn wagentje lag te trappelen. Hij herinnerde zich dat hij haar had laten weglopen.

'Neemt u me niet kwalijk,' mompelde hij, zijn gesprekspartner onderbrekend. Resoluut liep hij over de hardhouten vloer naar de hal bij de hoofdingang, waar hij bleef staan en zich weer omdraaide om de tentoonstellingszaal te overzien. Hij speurde de menigte af. Nu hij haar na al die tijd had gevonden, kon hij haar toch onmogelijk weer kwijtraken.

Maar ze was weg. Achter de ramen glinsterden de lichten van de stad verleidelijk, als lovertjes verspreid over de golvende, indrukwekkende heuvels. Ergens, hier of vlakbij, deed Caroline Gill de afwas, veegde de vloer, stopte even om uit het raam het donker in te kijken. Verlies en verdriet sloegen als een golf door hem heen, zo krachtig dat hij tegen de muur leunde en zijn hoofd boog om een intense misselijkheid te onderdrukken. Ze waren buitensporig, zijn emoties, niet in verhouding. Hij had per slot van rekening al die jaren geleefd zonder Caroline Gill te zien. Hij haalde diep adem en herhaalde in gedachten het periodieke systeem, zilver cadmium indium tin, maar hij leek zichzelf niet te kunnen kalmeren, zijn emoties niet te kunnen beheersen.

David tastte in zijn borstzak en haalde er de enveloppe uit die ze hem had gegeven. Misschien had ze er een adres op gezet, of een telefoonnummer. Er zaten twee polaroids in, stijf, met fletse kleuren en veel grijs. Op de eerste stond Caroline, glimlachend, met haar arm om het meisje naast haar dat een stijve, blauwe jurk droeg, met een lage taille en een ceintuur. Ze stonden buiten, geposeerd tegen de bakstenen muur van een huis, en door de felle zon waren de kleuren in het tafereel bleek. Het meisje was stevig gebouwd. De jurk paste haar goed, maar maakte haar niet bevallig. Haar haar viel zacht golvend rond haar gezicht en ze glimlachte stralend, met haar ogen bijna dicht vanwege de pret met de camera of degene die erachter stond. Haar blik was open en goedmoedig en het had net zo goed alleen door de hoek van de camera kunnen komen dat haar ogen een beetje schuin omhoog stonden. Phoebe op haar verjaardag, had Caroline achterop geschreven. Zestien lentes.

Hij schoof de eerste foto achter de tweede, die recenter was. Weer Phoebe, nu aan het basketballen. Ze probeerde net te scoren en haar voeten kwamen los van het asfalt. Basketbal, de sport die Paul niet wilde spelen. David keek op de achterkant en controleerde de enveloppe nog een keer, maar vond geen adres. Hij dronk zijn champagne op en zette zijn glas op een marmeren tafeltje. Het was nog steeds druk in de zaal, die gonsde van de gesprekken. David bleef in de deuropening staan en keek een ogenblik met merkwaardige afstandelijkheid toe, alsof dit tafereel iets was waar hij per ongeluk in terecht was gekomen, iets dat niets met hem te maken had. Toen draaide hij zich om en stapte hij naar buiten, de zachte, koele, vochtige avondlucht in. Hij liet Carolines enveloppe met de foto's in zijn borstzak glijden en zonder te weten waar hij heen ging, begon hij te lopen.

Oakland, de buurt waar hij vroeger colleges volgde, was veranderd en toch ook niet. Forbes Field, waar hij zoveel middagen hoog op de tribune had doorgebracht, bakkend in de zon, om aan te moedigen als de knuppels raak sloegen en de ballen over de heldergroene velden vlogen, was verdwenen. Een nieuw universiteitsgebouw, vierkant en kil, rees op waar ooit het gejuich van duizenden had weerklonken. Hij bleef staan en keerde zich naar de Cathedral of Learning, die slanke grijze betonkolos, een silhouet tegen de nachtlucht, om zich te heroriënteren.

Hij liep verder. Door de donkere straten van de stad, langs mensen die uit restaurants en theaters kwamen. Hij dacht er niet echt over na waar hij heen ging, hoewel hij het wist. Hij begreep dat hij al die jaren klem had gezeten, verlamd was geweest, vanaf het moment waarop hij zijn dochter aan Caroline had overhandigd. Zijn leven draaide rond die ene daad, het pasgeboren kind in zijn armen – en toen strekte hij ze uit en gaf haar weg. Het leek alsof hij al die jaren erna foto's had gemaakt om te proberen een ander moment een vergelijkbare inhoud en meer gewicht te geven. Hij had willen proberen de voortrazende wereld, de stroom gebeurtenissen stil te zetten, maar natuurlijk was dat onmogelijk geweest.

Hij bleef lopen, geagiteerd, nu en dan in zichzelf mompelend. Wat hij al die tijd roerloos in zijn hart had gehouden, was weer in beweging gezet door zijn ontmoeting met Caroline. Hij dacht aan Norah, die een onafhankelijke, sterke vrouw was geworden, die de klanten van haar bedrijf met sprankelende zelfverzekerdheid tegemoet trad en thuiskwam van diners, geurend naar wijn en regen, met de sporen van gelach, triomf en succes nog op haar gezicht. Ze had in de loop der jaren meer dan eens een verhouding gehad, dat wist hij, en haar geheimen waren net als die van hem als een muur tussen hen in komen te staan. Soms zag hij 's avonds heel even een glimp van de vrouw met wie hij was getrouwd: Norah met Paul als baby in haar armen, Norah, haar lippen rood van de bessen, die een luier verschoonde, Norah als beginnend reisagente, die laat opbleef om haar boekhouding te doen. Maar ze had die kanten van zichzelf als huiden afgelegd, en nu woonden ze als vreemden met elkaar in hun grote huis.

Paul leed daaronder, dat wist hij. David had zo zijn best gedaan om hem alles te geven. Hij had geprobeerd een goede vader te zijn. Ze hadden samen fossielen verzameld, die ze ordenden en etiketten gaven en in de woonkamer uitstalden. Bij elke gelegenheid die zich voordeed had hij Paul mee uit vissen genomen. Maar hoe hard hij ook werkte om Pauls leven probleemloos en gemakkelijk te maken, het feit bleef dat David dat leven op een leugen had gebouwd. Hij had zijn zoon beschermd tegen de dingen waar hij zelf als kind onder had geleden – armoede, zorgen en verdriet. Toch hadden zijn inspanningen juist verliezen gecreëerd die David nooit had verwacht. De leugen was als een rots tussen hen in gegroeid en had hen gedwongen om ook vreemd te groeien, als bomen die zich rond een zwerfkei vormen.

De straten liepen in elkaar over en kwamen in vreemde hoeken samen waar de stad zich versmalde tot de plaats waar de grote rivieren, de Monogahela en de Allegheny, samenvloeiden. Samen vormden ze de Ohio, die naar Kentucky en nog verder stroomde voordat deze zich in de Mississippi stortte en verdween. Hij liep naar het uiteinde van de landtong. Als jongeman, als student, was David Henry hier vaak heengegaan om te kijken hoe de twee rivieren samenstroomden. Meermalen had hij hier gestaan, met zijn tenen over de rand van de kade boven het donkere rivieroppervlak, zich afwezig afvragend hoe koud dat zwarte water zou zijn en of hij sterk genoeg zou zijn om naar de overkant te zwemmen als hij erin viel. Net als toen sneed de wind nu door de stof van zijn pak en keek hij naar beneden, tussen de neuzen van zijn schoenen door, naar de beweging van de rivier. Hij schoof nog een centimeter verder over de rand om de compositie te veranderen. Even flitste er spijt door zijn vermoeidheid heen: dit zou een mooie foto zijn, maar hij had zijn camera in de hotelkluis achtergelaten.

Diep onder hem kolkte het water wit schuimend tegen de betonnen palen en stroomde verder. David voelde de rand van de kade tegen de bal van zijn voeten drukken. Als hij viel of sprong en zich niet zwemmend in veiligheid zou kunnen brengen, zouden ze deze dingen vinden: een horloge met achterop gegraveerd zijn vaders naam, zijn portefeuille met tweehonderd dollar cash, zijn rijbewijs, een ronde steen uit de beek vlak bij zijn ouderlijk huis, die hij dertig jaar bij zich had gedragen. En de foto's, weggestopt in de enveloppe in de zak boven zijn hart.

Zijn begrafenis zou drukbezocht zijn, de stoet lang.

Maar daar zou het nieuws stoppen. Caroline zou het misschien nooit te weten komen. Het zou ook niet verder reizen, terug naar de plaats waar hij was geboren.

En zelfs als dat wel gebeurde, zou niemand daar zijn naam herkennen.

De brief had op hem staan wachten, gestoken achter de lege koffiekan van de winkel op de hoek, op een dag toen hij uit school kwam. Niemand zei iets, maar iedereen keek naar hem, wetend wat het was: het logo van de universiteit van Pittsburgh zei genoeg. Hij nam de enveloppe mee naar boven en legde hem op het nachtkastje, te nerveus om hem te openen. Hij herinnerde zich de grijze hemel van die middag, vlak en kleurloos achter het raam, doorsneden door de kale tak van een iep.

Twee uur lang had hij zichzelf niet toegestaan te kijken. En toen keek hij, en het nieuws was alleen maar goed: hij was toegelaten, met een volledige beurs. Hij zat op de rand van zijn bed, te verbluft door het goede nieuws, te zeer op zijn hoede ervoor – zoals hij altijd zou zijn, zijn leven lang – om echt blij te durven zijn. Het is mij een genoegen u mede te delen...

Maar toen zag hij de vergissing, de doffe waarheid die tevoorschijn kwam en precies paste waar hij het had verwacht, in die holle plek net onder zijn ribben. De naam op de brief was niet de zijne. Het adres klopte en alle andere gegevens, van zijn geboortedatum tot zijn sofinummer, waren correct. En zijn twee voornamen, David naar zijn vader en Henry naar zijn grootvader, waren ook goed, netjes getypt door een secretaresse die misschien onderbroken was door een telefoontje, door een bezoeker. Of misschien kwam het alleen maar door de heerlijke lentelucht dat ze opkeek van haar werk en wegdroomde over de avond, haar verloofde met bloemen in zijn hand en haar eigen hart bevend als een blaadje. Toen sloeg er een deur. Voetstappen klonken, haar baas. Ze schrok op, herstelde zich en dwong zichzelf tot het hier en nu. Ze knipperde met haar ogen, zette haar typemachine op de volgende regel en ging verder met haar werk.

David Henry had ze al getypt, foutloos.

Maar zijn achternaam, McCallister, was ze vergeten.

Hij had het nooit aan iemand verteld. Hij was naar de universiteit gegaan en had zich ingeschreven en niemand had het ooit geweten. Het was per slot van rekening zijn echte naam. Toch was David Henry een andere persoon dan David Henry McCallister, zo veel wist hij wel, en het leek hem logisch dat hij als David Henry naar college zou gaan, een persoon zonder geschiedenis, bevrijd van het verleden. Een man met een kans om zichzelf te vernieuwen.

En dat was wat hij had gedaan. De naam had dat mogelijk gemaakt; in zekere zin had de naam dat vereist. Hij had het gevoel dat die naam sterk moest zijn, en een beetje aristocratisch. Per slot van rekening was er een Patrick Henry geweest, een staatsman en een vlotte spreker. In het begin, tijdens gesprekken waarbij hij zich voelde alsof hij op zee dobberde, omgeven door mensen die meer geld en betere relaties hadden dan hij ooit zou hebben, door mensen die volkomen op hun gemak waren in die wereld waaraan hij zo wanhopig probeerde deel te nemen, zinspeelde hij soms, hoewel nooit te rechtstreeks, op een verre, maar belangrijke afstamming, waarbij hij zich beriep op valse voorouders als ruggensteun.

Dat was wat hij aan Paul had proberen te geven: een plek in de wereld die niemand in twijfel zou kunnen trekken.

Het water tussen zijn voeten was bruin, omrand met vuilwit schuim.

Het ging harder waaien en zijn huid werd even poreus als zijn pak. De wind zat in zijn bloed, en het kolkende water flitste langs, trok hem naar zich toe, en toen voelde hij zuur in zijn keel en zat hij op handen en knieën, de stenen koud onder zijn handen, en gaf over in de wilde grijze rivier, net zolang tot er niets meer uitkwam. Hij bleef daar lang liggen, in het donker. Ten slotte stond hij langzaam op, veegde met de rug van zijn hand zijn mond af en liep terug de stad in.

\* \* \*

De hele nacht zat hij in het Greyhound-busstation, wegdoezelend en wakkerschietend, en 's ochtends nam hij de eerste bus naar zijn ouderlijk huis in West Virginia, diep in de heuvels die hem omringden als een omhelzing. Zeven uur later stopte de bus waar hij altijd was gestopt, op de hoek van Main en Vine. Toen ronkte hij weg en liet David Henry voor de kruidenierswinkel achter. De straat was stil, een krant was tegen een telefoonpaal gewaaid en onkruid groeide door scheuren in het trottoir. In deze winkel had hij gewerkt tegen kost en inwoning in de kamer erboven, het slimme kind dat uit de heuvels kwam om naar school te gaan, verbaasd door de geluiden van klokken en verkeer, winkelende huisvrouwen, groepjes schoolkinderen die ijs bij de fontein kochten, mannen die zich 's avonds verzamelden, tabak spuwden en kaart speelden en de traag voorbijtikkende tijd met verhalen doodden. Maar dat was nu voorbij, allemaal. Slordige rode en zwarte graffiti bedekte de met platen hout dichtgetimmerde ramen, uitvloeiend in de nerven, onleesbaar.

Dorst brandde in Davids keel. Aan de overkant van de straat zaten twee mannen van middelbare leeftijd, de een kaal, de ander met dun grijzend haar tot op zijn schouders, op de veranda te dammen. Ze keken op, nieuwsgierig, wantrouwig, en een ogenblik zag David zichzelf zoals zij hem zouden zien, zijn broek gevlekt en gekreukt, zijn overhemd een dag en een nacht oud, zonder stropdas, zijn haar platgedrukt door zijn onrustige dutjes in de bus. Hij hoorde hier niet. Had hier nooit gehoord. In de smalle kamer boven de winkel, met zijn boeken uitgespreid op het bed, had hij zoveel heimwee gehad dat hij zich niet kon concentreren. En toch, als hij terugging naar de bergen, werd zijn verlangen niet minder. In het kleine houten huis van zijn ouders, stevig op de heuvel geplant, regen de uren zich aaneen, met af en toe het uitkloppen van zijn vaders pijp tegen de stoel, het zuchten van zijn moeder, het in de weer zijn van zijn zus. Je had het leven onder de beek en het leven erboven, en de eenzaamheid liet zich overal zien, als een duistere bloem.

Hij knikte de mannen toe, draaide zich om en begon te lopen, met hun ogen in zijn rug.

Een motregen, fijn als mist, begon te vallen. Hij liep, hoewel zijn benen pijn deden. Hij dacht aan zijn heldere kantoor, een leven of een droom van hem verwijderd. Het was laat in de middag. Norah zou nog op haar werk zijn, en Paul zou boven in zijn kamer zitten en zijn eenzaamheid en woede in de muziek gooien. Ze verwachtten hem vanavond thuis, maar hij zou er niet zijn. Hij zou moeten bellen, later, als hij wist wat hij ging doen. Hij kon op een andere bus stappen en nu direct naar hen teruggaan. Dat wist hij, maar het leek ook onmogelijk dat dát leven in dezelfde wereld kon bestaan als dít.

Het ongelijkmatige trottoir werd aan de rand van het stadje al snel onderbroken door gras, een af-en-aanpatroon als een soort morsecode. Daarna waren er hele stukken zonder trottoir en ten slotte was het helemaal verdwenen. Ondiepe greppels lagen langs de rand van de smalle weg. Hij herinnerde ze zich vol daglelies, uitdijende oranje massa's als doorlopende vlammen. Hij gleed met zijn handen onder zijn armen om ze op te warmen. Het was hier een seizoen vroeger. De weligheid van Pittsburgh, de warme regen en de seringen waren hier niet. Opgevroren sneeuw brak onder zijn voeten. Hij schopte de zwart geworden randen in de greppels, waar meer sneeuw lag, met onkruid en rotzooi ertussendoor.

Hij bereikte de plaatselijke snelweg. Langsrazende auto's dwongen hem naar de grazige berm en besproeiden hem met een fijne mist van sneeuwwater. Ooit was dit een rustige weg geweest, waar je auto's al kilometers lang hoorde aankomen voordat ze in zicht kwamen, en gewoonlijk was het een bekend gezicht achter de voorruit. Dan minderde de auto vaart, stopte hij en ging er een portier open om hem in te laten stappen. Ze kenden hem, ze kenden zijn familie, en na de plichtplegingen: 'Hoe gaat het met je moeder, met je vader, staat de tuin er dit jaar mooi bij?' viel er een stilte, waarin de chauffeur en de andere passagiers zorgvuldig nadachten over wat ze wel en niet konden zeggen tegen deze jongen die zo slim was dat hij een beurs had, tegen deze jongen met een zusje dat te ziek was om naar school te gaan. In de bergen, en misschien ook wel in de rest van de wereld, hield men er een compensatietheorie op na, die inhield dat er tegenover elk pluspunt een minpunt stond. 'Nou, jij hebt de hersens, ook al heeft je neef zijn uiterlijk mee.' Complimenten, bekoorlijk als bloemen, maar stekelig met hun tegenovergestelde: 'Ja, je kunt dan wel slim zijn maar mooi ben je zeker niet, je ziet er wel leuk uit maar hersens heb je niet.' Compensatie en balans in de wereld. In elke opmerking over zijn school hoorde David een beschuldiging – hij had te veel genomen, alles genomen – en in de auto's en vrachtwagens was de stilte gegroeid tot het onmogelijk leek dat een mensenstem die ooit nog zou kunnen breken.

De weg maakte een bocht en toen nog een: de dansende weg, noemde June hem. De heuvels werden steiler, beekjes vielen in watervalletjes naar beneden en gaandeweg werden de huizen schaarser, armer. Er verschenen caravans, geparkeerd in de heuvels als dof geworden, goedkope sieraden, lichtgroen, zilver en geel tot crèmekleur verbleekt. Daar stond de plataan, de hartvormige rots, de bocht waar ze drie witte kruisen in de aarde hadden gezet, versierd met verbleekte bloemen en linten. Hij sloeg af en volgde het volgende beekje, zijn beekje, naar boven. Het pad was overwoekerd; bijna verdwenen, maar niet helemaal.

Het kostte hem bijna een uur om bij het oude huis te komen, dat nu door zon en regen zacht grijs was verweerd. Het dak zakte door in het midden van de nokbalk en er misten een paar dakspanen. David bleef staan, zo krachtig in het verleden ondergedompeld dat hij verwachtte hen weer te zien, zijn moeder die de trap afkwam met een gegalvaniseerde tinnen teil om water voor de was te halen, zijn zusje op de veranda en het geluid van de bijl vanaf de plaats waar zijn vader brandhout hakte, net buiten beeld. Hij was naar school vertrokken en June was doodgegaan, en zijn ouders waren hier zo lang als ze konden gebleven, onwillig om deze grond te verlaten. Maar ze waren arm gebleven, en toen stierf zijn vader, te jong, en zijn moeder ging ten slotte naar het noorden, naar haar zus en de belofte van werk in de autofabrieken. Toen hij op de universiteit zat, was David nog twee keer naar huis gekomen en daarna nooit meer, naar deze plek zo vertrouwd als adem, net zo ver verwijderd van zijn leven als de maan.

Het begon harder te waaien. Hij liep de trap op. De deur hing scheef in zijn scharnieren en ging niet meer dicht. Binnen was het kil en bedompt. Het huis bestond uit maar één kamer en een slaapzolder onder de doorhangende nokbalk. De muren hadden vochtplekken; door de kieren zag hij de bleke hemel. Hij had zijn vader geholpen bij het maken van dit dak, met het zweet stromend over hun gezichten en hars op hun handen, hun hamers omhoog naar de zon, in de scherpe geur van versgehakt cederhout.

Voorzover David wist, was hier jarenlang niemand geweest. Toch stond er een koekenpan op het oude fornuis, met gestold vet, maar toen hij voorover boog om te ruiken rook het niet ranzig. In de hoek stond een oud smeedijzeren bed, bedekt met een versleten doorgestikte deken zoals zijn oma en zijn moeder hadden gemaakt. De stof voelde koel en een beetje vochtig aan. Er was geen matras, alleen een dikke laag dekens op planken die in het frame waren gezet. De plankenvloer was aangeveegd en in een pot bij het raam stonden drie krokussen.

Er woonde hier iemand. Een briesje woei door de kamer en bracht beweging in de papierknipsels die overal hingen – aan het plafond, voor de ramen, boven het bed. David liep rond en bestudeerde ze met groeiende verbazing. Ze leken een beetje op de papieren sneeuwvlokken die hij op school had geknipt, maar veel ingewikkelder en preciezer, met volledige en zeer gedetailleerde taferelen: de jaarmarkt, een keurige woonkamer voor een open haard, een picknick met ontploffend vuurwerk. Ze waren subtiel en precies en gaven het oude huis de sfeer van een ritselend mysterie. Hij raakte de geschulpte rand aan van een tafereel met een hooiwagen, meisjes met mutsjes met kanten versiering, jongens met opgerolde broekspijpen. Reuzenraden, woeste drinkgelagen, auto's op snelwegen: die hingen boven het bed, zachtjes schommelend in de tocht, fragiel als vleugels.

Wie had deze knipsels zo vakkundig en geduldig gemaakt? Hij dacht aan zijn eigen foto's, hoe hard hij zijn best had gedaan om ieder moment te vangen, om het vast te pinnen, het te laten voortduren. Maar als de beelden in de donkere kamer tevoorschijn kwamen, waren ze al veranderd. Er waren dan alweer uren, dagen voorbijgegaan; hij was zelf alweer een beetje anders geworden. Toch had hij zo graag die vallende sluier willen grijpen, de wereld willen vangen, zelfs als die verdween, steeds en steeds weer opnieuw.

Hij ging op het harde bed zitten. Zijn hoofd bonsde nog steeds. Hij ging liggen en trok de vochtige deken om zich heen. De kale tafel, het fornuis en zacht grijs licht in alle ramen. Alles rook vaag naar schimmel. De muren waren bedekt met lagen kranten die op sommige plaatsen hadden losgelaten. Zijn familie was zo arm geweest, en iedereen die ze kenden was arm. Dat was geen schande, maar kon wel een probleem worden. Daarom werd er van alles gespaard, oude motoren, blikjes en melkflessen lagen verspreid over de velden en heuvels: een bezwering tegen armoede, een waarborg tegen gebrek. Toen David tien jaar was, was een jongen die Daniel Brinkerhoff heette in een oude koelkast geklommen en gestikt. David herinnerde zich de stemmen die verstomden, en toen het lichaam van een jongen van zijn eigen leeftijd in een huisje dat heel erg op dit leek, met brandende kaarsen. De moeder had gehuild en hij had het niet begrepen; hij was te jong om verdriet, het gewicht van de dood te begrijpen. Maar hij herinnerde zich wat er gezegd was, buiten maar binnen zijn moeders gehoorsafstand, door de gekwelde vader die zijn zoon was verloren: 'Waarom mijn kind, hij was gezond, hij was sterk, waarom niet dat ziekelijke meisje, als het iemand moest zijn, waarom niet zij?'

Hij sloot zijn ogen. Het was zo stil. Hij dacht aan alle geluiden die zijn leven in Lexington vulden, voetstappen en stemmen in de gangen en de telefoon die rinkelde, schel in zijn oren, zijn pieper die door het geluid van de radio klonk als hij in de auto zat, en thuis altijd de muziek, Paul op de gitaar en Norah met het telefoonsnoer om haar hand gewikkeld als ze met klanten praatte, en midden in de nacht meer telefoontjes, hij was nodig in het ziekenhuis, hij moest komen. En dan stond hij op, in het donker, in de kou, en ging.

Hier niet. Hier was alleen het geluid van de wind die de oude bladeren deed ritselen, en in de verte het murmelende water onder het ijs in de beek. Een tak schuurde tegen de buitenmuur. Hij had het koud en duwde zich op zijn hielen en de bovenkant van zijn rug omhoog, zodat hij de deken los kon trekken en beter om zich heen kon slaan. De foto's in zijn zak prikten in zijn borst en hij draaide zich om, met de deken strakker om zich heen. Toch lag hij nog een paar minuten te huiveren, van de kou en als weerslag van de reis, en toen hij zijn ogen sloot dacht hij aan de twee rivieren die elkaar ontmoetten, samenkwamen, en aan het kolkende zwarte water. Niet vallen maar springen: dat had daar in de lucht gehangen toen hij stond te balanceren.

Hij hield zijn ogen gesloten. Een paar minuten maar, om uit te rusten. Door de bedompte en schimmelige lucht heen rook hij iets zoets, iets suikerigs. Zijn moeder had suiker in de stad gekocht, en hij kon de verjaarstaart haast proeven, geel en compact, zo vol en zoet dat deze in zijn mond leek te ontploffen. Buren van beneden, hun stemmen die naar boven kwamen waaien, de jurken van de vrouwen, kleurig en vrolijk, ruisend tegen het hoge gras. De mannen in donkere broeken en laarzen, de kinderen die wild en schreeuwend over het erf renden, en later kwamen ze allemaal bij elkaar en maakten ze onder de veranda roomijs in een grote pan met een koudmakend mengsel van ijs en zout. Dan tilden ze de ijskoude metalen deksel op en schepten de zoete koude massa hoog in hun kommen.

Misschien was dat na Junes geboorte, misschien na haar doop, die dag met dat ijs. June was een baby als alle andere, haar kleine handjes zwaaiden door de lucht, veegden langs zijn gezicht als hij naar beneden boog om haar een kusje te geven. In de hitte van die zomerdag, terwijl het ijs onder de veranda lag te bevriezen, vierden ze feest. De herfst kwam, en de winter, en June ging maar niet zitten, en toen was het haar eerste verjaardag en was ze te zwak om meer dan een paar passen te lopen. Het werd weer herfst en er kwam een nicht op bezoek met haar zoontje, bijna net zo oud, en haar zoontje liep niet maar rénde door de kamer en begon al te praten, en June zat nog steeds alleen maar en keek zo ernstig de wereld in. Toen wisten ze dat er iets mis was. Hij herinnerde zich dat zijn moeder naar dat kleine neefje keek, dat de tranen een hele tijd stil over haar gezicht stroomden en dat ze toen diep ademhaalde en terugging naar de kamer, en verder ging. Dat was het verdriet dat hij met zich had meegetorst, zwaar als een steen op zijn hart. Dat was het verdriet waar hij Norah en Paul voor had proberen te behoeden en waardoor hij alleen maar zoveel ander verdriet had veroorzaakt.

'David,' had zijn moeder die dag gezegd, terwijl ze haar tranen bruusk wegveegde omdat ze niet wilde dat hij haar zag huilen, 'haal dat papier van tafel en ga buiten hout en water halen. Nu meteen. Maak jezelf nuttig.'

Dat had hij gedaan en ze waren allemaal verder gegaan, die dag en alle dagen. Ze hadden zich in zichzelf teruggetrokken en bezochten zelfs geen mensen behalve af en toe een doop of een begrafenis, tot de dag dat Daniel Brinkerhoff zichzelf in de koelkast had opgesloten. Ze kwamen in het donker thuis van die wake, liepen op hun gevoel, op herinnering het pad langs de beek omhoog, June in de armen van zijn vader, en zijn moeder had de heuvel nooit meer verlaten tot de dag dat ze naar Detroit verhuisde.

\* \* \*

'Nuttig ben je volgens mij toch niet,' zei de stem, en David, half in slaap, niet zeker of hij droomde of stemmen in de wind hoorde, bewoog zich bij het trekken aan zijn polsen, bij de mompelende stem, en likte met een droge tong langs zijn verhemelte. Hun leven was zwaar geweest, de dagen lang en vol werk, en er was geen tijd, er was geen geduld voor verdriet. Je moest verder, dat was het enige wat je kon doen, en omdat praten over June haar niet terug zou brengen, hadden ze het nooit meer over haar gehad. David draaide en zijn polsen deden pijn. Geschrokken werd hij half wakker, deed zijn ogen open en keek de kamer in.

Ze stond bij het fornuis, maar een paar stappen van hem verwijderd, een olijfgroene werkbroek strak rond haar slanke heupen en wijder rond haar dijen. Ze droeg een roestkleurige sweater met helder oranje strepen, en daaroverheen een groen met zwart geblokt flanellen mannenoverhemd. Ze had de vingertoppen van haar handschoenen afgeknipt en bewoog bedreven en doeltreffend rond het fornuis, terwijl ze in een pan met eieren prikte. Buiten was het donker geworden – hij had een hele tijd geslapen – en verspreid over de kamer waren kaarsen aangestoken. Geel licht maakte alles zacht. De verfijnde papieren tafereeltjes bewogen zachtjes.

Vet spatte op en de hand van het meisje vloog omhoog. Hij bleef verscheidene minuten stil liggen om goed naar haar, naar elk detail te kijken: de zwarte knoppen van het fornuis die zijn moeder had geschrobd, de afgekloven nagels van dit meisje en de flakkerende kaarsen in het raam. Ze reikte naar de plank boven het fornuis om zout en peper te pakken en hij werd getroffen door de manier waarop het licht over haar huid, haar haren streek toen ze in en uit de schaduw stapte, door de vloeiende manier waarop ze alles deed.

Zijn camera lag in de kluis van het hotel.

Toen probeerde hij te gaan zitten, maar hij werd opnieuw door zijn polsen tegengehouden. Verward draaide hij zijn hoofd om: één pols zat met een dunne rode sjaal aan een spijl van het bed vastgebonden, de andere met de draden van een zwabber. Ze zag zijn beweging en draaide zich om, terwijl ze zachtjes met een pollepel op haar handpalm tikte.

'Mijn vriend kan elk moment terugkomen,' zei ze.

David liet zijn hoofd zwaar op het kussen terugvallen. Ze was tenger, niet ouder en misschien zelfs jonger dan Paul, hier in dit verlaten huis. Ze woont samen, dacht hij, en vroeg zich af hoe haar vriend zou zijn, zich er voor het eerst van bewust dat hij misschien bang zou moeten zijn.

'Hoe heet je?' vroeg hij.

'Rosemary,' zei ze, en keek toen verontrust. 'Geloof het of niet,' voegde ze er aan toe.

'Rosemary,' zei hij en dacht aan de struik die Norah op een zonnige plek had geplant, de takken vol geurige naalden. 'Zou je zo goed willen zijn om me los te maken?'

'Nee.' Haar stem was vlot en helder. 'Ik kijk wel uit.'

'Ik heb dorst,' zei hij.

Ze keek hem een ogenblik aan. Haar ogen waren warm, sherrykleurig bruin, alert. Toen ging ze naar buiten. Een golf koude lucht kwam de kamer in en bracht alle papierknipsels in beweging. Ze kwam terug met een metalen beker met water uit de beek.

'Dank je,' zei hij. 'Maar ik kan niet drinken als ik lig.'

Ze richtte haar aandacht een minuutje op het fornuis, draaide de sputterende eieren om, rommelde toen in een lade en haalde er een plastic rietje van een of andere snackbar uit te voorschijn, vies aan één kant, dat ze in de metalen beker zette.

'Ik neem aan dat u het wel gebruikt,' zei ze, 'als u genoeg dorst hebt.'

Hij draaide zijn hoofd en zoog, zo dorstig dat hij de smaak van stof in het water nauwelijks opmerkte. Ze liet de eieren op een blauw metalen bord met witte spikkels glijden en ging aan de houten tafel zitten. Ze at snel, duwde de eieren met de wijsvinger van haar linkerhand op een plastic vork, fijntjes, zonder erbij na te denken, alsof hij helemaal niet in de kamer was. Op dat ogenblik begreep hij op de een of andere manier dat de vriend verzonnen was, dat ze hier alleen woonde.

Hij dronk tot het rietje sputterde, water als een smerige rivier in zijn keel.

'Dit huis was vroeger van mijn familie,' zei hij toen hij klaar was. 'In feite ben ik nog steeds de eigenaar. Ik heb de akte in een kluis. Technisch gesproken ben je in overtreding.'

Ze glimlachte en legde haar vork met zorg in het midden van het bord neer.

'Bent u dan hier om het op te eisen? Technisch gesproken?'

Het flakkerende licht scheen op haar haren, haar wangen. Ze was zo jong, en toch had ze ook iets trots en sterks over zich, iets eenzaams maar vastbeslotens.

'Nee.' Hij dacht aan zijn vreemde reis, na een gewone ochtend in Lexington, Paul die eindeloos in de badkamer bezig was, Norah die fronsend het kasboek op het werkblad opmaakte, de koffie die pruttelde. Toen de tentoonstelling, en de rivier, en nu was hij hier.

'Waarom bent u dan wel gekomen?' vroeg ze. Ze duwde het bord naar het midden van de tafel. Haar handen waren ruw, haar nagels gebroken. Het verbaasde hem dat ze de verfijnde, ingewikkelde papierkunst hadden kunnen maken die de kamer vulde.

'Ik heet David Henry McCallister.' Zijn echte naam, zo lang niet uitgesproken.

'Ik ken geen McCallisters,' zei ze. 'Maar ik kom niet uit deze streek.'

'Hoe oud ben je?' vroeg hij. 'Een jaar of vijftien?'

'Zestien,' verbeterde ze. En toen, nuffig, 'Zestien of twintig of veertig, zoek het maar uit.'

'Zestien,' herhaalde hij. 'Ik heb een zoon, Paul, die ouder is dan jij.'

Een zoon, dacht hij. En een dochter.

'O ja?' zei ze, onverschillig.

Ze pakte de vork weer op en hij keek toe hoe ze de eieren at, met zulke fijne hapjes die ze zo bedachtzaam kauwde. In een plotselinge, krachtige golf beleefde hij een ander moment in ditzelfde huis en keek hij toe hoe zijn zusje June op dezelfde manier eieren at. Het was het jaar dat ze stierf en het was zwaar voor haar om aan tafel te zitten, maar ze deed het toch, elke avond at ze met hen mee, het lamplicht in haar blonde haren en haar handen traag bewegend, met bedachtzame gratie.

'Wil je me niet losmaken,' stelde hij zacht voor, zijn stem hees van emotie. 'Ik ben dokter. Ik doe je niks.'

'Jaja.' Ze stond op en bracht haar eenvoudige blauwe bord naar het wasbakje.

Ze was zwanger, besefte hij met een schok bij het zien van haar profiel toen ze zich omdraaide om afwasmiddel van de plank te pakken. Nog niet zo heel lang, een maand of vier, vijf, gokte hij.

'Luister, ik ben echt dokter. Er zit een kaartje in mijn portefeuille. Kijk maar.'

Ze gaf geen antwoord, waste haar bord en vork af en droogde haar handen zorgvuldig met een handdoek. David bedacht hoe vreemd het was dat hij nu hier lag, dat hij nog een keer op de plek was waar hij verwekt, geboren en grotendeels opgegroeid was, hoe vreemd dat zijn eigen familie zo volledig was verdwenen en dat dit meisje, zo jong en stoer en zo duidelijk de weg kwijt, hem aan het bed had vastgebonden.

Ze liep de kamer door en trok zijn portefeuille uit zijn zak. Een voor een legde ze zijn dingen op tafel: cash geld, creditcard, allerlei bonnen en stukjes papier.

'Hier staat fotograaf,' zei ze, toen ze zijn kaartje in het flakkerende licht las.

'Dat klopt,' zei hij. 'Dat ben ik ook. Kijk maar verder.'

'Oké,' zei ze een ogenblik later en hield zijn identiteitsbewijs omhoog. 'Dus u bent dokter. Nou en? Wat maakt dat voor verschil?'

Haar haar zat naar achteren in een paardenstaart gebonden en losse pieken vielen rond haar gezicht. Ze duwde ze achter haar oor.

'Het betekent dat ik je geen kwaad zal doen, Rosemary. *Primum non nocere*, het belangrijkste is niet te schaden, staat in de eed van Hippocrates.'

Ze gaf hem een snelle, taxerende blik.

'Dat zou u hoe dan ook zeggen. Ook als u me wel zou willen schaden.'

Hij bestudeerde haar, het slordige haar, de heldere, donkere ogen.

'Ik heb een paar foto's,' zei hij. 'Hier ergens...' Hij bewoog en voelde de scherpe rand van de enveloppe door de stof van zijn overhemd. 'Alsjeblieft. Kijk er maar naar. Het zijn foto's van mijn dochter. Ze is ongeveer van jouw leeftijd.'

Toen ze met haar hand in zijn borstzak gleed, voelde hij haar warmte weer en rook haar geur, natuurlijk maar schoon. Wat was suikerachtig? vroeg hij zich af, toen hij zich zijn droom herinnerde, en het dienblad met slagroomsoesjes dat bij de opening van zijn tentoonstelling was rondgegaan.

'Hoe heet ze?' vroeg Rosemary terwijl ze eerst de ene foto, toen de andere bestudeerde.

'Phoebe.'

'Phoebe. Mooie naam. Mooi meisje. Is ze naar haar moeder genoemd?'

'Nee,' zei David en hij herinnerde zich de nacht van haar geboorte, toen Norah hem vlak voor de bevalling de namen vertelde die ze voor haar kind wilde. Caroline, die luisterde, had dat gehoord en gerespecteerd. 'Ze is naar een oudtante genoemd. Van haar moeders kant. Iemand die ik niet heb gekend.'

'Ik ben naar mijn twee oma's genoemd,' zei Rosemary zacht. Haar donkere haar viel weer over haar bleke wangen en ze veegde het naar achteren. Haar gehandschoende vinger bleef in de buurt van haar oor zweven. David stelde zich voor hoe ze met haar familie in het lamplicht rondom een andere tafel had gezeten. Hij wilde zijn arm om haar heen slaan, haar naar huis brengen, haar beschermen. 'Rose van mijn vaders kant, Mary van die van mijn moeder.'

'Weet je familie waar je bent?' vroeg hij.

Ze schudde haar hoofd. 'Ik kan niet terug,' zei ze, met zowel pijn als woede in haar stem. 'Ik kan nooit meer terug. Ik ga nooit meer terug.'

Ze zag er zo jong uit, zittend aan tafel, met haar handen tot losse vuisten gebald en haar uitdrukking donker, bezorgd. Wie wist wat haar had weggejaagd? 'Waarom niet?' vroeg hij.

Ze schudde haar hoofd en klopte op Phoebes foto.

'U zei dat ze van mijn leeftijd is?'

'Ongeveer, denk ik. Ze is geboren op 6 maart 1964.'

'Ik ben in mei geboren, in 1966.' Haar handen beefden een beetje toen ze de foto's neerlegde. 'Mijn moeder wilde een feestje voor me organiseren. Zestien lentes. Ze houdt van roze ruches en al dat soort onzin.'

David zag dat ze slikte, haar haar weer achter haar oor veegde, uit het donkere raam staarde. Hij wilde haar op de een of andere manier troosten, net zoals hij zo vaak anderen had willen troosten – June en zijn moeder en Norah – maar net als toen kon hij het nu niet. Stilstand en beweging: er was hier iets, iets wat hij moest weten, maar zijn gedachten bleven alle kanten op schieten. Hij voelde zich gevangen, net zo gefixeerd in de tijd als al zijn foto's, en het moment dat hem op zijn plaats hield was intens en pijnlijk. Hij had maar één keer om June gehuild, toen hij met zijn moeder in de gure avondwind op de heuvel stond, met de Bijbel in zijn hand terwijl hij de woorden over de vers omgespitte aarde uitsprak. Hij huilde met zijn moeder, die vanaf die dag de wind had gehaat, en toen hadden ze hun verdriet weggestopt en waren ze verder gegaan. Zo hoorde het en dat trokken ze niet in twijfel.

'Phoebe is mijn dochter,' zei hij, verbaasd zichzelf te horen praten en toch, alsof het buiten hem om ging, gedreven om zijn verhaal te vertellen, dit geheim dat hij zoveel jaren had bewaard. 'Maar ik heb haar niet meer gezien sinds de dag dat ze is geboren.' Hij aarzelde en dwong zichzelf toen het te zeggen. 'Ik heb haar weggegeven. Ze heeft het syndroom van Down, wat betekent dat ze een verstandelijke handicap heeft. Dus heb ik haar weggegeven. Ik heb het nooit aan iemand verteld.'

Rosemary's blik was scherp, geshockeerd.

'Dat noem ik pas schaden,' zei ze.

'Ja,' zei hij. 'Ik ook.'

Ze waren een hele tijd stil. Overal waar David keek werd hij herinnerd aan zijn familie: de warmte van Junes adem tegen zijn wang, zijn moeder die zong als ze de was aan tafel opvouwde, zijn vaders verhalen die tegen deze muren weerkaatsten. Verdwenen, ze waren allemaal verdwenen, en zijn dochter ook. Hij vocht uit gewoonte tegen het verdriet, maar tranen biggelden over zijn wangen. Hij kon ze niet tegenhouden. Hij huilde om June en hij huilde om het moment in de kliniek, toen hij Phoebe aan Caroline Gill overhandigde en toekeek hoe ze wegliep. Rosemary zat aan tafel, ernstig en stil. Een keer ontmoetten hun ogen elkaar en hield hij haar blik vast, een vreemd intiem moment. Hij herinnerde zich dat Caroline vanuit de deuropening naar hem keek toen hij sliep, haar gezicht zacht van liefde voor hem. Hij had samen met haar de trap van het museum kunnen aflopen, terug in haar leven, maar dat moment had hij ook laten glippen.

'Het spijt me,' zei hij, terwijl hij zich probeerde te vermannen. 'Ik ben hier al lang niet meer geweest.'

Ze gaf geen antwoord en hij vroeg zich af of ze dacht dat hij gek was. Hij haalde diep adem.

'Wanneer moet je baby worden geboren?' vroeg hij.

Verbaasd sperde ze haar donkere ogen open. 'Over vijf maanden, denk ik.'

'Je bent bij hem weggelopen, hè?' zei David langzaam. 'Bij je vriend. Misschien wilde hij de baby niet.'

Ze draaide haar hoofd af, maar hij zag dat haar ogen zich met tranen vulden.

'Sorry,' zei hij direct. 'Ik wil me er niet mee bemoeien.'

Ze schudde licht haar hoofd. 'Oké. Maakt niet uit.'

'Waar is het?' vroeg hij, en zijn stem bleef zacht. 'Waar kom je vandaan?'

'Pennsylvania,' zei ze, na een lange pauze. Ze haalde diep adem en David begreep dat zijn verhaal, zijn verdriet het mogelijk had gemaakt dat zij haar eigen verhaal, haar verdriet kon uiten. 'Vlak bij Harrisburg. Ik had een tante hier in de stad,' ging ze verder. 'De zus van mijn moeder. Sue Wallis. Ze is nu dood. Maar toen ik klein was kwamen we hier, op deze plek. We gingen hier altijd in de heuvels lopen. Dit huis stond leeg. We kwamen hier altijd spelen toen we kinderen waren. Dat was een mooie tijd. Dit was de beste plek die ik kon bedenken.'

Hij knikte en herinnerde zich de ruisende stilte van de bossen. Sue Wallis. Een beeld kwam bovendrijven, van een vrouw die de heuvel op kwam lopen met een perziktaart onder een theedoek.

'Maak me los,' zei hij, nog steeds zacht.

Ze lachte bitter en veegde haar ogen af. 'Waarom?' vroeg ze. 'Waarom zou ik, met ons hier alleen en niemand in de buurt? Ik ben niet gek.'

Ze stond op en pakte haar schaar en een stapeltje papier van de plank boven het fornuis. Witte snippers dwarrelden naar beneden terwijl ze knipte. Er was een windvlaag en de kaarsvlammen flakkerden in de tocht. Haar gezicht was strak, resoluut, geconcentreerd en vastbesloten, net als Paul als hij muziek maakte, als hij zich afzette tegen Davids wereld en een andere plek zocht. Haar schaar flitste en een spier bewoog in haar kaak. Het was niet eerder in hem opgekomen dat ze hem kwaad zou kunnen doen.

'Die papieren dingen die je maakt,' zei hij, 'die zijn prachtig.'

'Dat heb ik van mijn oma Rose geleerd. Het heet *scherenschnitte*. Ze is opgegroeid in Zwitserland, daar maken ze dat waarschijnlijk de hele tijd.'

'Ze zal zich wel zorgen om je maken.'

'Ze is dood. Vorig jaar is ze gestorven.' Ze zweeg even en concentreerde zich op haar knipwerk. 'Ik vind het leuk om te doen. Het helpt om me haar te herinneren.'

David knikte. 'Begin je met een idee?' vroeg hij.

'Het zit in het papier,' zei ze. 'Ik bedenk de plaatjes niet, ik vind ze eerder.'

'Je vindt ze. Ja.' Hij knikte. 'Dat begrijp ik. Zo is het ook als ik foto's maak. Ze zijn er al en ik ontdek ze alleen.'

'Precies,' zei Rosemary en draaide het papier rond. 'Zo is het precies.'

'Wat ga je met me doen?' vroeg hij.

Ze zei niets, bleef knippen.

'Ik moet pissen,' zei hij.

Hij had gehoopt haar te shockeren zodat ze ging praten, maar het was ook pijnlijk waar. Ze bestudeerde hem een ogenblik. Toen legde ze haar schaar neer, haar papier, en ze verdween zonder iets te zeggen. Hij hoorde haar buiten in het donker scharrelen. Ze kwam terug met een lege pindakaaspot.

'Luister,' zei hij. 'Rosemary. Alsjeblieft. Maak me los.'

Ze zette de pot neer en pakte de schaar weer.

'Hoe kon je haar weggeven?' vroeg ze.

Licht flitste op de snijvlakken van haar schaar. David herinnerde zich het blinken van de scalpel toen hij de incisie maakte, hoe hij buiten zichzelf was getreden om het tafereel van bovenaf te bekijken, hoe de gebeurtenissen van die nacht zijn leven in beweging hadden gezet, waarbij het ene tot het andere leidde en deuren opengingen die er eerst niet waren en andere dichtgingen, tot hij hier en nu was, bij een vreemde die het ingewikkelde patroon dat in het papier verborgen zat probeerde te onthullen, die wachtte tot hij antwoord gaf, en hij kon niets doen en nergens heen.

'Zit dat je dwars?' vroeg hij. 'Dat je je baby weg zult geven?'

'Nooit. Dat doe ik nooit,' zei ze woest, met een strak gezicht. Dus iemand had haar dat aangedaan, hoe dan ook, had haar als uitgestotene, als thuisloze de wereld in geslingerd. Zestien jaar en zwanger en alleen. Hier aan tafel.

'Ik besefte dat ik er verkeerd aan had gedaan,' zei David. 'Maar tegen die tijd was het te laat.'

'Het is nooit te laat.'

'Je bent zestien,' zei hij. 'Geloof me, soms is het te laat.'

Haar uitdrukking verstrakte een ogenblik en ze gaf geen antwoord, bleef knippen, en in de stilte begon David weer te praten. Hij probeerde haar eerst uit te leggen over de sneeuw en de schok en de scalpel die in het verblindende licht flitste. Hoe hij buiten zichzelf had gestaan en zichzelf in de wereld had zien bewegen. Hoe hij de afgelopen zestien jaar iedere ochtend wakker was geworden met de gedachte dat het misschien vandaag, dat dit misschien de dag was dat hij alles weer in orde zou maken. Maar Phoebe was weg en hij kon haar niet vinden en hoe kon hij het dan in hemelsnaam aan Norah vertellen? Het geheim had zijn weg door hun huwelijk gezocht, een verraderlijk slingerende wijnstok, ze dronk te veel en toen begon ze die verhoudingen te krijgen, die waardeloze makelaar op het strand en toen anderen, hij probeerde het niet te merken, het haar te vergeven, want hij wist dat het in wezen zijn fout was. Foto na foto, alsof hij nog steeds een beeld kon regelen of maken dat krachtig genoeg was om het moment te overschaduwen waarop hij zich had afgewend en zijn dochter aan Caroline Gill had gegeven.

Zijn stem steeg en daalde. Nu hij was begonnen kon hij niet meer ophouden, net zomin als hij de regen kon doen ophouden, of de beek die van de berg afstroomde, of de vissen die net zo volhardend en ongrijpbaar als herinneringen onder het ijs door de beek flitsten. *Lichamen in beweging*, dacht hij, dat oude restje natuurkunde van de middelbare school. Hij had zijn dochter aan Caroline Gill overhandigd en dat had hem jaren later hierheen geleid, naar dit meisje dat haar eigen weg had gekozen, dit meisje dat 'ja' had besloten, een kort moment van ontspanning achter in een auto of in de kamer van een stil huis, dit meisje dat later was opgestaan, haar kleren had gefatsoeneerd, zonder te weten hoezeer dat moment haar leven al vormde.

Ze knipte, luisterde. Haar stilte bevrijdde hem. Hij praatte als een rivier, als een storm, de woorden stroomden door het oude huis met een kracht en leven die hij niet kon tegenhouden. Op een bepaald moment begon hij weer te huilen en ook dat kon hij niet tegenhouden. Rosemary zei helemaal niets. Hij praatte tot de woorden vertraagden, wegebden en ten slotte verdwenen.

Stilte hing in het huisje.

Ze zei niets. De schaar blonk. Het halfgeknipte papier gleed van de tafel op de grond toen ze opstond. Hij sloot zijn ogen en angst welde op, omdat hij woede in haar ogen had gezien, omdat alles wat er gebeurd was zijn schuld was geweest.

Haar voetstappen, en toen gleed het metaal, koud en helder als ijs, tegen zijn huid.

De spanning in zijn polsen nam af. Hij deed zijn ogen open en zag haar naar achteren stappen, haar ogen helder en alert en strak op de zijne gericht, haar schaar blinkend.

'Oké,' zei ze. 'Je bent vrij.'

# April 1982

# Paul

'Paul,' riep ze. Haar hakken maakten een scherp staccato op de geboende trap en toen stond ze in de deuropening, slank en stijlvol in een marineblauw pakje met een strakke rok en grote schoudervullingen. Door zijn nauwelijks geopende ogen zag Paul wat zij zag: kleren verspreid over de vloer, overal lp's en bladmuziek, zijn oude gitaar slordig in een hoek. Ze schudde haar hoofd en zuchtte. 'Opstaan, Paul,' zei ze. 'Nu.'

'Ziek,' mompelde hij. Hij trok de deken over zijn hoofd en liet zijn stem hees klinken. Door het losse weefsel van de zomerdeken kon hij haar nog steeds zien, met de handen in haar zij. Het vroege licht scheen op haar haar, gisteren geverfd, rood en goud oplichtend. Hij had haar horen bellen met Bree, aan wie ze beschreef hoe ze kleine lokken haar in folie had verpakt en verhit. Ze stond tijdens het bellen gehaktballen te braden, haar stem kalm, haar ogen rood van eerdere huilbuien. Zijn vader was verdwenen en drie dagen lang had niemand geweten of hij leefde of dood was.

Toen was zijn vader gisteravond thuisgekomen. Hij was binnen komen lopen alsof hij nooit weg was geweest en hun gedempte ruzie had urenlang langs de trap omhoog geklonken.

'Luister,' zei ze nu, terwijl ze op haar horloge keek. 'Ik weet dat je niet ziek bent, net zo min als ik. Ik zou de hele dag willen slapen. God wéét dat ik dat zou willen. Maar dat kan ik niet, en jij ook niet. Dus kom uit dat bed en kleed je aan. Ik zal je bij school afzetten.'

'Ik heb heel erge keelpijn,' hield hij vol en maakte zijn stem zo rauw mogelijk.

Ze aarzelde, sloot haar ogen en zuchtte opnieuw, en hij wist dat hij had gewonnen.

'Als je thuis blijft, blíjf je ook thuis,' waarschuwde ze. 'Er wordt niet rondgehangen met dat bandje van je. En – luister naar me – je móét vandaag die akkoordbrief voor Cornell op de bus gooien. En ruim deze zwijnenstal ook op. Ik meen het, Paul. Ik heb op dit moment meer dan genoeg aan mijn hoofd.'

'Goed,' kraakte hij. 'Oké. Ik zal het doen.'

Ze bleef nog een ogenblik staan, zonder iets te zeggen.

'Het is moeilijk,' zei ze ten slotte. 'Voor mij ook. Ik zou graag bij je blijven, Paul, maar ik heb Bree beloofd dat ik haar naar de dokter zou brengen.

Hij kwam op zijn ellebogen omhoog, gealarmeerd door haar sombere toon. 'Gaat het wel met haar?'

Zijn moeder knikte, maar ze keek uit het raam en ontweek zijn blik. 'Ik denk het wel. Maar ze moet onderzocht worden en daarom is ze een beetje bezorgd. Wat logisch is. Ik heb haar vorige week beloofd dat ik mee zou gaan. Vóór al dit gedoe met je vader.'

'Het is goed,' zei Paul, zonder te vergeten zijn stem hees te laten klinken. 'Je moet met haar meegaan. Ik red me wel.' Hij probeerde overtuigend te klinken, maar hoopte eigenlijk dat ze niet zou letten op wat hij zei en toch thuis zou blijven.

'Het duurt waarschijnlijk niet lang. Ik kom direct erna weer thuis.'

'Waar is papa?'

Ze schudde haar hoofd. 'Ik heb geen idee. Hij is niet hier. Maar hoe ongebruikelijk is dat?'

Paul gaf geen antwoord, ging weer liggen en sloot zijn ogen. Niet erg, dacht hij, helemaal niet ongebruikelijk.

Zijn moeder legde haar hand op zijn wang, zachtjes, maar hij bewoog niet, en toen was ze weg. Op zijn gezicht voelde hij nog de koelte waar haar hand had gelegen. Beneden sloegen deuren. Hij hoorde Brees stem in de hal. De afgelopen jaren waren ze heel hecht geworden, zijn moeder en Bree, zo hecht dat ze er zelfs hetzelfde waren gaan uitzien, Bree ook met strepen in haar haren en een aktetas in haar hand. Ze was nog altijd een heel kalm en zelfverzekerd persoon, ze was nog altijd degene die een risico zou nemen, degene die hem zei zijn hart te volgen en toelatingsexamen te doen voor Juilliard, zoals hij wilde. Iedereen mocht Bree – haar avontuurlijkheid, haar uitbundigheid; ze haalde veel klanten binnen. Zijn moeder en zij vulden elkaar aan, had hij haar horen zeggen. En Paul zag dat: Bree en zijn moeder bewogen door hun leven als punt en contrapunt, de een kon onmogelijk zonder de ander, de een werd altijd naar de ander toegetrokken. Hun stemmen vermengden zich, heen en weer, en toen hoorde hij zijn moeders ongelukkige lach en de deur die dichtsloeg. Hij ging zitten en rekte zich uit. Vrij.

Het huis was stil, de boiler tikte. Paul ging naar beneden en bleef in het koele licht van de koelkast staan, at met zijn vingers macaroni met kaas uit de ovenschaal en bestudeerde wat er op de planken stond. Niet veel. In de vriezer vond hij zes dozen After Eight, dunne chocolaatjes met mintvulling. Hij at er een handvol van en spoelde de koude chocolaatjes weg met melk die hij zo uit het pak dronk. Nog een handvol, nog wat slokken melk, en toen liep hij via de woonkamer, waar de dekens van zijn vader netjes opgevouwen op de bank lagen, naar de studeerkamer.

Het meisje was er nog steeds en sliep. Hij stak nog een After Eight in zijn mond, liet de chocola en mint langzaam smelten en bestudeerde haar. Gisteravond hadden de vertrouwde, boze stemmen van zijn ouders naar zijn kamer opgeklonken, en hoewel ze ruzie maakten was de steen op zijn maag – zijn vader die ergens dood lag, zijn vader voor altijd vermist – onmiddellijk verdwenen. Paul was uit bed gekomen en begon naar beneden te lopen, maar op de overloop was hij blijven staan en had hij het tafereel gadegeslagen: zijn vader in een wit overhemd dat dagenlang niet gewassen was, zijn broek vol moddervlekken, gekreukt en verfomfaaid, donkere stoppels en zijn haren nauwelijks gekamd. Zijn moeder, in haar perzikkleurige, satijnen ochtendjas en op slippers, gespannen en met haar armen over elkaar geslagen, haar ogen heen en weer flitsend tussen zijn vader en dit meisje, deze vreemde die in een te grote jas in de deuropening stond en met haar vingertoppen de randen van de mouwen vasthield. De stemmen van zijn ouders vermengden zich, werden luider. Het meisje had naar boven gekeken, voorbij de kolkende woede. Haar ogen hadden de zijne ontmoet. Hij had haar aangestaard en in zich opgenomen: haar bleekheid en haar onzekere blik, haar oren zo fijngevormd. Haar ogen waren zo helderbruin en zo moe. Hij had naar beneden willen lopen en zijn handen om haar gezicht willen leggen.

'Drie dagen,' zei zijn moeder, 'en dan kom je zó thuis. Mijn God, David, moet je jezelf nou eens zien. En met dit meisje. Zwanger, zeg je? En je verwacht van mij dat ik haar binnenlaat, zonder verder iets te vragen?'

Het meisje kromp in elkaar en wendde haar ogen af. Paul had naar haar buik gekeken, nog plat onder de jas, behalve dat ze er beschermend een hand op had gelegd, en toen had hij de lichte bolling onder haar sweater gezien. Hij stond doodstil. De ruzie ging verder en leek een hele tijd te duren. Ten slotte had zijn moeder zwijgend en met strakke lippen lakens, dekens en kussens uit de linnenkast gehaald en die naar beneden gegooid naar zijn vader, die het meisje heel formeel bij de elleboog had genomen en naar de studeerkamer had gebracht.

Nu lag ze te slapen op de uitgeklapte slaapbank, haar hoofd opzij gedraaid, een hand vlak bij haar gezicht. Hij bestudeerde haar, de manier waarop haar oogleden bewogen, het traag op en neer bewegen van haar borstkas. Ze lag op haar rug en haar buik rees omhoog als een lage golf. Paul voelde hoe zijn mannelijkheid reageerde en werd bang. Sinds maart had hij zes keer gevreeën met Lauren Lobeglio. Ze had wekenlang rondgehangen tijdens repetities met zijn kwartet, naar hem gekeken zonder iets te zeggen: een knap, verwend, mysterieus grietje. Op een middag was ze blijven plakken toen de rest van de band wegging, tot ze met hun tweeën in de stille garage waren. Licht bewoog door de bladeren buiten en maakte trillende schaduwpatronen op de betonnen vloer. Ze was vreemd maar sexy, met haar lange, dikke haar, haar donkere, raadselachtige ogen. Hij zat in de oude tuinstoel, frummelde aan de snaren van zijn gitaar en vroeg zich af of hij naar haar toe moest lopen, daar bij de muur waar ze stond, en haar moest zoenen.

Maar Lauren was zelf naar hem toegekomen. Ze stond een ogenblik voor hem en gleed toen op zijn schoot, met haar rok omhoog zodat hij haar blanke, slanke benen zag. Dit was wat de mensen zeiden, dat Lauren Lobeglio dit deed als ze je aardig vond. Hij had nooit gedacht dat het waar kon zijn, maar nu gleed hij met zijn handen onder haar T-shirt, haar huid zo warm, haar borsten zo zacht en warm onder zijn handen.

Het was niet goed. Hij wist dat, maar het was als vallen, als je eenmaal was begonnen kon je niet stoppen, totdat je werd gestopt. Ze hing rond zoals eerst, behalve dat de sfeer nu geladen was, en als ze alleen waren liep hij naar haar toe, kuste haar en gleed met zijn handen omhoog over de zachte, satijnen huid van haar rug.

Het meisje in het bed zuchtte, haar lippen bewogen. 'Ze is minderjarig,' waarschuwden zijn vrienden hem voor Lauren. Vooral Duke Madison, die het jaar daarvoor van school af was gegaan om met zijn vriendin te trouwen, die nauwelijks meer piano speelde en als hij wel speelde een gekwelde manier van kijken had, alsof hij voortdurend de klok in de gaten moest houden. 'Maak haar zwanger en je kunt het verder wel vergeten.'

Paul bestudeerde dit meisje, haar bleekheid en haar blonde haar, haar sproeten. Wie was ze? Zijn vader, methodisch en voorspelbaar als een tikkende klok, was zomaar drie dagen verdwenen. Op de tweede dag had zijn moeder de politie gebeld, die niets had gedaan en grapjes had gemaakt, tot zijn vaders aktetas in de vestiaire van het museum in Pittsburgh was gevonden, en zijn koffer en camera in het hotel. Toen werden ze serieus. Hij was op de receptie gezien, in discussie met een donkerharige vrouw. Ze bleek kunstcriticus te zijn; haar bespreking van de expositie had in de Pittsburgher kranten gestaan, niet bepaald positief.

Niets persoonlijks, had ze tegen de politie gezegd.

Toen was gisteravond een sleutel in het slot gestoken en was zijn vader het huis binnengewandeld, met dit zwangere meisje dat hij naar eigen zeggen een paar dagen eerder had ontmoet, een meisje wier aanwezigheid hij niet verklaarde. Ze heeft hulp nodig, antwoordde hij kortaf.

'Er zijn zat manieren om te helpen,' bracht zijn moeder in het midden, pratend over het meisje alsof ze niet in haar te grote jas in de hal stond. 'Geef geld. Breng haar naar een tehuis voor ongetrouwde moeders. Je verdwijnt niet dagenlang zonder bericht om dan met een zwangere vreemdeling op de proppen te komen. Mijn God, David, waar zitten je hersens? We hebben de politie gebeld. We dachten allemaal dat je dood was.'

'Misschien was ik dat ook wel,' zei hij, en het vreemde van zijn antwoord deed zijn moeders protest verstommen en liet Paul op zijn plek op de trap verstijven.

Nu sliep ze, zich nergens van bewust, en binnen in haar groeide de baby in zijn donkere zee. Paul boog naar voren, raakte licht haar haren aan en liet zijn hand toen vallen. Hij had een plotselinge behoefte om bij haar in bed te kruipen, haar vast te houden. Het was op de een of andere manier niet zoals met Lauren, het had niet met seks te maken, hij wilde haar gewoon dicht bij zich voelen, haar huid en haar warmte. Hij wilde naast haar wakker worden, met zijn hand over de bolling van haar buik strijken, haar gezicht aanraken en haar hand vasthouden.

Erachter komen wat ze over zijn vader wist.

Haar ogen gingen open en een moment lang staarde ze hem aan zonder hem te zien. Toen ging ze snel overeind zitten en haalde haar handen door haar haar. Ze droeg een van zijn oude, verbleekte t-shirts, dat blauwe met het logo van de Kentucky Wildcats voorop, dat hij een paar jaar geleden had gedragen tijdens het hardlopen. Haar armen waren lang en mager en hij ving een glimp op van haar oksel, teer en met stoppeltjes, en van de zachte glooiing van haar borst.

'Waar kijk je naar?' Ze slingerde haar voeten op de vloer.

Hij schudde zijn hoofd, niet in staat iets te zeggen.

'Jij bent Paul,' zei ze. 'Je vader heeft me over je verteld.'

'O ja?' vroeg hij, terwijl hij de hunkering in zijn stem verafschuwde. 'Wat zei hij?'

Ze haalde haar schouders op, duwde haar haar achter haar oren en stond op. 'Even denken. Je bent koppig. Je haat hem. Je bent een genie op de gitaar.'

Paul voelde dat hij begon te blozen. Gewoonlijk had hij het gevoel dat zijn vader hem niet eens zag, of alleen de dingen zag waarin hij niet voldeed.

'Ik haat hem niet,' zei hij. 'Het is andersom.'

Ze boog voorover om de dekens op te pakken en ging toen zitten met de stapel in haar armen, terwijl ze rondkeek.

'Mooi hier,' zei ze. 'Ooit heb ik ook zo'n huis.'

Paul gaf een geschokt lachje. 'Je bent in verwachting,' zei hij. Het was zijn eigen angst die in de kamer hing, de angst die elke keer opkwam als hij bevend door de garage naar Lauren Lobeglio toe liep, gedreven door de onweerstaanbare macht van zijn begeerte.

'Klopt. Nou en? Ik ben in verwachting. Niet dood.'

Ze zei het uitdagend maar ze klonk bang, net zo bang als Paul zich soms voelde als hij midden in de nacht wakker werd, dromend over Lauren, vol warmte en haar stem laag in zijn oor, in de wetenschap dat hij nooit zou kunnen ophouden hoewel ze op een ramp afstevenden.

'Je zou het net zo goed wel kunnen zijn,' zei hij.

Ze keek snel op en tranen sprongen in haar ogen, alsof hij haar had geslagen.

'Sorry,' zei hij. 'Ik bedoelde er niets mee.' Maar ze bleef huilen.

'Wat doe je hier trouwens,' vroeg hij, kwaad om haar tranen, om haar hele aanwezigheid. 'Ik bedoel, wie denk je wel dat je bent om je aan mijn vader vast te klampen en hier mee naartoe te komen?'

'Ik denk niet dat ik iemand ben,' zei ze, maar zijn toon had haar kwaad gemaakt en ze droogde haar tranen, werd stugger en afstandelijker. 'En ik heb er niet om gevraagd hierheen te komen. Het was je vaders idee.'

'Dat snap ik niet,' zei Paul. 'Waarom zou hij dat doen?'

Ze haalde haar schouders op. 'Hoe kan ik dat weten? Ik woonde in dat oude huis waar hij is opgegroeid, en hij zei dat ik daar niet meer kon blijven. En het is zijn huis, toch? Wat kon ik zeggen? 's Ochtends zijn we naar de stad gelopen en toen heeft hij buskaartjes gekocht, en nu zijn we hier. Die bus was stomvervelend. Het duurde eeuwen omdat we steeds moesten overstappen.'

Ze trok haar lange haar naar achteren en sjorde het in een paardenstaart. Paul keek toe, bedacht hoe mooi haar oren waren en vroeg zich af of zijn vader haar ook knap vond.

'Welk oud huis?' vroeg Paul, met een scherp, heet gevoel in zijn borst.

'Wat ik zei. Het huis waar hij is opgegroeid. Ik woonde daar. Ik had geen andere plek om naartoe te gaan,' voegde ze eraan toe, met haar ogen op de vloer gericht.

Paul voelde dat iets hem vulde, een emotie die hij niet kon benoemen. Afgunst, misschien, dat dit meisje, deze dunne, bleke vreemde met de prachtige oren, op een plaats was geweest die belangrijk was voor zijn vader, een plaats die hij zelf nooit had gezien. 'Ik zal je er een keer mee naartoe nemen,' had zijn vader beloofd, maar de jaren waren verstreken en hij was er nooit meer op teruggekomen. Toch was Paul het nooit vergeten, de manier waarop zijn vader was gaan zitten tussen de puinhoop in zijn donkere kamer en een voor een de foto's opraapte, zorgzaam, zo zorgzaam. 'Mijn moeder, Paul, jouw oma. Ze had een zwaar leven. Ik had een zusje, wist je dat? Ze heette June. Ze kon mooi zingen, muziek maken, net als jij.' Hij herinnerde zich nu nog hoe zijn vader die ochtend had geroken, schoon, al klaar voor het ziekenhuis, en toch ging hij op de vloer van de donkere kamer zitten om te praten, alsof hij alle tijd van de wereld had. Om een verhaal te vertellen dat Paul nog nooit had gehoord.

'Mijn vader is arts,' zei Paul. 'Hij houdt er gewoon van mensen te helpen.'

Ze knikte en keek hem toen recht aan, haar uitdrukking vol van iets – medelijden met hem, dat las hij erin, en hij voelde de dunne, hete vlam tot in zijn vingertoppen.

'Wat?' vroeg hij.

Ze schudde haar hoofd. 'Niks. Je hebt gelijk. Ik had hulp nodig. Verder niks.'

Een lok haar glipte uit haar paardenstaart en viel over haar gezicht, heel donker met een roodachtige glans. Hij herinnerde zich hoe zacht het was toen hij het tijdens haar slaap aanraakte, zacht en warm, en vocht tegen de aandrang voorover te buigen en het achter haar oor te strijken.

'Mijn vader had een zusje,' zei Paul, terugdenkend aan het verhaal en aan zijn vaders zachte, gelijkmatige stem, om te zien of het waar was dat ze daar was geweest.

'Weet ik. June. Ze ligt begraven op de heuvel boven het huis. We zijn daar ook naartoe geweest.'

De dunne vlam werd breder en maakte zijn ademhaling traag en oppervlakkig. Waarom zou het ertoe doen dat ze dat wist? Wat maakte het voor verschil? En toch stelde hij zich voor dat zij die heuvel op liep, achter zijn vader aan naar die plek die híj nooit had gezien.

'Nou en?' zei hij. 'Nou en, dat je daar bent geweest, nou en?'

Ze leek even op het punt te staan iets te zeggen, maar toen draaide ze zich om en liep de kamer door naar de keuken. Haar donkere haar, in een lange staart, danste op haar rug. Haar schouders waren tenger en fijn en ze liep langzaam, met zorgvuldige gratie, als een danseres.

'Wacht,' riep Paul haar na, maar toen ze stil bleef staan wist hij niet wat hij moest zeggen.

'Ik had een plek nodig om te wonen,' zei ze zachtjes, terwijl ze over haar schouder keek. 'Verder valt er over mij niets te weten, Paul.'

Hij keek hoe ze de keuken in liep, hoorde de koelkastdeur open- en dichtgaan. Toen ging hij naar boven en pakte de map die hij in zijn onderste lade verborgen hield, vol met de foto's die hij had bewaard van de nacht dat hij met zijn vader had gepraat.

Hij pakte de foto's en zijn gitaar en ging naar buiten naar de veranda, zonder shirt, op blote voeten. Hij ging op de schommelbank zitten en begon te spelen, met een schuin oog op het meisje dat binnen door de kamers liep: de keuken, de woonkamer, de eetkamer. Maar ze deed heel weinig, at alleen wat yoghurt en stond toen een hele tijd voor de boekenkast van zijn moeder, tot ze er een roman uittrok en op de bank ging zitten.

Hij bleef spelen. Het kalmeerde hem, de muziek, zoals niets anders dat deed. Het bracht hem op een ander niveau, waar zijn handen leken te bewegen zonder dat hij dat zelf stuurde. De volgende noot was er gewoon, en dan de volgende en de volgende. Hij kwam bij het eind en hield op, met gesloten ogen, liet de tonen wegsterven in de lucht.

Nooit meer. Deze muziek, dit ogenblik, nooit meer.

'Wow.' Toen hij zijn ogen opende stond ze in de deuropening geleund. Ze duwde de hordeur open, kwam met een glas water naar buiten de veranda op en ging zitten. 'Wow, je vader had gelijk,' zei ze. 'Dat was waanzinnig.'

'Dank je,' zei hij, met gebogen hoofd om zijn plezier te verbergen, en sloeg een akkoord aan. De muziek had hem ontspannen; hij was niet meer zo kwaad. 'En jij? Bespeel jij een instrument?'

'Nee. Ik heb vroeger op pianoles gezeten.'

'We hebben een piano,' zei hij met een hoofdbeweging naar de deur. 'Ga je gang.'

Ze glimlachte, hoewel haar ogen nog steeds serieus stonden. 'Oké, maar bedankt. Ik ben niet in de stemming. Maar jij bent echt heel goed. Als een professional. Ik zou me gaan schamen als ik nu *Für Elise* of zoiets ging spelen.'

Ook hij glimlachte. 'Für Elise, dat ken ik. We kunnen een duet vormen.'

'Een duet,' herhaalde ze, knikkend, met een kleine frons. Toen keek ze op.

'Ben jij enig kind?' vroeg ze.

Hij schrok. 'Ja en nee. Ik bedoel, ik heb een zusje gehad. Een tweelingzusje. Ze is doodgegaan.'

Rosemary knikte. 'Denk je wel eens aan haar?'

'Natuurlijk.' Hij voelde zich niet op zijn gemak en wendde zijn blik af. 'Niet echt aan haar. Ik bedoel, ik heb haar nooit gekend. Maar aan hoe ze had kunnen zijn.'

Toen bloosde hij, geschokt dat hij zich zo had blootgegeven aan dit meisje, deze vreemde die hun leven had verstoord, dit meisje dat hij niet eens aardig vond.

'Nou goed,' zei hij. 'Nu is het jouw beurt. Vertel eens iets persoonlijks. Iets wat mijn vader niet weet.'

Ze keek hem onderzoekend aan.

'Ik hou niet van bananen,' zei ze ten slotte, en hij lachte, en toen lachte zij ook. 'Nee, eerlijk, echt niet. En verder? Toen ik vijf jaar was ben ik van mijn fiets gevallen en heb ik mijn arm gebroken.'

'Ik ook,' zei Paul. 'Ik heb ook mijn arm gebroken, toen ik zes was. Ik ben uit een boom gevallen.' Hij herinnerde het zich weer, de manier waarop zijn vader hem had opgetild, hoe de lucht was langsgeflitst, vol zon en bladeren, toen hij naar de auto werd gedragen. Hij herinnerde zich zijn vaders handen, zo doeltreffend en voorzichtig toen hij de botten zette, en dat hij weer thuiskwam in het helder gouden middaglicht.

'Hé,' zei hij. 'Ik wil je iets laten zien.'

Hij legde de gitaar plat op de schommelbank en pakte de korrelige zwartwitfoto's.

'Was het hier?' vroeg hij en overhandigde haar een foto. 'Waar je mijn vader hebt ontmoet?'

Ze pakte de foto aan en bestudeerde hem, knikte toen. 'Ja. Het ziet er nu anders uit. Ik kan aan deze foto zien – die leuke gordijnen bij de ramen en de bloemen die er bloeien – dat het ooit een gezellig huis was. Maar nu woont er niemand meer. Het is gewoon leeg. De wind waait erdoorheen omdat de ramen gebroken zijn. Toen ik klein was speelden we er altijd. We gingen rondrennen in de heuvels en ik speelde daar dan altijd met mijn neefjes en nichtjes. Zij zeiden dat het er spookte. Maar ik vond het er altijd leuk. Ik weet niet precies waarom. Het was een beetje mijn geheime plek. Soms ging ik gewoon binnen zitten en droomde over wat ik later zou worden.'

Hij knikte, nam de foto terug en bestudeerde de figuren, zoals hij zo vaak had gedaan, alsof ze al zijn vragen over zijn vader zouden kunnen beantwoorden.

'Dit had je niet gedroomd,' zei hij ten slotte toen hij opkeek.

'Nee,' zei ze zacht. 'Dit nooit.'

Een paar minuten lang zeiden ze geen van beiden iets. Zonlicht straalde in schuine banen door de bomen en wierp schaduwen op de geschilderde verandavloer.

'Oké. Nu is het weer jouw beurt,' zei ze uiteindelijk en draaide zich naar hem om.

'Mijn beurt?'

'Vertel eens iets wat je vader niet weet.'

'Ik ga naar Juilliard,' zei hij. De woorden kwamen snel, helder als muziek in de kamer. Hij had het nog aan niemand verteld, behalve aan zijn moeder. 'Ik stond als eerste op de wachtlijst en ben vorige week toegelaten. Toen hij weg was.'

'Wow.' Ze glimlachte een beetje bedroefd. 'Ik zat meer in de richting van je favoriete groente te denken,' zei ze. 'Maar dat is geweldig, Paul. Ik heb altijd gedacht dat studeren geweldig zou zijn.'

'Jij zou het ook gaan doen,' zei hij, zich plotseling realiserend wat ze was kwijtgeraakt.

'Ik gá het ook doen. Ik ga het absoluut doen.'

'Waarschijnlijk zal ik het zelf moeten betalen,' zei Paul. Hij herkende haar felle vastbeslotenheid, de angst die daaronder lag. 'Mijn vader heeft me steeds aangespoord om een carrière met meer zekerheid te kiezen. Hij haat het idee van muziek.'

'Dat weet je niet,' zei ze, terwijl ze snel opkeek. 'Je kent het hele verhaal over je vader eigenlijk helemaal niet.'

Paul wist niet hoe hij hierop moest antwoorden en dus zaten ze verscheidene minuten in stilte. Ze werden van de straat afgeschermd door een traliehek dat overwoekerd was met clematis. De paarse en witte bloemen bloeiden, dus toen de auto's de oprijlaan op kwamen rijden, achter elkaar, met daarin zijn moeder en zijn vader die zo vreemd midden op de dag thuiskwamen, ving Paul glimpen van hen op in flitsen kleur en helder chroom. Rosemary en hij keken elkaar aan. De portieren sloegen dicht, echoënd tegen het huis van de buren. Toen waren er voetstappen en de gedempte, besliste stemmen van zijn ouders, om de beurt, net achter de rand van de veranda. Rosemary opende haar mond alsof ze wilde roepen, maar Paul hief een hand op en schudde zijn hoofd, en samen bleven ze stil zitten luisteren.

'Deze dag,' zei zijn moeder. 'Deze week. Je weet niet half, David, hoeveel pijn je ons hebt gedaan.'

'Het spijt me. Je hebt gelijk. Ik had moeten bellen. Dat was ik ook van plan.'

'Denk je dat dat genoeg is? Misschien ga ik ook wel weg,' zei ze. 'Gewoon, zomaar. Misschien ga ik ervandoor en kom dan terug met een knappe jongen zonder iets uit te leggen. Wat zou jij daarvan vinden?'

Er viel een stilte, en Paul herinnerde zich de stapel kleurige kleren op het strand. Hij dacht aan de vele avonden daarna, als zijn moeder niet voor middernacht thuiskwam. Werk, zuchtte ze altijd, glipte in de hal uit haar schoenen en ging rechtstreeks naar bed. Hij keek naar Rosemary, die haar handen zat te bestuderen, en hield zich heel stil terwijl hij naar haar keek, luisterde en wachtte wat er nu zou gebeuren.

'Ze is nog maar een kind,' zei zijn vader uiteindelijk. 'Ze is zestien en zwanger en ze woonde in een verlaten huis, helemaal alleen. Ik kon haar daar niet achterlaten.'

Zijn moeder zuchtte. Paul stelde zich voor dat ze haar hand door haar haar haalde.

'Is dit een midlifecrisis?' vroeg ze rustig. 'Is dat het?'

'Een midlifecrisis?' Zijn vaders stem klonk kalm, bedachtzaam, alsof hij zorgvuldig de mogelijkheid overwoog. 'Ik neem aan dat dat zou kunnen. Ik weet dat ik tegen een soort muur opliep, Norah. In Pittsburgh. Ik was als jongeman zo gedreven. Ik had niet de luxe om iets anders te zijn. Ik ging terug om te proberen wat dingen op een rijtje te zetten. En toen was Rosemary daar in mijn oude huis. Dat voelt niet als een toeval. Ik weet het niet, ik kan het niet uitleggen zonder nogal idioot te klinken. Maar vertrouw me alsjeblieft, Norah. Ik ben niet verliefd op haar. Dat is het niet. Zal het ook nooit zijn.'

Paul keek naar Rosemary. Ze zat met gebogen hoofd dus hij kon haar uitdrukking niet zien, maar haar wangen waren knalrood. Ze peuterde aan een gescheurde nagel en wilde hem niet aankijken.

'Ik weet niet wat ik moet geloven,' zei zijn moeder langzaam. 'Deze week, David. Uitgerekend deze week. Weet je waar ik daarnet was? Ik was met Bree bij de dokter. Ze heeft de afgelopen week een biopsie gehad. Haar linkerborst. Het is een heel klein knobbeltje, haar prognose is goed, maar het is wel kwaadaardig.'

'Dat wist ik niet, Norah. Dat vind ik heel erg.'

'Nee, blijf van me af, David.'

'Wie is haar arts?'

'Ed Jones.'

'Ed is goed.'

'Dat is hem geraden. David, jouw midlifecrisis is het laatste wat ik kan gebruiken.'

Paul luisterde en had het gevoel alsof de wereld even stil bleef staan. Hij dacht aan Bree, met haar vlotte lach, die een uur lang naar hem kon zitten luisteren als hij speelde, met de muziek die tussen hen in bewoog zodat ze niets hoefden te zeggen. Dan sloot ze haar ogen, strekte zich uit op de schommelbank en luisterde. Hij kon zich de wereld niet zonder haar voorstellen.

'Wat wil je,' vroeg zijn vader. 'Wat wil je van me, Norah? Ik blijf hier, als je wilt. Of ik vertrek. Maar ik kan Rosemary niet in de steek laten. Ze kan nergens heen.'

Er viel een stilte en hij wachtte, haast zonder te durven ademen, benieuwd naar wat zijn moeder zou zeggen en hopend dat ze nooit antwoord zou geven.

'En ik dan?' vroeg hij, tot zijn eigen schrik. 'Wordt er ook nog rekening gehouden met wat ik wil?'

'Paul?' Zijn moeders stem.

'Hier,' zei hij, en pakte zijn gitaar op. 'Op de veranda. Samen met Rosemary.'

'O, verdorie,' zei zijn vader. Een paar tellen later kwam hij de hoek om, de trap op. Sinds gisteravond had hij gedoucht, zich geschoren en een schoon overhemd aangetrokken. Hij was mager en zag er moe uit. Zijn moeder, die naast hem kwam staan, ook.

Paul stond op en keek hem aan. 'Ik ga naar Juilliard, pap. Ze hebben vorige week gebeld. Ik ben toegelaten. En ik ga.'

Hij wachtte tot zijn vader zoals gewoonlijk zou beginnen over hoe onzeker het was, een loopbaan in de muziek, en dan nog niet eens in de klassieke muziek. Hoeveel mogelijkheden er voor Paul open lagen, dat hij altijd muziek kon maken, altijd plezier in het spelen kon hebben, ook als hij op een andere manier zijn brood zou verdienen. Hij wachtte tot zijn vader resoluut, verstandig en afwijzend zou zijn, zodat Paul lucht kon geven aan zijn woede, een punt vond om die op te richten. Hij was er klaar voor, op spanning, maar tot zijn verbazing knikte zijn vader alleen maar.

'Fijn voor je,' zei hij. Even ontspande zijn vaders gezicht zich van plezier en de zorgelijke frons verdween van zijn voorhoofd. Toen hij sprak was zijn stem rustig en zeker. 'Paul, als dat is wat je wilt, ga er dan heen. Ga er heen, werk hard en wees gelukkig.'

Ongemakkelijk stond Paul op de veranda. Alle afgelopen jaren had hij het gevoel gehad tegen een muur op te rennen elke keer als hij met zijn vader praatte. En nu was die muur op geheimzinnige wijze verdwenen, maar hij rende nog steeds, duizelig en onzeker in deze nieuwe open ruimte.

'Paul?' zei zijn vader. 'Ik ben trots op je, jongen.'

Iedereen keek nu naar hem. Hij had tranen in zijn ogen en wist niet wat hij moest zeggen, dus hij begon te lopen. Eerst alleen om buiten beeld te komen, zodat hij zich niet hoefde te schamen, en toen begon hij echt te rennen, met de gitaar nog in zijn hand.

'Paul!' riep zijn moeder hem na, en toen hij zich omdraaide en een paar stappen achteruit rende, zag hij hoe bleek ze was. Ze hield haar armen gespannen over haar borst geslagen, haar pasgeverfde haar wapperde in de wind. Hij dacht aan Bree, aan wat zijn moeder had gezegd, hoe erg ze op elkaar waren gaan lijken, zijn moeder en zijn tante, en hij was bang. Hij herinnerde zich zijn vader in de hal, zijn kleren smerig en slordig, de donkere stoppels die inmiddels de rui-ge vorm van een baard hadden aangenomen, zijn haren verwilderd. En nu vanochtend schoon en kalm, maar nog steeds veranderd. Zijn vader, onberispelijk, precies, overal zeker van, was in iemand anders veranderd. Daarachter, half verscholen achter de clematis, stond Rosemary met haar armen over elkaar geslagen te luisteren, te luisteren terwijl haar losgemaakte haar nu over haar schouders viel. Hij stelde zich haar voor in dat huis op de heuvel, pratend met zijn vader, zoveel lange uren samen met hem in de bus. Op een bepaalde manier maakte zij deel uit van die verandering in zijn vaders hart, en opnieuw was hij bang voor wat er met hen allemaal gebeurde.

Dus hij rende.

Het was een zonnige dag en het was al warm. De magnolia's stonden overal in bloei. Meneer Ferry en mevrouw Pool zwaaiden vanaf hun veranda's. Paul stak als groet zijn gitaar in de lucht en bleef rennen. Hij was drie blokken van zijn huis verwijderd, vijf, tien. Aan de overkant van de straat stond voor een lage bungalow een lege auto met draaiende motor. Waarschijnlijk was de eigenaar iets vergeten en was hij naar binnen gerend om een tas, of een jas, te pakken. Paul bleef staan. Het was een geelbruine Gremlin, de lelijkste auto ter wereld, met roest aan de randen. Hij stak de straat over, opende het portier aan de bestuurderskant en glipte naar binnen. Niemand schreeuwde, niemand kwam het huis uit rennen. Hij sloeg het portier dicht en veranderde de positie van de stoel, zodat hij beenruimte had. Hij zette de gitaar op de stoel naast zich. De auto was een automaat, bezaaid met snoeppapiertjes en lege pakjes sigaretten. Een absolute mislukkeling was eigenaar van deze auto, dacht hij, zo'n vrouw die te veel make-up droeg en als secretaresse ergens werkte waar het doodsaai, nep en ellendig was, zoals een stomerij misschien, of een bank. Hij zette de auto in zijn achteruit en gaf wat gas.

Nog steeds niemand. Geen geschreeuw, geen alarm. Hij zette hem in zijn vooruit en reed weg.

Hij had niet vaak gereden, maar het leek erg op seks: als je maar deed alsof je wist wat er gebeurde, dan wist je het al vrij snel echt, en dan was het allemaal een tweede natuur. Bij het lyceum hingen Ned Stone en Randy Delaney rond op de hoek en gooiden hun peuken in het gras voordat ze naar binnen gingen. Hij keek of hij Lauren Lobeglio zag, die soms daar bij hen stond en wier adem soms smerig en rokerig was als hij met haar zoende.

De gitaar gleed weg. Hij boog opzij en zette hem vast met een veiligheidsriem. Een Gremlin, shit. Nu de stad door, zorgvuldig bij elk stoplicht stoppend, de dag helder en blauw. Hij dacht aan Rosemary's ogen die zich met tranen vulden. Hij had haar niet willen kwetsen.

Maar hij had het wel gedaan. Er was iets gebeurd, er was iets veranderd. Zij maakte daar deel van uit en hij niet, hoewel er na zijn nieuwtje een moment lang blijdschap op zijn vaders gezicht te zien was geweest.

Paul reed. Hij wilde niet in dat huis zijn, bij wat er verder nog ging gebeuren. Hij bereikte de snelweg, waar de weg zich splitste, en sloeg af naar het westen, naar Louisville. Californië schemerde in zijn gedachten. Muziek daar en een eindeloos strand. Lauren Lobeglio zou zich wel weer aan een nieuw iemand opdringen, ze hield niet van hem en hij niet van haar, ze was als een verslaving en wat ze deden had een duistere kant, iets teneerdrukkends. Californië. Straks zou hij op het strand zijn, in een band spelen en de hele zomer goedkoop en zorgeloos leven. In de herfst zou hij wel een manier vinden om naar Juilliard te gaan. Liftend door het land, misschien. Hij draaide zijn raampje helemaal open en liet de lentelucht naar binnen stromen. De Gremlin haalde met moeite negentig, zelfs als hij plankgas gaf. Toch voelde het alsof hij vloog.

Hij was vaker op deze weg geweest, bij schoolreisjes naar de dierentuin van Louisville, en eerder, tijdens de wilde ritten die zijn moeder maakte toen hij klein was, toen hij op de achterbank lag en naar de bladeren, takken en telefoonkabels keek die langs het raam flitsten. Ze zong dan luidkeels met de radio mee, met onvaste stem, en beloofde hem dat ze voor een ijsje, voor iets lekkers zouden stoppen als hij lief was, stil was. Al die jaren was hij lief geweest, maar het had geen enkel verschil gemaakt. Hij had de muziek ontdekt en zijn hart uit zijn lijf gespeeld in de stilte van dat huis, in het gat dat zijn zusjes dood in hun leven had veroorzaakt, en ook dat had niets uitgemaakt. Hij had zo veel als hij kon geprobeerd om zijn ouders te laten opkijken uit hun levens en de schoonheid te laten horen, de vreugde die hij had ontdekt. Hij had zoveel gespeeld en was zo goed geworden. En toch hadden ze nooit opgekeken, niet één keer.

Hij legde zijn hand op de gitaar en voelde de troost van het warme hout. Hij duwde het gaspedaal helemaal in, reed omhoog tussen de kalkstenen wanden waar de snelweg in de berg was uitgehakt en vloog toen omlaag naar de bocht van de Kentucky-rivier. De brug zong onder zijn banden. Paul reed en reed en probeerde alles behalve te denken.

# April 1982

# Norah

Achter Norah's glazen deur gonsde het kantoor. Een fax kwam binnen, telefoons rinkelden. Neil Simms, de personeelsmanager van IBM, kwam door de toegangsdeuren binnenlopen, flitsend in donker pak en met gepoetste schoenen. Bree, die bij de receptie stond te wachten om faxen op te halen, draaide zich om en begroette hem. Ze droeg een geel linnen pakje en donkergele schoenen. Een smalle gouden armband gleed langs haar pols naar beneden toen ze haar hand uitstak om de zijne te drukken. Ze was zo mager geworden, elegant maar met scherp uitstekende botten. Toch was haar lach vrolijk; hij klonk door het glas naar waar Norah zat, met de telefoon in haar hand. De glanzende folder waar ze wekenlang aan had gewerkt lag op haar bureau, met de letters IBM zwart en dik op de voorkant.

'Luister eens, Sam,' zei ze. 'Ik heb je gezegd me niet te bellen, en dat meende ik.'

Een koele, diepe stroom stilte welde op tegen haar oor. Ze stelde zich voor hoe Sam thuis zat te werken bij de glazen schuifpui met uitzicht op het meer. Hij was investeringsanalist. Norah had hem een halfjaar geleden in de parkeergarage ontmoet, in het onheilspellende, betonnen licht vlak bij de lift. Haar sleutels glipten uit haar hand en hij had ze halverwege opgevangen, snel en vloeiend, zijn handen flitsend als vissen. Van jou? had hij gevraagd, met een vlot, ongedwongen glimlachje – een grapje, want er was niemand anders in de buurt. Norah, die een vertrouwde opwinding door zich heen voelde stromen, een soort donkere, verrukkelijke duik in het diepe, had geknikt. Zijn vingers streken langs haar huid, de sleutels vielen koud in haar hand.

Die nacht had hij een bericht op haar antwoordapparaat achtergelaten. Bij zijn stem was Norah's hart opgewonden sneller gaan kloppen. Toch had ze na het eind van het bericht zichzelf gedwongen om te gaan zitten en al haar affaires op te tellen – kort en lang, gepassioneerd en afstandelijk, bitter en vriendschappelijk –, alle verhoudingen van alle afgelopen jaren.

Vier. Ze schreef het getal met donkere, lompe grafietstrepen op de rand van de ochtendkrant. Boven drupte er water in de badkuip. Paul zat in de woonkamer en speelde steeds maar weer hetzelfde akkoord op zijn gitaar. David was buiten aan het werk in zijn donkere kamer. Altijd zoveel ruimte tussen hen. Norah was aan elk van haar affaires begonnen met een gevoel van hoop en een nieuw begin, meegesleept in de stroom van geheime ontmoetingen, van nieuwigheid en verrassingen. Na Howard waren er twee anderen, kortstondig en aangenaam, gevolgd door nog een ander, langer. Elke verhouding was begonnen op een moment dat ze dacht dat de oorverdovende stilte in haar huis haar gek zou maken, dat het mysterieuze universum van een andere aanwezigheid, welke aanwezigheid dan ook, haar als een verlichting had toegeschenen.

'Norah, alsjeblieft, luister nou even,' zei Sam nu. Een krachtige man, nogal een bullebak in onderhandelingen, een persoon die ze zelfs niet echt aardig vond. In de receptie draaide Bree zich om om naar haar te kijken, vragend, ongeduldig. Ja, gebaarde Norah door het glas, ze zou opschieten. Ze hadden bijna een jaar lang geprobeerd deze IBM als klant binnen te halen. Ze zou zeker opschieten. 'Ik wil alleen even naar Paul informeren,' hield Sam aan. 'Of je iets hebt gehoord. Want ik ben er voor je, oké? Hoor je wat ik zeg, Norah? Ik ben er helemaal en absoluut voor je.'

'Ik hoor je,' zei ze, kwaad op zichzelf – ze wilde niet dat Sam over haar zoon praatte. Paul was nu vierentwintig uur verdwenen. Er miste ook een auto, een aantal blokken verderop. Ze had toegekeken hoe hij wegliep na die gespannen scène op de veranda, terwijl ze zich probeerde te herinneren wat ze had gezegd, wat hij had gehoord, pijnlijk getroffen door de verwarde uitdrukking op zijn gezicht. David had er goed aan gedaan om Paul zijn zege te geven, maar op de een of andere manier had dat, het hele vreemde ervan, het moment ook erger gemaakt. Ze had toegekeken hoe Paul wegliep, met zijn gitaar in zijn hand, en ze was bijna achter hem aan gegaan. Maar ze had hoofdpijn en had zich neergelegd bij de gedachte dat hij misschien wat tijd nodig had om dit zelf op een rijtje te zetten. Bovendien zou hij natuurlijk niet ver weg gaan – waar kon hij heen, per slot van rekening?

'Norah?' zei Sam. 'Norah, gaat het wel?'

Ze deed even haar ogen dicht. Gewoon zonlicht verwarmde haar gezicht. Sams slaapkamerramen zaten vol prisma's en op deze schitterende ochtend zouden er op elk oppervlak levendige lichtjes en kleuren bewegen. 'Het lijkt wel op vrijen in een disco,' had ze hem eens gezegd, half klagend, half verrukt terwijl er lange kleurige lichtstralen over zijn armen en haar eigen bleke huid bewogen. Die dag, zoals elke dag sinds ze elkaar hadden ontmoet, was Norah van plan geweest er een punt achter te zetten. Toen had Sam de straal gekleurd licht op haar heup met zijn vinger gevolgd, en langzaam had ze gevoeld dat haar scherpe randjes zachter, vager werden, dat haar emoties in een mysterieuze aaneenschakeling in elkaar overliepen, van het donkerste blauw naar goud, en dat op geheimzinnige wijze afkeer veranderde in begeerte.

Toch duurde het plezier nooit langer dan de autorit naar huis.

'Ik concentreer me nu op Paul,' zei ze, en toen voegde ze er scherp aan toe, 'Luister, Sam, ik heb er eerlijk gezegd genoeg van. Ik meende het. Bel me niet meer.'

'Je bent van streek.'

'Ja. Maar ik meen het. Je moet me niet bellen. Nooit meer.'

Ze hing op. Haar hand trilde; ze duwde hem plat op haar bureau. Ze ervoer Pauls verdwijning als een straf, voor Davids lange woede, voor die van haarzelf. De auto die hij had gestolen was gisteravond verlaten teruggevonden in een zijstraat in Louisville, maar er was geen spoor van Paul ontdekt. En dus wachtten David en zij, hulpeloos rondlopend door de stille vertrekken van hun huis. Het meisje uit West Virginia sliep nog steeds op de bedbank in de studeerkamer. David raakte haar nooit aan, zei zelfs bijna niets tegen haar, behalve om te vragen of ze iets nodig had. En toch voelde Norah iets tussen die twee, een emotionele band, bezield en positief geladen, wat haar net zo erg, of misschien wel erger, stak als een lichamelijke verhouding gedaan zou hebben.

Bree tikte op het glas en deed de deur een paar centimeter open.

'Alles in orde? Want Neil is er, van IBM.'

'Met mij gaat het goed,' zei Norah. 'Maar hoe gaat het met jou? Gaat het wel?'

'Het is goed voor me om hier te zijn,' zei Bree opgewekt en vastberaden. 'Vooral met alle andere dingen die er aan de hand zijn.'

Norah knikte. Gisteravond had ze al Pauls vrienden gebeld en David had de politie ingeschakeld. De hele nacht, tot vanochtend, had ze in haar badjas door het huis geijsbeerd, koffie drinkend en fantaserend over alle mogelijke rampen. De mogelijkheid om naar haar werk te gaan, om in elk geval een gedeelte van haar aandacht op iets anders te richten, had aangevoeld als een vluchtmogelijkheid. 'Ik kom eraan,' zei ze.

De telefoon begon weer te rinkelen toen ze opstond. Norah liep in een golf van vermoeide woede de deur uit. Ze zou zich niet van streek laten maken door Sam, ze zou hem niet deze bijeenkomst laten verpesten, geen denken aan. Haar andere verhoudingen waren anders afgelopen, snel of traag, vriendschappelijk of niet, maar niet met dit gevoel van ongemakkelijkheid. Nooit meer, dacht ze bij zichzelf. Laat dit afgelopen zijn, en dan nooit meer.

Ze haastte zich door de gang, maar Sally hield haar bij de receptie tegen, met de telefoon in haar hand. 'Je kunt dit maar beter even aannemen, liefje,' zei ze. Norah wist het direct. Trillend nam ze de telefoon aan.

'Ze hebben hem gevonden.' Davids stem was rustig. 'De politie heeft net gebeld. Ze hebben hem in Louisville gevonden. Bij een winkeldiefstal. Onze zoon is opgepakt toen hij kaas aan het stelen was.'

'Dus hij mankeert niets,' zei ze en liet een zucht ontsnappen waarvan ze zich niet had gerealiseerd dat ze die al die tijd had ingehouden. Bloed stroomde terug naar haar vingertoppen. O! Ze was half dood geweest en had het niet in de gaten gehad.

'Nee, het gaat goed met hem. Hij had blijkbaar honger. Ik ga hem zo halen. Wil je mee?'

'Misschien moet ík gaan. Ik weet het niet, David. Misschien zeg jij wel iets verkeerds.' Blijf jij maar hier met je vriendinnetje, had ze er bijna aan toegevoegd, maar ze deed het niet.

Hij zuchtte. 'Ik vraag me af wat ik wél moet zeggen, Norah. Dat zou ik wel willen weten. Ik ben trots op hem en dat heb ik hem gezegd. Hij rende weg en pikte een auto. Dus, vraag ik me af, wat moet ik dán zeggen?'

Je bent er wel een beetje laat mee, wilde ze zeggen. En je vriendinnetje?

'Norah, hij is achttien. Hij heeft een auto gestolen. Hij moet zijn verantwoordelijkheid nemen.'

'Jij bent drieënvijftig,' bitste ze. 'Jij moet dat ook.'

Er viel een stilte. Ze zag hem voor zich in zijn kantoor, zo geruststellend in zijn witte jas, zijn haar golvend zilvergrijs. Niemand die hem zag zou zich kunnen voorstellen hoe hij thuis was gekomen, ongeschoren, zijn kleren gekreukt en smerig, een zwanger meisje in een slordige zwarte jas naast zich.

'Weet je, geef me het adres maar,' zei ze. 'Dan zie ik je daar.'

'Hij zit op het politiebureau, Norah. Hij is opgepakt. Waar dacht jij? In de dierentuin? Maar oké, blijf aan de lijn. Ik zal je het adres geven. Natuurlijk.'

Terwijl Norah het opschreef, keek ze op en zag ze dat Bree de deur achter Neil Simms dichtdeed.

'Alles in orde met Paul?' vroeg Bree.

Norah knikte, te aangedaan, te opgelucht om te spreken. Het horen van zijn naam had het nieuws echt gemaakt. Paul was veilig, misschien wel met handboeien om, maar veilig. In leven. Het kantoorpersoneel dat bij de receptie was blijven hangen begon te klappen en Bree kwam op haar af om haar te omhelzen. Zo mager, dacht Norah met tranen in haar ogen, haar zusters schouderbladen zo fijn en scherp, als vleugels.

'Ik rijd wel,' zei Bree en nam haar bij de arm. 'Kom. Vertel het me onderweg maar.'

Norah liet zich leiden, de hal door en de lift in, naar de auto in de parkeergarage. Bree reed door de drukke straten van het centrum terwijl Norah praatte. Opluchting stroomde als een wind door haar heen.

'Ik snap er niets van,' zei ze. 'Ik ben de hele nacht wakker geweest. Ik weet dat Paul haast volwassen is. Ik weet dat hij over een paar maanden naar het conservatorium gaat en dat ik dan geen idee meer zal hebben waar hij uithangt. En toch bleef ik me zorgen maken.'

'Hij blijft je kind.'

'Altijd. Het is moeilijk. Om hem los te laten. Moeilijker dan ik dacht.'

Ze reden langs de lage, saaie gebouwen van IBM en Bree zwaaide. 'Hoi Neil,' zei ze. 'Tot gauw.'

'Al dat werk.' Norah zuchtte.

'O, maak je maar geen zorgen. We raken de opdracht niet kwijt,' zei Bree. 'Ik heb heel charmant tegen hem gedaan. En Neil heeft ook een gezin. Volgens mij is hij ook zo iemand die wel van een dame in nood houdt.'

'Je gebruikt oneigenlijke middelen,' antwoordde Norah. Ze herinnerde zich Bree in het gefilterde licht van de eetkamer, lang geleden, zwaaiend met pamfletten over borstvoeding.

Bree lachte. 'Welnee. Ik heb gewoon geleerd om te werken met wat ik heb. We krijgen de opdracht, wees maar niet bang.'

Norah gaf geen antwoord. Witte hekken flitsten langs en versmolten met het overdadig groeiende gras. Paarden stonden rustig in hun weiden; tabaksschuren, grijs verweerd, stonden links en rechts tegen de heuvels. Lente, de tijd van de paardenrennen, de judasbomen volop in bloei. Ze staken de rivier de Kentucky over, modderig en glanzend. In een veld net voorbij de brug stond één roze cosmea te wiegen, een heldere flits schoonheid, weg. Hoe vaak had ze niet over deze weg gereden, de wind in haar haren, naar de Ohio die haar lokte met zijn belofte, zijn snelle, golvende schoonheid? Ze had de ritjes met gin in haar aderen en de wind in haar haar opgegeven; ze had dit reisbureau gekocht en het groot gemaakt, ze had haar leven veranderd. Maar nu drong het plotseling duidelijk tot haar door, als een verblindend nieuw licht in de kamer, dat ze altijd was blijven weglopen. Naar San Juan en Bangkok, Londen en Alaska. In de armen van Howard en de anderen, tot en met Sam.

'Ik kan je niet missen, Bree,' zei ze hardop. 'Ik weet niet hoe jij zo rustig over alles kunt doen, want ik voel me alsof ik net tegen een bakstenen muur ben opgerend.' Ze herinnerde zich dat David hetzelfde zei, gisteren, toen ze op de oprijlaan stonden en hij probeerde uit te leggen waarom hij dat meisje, Rosemary, mee naar huis had gebracht. Wat was er in Pittsburgh met hem gebeurd dat hij zo veranderd was?

'Ik ben rustig,' zei Bree, 'omdat je me niet zult kwijtraken.'

'Goed. Ik ben blij dat je daar zo zeker van bent. Want ik zou het niet kunnen verdragen, Bree.'

Ze reden een paar kilometer in stilte.

'Herinner jij je die oude, sjofele blauwe bank van mij?' vroeg Bree ten slotte.

'Vaag,' zei Norah. Ze veegde haar ogen af. 'Hoezo?'

Ze passeerden een tabaksschuur, nog een, en een lange strook groen.

'Ik dacht altijd dat hij zo mooi was, die bank. En toen op een dag, ik had toen een heel sombere periode in mijn leven, viel het licht anders de kamer in – er lag sneeuw buiten, ofzo – en ik besefte dat die oude bank volkomen versleten was, dat hij alleen maar door stoffigheid bij elkaar werd gehouden. Toen wist ik dat ik een paar dingen moest veranderen.' Ze keek glimlachend opzij. 'Dus toen ben ik voor jou komen werken.'

'Een sombere periode?' herhaalde Norah. 'Ik dacht altijd dat jouw leven zo stralend was. Vergeleken met dat van mij, tenminste. Ik wist niet dat je een sombere tijd hebt gehad, Bree. Waardoor kwam dat?'

'Dat doet er niet toe. Dat zijn oude koeien. Maar ik was gister-avond ook wakker. Ik heb hetzelfde soort gevoel – er is iets aan het veranderen. Het is grappig hoe dingen plotseling zo anders kunnen lijken. Vanochtend realiseerde ik me dat ik zat te staren naar het licht dat door het keukenraam viel. Het maakte een lange rechthoek op de vloer, en de schaduwen van nieuwe blaadjes bewogen erin en maakten allerlei patronen. Zoiets simpels, maar het was zo mooi.'

Norah bestudeerde Brees profiel. Ze herinnerde zich haar zoals ze was geweest, zorgeloos, doortastend en zelfverzekerd in haar doortas-tendheid, staande op de trappen van het regeringsgebouw. Waar was dat jonge meisje gebleven? Hoe was ze deze vrouw geworden, zo ma-ger en vastberaden, zo krachtig en zo eenzaam?

'O, Bree,' bracht Norah ten slotte uit.

'Het is geen doodstraf, Norah.' Bree praatte nu beslist, geconcen-treerd en vastbesloten, alsof ze een overzicht gaf van mogelijke op-drachten. 'Meer iets wat je wakker schudt. Ik heb wat leeswerk gedaan en mijn kansen zijn echt heel goed. En ik heb vanochtend bedacht dat als er geen praatgroep bestaat voor vrouwen zoals ik, dat ik er dan zelf een ga opzetten.'

Norah glimlachte. 'Zo ken ik je weer. Dat is het geruststellendste wat je tot nu toe hebt gezegd.' Ze reden weer een paar minuten in stilte, en toen voegde Norah eraan toe: 'Maar je hebt het me niet ver-teld. Al die jaren geleden, toen je ongelukkig was. Dat heb je me nooit verteld.'

'Klopt,' zei Bree. 'Maar nu wel.'

Norah legde haar hand op Brees knie. Ze voelde haar zusters warm-te, haar magerte.

'Kan ik iets voor je doen?'

'Gewoon verder gaan. Dag voor dag. Ik sta op de gebedslijst van de kerk, dat helpt me.'

Norah keek naar haar zus, haar korte, stijlvolle haar, haar scherpe profiel, en vroeg zich af hoe ze moest reageren. Ongeveer een jaar ge-leden was Bree de diensten gaan bijwonen van een kleine anglicaanse kerk vlak bij haar huis. Norah was één keer met haar meegegaan, maar bij de dienst, met zijn complexe rituelen van knielen en opstaan, gebed en stilte, had ze zich misplaatst gevoeld, een buitenstaander. Ze had zitten gluren naar de andere mensen in de kerkbanken en zich afgevraagd wat ze voelden, waarom ze op zo'n prachtige zondagochtend uit bed waren gekomen om naar de kerk te gaan. Het was moeilijk iets van mysterie te zien, moeilijk om iets anders te zien dan het felle licht en een groep vermoeide, hoopvolle, plichtsgetrouwe mensen. Ze was er nooit meer heengegaan, maar nu voelde ze zich plotseling heel dankbaar voor welke troost haar zus er dan ook had gevonden, voor wat ze dan ook in die stille kerk had opgevangen wat Norah niet had gezien.

De wereld flitste voorbij: gras, bomen, lucht. Toen steeds meer gebouwen. Ze waren in Louisville en Bree stortte zich in het drukke verkeer op de i-71, op rijbanen vol voorbij zoevende auto's. De parkeerplaats van het politiebureau was bijna vol en blikkerde zwak in de middagwarmte. Ze stapten uit de auto, sloegen met een klap de portieren dicht, liepen over een betonnen voetpad met daarlangs een reeks smalle, verschroeide struiken en toen de draaideur door naar binnen, waar het gedempte licht aandeed alsof het onder water scheen.

Paul zat op een bank achterin de ruimte, voorovergebogen, met zijn ellebogen op zijn knieën en zijn handen losjes ertussenin. Norah's hart bleef even stilstaan. Ze liep langs de balie en de agenten en waadde door die dikke, zeegroene lucht naar haar zoon. Het was heet in de ruimte. Een ventilator draaide haast onzichtbaar tegen de gevlekte, geluid absorberende tegels op het plafond. Ze ging naast Paul op de bank zitten. Hij had zich niet gewassen, zijn haar was vet en door de stank van zweet en vuile kleren heen rook hij naar sigaretten. Sterke, scherpe luchtjes, de luchtjes van een man. Zijn vingers waren eeltig en hard van de gitaar. Hij had nu zijn eigen leven, zijn verborgen leven. Het maakte haar plotseling deemoedig om te zien hoezeer hij een eigen persoon was. Uit haar geboren, ja, dat zou altijd zo blijven, maar niet langer van haar.

'Ik ben blij je te zien,' zei ze zacht. 'Ik was zo ongerust, Paul. Wij allemaal.'

Hij keek haar aan, zijn groene ogen donker van woede en achterdocht. Hij draaide zich plotseling van haar af, knipperde tranen weg.

'Ik stink,' zei hij.

'Ja,' viel Norah hem bij. 'Behoorlijk.'

Hij keek de ruimte door en zijn blik bleef even hangen bij Bree, die bij de balie stond. Toen keek hij naar de bewegende, flitsende draaideur.

'Goed. Ik neem aan dat ik mazzel heb dat het hem niet interesseerde om te komen.'

David, bedoelde hij. Zoveel pijn in zijn stem. Zoveel woede.

'Hij komt eraan,' zei Norah en ze hield haar stem neutraal. 'Hij kan er zo zijn. Bree heeft mij hierheen gereden. Nou, meer gevlogen, eigenlijk.'

Ze had hem willen laten glimlachen, maar hij knikte alleen maar.

'Gaat het goed met haar?'

'Ja,' zei Norah, met hun conversatie in de auto in gedachten. 'Het gaat goed met haar.'

Hij knikte. 'Mooi. Dat is mooi. Papa zal wel woest zijn.'

'Daar zou ik maar op rekenen.'

'Moet ik naar de gevangenis?' Pauls stem was heel zacht.

Ze haalde diep adem. 'Ik weet het niet. Ik hoop van niet. Maar ik weet het niet.'

Ze zaten zwijgend naast elkaar. Bree praatte nu met een agent, knikkend, gebarend. Daarachter draaide en draaide de draaideur, in flitsen licht en donker, en spuwde vreemden naar binnen en naar buiten, een voor een. En toen was het David die over het sierbeton kwam aanlopen. Zijn zwarte schoenen kraakten en zijn uitdrukking was serieus en onbewogen, onmogelijk te peilen. Norah verstrakte en voelde Paul naast zich verstrakken. Tot haar verrassing liep David recht op Paul af en greep hem vast in een krachtige, woordeloze omhelzing.

'Je bent veilig,' zei hij. 'Godzijdank.'

Ze gaf een diepe zucht, dankbaar voor dit moment. Een agent met wit stekeltjeshaar en helblauwe ogen kwam naar hen toe lopen, met een klembord onder zijn arm. Hij schudde Norah en David de hand. Toen wendde hij zich tot Paul.

'Wat ik het liefste zou willen is je in de cel gooien,' zei hij gemoedelijk. 'Zo'n wijsneus als jij. Ik weet niet hoeveel ik er in de loop der jaren heb gezien, jongens die zichzelf zo stoer vinden, jongens die steeds weer vrijgelaten worden tot ze uiteindelijk echte narigheid veroorzaken. Dan gaan ze een hele tijd de bak in en ontdekken ze dat ze echt niet zo stoer zijn. Helemaal niet stoer. Je moest je schamen. Maar je buren schijnen te denken dat ze je een gunst bewijzen door geen aanklacht over de auto in te dienen. Dus omdat ik je niet kan opsluiten, draag ik je over aan je ouders.'

Paul knikte. Zijn handen trilden; hij schoof ze in zijn broekzakken. Ze keken allemaal toe hoe de agent een papier van zijn klembord scheurde, dat aan David gaf en toen langzaam terugliep naar de balie.

'Ik heb de familie Boland gebeld,' legde David uit. Hij vouwde het papier op en stopte het weg in zijn borstzak. 'Ze waren redelijk. Dit had veel slechter kunnen aflopen, Paul. Maar denk maar niet dat je niet elke rooie cent hoeft terug te betalen van de kosten om die auto weer te repareren. En denk maar niet dat je leven de komende tijd erg gezellig zal zijn. Geen vrienden. Geen sociaal leven.'

Paul knikte, slikte.

'Ik moet repeteren,' zei hij. 'Ik kan het kwartet niet zomaar in de steek laten.'

'Nee,' zei David. 'Wat jíj niet kunt doen is een auto van onze buren stelen en verwachten dat het leven gewoon verder gaat.'

Norah voelde naast zich hoe gespannen en woedend Paul was. Laat nou maar, dacht ze toen ze de spier in Davids kaak zag bewegen. Laat nou maar, jullie allebei. Het is wel genoeg.

'Prima,' zei Paul. 'Dan kom ik niet naar huis. Dan ga ik nog liever de gevangenis in.'

'Oké. Dat kan ik vast wel regelen,' antwoordde David op gevaarlijk koele toon.

'Ga je gang,' zei Paul. 'Regel het maar. Want ik ben muzikant. En ik ben goed. En ik ga nog liever op straat slapen dan dat ik het opgeef. Shit, ik ga nog liever dood.'

Een ogenblik, een hartslag. Toen David niet antwoordde, vernauwden Pauls ogen zich. 'Mijn zusje weet niet half hoe verstandig ze is geweest,' zei hij.

Norah, die zich heel stil had gehouden, voelde de woorden als scherven ijs, een scherpe, helder stekende pijn. Voor ze wist wat ze deed, had ze Paul in zijn gezicht geslagen. De stoppels van zijn nieuwe baard waren ruw tegen haar handpalm – hij was een man, geen jongen meer, en ze had hem hard geslagen. Hij wendde zich geschokt af, terwijl zich al een rode vlek op zijn wang begon af te tekenen.

'Paul,' zei David. 'Maak de dingen niet erger dan ze zijn. Zeg geen dingen waar je de rest van je leven spijt van zult hebben.'

Norah's hand tintelde nog steeds, haar bloed kolkte.

'We gaan naar huis,' zei ze. 'We handelen dit verder thuis af.'

'Ik weet het niet. Een nacht in de cel doet hem misschien wel goed, Norah.'

'Ik heb al een kind verloren,' zei ze, terwijl ze zich naar hem omdraaide. 'Ik wil er niet nog een kwijt.'

Nu keek David verbijsterd, alsof ze hem ook had geslagen. De ventilator aan het plafond klikte en de draaideur draaide met ritmisch gebonk.

'Goed,' zei David. 'Misschien is dat goed. Misschien heb je gelijk dat je geen aandacht aan me schenkt. God weet dat ik spijt heb van de dingen die ik ten nadele van jullie heb gedaan.'

'David?' zei Norah toen hij zich omdraaide, maar hij gaf geen antwoord. Ze keek hoe hij wegliep en door de draaideur verdween. Buiten was hij nog even zichtbaar, een man van middelbare leeftijd in een donker colbert, en toen was hij verdwenen in de menigte. De ventilator aan het plafond klikte te midden van geurtjes van zuur vlees, patates frites en schoonmaakmiddel.

'Ik wilde niet...' begon Paul.

Norah hief haar hand op.

'Niet doen. Alsjeblieft. Niets meer tegen me zeggen.'

Het was Bree die hen kalm en efficiënt naar de auto leidde. Ze openden de ramen tegen Pauls zweetlucht en Bree reed, haar smalle vingers stevig om het stuur. Norah was in zichzelf gekeerd en lette nauwelijks op, en pas na bijna een halfuur besefte ze dat ze de snelweg hadden verlaten en langzamer reden, op kleinere wegen, door de heldere lente op het platteland. Velden, nog maar nauwelijks groen, en takken met net ontluikende knoppen schoten langs de ramen.

'Waar ga je heen?' vroeg Norah.

'Even een uitstapje,' zei Bree. 'Je ziet het zo wel.'

Norah wilde niet naar Brees handen kijken, zo benig, met een zichtbare blauwe ader. Ze gluurde naar Paul in de achteruitkijkspiegel. Hij zat bleek en nukkig op de achterbank, zijn armen over elkaar, onderuitgezakt, duidelijk kwaad, duidelijk gekweld. Ze had daarginds het verkeerde gedaan door zo uit te halen naar David, door Paul te slaan. Ze had de dingen alleen maar erger gemaakt. Zijn kwade ogen ontmoetten de hare in de spiegel en ze herinnerde zich zijn zachte, mollige kinderhand tegen haar wang, zijn lach die door de kamers schalde. Een volkomen andere jongen, dat kind, en waar was die gebleven?

'Wat voor soort uitstapje?' vroeg Paul.

'Nou, eigenlijk probeer ik de Gethsemane-abdij te vinden.'

'Waarom?' vroeg Norah. 'Is die hier in de buurt?'

Bree knikte. 'Die moet hier ergens zijn. Ik heb hem altijd al willen zien, en op weg hierheen besefte ik hoe dichtbij we waren. Ik dacht, waarom niet? Het is zo'n mooie dag.'

Het was mooi, de lucht helderblauw, bleek aan de horizon, de bomen scherp en levendig, ruisend in de bries. Ze reden nog een minuut of tien over kleine weggetjes en toen stopte Bree langs de kant en begon onder de stoel te rommelen.

'Ik denk dat ik geen kaart bij me heb,' zei ze toen ze weer rechtop ging zitten.

'Jij hebt nooit een kaart bij je,' antwoordde Norah, en realiseerde zich op hetzelfde moment dat dat hun hele leven zo was geweest. Toch leek het niet uit te maken. David en zij waren begonnen met allerlei soorten kaarten, en kijk waar ze nu waren.

Bree was gestopt vlak bij twee boerderijen, bescheiden en wit. De deuren waren dicht en er was niemand te zien. Verderop in de heuvels stonden de glanzend grijs verweerde tabaksschuren open. Het was plantseizoen. In de verte kropen tractors over de versgeploegde velden en mensen liepen erachteraan, bukkend om de heldergroene tabakszaailingen in de donkere aarde te zetten. Aan het uiteinde van het veld stond langs de weg een wit kerkje, overschaduwd door oude esdoorns en omzoomd met een rij paarse viooltjes. Aan de zijkant van dit kerkje lag een kerkhof, met scheefgezakte oude grafstenen achter een smeedijzeren hek. Het leek zo op de plek waar haar dochter was begraven dat Norah haar adem inhield bij de herinnering aan die dag in maart, het vochtige gras onder haar voeten, de laaghangende wolken, en David zwijgend, onbereikbaar naast haar. *Stof zijt gij en tot stof zult gij wederkeren*, en de vertrouwde wereld had onder hen geschud.

'Rij daar maar heen,' zei ze. 'Misschien weet iemand daar het wel.'

Bij de kerk stapten ze uit de auto. Ze voelden zich stads en misplaatst in hun kantoorkleren. Het was heel stil, bijna heet. Zonlicht schitterde door de bladeren. Het gras onder Brees gele schoenen was donkergroen en welig. Norah legde haar hand op Brees dunne arm. Het gele linnen voelde zowel zacht als knisperend aan.

'Je verruïneert die schoenen,' zei ze.

Bree keek naar beneden, knikte en gleed met haar voeten eruit.

'Ik ga het vragen in de pastorie,' zei ze. 'De voordeur staat open.'

'Oké,' zei Norah. 'Wij wachten hier.'

Bree bukte om haar schoenen op te pakken en liep toen door het volle groene gras, een beetje meisjesachtig en kwetsbaar op haar bleke benen, haar kousenvoeten. Haar gele schoenen bungelden in een hand. Plotseling herinnerde Norah zich haar rennend door een weide achter hun ouderlijk huis, schaterend in de zondoortrokken lucht. Word beter, dacht ze terwijl ze Bree zag weglopen. Lieve zus, word beter.

'Ik ga even een stukje wandelen,' zei ze tegen Paul, die nog steeds op de achterbank zat te mokken. Ze liet hem daar en volgde het kiezelpad naar het kerkhof. Het ijzeren hek ging gemakkelijk open en Norah wandelde tussen de grijze, verweerde zerken door. Ze was al jaren niet meer bij het graf op Bentleys boerderij geweest. Ze keek achterom naar Paul. Hij kwam de auto uit en rekte zich uit, zijn ogen verstopt achter een donkere zonnebril.

De kerkdeur was rood. Hij zwaaide geluidloos open toen Norah hem aanraakte. Binnen was het halfduister en koel en de glas-in-loodramen vertoonden stralende, juweelachtige afbeeldingen van heiligen en bijbelse taferelen, duiven en vlammen. Norah dacht aan Sams slaapkamer, de overvloed aan kleuren daar, en hoe rustig dit in contrast daarmee leek, met kleuren die stabiel en onbeweeglijk naar beneden vielen. Er lag een opengeslagen gastenboek en ze tekende het in haar vloeiende handschrift, denkend aan de ex-non die haar het schuinschrift had geleerd. Norah treuzelde. Misschien kwam het gewoon door de stilte dat ze een paar stappen over het lege middenpad liep. Stilte en dat gevoel van vrede en leegte, de manier waarop het licht door de glas-in-loodramen viel, de lucht vol stofjes. Norah liep door dat licht: rood, donkerblauw, goud.

De kerkbanken roken naar boenwas. Ze glipte in een ervan. Er stonden blauwfluwelen bidbankjes, een beetje stoffig. Ze dacht aan Brees oude bank, en toen moest ze plotseling denken aan de vrouw van haar vroegere avondclubje – de vrouw die met cadeautjes voor Paul naar haar huis was gekomen. Ze herinnerde zich dat ze hen een keer had geholpen om de kerk schoon te maken, hoe ze de kerkbanken hadden geboend door op een doek te gaan zitten en op hun achterste over de lange gladde planken te glijden. Zo gaat het sneller, hadden ze gegrapt, en hun gelach had de kerk gevuld. In haar verdriet had Norah zich van hen afgewend en ze was nooit meer teruggegaan, maar nu drong het tot haar door dat ook zij verdriet hadden gekend, geliefden waren verloren, ziekten hadden doorgemaakt, zichzelf en anderen hadden teleurgesteld. Norah had niet een van hen willen zijn of hun troost willen aanvaarden, en was weggelopen. Bij de herinnering vulden haar ogen zich met tranen. Hè, wat kinderachtig, haar verlies was al achttien jaar geleden. Dit verdriet hoorde toch niet zo op te wellen, vers als water in een bron, zo pijnlijk als water dat door de aarde heendrong.

Het was waanzinnig. Ze moest zo verschrikkelijk huilen. Ze was zo hard en zo ver weggelopen om dit ogenblik te vermijden, en nu was het toch aan het gebeuren: een vreemde sliep op de bedbank, dromend, met in haar buik een mysterieus nieuw leven als een geheim, en David haalde zijn schouders op, trok zich terug en keerde zich af. Als ze naar huis ging, wist ze, zou hij zijn vertrokken, misschien met een gepakte koffer, maar verder met niets. Ze huilde om dit besef en om Paul, om de woede en de verloren uitdrukking in zijn ogen. Om haar dochter, die ze nooit had gekend. Om Brees smalle handen. Om de talloze manieren waarop de liefde hen allen had teleurgesteld, en zij de liefde. Verdriet, leek het, was een fysieke plaats, een soort voorjaar. Norah huilde een hele tijd, zich van niets anders bewust dan van een soort bevrijding die ze zich uit haar kindertijd herinnerde. Ze snikte tot het pijn deed, tot ze ademloos en op was.

Tussen de open dakspanten hadden vogels, mussen, nesten gebouwd. Toen ze weer tot zichzelf kwam, werd Norah zich langzaam bewust van hun zachte geluiden, het gefladder van vleugels. Ze zat geknield, met haar armen op de rugleuning van de kerkbank voor haar. Het licht viel nog steeds in hoekige bundels door de ramen en kwam in plasjes op de vloer samen. Beschaamd ging ze rechtop zitten en veegde de tranen van haar gezicht. Een paar grijze veren lagen op de stenen treden naar het altaar. Toen Norah omhoog keek zag ze een mus boven haar hoofd fladderen, een schaduw tussen de grotere schaduwen. Door de jaren heen hadden hier zoveel anderen gezeten met hun geheimen, donker en licht, met hun dromen. Ze vroeg zich af of hun wilde verdriet net als het hare was verlicht. Ze kon het niet rijmen dat deze plek haar zo'n vrede had gegeven, maar het was wel zo.

Toen ze weer naar buiten de zon in stapte, knipperend met haar ogen, zat Paul op een steen voor het gietijzeren hek.

In de verte liep Bree door het gras. Haar schoenen bungelden in haar hand.

Hij knikte naar de verspreid staande grafstenen op het kerkhof. 'Het spijt me,' zei hij. 'Wat ik zei. Ik meende het niet. Ik probeerde papa kwaad te maken, zodat ik kwaad kon zijn.'

'Zeg het nooit meer,' zei Norah. 'Dat je liever dood bent. Zeg dat nooit en te nimmer meer tegen me. En denk het ook niet.'

'Ik weet het,' zei hij. 'Het spijt me echt.'

'Ik weet dat je kwaad bent,' zei Norah. 'Je hebt het recht om het leven te leiden dat je wilt. Maar je vader heeft gelijk. Er zijn altijd bepaalde voorwaarden. Als je die aan je laars lapt, sta je alleen.'

Ze zei dat alles zonder hem aan te kijken en toen ze zich omdraaide was ze geschokt te zien hoe vertrokken zijn gezicht was, met tranen op zijn wangen. Ach, de jongen die hij was geweest was toch niet zo ver weg. Ze knuffelde hem zo goed als ze kon. Hij was zo lang; haar hoofd kwam maar tot zijn oksel.

'Luister eens, ik hou van je,' zei ze tegen zijn stinkende shirt. 'Ik ben zo blij dat je er weer bent. En je stinkt echt vreselijk,' voegde ze er lachend aan toe, en hij lachte ook.

Ze hield haar hand boven haar ogen en keek over het veld naar Bree, nu dichterbij.

'Het is niet ver,' riep Bree. 'Een stukje terug langs deze weg. Ze zegt dat we het niet kunnen missen.'

Ze stapten weer in de auto, keerden en reden terug over de smalle weggetjes door de golvende heuvels. Na een paar kilometer begonnen ze tussen de cipressen door witte gebouwen te zien. Toen verscheen plotseling de Gethsemane-abdij in volle glorie, schitterend, sterk en eenvoudig tegen het glooiende groene landschap. Bree draaide een parkeerplaats op, onder een rij ruisende bomen die nu, tegen het eind van de lente, vol in het blad zaten. Toen ze uitstapten begonnen er klokken te luiden, om de monniken voor het gebed op te roepen. Ze bleven even staan luisteren. Het heldere geluid stierf weg in de nog helderdere lucht, koeien graasden in de verte en wolken gleden er-overheen.

'Wat prachtig,' zei Bree. 'Thomas Merton woonde hier vroeger, wisten jullie dat? Hij is naar Tibet gegaan om de dalai lama te ontmoeten. Ik probeer me dat moment graag voor te stellen. Ik stel me ook graag al die monniken binnen voor, die elke dag hetzelfde doen.'

Paul had zijn zonnebril afgezet. Zijn ogen, net als de hare donker-groen, stonden helder. Hij zocht in zijn broekzak en spreidde een paar kleine stenen op de motorkap van de auto uit.

'Herinneren jullie je deze?' vroeg hij. Hij pakte er een op en betastte de gladde witte steen met een gat in het midden. 'Fossielen. Van zee-lelies. Papa vertelde me erover op die dag dat ik mijn arm brak. Ik heb net gewandeld toen jullie in die kerk waren. Ze liggen hier overal.'

'Ik was het vergeten,' zei Norah langzaam, maar toen kwam het in een golf terug: de ketting die Paul had gemaakt, en hoe bezorgd ze was geweest dat die ergens aan zou blijven haken zodat hij zou stik-ken. Het geluid van klokken stierf weg in de heldere, heldere lucht.

Ze pakte een fossiel op. Hij had de maat van een overhemdknoop en lag licht en warm in haar hand. Ze herinnerde zich dat David Paul optilde, hem wegdroeg van het feestje en zijn gebroken arm zette. Hoe hard David had gewerkt om voor hen drieën de dingen goed te maken, in orde te maken, en toch was het op de een of andere manier altijd zo moeilijk geweest, voor hen alledrie, alsof ze zwommen in de ondiepe zee die ooit dit land hier had bedekt.

*1988*

# *Juli 1988*

# David

David Henry zat thuis, boven in zijn kantoor. Door het raam, met licht vervormd glas dat door de jaren heen wazig was geworden, zag de straat er onscherp uit, golvend en een beetje misvormd. Hij keek hoe een eekhoorn een nootje oppakte en tegen de esdoorn oprende, waarvan de bladeren tegen het raam drukten. Rosemary zat op haar knieën bij de veranda. Haar lange haar slierde heen en weer als ze naar voren boog om bollen en eenjarige plantjes in de door haarzelf aangelegde bloembedden te planten. Ze had de tuin veranderd door daglelies en Oost-Indische kers uit de tuinen van vrienden mee te brengen en vlas te planten bij de garage, waar het overvloedig bleekblauw, als een mistwolk, stond te bloeien. Jack zat met zijn eigen plastic schepje naast haar en maakte tevreden bergjes aarde op het grasveld en het pad. Het was een stevig knulletje, nu vijf jaar oud, vrolijk en blijmoedig, met een rossig tintje in zijn blonde haren en met donkerbruine ogen. Hij had een eigenzinnig karakter. Op de avonden dat David op hem paste, als Rosemary naar haar werk moest, stond Jack erop alles zelf te doen. 'Ik ben een grote jongen,' verkondigde hij meermaals per dag, trots en gewichtig.

David liet hem zelf doen wat hij wilde, binnen de grenzen van het veilige en redelijke. De waarheid was dat hij ervan genoot om naar het jochie te kijken. Hij vond het heerlijk om Jack voor te lezen, zijn gewicht en warmte te voelen, zijn hoofdje dat tegen zijn schouder viel als hij bijna in slaap sukkelde. Hij hield ervan dat kleine handje vol vertrouwen vast te houden, als ze over het trottoir naar de winkel liepen. Het deed David verdriet dat zijn herinneringen aan Paul op deze leeftijd zo spaarzaam, zo vluchtig waren. Hij was toen natuurlijk met zijn carrière bezig geweest, druk met zijn kliniek en ook met zijn fotografie, maar eigenlijk kwam het door zijn schuldgevoel dat hij zich op een afstand had gehouden. De patronen van zijn leven waren nu pijnlijk helder. Hij had hun dochter aan Caroline Gill overhandigd en het geheim had wortel geschoten, het was gaan groeien en bloeien als een levende steen midden in zijn gezin. Jarenlang was hij thuisgekomen bij Norah, die drankjes mixte of een luier verschoonde, en had hij gedacht hoe lief ze was en hoe slecht hij haar kende.

Hij was nooit in staat geweest haar de waarheid te vertellen, omdat hij wist dat hij haar – en Paul misschien ook – volledig kwijt zou raken als hij dat deed. Dus had hij zich op zijn werk gestort, en in die gebieden van zijn leven die hij onder controle had was hij heel succesvol geweest. Maar jammer genoeg herinnerde hij zich van de jaren dat Paul klein was alleen maar een paar korte, losstaande momenten, helder als foto's: Paul slapend op de bank, een handje over de rand, zijn donkere haar in de war. Paul in de branding, schreeuwend van angst en verrukking terwijl de golven rond zijn knieën schuimden. Paul aan het tafeltje in de speelkamer, serieus kleurend, zo opgaand in zijn werk dat hij niet in de gaten had dat David in de deuropening naar hem stond te kijken. Paul, die een lijn uitwierp in het stille water en bewegingloos, bijna zonder adem te halen, samen met hem in de schemering wachtte tot hij beet had.

Die korte herinneringen, haast ondraaglijk mooi. En daarna de jaren van zijn puberteit, toen Paul nog verder van hem af was komen te staan dan Norah en het huis stond te schudden van zijn muziek en zijn woede.

David tikte op het raam en zwaaide naar Jack en Rosemary. Hij had dit huis, twee onder een kap, in zo'n grote haast gekocht dat hij er maar één keer naar had gekeken en toen naar huis was gegaan om te pakken, terwijl Norah op haar werk was. Het was een oud huis van twee verdiepingen, bijna exact in tweeën gedeeld, met dunne wanden die een scheiding vormden in wat ooit grote ruimten waren geweest. Zelfs de trap, ooit breed en sierlijk, was doormidden gedeeld. David had zelf het grootste appartement genomen en de sleutels van het andere aan Rosemary gegeven. De afgelopen vier jaar hadden ze naast elkaar gewoond, gescheiden door die dunne muren maar met elke dag contact. Rosemary had zo nu en dan geprobeerd huur te betalen, maar David had dat afgewimpeld en haar gezegd weer naar school te gaan en een diploma te halen: dan kon ze hem later terugbetalen. Hij wist dat zijn motieven niet volledig altruïstisch waren, en toch kon hij niet verklaren, zelfs niet aan zichzelf, waarom ze zoveel voor hem betekende. 'Ik vul de plaats op van de dochter die je hebt weggegeven,' had ze een keer gezegd. Hij had geknikt en erover nagedacht, maar toch was het dat niet, niet precies. Hij vermoedde dat het meer kwam doordat Rosemary zijn geheim kende. Hij had zijn verhaal in een golf van emoties aan haar verteld, de eerste en laatste keer dat hij dat ooit had gedaan, en zij had geluisterd zonder hem te veroordelen. Dat gaf hem zoveel vrijheid dat David daardoor volledig zichzelf kon zijn bij Rosemary, die had geluisterd naar wat hij had gedaan zonder hem af te wijzen. En ook zonder het aan iemand door te vertellen. In de loop der jaren hadden Rosemary en Paul op een vreemde manier een vriendschap opgebouwd, eerst terughoudend en later met een soort serieuze, doorlopende discussie over dingen die ze allebei belangrijk vonden – politiek, muziek, sociale gerechtigheid –, discussies die tijdens Pauls zeldzame bezoeken tijdens het eten begonnen en tot 's nachts doorgingen.

Soms vermoedde David dat dit Pauls manier was om afstand van hem te houden, een manier om bij hem thuis te komen zonder over iets echt persoonlijks te hoeven praten. Zo nu en dan zocht David toenadering, maar Paul koos dat moment altijd uit om weg te gaan; dan duwde hij gapend zijn stoel achteruit, plotseling moe.

Nu keek Rosemary op, veegde met haar pols een lok haar van haar wang en zwaaide terug. David bewaarde zijn computerbestanden en liep in de richting van de smalle trap naar beneden. Onderweg kwam hij langs de deur van Jacks slaapkamertje. Die had eigenlijk afgesloten moeten worden toen het huis in tweeën werd gesplitst, maar op een avond had David in een impuls de deurkruk naar beneden geduwd en ontdekt dat dat niet was gebeurd. Nu duwde hij de deur zachtjes open. Rosemary had de muren van Jacks slaapkamer lichtblauw geschilderd, en het bed en de aankleedtafel, die ze bij de vuilnis had gevonden, helderwit. Er hing een sterke lucht van parfum en babypoeder; op de stoel in de hoek lag een zwembroekje. David bleef staan en luisterde naar de geluiden van het huis: een kraan die drupte, de zoem van de oude koelkast. Hij snoof haar geur en die van Jack op, trok toen de deur stevig dicht en vervolgde zijn weg door de smalle hal. Hij had Rosemary nooit verteld over die open deur, maar hij was er ook nooit door naar binnen gegaan. Het had voor hem met respect te maken, dat hij ondanks het schandaal nooit misbruik van haar had gemaakt, nooit inbreuk had gemaakt op haar persoonlijke leven.

Toch vond hij het prettig te weten dat de deur daar was.

Hij had meer administratie te doen, maar David ging naar beneden.

Zijn joggingschoenen stonden op de achterveranda. Hij deed ze aan, trok de veters stevig vast en liep om het huis heen naar voren. Jack stond bij de pergola blaadjes van de rozen te trekken. David hurkte en trok hem tegen zich aan. Hij voelde zijn zachtheid en zijn kleine gewicht, zijn regelmatige ademhaling. Jack was in november geboren, laat in de middag, toen het net begon te schemeren. David had Rosemary naar het ziekenhuis gereden en tijdens de eerste zes uur van de bevalling bij haar gezeten, terwijl hij schaakte en haar ijsjes bracht. Anders dan Norah was Rosemary niet geïnteresseerd in een natuurlijke bevalling. Zo gauw het mogelijk was kreeg ze een ruggenprik, en toen de weeën afnamen kreeg ze pitocin om ze weer op te wekken. David hield haar hand vast toen de weeën sterker werden, maar toen ze naar de verloskamer werd gebracht was hij niet meegegaan. Dat was té privé, en niet zijn plaats. Toch was hij na Rosemary de eerste geweest die Jack had vastgehouden, en hij was van het jochie gaan houden alsof het zijn eigen kind was.

'Je ruikt gek,' zei Jack nu, terwijl hij tegen Davids borstkas duwde. Om hen heen groeide en bloeide de tuin, overdadig, in een wilde uitbarsting van kleuren.

'Dat komt door mijn oude vieze overhemd,' zei David.

'Ga je hardlopen?' vroeg Rosemary. Ze zat op haar hurken en veegde de aarde van haar handen. Ze was slank tegenwoordig, bijna knokig, en hij maakte zich zorgen over het tempo dat ze aanhield, over hoe hard ze zich inspande op school en in haar baan. Ze veegde met haar pols het zweet van haar voorhoofd en liet er een streep vuil op achter.

'Ja, inderdaad. Ik heb m'n buik helemaal vol van die verzekeringspapieren.'

'Ik dacht dat je iemand had ingehuurd?'

'Dat is ook zo. Ze is vast wel goed, denk ik, maar ze kan pas volgende week beginnen.'

Rosemary knikte nadenkend. Het licht viel op haar bleke wimpers. Ze was jong, nog maar tweeëntwintig, maar ze was sterk en wist wat ze wilde, en gedroeg zich met de zelfverzekerdheid van een jaren oudere vrouw.

'Moet je vanavond naar school?' vroeg hij, en ze knikte.

'Voor de allerlaatste keer. De zevenentwintigste juli.'

'O ja. Ik was het helemaal vergeten.'

'Je hebt het druk gehad.'

Hij knikte, een beetje schuldig, een beetje verward door de datum. Zevenentwintig juli; het viel nauwelijks te begrijpen dat er zoveel tijd zo snel voorbij was gegaan. Rosemary was na de geboorte van Jack terug naar school gegaan, in dezelfde donkere januarimaand als waarin hij zijn vorige praktijk de rug had toegekeerd, omdat ze een man die al twintig jaar zijn patiënt was hadden weggestuurd bij gebrek aan een ziektekostenverzekering. Hij had zijn eigen praktijk opgezet en hielp iedereen die hem nodig had, verzekerd of niet. Geld was niet meer zo belangrijk. Paul was klaar met het conservatorium en zijn eigen schulden waren al lang en breed afbetaald, dus hij kon doen wat hij wilde. Tegenwoordig werd hij, net als artsen in het verleden, soms in natura betaald, met een klusje op zijn erf, met wat iemand dan ook maar kon bieden. Hij stelde zich voor dat hij nog een jaar of tien op deze manier zou doorgaan, met elke dag patiënten maar langzamerhand minder, tot zijn fysieke leven beperkt bleef tot dit huis, deze tuin, de ritjes naar de kruidenier en de kapper. Norah zou misschien nog steeds als een libel de wereld rondvliegen, maar zo'n leven was niets voor hem. Hij was aan het wortelen en die wortels schoten diep.

'Ik heb vandaag scheikunde-examen,' zei Rosemary terwijl ze haar handschoenen uittrok. 'En dan, hoera, klaar.' Bijen zoemden in de kamperfoelie en Jack rekte zich uit naar de lichte, geurige bloemen van de nieuwe mimosa. Rosemary riep hem scherp tot de orde. 'Er is nog iets wat ik je moet vertellen,' zei ze. Ze trok aan haar shorts en ging naast hem op de warme betonnen treden zitten.

'Klinkt serieus.'

Ze knikte. 'Dat is het ook. Ik heb gisteren een baan aangeboden gekregen. Een goede.'

'Hier?'

Ze schudde haar hoofd, glimlachte en zwaaide naar Jack die een radslag probeerde te maken en met uitgespreide armen en benen op het grasveld viel. 'Dat is het nou juist. Het is in Harrisburg.'

'Vlak bij je moeder,' zei hij. Zijn hart zonk in zijn schoenen. Hij wist dat ze naar een baan had gezocht en hij had gehoopt dat ze in de buurt zou blijven. Maar verhuizen was altijd een heel reële optie geweest; twee jaar geleden, nadat haar vader vrij plotseling was overleden, had Rosemary het bijgelegd met haar moeder en haar oudere zus, die heel graag wilden dat ze terugkwam en Jack in hun buurt opvoedde.

'Precies. Het is een perfecte baan voor me – vier dagen van tien uur, per week. Ze betalen ook mijn verdere studie. Uiteindelijk kan ik dan fysiotherapeut worden. En wat vooral belangrijk is, ik zal tijd voor Jack hebben.

'En hulp,' zei hij. 'Je moeder zal helpen. Je zus ook.'

'Ja. Dat lijkt me echt geweldig. En ook al houd ik van Kentucky, het is nooit mijn thuis geworden, niet echt.'

Hij knikte, blij voor haar, maar vertrouwde zichzelf niet om iets te zeggen. Soms had hij gefantaseerd, theoretisch, over de mogelijkheid om het huis voor zichzelf te hebben: de muren die neergehaald konden worden, de grotere ruimte, deze twee-onder-één-kap die stap voor stap werd teruggebracht tot de sierlijke eengezinswoning die het ooit was geweest. Maar al zijn fantasieën waren over ruimte en lucht gegaan, wat hij met gemak opzij schoof voor het plezier om haar voetstappen en gedempte bewegingen naast zich te horen, om 's nachts wakker te worden van Jacks huilen in de verte.

Er stonden tranen in zijn ogen. Hij lachte.

'Tja,' zei hij en deed zijn bril af. 'Ik neem aan dat dit moest gebeuren. Gefeliciteerd natuurlijk.'

'We blijven langskomen,' zei ze. 'En jij bij ons.'

'Natuurlijk,' zei hij. 'Ik weet zeker dat we elkaar vaak zullen zien.'

'Absoluut.' Ze legde haar hand op zijn knie. 'Luister, ik weet dat we er nooit over praten. Ik weet eerlijk gezegd zelfs niet hoe ik erover moet beginnen. Maar wat het voor me heeft betekend – hoe je me hebt geholpen – daar ben ik zo dankbaar voor. Dat zal ik altijd zijn.'

'Ik ben er wel van beschuldigd dat ik te hard mijn best doe om mensen te redden,' zei hij.

Ze schudde haar hoofd. 'Je hebt mijn leven in zoveel opzichten gered.'

'Nou, oké. Als dat waar is, ben ik blij. God weet dat ik elders genoeg schade heb aangericht. Ik schijn Norah nooit veel goed gedaan te hebben.'

Er viel een stilte. In de verte snorde een grasmaaier.

'Je zou het haar moeten vertellen,' zei Rosemary zacht. 'Paul ook. Dat moet je echt doen.' Jack zat nu gehurkt op het pad en maakte kleine bergjes grint door de steentjes tussen zijn vingers door te laten glijden. 'Het is niet aan mij om er iets over te zeggen, dat weet ik. Maar Norah zou over Phoebe moeten weten. Het is niet goed dat ze dat niet doet. Het is ook niet goed wat ze al deze tijd over ons gedacht moet hebben.'

'Ik heb haar de waarheid verteld. Dat we vrienden zijn.'

'Ja. En dat zijn we ook. Maar hoe kon ze dat geloven?'

David haalde zijn schouders op. 'Omdat het zo is.'

'Niet helemaal. David, op de een of andere idiote manier zijn wij met elkaar verbonden, jij en ik, vanwege Phoebe. Omdat ik dat geheim ken. En weet je, ik vond dat altijd wel fijn. Ik voelde me bijzonder omdat ik het wist en de anderen niet. Dat geeft een soort macht, toch? Een geheim kennen? Maar de laatste tijd vind ik het niet meer zo fijn om het te weten. Ik ben eigenlijk niet degene die het moet weten, vind je wel?'

'Nee.' David pakte een klompje droge aarde en verkruimelde het tussen zijn vingers. 'Ik neem aan van niet.'

'Dus. Snap je? Zul je het doen? Het haar vertellen, bedoel ik?'

'Ik weet het niet, Rosemary. Dat kan ik niet beloven.'

Ze zaten een paar minuten zwijgend in de zon en keken hoe Jack op het gras radslagen probeerde te maken. Hij was vlasblond, beweeglijk, van nature atletisch, een jongetje dat van rennen en klimmen hield. David had een spaarrekening voor hem geopend, en ook een voor Phoebe. Nóg een geheim – niemand wist ervan en dat zou zo blijven tot David stierf. Toen hij uit West Virginia was teruggekomen had hij zich bevrijd gevoeld van iets. Van zijn eigen verdriet en verlies, dat hij al die jaren had weggestopt. Toen June was doodgegaan had hij geen manier gehad om onder woorden te brengen wat ze kwijt waren geraakt, niet echt een manier om verder te gaan. In die tijd was het zelfs ongepast om over de doden te praten, en dus hadden ze dat niet gedaan. Ze hadden al die rouw onverwerkt gelaten. Op de een of andere manier was hij ermee in het reine gekomen door terug te gaan. Hij was naar huis gegaan naar Lexington, weliswaar uitgeput maar ook kalm en zeker. Na al die jaren had hij eindelijk de kracht gevonden om Norah de vrijheid te geven om haar eigen leven opnieuw vorm te geven.

\* \* \*

Toen Jack geboren was had David een rekening voor hem geopend op Rosemary's naam, en ook een voor Phoebe op Carolines naam. Dat was gemakkelijk genoeg: al die jaren had hij Carolines sofinummer bewaard. Haar adres had hij ook. Het had een privé-detective minder dan een week gekost om Caroline en Phoebe te vinden, in Pittsburgh waar ze in een hoog, smal huis vlak bij de snelweg woonden. David was erheen gereden en had de auto daar op straat geparkeerd, met het plan de trap op te lopen en op de deur te kloppen. Wat hij wilde was aan Norah vertellen wat er gebeurd was en dat kon niet zonder haar ook te vertellen waar Phoebe was. Norah zou haar dochter willen zien, dat wist hij zeker, dus het was niet alleen zijn eigen leven dat hij misschien zou veranderen, of dat van Norah of Paul. Hij was hierheen gekomen om Caroline te vertellen wat hij dacht, wat hij hoopte te doen.

Was het de juiste keuze? Hij wist het niet. Hij zat in de auto. Het was schemerig en koplampen flitsten langs de bladeren van de plataan. Phoebe was hier opgegroeid, de straat zo vertrouwd dat hij vanzelf-sprekend voor haar was, dit trottoir dat door boomwortels omhoog was geduwd, het waarschuwingsbord dat zachtjes bewoog in de wind, het voorbijrazende verkeer – al deze dingen zouden voor zijn dochter symbool staan voor 'thuis'. Een stelletje met een baby in een wan-delwagen liep voorbij en toen ging er licht aan in de woonkamer van Carolines huis. David stapte uit de auto en ging bij de bushalte staan. Hij deed zijn best niet op te vallen, ook al tuurde hij over het donker wordende grasveld naar het raam. Binnen, bewegend in het vierkantje licht, maakte Caroline de woonkamer aan kant; ze verzamelde kranten en vouwde een deken op. Ze droeg een schort. Haar bewegingen wa-ren vlot en doeltreffend. Ze ging rechtop staan en rekte zich uit, keek toen over haar schouder en zei iets.

En toen zag David haar: Phoebe, zijn dochter. Ze was in de eetka-mer de tafel aan het dekken. Ze had Pauls donkere haar en zijn profiel, en een ogenblik lang, totdat ze zich omdraaide om het zoutvaatje te pakken, had David het gevoel alsof hij naar zijn zoon stond te kijken. Hij deed een stap vooruit. Phoebe liep uit zijn blikveld weg en kwam toen terug met drie borden. Ze was klein en stevig en had dun haar, met speldjes naar achteren gestoken. Ze droeg een bril. Desondanks vond David de gelijkenis nog steeds zichtbaar: hij herkende Pauls glimlach, zijn neus, Pauls uitdrukking van concentratie op Phoebes gezicht toen ze haar handen in haar zij zette en de tafel inspecteerde. Caroline kwam de kamer in en ging naast haar staan, legde haar arm om Phoebes schouders in een snelle, liefdevolle knuffel en toen lach-ten ze allebei.

Inmiddels was het volledig donker. David stond als aan de grond genageld, blij dat er weinig voetgangers waren. Langs het trottoir rit-selden bladeren in de wind. Hij trok zijn jas steviger dicht en herin-nerde zich hoe hij zich in de nacht van de geboorte had gevoeld, alsof hij buiten zijn eigen leven stond en zichzelf erdoorheen zag bewegen.

Het was een soort afstand nemen, een kunstje dat hij als chirurg had ontwikkeld, maar nu begreep hij dat hij die situatie niet onder controle had, maar er zo totaal van was buitengesloten alsof hij niet bestond. Phoebe was al deze jaren onzichtbaar voor hem geweest: een abstractie, niet een meisje. Toch was ze daar: ze zette glazen op tafel. Ze keek op; een man met borstelig donker haar kwam binnen en zei iets waarom Phoebe moest lachen. Toen gingen ze aan tafel zitten, met hun drieën, en begonnen te eten.

David ging terug naar zijn auto. Hij stelde zich voor dat Norah naast hem in de duisternis stond en toekeek hoe hun dochter zich door haar leven bewoog, zich niet van hen bewust. Hij had Norah pijn gedaan – zijn teleurstelling had veroorzaakt dat ze leed op manieren die hij nooit had kunnen bevroeden of had gewild. Maar dit kon hij haar besparen. Hij kon wegrijden en het verleden laten rusten. En dat deed hij uiteindelijk, en hij reed de hele nacht over de uitgestrekte vlakten van Ohio.

'Ik begrijp het niet.' Rosemary keek hem aan. 'Waarom kun je dat niet beloven? Het is het beste om te doen.'

'Dan veroorzaak ik te veel verdriet.'

'Je weet niet wat er zal gebeuren tot je het doet.'

'Ik kan het vrij goed raden.'

'Maar David – beloof je me dat je erover zult nadenken?'

'Ik denk er elke dag over na.'

Ze schudde bezorgd haar hoofd en liet toen een klein, droevig glimlachje zien.

'Goed dan. Er is nog iets.'

'Ja?'

'Stuart en ik gaan trouwen.'

'Je bent veel te jong om te trouwen,' zei hij direct, en toen moesten ze allebei lachen.

'Ik ben zo oud als de heuvels hier,' zei ze. 'Zo voel ik me de helft van de tijd.'

'Nou,' zei hij, 'gefeliciteerd. Het is geen verrassing, maar het is evengoed mooi nieuws.' Hij dacht aan Stuart Wells, lang en atletisch. Stoer was het woord dat opkwam. Hij was ademhalingstherapeut en al jaren verliefd op Rosemary, maar ze had hem laten wachten tot ze klaar was met school. En hij had gewacht. 'Ik ben blij voor je, Rosemary. Hij is een prima jongen, Stuart. En hij is dol op Jack. Heeft hij daar een baan?'

'Nog niet. Hij is aan het zoeken. Zijn contract hier loopt in juli af.'

'Hoe is de werkgelegenheid in Harrisburg?'

'Matig. Maar ik maak me geen zorgen. Stuart is heel goed.'

'Vast en zeker.'

'Je bent boos.'

'Nee. Nee, helemaal niet. Maar ik voel me bedroefd door je nieuws. Bedroefd en oud.'

Ze lachte. 'Oud als de heuvels?'

Nu lachte hij ook. 'O, veel en veel ouder.'

Ze waren een ogenblik stil. 'Alles liep gewoon zo,' zei Rosemary. 'Alles viel in de afgelopen week samen. Ik wilde niets over de baan zeggen totdat ik er zeker van was. En toen ik de baan had, besloten Stuart en ik te gaan trouwen. Ik weet dat het heel plotseling moet lijken.'

'Ik mag Stuart graag,' zei David. 'Ik verheug me erop hem te feliciteren.'

Ze glimlachte. 'Eerlijk gezegd vroeg ik me af of je mijn getuige bij de bruiloft wilt zijn.'

Hij keek naar haar, naar haar bleke huid; het geluk dat ze niet langer kon inhouden scheen door haar glimlach heen.

'Zeer vereerd,' zei hij ernstig.

'We gaan het hier vieren. Heel klein en eenvoudig en privé. Over twee weken.'

'Je laat er geen gras over groeien.'

'Ik hoef er niet over na te denken,' zei ze. 'Alles voelt gewoon helemaal goed.' Ze keek op haar horloge en zuchtte. 'Ik moet opschieten.' Ze stond op en veegde haar handen af. 'Kom, Jack.'

'Als je wilt houd ik een oogje op hem als jij je gaat verkleden.'

'Dat lijkt me heerlijk. Dank je.'

'Rosemary?'

'Ja?'

'Stuur je me wel af en toe foto's? Van Jack, als hij groter wordt? Van jullie allebei, op jullie nieuwe stek?'

'Natuurlijk. Zeker weten.' Ze sloeg haar armen over elkaar en schopte tegen de rand van de trap.

'Dank je,' zei hij eenvoudig, opnieuw gekweld door de manieren waarop hij het voor elkaar had gekregen zijn eigen leven mis te lopen, opgeslokt als hij was geweest door zijn lenzen en zijn verdriet. De mensen dachten dat hij geen foto's meer maakte vanwege de recensies, vanwege de donkerharige, blauwogige dame in Pittsburgh, vanwege haar ongezouten kritiek. Hij was uit de gunst geraakt, speculeerde men, hij was ontmoedigd. Niemand zou geloven dat het hem gewoon niets meer kon schelen. Maar het was de waarheid. Hij had geen camera meer aangeraakt sinds hij bij de samenvloeiing van die rivieren was gaan staan en ermee was versmolten. Hij had het opgegeven, de kunst en het ambacht, de complexe en uitputtende klus om te proberen de wereld in iets anders te veranderen, om het lichaam wereld te laten worden en de wereld lichaam. Soms kwam hij zijn eigen foto's tegen, in een boek of ergens aan de muur van een kantoor of een huis, en dan schrok hij van hun kille schoonheid, hun technische precisie, soms zelfs van het hongerige zoeken dat hun leegheid impliceerde.

'Je kunt de tijd niet stilzetten,' zei hij nu. 'Je kunt het licht niet vangen. Je kunt alleen maar je gezicht ernaar opheffen en het naar beneden laten komen. Maar toch, Rosemary. Ik wil graag een paar foto's. Van jou, van Jack. Die zullen me toch een indruk geven. Ze zullen me een groot plezier doen.'

'Ik zal er een heleboel sturen,' beloofde ze. Ze raakte zijn schouder aan. 'Ik zal je ermee overspoelen.'

Terwijl zij zich verkleedde zat hij op het trapje, lui in de zon. Jack was aan het graven. *Je zou het haar moeten vertellen.* Hij schudde zijn hoofd. Nadat hij Caroline had gevonden en haar huis als een voyeur had bespied, had hij een advocaat in Pittsburgh gevonden en die spaarrekeningen geopend. Als hij doodging zou de verificatie van zijn testament worden overgeslagen. Voor Phoebe zou gezorgd worden en Norah zou het nooit hoeven te weten.

Rosemary kwam terug, geurend naar lavendelzeep en gekleed in een rok en platte schoenen. Ze nam Jack bij de hand en hees een turquoise rugzak op haar schouders. Ze zag er jong, sterk en slank uit, haar korte haren vochtig, haar gezicht geconcentreerd in een frons. Ze zou Jack onderweg afzetten bij de oppas.

'O,' zei ze, 'door al die andere dingen was ik het haast vergeten: Paul heeft gebeld.'

Davids hart ging sneller kloppen. 'O ja?'

'Ja, vanochtend. Voor hem was het midden in de nacht; hij kwam net terug van een concert. Hij was in Sevilla, zei hij. Hij zit daar al drie weken om flamencogitaar bij iemand te studeren – ik ben vergeten wie, maar hij klonk beroemd.'

'Had hij het naar zijn zin?'

'Ja. Zo klonk hij wel. Hij heeft me geen nummer gegeven. Hij zei dat hij nog wel een keer belt.'

David knikte, blij dat Paul in orde was. Blij dat hij had gebeld.

'Succes met je examen,' zei hij terwijl hij opstond.

'Dank je. Als ik het maar haal, dat is het enige waar het nu om gaat.'

Ze glimlachte, zwaaide en liep met Jack over het smalle stenen pad naar het trottoir. David keek hoe ze wegliep en probeerde het moment – de levendige kleuren, haar haar golvend tegen haar rug, Jacks hand die zich uitstrekte om bladeren en takken te pakken – voor eeuwig in zijn herinnering vast te leggen. Nutteloos, natuurlijk; bij elke stap die ze deed vergat hij dingen. Soms verbaasden zijn foto's hem, beelden die hij tegenkwam, weggestopt in oude dozen of mappen, momenten die hij zich niet kon herinneren, zelfs niet als hij ze zag: hijzelf lachend met mensen wier naam hij was vergeten, Paul met een uitdrukking die David nog nooit van zijn leven had gezien. Wat zou hij nog van dit moment weten over een jaar, over vijf jaar? De zon in Rosemary's haar, de aarde onder haar nagels en de vage zeepgeur.

Op de een of andere manier zou dat genoeg zijn.

Hij bleef even staan, rekte zich uit en begon toen naar het park te joggen. Na ongeveer anderhalve kilometer herinnerde hij zich het andere dat hem de hele ochtend dwars had gezeten, het belangrijke van deze dag behalve Rosemary's examen. Zevenentwintig juli. Norah's verjaardag. Ze werd vandaag vijfenveertig.

Haast niet te geloven. Hij liep in ontspannen tempo en herinnerde zich Norah op hun huwelijksdag. Ze waren naar buiten gelopen, in het kille laatwinterse zonlicht, en hadden op het trottoir handen staan schudden met hun gasten. De wind kwam onder haar sluier, sloeg die tegen haar wang, de pasgevallen sneeuw regende als een wolk blaadjes van de kornoelje naar beneden.

Hij rende en veranderde van richting, weg van het park en in plaats daarvan naar zijn oude buurt, waar Norah nog altijd woonde. Rosemary had gelijk. Ze moest het weten. Hij zou het haar vandaag vertellen. Hij zou naar hun oude huis gaan en daar wachten tot ze terugkwam, en dan zou hij het haar vertellen, ook al kon hij zich niet indenken hoe Norah zou reageren.

'Natuurlijk kun je dat niet,' had Rosemary gezegd. 'Zo is het leven, David. Had jij je jaren geleden kunnen voorstellen dat je in dit oude

318

huisje zou gaan wonen? Had je ooit kunnen bedenken dat ik er zou zijn?'

Nee, dat was waar, ze had gelijk, het leven dat hij leidde was niet het leven dat hij zich had voorgesteld. Hij was als vreemdeling naar deze stad gekomen, maar nu waren de straten die voorbijflitsten zo vertrouwd; aan elke stap, elk beeld was een herinnering verbonden. Hij had deze bomen zien planten, ze zien groeien. Hij passeerde huizen die hij kende, huizen waar hij had gedineerd of geborreld, waar hij voor spoedgevallen heen was geroepen, waar hij 's avonds laat in de hal of kamer had gestaan en een recept had uitgeschreven of een ambulance had gebeld. Dagen en beelden, in laagjes op elkaar, samengepakt en complex en alleen voor hem bijzonder. Norah kon door deze straat lopen, of Paul, en iets heel anders zien, even echt.

David sloeg zijn oude straat in. Hij was hier in maanden niet geweest en zag met verbazing dat de pilaren van de veranda van zijn huis waren neergehaald en dat het dak op stevige balken rustte. Het zag eruit alsof er houtrot in de vloer van de veranda zat, maar er was geen timmerman te zien. De oprijlaan was leeg; Norah was niet thuis. Hij liep een paar keer over het grasveld op en neer om op adem te komen en ging toen naar het plekje waar de sleutel nog altijd verborgen lag, onder een baksteen naast de rododendron. Hij liet zichzelf binnen en dronk een glas water. Het huis rook bedompt. Hij duwde een raam open. Een windvlaag tilde de dunne witte gordijnen op. Ze waren nieuw, net als de tegels op de vloer en de koelkast. Hij nam nog een glas water. Toen liep hij het huis door, nieuwsgierig naar wat er nog meer was veranderd. Kleine dingetjes, overal: een nieuwe spiegel in de eetkamer, en in de woonkamer was het meubilair opnieuw bekleed en anders neergezet.

Boven waren de slaapkamers nog hetzelfde. Pauls kamer een tempel van puberale levensangst, met posters van obscure bands aan de muur, afgescheurde kaartjes op het prikbord, de muren akelig donkerblauw geverfd, als een kelder. Hij was naar Juilliard gegaan en hoewel David hem het allerbeste had gewenst en de helft van zijn rekeningen had betaald, was Paul zich een verder verleden blijven herinneren, toen David niet geloofde dat zijn talent genoeg zou zijn om zich staande te houden in de wereld. Hij stuurde hem altijd programmablaadjes en recensies, samen met ansichtkaarten van elke stad waar hij optrad, alsof hij wilde zeggen: hier, kijk, ik heb succes. Net alsof Paul het zelf nauwelijks kon geloven. Soms reisde David wel eens honderden kilometers, naar Cincinnati, Pittsburgh, Atlanta of Memphis, om achteraan een donkere zaal in te glippen en Paul te zien optreden. Zijn hoofd over de gitaar gebogen, zijn vingers vaardig, de muziek een zowel mysterieuze als prachtige taal. Het had David telkens weer tot tranen toe geroerd. Soms kon hij zich haast niet beheersen om over het donkere gangpad naar voren te lopen en Paul in zijn armen te nemen. Maar natuurlijk deed hij dat nooit; soms glipte hij ongezien weer weg.

De grote slaapkamer was netjes opgeruimd en ongebruikt. Norah was naar de kleinere slaapkamer aan de voorkant gegaan. Een glas water stond bij het onopgemaakte bed. De lakens hingen op de grond. David bukte zich om ze recht te trekken, maar trok op het laatste moment zijn hand terug, alsof dat een te grote inmenging zou zijn. Toen ging hij weer naar beneden.

Hij begreep het niet; het was laat in de middag en Norah zou thuis moeten zijn. Als ze niet snel kwam zou hij gewoon weggaan.

Op het bureau lag bij de telefoon een geel schrijfblok vol cryptische aantekeningen: Jan voor 8.00 nieuw schema doorbellen; Tim onzeker; bezorging, voor 10.00. Niet vergeten – Dunfree en tickets. Hij scheurde het blaadje voorzichtig en netjes af en legde het in het midden van het bureau. Daarna nam hij het schrijfblok mee naar de ontbijthoek, ging daar zitten en begon te schrijven.

*Ons kleine meisje is niet dood. Caroline Gill heeft haar meegenomen en in een andere stad grootgebracht.*

Hij kraste het door.

*Ik heb onze dochter weggegeven.*

Hij zuchtte en legde de pen neer. Dit zou hij nooit doen; hij kon zich nauwelijks meer voorstellen hoe zijn leven zou zijn zonder het gewicht van deze wetenschap. Het was ongezond, dat zag hij wel, maar zo was het nu eenmaal. Mensen rookten, sprongen uit vliegtuigen, dronken te veel en stapten dan achter het stuur, of reden zonder veiligheidsriem. Voor hem was er dit geheim. De nieuwe gordijnen wapperden tegen zijn arm. Op de achtergrond drupte de kraan in de badkamer boven, een geluid dat hem jarenlang gek had gemaakt en iets wat hij altijd had willen verhelpen. Hij scheurde het blaadje van het schrijfblok en maakte er een prop van die hij in de afvalbak stopte, verborgen onder een vochtig en koud koffiefilter. Toen ging hij naar buiten, naar de garage. Daar rommelde hij tussen het gereedschap dat hij had achtergelaten, tot hij een waterpomptang en een reserveset kraanleertjes vond. Waarschijnlijk had hij die ooit op een zaterdag voor dit doel gekocht.

Het kostte hem meer dan een uur om de kranen in de badkamer te repareren. Hij haalde ze uit elkaar en waste kalkaanslag van de zeefjes, verving de leertjes en draaide alles weer stevig aan. Het koper was dof. Hij poetste het met een oude tandenborstel die hij in een koffiekan onder de wastafel vond. Het was zes uur toen hij klaar was, een vroege zomeravond. Het zonlicht viel nog steeds door de ramen, maar lager nu, met scheve stralen op de vloer. David stond een ogenblik in de badkamer, bijzonder tevreden over de manier waarop het koper glom, over de stilte. In de keuken ging de telefoon en een onbekende stem sprak een bericht in, iets dringends over tickets naar Montreal, en onderbrak zichzelf daarna met 'O verdorie, natuurlijk, ik was vergeten dat je met Frederic naar Europa bent.' En toen herinnerde hij zich – ze had het hem verteld, maar hij was het vergeten; nee, hij had het verdrongen – dat ze op vakantie naar Parijs was. Dat ze iemand had ontmoet, een Canadees uit Quebec, iemand die in de doosvormige gebouwen van IBM werkte en Frans sprak. Haar stem was veranderd toen ze het over hem had, was op de een of andere manier zachter, een stem die hij haar nooit eerder had horen gebruiken. Hij stelde zich Norah voor, de telefoon tussen haar schouder en haar oor geklemd terwijl ze informatie in de computer zette, opkeek en zich realiseerde dat het al uren na etenstijd was. Norah die door de gangen van het vliegveld beende en haar groepen naar hun bussen, restaurants, hotels en avonturen leidde die ze allemaal zo zelfverzekerd had geregeld.

Nou, in elk geval zou ze blij zijn met de kranen. En hij was dat ook – hij had de klus zorgvuldig en nauwgezet geklaard. Hij stond in de keuken, strekte zijn armen wijduit en bereidde zich erop voor zijn stuk hardlopen te gaan afmaken. Het lage zonlicht viel schuin door de bladeren en maakte patronen op de vloer.

Hij pakte het gele schrijfblok opnieuw.

*Ik heb de kraan in de badkamer gerepareerd*, schreef hij. *Fijne verjaardag.*

Toen ging hij naar buiten, deed de deur achter zich op slot en begon te rennen.

# *Juli 1988*

# Norah

Norah zat op een stenen bank in de tuinen bij het Louvre, met een opengeslagen boek op schoot, en keek hoe de zilveren bladeren van de populier trillend afstaken tegen de lucht. Duiven liepen schommelend in het gras bij haar voeten te pikken en klapperden met hun vleugels.

'Hij is laat,' zei ze tegen Bree die naast haar in een tijdschrift zat te bladeren, haar lange benen bij de enkels over elkaar geslagen. Bree, vijftig nu, was heel mooi, lang en slank. Ze droeg oorringen met turkooizen die tegen haar olijfkleurige huid bengelden en ze had zilverwit haar. Tijdens de bestralingen had ze het heel kort geknipt, omdat ze naar eigen zeggen geen tijd meer wilde verspillen aan uiterlijke zaken. Ze had geluk gehad en wist dat. De tumor was in een vroeg stadium ontdekt en ze was inmiddels vijf jaar kankervrij. Toch was ze veranderd door de ervaring, zowel uiterlijk als innerlijk. Ze lachte meer en nam meer tijd vrij. Ze was in de weekends als vrijwilliger voor Habitat for Humanity gaan werken, een organisatie die betaalbare huizen voor gezinnen in nood bouwde, en was daar tijdens de bouw van een huis in oostelijk Kentucky een warme, rossige, vrolijke man tegengekomen, een dominee die kort daarvoor weduwnaar was geworden. Hij heette Ben. Ze hadden elkaar opnieuw ontmoet bij een project in Florida, en nogmaals in Mexico. Tijdens die laatste reis waren ze in stilte getrouwd.

'Paul komt wel,' zei Bree nu, terwijl ze opkeek. 'Het was per slot van rekening zijn idee.'

'Dat is waar,' zei Norah. 'Maar hij is verliefd. Ik hoop maar dat hij eraan denkt.'

De lucht was heet en droog. Norah sloot haar ogen en dacht terug aan de dag, eind april, toen Paul tussen twee optredens door een paar uur thuis was en haar op kantoor had verrast. Lang en nog een beetje slungelig zat hij op de punt van haar bureau en gooide haar pressepapier van de ene hand over in de andere terwijl hij zijn plannen voor een zomertournee door Europa beschreef, met een volle zes weken in Spanje om bij gitaristen daar te studeren. Bree en zij hadden een reisje naar Frankrijk gepland, en toen Paul ontdekte dat ze op dezelfde dag in Parijs zouden zijn, had hij een pen van haar bureau gegrepen en op de kalender aan de muur in Nora's kantoor LOUVRE geschreven: 31 juli, 5 uur. 'We zien elkaar in het park en dan neem ik jullie mee uit eten.'

Een paar weken later was hij naar Europa vertrokken. Zo nu en dan belde hij haar uit landelijke pensions of hotelletjes aan zee. Hij was verliefd op een fluitiste, het weer was prachtig, het Duitse bier spectaculair. Norah luisterde; ze probeerde zich geen zorgen te maken of te veel vragen te stellen. Per slot van rekening was Paul nu volwassen, een meter drieëntachtig lang, met Davids donkere haar en haar groene ogen. Ze stelde zich voor hoe hij blootsvoets op het strand liep en voorover boog om iets tegen zijn vriendin te fluisteren, zijn adem als een streling langs haar oor.

Ze was zo discreet dat ze hem zelfs nooit om een routeschema had gevraagd, dus toen het telefoontje uit het ziekenhuis kwam had ze hem niet kunnen bereiken. Hem niet het schokkende nieuws kunnen vertellen: een week geleden had David tijdens het joggen in het park een zware hartaanval gehad en was hij gestorven.

Ze deed haar ogen open. In de zomerse namiddagwarmte was de wereld helder en heiig tegelijk. De blaadjes glinsterden tegen de blauwe hemel.

'Maak je maar geen zorgen,' zei Bree. 'Hij komt wel.'

'Hij heeft de begrafenis gemist,' zei Norah. 'Daar zal ik me altijd ellendig over voelen. Ze hebben nooit echt dingen uitgepraat, David en Paul. Volgens mij is Paul er nooit overheen gekomen dat David is weggegaan.'

'Jij wel?'

Norah keek naar Bree, haar korte piekhaar en gave huid, haar groene ogen, kalm en doordringend. Ze keek de andere kant op.

'Dat klinkt als iets wat Ben zou kunnen vragen. Ik denk dat je misschien te veel tijd met dominees hebt doorgebracht.'

Bree lachte, maar liet zich niet afleiden. 'Ben vraagt het niet,' zei ze. 'Ik vraag het.'

'Ik weet het niet,' antwoordde Norah langzaam. Ze dacht aan de laatste keer dat ze David had gezien, op de veranda met een glas ijsthee na het joggen. Ze waren zes jaar gescheiden en daarvoor acht-tien jaar getrouwd geweest: ze had hem vijfentwintig jaar gekend, een kwart eeuw, haar halve leven. Toen het telefoontje kwam met het nieuws van zijn dood had ze het gewoon niet geloofd. Onmogelijk om zich de wereld zonder David voor te stellen. Ze had de telefoon neergelegd en was weer aan het werk gegaan. Pas later, toen ze onder het diepgroene bladerdak van de zomerbomen liep, had verdriet haar overmand. 'Er zijn zoveel dingen die ik zo graag nog tegen hem had willen zeggen. Maar in ieder geval hadden we contact. Soms kwam hij even langs. Om iets te repareren. Om dag te zeggen. Ik denk dat hij eenzaam was.'

'Wist hij van Frederic?'

'Nee. Ik heb een keer geprobeerd het hem te vertellen, maar hij leek het niet op te pikken.'

'Typisch David,' merkte Bree op. 'Frederic en hij zijn zo verschil-lend.'

'Ja. Ja, dat zijn ze zeker.'

Een beeld van Frederic, buiten in de lommerrijke schemering in Lexington, terwijl hij as op de aarde rond haar rododendrons strooide, schoot door haar heen. Iets meer dan een jaar geleden hadden ze el-kaar op net zo'n droge dag, ook in een park, ontmoet. IBM, met zoveel moeite binnengehaald, was nog steeds een van Norah's lucratiefste klanten en dus was ze, ondanks haar hoofdpijn en een rommelend onweer in de verte, naar de jaarlijkse picknick gegaan. Frederic zat alleen en zag er nogal stug en gesloten uit. Norah maakte een bordje voor zichzelf klaar en ging naast hem zitten. Als hij geen zin had in een praatje kwam dat alleen maar goed uit. Maar hij had zich uit zijn overpeinzingen losgemaakt, geglimlacht en haar warm begroet in een Engels met een zwak Frans accent – hij kwam uit Quebec. Urenlang hadden ze zitten praten, terwijl de storm aanwakkerde en de andere picknickers hun spullen pakten en vertrokken. Toen het begon te re-genen had hij haar mee uit eten gevraagd.

'Waar is Frederic trouwens?' vroeg Bree. 'Zei je niet dat hij ook kwam?'

'Dat wilde hij, maar hij werd voor werk naar Orléans geroepen. En dat wilde hij ook wel, want hij heeft daar nog verre familie wonen. Zo-iets als de neef van een neef, die in een plaats woont die Châteauneuf heet. Zou jij het niet leuk vinden om in een plaats met zo'n naam te wonen?'

'Waarschijnlijk hebben ze daar ook gewoon files en baaldagen.'

'Ik hoop van niet. Ik hoop dat ze elke ochtend naar de markt lopen en thuiskomen met vers brood en grote bossen bloemen. In ieder geval heb ik tegen Frederic gezegd dat hij moest gaan. Paul en hij zijn goed bevriend, maar het is beter dat ik hem dit nieuws alleen vertel.'

'Ja. Ik ben ook van plan ertussenuit te knijpen als hij komt.'

'Dank je,' zei Norah en pakte haar hand. 'Dank je voor alles. Voor al je hulp bij de begrafenis. Zonder jou was ik de afgelopen twee weken niet doorgekomen.'

'Graag gedaan,' zei Bree glimlachend en keek toen serieus. 'Ik vond het een mooie begrafenis. Als je dat zo kunt zeggen. Er waren zoveel mensen. Het verraste me om te zien in hoeveel levens David een rol heeft gespeeld.'

Norah knikte. Ze was ook verrast geweest toen Brees kleine kerk volstroomde met mensen, zodat ze tegen de tijd dat de dienst begon tot drie rijen dik achterin stonden. De dagen ervoor waren in een roes voorbijgegaan. Ben had haar met zachte hand geleid in de keuze voor de muziek en de bijbelteksten, de kist en de bloemen, in het opstellen van het overlijdensbericht. Toch was het een troost geweest om die concrete dingen te moeten doen en Norah had die taken uitgevoerd in een beschermende wolk van verdoofde doeltreffendheid, tot de dienst begon. Er waren vast mensen die het raar hadden gevonden hoe verschrikkelijk ze toen moest huilen, omdat de prachtige oude woorden nieuwe betekenis kregen; maar ze treurde niet alleen om David. Al die jaren geleden hadden ze samen bij de herdenkingsdienst voor hun dochter gestaan en zelfs toen groeide hun verlies al tussen hen in.

'Het komt door die kliniek,' zei Norah. 'De kliniek die hij al die jaren heeft gehad. De meeste mensen zijn patiënt van hem geweest.'

'Ik weet het. Het was verbluffend. De mensen leken te denken dat hij een soort heilige was.'

'Die mensen waren niet met hem getrouwd,' zei Norah scherp.

Bladeren bewogen zachtjes tegen de hete blauwe lucht. Ze keek nog een keer het park door, op zoek naar Paul, maar hij was nergens te zien.

'O,' zei Norah. 'Ik kan niet geloven dat David echt dood is.' Zelfs nu, dagen later, zonden de woorden een kleine schok door haar lichaam. 'Ik voel me nu op de een of andere manier zo oud.'

Bree pakte haar hand. Een paar minuten lang zaten ze zwijgend naast elkaar. Brees handpalm was zacht en warm tegen de hare en Norah voelde het moment uitdijen, groeien, alsof het de hele wereld kon omvatten. Ze herinnerde zich een vergelijkbaar gevoel, al die lange jaren geleden toen Paul een baby was en ze hem 's nachts in het zachte donker in slaap wiegde. Nu was hij groot en stond hij op een spoorwegstation of liep hij op het trottoir onder ritselende bladeren of stak hij een straat over. Hij bleef staan voor een etalage, of zocht in zijn zak naar een kaartje, of hield zijn handen boven zijn ogen tegen de zon. Hij was uit haar lichaam voortgekomen en nu bewoog hij door de wereld zonder haar, en dat was een verbazingwekkend gegeven. Ze dacht ook aan Frederic, in een vergaderzaal, knikkend tijdens het snel doorlezen van de papieren, met zijn handen plat op tafel terwijl hij zich voorbereidde om iets te zeggen. Hij had donkere haren op zijn armen en lange, vierkante nagels. Hij schoor zich twee keer per dag en als hij het vergat, schuurde zijn nieuwe baard langs haar nek als hij haar 's nachts tegen zich aan trok en haar achter haar oor kuste om haar te verleiden. Hij at geen brood of zoete dingen; als de ochtendkrant laat was werd hij verschrikkelijk boos. Al die kleine gewoonten, die afwisselend vertederden en irriteerden, hoorden bij Frederic. Vanavond zou ze hem ontmoeten in hun pension aan de rivier. Ze zouden wijn drinken en 's nachts zou ze wakker worden, bij het naar binnen schijnende maanlicht, terwijl zijn regelmatige ademhaling zacht de kamer vulde. Hij wilde trouwen en ook dat was een keuze.

Norah's boek glipte uit haar hand en ze leunde voorover om het op te rapen. Van Gogh's *Sterrennacht* stond voorop de brochure die ze als boekenwijzer had gebruikt. Toen ze weer rechtop ging zitten kwam Paul door het park aanlopen.

'O,' zei ze, met de plotselinge golf plezier die ze altijd voelde als ze hem zag: deze persoon, haar zoon, hier in de wereld. Ze stond op. 'Daar is hij, Bree. Paul is er.'

'Hij is zo aantrekkelijk,' merkte Bree op terwijl ze ook ging staan. 'Dat heeft hij vast van mij.'

'Vast,' beaamde Norah. 'Maar niemand begrijpt waar hij zijn talent vandaan heeft, aangezien David, jij en ik geen van drieën wijs kunnen houden.'

Pauls talent, ja. Ze keek hoe hij door het park kwam aanlopen. Een mysterie was het, en een gave.

Paul stak met een brede grijns een hand omhoog en zwaaide, en Norah liet haar boek op de bank liggen en begon naar hem toe te lopen. Haar hart bonsde van opwinding en blijdschap, maar ook van verdriet en onrust; ze beefde. Wat maakte het de wereld anders, dat hij er was! Ten slotte kwam ze bij Paul en omhelsde hem stevig. Hij droeg een wit overhemd met opgerolde mouwen, een kaki short. Hij rook schoon, alsof hij zojuist had gedoucht. Ze voelde zijn spieren door de stof heen, zijn sterke botten, zijn warmte, en een ogenblik lang begreep ze Davids verlangen om de wereld vast te leggen. Je kon het hem niet kwalijk nemen, nee, je kon er geen kritiek op hebben dat hij elk vluchtig moment dieper in wilde gaan, het mysterie ervan wilde bestuderen, het wilde uitschreeuwen tegen verlies, verandering en beweging.

'Hé, mam,' zei Paul en hij boog naar achteren om naar haar te kijken. Zijn tanden waren wit, recht, perfect; hij had een donkere baard laten staan. 'Gek om je hier te ontmoeten,' zei hij lachend.

'Ja, heel gek.'

Bree stond inmiddels naast haar. Ze stapte naar voren en omhelsde Paul.

'Ik moet ervandoor,' zei ze. 'Ik ben even blijven hangen om jou eerst te zien. Je ziet er goed uit, Paul. Het reizende bestaan past bij je.'

Hij glimlachte. 'Kun je niet blijven?'

Bree keek naar Norah. 'Nee,' zei ze. 'Maar ik zie je gauw weer, oké?'

'Oké,' zei Paul. Hij boog voorover en kuste haar op de wang. 'Ik neem aan van wel.'

Toen Bree zich omdraaide en wegliep, wreef Norah met de achterkant van haar hand over haar ogen.

'Wat is er?' vroeg Paul zacht, plotseling serieus. 'Wat is er mis?'

'Kom zitten,' zei ze, terwijl ze hem bij de arm nam. Samen liepen ze terug naar haar bank. Een groepje duiven vloog geschrokken weg. Ze pakte haar boek op en peuterde aan haar bladwijzer.

'Paul, het is iets heel ergs. Je vader is vorige week overleden. Aan een hartaanval.'

Hij sperde zijn ogen van schrik en verdriet wijd open, wendde toen zijn blik af en staarde zonder iets te zeggen naar het pad waarover hij was komen aanlopen, naar haar toe, naar dit moment toe.

'Wanneer is de begrafenis geweest?' vroeg hij ten slotte, terwijl hij met zijn hoofd schudde.

'Vorige week. Het spijt me zo, Paul. Ik wist niet hoe ik je moest bereiken. Ik heb overwogen de ambassade in te schakelen om me te helpen je op te sporen, maar ik wist zelfs niet waar ik moest beginnen.

Ik had geen reisschema van je. Dus ben ik vandaag hierheen gekomen. In de hoop dat je zou komen.'

'Ik had bijna de trein gemist,' zei hij peinzend. 'Ik had het bijna niet gehaald.'

'Maar uiteindelijk wel,' zei ze. 'Je bent er.'

Hij knikte en leunde toen voorover met zijn ellebogen op zijn knieen, zijn samengeklemde handen naar voren. Ze herinnerde zich hem precies zo in een lege concertzaal, na zijn eerste mislukte auditie, worstelend om zijn verdriet te verbergen. Hij balde zijn vuisten en ontspande ze weer. Ze nam Pauls hand in de hare. Zijn vingertoppen, zijn handpalmen waren eeltig van het jarenlange spelen. Ze zaten een hele tijd en luisterden naar de wind in de bladeren.

'Het is niet erg om bedroefd te zijn,' zei ze ten slotte zachtjes. 'Hij was je vader.'

Paul knikte, maar zijn gezicht was zo gesloten als een boek. Toen hij uiteindelijk begon te praten was zijn stem op het randje van breken.

'Ik heb nooit gedacht dat hij dood zou gaan. Ik heb nooit gedacht dat het me iets zou kunnen schelen. We hebben nooit echt met elkaar gepraat.'

'Ik weet het.' En dat was zo. Na het telefoontje van Bree had Norah ongeremd huilend onder het bladerdak op straat gelopen, kwaad op David dat hij ertussenuit was geknepen voordat ze een kans had gehad om de dingen voor eens en altijd met hem uit te praten. 'Maar voordat hij doodging was praten in elk geval wel altijd een optie.'

'Ja. Ik heb steeds maar gewacht tot hij de eerste stap zou doen.'

'Ik denk dat hij op hetzelfde wachtte.'

'Hij was mijn vader,' zei Paul. 'Hij had moeten weten hoe hij dat moest aanpakken.'

'Hij hield van je,' zei ze. 'Ga nooit denken dat dat niet zo was.'

Paul gaf een kort, bitter lachje.

'Nee. Dat klinkt mooi, maar het is gewoon niet waar. Ik ging altijd weer naar zijn huis en probeerde het, ik zat bij papa en praatte met hem over ditjes en datjes, maar we kwamen nooit verder. Ik kon in zijn ogen gewoon nooit iets goed doen. Hij was vast gelukkiger geweest met een andere zoon.' Zijn stem klonk nog steeds rustig, maar de tranen hadden zich in zijn ooghoeken opgehoopt en biggelden nu over zijn wangen.

'Lieverd,' zei ze. 'Hij hield van je. Echt waar. Hij vond je de meest fantastische zoon.'

Paul veegde woest de tranen van zijn wangen. Norah voelde haar eigen smart en verdriet zich in haar keel ophopen en het duurde een ogenblik voor ze weer kon praten.

'Je vader,' zei ze ten slotte, 'had heel veel moeite om zichzelf aan iemand te laten zien. Ik weet niet waarom. Hij is in armoede opgegroeid en heeft zich daar altijd voor geschaamd. Ik wou dat hij had kunnen zien hoeveel mensen er op zijn begrafenis waren, Paul. Honderden. Dat kwam door zijn werk in de kliniek. Ik heb het condoleanceregister, daarin kun je het zelf zien. Veel mensen hielden van hem.'

'Was Rosemary er?' vroeg hij. Hij draaide zich om om haar aan te kijken.

'Rosemary? Ja.' Norah zweeg even en liet de warme bries zacht over haar gezicht strelen. Ze had Rosemary kort gezien na afloop van de dienst, op de achterste kerkbank, in een eenvoudig grijs jurkje. Haar haar was kort geknipt en ze zag er nu ouder en gesettelder uit. Toen ze opstond zag Norah dat ze weer in verwachting was. Rosemary was getrouwd en verhuisd; David had altijd benadrukt dat er nooit iets tussen hen was geweest. In haar hart wist Norah dat dat waar was. 'Ze waren niet verliefd op elkaar,' zei Norah. 'Je vader en Rosemary. Het was niet wat je denkt.'

'Dat weet ik.' Hij ging meer rechtop zitten. 'Dat weet ik. Dat heeft Rosemary me verteld. Ik geloofde haar.'

'O ja? Wanneer dan?'

'Toen papa haar bij ons thuis bracht. Die eerste dag.' Hij keek ongemakkelijk, maar ging toen verder. 'Soms zag ik haar daar. Als ik bij papa langsging. Soms was papa er niet en dan bleef ik een tijdje wachten bij Rosemary en Jack. Ik kon zien dat ze niets met elkaar hadden. Soms had ze een vriendje daar. Soms aten we allemaal samen. Ik weet niet, het was misschien wel een beetje raar. Maar ik raakte eraan gewend. Ze was oké, Rosemary. Zij was niet de reden dat ik nooit echt met hem kon praten.'

Norah knikte. 'Maar Paul, je was belangrijk voor hem. Luister, ik begrijp wat je zegt, want ik voelde dat ook. Die afstand. Die gereserveerdheid. Dat gevoel van een muur die zo hoog was dat ik er nooit overheen kon komen. En na een tijdje gaf ik het op om het te proberen, en na nog een tijdje gaf ik het op om te wachten tot er een raam in zou verschijnen, of een deur. Maar ik weet dat hij achter die muur van ons allebei hield. Ik weet niet hoe ik dat weet, maar het is wel zo.'

Paul zei niets. Zo nu en dan veegde hij tranen uit zijn ogen.

Het was achter in de middag en er kwamen steeds meer mensen door de tuinen wandelen, verliefde paren hand in hand, stelletjes met kinderen, eenzame wandelaars. Er kwam een ouder echtpaar aanlopen. Zij was lang, met witte haren, en hij liep langzaam, een beetje gebogen, met een stok. Zij hield haar arm rond zijn elleboog en boog naar beneden om iets tegen hem te zeggen, en hij knikte, peinzend, fronsend, en keek het park door, achter de hekken, naar iets waar ze hem op wilde wijzen. Norah voelde een steek bij het zien van die intimiteit – ooit had ze zich voorgesteld dat David en zij samen zo oud zouden worden, hun geschiedenissen als wijnstokken met elkaar verweven, rank om loot, de bladeren verstrikt. O, ze was zo conservatief geweest, zelfs haar spijt was conservatief. Ze had zich voorgesteld dat ze, als ze getrouwd was, een soort lieflijke knop zou zijn, omwikkeld door de taaiere, veerkrachtige bloemkelk; omwikkeld en beschermd, de laagjes van haar eigen leven omsloten door die van iemand anders.

Maar in plaats daarvan had ze haar eigen weg gevonden, een zaak opgebouwd, Paul opgevoed, de wereld rondgereisd. Ze was bloemkelk, steel en blad, ze was de lange witte wortel die diep de aarde in groeide. En daar was ze blij om.

Toen het echtpaar hen passeerde spraken ze Engels en kibbelden ze over waar ze zouden gaan eten. Hun accent was zuidelijk, uit Texas, gokte Norah, en de man wilde naar een restaurant met steaks, met eten dat hij kende.

'Ik ben die Amerikanen zo zat,' zei Paul toen ze buiten gehoorsafstand waren. 'Altijd zo blij als ze een andere Amerikaan tegenkomen. Je zou denken dat er geen tweehonderdvijftig miljoen van ons zijn. Je zou toch denken dat ze Franse mensen willen ontmoeten, omdat ze in Frankrijk zijn.'

'Je hebt met Frederic gepraat.'

'Natuurlijk. Waarom niet? Frederic heeft helemaal gelijk wat de Amerikaanse arrogantie betreft. Waar is hij trouwens?'

'Weg voor zaken. Hij komt vanavond.'

Het schoot weer door haar heen, het beeld van Frederic die de hotelkamer kwam binnenlopen, zijn sleutels op de toilettafel gooide en op zijn broekzakken klopte om te controleren of zijn portefeuille erin zat. Hij droeg frisse witte overhemden die het laatste licht weerkaatsten, met schone boorden, en elke avond kwam hij binnen en gooide zijn stropdas over een stoel en noemde met zijn lage stem haar naam. Misschien was ze het eerst voor zijn stem gevallen. Ze hadden zoveel gemeen – volwassen kinderen, scheidingen, veeleisende banen – maar omdat Frederics leven zich in een ander land had afgespeeld, voor de helft in een andere taal, voelde het voor Norah exotisch aan, vertrouwd en onbekend tegelijk. Een oud land en een nieuw.

'Is je verblijf hier goed geweest?' vroeg Paul. 'Vind je Frankrijk leuk?'

'Ik heb het erg naar mijn zin gehad,' zei Norah, en dat was waar. Frederic vond Parijs te vol en daardoor verpest, maar voor Norah was de charme eindeloos, de boulangeries en de patisseries, de crêpes die in straatstalletjes werden verkocht, de torenspitsen van oude gebouwen en de klokken. En ook de klanken van de taal die als een stroom vloeide, met af en toe een woord dat er als een steen uit naar boven kwam. 'En jij? Hoe is je tournee? Ben je nog steeds verliefd?'

'O ja,' zei hij. Zijn gezicht ontspande een beetje. Toen keek hij haar recht aan. 'Ga je met Frederic trouwen?'

'Ik weet het niet. Je vaders dood heeft niets veranderd,' zei ze.

Ze gleed met haar vinger langs de scherpe hoek van de brochure. Dat was natuurlijk de vraag die door al haar momenten heenliep: zou ze haar leven veranderen? Ze hield van Frederic, ze was nooit gelukkiger geweest, hoewel ze door dat geluk heen naar een tijd kon kijken dat zijn vertederende gewoonten misschien op haar zenuwen zouden gaan werken, en de hare op die van hem. Hij was zo precies in dingen; hij was pietepeuterig over alles, van in verstek gezaagde hoeken tot belastingformulieren. Wat dat betreft, maar in niets anders, deed hij haar aan David denken. Ze was nu oud genoeg, ervaren genoeg om te weten dat niets perfect was, dat niets hetzelfde bleef, zijzelf ook niet. Maar het was ook waar dat als Frederic een kamer binnenkwam de lucht leek te veranderen, geladen leek te worden en dwars door haar heen stroomde. Het was waar dat ze wilde zien wat er hierna zou gebeuren. 'Ik weet het niet,' zei ze langzaam. 'Bree wil de zaak overnemen. Frederic heeft nog twee jaar op zijn contract, dus we hoeven voorlopig nog geen beslissingen te nemen. Maar ik kan mezelf wel voorstellen in een leven met hem. Ik neem aan dat dat de eerste stap is.'

Paul knikte. 'Was dat de vorige keer ook zo? Je weet wel, met papa?'

Norah keek hem aan en vroeg zich af hoe ze hier op moest antwoorden.

'Ja en nee,' zei ze ten slotte. 'Ik ben nu veel pragmatischer. Toen wilde ik gewoon dat er iemand voor me zou zorgen, denk ik. Ik kende mezelf niet zo goed.'

'Papa hield ervan om overal voor te zorgen.'

'Ja. Ja, dat is zo.'

Paul gaf een kort, scherp lachje. 'Ik kan niet geloven dat hij dood is.'

'Ik weet het,' zei Norah. 'Ik ook niet.'

Ze zaten een tijdje in stilte. Hete, droge lucht bewoog licht om hen heen. Norah draaide haar brochure om en herinnerde zich de koelte in het museum, de echo van voetstappen. Ze had bijna een uur voor dit schilderij gestaan en de draaikolken van kleur bestudeerd, de zekere, levendige penseelstreken. Wat had Van Gogh geraakt? Iets schemerigs, iets ongrijpbaars. David had zich door de wereld bewogen en zijn camera op de kleinste details ervan gericht, geobsedeerd door licht en schaduw, in een poging de dingen op hun plek vast te houden. Nu was hij er niet meer, en de manier waarop hij de wereld had gezien was ook verdwenen.

Paul stond op en zwaaide naar iemand in het park. Het verdriet op zijn gezicht maakte plaats voor een oplichtende blijdschap, intens, duidelijk gericht en exclusief. Norah volgde zijn blik over het droge gras naar een jonge vrouw met een langwerpig, verfijnd gezicht en een nootkleurige huid, haar haren in dreadlocks tot op haar middel. Ze was slank en elegant en droeg een jurk met zachte prints; ze liep met de gratie en ingetogenheid van een danseres.

'Daar is Michelle,' zei Paul, die al stond. 'Ik ben zo terug. Het is Michelle.'

Norah keek hoe hij over het pad liep alsof hij door zwaartekracht werd aangetrokken en zag Michelles gezicht opklaren toen ze hem zag. Hij nam voorzichtig haar gezicht tussen zijn handen en ze kusten, en toen tilde ze haar hand op en raakten hun handpalmen elkaar kort, licht, een zo intiem gebaar dat Norah wegkeek. Daarna liepen ze het park in, met hun hoofden gebogen, pratend. Op een bepaald punt bleven ze stilstaan en legde Michelle haar hand op Pauls arm, en Norah wist dat hij het haar had verteld.

'Mevrouw Henry,' zei ze, toen ze bij de bank kwamen. Haar vingers waren lang en koel. 'Het spijt me zo van Pauls vader.'

Ook haar accent was licht exotisch: ze had jarenlang in Londen doorgebracht. Een paar minuten lang stonden ze met elkaar te praten in het park. Paul stelde voor om uit eten te gaan, en Norah wilde dolgraag ja zeggen. Ze wilde samen met Paul ergens zitten en tot diep in de nacht praten, maar ze aarzelde, zich bewust van de gloed die tussen Paul en Michelle hing, een straling, een rusteloosheid om alleen te zijn. Ze dacht weer aan Frederic, die misschien al terug was in hun pension en zijn stropdas over de rugleuning van een stoel liet vallen.

'Wat vinden jullie van morgen?' zei ze. 'Als we dan samen gaan ontbijten? Ik wil alles over je reis horen. Ik wil alles weten over de flamencogitaristen in Sevilla.'

Op straat, op weg naar de metro, nam Michelle Norah's arm. Paul liep een stukje voor hen, breedgeschouderd, slungelig.

'U hebt een geweldige zoon,' zei ze. 'Het spijt me zo dat ik zijn vader nooit zal leren kennen.'

'Dat was hoe dan ook moeilijk gegaan. Om hem te leren kennen. Maar verder vind ik het ook jammer.' Ze liepen een paar stappen. 'Heb je genoten van jullie tournee?'

'O, het geeft een heerlijke vrijheid, reizen,' merkte Michelle op.

Het was een zachte, warme avond en de felle lichten van het metrostation werkten ontnuchterend toen ze naar beneden liepen. Een trein kletterde in de verte en echode door de tunnel. Er hingen allerlei luchtjes door elkaar: parfum, in vlagen, en daaronder de scherpere lucht van metaal en olie.

'Kom morgenochtend maar om een uur of negen,' zei Norah tegen Paul, met stemverheffing vanwege het lawaai. En toen, terwijl de trein dichterbij kwam, boog ze naar voren, dicht bij zijn oor, en schreeuwde: 'Hij hield van je! Hij was je vader en hij hield van je!'

Pauls gezicht opende zich even: verdriet en verlies. Hij knikte. Er was geen tijd om meer te zeggen. De trein reed nu binnen, reed op hen allemaal af, en in de plotselinge windvlaag voelde ze haar hart volstromen: haar zoon. Hier in de wereld. En David verdwenen, op mysterieuze wijze. De trein stopte piepend en de hydraulische deuren barstten met een zucht open. Norah stapte in, ging bij het raam zitten en keek naar een laatste flits, een laatste glimp van Paul die met zijn handen in zijn zakken wegliep, zijn hoofd gebogen. Daar, en toen weg.

Tegen de tijd dat ze bij het station kwam waar ze uit moest stappen, was de lucht gevuld met het korrelige licht van de schemering. Ze liep over een keienstraatje naar het pension, dat bleekgeel en een beetje lichtgevend was geschilderd en bakken vol bloemen voor de ramen had hangen. De kamer was stil, haar eigen verspreid liggende spullen waren onaangeraakt. Frederic was er nog niet. Norah liep naar het raam dat uitkeek over de rivier en bleef daar even staan. Ze dacht aan David die Paul op zijn schouders door hun eerste huis droeg, aan de dag dat hij haar ten huwelijk had gevraagd, schreeuwend boven het geraas van het water uit, de koele ring die over haar vinger gleed. Ze dacht aan Pauls hand en die van Michelle – hun handpalmen tegen elkaar.

Ze liep naar het kleine bureau en schreef een briefje: Frederic, ik ben op het terras.

Het terras, omzoomd met palmen in potten, keek uit over de Seine. Kleine lichtjes waren door de bomen en de ijzeren balustraden geweven. Norah koos een plek waar ze de rivier kon zien en bestelde een glas wijn. Ze had haar boek ergens laten liggen – waarschijnlijk in het park bij het Louvre. Het vulde haar met een vaag gevoel van spijt. Het was niet het soort boek dat je nog een keer kocht, gewoon iets lichts, iets om de tijd mee te doden. Iets over twee zusters. Nu zou ze nooit weten hoe het verhaal afliep.

Twee zusters. Misschien zouden Bree en zij ooit een boek schrijven. De gedachte deed Norah glimlachen, en de man die aan een tafeltje naast haar zat, gekleed in een wit pak, een aperitiefglaasje in zijn hand, glimlachte terug. Zo begonnen die dingen: er was een tijd geweest dat ze haar benen over elkaar had geslagen of haar haar naar achteren had geduwd, kleine uitnodigende gebaren, totdat hij opstond, zijn tafeltje verliet en kwam vragen of hij haar gezelschap mocht houden. Ze gehouden van de macht van die dans en van het gevoel van ontdekken. Maar vanavond keek ze een andere kant op. De man stak een sigaret op en toen hij die had opgerookt betaalde hij zijn rekening en vertrok hij.

Norah zat in de zachte lucht van de vroege zomeravond en keek naar de stroom mensen die afstak tegen de donkere glinstering van de rivier. Ze zag niet dat Frederic arriveerde. Maar toen was daar zijn hand op haar schouder. Ze draaide zich om en hij kuste haar, op de ene wang, op de andere, en toen met zijn lippen op de hare.

'Hallo,' zei hij en ging aan de andere kant van het tafeltje zitten. Hij was niet lang, maar had een heel goede conditie, met sterke schouders door jarenlang zwemmen. Hij was systeemanalist en Norah hield van zijn overtuigdheid, dat hij in staat was om het grotere geheel te overzien en te bespreken en niet verstrikt raakte in de details van het moment. Toch was dat ook precies hetgene wat haar soms irriteerde

–zijn gevoel dat de wereld een stabiele, voorspelbare plaats was.

'Zit je al lang te wachten?' vroeg hij. 'Heb je al gegeten?'

'Nee.' Ze knikte naar haar wijnglas, dat nog bijna vol was. 'Helemaal niet lang. En ik ben uitgehongerd.'

Hij knikte. 'Goed zo. Sorry dat ik laat ben. De trein had vertraging.'

'Het hindert niet. Hoe was je dag in Orléans?'

'Saai. Maar ik heb een leuke lunch met mijn neef gehad.' Hij begon te vertellen en Norah leunde achterover, liet de woorden over zich heen komen. Frederics handen waren sterk en vaardig, en ze herinnerde zich een keer dat hij een stel boekenplanken voor haar had gemaakt, dat hij het hele weekend in de garage had gewerkt, met krullen vers hout die van zijn schaaf vielen. Hij was niet bang om te werken, of om haar in de keuken tijdens het koken te onderbreken door met zijn handen rond haar middel te glijden en haar nek te kussen, totdat ze zich omdraaide en hem terugkuste. Hij rookte pijp, wat ze niet prettig vond, en werkte te hard en reed te hard op de snelweg.

'Heb je het aan Paul verteld?' vroeg Frederic. 'Gaat het een beetje met hem?'

'Ik weet het niet. Ik hoop het. Morgen komt hij met ons ontbijten. Hij wil tegen je klagen over arrogante Amerikanen.'

Frederic lachte. 'Goed zo,' zei hij. 'Ik mag je zoon.'

'Hij is verliefd. En zij is heel aantrekkelijk, dat meisje op wie hij valt. Die Michelle. Zij komt morgen ook.'

'Goed zo,' zei Frederic nogmaals en weefde zijn vingers door de hare. 'Het is goed om verliefd te zijn.'

Ze bestelden eten, brochettes van rundvlees op rijstpilav, en meer wijn. Onder hen bewoog de rivier donker en stil, en terwijl ze praatten bedacht Norah hoe heerlijk het was om rustig verankerd op één plaats te zitten. Om wijn te zitten drinken in Parijs, te kijken hoe de vogels uit de silhouetten van de bomen wegvlogen terwijl beneden de rivier rustig stroomde. Ze herinnerde zich haar wilde ritten als jonge vrouw naar de Ohio en de Mississippi, het vreemd iriserende wateroppervlak, de steilheid van de kalkstenen oevers, de wind die haar haren optilde.

Maar nu zat ze stil en de vogels vlogen donker omhoog tegen de diepblauwe lucht. De geur van water en uitlaatgassen, geroosterd vlees en het donkere slijk van de rivier. Frederic stak zijn pijp opnieuw aan en schonk meer wijn in, en mensen wandelden voorbij over het

335

trottoir, bewegend door deze avond die plaats maakte voor de nacht, terwijl de naburige gebouwen verdwenen, langzaam verdwenen in de invallende duisternis. Een voor een gingen er achter de ramen lichten aan. Norah vouwde haar servet en stond op. De wereld draaide weg; ze was duizelig van de wijn, de hoogte, de geur van eten na deze lange dag vol verdriet en vreugde.

'Gaat het wel?' vroeg Frederic van heel ver weg.

Norah pakte met één hand de tafel, haar adem stokte. Ze knikte, niet in staat te spreken boven het geluid van de rivier uit, de geur van zijn donkere oevers, de sterren die overal schreeuwden, wervelden, leefden.

# November 1988

# Caroline

Hij heette Robert en hij was knap, met een dikke bos donker haar dat over zijn voorhoofd viel. Hij liep het middenpad van de bus op en neer, stelde zich aan iedereen voor en gaf commentaar op de route, de chauffeur, de dag. Bij de laatste bank draaide hij zich om en begon weer van voren af aan. 'Ik vind het hier geweldig,' meldde hij terwijl hij Carolines hand onderweg schudde. Ze glimlachte geduldig; zijn greep was stevig en zelfverzekerd. Andere mensen meden zijn blik. Ze bestudeerden hun boek, hun krant, of keken hoe buiten de wereld voorbijgleed. Toch ging Robert onverschrokken door, alsof hij net zo goed opmerkingen kon maken tegen de mensen in de bus als tegen bomen, stenen of wolken, en net zo weinig reacties hoefde te verwachten. Onder zijn volharding, dacht Caroline, die vanaf de laatste bank toekeek en besloot niet tussenbeide te komen, lag een diep verlangen om een persoon te vinden die hem echt zou zien.

Die persoon leek Phoebe te zijn, die de indruk gaf op te fleuren, omgeven met een soort innerlijk licht, als Robert in de buurt was. Ze keek nu hoe hij over het middenpad op en neer liep, alsof hij een of ander schitterend nieuw schepsel was, een pauw misschien, mooi, opvallend en trots. Toen hij ten slotte op de plaats naast haar ging zitten, nog steeds pratend, glimlachte Phoebe alleen maar naar hem. Een stralende glimlach; ze hield niets achter. Geen voorbehoud, geen behoedzaamheid, geen afwachtendheid om zeker te zijn dat hij dezelfde groeiende liefde voelde. Caroline sloot haar ogen bij haar dochters pure uiting van haar gevoelens – de wilde argeloosheid, het risico! Maar toen ze ze weer opende glimlachte Robert terug, net zo ingenomen met Phoebe, net zo verwonderd als wanneer een boom zijn naam had uitgeschreeuwd, onder woorden had gebracht.

Ach ja, dacht Caroline, en waarom niet? Was zulke liefde niet zeldzaam genoeg in de wereld? Ze gluurde naar Al, die naast haar zat te

337

dommelen. Zijn grijzende haar golfde omhoog als de bus over bulten reed, bochten nam. Hij was gisteravond laat thuisgekomen en zou morgenochtend weer vertrekken, om met overwerk geld te verdienen voor het nieuwe dak en de goten. De afgelopen maanden waren hun dagen samen bijna helemaal opgegaan aan zaken. Soms herinnerde Caroline zich plotseling even de begintijd van hun huwelijk – zijn lippen op de hare, of de aanraking van zijn hand op haar middel –, een bitterzoete nostalgie. Hoe waren ze zo druk en zorgelijk geworden, allebei? Hoe waren er zoveel dagen weggeglipt, de een na de ander, om hen bij dit moment te brengen?

De bus spoedde zich over het ravijn, de helling naar Squirrel Hill op. De auto's hadden in de vroege winterschemering hun koplampen al aan. Phoebe en Robert zaten stil aan weerszijden van het middenpad, mooi aangekleed voor de jaarlijkse dansavond van de Upside Down Society. Roberts schoenen waren glanzend gepoetst en hij had zijn mooiste pak aan. Onder haar winterjas droeg Phoebe een gebloemde witte met rode jurk, een sierlijk wit kruisje van haar heilig vormsel aan een dunne ketting om haar nek. Haar haar was de afgelopen jaren donkerder en dunner geworden en in een kort, zwierig kapsel geknipt, hier en daar vastgezet met rode speldjes. Ze was bleek, met lichte sproeten op haar armen en haar gezicht. Met een vage glimlach staarde ze uit het raam, in gedachten verzonken. Robert bestudeerde de reclameborden boven Carolines hoofd, advertenties voor klinieken en tandartsen, routekaarten. Hij was een goede man, elk moment bereid om verrukt te worden door de wereld, hoewel hij gesprekken vrijwel direct weer vergat en Caroline elke keer als ze elkaar ontmoetten om haar telefoonnummer vroeg.

Toch herinnerde hij zich Phoebe altijd. Hij herinnerde zich altijd liefde.

'We zijn er bijna,' zei Phoebe en schudde aan Roberts arm toen ze de top van de heuvel naderden. Het dagverblijf was een half blok verderop, het licht ervan scheen zacht over het bruin geworden gras, over de sneeuwkorsten. 'Ik heb zeven haltes geteld.'

'Al,' zei Caroline, terwijl ze aan zijn schouder schudde. 'Al, liever, we moeten er uit.'

Ze stapten de bus uit, de vochtige kilte van de novemberavond in, en liepen twee aan twee door de schemering. Caroline gleed met haar hand rond Al's arm.

'Je bent moe,' zei ze, in een poging de stilte te verbreken die tussen hen steeds gewoner was geworden. 'Je hebt een stel lange weken achter de rug.'

'Het gaat wel,' zei hij.

'Ik wou dat je niet zo veel weg hoefde te zijn.' Ze had spijt van haar woorden zodra ze ze had uitgesproken. De ruzie was inmiddels oud, een gevoelig probleem binnen hun huwelijk, en zelfs in haar eigen oren klonk haar stem schel, schril, alsof ze eropuit was om ruzie te krijgen.

Sneeuw knarste onder hun schoenen. Al zuchtte diep, zijn adem een vage wolk in de kou.

'Luister, ik doe zo goed mogelijk mijn best, Caroline. Het betaalt nu goed en ik heb op grond van mijn dienstjaren een voordelige positie opgebouwd. Ik ben bijna zestig. Ik moet daar gebruik van maken zolang het nog kan.'

Caroline knikte. Zijn arm onder haar hand was sterk en stevig. Ze was zo blij dat hij nu hier was, zo moe van hun vreemde levensritme waardoor hij elke keer dagenlang weg was. Wat ze wilde, meer dan wat dan ook, was om elke ochtend met hem te ontbijten en elke avond samen te eten; om wakker te worden met hem naast zich in bed, en niet in een of andere anonieme hotelkamer honderd of vijfhonderd kilometer verderop.

'Ik mis je gewoon,' zei Caroline zacht. 'Verder bedoel ik er niets mee. Dat is het enige wat ik ermee wil zeggen.'

Phoebe en Robert liepen hand in hand voor hen. Caroline keek naar haar dochter. Ze had donkere handschoenen aan en droeg een sjaal die Robert haar had gegeven losjes rond haar nek. Ze wilde met Robert trouwen, met hem leven; de laatste tijd praatte ze over niets anders. Linda, de directeur van het dagverblijf, had gewaarschuwd: 'Phoebe is verliefd. Ze is vijfentwintig, een beetje een laatbloeier, en ze begint haar eigen seksualiteit te ontdekken, Caroline. We moeten hier over praten.' Maar Caroline, die niet wilde toegeven dat er iets was veranderd, had de discussie afgehouden.

Phoebe liep geconcentreerd te luisteren, met haar hoofd licht voorovergebogen, en toen klonk haar plotselinge lach door de schemering. Caroline ademde de scherpe, koude lucht in en voelde een golf plezier bij haar dochters vrolijkheid. Op hetzelfde moment zag ze de wachtkamer van de kliniek weer voor zich, met zijn neerhangende varens en zijn rammelende deur, en bij de balie Norah Henry die haar handschoenen uittrok om haar trouwring aan de receptioniste te laten zien en die op precies dezelfde manier lachte.

Dat was een leven geleden. Caroline had die tijd bijna helemaal uit haar gedachten gebannen. Maar vorige week, toen Al nog steeds weg was, was er een brief van een notariskantoor in de binnenstad gekomen. Caroline had hem verbaasd opengescheurd en hem op de veranda gelezen, in de kille novemberlucht.

*U wordt verzocht contact op te nemen met ons kantoor vanwege een rekening op uw naam.*

Ze had onmiddellijk gebeld en stond bij het raam, kijkend naar de stroom verkeer, toen de notaris haar het nieuws vertelde: David Henry was dood. Hij was in feite al ruim drie maanden dood. Ze namen contact met haar op om haar te informeren over een bankrekening die hij op haar naam had nagelaten. Caroline had de telefoon tegen haar oor gedrukt, terwijl er iets diep en donker in haar wegzonk bij dit nieuws, en bestudeerde de spaarzame overgebleven blaadjes van de platanen die trilden in het kille morgenlicht. De notaris, mijlenver weg, praatte door. Het was een vruchtgebruikrekening: David had hem op hun beider naam geopend en daarom viel hij buiten het testament en het erfrecht. Ze wilden haar niet vertellen hoeveel er op de rekening stond, niet door de telefoon. Caroline zou naar het kantoor moeten komen.

Nadat ze had opgehangen ging ze terug naar de veranda, waar ze een hele tijd op de schommelbank zat en het nieuws probeerde te verwerken. Het schokte haar dat David op deze manier aan haar had gedacht. Het schokte haar nog meer dat hij dood was. Wat had ze zich voorgesteld? Dat David en zij op de een of andere manier eeuwig zouden doorgaan, hun eigen levens zouden leven en toch verbonden bleven met dat ogenblik in zijn kantoor, toen hij opstond en Phoebe in haar armen legde? Dat ze hem ooit, ergens, als het haar uitkwam, zou opzoeken en hem zijn dochter zou laten ontmoeten? Auto's reden in een constante stroom de heuvel af. Ze kon niet besluiten wat ze moest doen, en uiteindelijk was ze gewoon maar weer naar binnen gegaan en had ze zich klaargemaakt om naar haar werk te gaan. De brief had ze in de bovenste la van het bureau gelegd, tussen de elastiekjes en de paperclips. Ze zou wachten tot Al thuiskwam en haar zou helpen de zaken in hun juiste verhouding te zien. Ze had er nog niets over gezegd – hij was zo moe geweest – maar het onuitgesproken nieuws hing nog tussen hen in de lucht, samen met Linda's bezorgdheid over Phoebe.

Uit het dagverblijf scheen volop licht op het trottoir, op de bruine grassprieten. Ze duwden de dubbele glazen deuren naar de hal open.

Achter in de hal was een dansvloer gemaakt en er hing een discobal te draaien, die heldere vlekjes licht over het plafond, de muren en de opgeheven gezichten strooide. Er werd muziek gedraaid, maar niemand danste. Phoebe en Robert stonden aan de rand van de menigte en keken hoe het licht over de lege vloer bewoog.

Al hing hun jassen op en tot Carolines verrassing nam hij haar toen bij de hand. 'Herinner je je die dag in de tuin, die dag dat we besloten te trouwen? Laten we ze leren hoe je moet rock-en-rollen. Goed?'

Caroline voelde tranen opwellen bij de gedachte aan die dag, lang geleden, aan de blaadjes die glinsterden als munten, de heldere hemel en zon en het gezoem van bijen in de verte. Ze hadden in het gras gedanst en uren later had ze in het ziekenhuis Al's hand genomen en gezegd: 'Ja, ik wil met je trouwen, ja.'

Al gleed met zijn hand om haar middel en ze stapten de dansvloer op. Caroline was vergeten – het was lang geleden – hoe gemakkelijk en soepel hun lichamen samen bewogen, hoe vrij ze zich door het dansen voelde. Ze liet haar hoofd tegen zijn schouder rusten en snoof zijn kruidige aftershave op, met een zweem van pure motorolie eronder. Al's hand lag stevig op haar rug, zijn wang tegen de hare. Ze draaiden, en langzamerhand stapten andere mensen de dansvloer op, met een glimlach in hun richting. Caroline kende bijna iedereen in de ruimte, het personeel van het dagverblijf, de andere ouders van Upside Down, de bewoners van het begeleid-wonenhuis ernaast. Phoebe stond op de wachtlijst voor een kamer daar, een plek waar ze met verschillende andere volwassenen en een begeleider kon wonen. In sommige opzichten leek het ideaal – meer onafhankelijkheid en zelfstandigheid voor Phoebe, in elk geval gedeeltelijk een antwoord op haar toekomst – maar in werkelijkheid kon Caroline zich niet voorstellen dat Phoebe niet meer bij haar zou wonen. De wachtlijst voor het begeleid-wonenhuis had bij de inschrijving heel lang geleken, maar het afgelopen jaar was Phoebe's naam gestaag opgeschoven. Caroline zou spoedig een beslissing moeten nemen, hoe dan ook. Ze keek nu naar Phoebe, die gelukzalig glimlachte, haar dunne haar naar achteren gestoken met de helderrode speldjes, en verlegen met Robert de dansvloer op stapte.

Ze danste nog drie nummers met Al, met haar ogen gesloten, en liet zich meevoeren door zijn stappen te volgen. Hij danste goed, vloeiend en zeker, en het leek alsof de muziek dwars door haar heen stroomde, als een rivier door de aarde. Phoebes stem kon dit ook bij haar opwekken, als de zuivere tonen van haar liedjes door de kamers klonken. Dan hield Caroline op met waar ze dan ook maar mee bezig was en stond ze stil, terwijl de wereld als licht door haar heen stroomde. 'Heerlijk,' mompelde Al, trok haar dichter tegen zich aan en duwde zijn wang tegen de hare. Toen de muziek veranderde in een snel rocknummer hield hij bij het verlaten van de dansvloer zijn arm om haar heen.

Caroline, een beetje duizelig, zocht uit gewoonte de ruimte af naar Phoebe en voelde de eerste scheut bezorgdheid toen ze haar niet zag.

'Ik heb haar weggestuurd om meer punch te gaan halen,' riep Linda van achter de tafel. Ze wees naar de slinkende hoeveelheid verfrissingen. 'Vind je de opkomst niet ongelooflijk, Caroline? We zijn ook al bijna door de koekjes heen.'

'Ik zal wel even nieuwe halen,' bood Caroline aan, blij met een excuus om achter Phoebe aan te gaan.

'Ze redt zich wel,' zei Al. Hij greep haar hand en gebaarde naar de stoel naast zich.

'Alleen even kijken,' zei Caroline. 'Ik ben zo terug.'

Ze liep door de lege zalen, zo fleurig en stil, Al's aanraking nog voelbaar op haar huid. Ze liep de trap af naar de keuken, duwde met de ene hand de metalen klapdeuren open en zocht met de andere het lichtknopje. Het plotselinge tl-licht versteende hen als een foto: Phoebe in haar bloemetjesjurk, met haar rug tegen het aanrecht, Robert dicht tegen haar aan, met een arm om haar heen en een hand die langs haar been omhooggleed. In het ogenblik voordat ze zich omdraaiden zag Caroline dat hij haar ging kussen, dat Phoebe gekust wilde worden en klaar was om hem terug te kussen: deze Robert, haar eerste echte liefde. Haar ogen waren gesloten, haar gezicht straalde van plezier.

'Phoebe,' zei Caroline scherp. 'Phoebe en Robert, dat is genoeg.'

Ze stapten van elkaar weg, geschrokken maar zonder berouw.

'Het is niet erg,' zei Robert. 'Phoebe is mijn vriendin.'

'We gaan trouwen,' voegde Phoebe eraan toe.

Bevend probeerde Caroline kalm te blijven. Phoebe was per slot van rekening een volwassen vrouw.

'Robert,' zei Caroline, 'ik moet even met Phoebe praten. Alleen, alsjeblieft.'

Robert aarzelde en liep toen langs Caroline heen. Al zijn enthousiasme was verdwenen.

'Het is niet slecht,' zei hij, toen hij bij de deur was. 'Phoebe en ik – we houden van elkaar.'

'Dat weet ik,' zei Caroline toen de deuren achter hem dichtklapten.

Phoebe stond onder het harde licht en frummelde aan haar ketting.

'Iemand van wie je houdt mag je zoenen, mam. Jij zoent Al ook.'

Caroline knikte en herinnerde zich Al's hand op haar heup. 'Dat is zo. Maar liefje, het zag er uit als meer dan zoenen.'

'Mam!' Phoebe hapte naar adem. 'Robert en ik gaan tróúwen.'

Zonder na te denken gaf Caroline antwoord. 'Jullie kunnen niet trouwen, schatje.'

Phoebe keek op, met op haar gezicht de dwarse uitdrukking die Caroline goed kende. Tl-licht viel door een vergiet en maakte een patroon op haar wangen.

'Waarom niet?'

'Lieverd, trouwen...' Caroline zweeg en dacht weer aan Al, zijn vermoeidheid van de laatste tijd, de afstand die hij bij elke reis tussen hen veroorzaakte. 'Luister, het is ingewikkeld, liefje. Je kunt van Robert houden zonder met hem te trouwen.'

'Nee. Robert en ik – we gaan trouwen.'

Caroline zuchtte. 'Goed. Stel dat jullie dat doen. Waar gaan jullie dan wonen?'

'We kopen een huis,' zei Phoebe, nu met een vastberaden, ernstige uitdrukking op haar gezicht. 'Daar gaan we wonen, mam. En dan krijgen we een paar baby's.'

'Baby's zijn heel erg veel werk,' zei Caroline. 'Weten Robert en jij wel hoeveel werk baby's zijn? En ze zijn duur, lieverd. Hoe gaan jullie dat huis betalen? En eten?'

'Robert heeft een baan. Ik ook. We hebben héél veel geld.'

'Maar als je op de baby's moet passen, kun je niet meer werken.'

Phoebe dacht daar fronsend over na en Carolines hart stroomde vol. Zulke intense en eenvoudige dromen en die konden niet uitkomen, hoe eerlijk was dat?

'Ik hou van Robert,' hield Phoebe vol. 'Robert houdt van mij. En Avery heeft ook een baby.'

'O, lieverd,' zei Caroline. Ze herinnerde zich dat ze Avery Swann achter een kinderwagen tegenkwamen, en dat ze bleef staan zodat Phoebe eroverheen kon buigen en de nieuwe baby zachtjes over zijn wang kon aaien. 'O, schat.' Ze liep naar Phoebe toe en legde haar handen op haar schouders. 'Weet je nog dat Avery en jij Rain hadden gered? En we zijn dol op Rain, maar hij kost heel veel werk. Je moet de kattenbak legen en zijn vacht kammen, je moet de rommel die hij maakt opruimen en hem naar binnen en naar buiten laten, en je bent heel ongerust als hij niet thuis komt. Een baby hebben is nog veel meer werk, Phoebe. Een baby is zoiets als twintig Rains.'

Phoebes gezicht betrok en tranen biggelden over haar wangen.

'Het is niet eerlijk,' fluisterde ze.

'Het is niet eerlijk,' beaamde Caroline.

Ze bleven een ogenblik staan, zwijgend in het felle, harde licht.

'Luister, Phoebe, wil je me helpen?' vroeg ze ten slotte. 'Linda heeft ook nog wat koekjes nodig.'

Phoebe knikte en wreef haar tranen weg. Zonder te spreken liepen ze met dozen en flessen terug de trap op en de hal door.

Later die avond vertelde Caroline aan Al wat er was gebeurd. Hij zat naast haar op de bank, met zijn armen over elkaar, al half in slaap. Zijn nek was nog steeds zacht, een beetje rood van de eerdere scheerbeurt, en hij had donkere kringen onder zijn ogen. De volgende ochtend zou hij bij zonsopgang opstaan en wegrijden.

'Ze wil zo graag haar eigen leven hebben, Al. En het zou zo eenvoudig moeten zijn.'

'Hm,' zei hij, wakker wordend. 'Nou, misschien is het wel eenvoudig, Caroline. Er wonen andere mensen in het begeleid-wonenhuis en die lijken zich prima te redden. En wij zijn in de buurt.'

Caroline schudde haar hoofd. 'Ik kan me haar gewoon niet in de buitenwereld voorstellen. En ze kan zeker niet trouwen, Al. Stel dat ze zwanger wordt? Ik ben niet in staat om nog een kind op te voeden, en dat zou het wel betekenen.'

'Ik wil ook niet nog een kind opvoeden,' zei Al.

'Dus misschien moeten we ervoor zorgen dat ze Robert een tijdje niet ziet.'

Verbaasd draaide Al zich naar haar toe om haar aan te kijken. 'Denk je dat dat goed zou zijn?'

'Ik weet het niet,' zuchtte Caroline. 'Ik weet het gewoon niet.'

'Luister eens,' zei Al vriendelijk. 'Vanaf het moment dat ik je tegenkwam, Caroline, heb je geëist dat de wereld geen deuren voor Phoebes neus zou dichtslaan. Onderschat haar niet – hoe vaak heb ik je dat niet horen zeggen? Dus waarom wil je haar niet laten gaan? Waarom laat je het haar niet proberen? Misschien vindt ze het er wel heerlijk. Misschien vind jij de vrijheid wel heerlijk.'

Ze staarde naar het bladvormige lijstwerk, bedacht dat het nodig geschilderd moest worden en liet een moeilijke waarheid zich naar het oppervlak worstelen.

'Ik kan me mijn leven niet zonder haar voorstellen,' zei ze zacht.

'Maar niemand vraagt je daarom. Ze is volwassen, Caroline. Daar gaat het om. Waarvoor heb je je hele leven gewerkt, als het niet voor een soort onafhankelijk leven voor Phoebe is?'

'Jij wilt waarschijnlijk wel vrij zijn,' zei Caroline. 'Jij zou weg willen gaan. Willen reizen.'

'Jij dan niet?'

'Natuurlijk wel,' huilde ze, verbaasd door de heftigheid van haar reactie. 'Maar Al, zelfs als Phoebe hier weggaat zal ze nooit helemaal onafhankelijk zijn. En ik ben bang dat jij daardoor ongelukkig bent. Ik ben bang dat je bij ons weg zult gaan. Liever, je bent de afgelopen jaren zo veel weg geweest. Meer en meer.'

Al zei een hele tijd niets. 'Waarom ben je zo kwaad?' vroeg hij ten slotte. 'Wat heb ik ooit gedaan waardoor jij het gevoel hebt gekregen dat ik ervandoor zal gaan?'

'Ik ben niet kwaad,' zei ze snel, want ze hoorde aan zijn stem dat ze hem had gekwetst. 'Al, wacht even.' Ze liep de kamer door en haalde de brief uit de la. 'Dit is de reden waarom ik overstuur ben. Ik weet niet wat ik moet doen.'

Hij pakte de brief aan en bestudeerde hem een hele tijd, draaide hem een keer om alsof het mysterie ervan opgelost zou worden door iets dat achterop stond geschreven, en las hem toen nog een keer.

'Hoeveel staat er op die rekening?' vroeg hij, terwijl hij opkeek.

Ze schudde haar hoofd. 'Dat weet ik nog niet. Ik moet er persoonlijk heen om erachter te komen.'

Al knikte en bestudeerde de brief nogmaals. 'Vreemd, de manier waarop hij dit heeft gedaan. Een geheime rekening.'

'Ik weet het. Misschien was hij bang dat ik het aan Norah zou vertellen. Dat is het enige dat ik kan bedenken.' Ze dacht aan Norah, die zich door de wereld bewoog zonder ooit te vermoeden dat haar dochter nog leefde. En Paul – wat was er van hem geworden? Moeilijk voor te stellen wie hij nu zou zijn, die donkerharige baby die ze maar één keer had gezien.

'Wat moeten we volgens jou doen?' vroeg ze.

'Tja – ik zou eerst de details uitzoeken. Laten we samen naar die notaris gaan als ik terugben. Ik kan een dag of twee vrij nemen. En daarna weet ik het ook niet, Caroline. Dan slapen we er een nachtje over, denk ik. We hoeven niet dadelijk iets te doen.'

'Goed,' zei ze, en al haar verwarring van de afgelopen week viel van haar af. Al liet het zo eenvoudig klinken. 'Ik ben blij dat je er bent,' zei ze.

'Echt, Caroline.' Hij nam haar hand in de zijne. 'Ik ga nergens heen. Behalve dan naar Toledo, morgenochtend om een uur of zes. Dus ik denk dat ik nu naar boven ga en ons bed in duik.'

Hij kuste haar, vol op de mond, en trok haar tegen zich aan. Caroline duwde haar wang tegen de zijne, snoof zijn geur en warmte op en dacht aan die dag in het kindertehuis buiten Louisville. De zure lucht, haar voetstappen in de hal en de opluchting die ze voelde toen ze Phoebe had opgetild en haar door de dubbele deuren naar buiten had gedragen: het moment dat haar leven had bepaald.

Al stond op, zijn hand nog steeds in de hare. 'Ga je mee naar boven?' vroeg hij.

Ze knikte en stond op, hand in hand.

De volgende ochtend stond ze vroeg op en maakte ontbijt, met op de borden eieren, bacon en gebakken aardappels met takjes peterselie.

'Dat ruikt goed,' zei Al toen hij binnenkwam. Hij kuste haar op de wang en gooide de krant op tafel, samen met de post van de vorige dag. De brieven voelden koud en een beetje vochtig in haar handen. Ze dacht er weer aan dat ze hem over de notaris had verteld. Er waren twee rekeningen en een kleurige ansichtkaart van de Egeïsche Zee, met een briefje van Doro op de achterkant.

Caroline gleed met haar vinger over de koude, blauwe zee. 'Trace heeft in Parijs zijn enkel verstuikt.'

'Wat een pech.' Al sloeg de krant open en schudde zijn hoofd bij het nieuws over de verkiezingen.

'Hé, Caroline,' zei hij een ogenblik later, en legde de krant neer. 'Ik dacht vannacht, waarom ga je niet met me mee? Linda wil Phoebe vast wel voor het weekend nemen. We kunnen samen weggaan. Jij en ik. Het zou je een kans geven om te zien hoe Phoebe zich redt als ze een tijdje alleen is. Wat denk je?'

'Nu? Gewoon weggaan, bedoel je?'

'Ja. Pluk de dag. Waarom niet?'

'O,' zei ze, verward en blij, hoewel ze niet van die lange uren op de weg hield. 'Ik weet het niet. Ik heb deze week zoveel te doen. Misschien de volgende keer,' zei ze er vlug achteraan, omdat ze hem niet voor het hoofd wilde stoten.

'We zouden deze keer een paar uitstapjes kunnen maken,' probeerde hij haar over te halen. 'Om het voor jou interessanter te maken.'

'Het is wel een goed idee,' zei ze, en bedacht verrast dat ze dat echt vond.

Hij glimlachte teleurgesteld en leunde voorover om haar te kussen, zijn lippen kort en koel op de hare.

Nadat Al was weggereden, hing Caroline Doro's ansichtkaart van de heldere, verlokkelijke zee op de koelkast. Het was een gure novembermaand, met vochtig, grijs weer dat naar sneeuw neigde, en ze vond het prettig om naar die zee te kijken, naar die rand van warm zand. De hele week, als ze patiënten hielp of eten kookte of de was opvouwde, herinnerde Caroline zich Al's uitnodiging. Ze dacht na over de gepassioneerde kus van Robert en haar dochter die ze had onderbroken, en over het huis waar Phoebe wilde gaan wonen. Al had gelijk – op een dag zouden zij tweeën hier niet meer zijn. En Phoebe had recht op een eigen leven.

Toch was de wereld niet minder wreed dan anders; toen ze dinsdag in de eetkamer gehaktbrood met aardappelpuree en tuinbonen zaten te eten, greep Phoebe in haar zak en haalde er een plastic puzzeltje uit, zo een met getallen op verschuifbare vierkantjes. Het trucje was om de getallen in volgorde te zetten, en ze verschoof ze tussen de happen door.

'Wat leuk,' zei Caroline terloops en nam een slok melk. 'Waar heb je dat vandaan, liefje?'

'Van Jack.'

'Werkt die bij jullie?' vroeg Caroline. 'Is hij nieuw?'

'Nee,' zei Phoebe. 'Ik ben hem in de bus tegengekomen.'

'In de bus?'

'Hm-hm. Gisteren. Hij was aardig.'

'O.' Caroline had het gevoel dat de tijd een beetje trager ging en al haar zintuigen op scherp kwamen te staan. Ze moest zichzelf dwingen om rustig en gewoon te praten. 'Heeft Jack je die puzzel gegeven?'

'Hm-hm. Hij was aardig. En hij heeft een nieuwe vogel. Die wil hij aan me laten zien.'

'O ja?' zei Caroline, terwijl ze een kille hand om haar hart voelde. 'Phoebe, liefje, je weet dat je nooit met vreemden mee moet gaan.

Daar hebben we het over gehad.'

'Dat weet ik. Dat heb ik tegen hem gezegd,' zei Phoebe. Ze duwde de puzzel weg en goot meer ketchup over haar gehaktbrood. 'Hij zei, ga je met me mee naar huis, Phoebe. En ik zei oké, maar ik moet het eerst aan mijn moeder vragen.'

'Wat een goed idee,' lukte het Caroline uit te brengen.

'Dus mag het? Mag ik morgen naar Jacks huis?'

'Waar woont Jack?'

Phoebe haalde haar schouders op. 'Dat weet ik niet. Ik zie hem in de bus.'

'Elke dag?'

'Hm-hm. Mag het? Ik wil zijn vogel zien.'

'Weet je, wat vind je ervan als ik ook meega?' zei Caroline voorzichtig. 'Als we morgen samen de bus nemen? Dan kan ik Jack ontmoeten en dan ga ik met je mee om de vogel te zien. Wat vind je daarvan?'

'Dat is goed,' zei Phoebe blij en dronk haar melk op.

De twee volgende dagen nam Caroline de bus met Phoebe naar haar werk en terug, maar Jack liet zich niet zien.

'Lieverd, ik ben bang dat hij heeft gelogen,' zei ze donderdagavond tijdens de afwas tegen Phoebe. Phoebe droeg een gele sweater en haar handen vertoonden door haar werk een tiental door papier veroorzaakte sneetjes. Caroline keek hoe ze elk bord voorzichtig oppakte en afdroogde, dankbaar dat Phoebe veilig was, als de dood dat ze dat op een dag niet zou zijn. Wie was die vreemdeling, die Jack, en wat had hij Phoebe kunnen aandoen als ze met hem was meegegaan? Caroline had aangifte gedaan bij de politie, maar ze had weinig hoop dat ze hem zouden vinden. Feitelijk was er per slot van rekening niets gebeurd en Phoebe kon de man niet beschrijven, behalve dat hij een gouden ring en blauwe sportschoenen droeg.

'Jack is aardig,' hield Phoebe vol. 'Hij liegt niet.'

'Schat, niet iedereen deugt, of wil het beste voor je. Hij is niet meer naar de bus gekomen, zoals hij had beloofd. Hij probeerde je mee te lokken, Phoebe. Je moet voorzichtig zijn.'

'Dat zeg jij altijd,' antwoordde Phoebe terwijl ze de theedoek op het aanrecht gooide. 'Dat zeg je ook over Robert.'

'Dat is wat anders. Robert wil je geen pijn doen.'

'Ik hou van Robert.'

'Dat weet ik.' Caroline sloot haar ogen en haalde diep adem. 'Luister, Phoebe, ik hou van je. Ik wil niet dat iemand je pijn doet. Soms is

348

de wereld gevaarlijk. Ik denk dat deze man gevaarlijk is.'

'Maar ik ben niet met hem meegegaan,' zei Phoebe, die het grimmige en de angst in Carolines stem oppikte. Ze zette het laatste bord op het aanrecht, plotseling bijna in tranen. 'Ik ben niet meegegaan.'

'Je was verstandig,' zei Caroline. 'Je hebt het goed gedaan. Je moet nooit met iemand meegaan.'

'Tenzij ze het woord weten.'

'Precies. En het woord is geheim, dat vertel je aan niemand.'

'Sterrenvuur!' fluisterde Phoebe luid, stralend. 'Het is geheim.'

'Ja,' zuchtte Caroline. 'Ja, het is geheim.'

* * *

De twee volgende dagen bracht Caroline Phoebe met de auto naar haar werk en haalde haar ook weer op. 's Avonds zat ze in haar auto te wachten en keek door het raam naar Phoebe, die achter de balie heen en weer liep, documenten aan elkaar niette of grapjes maakte met Max, haar collega, een jonge vrouw met haar haar in een paardenstaart, die elke vrijdag met Phoebe uit lunchen ging en niet bang was haar flink aan te pakken als ze een order had verknald. Phoebe werkte er nu drie jaar. Ze was dol op haar baan en ze was er goed in. Caroline, die keek hoe haar dochter achter de vensterruit bezig was, dacht terug aan de lange uren die het had gekost om het te regelen, alle presentaties en ruzies en het papierwerk om dit moment voor Phoebe mogelijk te maken. Toch bleef er nog zo veel over. Het incident in de bus was maar een van haar zorgen. Phoebe verdiende niet genoeg om van te leven en ze kon gewoonweg niet op zichzelf wonen, niet eens een weekend – als er brand zou uitbreken of de elektriciteit zou uitvallen, zou ze in paniek raken en niet weten wat ze moest doen.

En dan Robert. Toen ze vrijdagavond naar huis reden kletste Phoebe honderduit over haar werk, over Max en over Robert, Robert, Robert. Hij zou de volgende dag langskomen om samen met Phoebe een taart te bakken. Caroline luisterde, blij dat het bijna zaterdag was en dat Al er weer zou zijn. Dat was een voordeel van de vreemde man in de bus: hij had haar een excuus gegeven om Phoebe op te halen en zo de tijd die ze met Robert doorbracht te beperken.

Toen ze naar binnen liepen ging de telefoon. Caroline zuchtte – waarschijnlijk een telefonische enquête, of een buurman die geld inzamelde voor de hartstichting, of een verkeerd nummer. Rain verwelkomde haar mauwend en draaide rondjes om haar enkels. 'Donder op,' zei ze en nam de telefoon op.

Het was de politie. De agent aan de andere kant schraapte zijn keel en vroeg naar haar. Caroline was verbaasd, en toen blij – misschien hadden ze ten slotte toch de man van de bus gevonden.

'Ja,' zei ze, terwijl ze keek hoe Phoebe Rain optilde en hem knuffelde. 'U spreekt met Caroline Simpson.'

Hij schraapte opnieuw zijn keel en begon.

Later zou Caroline zich deze ogenblikken herinneren als ontzettend groot, alsof de tijd uitdijde tot hij de hele kamer vulde en haar in een stoel duwde, hoewel het nieuws eenvoudig genoeg was en niet heel lang geduurd kon hebben om uit te spreken. Al's vrachtwagen was in een bocht van de weg af geraakt, door een vangrail geschoten en van een lage heuvel af gevlogen. Hij lag in het ziekenhuis met een gebroken been; in hetzelfde traumacentrum waar Caroline er zoveel jaren geleden in had toegestemd om met hem te trouwen.

Phoebe neuriede tegen Rain, maar ze leek aan te voelen dat er iets mis was en keek vragend op zodra Caroline de telefoon neerlegde. Onderweg legde Caroline uit wat er was gebeurd. In de betegelde ziekenhuisgangen werd ze overspoeld door herinneringen aan die dag lang geleden: Phoebes lippen die opzwollen, haar moeizame ademhaling, Al die binnenkwam toen ze zo kwaad was op die verpleegster. Nu was Phoebe een volwassen vrouw, die in haar werkkleding naast haar liep; nu waren Al en zij al achttien jaar getrouwd.

Achttien jaar.

Hij was wakker. Zijn donkere en zilvergrijze haren staken af tegen het witte kussen. Hij probeerde te gaan zitten toen ze binnenkwamen, maar vertrok zijn gezicht toen van pijn en ging langzaam weer liggen.

'O, Al.' Ze liep naar hem toe en pakte zijn hand.

'Het gaat wel,' zei hij, sloot een ogenblik zijn ogen en haalde diep adem. Ze voelde zich heel stil van binnen worden, want ze had Al nooit op deze manier gezien, zo geschrokken dat hij licht beefde en er een spier in zijn kaak, vlak bij zijn oor, krampachtig samentrok.

'Hé – je maakt me bang,' zei ze en probeerde haar toon licht te houden.

Hij deed zijn ogen open en een ogenblik keken ze elkaar recht aan en viel alles tussen hen weg. Hij reikte omhoog en raakte met een grote hand zacht haar wang. Ze duwde haar eigen hand ertegenaan en voelde tranen in haar ogen.

'Wat is er gebeurd?' fluisterde ze.

Hij zuchtte. 'Ik weet het niet. Het was zo'n zonnige middag. Licht, helder. Ik zat de hele weg te neuriën. Met de radio mee te zingen. Eraan te denken hoe fantastisch het zou zijn als je mee zou gaan, zoals we hadden besproken. Het volgende moment schoot de vrachtwagen dwars door de vangrail heen. En daarna herinner ik me niets meer. Niet tot ik hier bijkwam. Ik heb de vrachtwagen in puin gereden. Total loss. De politie zei dat ik er niet meer was geweest als ik nog een meter of tien verder was doorgeschoten.'

Caroline boog voorover en sloeg haar armen om hem heen, rook zijn vertrouwde luchtje. Zijn hart klopte regelmatig in zijn borst. Nog maar een paar dagen geleden hadden ze samen op de dansvloer gestaan, bezorgd over het dak, de goten. Ze haalde haar vingers door zijn haar, dat achter in zijn nek te lang was gegroeid.

'O, Al.'

'Ik weet het,' zei hij. 'Ik weet het, Caroline.'

Naast hen begon Phoebe met haar ogen opengesperd te huilen. Met haar hand duwde ze de snikken terug haar mond in. Caroline ging rechtop zitten en legde een arm om haar heen. Ze streelde Phoebes haar, voelde de stevige warmte van haar lichaam.

'Phoebe,' zei Al. 'Kijk jou nu eens hier, net uit je werk. Heb je een fijne dag gehad, lieverd? Ik ben niet in Cleveland geweest, dus ik heb die taartjes die jij zo lekker vindt niet meegebracht, dat spijt me. De volgende keer weer, oké?'

Phoebe knikte en veegde met haar handen over haar wangen.

'Waar is je vrachtauto?' vroeg ze, en Caroline dacht aan de keren dat Al hen beiden voor een ritje had meegenomen, aan Phoebe die hoog in de cabine zat en haar vuist naar beneden duwde als ze andere vrachtwagens passeerden, zodat ze gingen toeteren. 'Ik vind je vrachtwagen leuk.'

'Liefje, hij is stuk,' zei Al. 'Het spijt me, maar hij is echt helemaal kapot.'

Al lag maar twee dagen in het ziekenhuis en kwam toen thuis. Carolines tijd vloog in een roes voorbij. Ze bracht Phoebe naar haar werk, ging dan zelf werken, verzorgde Al, maakte eten en probeerde de was weg te werken. Elke avond viel ze uitgeput in bed, werd dan 's ochtends weer wakker en begon weer van voor af aan. Het hielp niet mee dat Al een vreselijke patiënt was, chagrijnig dat zijn bewegingsvrijheid zo beperkt was, opvliegend en veeleisend. Het deed haar met een ongelukkig gevoel denken aan de vroegere dagen met Leo in ditzelfde huis, alsof de tijd niet in een rechte lijn vooruit ging, maar in plaats daarvan lussen maakte.

Een week ging voorbij. Op zaterdag deed Caroline uitgeput een lading was in de machine en ging toen naar de keuken om avondeten te koken. Ze trok een bos worteltjes uit de koelkast om een salade te maken, en rommelde in de vriezer in de hoop op wat inspiratie. Niets. Nou, Al zou het niet leuk vinden, maar misschien zou ze een pizza bestellen. Het was al vijf uur en over een paar minuten moest ze weg om Phoebe uit haar werk te halen. Ze hield even op met schillen, keek voorbij haar eigen zwakke reflectie in de spiegel naar de lichtreclame van Foodland, die rood door de kale boomtakken heen flitste, en dacht aan David Henry. Ze dacht ook aan Norah, die in zijn foto's zo'n object was geworden, haar vlees dat als jonge heuvels oprees en haar haar dat met onverwacht licht het kader vulde. De brief van de notaris lag nog steeds in de bureaulade. Ze had de afspraak die ze vóór Al's ongeluk had gemaakt niet afgezegd, het dure kantoor met eiken lambriseringen bezocht en de details van David Henry's legaat vernomen. Het gesprek had de hele week door haar hoofd gespookt, hoewel ze geen tijd had gehad om erover na te denken of er met Al over te praten.

Er was een geluid buiten. Caroline draaide zich geschrokken om. Door het raam in de achterdeur ving ze een glimp op van Phoebe, buiten op de veranda. Ze was op de een of andere manier zelf thuis gekomen; ze had haar jas niet aan. Caroline liet de dunschiller vallen en liep naar de deur, terwijl ze haar handen aan haar schort afveegde. Daar zag ze wat binnen niet te zien was geweest: Robert stond naast Phoebe, met zijn arm om haar schouders.

'Wat doen jullie hier?' vroeg ze scherp toen ze naar buiten stapte.

'Ik heb vrij genomen,' zei Phoebe.

'Echt waar? En je werk dan?'

'Max is er. Ik neem haar uren op maandag over.'

Caroline knikte langzaam. 'Maar hoe ben je thuisgekomen? Ik stond net op het punt om je te gaan halen.'

'We hebben de bus genomen,' zei Robert.

'Ja.' Caroline lachte, maar toen ze sprak was haar stem scherp van bezorgdheid. 'Goed. Natuurlijk. Jullie hebben de bus genomen. O, Phoebe, ik heb toch gezegd dat je dat niet moest doen. Het is niet veilig.'

'Robert en ik zijn veilig,' zei Phoebe, met haar onderlip een beetje naar voren, zoals ze deed als ze kwaad werd. 'Robert en ik gaan trouwen.'

'O, in godsnaam,' zei Caroline, tot het uiterste van haar geduld gedreven. 'Hoe kunnen jullie nu trouwen? Jullie weten helemaal niets over het huwelijk, geen van beiden.'

'Wel,' zei Robert. 'We weten wel wat over het huwelijk.'

Caroline zuchtte.

'Luister, Robert, je moet naar huis,' zei ze. 'Je hebt de bus hierheen genomen, dus je kunt ook de bus naar huis nemen. Ik heb geen tijd om je ergens heen te brengen. Het is me te veel. Je moet naar huis gaan.'

Tot haar verrassing glimlachte Robert. Hij keek Phoebe aan, liep toen naar het donkere gedeelte van de achterveranda en bukte naar iets onder de schommelbank. Hij kwam terug met een bos rode en witte rozen, die in de invallende schemering een beetje licht leken te geven. Hij gaf ze aan Caroline. De zachte knoppen streelden langs haar huid.

'Robert?' zei ze, van haar stuk gebracht. Een zwak parfum vulde de koude lucht. 'Wat is dit?'

'Ik heb ze bij de kruidenier gekocht,' zei hij. 'In de uitverkoop.'

Caroline schudde haar hoofd. 'Ik begrijp het niet.'

'Het is toch zaterdag,' herinnerde Phoebe haar.

Zaterdag – de dag dat Al thuiskwam van zijn ritten, altijd met een cadeautje voor Phoebe en een bos bloemen voor haar. Caroline stelde zich hen tweeën voor, Robert en Phoebe, dat ze de bus namen naar de kruidenierswinkel waar Robert als vakkenvuller werkte, de prijzen van de bloemen bestudeerden, uitrekenden hoeveel wisselgeld ze precies zouden krijgen. Toch wilde ze eigenlijk gillen, Robert weer naar de bus en uit hun levens sturen, wilde ze eigenlijk zeggen: het is te veel voor me. Ik hoef ze niet.

Binnen rinkelde nadrukkelijk het belletje dat ze bij Al had gelaten. Caroline zuchtte en deed een stap naar achteren. Ze gebaarde naar de keuken, het licht en de warmte.

'Goed,' zei ze. 'Kom maar binnen, jullie allebei. Kom binnen voordat jullie bevriezen.'

Ze haastte zich de trap op en probeerde zich te beheersen. Hoeveel kon er van één vrouw verlangd worden? 'Je hoort geduldig te zijn,' zei ze bij het binnenlopen van hun slaapkamer, waar Al met zijn been op een bankje zat, een boek op schoot. 'Een patiënt moet geduldig zijn, Al, het woord komt van het Latijnse *patientia*, dat lijden, maar ook ge-

353

duld betekent. Ik weet dat het onuitstaanbaar is, maar in hemelsnaam, genezing kost tijd.'

'Jíj wilde mij meer thuis hebben,' kaatste Al terug. 'Pas maar op met wat je wenst.'

Caroline schudde haar hoofd en ging op de rand van het bed zitten. 'Dit wilde ik niet.'

Hij keek een paar tellen uit het raam.

'Je hebt gelijk,' zei hij ten slotte. 'Sorry.'

'Gaat het een beetje?' vroeg ze. 'Heb je pijn?'

'Niet zo erg.'

Achter het raam bewoog de wind de laatste bladeren van de plataan tegen de paarsblauwe lucht. Zakken tulpenbollen lagen onder de boom te wachten om in de grond te worden gestopt. Vorige week hadden Phoebe en zij chrysanten geplant, heldere uitbarstingen van oranje, crème en donkerpaars. Ze had ze op haar hurken zitten bewonderen, terwijl ze de aarde van haar handen veegde en terugdacht aan de keren dat ze net zo met háár moeder in de tuin had gewerkt, verbonden door hun handelingen, maar niet door woorden. Ze hadden zelden over iets persoonlijks gepraat. Nu was er zoveel dat Caroline zou willen zeggen.

'Ik ga het niet meer doen,' zei hij. Hij gooide de woorden eruit zonder haar aan te kijken. 'In een vrachtwagen rijden, bedoel ik.'

'Oké,' zei ze langzaam en probeerde zich voor te stellen wat dat voor hun leven zou kunnen betekenen. Ze was blij – elke keer dat ze zich voorstelde dat hij weer weg zou rijden, was er iets in haar dichtgeklapt – maar plotseling ook een beetje ongerust. Sinds ze waren getrouwd hadden ze nog nooit langer dan een week samen doorgebracht.

'Ik zit straks de hele tijd op je lip,' zei Al, alsof hij haar gedachten kon lezen.

'Denk je?' Ze keek aandachtig naar hem, nam zijn bleekheid, zijn serieuze ogen in zich op. 'Ben je dan van plan om al helemaal te stoppen met werken?'

Hij schudde zijn hoofd, terwijl hij nog steeds zijn handen bestudeerde. 'Daar ben ik te jong voor. Ik heb zitten denken dat ik iets anders kan gaan doen. Op kantoor, misschien – ik ken het systeem van binnen en buiten. Op een stadsbus rijden. Ik weet het niet – het kan eigenlijk van alles zijn. Maar ik kan niet meer de weg op.'

Caroline knikte. Ze was naar de plaats van het ongeluk gereden, had het verwrongen gat in de vangrail gezien, de omgewoelde plek aarde waar de vrachtwagen terecht was gekomen.

'Ik heb altijd een voorgevoel gehad,' zei Al terwijl hij naar zijn handen keek. Hij liet zijn baard staan; zijn gezicht was vol stoppels. 'Dat dit een keer moest gebeuren. En nu is het gebeurd.'

'Dat wist ik niet,' zei Caroline. 'Je hebt nooit gezegd dat je bang was.'

'Niet bang,' zei Al. 'Ik had alleen een voorgevoel. Dat is wat anders.'

'Maar toch. Je hebt nooit iets gezegd.'

Hij haalde zijn schouders op. 'Het had niets uitgemaakt. Het was maar een gevoel, Caroline.'

Ze knikte. Nog een paar meter en Al was dood geweest, had de politie meer dan eens gezegd. De hele week had ze zichzelf ervan weerhouden om zich voor te stellen wat er niet gebeurd was. Maar de waarheid was dat ze weduwe had kunnen zijn en er de rest van haar leven alleen voor had gestaan.

'Misschien moet je stoppen met werken,' zei ze langzaam. 'Ik ben bij de notaris geweest, Al. Ik had de afspraak al gemaakt en wilde hem niet afzeggen. David Henry heeft veel geld voor Phoebe nagelaten.'

'Ja, maar dat is niet van mij,' zei Al. 'Al is het een miljoen dollar, het is niet van mij.'

Ze herinnerde zich weer hoe hij had gereageerd toen Doro hun het huis had gegeven: diezelfde onwil om iets aan te nemen dat hij niet met zijn eigen handen had verdiend.

'Dat is waar,' zei ze. 'Het geld is voor Phoebe. Maar jij en ik, wij hebben haar opgevoed. Als zij financieel gezien geen problemen hoeft te hebben, hoeven wij ons minder zorgen te maken. We kunnen meer vrijheid hebben. Al, we hebben hard gewerkt. Misschien is het gewoon tijd voor ons om het rustig aan te gaan doen.'

'Wat bedoel je?' vroeg hij. 'Wil je dat Phoebe weggaat?'

'Nee. Dat wil ik helemaal niet. Maar Phoebe wil het. Robert en zij zijn nu beneden.' Caroline glimlachte een beetje bij de herinnering aan de bos rozen die ze op het aanrecht had laten liggen, naast de berg halfgeschilde worteltjes. 'Ze zijn samen naar de kruidenierswinkel gegaan. Met de bus. Ze hebben bloemen voor me gekocht omdat het zaterdag is. Dus ik weet het niet, Al. Wie ben ik om het te bepalen? Misschien redden ze het wel samen, min of meer.'

Hij knikte nadenkend en het trof haar hoe moe hij eruitzag, hoe kwetsbaar hun leven uiteindelijk was. Al die jaren had ze geprobeerd zich elke mogelijkheid voor te stellen, iedereen in veiligheid te houden, en toch zat hij hier, Al, een beetje ouder geworden, met een gebroken been – een uitkomst die ze nooit voorzien had.

'Morgen ga ik gestoofde runderlapjes maken,' zei ze, zijn favoriete eten. 'Is pizza oké voor vanavond?'

'Pizza is prima,' zei Al. 'Maar dan wel van die tent op Braddock.'

Ze raakte zijn schouder aan en liep naar de trap om te gaan bellen. Op de overloop bleef ze staan luisteren naar Robert en Phoebe in de keuken, hun zachte stemmen onderbroken door een lachsalvo. De wereld was een grote, onvoorspelbare en soms beangstigende plek. Maar op dit moment was haar dochter lachend met haar vriendje in de keuken, zat haar man te soezen met een boek op schoot en hoefde zij geen eten te koken. Ze haalde diep adem. In de lucht hing een verre geur van rozen – een heldere, koele geur, als sneeuw.

*1989*

# 1 juli 1989

# Norah

De studio boven de garage, met zijn verborgen doka, was niet open geweest sinds David zeven jaar geleden was verhuisd, maar nu het huis te koop zou komen te staan moest Norah de confrontatie wel aangaan. Davids werk was weer populair en behoorlijk wat geld waard. Morgen kwamen er curatoren om de collectie te bekijken. En dus had Norah sinds vroeg in de ochtend op de geschilderde vloer gezeten, met een stanleymes dozen opengesneden en er mappen vol foto's, negatieven en aantekeningen uitgehaald, vastbesloten om afstandelijk te blijven, meedogenloos te zijn in dit selectieproces. Het hoefde niet lang te duren; David was heel nauwgezet geweest en alles was keurig van etiketten voorzien. Eén dag werk, had ze gedacht – niet langer.

Ze had niet op de herinnering gerekend, de trage verleiding van het verleden. Het was nu vroeg in de middag, het werd heet en ze had nog maar één doos doorgespit. Een ventilator zoemde in het raam en een dun laagje zweet bedekte haar huid. De glanzende foto's kleefden aan haar vingers. Ze leken plotseling zo dichtbij en zo onmogelijk, die jaren van haar jeugd. Daar stond ze, met een sjaal nonchalant in haar met zorg gestileerde haar gebonden, Bree naast haar met bungelende oorbellen, in luchtige patchworkrokken. En hier had ze een van de zeldzame foto's van David, zo serieus, met stekeltjeshaar, Paul nog een baby in zijn armen. Herinneringen borrelden op, vulden de kamer, deden Norah stilzitten: de geuren van seringen, zuivere lucht en Pauls kinderhuid; Davids aanraking, het schrapen van zijn keel, het zonlicht van een verloren middag dat in patronen op de houten vloeren bewoog. Wat had het betekend, moest Norah zich afvragen, dat ze die momenten op die speciale manier hadden beleefd? Wat betekende het dat de foto's helemaal niet overeenkwamen met de vrouw die ze in haar herinnering was geweest? Als ze goed keek kon ze het zien, de afstand en het verlangen in haar blik, de manier waarop ze op de foto nooit tot volle ontplooiing kwam. Maar een vreemde zou het niet opmerken, Paul ook niet. Op grond van alleen deze foto's kon niemand de complexe mysteries van haar hart vermoeden.

Een wesp zweefde rond onder het plafond. Ieder jaar kwamen ze terug en bouwden een nest ergens onder de dakrand. Nu Paul volwassen was, had Norah het opgegeven zich er druk over te maken. Ze stond op, rekte zich uit en pakte een blikje cola uit de koelkast waarin David ooit chemicaliën en kwetsbare filmrolletjes had bewaard. Ze dronk ervan terwijl ze uit het raam naar de wilde irissen en kamperfoelie in de achtertuin keek. Norah was altijd van plan geweest om er iets van te maken, om meer te doen dan eten voor de vogels aan de kamperfoelietakken te hangen, maar in al die jaren had ze het niet gedaan en nu zou ze het nooit meer doen. Over twee maanden ging ze met Frederic trouwen en deze plek voor altijd verlaten.

Hij was overgeplaatst naar Frankrijk. Twee keer was de overplaatsing afgeblazen en hadden ze het erover gehad om samen binnen Lexington te verhuizen, om allebei hun huis te verkopen en iets nieuws te beginnen. Iets gloednieuws, een plek waar nog nooit iemand anders had gewoond. Hun gesprekken waren lui, verlangend, conversaties die opbloeiden boven hun gezamenlijke diners of als ze samen in de schemering op bed lagen, een glas wijn op het nachtkastje, de maan in het raam als een bleke schijf boven de bomen. Lexington, Frankrijk, Taiwan – het maakte Norah niet uit. Ze had het gevoel alsof ze met Frederic al een ander land had ontdekt. Soms lag Norah 's nachts met gesloten ogen wakker en luisterde ze naar zijn regelmatige ademhaling, gevuld met een diep gevoel van tevredenheid. Het deed haar pijn om zich te realiseren hoe ver David en zij van hun liefde waren afgedreven. Zijn fout, zeker, maar ook de hare. Ze had zich zo gesloten en ontoegankelijk gehouden, ze was na Phoebes dood zo bang voor alles geweest. Maar die jaren waren nu voorbij, ze waren weggevloeid en hadden niets achtergelaten, op de herinnering na.

Dus Frankrijk was prima – toen het nieuws kwam van de aanstelling vlak buiten Parijs was ze blij geweest. Ze hadden al een huisje gehuurd aan de oever van de rivier in Châteauneuf. Frederic was daar op dit moment, om een kas voor zijn orchideeën neer te zetten. Zelfs nu voedde het Norah's fantasie: de gladde rode tegels van de patio, de zachte rivierbries in de berk bij de deur en de manier waarop het zonlicht op Frederics schouders viel, op zijn armen, terwijl hij de glasplaten in een frame zette. Ze kon naar het spoorwegstation lopen en in twee uur in Parijs zijn, of ze kon naar het dorp lopen en vers brood en kaas kopen, en donkere, fonkelende flessen wijn, haar boodschappentassen zwaarder bij elke stop. Ze kon uien sauteren en dan even stoppen om over de rivier te kijken die langzaam achter het hek stroomde. Op de patio was tijdens de avonden die ze daar had doorgebracht de wilde kamperfoelie met zijn citroenachtige geur opengegaan en Frederic en zij hadden er wijn zitten drinken en zitten praten. Zulke eenvoudige dingen eigenlijk. Zoveel geluk. Norah keek naar de dozen foto's en wilde die jonge vrouw die ze geweest was bij de arm nemen en haar zachtjes door elkaar schudden. Hou vol, wilde ze haar zeggen. Niet opgeven. Je leven zal uiteindelijk goed zijn.

Ze dronk haar cola op en ging weer aan het werk. De doos die haar gedachten zo had doen afdwalen schoof ze opzij en ze maakte een andere open. Hierin zaten keurig geordende mappen, gerangschikt naar jaar. In de eerste map zaten foto's van onbekende kinderen, slapend in hun wagentje, zittend op een grasveld of veranda, gedragen in de warme armen van hun moeder. Het waren allemaal glanzende zwartwitfoto's van tien bij vijftien en zelfs Norah kon zien dat het Davids vroege experimenten met licht waren. De curatoren zouden tevreden zijn. Sommige foto's waren zo donker dat de figuren nauwelijks zichtbaar waren; andere waren bijna witgewassen. Waarschijnlijk had David de mogelijkheden van zijn fototoestel getest, door het onderwerp hetzelfde te houden en de scherpstelling, de diafragmaopening en de lichtsterkte te variëren.

De tweede map was heel vergelijkbaar, de derde en vierde ook. Foto's van meisjes, geen baby's meer, maar twee, drie en vier jaar oud. Meisjes in hun paasjurkjes in de kerk, meisjes rennend in het park, meisjes die ijsjes aten of samenklonterden op het schoolplein in de pauze. Meisjes die renden, een bal gooiden, lachten, huilden. Norah fronste en bladerde sneller door de foto's. Er was geen een kind dat ze herkende. De foto's waren zorgvuldig op leeftijd gerangschikt. Toen ze aan het eind kwam, waren het geen meisjes meer maar jonge vrouwen, wandelend, winkelend, kletsend met elkaar. De laatste was een jonge vrouw in de bibliotheek, haar kin rustend in haar hand terwijl ze uit het raam staarde, met een afstandelijke uitdrukking in haar ogen die Norah vertrouwd voorkwam.

Norah liet de map in haar schoot vallen. Foto's vielen op de grond. Wat was dit? Al die meisjes, jonge vrouwen – het had een seksuele fixatie kunnen zijn, maar Norah wist instinctief dat dat niet het geval was. Wat de foto's met elkaar gemeen hadden was geen verdorvenheid, maar onschuld. Kinderen die in het park aan de overkant van de straat speelden, met de wind in hun haren en kleren. Zelfs de ouderen, de volwassen vrouwen, hadden die kwaliteit; ze richtten een afwezige blik op de wereld, met een soort wijdopen, vragende ogen. Verlies hing tussen het spel van licht en schaduw; dit waren foto's vol hunkering. Verlangen, ja, geen lust.

Ze klapte de bovenkant van de doos terug om het etiket te lezen. *Overzicht* was het enige dat erop stond.

Snel, onverschillig voor de chaos die ze veroorzaakte, bekeek Norah alle andere dozen door ze van elkaar af te trekken. Midden in de kamer vond ze er nog een met dat korte, duistere woord: *Overzicht*. Ze maakte hem open en trok de mappen eruit.

Geen meisjes dit keer. Geen vreemden. Maar Paul. Map na map van Paul, op alle leeftijden, zijn veranderingen en zijn groei, zijn manie om zijn gezicht af te wenden. Zijn toewijding en zijn verbluffende gave voor muziek, zijn vingers vliegend over zijn gitaar.

Een hele tijd zat Norah doodstil, geschokt, op het punt het te begrijpen. En toen plotseling wist ze het, onherroepelijk, verzengend: al die jaren van stilte, dat hij niet over hun verloren dochter wilde praten, had David dit archief van haar afwezigheid bijgehouden. Paul en duizend andere meisjes, die allemaal opgroeiden.

Paul, maar niet Phoebe.

Norah had kunnen huilen. Ze verlangde er plotseling naar met David te praten. Al die jaren had ook hij haar gemist. Al deze foto's, al dit stille, geheime verlangen. Ze bladerde nogmaals door de foto's, bestudeerde Paul als jongen, die een basketbal ving, op de piano speelde, een gek gezicht trok onder de boom in de achtertuin. Al die herinneringen die hij had verzameld, momenten die Norah nooit had gezien. Ze bestudeerde ze nogmaals en nogmaals en probeerde zichzelf voor te stellen in de wereld zoals David die had ervaren, in zijn zielenleven.

Twee uur verstreken. Ze was zich ervan bewust dat ze honger had, maar kon zich er niet toe zetten weg te gaan of zelfs op te staan van haar plekje op de vloer. Zoveel foto's, al die beelden van Paul, al die anonieme meisjes en vrouwen in dezelfde leeftijd als hij. Al die tijd, al die jaren had ze haar dochters aanwezigheid gevoeld, een schaduw die bleef hangen achter elke foto die werd genomen. Phoebe, die ze bij de geboorte was verloren, was altijd net buiten beeld aanwezig, alsof ze enkele ogenblikken tevoren was opgestaan en de kamer had verlaten, alsof haar geur, de luchtvlaag van haar kleine bewegingen nog steeds rondhing in de ruimten die ze had verlaten. Norah had dat gevoel voor zich gehouden, omdat ze bang was dat iedereen die het hoorde haar sentimenteel of zelfs getikt zou vinden. Het verbijsterde haar nu, het bracht tranen in haar ogen, om zich te realiseren hoe diep ook David hun dochters afwezigheid had gevoeld. Het leek alsof hij haar overal had gezocht, in elk meisje, in elke jonge vrouw, en haar nooit had gevonden.

Ten slotte hoorde ze, in de uitdijende cirkels van stilte waarin ze zat, vaag kiezels knarsen: een auto op de oprijlaan. Er kwam iemand. In de verte hoorde ze een portier slaan, voetstappen, de deurbel die in het huis rinkelde. Ze schudde haar hoofd en slikte, maar stond niet op. Wie het ook was, hij zou weggaan en later terugkomen, of niet. Padvindsters met koekjes, of de krantenjongen. Ze veegde tranen uit haar ogen; wie het ook was die haar nodig had, hij kon wel wachten. Maar nee – nee. De meubeltaxateur had beloofd dat hij vanmiddag langs zou komen. Dus Norah duwde haar handen tegen haar wangen en ging naar binnen. Ze bleef staan om water in haar gezicht te gooien en een kam door haar haar te halen. 'Ik kom eraan,' riep ze boven het kletterende water uit, toen de bel opnieuw ging. Ze liep de kamers door, waar al het meubilair in het midden was gezet, met lakens er-over: de schilders kwamen morgen. Ze telde hoeveel dagen ze nog had en vroeg zich af of het haar zou lukken alles klaar te krijgen. Een ogen-blik dacht ze terug aan de avonden in Châteauneuf, waar het mogelijk leek dat haar leven altijd rustig zou zijn, zich in de kalmte zou openen als een bloem in de lucht.

Terwijl ze nog bezig was haar handen af te drogen opende ze de deur.

De vrouw op de veranda zag er vaag vertrouwd uit. Ze was prak-tisch gekleed, in een vlotte donkerblauwe lange broek. Ze droeg een witte katoenen sweater met korte mouwen en haar dikke haar was grijs en heel kort geknipt. Zelfs op het eerste gezicht gaf ze de indruk ge-organiseerd te zijn, efficiënt, zo iemand die geen nonsens duldde, zo iemand die de leiding nam en dingen voor elkaar kreeg. Desalniette-min zei ze niets. Ze leek geschokt Norah te zien en nam haar zo intens op dat Norah beschermend haar armen over elkaar sloeg, zich plotse-ling bewust van haar stoffige korte broek, haar zweterige T-shirt. Ze wierp een blik over de straat en keek toen weer naar de vrouw op haar veranda. Ze ving de blik op van de vrouw, keek in haar wijd open ogen, zo blauw, en toen wist ze het.

Haar adem stokte.

'Caroline? Caroline Gill?'

De vrouw knikte en even vielen haar blauwe ogen dicht, alsof er iets tussen hen geregeld was. Maar Norah wist niet wat. De aanwezigheid van deze vrouw uit het verre, verre verleden had diep in haar hart een opwinding veroorzaakt en voerde haar terug naar die vreemde, onwezenlijke nacht toen David en zij door de stille, besneeuwde straten naar de kliniek waren gereden, waar Caroline Gill ervoor had gezorgd dat ze niet te veel pijn had en tijdens de weeën haar hand had vastgehouden, met de woorden: 'Kijk me aan, kijk me nu aan, mevrouw Henry, ik ben hier bij u en u doet het prima.' Die blauwe ogen, de stevige druk van haar hand, even diep verweven met het plaatje van die ogenblikken als haar herinnering aan Davids zorgvuldige autorijden of Pauls eerste schrille kreet.

'Wat doet u hier?' vroeg Norah. 'David is een jaar geleden overleden.'

'Dat weet ik,' zei Caroline knikkend. 'Ik weet het, het spijt me. Luister, Norah – mevrouw Henry – er is iets waar ik met u over moet praten. Iets nogal moeilijks. Ik vroeg me af of u een paar minuten voor me hebt. Als het uitkomt. Ik kan ook terugkomen, als dit geen goed moment is.'

Er klonk zowel iets dringends als vastberadenheid in haar stem door, en tegen beter weten in merkte Norah dat ze naar achteren stapte en Caroline Gill de hal in liet. Dozen, netjes ingepakt en dichtgeplakt, stonden tegen de muren opgestapeld. 'Let maar niet op het huis,' zei ze. Ze gebaarde naar de woonkamer, waar al het meubilair naar het midden van de ruimte was geschoven. 'Er komen schilders voor een offerte. En ook een meubeltaxateur. Ik ga weer trouwen,' voegde ze eraan toe. 'Ik ga verhuizen.'

'Dan ben ik blij dat ik u te pakken heb gekregen,' zei Caroline. 'Ik ben blij dat ik niet heb gewacht.'

Hoezo, me te pakken gekregen? vroeg Norah zich af, maar uit gewoonte nodigde ze Caroline binnen, in de keuken, de enige plek waar ze comfortabel konden zitten. Ze liepen zonder iets te zeggen de eetkamer door en Norah herinnerde zich de abruptheid van Carolines verdwijning, het schandaal. Ze keek twee keer achterom, niet in staat het vreemde gevoel van zich af te schudden dat Carolines aanwezigheid had opgeroepen. Een zonnebril hing aan een koordje rond Carolines nek. Haar trekken waren in de loop der jaren uitgesprokener geworden, haar neus en kin geprononceerder. Ze zou het uitstekend doen in een zakelijke situatie, vond Norah. Niet iemand om zomaar aan voorbij te gaan. Toch, besefte Norah, kwam haar ongemakkelijkheid ergens anders vandaan. Caroline had haar gekend als een ander persoon – als een heel jonge, heel onzekere vrouw die vastzat in een leven en een verleden waar ze nu niet bepaald met trots aan terugdacht.

Caroline ging zitten in de ontbijthoek terwijl Norah twee glazen met water en ijsklontjes vulde. Davids laatste briefje, *Ik heb de kraan gerepareerd. Fijne verjaardag*, hing op het prikbord vlak achter Carolines schouder. Met ongeduld dacht Norah aan de foto's die in de garage lagen te wachten, aan alles wat ze nog moest doen dat niet kon wachten.

'U hebt hier sialia's,' merkte Caroline op, met een hoofdbeweging naar de wilde, chaotische tuin.

'Ja. Het heeft jaren gekost ze hierheen te lokken. Ik hoop dat de volgende bewoners ze zullen voeren.'

'Het moet een gek idee zijn om te verhuizen.'

'Het is tijd,' zei Norah. Ze pakte twee onderzetters, zette de glazen op tafel en ging zitten. 'Maar u bent niet gekomen om het daarover te hebben.'

'Nee.'

Caroline nam een slok en legde toen haar handen plat op tafel. Het was, dacht Norah, alsof ze ze onder controle wilde brengen. Maar toen ze sprak leek ze kalm en vastberaden.

'Norah – mag ik je Norah noemen? Zo heb ik al deze jaren aan je gedacht.'

Norah knikte, nog steeds verward en in toenemende mate bang. Wanneer had zij voor het laatst aan Caroline Gill gedacht? Eeuwen geleden, en altijd alleen als onderdeel van het plaatje van de nacht waarin Paul was geboren.

'Norah,' zei Caroline, alsof ze haar gedachten las. 'Wat herinner je je van de nacht dat je zoon is geboren?'

'Waarom vraag je dat?' Norah's stem was resoluut, maar ze trok zich al terug, maakte zich los van de intensiteit in Carolines ogen, van een soort kolkende onderstroom, van haar eigen duistere angst voor wat er zou komen. 'Waarom ben je hier, en waarom vraag je me dat?'

Caroline Gill gaf niet direct antwoord. Het gekwinkeleer van de kardinalen danste als lichtvlokjes door de ruimte.

'Luister, het spijt me,' zei Caroline. 'Ik weet niet hoe ik dit moet zeggen. Het kan niet op een gemakkelijke manier, denk ik. Dus ik zeg maar gewoon waar het op staat. Norah, die nacht dat je tweeling werd geboren, Phoebe en Paul, was er een probleem.'

'Ja,' zei Norah scherp, en ze dacht aan de somberheid die ze na de geboorte had gevoeld, blijdschap en somberheid door elkaar heen, en de lange, harde weg die ze had afgelegd om terecht te komen bij dit moment van gelijkmatige kalmte. 'Mijn dochter ging dood,' zei ze. 'Dat was een probleem, ja.'

'Phoebe is niet doodgegaan,' zei Caroline vlak, terwijl ze haar recht aankeek, en Norah voelde zich in het moment gevangen zoals ze dat al die jaren geleden had gevoeld, zich vastklampend aan die blik terwijl de vertrouwde wereld om haar heen kolkte. 'Phoebe is geboren met het syndroom van Down. David vroeg me haar naar een tehuis in Louisville te brengen, waar zulke kinderen gewoonlijk heen werden gestuurd. Het was in 1964 niet ongebruikelijk om dat te doen. De meeste artsen zouden hetzelfde hebben geadviseerd. Maar ik kon haar daar niet achterlaten. Ik heb haar meegenomen. Ik heb haar al die jaren opgevoed, Norah,' voegde ze er zacht aan toe. 'Phoebe leeft. Het gaat heel goed met haar. We zijn naar Pittsburgh verhuisd.'

Norah zat doodstil. De vogels in de tuin kwetterden, zongen. Om de een of andere reden herinnerde ze zich die keer dat ze in Spanje door een loszittend rooster was gezakt. Ze had zorgeloos over een zonnige straat gelopen. Toen stortte ze plotseling naar beneden en stond ze tot haar middel in een put, met een verstuikte enkel en lange, bloedende schrammen op haar kuiten. 'Het gaat wel, het gaat wel,' was ze blijven zeggen tegen de mensen die haar eruit hadden geholpen, die haar naar de dokter hadden gebracht. Opgewekt, onbekommerd, terwijl het bloed van haar benen droop: 'het gaat wel'. Pas later, toen ze alleen en veilig in haar kamer was, sloot ze haar ogen en voelde ze die plotselinge val weer, dat verlies van controle, en huilde ze. Zo voelde ze zich nu. Trillend hield ze zich vast aan de rand van de tafel.

'Wat?' zei ze. 'Wat zei je?'

Caroline herhaalde het: Phoebe, niet dood maar weggehaald. Al die jaren. Phoebe die in een andere stad opgroeide. Veilig, bleef Caroline zeggen. Veilig, goed voor gezorgd, bemind. Phoebe, haar dochter,

Pauls tweelingzusje. Geboren met het syndroom van Down, wegge-stuurd.

David had haar weggestuurd.

'Volgens mij ben jij niet goed bij je hoofd,' zei Norah, maar terwijl ze dat zei vielen zoveel puzzelstukjes van haar leven op hun plek dat ze wist dat wat Caroline zei waar moest zijn.

Caroline zocht in haar tas en schoof twee polaroids over het glan-zende tafelblad. Norah kon ze niet oppakken, daarvoor trilde ze te erg, maar ze leunde voorover om ze in zich op te nemen: een klein meisje in een witte jurk, mollig, met een glimlach die haar gezicht deed oplichten, haar amandelvormige ogen van plezier gesloten. En de andere, datzelfde meisje jaren later, op het punt een basketbal te gooien, vastgelegd op het moment voordat ze sprong. Op de ene leek ze een beetje op Paul, op de andere een beetje op Norah, maar ze was vooral zichzelf. Phoebe. Niet een van de foto's die zo keurig in Davids mappen zaten opgeslagen, maar gewoon zélf. In leven en ergens op de wereld.

'Maar waarom?' De pijn was hoorbaar in haar stem. 'Waarom zou hij zoiets doen? En jij?'

Caroline schudde haar hoofd en keek naar buiten, de wilde, chaoti-sche tuin in.

'Ik heb jarenlang in mijn eigen onschuld geloofd,' zei ze. 'Ik ge-loofde dat wat ik had gedaan goed was. De inrichting was een afschu-welijk oord. David had het niet gezien, hij wist niet hoe slecht het was. Dus ik nam Phoebe mee, voedde haar op en voerde heel veel strijd om haar een opleiding en toegang tot medische zorg te laten krijgen. Om ervoor te zorgen dat ze een goed leven zou hebben. Het was gemak-kelijk om mezelf als de held te zien. Maar ik denk dat ik altijd diep van binnen wist dat mijn motieven niet helemaal zuiver waren. Ik wilde een kind en had er niet een. Ik was bovendien verliefd op David, of ik dacht dat ik dat was. Van een afstand, bedoel ik,' voegde ze er snel aan toe. 'Het zat allemaal in mijn eigen hoofd. David heeft mij zelfs nooit opgemerkt. Maar toen ik de advertentie voor de begrafenis zag, wist ik dat ik haar moest meenemen. Dat ik hoe dan ook moest vertrekken, en ik kon haar niet achterlaten.'

Norah, in wilde verwarring, dacht terug aan die wazige dagen vol verdriet en vreugde, met Paul in haar armen en Bree die haar de tele-foon gaf en zei: 'Je moet hier een punt achter zetten.' Ze had de hele herdenkingsdienst georganiseerd zonder het aan David te vertellen.

Alles wat ze regelde hielp haar terug te keren naar de wereld, en toen David die avond was thuisgekomen had ze zijn verzet bestreden alsof haar leven ervan afhing.

Wat moest het voor hem betekend hebben, die nacht, die dienst? En toch had hij het allemaal laten gebeuren.

'Maar waarom heeft hij het me niet verteld?' vroeg ze, haar stem fluisterend. 'Al die jaren en hij heeft het me nooit verteld.'

Caroline schudde haar hoofd. 'Ik kan niet voor David spreken,' zei ze. 'Hij was altijd een mysterie voor me. Ik weet dat hij van jou hield en ik geloof dat, hoe monsterlijk het allemaal lijkt, zijn aanvankelijke bedoelingen goed waren. Hij vertelde me eens over zijn zusje. Ze had een hartafwijking en stierf jong, en zijn moeder kwam haar verdriet nooit te boven. Ik denk toch dat hij jou probeerde te beschermen.'

'Ze is mijn kind,' zei Norah. De woorden werden uit een soort diepgelegen plek in haar lichaam naar buiten getrokken, een soort oude, sinds lang begraven pijn. 'Ze is uit mijn lichaam voortgekomen. Mij beschermen? Door me te vertellen dat ze was gestorven?'

Caroline gaf geen antwoord en ze bleven een hele tijd zitten terwijl de stilte tussen hen groeide. Norah dacht aan David met al die foto's, en op alle momenten van hun leven samen waarbij hij zijn geheim met zich mee had gedragen. Ze had het niet geweten, ze had het niet vermoed. Maar nu het haar verteld was, viel alles op een afschuwelijke manier op zijn plaats.

Ten slotte opende Caroline haar tas en haalde er een velletje papier uit met haar adres en een telefoonnummer erop. 'Hier wonen we,' zei ze. 'Mijn man Al en ik, en Phoebe. Hier is Phoebe opgegroeid. Ze heeft een gelukkig leven gehad, Norah. Ik weet dat je daar niet veel aan hebt, maar het is wel waar. Ze is een prachtige jonge vrouw. Volgende maand gaat ze naar een groepswoning verhuizen. Dat wil ze graag. Ze heeft een goede baan in een fotokopieerwinkel. Ze is er dol op, en zij zijn dol op haar.'

'Een fotokopieerwinkel?'

'Ja. Ze heeft het heel goed gedaan, Norah.'

'Weet ze het?' vroeg Norah. 'Weet ze over mij? Over Paul?'

Caroline keek naar de tafel en frummelde aan de rand van de foto. 'Nee. Ik wilde het haar niet vertellen tot ik met jou had gepraat. Ik wist niet wat jij zou willen. Of je haar zou willen ontmoeten. Ik hoop van wel. Maar natuurlijk zal ik het je niet kwalijk nemen als je het niet wilt. Al die jaren... o, het spijt me zo. Maar als je langs wilt komen zijn we er voor je. Je kunt gewoon bellen. Volgende week of volgend jaar.'

'Ik weet het niet,' zei Norah langzaam. 'Ik denk dat ik in shock ben.'

'Ja. Natuurlijk ben je dat.' Caroline stond op.

'Mag ik de foto's houden?' vroeg Norah.

'Ze zijn van jou. Ze zijn altijd van jou geweest.'

Op de veranda bleef Caroline even staan en keek haar nadrukkelijk aan.

'Hij hield van je,' zei ze. 'David heeft altijd zoveel van je gehouden, Norah.'

Norah knikte en herinnerde zich dat ze in Parijs precies dezelfde woorden tegen Paul had gezegd. Vanaf de veranda keek ze hoe Caroline naar haar auto liep en ze vroeg zich af naar wat voor leven Caroline terugreed, welke problemen en mysteries erin besloten lagen.

Norah bleef nog een hele tijd op de veranda staan. Phoebe leefde, liep rond op deze wereld. Die wetenschap opende een peilloze afgrond in haar hart. Bemind, had Caroline gezegd. Goed voor gezorgd. Maar niet door Norah, die zo hard had gewerkt om haar los te laten. De dromen die ze had gehad, al die zoekpartijen in het broze, bevroren gras kwamen terug in haar gedachten en sneden door haar ziel.

Ze ging terug het huis in, huilend nu, en liep langs het opgetaste meubilair. De taxateur zou komen. Paul kwam vandaag of morgen ook, hij had beloofd dat hij eerst zou bellen maar soms stond hij zomaar op de stoep. Ze spoelde de waterglazen om en droogde ze af. Toen bleef ze staan in de stille keuken en dacht aan David, al die nachten gedurende al die jaren dat hij midden in de nacht was opgestaan en naar het ziekenhuis ging om te zorgen voor iemand die iets gebroken had. Een goed mens, David. Hij leidde een kliniek, hij zorgde voor mensen in nood.

En hij had hun dochter weggestuurd en dat nooit aan haar verteld.

Norah sloeg met haar vuist op het aanrecht zodat de glazen een sprongetje maakten. Ze schonk een gin met tonic voor zichzelf in en liep naar boven. Daar ging ze liggen, vervolgens stond ze weer op, belde Frederic en hing weer op toen ze het antwoordapparaat kreeg. Na een tijdje ging ze terug naar Davids studio. Alles was hetzelfde, de lucht warm en stil, de foto's en dozen over de vloer verspreid zoals ze ze had achtergelaten. Minstens vijftigduizend dollar, hadden de curatoren geschat. Meer als er aantekeningen van David waren over zijn werkwijze.

Alles was hetzelfde en toch helemaal niet hetzelfde.

Norah pakte de eerste doos en sleurde hem de kamer door. Ze sjorde hem omhoog naar het werkblad en balanceerde hem toen op de vensterbank van het raam dat op de achtertuin uitkeek. Ze wachtte even om weer op adem te komen, opende toen het raam, duwde de doos krachtig met beide handen naar buiten en hoorde hem met een bevredigende dreun op de grond beneden neerkomen. Ze ging terug voor de volgende, en de volgende. Ze was alles wat ze vroeger had willen zijn: vastberaden, kordaat, ja, genadeloos. In minder dan een uur was de studio leeg. Ze liep terug het huis in, langs de opengescheurde dozen op de oprijlaan. De foto's waren eruit gevallen en waaiden in het late middaglicht over het gazon.

Binnen nam ze een douche en bleef onder het stromende water staan tot het koud werd. Ze trok een gemakkelijke jurk aan, schonk nog iets te drinken in en ging op de bank zitten. De spieren in haar armen deden pijn van het optillen van de dozen. Ze haalde nog iets te drinken en kwam terug. Uren later, toen het donker werd, zat ze er nog steeds. De telefoon ging en ze hoorde zichzelf op het bandje, en daarna Frederic die uit Frankrijk belde. Zijn stem klonk glad en gelijkmatig, als een verre kust. Ze snakte ernaar daar te zijn, op die plek waar haar leven op zijn plaats was geweest, maar ze nam de telefoon niet op en belde hem niet terug. Ergens in de verte floot een trein. Ze trok de sprei omhoog en gleed weg in het donker van die avond.

Ze doezelde min of meer, maar sliep niet. Af en toe stond ze op om nog iets te drinken te halen, liep door de lege kamers vol schaduwen van het maanlicht en vulde op de tast haar glas. Na een poosje maakte het haar niet meer uit of het met tonic, lemon of ijswater was. Eén keer droomde ze dat Phoebe in de kamer was, dat ze op de een of andere manier tevoorschijn kwam uit de muur waar ze al die jaren in had gezeten en waar Norah dag in dag uit langs was gelopen zonder haar te zien. Ze werd toen huilend wakker. Ze goot de rest van de gin door de gootsteen en dronk een glas water.

Ten slotte viel ze tegen zonsopgang in slaap. Rond het middaguur, toen ze wakker werd, stond de voordeur wijd open en lag de achtertuin bezaaid met foto's: verstrikt in de rododendrons, tegen de muren geplakt, vastgeraakt in Pauls oude, roestende schommel. Flitsen van armen en ogen, van huid die op stranden leek, een glimp haar, bloedcellen als olie over het water verspreid. Glimpen van hun levens zoals David ze had gezien, zoals David ze had proberen vorm te geven. Negatieven van donker celluloid lagen her en der op het gras. Norah stelde zich de geschokte en verontwaardigde stemmen voor van de curatoren, van vrienden, van haar zoon en zelfs van een deel van zichzelf. Ze stelde zich voor dat ze uitschreeuwden: 'Maar je bent de geschiedenis aan het vernietigen!'

'Nee,' antwoordde ze. 'Ik ben haar aan het opeisen.'

Ze dronk nog twee glazen water en nam een paar aspirientjes. Toen begon ze dozen naar het achterste gedeelte van de verwilderde tuin te slepen. Eén doos, de doos vol foto's van Paul op alle leeftijden, duwde ze de garage weer in om te bewaren. Het was heet en haar hoofd deed pijn; sterretjes van duizeligheid dwarrelden voor haar ogen toen ze te plotseling opstond. Ze herinnerde zich die dag, lang geleden, op het strand, het schitterende water, de zilvervisjes van duizeligheid en Howard die haar blikveld kwam binnenwandelen.

Achter de garage lagen stenen opgestapeld. Ze sleepte ze een voor een te voorschijn en rangschikte ze in een wijde cirkel. De eerste doos gooide ze erin, de glanzende zwartwitfoto's cru in het zonlicht; al die onbekende gezichten van jonge vrouwen staarden haar aan vanuit het gras. Hurkend in het verblindende middaglicht hield ze een aansteker onder de rand van een glanzende foto van tien bij vijftien. Toen er een vlam langs lekte en groeide, duwde ze de brandende foto tussen de lage stapel in de kring van stenen. In eerste instantie leek de vlam niet te pakken, maar weldra steeg er een aarzelend vuurtje op, een kringel rook.

Norah ging naar binnen voor nog een glas water. Ze dronk het zittend op de achtertrap op, terwijl ze naar de vlammen keek. Een recente stadsverordening verbood alle soorten verbranding en ze maakte zich zorgen dat de buren misschien de politie zouden bellen. Maar het bleef stil, zelfs de vlammen waren stil. Ze reikten omhoog in de hete lucht en zonden dunne rook met de blauwige kleur van mist naar boven. Snippers verkoold papier zweefden door de achtertuin, dansten als vlinders op de flakkerende golven warmte. Toen het vuur in de stenencirkel aansloeg en begon te loeien, gooide Norah er meer foto's op. Ze verbrandde licht, ze verbrandde schaduw, ze verbrandde die herinneringen van David, zo zorgvuldig vastgelegd en bewaard. 'Vuile rotzak,' fluisterde ze terwijl ze toekeek hoe de foto's hoog oplaaiden voor ze zwart werden, opkrulden en verdwenen.

371

Licht wordt weer licht, dacht ze, terugdeinzend voor de hitte, het geloei, de poederachtige resten die in de lucht rondwervelden.

As weer as.

Stof, eindelijk, weer stof.

# 2 juli 1989

# Paul

'Luister eens, jij kunt dat gemakkelijk zeggen, Paul.' Michelle stond met haar armen over elkaar bij het raam en toen ze zich omdraaide waren haar ogen donker van emotie, met een sluier van woede. 'Zolang het abstract is kun je zeggen wat je wilt, maar het feit is dat een baby alles zou veranderen en het meeste voor mij.'

Paul zat op de donkerrode bank, warm en oncomfortabel op deze zomerochtend. Michelle en hij hadden hem op straat gevonden, toen ze net hier in Cincinnati samenwoonden, in die onbezonnen dagen toen het niets betekende om hem drie trappen op te sjouwen. Of het betekende uitputting, wijn en lachen, en later traag vrijen op de ruwe fluwelen bekleding. Nu keerde ze zich af om uit het raam te kijken, met een zwiep van haar donkere haren. Een ijle leegte, een val in het niets vulde zijn hart. De laatste tijd voelde de wereld kwetsbaar aan, als een leeggeblazen ei, alsof hij bij een roekeloze aanraking verbrijzeld zou kunnen worden. Hun conversatie was best vriendschappelijk begonnen, gewoon een discussie over wie er voor de kat zou zorgen als ze allebei de stad uit waren: zij moest naar Indianapolis voor een concert, hij naar Lexington om zijn moeder te helpen. En nu bevonden ze zich plotseling hier, op dit onbeschutte terrein van het hart, de plek waar ze de laatste tijd allebei voortdurend naartoe leken te worden getrokken.

Paul wist dat hij van onderwerp moest veranderen. 'Gaan trouwen betekent niet direct een baby,' zei hij in plaats daarvan, koppig.

'O, Paul. Wees nou eerlijk. Een kind krijgen is je hartenwens. Het gaat je zelfs niet eens om mij. Het gaat je om die mythische baby.'

'Onze mythische baby,' zei hij. 'Ooit, Michelle. Niet direct. Luister, ik wilde het alleen over trouwen hebben. Zo belangrijk is het niet.'

Ze maakte een geïrriteerd geluid. De zolderverdieping had een vurenhouten vloer, witte muren en accenten van primaire kleuren in de flessen, de kussens, de meubelbekleding. Michelle was ook in het wit gekleed, haar huid en haren in de warme tint van de vloerplanken. Paul voelde pijn toen hij naar haar keek, wetend dat ze in zekere zin al een belangrijke beslissing had genomen. Ze zou heel binnenkort weggaan, mét haar wilde schoonheid en haar muziek.

'Interessant,' zei ze. 'Ik vind het in ieder geval heel interessant. Dat dit allemaal ter sprake komt, Paul, net nu mijn carrière op het punt staat in een stroomversnelling te komen. Niet eerder, maar nu. Ik denk dat je een manier hebt gevonden om van me af te komen.'

'Dat is belachelijk. Het moment ervan heeft er niets mee te maken.'

'Nee?'

'Nee!'

Verscheidene minuten zeiden ze niets en de stilte groeide in de witte kamer, vulde de ruimte en duwde tegen de muren. Paul was bang om iets te zeggen en nog banger om niets te zeggen, maar ten slotte kon hij zich niet langer inhouden.

'We zijn nu twee jaar samen. Of de dingen groeien en veranderen, of ze bloeden dood. Ik wil dat het blijft groeien, verder niet.'

Michelle zuchtte. 'Alles verandert hoe dan ook, met of zonder dat papiertje. Daar houd je geen rekening mee. En wat je ook zegt, het is wél belangrijk. Wat je ook zegt, trouwen verandert alles, en het zijn áltijd de vrouwen die de offers brengen, wat er ook gezegd wordt.'

'Dat is theorie. Dat is niet het echte leven.'

'O! Je bent om razend van te worden, Paul – zo verdomde zeker van alles.'

De zon was op en streek over de rivier. Hij vulde de kamer met een zilverachtig licht en wierp golvende patronen op het plafond. Michelle ging naar de badkamer en deed de deur op slot. Gerommel in laden, stromend water. Paul liep de kamer door naar de plek waar zij had gestaan en nam het uitzicht in zich op, alsof dat hem zou kunnen helpen om haar te begrijpen. Toen klopte hij zachtjes op de deur.

'Ik ga,' zei hij.

Stilte. Toen riep ze terug: 'Ben je morgenavond weer terug?'

'Jouw concert is om zes uur, toch?'

'Ja.' Ze deed de badkamerdeur open en bleef gewikkeld in een rulle witte handdoek staan, terwijl ze lotion op haar gezicht wreef.

'Goed dan,' zei hij. Hij kuste haar en snoof haar geur op, voelde de zachtheid van haar huid. 'Ik hou van je,' zei hij toen hij achteruit stapte.

Ze keek hem een ogenblik aan. 'Dat weet ik,' zei ze. 'Tot morgen.'

*Dat weet ik.* De hele weg naar Lexington piekerde hij over haar woorden. De rit duurde twee uur, de rivier de Ohio over, door het drukke verkeer in de buurt van het vliegveld en ten slotte de prachtige golvende heuvels in. Toen reed hij door de rustige straten van het centrum van Lexington, langs lege gebouwen. Hij herinnerde zich hoe het was toen Main Street nog het centrum van het leven was, de plaats waar mensen winkelden, aten en elkaar ontmoetten. Hij herinnerde zich dat hij naar het kleine warenhuis ging en dan achterin bij de ijsautomaat een plekje zocht. Scheppen chocolade in een metalen, met ijs bedekte beker, het gesnor van de blender; de gemengde geuren van gegrild vlees en schoonmaakmiddel. Zijn ouders hadden elkaar in het centrum ontmoet. Zijn moeder had op een roltrap gestaan en was boven de menigte uit gestegen, en zijn vader had haar als een zon gevolgd.

Hij reed voorbij het nieuwe bankgebouw en het oude gerechtsgebouw, langs de lege plek waar vroeger het theater stond. Een magere vrouw liep over het trottoir, met gebogen hoofd en over elkaar geslagen armen, haar donkere haar dansend in de wind. Voor het eerst in jaren dacht Paul aan Lauren Lobeglio, aan de stille, vastberaden manier waarop ze week in week uit door de lege garage naar hem toe was komen lopen. Hij had zich telkens weer naar haar uitgestrekt; zoveel keer was hij midden in de donkere nacht wakker geworden, toen met Lauren bang voor alles waar hij nu met Michelle zo naar verlangde: trouwen, kinderen en een verstrengeling van levens.

Hij reed en neuriede in zichzelf zijn nieuwste nummer. *A tree in the heart* heette het – misschien zou hij het vanavond wel in Lynagh's café gaan spelen. Michelle zou daar geschokt door zijn, maar dat kon Paul niet schelen. De laatste tijd, sinds de dood van zijn vader, had hij behalve in concertzalen ook in informelere gelegenheden gespeeld. Hij pakte een gitaar en speelde in bars of restaurants, klassieke stukken maar ook populairdere nummers waar hij in het verleden altijd op had neergekeken. Hij kon zijn veranderende behoefte niet verklaren, maar het had iets te maken met de intimiteit op die plekken, het contact dat hij met het publiek voelde, dat dichtbij genoeg zat om aan te raken als hij zich uitstrekte. Michelle vond het maar niets; ze geloofde dat het een gevolg was van zijn verdriet en wilde dat hij eroverheen kwam.

Maar Paul kon het niet opgeven. Al die jaren van zijn puberteit had hij gespeeld uit woede en verlangen naar contact, alsof hij door middel van muziek een bepaalde orde, een soort onzichtbare schoonheid bij zijn gezinsleden kon oproepen. Nu was zijn vader er niet meer; er was niemand om tégen te spelen. En dus had hij deze nieuwe vrijheid.

Hij reed naar de oude buurt, langs de statige huizen en diepe voortuinen, de trottoirs en de eeuwige rust. De voordeur van zijn moeders huis was dicht. Hij zette de motor uit en bleef een ogenblik zitten, luisterend naar de vogels en het verre geluid van grasmaaiers.

*A tree in the heart.* Zijn vader was nu een jaar dood en zijn moeder ging met Frederic trouwen en een tijdje in Frankrijk wonen, en hij was hier niet als kind of als bezoeker, maar als schatbewaarder van het verleden. Het was aan hem om te kiezen wat er bewaard moest worden en wat weggegooid. Hij had geprobeerd er met Michelle over te praten, over zijn enorme gevoel van verantwoordelijkheid, hoe alle dingen die hij uit dit huis van zijn kindertijd bewaarde op hun beurt de dingen zouden worden die hij op een dag aan zijn eigen kinderen zou doorgeven – alles wat ze ooit zouden weten, in tastbare zin, van wat hem had gevormd. Hij had aan zijn vader gedacht, wiens verleden nog altijd een mysterie was, maar Michelle begreep het verkeerd; ze verstijfde bij zijn terloopse opmerking over kinderen. 'Dat bedoelde ik niet,' protesteerde hij kwaad, en zij was ook kwaad. 'Bewust of niet, je bedoelde het wel.'

Hij leunde achterover en zocht in zijn zak naar de huissleutel. Toen zijn moeder eenmaal had begrepen dat zijn vaders werk waarde had, was ze begonnen de deuren op slot te houden, hoewel de dozen ongeopend in de studio stonden.

Nou, hij wilde ze ook niet gaan bekijken.

Toen Paul uit de auto stapte bleef hij een ogenblik op de stoeprand staan en keek hij de buurt rond. Het was heet. Een zwak briesje hoog in de lucht bewoog door de boomtoppen. Bladeren van de Amerikaanse eik filterden het licht en vormden een schaduwspel op de grond. Vreemd genoeg leek de lucht ook vol sneeuw te zitten, een vederlichte grijswitte substantie die door de blauwe hemel naar beneden zweefde. Paul greep ernaar in de hete, vochtige lucht. Hij had het gevoel alsof hij een droom was binnengegaan, alsof hij in een van zijn vaders foto's stond, waar bomen in een hartslag opbloeiden, waar de wereld plotseling niet was wat hij leek. Hij ving een vlokje in een hand; toen hij hem tot een vuist sloot en daarna weer opende, zat er een zwarte veeg op zijn handpalm. As, die als sneeuw in de dichte julihitte neerdaalde.

Hij liet voetstappen achter op het trottoir toen hij het trapje opliep. De voordeur was niet op slot, maar het huis was leeg. 'Hallo?' riep Paul terwijl hij door de kamers liep. Het meubilair was naar het midden van de vloer geduwd en afgedekt met lakens, de muren waren kaal, klaar om te worden geschilderd. Hij woonde hier nu al jaren niet meer, maar bleef toch staan in de woonkamer, ontdaan van alles wat het een betekenis had gegeven. Hoe vaak had zijn moeder deze kamer opgeknapt? En toch was het uiteindelijk gewoon een kamer. 'Mam?' riep hij, maar hij kreeg geen antwoord. Boven bleef hij in de deuropening van zijn eigen kamer staan. Ook hier stonden dozen opgestapeld, vol oude dingen die hij moest uitzoeken. Ze had niets weggegooid; zelfs zijn posters waren netjes opgerold, met een elastiekje erom. Er zaten bleke rechthoeken op de muren waar ze eens hadden gehangen.

'Mam?' riep hij nogmaals. Hij ging naar beneden en liep naar de achterveranda.

Daar zat ze op het trapje, in een oude blauwe korte broek en een wijd wit T-shirt. Sprakeloos bleef hij staan om het vreemde tafereel in zich op te nemen. In een cirkel van stenen smeulde nog een vuurtje na en de as, de vlokjes verbrand papier die in de voortuin om hem heen waren gevallen, waren hier op de bosjes en in zijn moeders haar neergedaald. Het hele gazon lag ook bezaaid met papieren, onder aan de boomstammen en tegen de roestende metalen poten van de oude schommel. Paul besefte met een schok dat zijn moeder zijn vaders foto's had zitten verbranden. Ze keek op, haar gezicht besmeurd met as en tranen.

'Het is al goed,' zei ze met vlakke stem. 'Ik ben ze niet meer aan het verbranden. Ik was zo kwaad op je vader, Paul, maar toen drong het tot me door – dit is ook jouw erfenis. Ik heb maar één doos verbrand. De doos met al die meisjes, dus ik denk dat die niet zo veel waard was.'

'Waar heb je het over?' vroeg hij, terwijl hij naast haar ging zitten.

Ze overhandigde hem een foto van hemzelf, een die hij nog nooit had gezien. Hij was een jaar of veertien en zat over zijn gitaar gebogen op de schommelbank op de veranda, geconcentreerd spelend, alles om zich heen vergetend, opgenomen in de muziek. Het schokte hem dat zijn vader dat moment had vastgelegd – een privé-moment waarin hij zich helemaal niet meer van zichzelf bewust was, een van de momenten van zijn leven waarin Paul zich het meest voelde leven.

'Oké. Maar ik begrijp het niet – waarom ben je zo kwaad?'

Zijn moeder duwde kort haar handen tegen haar gezicht en zuchtte. 'Herinner je je het verhaal van de nacht dat je geboren bent, Paul? De sneeuwstorm, hoe we maar net op tijd bij de kliniek kwamen?'

'Natuurlijk.' Hij wachtte tot ze verder ging. Hij wist niet wat hij moest zeggen, maar begreep al op een soort instinctief niveau dat dit te maken had met zijn zuster, die gestorven was.

'Herinner je je de verpleegster? Caroline Gill? Hebben we je over haar verteld?'

'Ja. Niet haar naam. Jullie zeiden dat er een verpleegster was die blauwe ogen had.'

'Dat heeft ze zeker. Heel blauw. Ze kwam hier gisteren langs, Paul. Caroline Gill. Ik had haar sinds die nacht niet gezien. Ze bracht nieuws. Schokkend nieuws. Ik zal het je maar gewoon vertellen, want ik weet niet wat ik anders moet.'

Ze pakte zijn hand. Hij trok hem niet weg. Zijn zuster, vertelde ze hem rustig, was helemaal niet bij de geboorte gestorven. Ze was geboren met het syndroom van Down en zijn vader had aan Caroline Gill gevraagd om haar naar een inrichting in Louisville te brengen.

'Om ons te ontzien,' zei zijn moeder, en haar stem haperde. 'Dat zei ze. Maar ze kon het niet, Caroline Gill. Ze nam je zusje mee, Paul. Ze nam Phoebe mee. De afgelopen jaren is je tweelingzus levend en wel opgegroeid in Pittsburgh.'

'Mijn zuster?' zei Paul. 'In Pittsburgh? Ik was vorige week nog in Pittsburgh,' voegde hij eraan toe, wetend dat dat nergens op sloeg. Toch wist hij niet wat hij anders moest zeggen: hij zat vol met een vreemde leegheid, een soort geschokte afstandelijkheid. Hij had een zuster: dat was al nieuws genoeg. Ze had een verstandelijke handicap, was niet perfect en dus had zijn vader haar weggedaan. Het was vreemd genoeg geen kwaadheid, maar angst die vervolgens opkwam, een soort oude vrees die was voortgekomen uit alle druk die zijn vader op hem, als enig kind, had gelegd. Voortgekomen, ook, uit Pauls behoefte om zijn eigen weg te zoeken, ook al keurde zijn vader dat zo af dat hij weg was gegaan. Een angst die Paul de afgelopen jaren als een bekwaam alchemist had omgezet in woede en rebellie.

'Caroline is naar Pittsburgh gegaan en is daar een nieuw leven begonnen,' zei zijn moeder. 'Ze heeft je zuster opgevoed. Ik neem aan dat ze heeft moeten knokken. Ik neem aan dat dat wel moest, vooral in die tijd. Ik probeer steeds maar dankbaar te zijn dat ze goed is geweest voor Phoebe, maar ik ben vooral woedend.'

Paul sloot een ogenblik zijn ogen en probeerde al die gedachten bij elkaar te houden. De wereld voelde vlak, vreemd en niet meer vertrouwd. Al die jaren had hij geprobeerd zich zijn zuster voor te stellen, hoe ze geweest zou zijn, maar nu kon hij zich geen enkel beeld meer van haar vormen.

'Hoe kon hij?' vroeg hij ten slotte. 'Hoe kon hij dit geheimhouden?'

'Ik weet het niet,' zei zijn moeder. 'Ik heb me urenlang hetzelfde afgevraagd. Hoe kon hij? En hoe had hij het lef om dood te gaan en ons achter te laten zodat we er alléén achter moesten komen?'

Ze zaten zwijgend bij elkaar. Paul herinnerde zich een middag dat hij met zijn vader foto's had afgedrukt, op de dag nadat hij en zijn vrienden zo'n puinhoop van de doka hadden gemaakt, toen hij zich ontzettend schuldig voelde en zijn vader ook, en de lucht geladen was met wat ze zeiden en wat ze ongezegd lieten. Het woord camera, had zijn vader hem verteld, kwam uit het Latijn en betekende eigenlijk kamer. Een kamer was een afgesloten ruimte. Dat was wat zijn vader had geloofd: dat elke persoon een geïsoleerd universum was. Duistere bomen in het hart, een handvol beenderen: dat was de wereld van zijn vader geweest, en het had hem nooit zo bitter gestemd als op dit moment.

'Het verbaast me dat hij mij niet heeft weggegeven,' zei hij, denkend aan hoe hard hij zich altijd tegen zijn vaders wereldbeeld had verzet. Hij was weggegaan en had op zijn gitaar gespeeld, muziek die in hem opwelde en de wereld in stroomde, en mensen draaiden zich om, zetten hun drankjes neer en luisterden, en de ruimte vol vreemden had contact, iedereen met iedereen. 'Ik weet zeker dat hij dat wilde.'

'Paul!' Zijn moeder fronste. 'Nee. Als hij íéts wilde, was het wel voor jou, vanwege dit alles. En hij eiste meer. Eiste dat hij zelf perfect was. Dat is een van de dingen die me duidelijk zijn geworden. Dat is eigenlijk het ergste. Nu ik dit over Phoebe weet, worden zoveel mysteries over je vader begrijpelijk. Die muur die ik altijd voelde – die was echt.'

Ze stond op, ging naar binnen en kwam terug met twee polaroids. 'Hier is ze,' zei ze. 'Dit is je zuster, Phoebe.'

Paul pakte ze aan en staarde van de ene naar de andere: een geposeerde foto van een glimlachend meisje en een spontane opname waarop ze een basketbal gooide. Hij probeerde nog steeds te begrijpen wat zijn moeder hem had verteld: dat deze vreemde met de amandelvormige ogen en stevige benen zijn tweelingzus was.

'Jullie hebben hetzelfde haar,' zei Norah zacht toen ze weer naast hem kwam zitten. 'Ze houdt van zingen, Paul. Vind je dat niet bijzonder?' Ze lachte. 'En weet je waarvan ze nog meer houdt? Van basketbal.'

Pauls lach was scherp en vol pijn.

'Nou,' zei hij. 'Ik denk dat papa het verkeerde kind heeft gekozen.'

Zijn moeder nam de foto's over in haar met as bevlekte handen.

'Niet bitter zijn, Paul. Phoebe heeft het syndroom van Down. Ik weet er niet zoveel van, maar Caroline Gill had een hoop te vertellen. Zo veel dat ik het eerlijk gezegd allemaal nauwelijks kon bevatten.'

Paul had zijn vinger heen en weer gehaald langs de betonnen rand van de trap en stopte daar nu mee, kijkend hoe bloed opwelde op de plek waar hij het vel eraf had geschraapt.

'Niet bitter zijn? We hebben haar graf bezocht,' zei hij, zich herinnerend hoe zijn moeder met haar armen vol bloemen door het smeedijzeren hek liep en tegen hem zei dat hij in de auto moest wachten. Zich herinnerend hoe ze in de aarde knielde en haagwindezaadjes plantte. 'Wat vind je daar dan van?'

'Ik weet het niet. Het was het land van dokter Bentley. Dus hij moet het ook hebben geweten. Je vader wilde me daar nooit heen brengen. Ik moest zo hard vechten. In die tijd dacht ik dat hij bang was dat ik een zenuwinzinking zou krijgen. O, het maakte me zo woest – de manier waarop hij altijd alles wist.'

Paul was geschokt door de felheid in haar stem en dacht terug aan zijn gesprek met Michelle, die ochtend. Hij duwde de rand van zijn duim tegen zijn lippen en zoog de druppeltjes bloed op, blij met de scherpe kopersmaak. Ze bleven een tijd in stilte zitten, kijkend naar de achtertuin met zijn asvlokjes, zijn verspreid liggende foto's en vochtige dozen.

'Wat betekent het,' vroeg hij ten slotte, 'dat ze een verstandelijke handicap heeft? Ik bedoel, in het dagelijks leven?'

Zijn moeder keek weer naar de foto's. 'Ik weet het niet. Caroline zei dat ze op een behoorlijk hoog niveau functioneert, wat dat dan ook betekent. Ze heeft een baan. Een vriendje. Ze is naar school geweest. Maar ze schijnt niet echt zelfstandig te kunnen wonen.'

'Die verpleegster – die Caroline Gill – waarom is die nu hierheen gekomen, na al die jaren? Wat wilde ze?'

'Ze wilde het me vertellen,' zei zijn moeder zacht. 'Verder niets. Ze vroeg niets. Ze deed een deur open, Paul. Dat geloof ik echt. Het was een uitnodiging. Maar wat er nu verder gebeurt hangt van ons af.'

'En wat is dat?' vroeg hij. 'Wat gebeurt er nu?'

'Ik ga naar Pittsburgh. Ik moet haar zien, dat weet ik. Maar daarna weet ik het ook niet. Moet ik haar hier terugbrengen? Wij zijn vreemden voor haar. En ik moet met Frederic praten, hij moet het weten.' Ze verborg een ogenblik haar gezicht in haar handen. 'O, Paul – hoe kan ik nu twee jaar naar Frankrijk gaan en haar hier laten? Ik weet niet wat ik moet doen. Het is te veel voor me, zo alles ineens.'

Een briesje deed de over het gazon verspreid liggende foto's opwaaien. Paul bleef stil zitten, worstelend met al die verwarde emoties – woede op zijn vader, en verbazing, en verdriet om wat hij was kwijtgeraakt. Bezorgdheid ook – het was afschuwelijk om zich daar zorgen over te maken, maar stel je voor dat hij deze zuster die niet zelfstandig kon wonen onder zijn hoede moest nemen? Hoe zou hij dat in hemelsnaam kunnen doen? Hij had zelfs nog nooit een verstandelijk gehandicapte ontmoet, en hij realiseerde zich dat de beelden die hij van hen had heel negatief waren. Geen een daarvan klopte met het lief glimlachende meisje op de foto, en ook dat was verwarrend.

'Ik weet het ook niet,' zei Paul. 'Misschien moeten we eerst deze rotzooi maar gaan opruimen.'

'Je erfenis,' zei zijn moeder.

'Niet alleen de mijne,' zei hij bedachtzaam, de woorden proevend. 'Ook die van mijn zuster.'

Ze werkten die dag en de volgende hard door, zochten de foto's uit, pakten de dozen opnieuw in en sleepten ze in de koele diepten van de garage. Toen zijn moeder de curatoren ontving, belde Paul Michelle om uit te leggen wat er was gebeurd, om haar te vertellen dat hij toch niet bij haar concert zou zijn. Hij verwachtte dat ze kwaad zou zijn, maar ze luisterde zonder iets te zeggen en hing toen zacht op. Toen hij probeerde terug te bellen, kreeg hij het antwoordapparaat; dat bleef de hele dag zo. Meer dan eens overwoog hij in zijn auto te stappen en als een gek naar Cincinnati te rijden, maar hij wist dat dat de zaken geen goed zou doen. Hij wist ook dat hij eigenlijk niet op deze manier verder wilde, dat hij altijd meer van Michelle zou houden dan zij van hem. Dus hij dwong zichzelf om te blijven. Hij wijdde zich aan het fysieke werk van het inpakken van het huisraad en 's avonds liep hij naar het centrum, naar de Carnegiebibliotheek, om boeken over het syndroom van Down in te zien.

Maandagochtend stapten zijn moeder en hij stil, in zichzelf gekeerd en vol spanning in haar auto en reden ze terug over de rivier, door het weelderige, laatzomerse groen van Ohio. Het was heel heet en de maïsbladeren glinsterden tegen de uitgestrekte blauwe hemel. Ze arriveerden op spitsuur in Pittsburgh en reden door de tunnel die uitkwam bij de brug, met een adembenemend uitzicht op de twee samenstromende rivieren. Ze werkten zich door het stadsverkeer, volgden de Monagahela en reden door nog een lange tunnel. Ten slotte arriveerden ze bij Caroline Gills bakstenen huis aan een drukke, met bomen omzoomde straat.

Ze had hun gezegd op de ventweg te parkeren en dat deden ze. Ze stapten uit de auto en rekten zich uit. Achter een grasstrook voerden treden omlaag naar een smal lapje grond en het hoge bakstenen huis waar zijn zuster was opgegroeid. Paul nam het huis in zich op, zo vergelijkbaar met Cincinnati en zo anders dan zijn eigen rustige kindertijd, dan het gemak en comfort van een buitenwijk. Verkeer raasde op straat voorbij, langs de kleine tuinen, naar de stad die zich om hen heen uitstrekte, heet en dicht bebouwd.

De tuinen stonden vol bloemen, stokrozen en irissen in alle kleuren, hun witte en paarse bloembladen helder tegen het gras en de bloeiende magnolia's. In deze tuin was een vrouw aan het werk, gebogen bij een rij weelderige tomatenplanten. Achter haar groeide een heg van seringen. De bladeren vertoonden hun bleekgroene onderkanten in een briesje dat de hete lucht verplaatste zonder verkoeling te brengen. De vrouw, in een donkerblauwe korte broek, een wit t-shirt en heldere, gebloemde katoenen handschoenen, ging op haar hurken zitten en veegde met de achterkant van haar hand over haar voorhoofd. Het verkeer raasde voorbij; ze had hen niet horen komen. Ze trok een blad van een tomatenplant en duwde hem onder haar neus.

'Is dat haar?' vroeg Paul. 'Is dat de verpleegster?'

Zijn moeder knikte. Ze had haar armen stijf, beschermend, over haar borst gevouwen. Haar zonnebril verborg haar ogen, maar desondanks kon hij zien hoe nerveus ze was, hoe bleek en gespannen.

'Ja. Dat is Caroline Gill. Paul, nu we zover zijn weet ik niet zeker of ik het wel kan. Misschien moeten we maar weer naar huis gaan.'

'We zijn helemaal hierheen gereden. En ze verwachten ons.'

Ze glimlachte een kleine, vermoeide glimlach. Ze had de afgelopen nachten nauwelijks geslapen; zelfs haar lippen waren bleek.

'Ze kunnen ons onmogelijk verwachten,' zei ze. 'Niet echt.'

Paul knikte. De achterdeur zwaaide open, maar de figuur op de veranda stond verborgen in de schaduw. Caroline stond op en veegde haar handen af aan haar korte broek.

'Phoebe,' riep ze. 'Daar ben je.'

Paul voelde zijn moeder naast zich verstrakken, maar hij keek niet naar haar. In plaats daarvan keek hij naar de veranda. Het moment rekte zich uit, verlengde zich, en de zon drukte op hen neer. Ten slotte kwam de figuur tevoorschijn, met twee glazen water in haar handen.

Hij staarde ingespannen naar haar. Ze was klein, veel kleiner dan hij, en haar haar was donkerder, dunner en zwieriger, geknipt in een eenvoudige coupe rond haar gezicht. Ze was bleek, net als zijn moeder, en vanaf deze afstand leken haar trekken verfijnd in een breed gezicht, een gezicht dat een beetje platgedrukt leek, alsof het te lang tegen een muur was geduwd. Haar ogen stonden een beetje schuin, haar ledematen waren kort. Ze was geen meisje meer, zoals op de foto's, maar volwassen, van zijn eigen leeftijd, met grijs in haar haar. Bij hem verschenen er ook een paar grijze haren in zijn baard, als hij die liet staan. Ze droeg een gebloemde korte broek en was gedrongen, een beetje mollig; bij het lopen wreven haar benen langs elkaar.

'O,' zei zijn moeder. Ze had een hand op haar hart gelegd. Haar ogen waren verscholen achter de zonnebril en daar was hij blij om; dit ogenblik was té privé.

'Het is goed,' zei hij. 'Laten we hier gewoon een tijdje blijven staan.'

De zon was heet en het verkeer raasde voorbij. Caroline en Phoebe zaten naast elkaar op het trapje van de veranda en dronken hun water.

'Ik ben zover,' zei zijn moeder ten slotte, en ze liepen de treden af naar het smalle grasveldje tussen de groenten en de bloemen. Caroline Gill zag hen het eerst; ze hield haar hand boven haar ogen, kneep ze samen tegen de zon en stond op. Ook Phoebe stond op en een paar seconden lang keken ze naar elkaar over het grasveld. Toen nam Caroline Phoebes hand in de hare. Ze ontmoetten elkaar bij de tomatenplanten, waarvan het zware fruit al rijp begon te worden en de lucht met een schone, scherpe geur vulde. Niemand sprak. Phoebe staarde Paul aan en na een lang ogenblik overbrugde ze de ruimte tussen hen en raakte zijn wang aan, licht, zachtjes, alsof ze wilde kijken of hij wel echt was. Paul knikte sprakeloos terwijl hij haar ernstig aankeek – haar gebaar leek hem op de een of andere manier goed. Phoebe wilde hem leren kennen, verder niet. Hij wilde haar ook leren kennen, maar hij had geen idee wat hij tegen haar moest zeggen, tegen deze plotseling opgedoken zuster die zo intiem met hem was verbonden en zo'n vreemde was. Hij was zich ook verschrikkelijk van zichzelf bewust, bang om het verkeerde te doen. Hoe praatte je tegen een verstandelijk gehandicapte? Van de boeken die hij dit weekend had gelezen, van al die klinische uiteenzettingen had er geen een hem voorbereid op de mens van vlees en bloed, zijn zuster, die met haar hand zo licht langs zijn gezicht streek.

Phoebe was degene die zich het eerst herstelde.

'Hallo,' zei ze terwijl ze formeel haar hand naar hem uitstak. Paul schudde hem en voelde hoe klein haar vingers waren. Hij was nog steeds niet in staat om ook maar een woord te zeggen. 'Ik ben Phoebe. Aangenaam.' Haar uitspraak was onduidelijk, moeilijk te verstaan. Toen draaide ze zich naar zijn moeder en deed hetzelfde.

'Hallo,' zei zijn moeder, terwijl ze haar hand nam en die toen tussen haar eigen handen vastklemde. Haar stem was hees van emotie. 'Hallo, Phoebe. Ik ben zo blij om je te ontmoeten.'

'Het is warm,' zei Caroline. 'Zullen we naar binnen gaan? De ventilators staan aan. En Phoebe heeft vanochtend ijsthee gemaakt. Ze was heel opgewonden over jullie bezoek, hè liever?'

Phoebe glimlachte en knikte, plotseling verlegen. Ze volgden haar de koelte van het huis in. De kamers waren klein maar heel netjes, met prachtig houtwerk en openslaande deuren tussen de woonkamer en de eetkamer. De woonkamer was heel licht, met versleten wijnkleurig meubilair. Een groot weefgetouw stond in de verste hoek.

'Ik ben een sjaal aan het maken,' zei Phoebe.

'Wat prachtig,' zei zijn moeder en ze liep de kamer door om het garen te betasten, donkerroze, crème, geel en bleekgroen. Ze had haar zonnebril afgezet en keek nu op, haar ogen vochtig, haar stem nog vol emotie. 'Heb je al die kleuren zelf uitgekozen, Phoebe?'

'Mijn favoriete kleuren,' zei Phoebe.

'De mijne ook,' zei zijn moeder. 'Toen ik net zo oud was als jij waren dit ook mijn favoriete kleuren. Mijn bruidsmeisjes droegen donkerroze en crème en ze hadden gele rozen.'

Paul was geschokt dit te horen; alle foto's die hij had gezien waren zwartwit.

'Jij mag deze sjaal hebben,' zei Phoebe. Ze ging achter het weefgetouw zitten. 'Ik ga hem voor jou maken.'

'O,' zei zijn moeder en ze sloot even haar ogen. 'Phoebe, wat lief van je.'

Caroline bracht ijsthee. Met hun vieren zaten ze ongemakkelijk in de woonkamer en praatten opgelaten over het weer en over de voorzichtige nieuwe start van Pittsburgh na het instorten van de staalindustrie. Phoebe zat stilletjes achter het weefgetouw, bewoog de schietspoel heen en weer en keek zo nu en dan op als haar naam werd genoemd. Paul bleef schuine blikken op haar werpen. Phoebes handen waren klein en mollig. Ze concentreerde zich op de schietspoel en beet op haar onderlip. Ten slotte nam zijn moeder haar laatste slok thee en begon te praten.

'Nou,' zei ze. 'Hier zijn we. En ik weet niet hoe het nu verder moet.'

'Phoebe,' zei Caroline. 'Kom je even bij ons zitten?' Stil kwam Phoebe naar hen toe en ging naast Caroline op de bank zitten.

Zijn moeder begon. Ze praatte te snel en vouwde nerveus haar handen. 'Ik weet niet wat het beste is. Er bestaan geen richtlijnen voor de situatie waar we nu inzitten, of wel? Maar ik wil mijn huis voor Phoebe openstellen. Ze kan bij ons komen wonen als ze dat wil. Ik heb er zoveel over nagedacht, de afgelopen dagen. Het kost een heel leven om alles in te halen.' Ze pauzeerde even om adem te halen en draaide zich toen naar Phoebe, die haar met grote, behoedzame ogen zat aan te kijken. 'Je bent mijn dochter, Phoebe, begrijp je dat? Dit is Paul, je broer.'

Phoebe greep Carolines hand. 'Dit is mijn moeder,' zei ze.

'Ja.' Norah keek even naar Caroline en probeerde het opnieuw. 'Dat is je moeder,' zei ze. 'Maar ik ben ook je moeder. Je bent in mijn lichaam gegroeid, Phoebe.' Ze klopte op haar buik. 'Je bent hier gegroeid. Maar toen ben je geboren en toen heeft je moeder Caroline je grootgebracht.'

'Ik ga met Robert trouwen,' zei Phoebe. 'Ik wil niet bij jou wonen.'

Paul, die zijn moeder het hele weekend had zien worstelen, voelde Phoebes woorden fysiek aankomen, alsof ze hem een schop had gegeven. Hij zag dat zijn moeder dat ook zo voelde.

'Het is goed, Phoebe,' zei Caroline. 'Niemand stuurt je weg.'

'Ik bedoelde niet... ik wilde alleen aanbieden...' zei zijn moeder. Toen stopte ze en haalde ze nogmaals diep adem. Haar ogen waren diepgroen, verward. Ze probeerde het nog een keer. 'Phoebe, Paul en ik, wij willen je graag leren kennen. Verder niet. Wees alsjeblieft niet bang voor ons, oké? Wat ik wil zeggen... wat ik bedoel is... is dat mijn huis voor je openstaat. Altijd. Waar ik ook heen ga in de wereld, je kunt daar altijd ook komen. En ik hoop dat je dat zult doen. Ik hoop dat je een keer langskomt, op bezoek, dat is alles. Zou je dat goed vinden?'

'Misschien,' gaf Phoebe zich gewonnen.

'Phoebe,' zei Caroline. 'Wil je Paul niet even het huis laten zien? Dan kunnen mevrouw Henry en ik even een beetje praten. En maak je geen zorgen, liever,' voegde ze eraan toe terwijl ze haar hand licht op Phoebes arm legde. 'Niemand gaat ergens heen. Alles is in orde.'

Phoebe knikte en stond op.

'Wil je mijn kamer zien?' vroeg ze aan Paul. 'Ik heb een nieuwe pick-up.'

Paul keek snel zijn moeder aan. Die knikte en keek hoe ze samen de kamer doorliepen. Paul volgde Phoebe de trap op.

'Wie is Robert?' vroeg hij.

'Hij is mijn vriend. We gaan trouwen. Ben jij getrouwd?'

Paul, getroffen door een herinnering aan Michelle, schudde zijn hoofd. 'Nee.'

'Heb je een vriendin?'

'Nee. Eerst had ik wel een vriendin, maar ze is weggegaan.'

Phoebe bleef op de bovenste trede staan en draaide zich om. Ze stonden oog in oog, zo dicht bij elkaar dat Paul zich niet op zijn gemak voelde, aangetast in zijn persoonlijke ruimte. Hij keek weg en toen weer terug. Ze stond hem nog steeds recht aan te kijken.

'Het is niet beleefd om mensen aan te staren,' zei hij.

'Ja, maar je ziet er verdrietig uit.'

'Ik ben ook verdrietig,' zei hij. 'Eigenlijk ben ik heel erg verdrietig.'

Ze knikte. Een ogenblik leek het alsof ze deelde in zijn verdriet, want haar gezicht betrok. Toen, een ogenblik later, klaarde het op.

'Kom op,' zei ze en liep voor hem uit door de hal. 'Ik heb ook een paar nieuwe platen.'

In haar kamer gingen ze op de vloer zitten. De muren waren roze en er hingen roze met wit geblokte gordijnen voor de ramen. Het was de kamer van een klein meisje, vol knuffeldieren en met kleurige plaatjes aan de muren. Paul dacht aan Robert en vroeg zich af of het waar was dat Phoebe zou gaan trouwen. Daarna voelde hij zich slecht dat hij zich dat afvroeg – waarom zou ze niet trouwen, of iets anders doen? Hij dacht aan de extra slaapkamer in het huis van zijn ouders, waar zijn oma af en toe had gelogeerd toen hij een jongen was. Dat zou Phoebes slaapkamer zijn geweest; ze zou hem hebben gevuld met haar muziek en haar spulletjes. Phoebe zette de plaat op en draaide het volume van haar kleine pick-up voluit. *Love, love me do* schalde door de kamer en ze zong met half gesloten ogen mee met de muziek. Ze had een leuke stem, realiseerde Paul zich. Hij draaide het volume iets lager en bladerde door haar andere platen. Ze had een heleboel popmuziek, maar ook symfonieën.

'Ik hou van trombones,' zei ze en deed alsof ze aan een lange schuif trok, en toen Paul lachte, lachte zij ook. 'Ik hou echt van trombones,' zuchtte ze.

'Ik speel gitaar,' zei hij. 'Wist je dat?'

Ze knikte. 'Dat zei mijn moeder. Net als John Lennon.'

Hij glimlachte. 'Een beetje,' zei hij, verbaasd dat hij plotseling midden in een gesprek zat. Hij was al gewend aan haar manier van praten, en hoe meer hij met Phoebe praatte, hoe meer ze gewoon zichzelf was, onmogelijk om in een vakje te plaatsen. 'Heb je weleens gehoord van Andres Segovia?'

'Hm-hm.'

'Hij is echt goed. Hij is mijn favoriet. Ik zal een keertje zijn muziek voor je spelen, oké?'

'Ik vind jou aardig, Paul. Je bent lief.'

Hij merkte dat hij glimlachte, gecharmeerd en gevleid. 'Dank je,' zei hij. 'Ik vind jou ook aardig.'

'Maar ik wil niet bij jullie wonen.'

'Dat hindert niet. Ik woon ook niet bij mijn moeder,' zei hij. 'Ik woon in Cincinnati.'

Phoebes gezicht fleurde op. 'Helemaal alleen?'

'Ja,' zei hij, in de wetenschap dat Michelle vertrokken zou zijn als hij terugkwam. 'Helemaal alleen.'

'Geluksvogel.'

'Waarschijnlijk wel,' zei hij ernstig, plotseling wetend dat het waar was – de dingen die hij in het leven als zo vanzelfsprekend aannam, waren het onderwerp van Phoebes dromen. 'Ik ben een geluksvogel, ja. Dat is zo.'

'Ik ben ook een geluksvogel,' zei ze tot zijn verrassing. 'Robert heeft een goede baan en ik ook.'

'Wat doe je voor werk?' vroeg Paul.

'Ik maak kopieën.' Ze zei het met stille trots. 'Heel erg veel kopieen.'

'En vind je het leuk?'

Ze glimlachte. 'Max werkt er ook. Ze is mijn vriendin. We hebben drieëntwintig verschillende kleuren papier.'

Ze neuriede een beetje, tevreden, terwijl ze de eerste plaat zorgvuldig in zijn hoes deed en een andere uitkoos. Haar bewegingen waren niet snel, maar ze waren efficiënt en doelgericht. Paul kon zich haar voorstellen in de kopieerwinkel, bezig met haar werk, grapjes makend met haar vriendin, zo nu en dan even pauzerend om te genieten van de regenboog aan papier of een afgemaakte klus. Beneden hoorde hij de mompelende stemmen van zijn moeder en Caroline Gill, die bespraken wat ze zouden doen. Hij besefte met een diep gevoel van schaamte dat zijn medelijden met Phoebe, net als zijn moeders veronderstelling van haar afhankelijkheid, belachelijk en onnodig was geweest. Phoebe was tevreden met zichzelf en ze was tevreden met haar leven; ze was gelukkig. Hij dacht aan al zijn inspanningen, alle competities en prijzen, het lange en nutteloze gevecht om zowel zichzelf plezier te doen als indruk te maken op zijn vader; naast Phoebes leven geplaatst leek dat alles ook een beetje belachelijk.

'Waar is je vader?' vroeg hij.

'Op zijn werk. Hij is buschauffeur. Vind je *Yellow submarine* leuk?'

'Ja. Ja, die vind ik leuk.'

Phoebe glimlachte breeduit en zette de plaat op.

# *1 september 1989*

# Paul

Klanken kwamen de kerk uit stromen, de zonverlichte lucht in. Voor Paul, die net buiten de helderrode deuren stond, leek de muziek haast zichtbaar, vloeiend tussen de bladeren van de populieren, zich als lichtvlokjes verspreidend over het gazon. De organiste was een vriendin van hem, een vrouw uit Peru die Alejandra heette en die haar donkerrode haar strak naar achteren in een lange paardenstaart droeg. In de sombere dagen na Michelles vertrek was ze met soep, ijsthee en bemoedigende woorden in zijn appartement verschenen. 'Opstaan,' zei ze kordaat terwijl ze de gordijnen en daarna de ramen open deed en de vuile borden in de gootsteen zette. 'Opstaan, het heeft geen zin om je tijd te verdoen, vooral niet vanwege een fluitiste. Die zijn altijd onberekenbaar, wist je dat niet? Het verbaast me dat ze het hier zo lang heeft uitgehouden. Twee jaar, echt, dat moet een record zijn.'

Nu stroomden Alejandra's klanken als zilver water naar buiten, gevolgd door een helder crescendo dat opsteeg en een ogenblik in het zonlicht bleef hangen. Zijn moeder verscheen lachend in de deuropening, met één hand licht op Frederics arm. Samen stapten ze het zonlicht in, in een kleurige regen van vogelzaad en bloemblaadjes.

'Mooi,' zei Phoebe, die naast hem stond.

Ze droeg een zilvergroene jurk en hield de narcissen die ze bij de bruiloft had gedragen losjes in haar rechterhand. Ze glimlachte, haar ogen samengeknepen van plezier, diepe kuiltjes in allebei haar mollige wangen. De bloembladen en de zaden vormden bogen tegen de heldere lucht. Phoebe lachte verrukt toen ze vielen. Paul keek aandachtig naar haar: deze vreemde, zijn tweelingzus. Ze waren samen door het middenpad van dit kleine kerkje gelopen, naar het altaar waar hun moeder met Frederic stond te wachten. Hij had langzaam gelopen, met Phoebe aandachtig en ernstig naast zich, vastbesloten om alles goed te doen, haar hand rond zijn elleboog. Tijdens de uitwisseling van geloften fladderden er zwaluwen tussen de dakspanten, maar zijn moeder was direct vanaf het begin vastbesloten over deze kerk geweest, net zoals ze er tijdens alle vreemde, onverwachte en met tranen gepaard gaande discussies van Phoebe en haar aanstaande op had gestaan dat allebei haar kinderen bij de trouwplechtigheid naast haar zouden staan.

Nog een explosie, van confetti dit keer, en een kabbelende golf gelach. Zijn moeder en Frederic bogen hun hoofd en Bree veegde kleurige papiersnippertjes van hun schouders, uit hun haar. Confetti in allerlei kleuren verspreidde zich overal en gaf het gazon de aanblik van een terrazzovloer.

'Je hebt gelijk,' zei hij tegen Phoebe. 'Het is mooi.'

Ze knikte, bedachtzaam nu, en streek met beide handen haar jurk glad.

'Je moeder gaat naar Frankrijk.'

'Ja,' zei Paul, hoewel hij verstrakte bij haar woorden: 'je moeder'. Woorden die je voor vreemden zou gebruiken, en natuurlijk waren ze dat ook allemaal. Dat was wat zijn moeder uiteindelijk het meest verdriet had gedaan, de verloren jaren die tussen hen in stonden, hun woorden die zo onzeker en formeel waren terwijl ze gemakkelijk en liefdevol hadden kunnen zijn. 'Jij en ik ook, over een paar maanden,' zei hij, om Phoebe te herinneren aan de plannen waar ze het ten slotte over eens waren geworden. 'Dan gaan wij naar Frankrijk om hen te bezoeken.'

Een bezorgde uitdrukking vloog als een wolk over Phoebes gezicht.

'We komen weer terug,' voegde hij er vriendelijk aan toe, omdat hij zich herinnerde hoe bang ze was geweest door zijn moeders suggestie dat ze mee naar Frankrijk kon verhuizen.

Ze knikte, maar keek nog steeds bezorgd.

'Wat is er?' vroeg hij. 'Waar ben je bang voor?'

'Slakken eten.'

Paul keek haar verrast aan. Hij had voor de bruiloft met zijn moeder en Bree geintjes staan maken in de vestibule, grappend over het feest dat ze in Châteauneuf zouden hebben. Phoebe stond bij dat gesprek stilletjes aan de kant; hij had niet gedacht dat ze luisterde. Dat was ook een mysterie: Phoebes aanwezigheid in de wereld, wat ze zag, voelde en begreep. Alles wat hij echt van haar wist paste op een systeemkaartje: ze hield van katten, weven, naar de radio luisteren en in de kerk zingen. Ze glimlachte veel, was gevoelig voor knuffels en had net als hij een bijenallergie.

'Slakken zijn niet zo vies,' zei hij. 'Een beetje taai. Een soort knoflookkauwgumpjes.'

Phoebe trok een gezicht, maar toen lachte ze. 'Walgelijk,' zei ze. 'Dat is walgelijk, Paul.' De bries bewoog licht in haar haar en haar blik was nog steeds strak gericht op het tafereel voor hen, de rondlopende gasten, het zonlicht, de bladeren, alles doorspekt met muziek. Haar wangen waren bezaaid met sproeten, net als die van hem. In de verte, achter op het gazon, hieven zijn moeder en Frederic een zilveren taartmes in de lucht.

'Robert en ik,' zei Phoebe. 'Wij gaan ook trouwen.'

Paul glimlachte. Hij had Robert één keer ontmoet, tijdens dat eerste reisje naar Pittsburgh. Ze waren naar de kruidenierswinkel gegaan om hem te zien, lang en aandachtig, gekleed in een bruin uniform met een naamplaatje. Toen Phoebe hen verlegen voorstelde had Robert onmiddellijk Pauls hand gegrepen en hem op de schouder geslagen, alsof ze elkaar na een lange afwezigheid weer zagen. 'Goed om je te zien, Paul. Phoebe en ik gaan trouwen, dus al best gauw zullen we broers zijn, wat vind je daarvan?' En toen had hij zich vergenoegd, zonder een antwoord af te wachten, vol vertrouwen dat de wereld een goede plek was en dat Paul zijn plezier deelde, naar Phoebe gekeerd en zijn arm om haar heen geslagen, en zo hadden die twee daar staan glimlachen.

'Jammer dat Robert niet kon komen.'

Phoebe knikte. 'Robert houdt van feestjes,' zei ze.

'Dat verbaast me niets,' zei Paul.

Paul keek hoe zijn moeder een hapje taart in Frederics mond stopte en met haar duim zijn mondhoek aanraakte. Ze droeg een crèmekleurige jurk en haar haar was kort, blond dat zilvergrijs werd, waardoor haar groene ogen groter leken. Hij dacht aan zijn vader en vroeg zich af hoe hun bruiloft was geweest. Hij had natuurlijk de foto's gezien, maar dat was alleen maar de oppervlakte. Hij wilde weten hoe het licht was geweest, hoe het gelach had geklonken; hij wilde weten of zijn vader zich, net als Frederic nu deed, voorover had gebogen om zijn moeder te kussen nadat ze een beetje glazuur van haar lippen had gelikt.

'Ik hou van roze bloemen,' zei Phoebe. 'Ik wil heel veel roze bloemen op mijn bruiloft.' Toen werd ze ernstig, fronste en haalde haar schouders op. De groene jurk gleed een beetje langs haar sleutelbeenderen. Ze schudde haar hoofd. 'Maar Robert en ik, we moeten eerst geld ervoor sparen.'

Het briesje werd sterker en Paul dacht aan Caroline Gill, lang en sterk, samen met haar echtgenoot Al en Phoebe in de foyer van het hotel in het centrum van Lexington. Gisteren hadden ze elkaar daar allemaal ontmoet, op neutraal terrein. Zijn moeders huis was leeg, een bord met 'te koop' stond in de tuin. Vanavond zouden Frederic en zij naar Frankrijk vertrekken. Caroline en Al waren uit Pittsburgh gekomen, en na een beleefde, maar enigszins ongemakkelijke gezamenlijke brunch hadden ze Phoebe hier voor de bruiloft achtergelaten en waren ze zelf op vakantie naar Nashville vertrokken. Het was hun eerste vakantie alleen, hadden ze gezegd, en ze leken er gelukkig over te zijn. Toch had Caroline Phoebe twee keer omhelsd en was toen nog op het trottoir blijven staan om achterom door het raam te kijken en te zwaaien.

'Vind je Pittsburgh leuk?' vroeg Paul. Hij had er een baan aangeboden gekregen, een goede baan bij een orkest; hij had ook een aanbod van een orkest in Santa Fe.

'Ik vind Pittsburgh leuk,' zei Phoebe. 'Mijn moeder zegt dat er veel trappen zijn, maar ik vind het leuk.'

'Misschien kom ik er ook wonen,' zei Paul. 'Wat vind je daarvan?'

'Dat zou leuk zijn,' zei Phoebe. 'Dan kun je op mijn bruiloft komen.' Toen zuchtte ze. 'Een bruiloft kost veel geld. Dat is niet eerlijk.'

Paul knikte. Het was niet eerlijk, nee. Niets ervan was eerlijk. De moeilijke taken niet waarvoor Phoebe zich zag gesteld in een wereld die haar niet verwelkomde, het relatieve gemak van zijn eigen leven niet, wat hun vader gedaan had niet – niets daarvan. Plotseling wilde hij dolgraag Phoebe elke bruiloft geven die ze maar wilde. Of op zijn minst een taart – in verhouding met al het andere zou dat maar zo'n klein gebaar zijn.

'Jullie kunnen in het geheim trouwen,' opperde hij.

Phoebe overwoog dit, terwijl ze een groene, plastic armband om haar pols ronddraaide.

'Nee,' zei ze. 'Dan hebben we geen taart.'

'O, dat weet ik niet. Is dat zo? Ik bedoel, waarom niet?'

Phoebe fronste diep en keek hem even aan om te zien of hij haar niet voor de gek hield.

'Nee,' zei ze resoluut. 'Zo vier je geen bruiloft, Paul.'

Hij glimlachte, geraakt door haar zekerheid over hoe het in de wereld werkte, of zou moeten werken.

'Weet je, Phoebe? Je hebt gelijk.'

Gelach en applaus zweefden over het zonnige gazon toen Frederic en zijn moeder klaar waren met de taart. Bree stak glimlachend haar fototoestel in de lucht om een laatste foto te maken. Paul knikte naar de tafel waar de schoteltjes werden opgeschept en van hand tot hand gingen. 'De bruiloftstaart heeft zes lagen. Frambozen en slagroom in het midden. Wat denk je, Phoebe? Wil je een stukje?'

Phoebe glimlachte nog breder en knikte ten antwoord.

'Mijn taart krijgt ácht lagen,' zei ze toen ze dwars door de stemmen, het gelach en de muziek het gazon over liepen.

Paul lachte. 'Acht maar? Waarom geen tien?'

'Gekkerd. Je bent een gekke vent, Paul,' zei Phoebe.

Ze kwamen bij de tafel. Kleurige confetti lag op zijn moeders schouders. Ze glimlachte, rustig in haar bewegingen, en raakte Phoebes haar aan, veegde het naar achteren alsof ze nog een klein meisje was. Phoebe deed een stap naar achteren en Pauls hart bleef even stilstaan; voor dit verhaal bestond er geen eenvoudige afloop. Er zouden overzeese bezoeken en telefoontjes zijn, maar nooit het gewone gemak van het dagelijkse leven.

'Je hebt het goed gedaan,' zei zijn moeder. 'Ik ben zo blij dat je bij de huwelijkssluiting was, Phoebe. Paul en jij. Het heeft heel veel voor me betekend. Ik kan je niet zeggen hoeveel.'

'Ik hou van bruiloften,' zei Phoebe en stak haar hand uit voor een schoteltje met taart.

Zijn moeder glimlachte een beetje droevig. Paul keek naar Phoebe en vroeg zich af hoe ze begreep wat er gebeurde. Ze leek zich niet zo erg bezorgd te maken over de dingen, maar meer de wereld te accepteren als een fascinerende en ongewone plek waar alles kon gebeuren. Waar op een dag een moeder en een broer, waarvan je nooit wist dat je die had, voor je deur konden verschijnen en je voor een bruiloft konden uitnodigen.

'Ik ben blij dat jullie ons in Frankrijk komen opzoeken, Phoebe,' ging zijn moeder verder. 'Frederic en ik vinden dat allebei zo leuk.'

Phoebe keek op, weer ongemakkelijk.

'Dat is vanwege de slakken,' legde Paul uit. 'Ze houdt niet van slakken.'

Zijn moeder lachte. 'Wees maar niet bang. Ik vind ze ook niet lekker.'

'En ik ga weer naar huis,' voegde Phoebe eraan toe.

'Precies,' zei zijn moeder vriendelijk. 'Ja, dat hebben we afgesproken.'

Paul keek toe en voelde zich hulpeloos tegen de pijn die zich als een steen in zijn lijf had genesteld. In het scherpe licht werd hij getroffen door zijn moeders leeftijd, een zekere dunheid van haar huid, haar blonde haar steeds zilvergrijzer. Door haar schoonheid, ook. Ze zag er mooi en kwetsbaar uit en hij vroeg zich af, zoals hij zich de afgelopen weken zo vaak had afgevraagd, hoe zijn vader haar bedrogen kon hebben, hen allemaal bedrogen kon hebben.

'Hoe?' vroeg hij zacht. 'Hoe heeft hij het ons nooit kunnen vertellen?'

Ze draaide zich ernstig naar hem toe. 'Ik weet het niet. Ik zal het nooit begrijpen. Maar denk er eens aan hoe zijn leven geweest moet zijn, Paul. Dat hij al die jaren dat geheim met zich heeft meegezeuld.'

Hij keek de tafel over. Phoebe stond naast een populier, waarvan de bladeren al een beetje geel begonnen te worden, met haar vork slagroom van haar taart te schrapen.

'Onze levens hadden zo anders kunnen zijn.'

'Ja. Dat is waar. Maar ze waren niet anders, Paul. Ze zijn geweest zoals ze zijn geweest.'

'Je verdedigt hem,' zei hij langzaam.

'Nee. Ik vergeef hem. Dat probeer ik in elk geval. Dat is wat anders.'

'Hij verdient geen vergeving,' zei Paul, verbaasd over zijn eigen verbittering, nog steeds.

'Misschien niet,' zei zijn moeder. 'Maar jij en ik en Phoebe, we kunnen kiezen. Om verbitterd en boos te zijn, of om te proberen verder te gaan. Dat is voor mij het moeilijkst, om al die terechte woede los te laten. Ik ben nog steeds aan het worstelen. Maar het is wel wat ik wil.'

Hij dacht erover na. 'Ik heb een baan in Pittsburgh aangeboden gekregen,' zei hij.

'Echt waar?' Zijn moeders ogen waren nu vol aandacht, zo donkergroen in dit licht. 'Ga je hem aannemen?'

'Ik denk het wel,' zei hij, beseffend dat hij de knoop had doorgehakt. 'Het is een heel goed aanbod.'

'Je kunt het niet repareren,' zei ze zacht. 'Je kunt het verleden niet repareren, Paul.'

'Dat weet ik.' En dat was ook zo. Die eerste keer was hij naar Pittsburgh gegaan in de veronderstelling dat hij al dan niet hulp moest bieden. Hij had zich zorgen gemaakt over de verantwoordelijkheid die hij op zich zou moeten nemen, over hoe zijn leven zou veranderen door de last van een verstandelijk gehandicapte zuster, en hij was verbaasd geweest – stomverbaasd zelfs – om te ontdekken dat diezelfde zuster zei: 'Nee, ik vind mijn leven leuk zoals het is, nee dank je.'

'Jouw leven is jouw leven,' ging ze verder, volhardender nu. 'Jij bent niet verantwoordelijk voor wat er is gebeurd. Phoebe is financieel gezien oké.'

Paul knikte. 'Dat weet ik. Ik voel me niet verantwoordelijk voor haar. Echt niet. Het is gewoon – ik heb bedacht dat ik haar graag wil leren kennen. In het dagelijks leven. Ik bedoel, ze is mijn zuster. Het is een goede baan en ik ben écht aan verandering toe. Pittsburgh is een mooie stad. Dus, lijkt me – waarom niet?'

'O, Paul.' Zijn moeder zuchtte en haalde haar hand door haar korte haar. 'Is het echt een goede baan?'

'Ja. Ja, echt waar.'

Ze knikte. 'Het zou fijn zijn,' gaf ze langzaam toe, 'om jullie twee in dezelfde stad te hebben. Maar je moet wel aan het hele plaatje denken. Je bent nog zo jong en je begint nog maar net je weg te vinden. Je moet zeker weten dat het goed voor je is om te doen.'

Voor hij antwoord kon geven stond Frederic naast hen. Hij tikte op zijn horloge en zei dat ze weg moesten om hun vliegtuig te halen. Na kort overleg liep Frederic naar de auto. Zijn moeder draaide zich terug naar Paul, legde een hand op zijn arm en kuste hem op de wang.

'We moeten gaan, denk ik. Neem jij Phoebe mee naar huis?'

'Ja. Caroline en Al zeiden dat ik in hun huis kan logeren.'

Ze knikte. 'Dank je,' zei ze zacht. 'Dat je hier was. Het zal niet gemakkelijk voor je zijn geweest, om allerlei redenen. Maar het heeft zo veel voor me betekend.'

'Ik mag Frederic graag,' zei hij. 'Ik hoop dat jullie gelukkig zullen zijn.'

Ze glimlachte en pakte zijn arm. 'Ik ben zo trots op je, Paul. Heb je enig idee hoe trots ik op je ben? Hoeveel ik van je hou?' Ze draaide zich om om over de tafel naar Phoebe te kijken. Ze had het boeketje narcissen onder haar arm gestoken en de bries bewoog haar glimmende jurk.

'Ik ben trots op jullie allebei.'

'Frederic staat te zwaaien,' zei Paul snel om zijn emotie te verbergen. 'Ik denk dat het tijd is. Volgens mij is hij klaar. Ga en wees gelukkig, mam.'

Ze keek hem nog een keer intens en langdurig aan, met tranen in haar ogen, en kuste hem toen op de wang.

Frederic kwam het gazon over lopen en schudde Pauls hand. Toen liepen ze naar Phoebe om afscheid te nemen. Paul keek hoe zijn moeder zijn zuster omhelsde en haar bruidsboeket aan Phoebe gaf. Hij zag Phoebes aarzelende omhelzing terug. Glimlachend en zwaaiend stapten ze in hun auto, onder een nieuwe regen van confetti. Paul keek tot de auto om de bocht verdween en liep toen terug naar de tafel, onderweg stilhoudend om de ene na de andere gast te begroeten, steeds met een oog op Phoebe. Toen hij vlak bij haar was, hoorde hij haar blij en luidkeels aan een andere gast vertellen over Roberts en haar eigen bruiloft. Haar stem was hard, haar uitspraak een beetje onduidelijk en onbeholpen, haar opwinding ongeremd. Hij zag de reactie van de gast – een geforceerde, onzekere, geduldige glimlach – en kromp in elkaar. Omdat Phoebe gewoon wilde praten. Omdat hijzelf nog maar een paar weken geleden op precies dezelfde manier op zulke gesprekken had gereageerd.

'Wat denk je ervan, Phoebe?' zei hij, naar hen toe lopend en hen onderbrekend. 'Zullen we gaan?'

'Oké,' zei ze en zette haar schoteltje neer.

Ze reden door het weelderig begroeide landschap. Het was een warme dag. Paul zette de airconditioning uit en draaide het raampje naar beneden. Hij herinnerde zich de manier waarop zijn moeder zo wild door deze zelfde landschappen had gereden, om haar eenzaamheid en verdriet te ontvluchten, haar haar wapperend in de wind. Hij moest duizenden kilometers met haar hebben gereden, kriskras de staat door, liggend op zijn rug terwijl hij aan de glimpen van bladeren, telefoondraden en de lucht probeerde te raden waar ze waren. Hij herinnerde zich dat hij een stoomraderboot door het troebele water van de Mississippi had zien varen, met flitsen licht en water in zijn glimmende schoepen. Hij had haar bedroefdheid nooit begrepen, hoewel hij die later met zich mee had gedragen, waar hij ook ging.

Nu was die verdwenen, die droefheid: dat leven was afgesloten, ook verdwenen.

Hij reed hard. Overal begon de herfst zichtbaar te worden. De kornoelje begon al te kleuren en vormde wolken helder rood tegen de heuvels. Pollen prikkelden Pauls ogen en hij moest verscheidene keren niezen, maar hield het raampje toch open. Zijn moeder zou de airconditioning aangezet hebben, de auto zo kil als een bloemisterij. Zijn vader zou zijn tas hebben geopend en de antihistamine hebben gepakt. Phoebe, rechtop in de stoel naast hem, haar huid zo bleek, bijna doorzichtig, pakte een Kleenex uit een pakje in haar grote zwarte plastic tas en bood hem die aan. Aderen, bleekblauw, liepen net onder het oppervlak van haar huid. Hij kon haar hartslag in haar hals zien, rustig, gelijkmatig.

Zijn zuster. Zijn tweelingzus. Stel dat ze zonder Down was geboren? Of stel dat ze was geboren zoals ze was, gewoon zichzelf, en dat hun vader zijn oog niet op Caroline Gill had laten vallen, terwijl er buiten in de wereld sneeuw viel en zijn collega in een greppel was beland? Hij stelde zich zijn ouders voor, zo jong en zo gelukkig, die hen allebei goed ingepakt in de auto legden en langzaam door de waterige straten van Lexington reden, in de maartse dooi volgend op hun geboorte. De zonnige speelkamer naast de zijne zou van Phoebe zijn geweest. Ze zou achter hem aan hebben gerend, de trap af, de keuken door en de wilde tuin in, haar gezicht altijd bij hem, zijn lach een echo van de hare. Wie zou hij dan zijn geweest?

Maar zijn moeder had gelijk. Hij zou nooit weten hoe het geweest had kunnen zijn. Het enige wat hij had waren de feiten. Zijn vader had midden in een onverwachte storm zijn eigen tweeling ter wereld geholpen, de stappen volgend die hij kon dromen, met zijn aandacht op de hartslag van de vrouw op de behandeltafel, de strakke huid, het verschijnende hoofdje. Ademhaling, huidskleur, vingers en tenen. Een jongen. Op het eerste gezicht perfect, en diep in zijn vaders hersens begon hij een beetje te zingen. Een ogenblik later de tweede baby. En toen stopte het zingen van zijn vader voorgoed.

Ze waren nu vlak bij de stad. Paul wachtte tot er een gaatje in het verkeer kwam en sloeg toen af naar de begraafplaats van Lexington, voorbij de stenen portierswoning. Hij parkeerde onder een iep die honderd jaar droogte en ziekte had overleefd en stapte uit. Hij liep om de auto heen naar Phoebes portier, maakte hem open en bood haar zijn hand. Ze keek er verbaasd naar, en toen omhoog naar hem. Toen duwde ze zichzelf uit haar stoel. Ze hield de narcissen nog steeds in haar hand, hun stelen nu gekneusd en pappig. Ze volgden een poosje het pad, voorbij de gedenktekens en de vijver met de eenden, tot hij

397

haar over het gras naar de steen leidde die op hun vaders graf stond.

Phoebe volgde met haar vingers de namen en data die in het zwarte graniet stonden gegraveerd. Hij vroeg zich opnieuw af wat ze dacht. Al Simpson was de man die ze haar vader noemde. Hij maakte 's avonds puzzels met haar en bracht van zijn reizen haar favoriete grammofoonplaten mee naar huis. Hij droeg haar vroeger altijd op zijn schouders zodat ze de hoge bladeren van de platanen kon aanraken. Het kon niets voor haar betekenen, deze plaat graniet, deze naam.

David Henry McCallister. Phoebe las de woorden langzaam hardop voor. Ze vulden haar mond en vielen zwaar de wereld in.

'Onze vader,' zei hij.

'Onze vader,' zei ze, 'die in de hemelen zijt, uw naam worde geheiligd.'

'Nee,' zei hij verrast. '*Onze* vader. Mijn vader. Jouw vader.'

'Onze vader,' herhaalde ze en hij voelde een golf frustratie, want haar woorden waren gewillig, mechanisch, zonder betekenis in haar leven.

'Je bent verdrietig,' merkte ze toen op. 'Als mijn vader dood was zou ik ook verdrietig zijn.'

Paul was geschokt. Ja, dat was het – hij was verdrietig. Zijn boosheid was opgetrokken en plotseling kon hij zijn vader op een andere manier zien. Zijn eigen aanwezigheid moest zijn vader bij elke blik, bij elke ademhaling hebben herinnerd aan de keus die hij had gemaakt en niet meer ongedaan kon maken. Die polaroids van Phoebe die Caroline in de loop der jaren had opgestuurd, die ze na het vertrek van de curatoren achter in een la in de doka hadden gevonden. Ook de enige foto van zijn vaders familie, de foto die Paul nog steeds had, waarop ze op de veranda van hun verloren huis stonden. En de duizenden andere, de ene na de andere, zijn vader die beeld na beeld op elkaar plaatste en het moment dat hij nooit meer kon veranderen probeerde te verduisteren. En toch kwam het verleden hoe dan ook naar boven, hardnekkig als herinneringen, krachtig als dromen.

Phoebe, zijn zuster, een geheim van een kwart eeuw lang.

Paul liep een paar stappen terug naar het kiezelpad. Met zijn handen in zijn zakken bleef hij staan. Bladeren wervelden op in de dwarrelwind, een stuk krant vloog over de rijen witte grafstenen. Wolken bewogen langs de zon en maakten patronen op de grond, en zonlicht schitterde op de zerken, het gras en de bomen. Bladeren ritselden zachtjes in de bries en het lange gras ruiste.

Eerst waren de klanken dun, bijna een ondertoon van de bries, zo subtiel dat hij zich moest inspannen om ze te horen. Hij draaide zich om. Phoebe, die nog steeds bij de zerk stond, met haar hand rustend op de zwartgranieten rand, was begonnen te zingen. Het gras op de graven bewoog en de bladeren ritselden. Het was een oud lied dat hij vaag kende. Haar woorden waren onduidelijk, maar haar stem was zuiver en lieflijk. Andere bezoekers van de begraafplaats keken in haar richting, naar Phoebe met haar grijzende haar en bruidsmeisjesjurk, haar onbeholpen houding, haar onduidelijke woorden, haar zorgeloze, hoge stem. Paul slikte en staarde naar zijn schoenen. De rest van zijn leven, realiseerde hij zich, zou hij zich op deze manier verscheurd voelen: zich bewust van Phoebes onbeholpenheid, van de moeilijkheden die ze ontmoette, gewoonweg door anders dan anderen te zijn, en toch voorbij dat alles gedreven door haar directe, ongekunstelde liefde.

Door haar liefde, ja. En, besefte hij, overspoeld door de klanken, door zijn eigen nieuwe, vreemd ongecompliceerde liefde voor haar.

Haar stem, hoog en helder, zweefde door de bladeren, door het zonlicht. Hij spatte uiteen op de kiezels, het gras. Paul stelde zich voor dat de klanken in de lucht vielen zoals stenen in het water en het onzichtbare oppervlak van de wereld deden rimpelen. Golven geluid, golven licht: zijn vader had geprobeerd alles vast te leggen, maar de wereld was veranderlijk en kon niet in bedwang worden gehouden.

Bladeren vlogen op; zonlicht stroomde.

De woorden van het oude lied kwamen weer bij hem boven en Paul begon mee te zingen. Phoebe leek het niet te merken. Ze zong door en aanvaardde zijn stem zoals ze de wind zou aanvaarden. Hun zingen vloeide samen en de muziek was binnen in hem, een neuriën in zijn vlees, en ook daarbuiten, haar stem een tegenhanger van de zijne. Toen het lied was afgelopen bleven ze staan waar ze waren, in het heldere, bleke middaglicht. De wind veranderde van richting, blies Phoebes haar tegen haar nek en verspreidde oude bladeren onder langs het verweerde stenen hek.

Alles vertraagde, tot de hele wereld gevangen was in dit ene, dralende moment. Paul bleef doodstil staan en wachtte om te zien wat er nu zou gebeuren.

Een paar seconden helemaal niets.

Toen draaide Phoebe zich langzaam om en streek haar gekreukte jurk glad.

Een eenvoudig gebaar en toch zette het de wereld weer in beweging.

Paul zag hoe kort geknipt haar vingernagels waren, hoe teer haar
pols eruitzag tegen de granieten grafsteen. Zijn zusters handen waren
klein, net als die van hun moeder. Hij liep over het gras naar haar toe
en nam haar bij de schouder, om haar thuis te brengen.